D1985011

LUCIUS DE MELLO

A TRAVESSIA DA TERRA VERMELHA

UMA SAGA DOS REFUGIADOS JUDEUS NO BRASIL

novo século®

São Paulo / 2007

S 432

A TRAVESSIA DA
TERRA VERMELHA

Copyright © 2007 by Lucius de Mello
1ª edição – junho de 2007

Direção Geral	Nilda Vasconcelos
Supervisão Editorial	Silvia Segóvia
Capa	Guilherme Xavier / gxavier.com
Projeto Gráfico	Guilherme Xavier
Composição	Cintia de Cerqueira Cesar
Foto de capa	Célio Costa
Revisão	Bel Ribeiro Ruy Cintra Paiva

Dados internacionais de catalogação na Publicação (CIP)
(Câmara Brasileira do Livro, SP, Brasil)

Mello, Lucius de
A travessia da terra vermelha / Lucius de Mello. -- Osasco, SP : Novo Século Editora, 2007.

1. Entrevistas 2. Judeus - Paraná - Rolândia 3. Refugiados judeus - Paraná - Rolândia 4. Rolândia (PR) - História I. Título

07-4229 CDD-869.9803

Índices para catálogo sistemático:
1. Depoimentos : Refugiados Judeus : Literatura brasileira 869.9803
2. Entrevistas : Refugiados judeus : Literatura brasileira 869.9803
3. Memórias : Refugiados judeus : Literatura brasileira 869.9803

Impresso no Brasil
Printed in Brazil

Direitos cedidos para esta edição à
Novo Século editora
Rua Aurora Soares Barbosa, 405 – 2º andar
CEP 06023-010 – Osasco – SP
Tel. (11) 3699-7107 – Fax (11) 3699-7323
www.novoseculo.com.br

Lucius de Mello

A travessia da terra vermelha

Uma saga dos refugiados judeus no Brasil

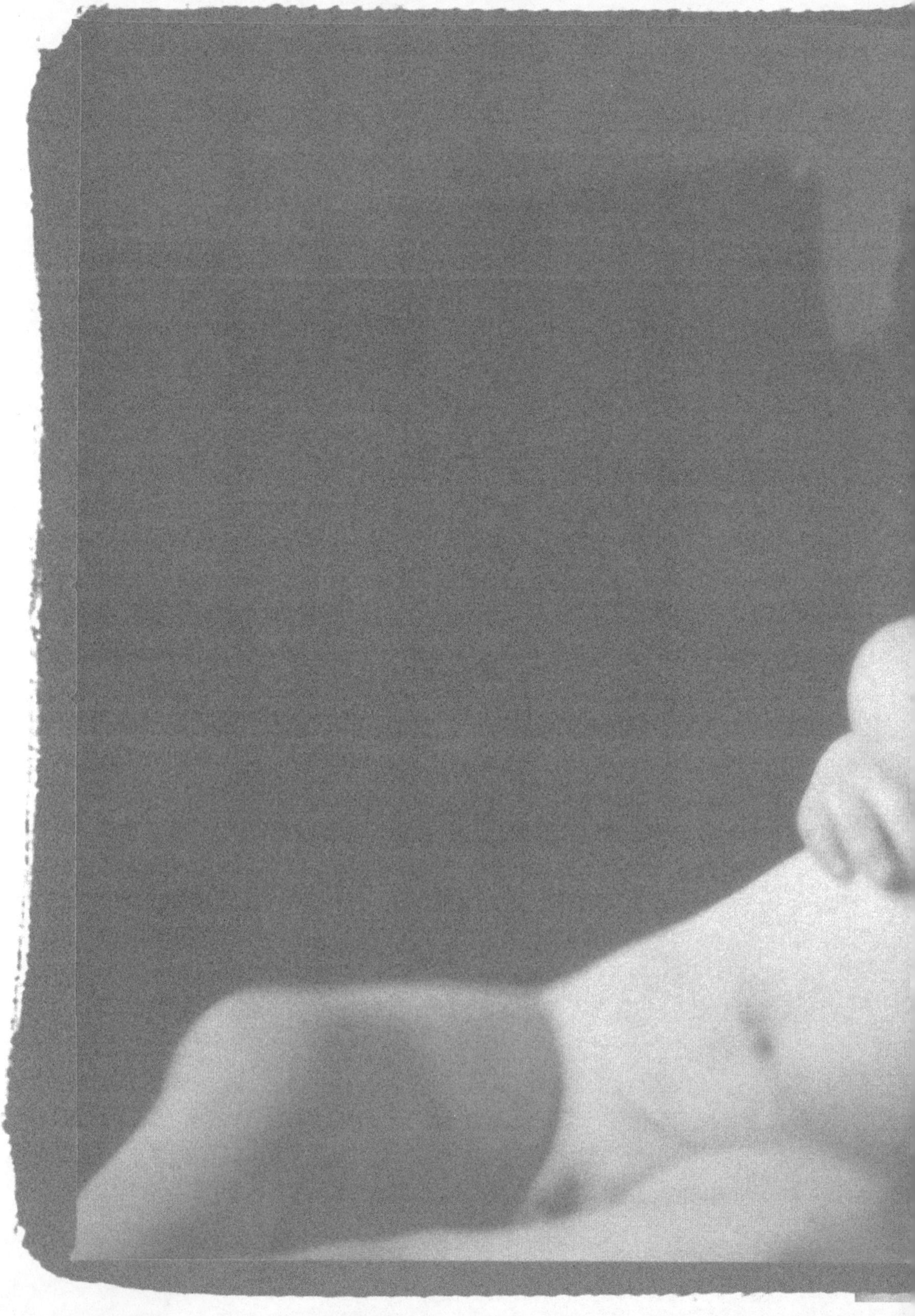

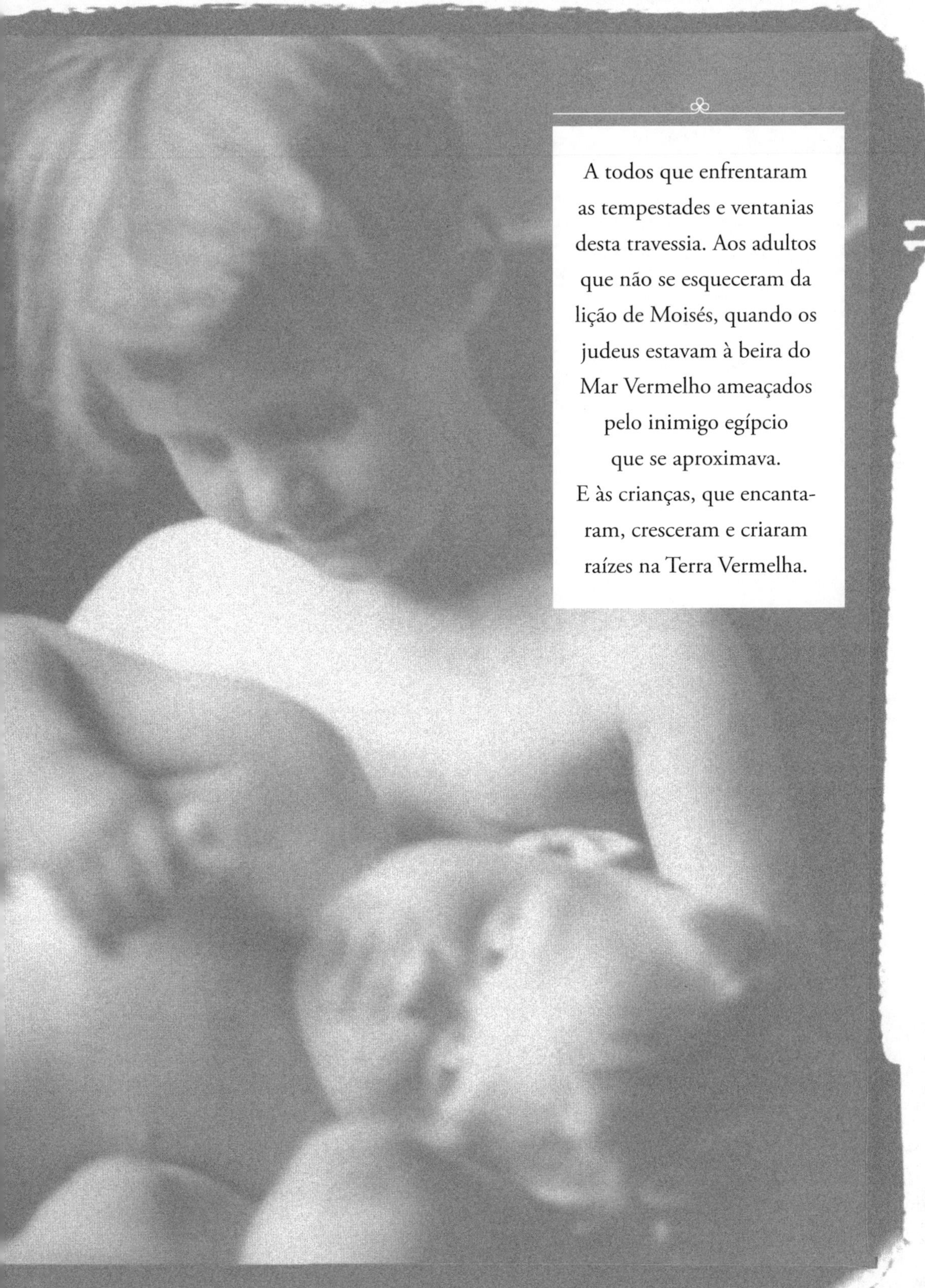

A todos que enfrentaram
as tempestades e ventanias
desta travessia. Aos adultos
que não se esqueceram da
lição de Moisés, quando os
judeus estavam à beira do
Mar Vermelho ameaçados
pelo inimigo egípcio
que se aproximava.
E às crianças, que encanta-
ram, cresceram e criaram
raízes na Terra Vermelha.

SPR

De Silvia K. Chamone para Christina Busemann

ESTE LIVRO

Do Mar Vermelho à Terra Vermelha milhares de anos se passaram, mas o significado da Travessia é o mesmo: é o retrato da resistência, da fé e das utopias que sempre marcaram a história do povo judeu na Diáspora. Assim como os seguidores de Moisés, que fugiram da perseguição do Faraó por volta de 1250 a.C. e fizeram a Travessia do Mar Vermelho, os refugiados judeus de Rolândia fugiram do extermínio comandado pelo Führer nazista na Alemanha e se aventuraram na Travessia da Terra Vermelha, no norte do Estado do Paraná, no Brasil. A cor da terra lhe garantiu esse apelido carinhoso. Típico dessa região brasileira, o solo vermelho é sinônimo de fertilidade e de vida. E nele, homens, mulheres e crianças, marcados para morrer, renasceram.

Quem me falou pela primeira vez de Rolândia foi Valéria Motta, editora e roteirista. Vá para lá que você vai encontrar uma bela história para contar, disse-me ela no início de 2003. Poucos dias depois fui conhecer a cidade paranaense que tem esse nome em homenagem a Roland – guerreiro e herói germânico. Percebi que Valéria estava certa logo que comecei a entrevistar os primeiros refugiados. Nos últimos 4 anos voltei sete vezes a Rolândia. Aos poucos, conquistei a amizade e tornei-me íntimo da história de vida da maioria das famílias de origem judaica e cristã envolvidas nessa travessia.

Santo Agostinho ensinou o caminho: "*A casa da alma é a memória*", disse o filósofo. E tenho quase certeza de que ele pode estar certo. Entendo que a alma, nesse caso, é o que está além do palpável e do visível aos olhos humanos. O que está além dos fatos, documentos e fotografias. É o que só a sensibilidade artística pode captar. E foi em busca "desse algo mais" que escrevi *A Travessia da Terra Vermelha*. Ao vasculhar as memórias desses refugiados fui tocado por um passado vivo que nos remete ao Holocausto enquanto fenômeno político e crime contra a Humanidade.

Embarquei, então, no real para viajar até o misterioso mundo da memória. Entrevistei dezenas de pessoas no Brasil e na Alemanha, que de alguma forma viveram, estavam e ainda estão envolvidas pelo medo e pela dor conseqüentes das ações anti-semitas impostas pelo Estado nazista alemão. Bebi nos livros e teses acadêmicas que já estudaram o mesmo tema, como *Brasil, Refúgio nos Trópicos*, de Maria Luiza Tucci Carneiro (Ed. Estação Liberdade, 1976), que inovou ao publicar documentos e depoimentos dos judeus refugiados de Rolândia, temática retomada em sua tese de Livre Docência *Cidadão do Mundo. O Brasil diante do Holocausto e dos judeus refugiados do nazi-fascismo*, apresentada em 2001 na Universidade de São Paulo (Ed. Perspectiva, no prelo).

Além destes estudos, cabe citar o livro de Ethel Kosminsky – *Rolândia, a Terra Prometida* (Ed. Centro de Estudos Judaicos, USP, 1985).

No fim de *A Travessia da Terra Vermelha* cito outras importantes obras que me serviram de referência para avançar e fazer novas descobertas sobre esta história, como, por exemplo, as fotos das festas nazistas realizadas na colônia nos anos 1930. Divulgadas e publicadas, com exclusividade, pela primeira vez aqui neste livro, elas confirmam que naquela época um braço do partido de Hitler atuava em Rolândia. Apresento também material apreendido pela Polícia Política do Paraná que comprova a campanha anti-semita que esse e outros grupos hitleristas instalados no sul do Brasil promoviam no interior do Paraná.

Outra descoberta são as cartas que Rudolf Ladenburg – físico judeu integrante da equipe de Albert Einstein em Princeton, Estados Unidos – escreveu para sua prima, Agathe, física formada na Universidade de Munique e que morou em Rolândia.

Também colhi as cartas e cartões que outra refugiada judia trocou com o pintor Candido Portinari. São correspondências que revelam a bonita amizade cultivada entre as duas famílias e que levou o artista brasileiro a presentear os amigos judeus de Rolândia com quatro óleos sobre tela.

Também cerquei-me de objetos pessoais, fotografias, correspondências, músicas, livros prediletos, plantas, animais e até de alguns hábitos que alguns desses refugiados preservaram com o intuito de me sentir o mais próximo possível deles. Fotografei as fazendas onde eles viveram em Rolândia; recolhi diários, cartas e fotografias ainda inéditas. Pensei neles noites e dias inteiros. Reconstruí os caminhos trilhados por aqueles que, forçados a emigrar um dia, escolheram Rolândia como sua nova pátria. Sonhei com seus sonhos; acordei com seus pesadelos. Procurei desvendar seus segredos mais íntimos, conviver com suas dores e as angústias, descobrir as cores da personalidade de cada um que, por imposição do III Reich, foram obrigados a refazer a própria vida e começar tudo de novo..

De mãos dadas com o jornalismo e a literatura, mergulhei na memória dessa gente durante quatro anos para chegar ao ponto final de *A Travessia da Terra Vermelha*.

Os nomes da maioria dos refugiados judeus e cristãos, como também das fazendas que aparecem na história, foram substituídos por nomes fictícios, atendendo aos pedidos das próprias famílias que, gentilmente, me ajudaram e me autorizaram a contar essa história. Nos cadernos de fotos, os nomes fictícios aparecem entre aspas.

A todos, uma emocionante travessia.

O autor.

Foto: Célio Costa

“ Mas quando mais nada
subsiste de um passado remoto,
após a morte das criaturas e a
destruição das coisas, sozinhos,
mais frágeis porém mais
vivos, mais imateriais, mais
persistentes, mais fiéis, o odor
e o sabor permanecem ainda
por muito tempo, como almas,
lembrando, aguardando,
esperando, sobre as ruínas de
tudo o mais, e suportando
sem ceder, em sua gotícula
impalpável, o edifício imenso da
recordação.”

Marcel Proust

1

Pedaços do tempo eram lançados ao chá com os cristais de açúcar. A perfumada e verde infusão do capim brasileiro, rapidamente, tomava conta daquele infinito mundo de porcelana. Ao caírem na xícara, as minúsculas pedras brancas alteravam o sabor da bebida, atraíam as lembranças e os sonhos... Ao mesmo tempo que afogava e salvava as memórias das profundezas do reino proustiano, Agathe Flemig não perdia a mania de observar a evaporação do calor, as ondas geradas pelo deslocamento do ar, a refração da luz e a força da gravidade, que faziam do chá de cidreira um elixir único, mas tão conformado em se adaptar aos traços da louça como todos os outros.

Quando o ouro do crepúsculo derramava-se sobre o campo e a floresta, Agathe sempre estava ali, com a xícara e o pires nas mãos, para ver a noite erguer-se como um lírio. Sentada no terceiro degrau da rústica e pequena escada de madeira que dava acesso à varanda da casa, também esperava Frank chegar trazendo-lhe um ramalhete de flores silvestres, algum presente, uma boa novidade, uma carta. E dessa vez não foi diferente. Quando apareceu montado sobre o cavalo ainda distante, o marido levantou o braço direito e começou a acenar com um envelope na mão. Seu primo físico, amigo do Einstein, lhe escreveu de novo!, gritou. Trago outra carta diretamente de Princeton, New Jersey, anunciou Frank, compartilhando com a esposa o momento de felicidade. Agathe correu ao encontro dele, pegou a correspondência e abriu. Estava ansiosa por notícias do primo Rudolf Ladenburg que tinha sido seu mestre na faculdade de Física em Berlim e a orientado na tese de doutorado sobre o espectro contínuo do hidrogênio que defendeu na Universidade de Munique. Ladenburg trabalhava com Einstein como professor de Física no Instituto para Estudos Avançados de Princeton.

Agathe era para estar na mesma equipe caso não tivesse se apaixonado por Frank e resolvido ficar no Brasil. Mas não se arrependia da escolha feita. Apesar das dificuldades e da falta de conforto, a vida em Rolândia era cheia de momentos de felicidade, como este, por exemplo, o da chegada da carta do primo Ladenburg. Tua carta descrevendo as condições da sua casa foi muito interessante e esclarecedora, escreveu o físico. Ele também contou notícias sobre parentes e amigos de Agathe que viviam nos Estados Unidos, falou da própria família e informou que naquele momento trabalhava numa pesquisa sobre a galinha e o sapo. Disse que escreveu um artigo sobre esse estudo na última edição da revista *Nature*. Como eu vou conseguir um exemplar dessa revista aqui em Rolândia?, pensou Agathe. Depois de reler a carta várias vezes dobrou-a, colocou no envelope e guardou na gaveta de um criado-mudo ao lado da cama. Durante o jantar contou as novidades ao marido.

Aquela noite sonhou com o tempo em que freqüentava a Universidade de Berlim e acordou disposta a continuar pesquisando mesmo distante das Academias de Ciência e dos mestres. Tenho um grande laboratório aos meus pés, disse para si mesma, ao passar os olhos lentamente sobre a floresta tropical. Darwin daria tudo para ficar uns dias enfiado nesse mundo ainda indevassado! Agathe passou, então, a visitar a mata não mais apenas com olhos de imigrante curiosa e deslumbrada com as belezas da flora e da fauna, mas também com olhos de cientista. Começou a capturar e catalogar insetos; recolher e identificar amostras de plantas e sementes; estudar a composição do solo. Colhia amostras em várias partes da colônia e levava para casa. Para fazer as análises, usava um pequeno microscópio e produtos químicos que trouxera da Alemanha. A irmã de Agathe, Elisabeth Kroch, que era doutora em botânica e também morava em Rolândia, emprestava algum material quando ela precisava.

Como a maioria dos refugiados, os Kroch chegaram a Rolândia assustados feito um pequeno rebanho de carneiros perdido num pasto desconhecido. A família Kroch era dona da Fazenda Sarah, situada entre as fazendas Canaã e Torah. As terras eram divididas pelo rio Jaú. O chefe da família e cunhado de Agathe, Justin Kroch, era judeu polonês e agricultor; a mulher dele, Elisabeth, era nascida no norte da Alemanha e, assim como Agathe, filha de um rico latifundiário. O casal veio para Rolândia em 1935, também em busca de segurança. Na Polônia viviam na cidade de Dantzig. Dos três filhos do casal, só a menina, Raíssa, era brasileira. Os outros dois, Iuri e Boris, chegaram respectivamente com 5 e 3 anos de idade. Elisabeth muitas vezes colaborou com os conhecimentos que tinha para ajudar os vizinhos a transformar a floresta em terra agricultável. Ela também deu aulas de ciência e de piano aos filhos dela e de alguns vizinhos. Uns dos poucos bens que conseguiram trazer da Polônia foi um imponente piano de calda Gotrian-Steinweg. A peça era considerada o tesouro da família, principalmente por Elisabeth, que fez do instrumento musical a alegria de toda vizinhança por muitas noites. Sofreu enquanto não viu o piano em segurança novamente no conforto do lar. A valiosa peça viajou com eles no navio para o Brasil, depois ficou guardada num quarto de aluguel dentro de uma grande caixa de madeira durante o curto período que passaram em São Paulo e em seguida viajou de trem até Londrina. Justin já tinha ouvido falar na cor da terra, mas só acreditou mesmo quando começou a entrar no Paraná. O sertão vermelho abriu-se para a passagem da maria-fumaça e dos vagões. Uma ventania fez toda aquela vermelhidão ficar agitada. Ondas imensas de poeira quebraram sobre a ferrovia, envolveram o trem e os passageiros e logo depois se deixaram levar pela tempestade abortada. Essa terra tem a cor do sangue, a cor da vida!, disse Justin a Elisabeth. Haveremos de ser muito felizes aqui. Como a ponte ferroviária sobre o rio Tibagi ainda não estava pronta, o piano e a família Kroch precisaram atravessar as águas profundas e barrentas numa balsa. Justin chegou a pensar várias vezes que a embarcação fosse afundar pelo excesso de peso que carregava, mas a travessia foi um sucesso. Depois, pegaram novamente um trem do outro lado do rio até Londrina e de lá os Kroch e o piano seguiram num caminhão até Rolândia. Naquela época a estrada de ferro não chegava até a colônia. O instrumento musical, então, ficou ainda um bom tempo encaixotado enquanto os Kroch moraram numa casa alugada à espera que a residência da fazenda ficasse pronta.

O maior desafio do instrumento foi enfrentar a estrada estreita aberta na floresta para conseguir chegar até a casa da fazenda. Sob o olhar atento e preocupado da dona, o piano, ainda embalado, foi posto na carroceria de um dos caminhões que eram usados para carregar toras de madeira. No percurso, cada solavanco, cada balanço que o caminhão dava, era marcado pelos gritos de Elisabeth que dizia ter o coração tão machucado quanto a peça musical ao ser sacudida na carroceria do desajeitado veículo. O piano chegou com pequenos arranhões e coberto pela terra vermelha, que conseguiu penetrar na embalagem de madeira e se alojar inclusive nas menores engrenagens. Elisabeth declarou guerra contra o pó e defendia o Gotrian-Steinweg bravamente da sujeira limpando-o todos os dias. Mas o surpreendente é que, apesar de ter viajado tanto, o instrumento chegou ao ponto final afinado. Logo os vizinhos tomaram conhecimento da beleza do piano que havia na Fazenda Sarah. Nora Naumann muitas vezes foi convidada por Elisabeth para se apresentar nele. Um dia ainda vou trocar o meu piano de anão, simples e pequeno, por um assim, digno de uma majestade!, dizia a soprano. O seu piano é lindo, Elisabeth! E as duas tocavam a quatro mãos e também se revezam nos concertos para garantir aos vizinhos momentos culturais. O Gotrian-Steinweg ficava na sala principal da casa, que tinha todas as janelas e portas abertas nas noites de apresentação para que o público, que ficava sentado nas cadeiras e bancos expostos no gramado do jardim, pudesse ouvir com perfeição o repertório do espetáculo.

Já o marido de Elisabeth, Justin Kroch, como herança de seus pais, trouxe muitos livros e a valiosa experiência de ter trabalhado com terras. Ele já havia administrado muitas propriedades rurais na Polônia. Em Rolândia investiu na produção de milho, fubá, porcos, banha, lingüiça e manteiga. Produção que aumentou muito depois que Agathe veio de Berlim visitar os Kroch e decidiu ficar para sempre em Rolândia. Agathe tinha 40 anos de idade quando chegou, três a mais que Elisabeth. Na época, trabalhava numa indústria de tintas alemã e deixou o país porque, assim como a irmã e o cunhado, também tinha ascendência judaica. Partiu com duas cartas de recomendação da empresa. Uma para o Instituto Butantã em São Paulo e outra para a Universidade de Princeton, nos Estados Unidos. Na América, teria a oportunidade de trabalhar com o primo Rudolf Ladenburg e integrar a equipe de Albert Einstein. Mas toda razão que imperava no mundo da doutora em física foi por água abaixo, quando o coração dela bateu mais forte e se apaixonou. Agathe então esqueceu Princeton, Einstein e escolheu o Brasil para passar o resto da vida.

Agathe chegou a Rolândia no início de 1937 e morou poucos meses na fazenda da irmã. Entregando manteiga na Casa Guilherme, conheceu Frank Flemig, imigrante alemão, cego do olho direito, um ano mais novo do que ela, que na época morava com o irmão Fausto Flemig num pedaço da terra que tinham comprado, próximo às fazendas dos Luft Hagen. Ficaram amigos a princípio e Agathe acabou indo trabalhar no Instituto Butantã em São Paulo. Mas, o emprego não durou muito. Um mês depois, Frank foi visitá-la e a pediu em casamento. Já esperava por isso, disse a física. Voltaram casados a Rolândia em agosto de 1937 e Agathe, então, comprou a parte de Fausto, irmão de Frank, nas terras. Nessa época, Fausto também já estava casado; morava e trabalhava como administrador na Fazenda das Almas.

A propriedade de Agathe e Frank Flemig passou a ser chamada de Fazenda Tupi, em homenagem aos índios brasileiros e a um touro bravo que eles tinham e que era chamado por esse nome. Justin e Elisabeth Kroch apoiaram o casamento. O casal sempre lembrava do dia em que levara Agathe pela primeira vez à casa dos irmãos Flemig para um lanche da tarde. Fausto preparou uma torta com banha de porco, já que a manteiga que também produziam tinha sido toda vendida. E, claro, o gosto não ficou de todo saboroso, como o próprio Frank, bastante envergonhado, pôde constatar ao observar as constrangedoras expressões estampadas nos rostos dos convidados.

Mesmo morando no meio da floresta Agathe continuou a se corresponder com o primo físico que trabalhava em Princeton. Escrevia longas cartas para ele; contava como era o frio e o calor abaixo do equador; o medo da seca, que causava grandes incêndios na mata e sobre o fogo que se alastrava por semanas. O cafezal também corre risco, porque nossa plantação é cercada pela mata, escrevia. Também reclamava das enchentes causadas pela temporada de chuva, que deixava as propriedades ilhadas e as estradas intransitáveis. Para Elisabeth, é ainda pior, porque a estrada que liga a fazenda dela a Rolândia tem uma ponte, que nesses últimos três meses já foi destruída duas vezes: uma vez pelo fogo e outra pela enchente. Contava também sobre as serpentes que já teve de enfrentar, sobre o perigo da onça-pintada que muitas noites cercou a casa deles para procurar comida; sobre as imensas perobas que teve de ajudar o marido a derrubar; sobre o linguajar e a simplicidade dos caboclos que trabalhavam na fazenda. Um dia quis ensinar um caboclinho a falar o nome do Einstein e foi muito difícil fazê-lo aprender a pronunciar corretamente. Falava de tudo, menos Einstein, escreveu a saudosa prima.

Agathe se referia ao Tobias. O menino de 8 anos de idade muitas vezes foi incumbido por Frank de levar as cartas que trazia da cidade até Agathe enquanto ele passava no curral para medicar alguma vaca ou algum cavalo. Diga à senhora Flemig que chegou carta do amigo do Einstein, orientava Frank. Digo sim, senhor Flemig, respondia o caboclinho. Mas na hora de repetir o recado... Chegou carta do amigo do Táim, dizia Tobias. Carta de quem?, perguntava Agathe com forte sotaque alemão. Do Táim, respondia o menino. Agathe sorria ao ver a dificuldade da criança brasileira em falar o nome germânico, e com toda paciência do mundo se aventurava a ensiná-la a falar corretamente. Mas não ficava só na pronúncia. Apesar de falar muito mal português, ela tentou explicar com gestos e palavras mal acabadas quem era Einstein, a importância que as descobertas dele tiveram e têm para a humanidade. Falou da personalidade do cientista, da simplicidade e da genialidade dele. O meu primo trabalha com Einstein lá nos Estados Unidos, disse Agathe. Por isso que o Frank costuma anunciar as cartas como sendo as cartas do amigo do Einstein, entendida agora, Tobias? Não é entendida, senhora Flemig, é entendido, corrigia o caboclinho. E os dois começavam a rir.

Quando as respostas do primo Rudolf Ladenburg chegavam, Agathe sempre festejava. Sentia-se orgulhosa por ter notícias, de uma forma tão exclusiva, das pesquisas que o grupo de Einstein realizava em Princeton.

2

Os olhos da soprano viravam pássaros! Fugiam da máscara num sonoro e acelerado bater de asas porque, assim como a boca, também gostavam de cantar. A mágica que os subtraía do rosto fazia da vida uma ilusionista e da cabeça de Nora Naumann, uma cartola. Transformava os olhos em alados e afinados cantores para também tentar libertá-los da gaiola intransponível da memória! Mas, eles nada mais eram que o passado em forma de passarinho. Desprendiam-se com facilidade do corpo para voar sem pressa e prazerosamente sobre os campos verdes formados pelas copas das árvores da infinita floresta brasileira. Voavam sobre as perobas, cedros, caviúnas, marfim, canjeranas, óleo-pardo, canelas, amoreiras, araucárias e as gigantescas e imponentes figueiras brancas cujas raízes aéreas se derramavam tronco abaixo. Rodopiando como um casal em passos de valsa, desviavam do tucano solitário e do bando de papagaios tagarelas da ponta da asa vermelha. Também chegavam às praias tropicais e, misturados às gaivotas e fragatas, voavam, voavam, ora dando rasantes sobre o mar ora furando as nuvens; depois atravessavam o oceano, cruzavam as montanhas nevadas da Europa, até pousarem cansados sobre o piano de calda da Escola de Música de Dresden ou no palco do Teatro de Dusseldorf, na Alemanha. Só então descansavam, e em seguida voltavam acelerados ao interior do Brasil, cortando o céu como estrelas cadentes, cruzando a escuridão da noite, até chegarem bem perto das tímidas chamas de luz que dançavam sobre as pontas das enferrujadas e oleosas lamparinas e iluminavam um pedaço de peroba-rosa enfeitado com letras talhadas à mão que identificavam o nome da singela casa de espetáculo: Ópera dos Grilos.

A palavra que os imigrantes ainda falavam com forte sotaque alemão se transformava na moeda cobrada na bilheteria do teatro. Paguem com sau-da-de, dizia irmã Anna que distribuía folhas de laranjeira como se fossem ingressos com os lugares marcados. Sentada num pedaço de tronco de peroba-rosa, a alemã, gorda e de voz grave, era encarregada de operar a máquina de colher saudade. Uma invenção bem-humorada do doutor Volk, respeitado advogado berlinense, especializado em direitos de patentes e mineração. Um tacho de ferro grande e imponente, similar aos usados pelas bruxas das histórias infantis, parado sobre o fogo, era usado para depositar o sentimento que mais se produzia naquelas terras. Dentro dele, a invisível saudade era misturada com água fervente e óleos perfumados. Hoje, o tacho está enchendo rápido, dizia irmã Anna. Que beleza! Vamos, senhor Cremer, chegou a sua vez!

A máquina de colher saudade era composta por um espelho de cristal em forma de um ovo, envolvido por uma moldura dourada e preso entre duas hastes de madeira, com pés de faunos esculpidos na base. Por trás do espelho saíam fios de cobre que eram fixados com prendedores de arame aos cabelos e às roupas dos doadores; um cano mais grosso, também de cobre, ligava a engenhoca ao caldeirão que só era aberto depois que o terceiro sinal fosse dado para que o saudosismo despejado no tacho pudesse contagiar a todos presentes poucos minutos antes de o espetáculo começar. Na hora da colheita, bastava que o doador se olhasse no espelho, pensasse num lugar, objeto, numa situação, num momento da própria vida ou em alguém. Irmã Anna, então, apertava o botão que era feito com uma pedra de topázio cor de mel do tamanho de uma maçã e esculpida como um diamante lapidado. Nesse exato instante em que o botão era acionado, uma caixa de música bem antiga fabricada por relojoeiros alemães que habitaram a floresta negra, decorada com máscaras gregas, começava a tocar um trecho de *A Flauta Mágica*, de Mozart. Só quando a ópera parasse de tocar na caixinha, o doador podia se desprender da máquina. Enquanto tocavam o primeiro, o segundo sinais e irmã Anna ainda se encarregava de colher o combustível e de deixá-lo lentamente se espalhar pelo ambiente, os convidados tomavam os seus lugares na platéia e nos camarotes. Os mais animados não se acomodavam antes de brindar o encontro com taças cheias de vinho. Vestidos para mais uma noite de gala, a grande maioria começava a chegar à Fazenda Gênesis uma hora depois que terminava o *Shabat*, pouco após o anoitecer. Todos estavam ansiosos para ouvir a voz de Nora Naumann em mais um concerto solo.

Doutor Samuel Naumann era quem avisava o público batendo com uma colher de prata num prato de ferro. Quando soou o terceiro sinal e todo o caldeirão foi descoberto, o vapor de saudade tomou conta do espaço e o jogo cênico se fez. O pobre teatro que tinha as copas das árvores como teto e o mato rasteiro e a terra úmida como piso, batizado de Ópera dos Grilos por Nora Naumann, se transformava quando a soprano pisava no palco e começava a cantar. Como é bom voltar ao Teatro de Berlim em noite de gala!, dizia Carmen Volk para Ester Cremer. Ruth que o diga, não é, minha amiga?, perguntou Ester a sua vizinha mais próxima que tinha chegado da Alemanha há apenas três meses. Tenho muita saudade disso tudo, respondeu Ruth Allmann, muita saudade mesmo! Os eventos culturais me fazem muita falta. Rudolf também sofre como eu. Assim como nossa linda sobrinha Nicole, não é, minha querida? Nicole esboçou um sorriso de que concordava com a tia e se afastou da roda das senhoras mais velhas para se aproximar de Johanna e Martin, filhos de Nora e Samuel Naumann. Estavam todos bem vestidos, perfumados. Acho bom usar os binóculos, Nicole, disse Johanna. Empresto os meus para que você possa ter certeza de como minha mãe vai estar perfeita esta noite. Nora sempre está perfeita, minha querida, disse Petra Luft Hagen, que estava acompanhada do marido, Edward Luft Hagen e dos enteados Ludwig e Golda Luft Hagen. Justin e Elisabeth Kroch, Frank e Agathe Flemig, Edgard e Hidda Brink também estavam presentes. Cada detalhe da tradicional casa de espetáculo berlinense, os lustres, os tapetes, as poltronas, a majestosa cortina de veludo vermelho, tudo estava ali para que os viajantes pudessem desfrutar como nos bons velhos tempos.

A Ópera dos Grilos vivia momentos de glória naquela floresta que ficava encantada nas noites de confraternização. A imaginação de Nora Naumann, com o apoio dos amigos, fazia a cortina feita com sacos de estopa ganhar o brilho e a cor de tecidos luxuosos. Da mesma forma, os tocos das árvores e os bancos de madeira que serviam de poltronas e de camarotes assim como o frágil tablado que fazia a vez do palco e as tochas de fogo que tentavam substituir os lustres. Lustre de verdade só havia um. Pertencia à família List Obermann. Com muito custo a peça conseguiu sobreviver à viagem do castelo da família na Alemanha até Rolândia. Teve de ser toda desmontada e embalada pedaço por pedaço. Só assim o lustre de cristal pôde chegar inteiro, sem nenhum arranhão. Hoje só deixa a sede da Fazenda Canaã transportado numa carroça para se transformar no símbolo mais belo do teatro da selva. Bernardo List Obermann e sua esposa Olívia quiseram colaborar com doutor Volk e com a família Normann emprestando a peça tão valiosa para aquelas noites de recordação. O lustre ficava seguramente pendurado num dos galhos mais altos de uma velha figueira e tinha todas as velas acesas durante as apresentações. Ver aquela imensa jóia de pedras cristalinas viajar praticamente no lombo de um cavalo pelas trilhas abertas na floresta era um outro espetáculo.

Goethe está entre nós!, dizia em voz alta Rudolf Allmann. Sintam a presença do nosso poeta maior, sintam!! Lembrem-se do que ele escreveu: "Não fique preso ao chão. Tenha coragem de se arrancar! Cabeça e braço com forças a irradiar. Em toda parte em casa estarão. Ficaremos sem mais preocupações, onde houver o sol a nos iluminar! Pois é para nele você se espalhar, que o mundo é feito de vastidões!". O marido de Ruth foi aplaudido. Nunca deixem faltar velas e lamparinas nas suas casas para que sempre haja luz e os livros possam ganhar vida! Eu mesmo tenho um estoque de velas na dispensa para que fique bem longe da minha família a impossibilidade da leitura, finalizou o advogado judeu. E só então o espetáculo pôde começar.

Nora Naumann usava o melhor vestido e se apresentava acompanhada apenas de um pequeno piano que trouxera da Alemanha. Ela tocava e cantava ao mesmo tempo. Algumas vezes deixava o instrumento musical mudo, e, à capela, interpretava trechos de óperas como *Madame Butterfly* de Puccini, uma das prediletas dela. Se não fossem os indisciplinados grilos, a floresta toda ficava em silêncio para ouvir a voz da soprano alemã. As canções de Schubert, Brahms, Beethoven, Bach, Mozart, Wagner e Schulmann também faziam parte do repertório. Bravo! Bravo! Gritavam os vizinhos no final, aplaudindo a artista por longos minutos, todos em pé. Obrigada!, obrigada!, respondia Nora. Obrigada! Mesmo dormindo, ela agradecia em voz alta. Acordava Samuel, depois virava na cama e continuava a dormir sob o olhar de compaixão do marido.

Sonhou de novo que estava se apresentando no teatro de Berlim, Nora? Acordei mais uma vez ouvindo você agradecer os aplausos da platéia. Foi um sonho lindo!, respondeu a soprano. Como das outras vezes, vejo a nossa Ópera dos Grilos, a nossa floresta se transformar no majestoso teatro lá da nossa terra, imponente, bonito... Nossos vizinhos todos bem vestidos para uma noite de gala, como se todos estivéssemos numa concorrida estréia em Berlim. Tudo culpa daquela máquina de colher saudade que doutor Volk disse que iria inventar. Ela não me sai mais da cabeça! Mas ele já me prometeu que ainda este mês a invenção dele vai estar aqui na nossa fazenda. Nora serviu-se com o café que irmã Anna acabara de fazer e foi tirar leite de Berenice, a vaca que ela batizara com o nome da rainha da Palestina, personagem-título da tragédia escrita por Racine, que se apaixonou pelo imperador romano Tito. Rainha que acreditava que com amor poderia salvar seu povo. Bom dia, Berenice, dizia Nora, beijando a cabeça da vaca. Hoje acordei com uma voz belíssima, ouça com carinho e me agradeça com muito, muito leite!! E começava, então, mais um dia de trabalho na Fazenda Gênesis. De longe era possível ouvir o canto de Nora. Ela acreditava que ao cantar trechos de óperas para Berenice, o animal se emocionava e produzia mais leite. Segundo Nora, a ária que a vaca mais gostava era *Um bel di Vedremo*, do segundo ato de *Madame Butterfly*. E era justamente essa ária que Nora mais cantava assim que o sol nascia.

Com o balde cheio, Nora voltava para casa cumprimentando todos os outros bichos da fazenda que também haviam sido batizados por ela com nomes de personagens famosos de escritores, artistas e compositores europeus que mais admirava. Tinha um leitão que se chamava Petiprè, homenagem ao homem castrado da corte do faraó, criado por Thomas Mann na obra *José e Seus Irmãos*; e também uma outra vaca chamada de Hatshet-Sut, inspirada na deusa egípcia da mesma obra de Mann; ainda o cavalo Tamino, personagem da ópera *A Flauta Mágica*, de Mozart, o galo Benjamino Gigli, homenagem ao maior tenor italiano da época; e uma égua chamada Zuleika e um cão chamado Werther, personagens de Goethe. Pronto!, disse a cantora deixando o balde sobre a mesa da cozinha. O leite já pode ser fervido, irmã Anna. A empregada obedeceu. Até no sonho da senhora eu tenho de trabalhar, não é, dona Nora, reclamou irmã Anna, que morava com os Naumann desde que Johanna e Martin eram bem pequenos em Dusseldorf. Apesar de ser constantemente chamada de irmã, não era freira, e sim enfermeira. Foi contratada para ser babá, mas acabou acumulando o trabalho de doméstica, e se entendeu tão bem com os patrões que imigrou com eles para o Brasil. Não reclame, sua rabugenta, brincou a soprano. Deixo você operar a máquina de colher saudade e a senhora ainda reclama? Que ingratidão! Se pelo menos essa saudade que a senhora fala aí valesse ouro!, respondeu a empregada. Vale muito mais que ouro, respondeu Samuel. Vale as nossas vidas!

Os meus biscoitos de maisena estão deliciosos hoje, a senhora não acha, dona Nora? Irmã Anna mudou logo de assunto. Mordeu as palavras com a boca cheia. Estão deliciosos como sempre, respondeu a patroa. Agora, vá acordar aqueles vagabundos. Já é hora de Johanna me ajudar no trabalho da roça e de Martin ir para a escola na fazenda dos Cremer! Não chame as minhas crianças de vagabundas!, dona Nora. Elas são os nossos anjos, os nossos anjos!, disse irmã Anna a caminho do quarto dos adolescentes que ela amava como se fossem filhos dela.

Martin tinha 12 e Johanna 16 quando chegaram em Rolândia em 1937. Samuel estava com 60 e Nora e irmã Anna com 50 anos. Hoje, três anos já tinham se passado desde que desembarcaram do trem que os trouxera até Rolândia. Antes de deixar a Alemanha, Samuel, que era judeu, foi duas vezes interrogado pela Gestapo só porque encomendara numa livraria um livro de um autor inglês sobre a situação política de todos os países da Europa. Filho de um juiz que chegou a ser diretor do Tribunal Policial de Colônia, Samuel era um respeitado advogado da corte de apelação, especializado em divórcio e direito de família, no Fórum de Dusseldorf.

Antes de se casar com ele, Nora já havia se casado aos 18 anos com o Barão Von Negri, um oficial do exército alemão. A cerimônia fora em Colônia, cidade onde Nora nasceu e morava com os pais, que eram agricultores. Ela era filha única. Depois de três anos o casamento terminou porque o Barão era muito mulherengo, trapaceiro e acabou expulso do exército. Nora, então, deixou Felipe, o filho que teve com o Barão, com os pais dela em Colônia e se mudou para Dresden para estudar canto e piano. Lá se apaixonou por Klaus Timberguer, um pianista que foi convocado para lutar na Primeira Guerra Mundial e acabou morrendo em combate. Só depois que se formou em canto e piano conheceu Samuel numa termas no interior da Alemanha, em 1917. Nora fazia companhia ao pai que acabara de ser curado de uma meningite. Casaram-se no mesmo ano e foram morar em Dusseldorf, numa linda casa que ficava à margem esquerda do rio Reno. Felipe morou com eles até quando decidiram fugir para o Brasil. Com 25 anos, formado em engenharia e já casado, o filho do primeiro casamento de Nora preferiu permanecer na Alemanha.

3

Johanna sentou-se à mesa do café e antes de comer ou beber qualquer coisa chamou por Werther. O cão goetheano e vira-lata de pêlos cor de mel aproximou-se e começou a latir. Sabe, irmã Anna, eu olho para o Werther e tenho uma saudade da Dani!, lamentou a filha de Nora. Eu não me lembro muito bem dela, porque eu só tinha dois anos de idade quando ela morreu, explicou Martin. É, você era mesmo um bebê, disse irmã Anna. Mas assim como a Johanna, eu também sinto muito a falta daquela menina arteira, como sinto. Dani era uma cadela poodle preta que os Naumann adotaram em Dusseldorf. Num dia de São Nicolau, quando todas as padarias da Alemanha ficam cheias de doces e enfeites, Dani estava solta e acompanhou irmã Anna, Johanna e Martin, que ainda estava no carrinho de bebê, num passeio pelo comércio. Dani foi brincar na rua com outro cão e foi atropelada. Essa lembrança não me sai da cabeça, mesmo aqui, tão distante de Dusseldorf... Eu amava a minha Dani!, disse Johanna com os olhos marejados. Chega de tristeza, crianças. Martin! É hora de ir para a escola, já está atrasado! Vamos!, ordenou irmã Anna com voz grave e autoritária. O filho de Nora pulou rapidamente da cadeira, pegou caderno, livros, correu até o quintal e saltou sobre a égua Zuleika. Nessa hora, o cavalo Tamino já tinha saído para passear com Samuel.

O pai de Johanna e Martin não aceitava a mudança radical imposta pelo destino e se recusava a plantar, carpir, fazer o trabalho que um agricultor deveria fazer. Sempre vestido como se estivesse indo ao Fórum de Dusseldorf, saía para cavalgar nas trilhas da floresta em busca de inspiração e de idéias. Com uma pequena caderneta e um lápis à mão, ele anotava os pensamentos, o que acontecia durante os passeios solitários. Costumava dizer aos vizinhos que ainda sonhava em voltar a viver na Alemanha e que a passagem pelo Brasil haveria de ser apenas uma temporada para viagens filosóficas. Os vizinhos o viam mais como um lorde inglês, um eterno sonhador que se recusava a acordar e pôr os pés na realidade.

Pise descalço nessa terra vermelha, doutor Naumann, dizia Alexander Cremer. Vai lhe fazer muito bem. Venha, doutor Naumann, ponha os pés nesse chão abençoado que nos deu abrigo!, insistia Ruth Allmann. Venha pai, insistia Johanna, entre no rio, está quentinho! Mas Samuel Naumann não se deixava seduzir nem pela filha nem pelos amigos. Não quero pegar bicho-de-pé, dizia o advogado. Prefiro tomar banho de caneca do que me contaminar nessa água, respondia. E assim os dias passavam quase sempre iguais para o senhor Naumann. Quando não andava a cavalo para pensar na vida, ficava em casa para ouvir música no gramofone ou ler um dos quatro mil livros que trouxera da Alemanha. Nora ficava muito brava com o marido quando ele se recusava a ajudá-la a cuidar dos animais ou a trabalhar na roça. Só eu me esforço para sustentar a nossa família!, dizia a cantora com o rosto em bicas.

Por mais que gostassem do verão, os imigrantes e refugiados alemães não se acostumavam com o calor que fazia quase o ano inteiro em Rolândia, mesmo durante os meses de inverno. Eu não nasci para fazer trabalhos braçais, respondia Samuel. Deixe-me em paz com a minha leitura! Nora teve de se acostumar com a recusa do marido em aceitar a nova vida. Dois minutos depois de discutir com ele, já pegava no pesado, sempre acompanhada por uma bela canção. A senhora parece um sabiá, dona Nora, dizia Pierino, um velho italiano que a ajudava a plantar mandioca, milho e feijão. Sabiá, repetia Nora lentamente para memorizar mais uma palavra que aprendia em português. E foi assim, nas conversas com os empregados, que os Naumann assimilaram o novo idioma. Olha lá, dizia Pierino. Sabiá é aquele pássaro que come o mamão maduro caído na terra. Aquele é o sabiá! Sa-bi-á, repetia, lentamente, o humilde e analfabeto professor. Em troca do conhecimento, Nora presenteava o ajudante com trechos de óperas imortalizados pelos italianos Dusolina Giannini e Benjamino Gigli. Depois de passar a manhã na roça, a soprano ainda tinha disposição para dar aulas de piano e canto.

Ester e Sophia Cremer eram as únicas alunas daquela tarde. No dia anterior, Nora tinha dado aula de canto e piano para Thomas e Frida Schneider. As próximas alunas chegaram juntas com Martin. Foi uma viagem cansativa, Nora. Mas, para aprender a cantar como você eu enfrento até a travessia do Atlântico novamente, disse Ester. Sabe que Thomas e Frida disseram a mesma coisa ontem?, comentou a professora. A nossa fazenda não é tão longe assim, mamãe, ponderou Sophia, filha mais velha de Ester e Alexander Cremer. Martin faz esse percurso praticamente todos os dias a cavalo e não reclama, não é Martin? A minha bunda dói, respondeu Martin. Prefiro quando posso ir no Tamino. Quando tenho de sentar no lombo da Zuleika fico com a bunda doendo... Martin! repreendeu Nora. Isso lá são palavras para você falar na frente das visitas? Não censure, Nora. Deixe o menino, disse Ester. O importante, meu querido Martin, é que todo esse sacrifício vale a pena. Você tem aprendido matemática, história, geografia, literatura alemã, hebraico... comentou a dona da Fazenda Torah. Não tenho palavras para agradecer a oportunidade que vocês têm dado ao meu filho, Ester, disse Nora. O casal Ballack caiu dos céus! É verdade, concordou Ester. Senhor e senhora Ballack são professores de primeira qualidade. Você acha caro o preço que eles cobram pelas aulas, Nora? Não, de forma alguma. Pagamos com muito prazer. Agora, por favor, Martin e Johanna vão chupar laranja lá fora que eu vou começar a minha aula de canto. Quem começa primeiro? Ester ou Sophia? Ester? Pois muito bem, Sophia também pode ir lá fora chupar laranjas. Quando chegar sua vez eu chamo.

Nora sempre fez questão de silêncio absoluto durante as aulas. Só ela, o aluno ou o piano podiam quebrar a ausência de sons que se instalava na sala da sede da Fazenda Gênesis. Lei que muitas vezes era violada pela gentileza de irmã Anna que tropeçava em móveis quando vinha servir chá com biscoitos de nata à patroa e aos alunos. Mais do que ensinar ou aprender, professora e alunos queriam aproveitar o momento de cada encontro para falar da Alemanha, trocar experiências e, principalmente, ficar por dentro dos acontecimentos que marcavam o dia-a-dia das fazendas vizinhas e da vila de Rolândia. O assunto extraclasse daquele dia era a chegada da família de Otto Prustel, ex-deputado alemão do partido católico, que finalmente iria trazer a mulher e os sete filhos para viver com ele em Rolândia. Precisamos homenagear esse homem, disse Ester. Já passa da hora de todos os judeus que moram em Rolândia agradecê-lo por toda ajuda que deu à nossa comunidade.

Mas que filharada que o senhor Otto tem!, comentou Nora. Tenho dois, e acho muito. Ouvi dizer que chegam agora em maio, nos próximos dias.

Dizem que a senhora Charlotte Prustel é muito culta e elegante. Que mantém laços de amizade com o alto escalão do Vaticano, comentou Ester. Imagine o susto que Charlotte vai levar quando atolar o pé na terra vermelha ou quando pegar um bicho-de-pé!, comentou irmã Anna, o que fez todos caírem na risada. Se nós que não somos cheias de frescura ainda sofremos para nos adaptar, imagine a senhora Prustel, acostumada ao luxo do Vaticano, comentou Ester. Estive com a irmã caçula dela na Casa Guilherme, outro dia. Ela e o marido já moram em Rolândia há um ano. Seguramente é a mulher mais bonita da cidade. Muito simpática, falante, bem vestida! Foi ela que me disse que Charlotte vai odiar Rolândia. Que jamais vai se acostumar com a vida no meio do mato. Já sei de quem você fala, disse Nora. Todos os homens de Rolândia já comentam a beleza de dona Astrid Dahl. Elogiam sempre os olhos azul-esverdeados que ela tem. Exatamente, disse Ester. Astrid Dahl é o nome da irmã de Charlotte. Ela é mesmo muito bonita, comentou Martin. Conheci dona Astrid também na Casa Guilherme. Até ganhei um beijo dela, não foi Johanna? Um beijo, não, respondeu Johanna, ela lhe encheu o rosto de beijos. E ainda falou alto para todos ouvirem que Martin vai ser um homem muito bonito quando crescer. Até lamentou não ter idade para poder se casar com ele no futuro! Nossa, ela disse isso, minha filha?, perguntou Nora. Disse sim, mamãe, respondeu Johanna. Martin ficou vermelho como um tomate na hora, não foi, Martin? O filho de Nora corou novamente, envergonhado por estar sendo o alvo das gargalhadas.

Ester e Nora, então, decidiram convocar todos os vizinhos para promover um grande jantar em homenagem a Otto Prustel por tudo que ele tinha feito para facilitar a fuga das famílias judias da Alemanha. São cristãos, mas não hão de recusar um agrado do nosso grupo de refugiados judeus, não é, Nora? Não nos farão essa desfeita. Claro que não, disse Nora. Pois se foi o senhor Prustel quem nos ajudou a comprar terras aqui no Brasil, que nos deu a mão na hora que mais precisávamos. Faço questão de colaborar com o jantar e ainda quero presentear os Prustel com um lindo espetáculo de canto lírico aqui no meu teatro improvisado na mata. Vou ensaiar canções novas especialmente para agradecer ao senhor Prustel em nome de todos os judeus de Rolândia!, proclamou Nora, que sempre se entusiasmava quando o assunto era festa. Mas, a senhora nem é judia, mamãe!, argumentou Johanna. Não nasci de útero de mãe judia, mas me casei com um judeu. E isso me basta para me sentir judia como se de sangue também o fosse. Vai agora se comportar como os irmãos do seu pai lá em Dusseldorf que insistiram para que eu ficasse na Alemanha e deixasse vocês e seu pai fugirem sozinhos para o Brasil? Eles achavam que por não ter nenhuma ascendência judaica eu deveria ficar por lá, não devia me aventurar na floresta, na selva. Você acha, Ester, que irmãos o Samuel arrumou? Pois eu fiquei muito brava com eles e disse que me sentia judia e não ia abandonar o meu marido nem os meus filhos nunca na vida. Pois fez você muito bem, minha amiga, disse Ester. Você é como eu, uma mulher de fibra, de personalidade. Sem nós, nossos maridos não seriam ninguém, não é mesmo? Tenho certeza que não, Ester. Sem mim, o meu Samuel já teria morrido aqui na fazenda.

As duas vizinhas esticaram a conversa até o sol começar a se despedir. Ester gostava de voltar à Fazenda Torah nesse horário, especialmente para apreciar as cores que eram derramadas no céu. Nora elogiou o desempenho das duas alunas e disse que mãe e filha logo, logo, estariam prontas para se apresentar ao público. Depois de amanhã quero ver as duas aqui sem atraso, disse a professora. E cuidado para não demorarem demais para voltar para casa, porque a noite já está aí! Essa floresta escura pode ser muito perigosa! Pode ficar tranqüila, Nora querida, vamos chegar em casa antes do anoitecer. Até a próxima aula!

Ester e Sophia seguiram a cavalo pelo estreito caminho que ora tinha seus momentos de estrada ora parecia uma trilha apertada entre as árvores e palmeiras daquela floresta ainda pouco desbravada. Veja que beleza, minha filha, os raios do sol entrando pela copa das árvores. Que espetáculo, veja!, dizia Ester seduzida pelos feixes de luz que tocavam a mata. As duas aproveitaram o passeio para praticar a canção que aprenderam na aula de canto. E como dois pássaros elas cantaram e se deixaram voar no trote acelerado dos pangarés.

4

Quando não tinha aula de canto, Ester gostava de aproveitar as tardes para conversar e ajudar Ruth Allmann a construir o primeiro jardim da Fazenda Torah. Formada em Botânica, Ruth estava deslumbrada com a beleza da flora brasileira. Nos passeios pelas margens do ribeirão Jaú, elas recolhiam mudas de orquídeas, samambaias e bromélias. Além do riacho, a Fazenda Torah tinha o privilégio de ter uma nascente de águas cristalinas também cercada de um jardim natural. Veja você, minha amiga, como Deus abençoou esta terra! Na Alemanha não se encontram flores tão belas!, disse Ruth. Você está encantada mesmo com as cores dessa floresta. Desde que chegou na fazenda não se cansa de elogiar o talento divino que criou tudo isso, comentou Ester. Bendita a hora que Rudolf decidiu comprar essa fazenda em sociedade com o seu marido! Bendita a hora! Ganhamos a liberdade no paraíso! E de brinde, ainda fomos presenteados com a alegria dos colibris. Veja como festejam a nossa presença!, apontou Ruth. Os beija-flores coloridos passavam aceleradamente por elas e só se acalmavam diante do doce perfume. Parecem fadas, disse Ruth que também não cansava de elogiar a beleza das borboletas e de outros pássaros como papagaios, periquitos e tucanos.

Naquela tarde, especialmente, Ester contou à amiga sobre a chegada dos Cremer a Rolândia. Partimos do porto de Hamburgo no navio General Artigas. Chegamos em Santos no dia 6 de junho de 1936. Ficamos uma semana em São Paulo na casa de amigos e em seguida viemos para Rolândia. Primeiro só eu e

PROF. RUDOLF LADENBURG

PRINCETON AVENUE
PRINCETON
NEW JERSEY

12. 6. 42.

Liebe Agathe.

Es war sehr aufmerksam von Dir an meinen Geburtstag so rechtzeitig zu denken, dass der Brief tatsächlich am 6. 6. ankam. Vielen herzlichen Dank für Deine Glückwünsche, wenn auch meine "Verdienste" etwas zu viel ist. Man hat mich richtig gefeiert & mir meine 60 Jahre immer wieder vorgezählt & mich beglückwünscht, dass ich "noch so rüstig" bin. Aber ich weiss dass es nett gemeint war. Alle Kinder & Enkel waren versammelt, auch Rosche's Parents aus New York.

Ich freue mich, dass bei Euch alles fast unverändert ist & nehme an, dass auch Margot & ihre Familie all right sind, obwohl Du sie nicht erwähnst. Auch wir sind vom Krieg nur wenig betroffen, soweit, mein Sohn hat eine gute Stellung im Research Lab. von Merck & ist deshalb bisher wenigstens nicht eingezogen. Auch Evas Peter Pringsheim ist noch daheim (sie sind übrigens kürzlich nach New York gezogen, da Eva ihre social school in Philadelphia als "Master of Social Work" abgeschlossen hat) – er war 6 Monate Soldat, in den Ski Truppen, wurde dann, vor Pearl Harbor, entlassen.
Hedith lebt mit ihrem 2. Gatten & den Kindern in einem reizenden Häuschen in Yonkers N.Y. & macht einen sehr glücklichen Eindruck.
Hubert hat endlich eine Stellung gefunden, einen federal job in Washington, die ihm viel Freude macht.
Else war von Ende Februar bis Anfang Mai in der sogenannten Wüste in Californien, am gleichen Ort wie vor 2 Jahren, der ihr so gut gefallen hat. Sie hat ihr Mal talent entdeckt u. etwa 20 vortreffliche Bilder (Aquarell) mitgebracht. Der Aufenthalt hat ihr in jeder Beziehung sehr gut getan.

Das wäre wohl das Wesentliche was zu berichten ist.

Viele herzliche Grüsse & Wünsche Dir u. Deinem Gatten, bitte auch an Margot
von Else & mir
Dein Vetter
Rudi

Carta que Rudolf Ladenburg escreveu para Agathe em 12 de junho de 1942

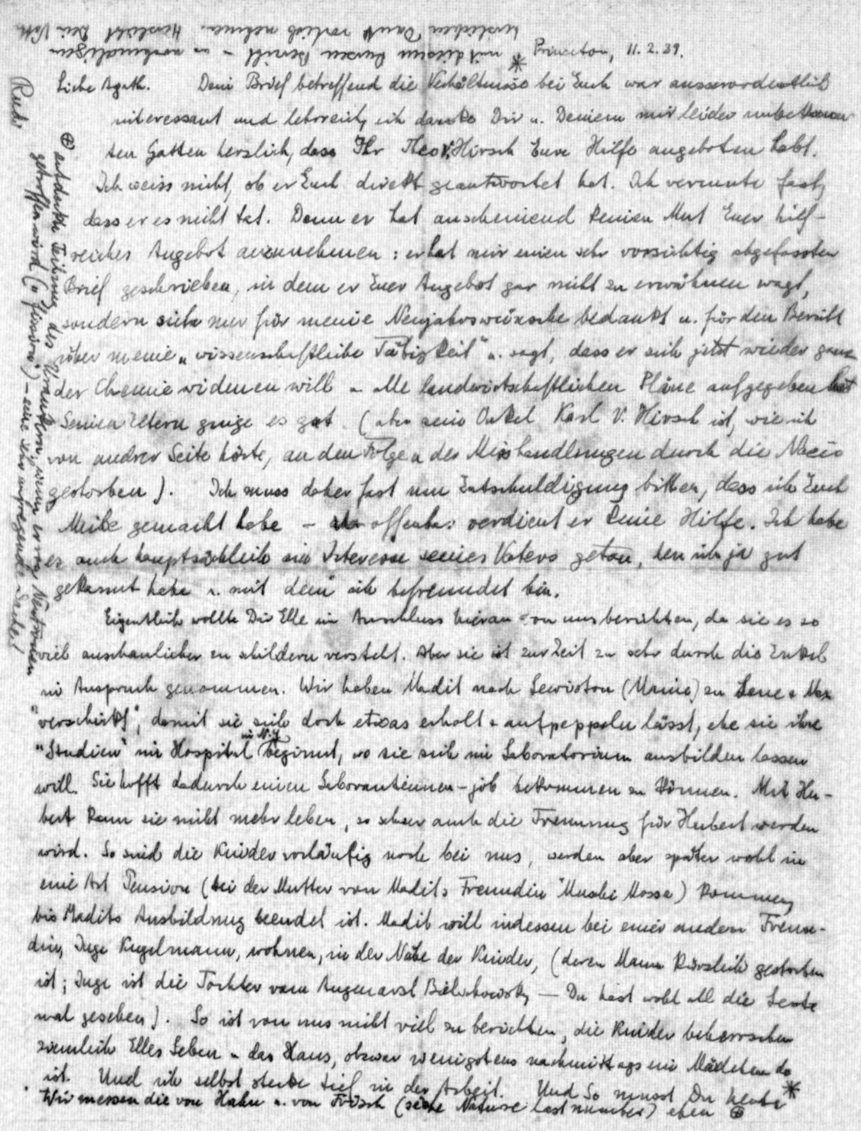
mit diesem kurzen Bericht – in vorläufigem herzlichen Dank erledigt nehme. Herzlichst Dein Rudi

*Princeton, 11. 2. 39.

Liebe Agathe. Dein Brief betreffend die Verhältnisse bei Euch war ausserordentlich interessant und lehrreich, ich danke Dir u. Deinem mir leider unbekannten Gatten herzlich, dass Ihr Theo v. Hirsch Eure Hilfe angeboten habt. Ich weiss nicht, ob er Euch direkt geantwortet hat. Ich vermute fast, dass er es nicht tat. Denn er hat anscheinend keinen Mut Euer hilfreiches Angebot anzunehmen: er hat mir einen sehr vorsichtig abgefassten Brief geschrieben, in dem er Euer Angebot gar nicht zu erwähnen wagt, sondern sich nur für meine Neujahrswünsche bedankt u. für den Bericht über meine „wissenschaftliche Tätigkeit" u. sagt, dass er sich jetzt wieder ganz der Chemie widmen will u. alle landwirtschaftlichen Pläne aufgegeben hat. Seinen Eltern ginge es gut. (aber sein Onkel Karl v. Hirsch ist, wie ich von anderer Seite hörte, an den Folgen der Misshandlungen durch die Nazis gestorben). Ich muss daher fast um Entschuldigung bitten, dass ich Euch Mühe gemacht habe – aber offenbar verdient er keine Hilfe. Ich habe es auch hauptsächlich im Interesse seines Vaters getan, den ich ja gut gekannt habe u. mit dem ich befreundet bin.

Eigentlich wollte Dir Elle im Anschluss hieran von uns berichten, da sie es so viel anschaulicher zu schildern versteht. Aber sie ist zur Zeit zu sehr durch die Enkel in Anspruch genommen. Wir haben Madit nach Lewiston (Maine) zu Lene u. Max „verschickt", damit sie sich dort etwas erholt u. aufpäppeln lässt, ehe sie ihre „Studien" im Hospital nächste Woche beginnt, wo sie sich im Laboratorium ausbilden lassen will. Sie hofft dadurch einen Laborantinnen-job bekommen zu können. Mit Hubert kann sie nicht mehr leben, so schwer auch die Trennung für Hubert werden wird. So sind die Kinder vorläufig noch bei uns, werden aber später wohl in eine Art Pension (bei der Mutter von Madits Freundin Muschi Mosse) kommen bis Madits Ausbildung beendet ist. Madit will indessen bei einer andern Freundin, Inge Kugelmann, wohnen, in der Nähe der Kinder, (deren Mann kürzlich gestorben ist; Inge ist die Tochter vom Augenarzt Bielschowsky – Du hast wohl all die Leute mal gesehen). So ist von uns nicht viel zu berichten, die Kinder beherrschen ziemlich Alles Leben u. das Haus, obwohl wenigstens nachmittags ein Mädchen da ist. Und ich selbst stecke tief in der Arbeit. Und so nimmst Du heute*

Wir messen die von Hahn u. von Frisch (siehe Nature last numbers) eben ⊕

⊕ entdeckte Teilung des Urankerns, wenn wenig Neutronen geschaffen wird (o Spaltung) – eine der aufregendsten Sachen!

Rudi

Além de estudar física, Agathe também adorava dirigir automóveis. Moderna e arrojada, depois que se mudou para Rolândia nos anos 30 teve o privilégio de ser informada sobre as pesquisas que a equipe de Albert Einstein realizava em Princeton, EUA, nas cartas que recebia do primo e mestre Rudolf Ladenburg. A carta acima foi enviada por ele em 1939.

Família 'Kroch' num momento de lazer na fazenda 'Sarah'.

Retrato de 'Nora Naumann' com 19 anos desenhado por um prestigiado artista alemão amigo do primeiro marido dela, o Barão Von Negri.
O mesmo amigo fotografou e retocou o retrato dos filhos da soprano, 'Johana' e 'Martin' ainda bebês.

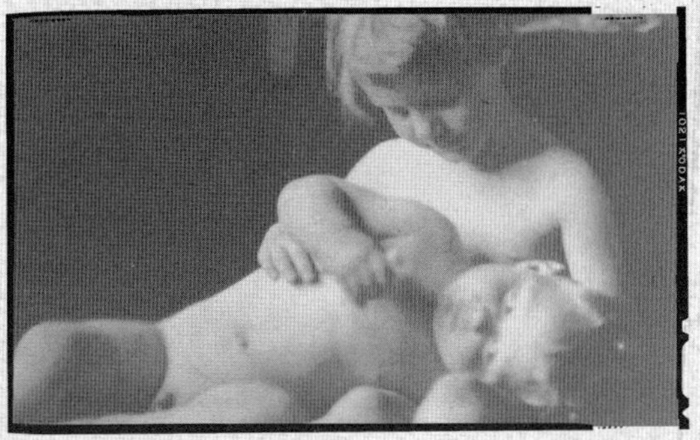

'Nora', irmã Anna, 'Johana', 'Martin' e a cadela Dani em Dusseldorf

'Johana' e 'Samuel', 'Nora' e 'Martin' na casa da fazenda 'Gênesis'.

'Johana' e 'Martin' herdaram dos pais o gosto pela música e pela leitura.

'Iuri Kroch' e 'Carina Cremer' na fazenda 'Torah'.

'Wagner Volk' e a filha 'Dafne' com os cães da fazenda 'do Messias'.

‘Ruth Allmann’ e ‘Ester Cremer’ na fazenda ‘Torah’

‘Wagner Volk’, ‘Elwin Hahn’ (o mais alto), ‘Thomas e Frida Schneider’ sob o guarda-chuva na estação ferroviária de Rolândia.

Castelo que a família ‘List Obermann’ foi obrigada a abandonar na Alemanha e que foi tomado pelos nazistas.

'Bernardo e Olivia List Obermann'

'Barbara List Obermann' descobre a beleza e o perfume da flora brasileira.

'Olivia' com a filha 'Barbara'.

Judeus, o engenheiro 'Bernardo' e o ex-estudante de medicina 'Elwin Hahn' (o mais alto) aprendem a trabalhar na roça.

‘Caroline’ com o
primeiro filho no jardim
da fazenda ‘Canaã’.

Casamento de ‘Elwin’ e
‘Caroline’ no hotel Rolândia.

As margaridas das
irmãs ‘Terese e
Raquel Prustel’.

Os gêmeos ‘Adam e Lucas
Prustel’ adoravam matar a
fome com milho cozido.

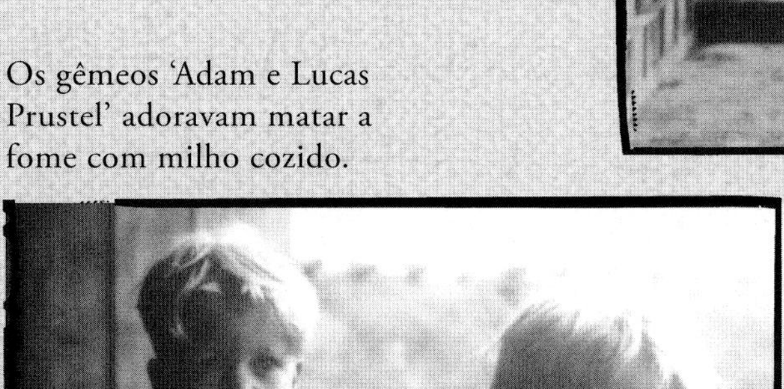

'Matheus e Adam Prustel' brincam com o macaco Chico.

'Dom Bentus' se adaptou rapidamente à terra vermelha e logo fez da mata fechada, abrigo para suas orações.

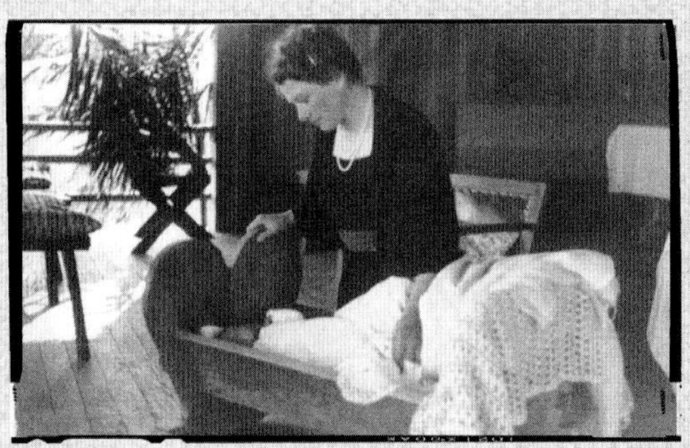

'Charlotte Prustel' faz 'Roma' dormir no berço construído com peroba-rosa.

A sanfona que sempre esteve presente nas horas de alegria e de tristeza de 'Olívia List Obermann'.

Alexander. As crianças ficaram mais uma temporada em São Paulo até que conseguíssemos arrumar uma casa digna para a nossa família enquanto a sede da fazenda não ficasse pronta. Lembro-me que quando fomos buscar os meus filhos em São Paulo, vesti luvas brancas neles, quando embarcamos no trem, para que não se contaminassem. Os vagões eram muito sujos. Isso sem falar nos pedacinhos de carvão que entravam pela janela durante a viagem e pretejavam toda a roupa. Quando entramos no Paraná ficou ainda pior. O pó vermelho entrava até no pulmão da gente. O trem atravessava o sertão e fazia o chão tremer, sacolejar. Agitada, a terra erguia-se em nuvens que me fizeram lembrar das velas das antigas embarcações. As ondas de poeira vermelha se lançavam sobre o trem uma após a outra. Sophia tinha 11 anos, Artur 9 e Carina 6 anos. Pareciam africanos os meus filhos quando descemos na estação de Rolândia. Mas, apesar de estranhar o nosso novo mundo, agradecia a Deus todos os dias pela nossa liberdade e por não precisarmos esconder de ninguém que éramos judeus.

Nossa casa no vilarejo tinha só quatro cômodos. Usamos as caixas de madeira que trouxemos com as roupas, objetos pessoais, livros e quadros como mesa, bancos e armários. Pegávamos água no poço do vizinho. Lembro que o nosso chuveiro era uma lata que a gente enchia de água, e puxava para cima com a ajuda de uma corda. A geladeira, a querosene, conseguimos trazer da Alemanha, e o fogão era a lenha. No início Sophia reclamava de tudo. Certa vez escreveu uma carta para a avó. Disse que achava o Brasil horrível e que aqui tinha uma coisa que se chamava chuchu, que se comia o chuchu como batata frita, purê de maçã e que ela não gostava nada do gosto do chuchu. As correspondências que chegavam naquela época ficavam guardadas no escritório da Companhia de Terra Norte do Paraná, num lugar onde a gente, mesmo do lado de fora, podia olhar para ver se tinha alguma carta. Também já havia em Rolândia a Casa Guilherme, aquela loja de secos e molhados do doutor Weber, que você e doutor Allmann já conheceram, o hotel Estrela, a fábrica de aranhas* e carroças do seu Cornelius.

Um dos grandes sustos que tivemos foi com o tal do bicho-de-pé. Aliás, não só nós, mas todos os alemães que se mudaram para cá. Você já pegou alguns e sabe do

* Carruagem leve, de duas rodas, puxada por um cavalo.

que falo. Alexander ficou com um problema grave de saúde por causa desse bichinho apaixonado por pés de alemães. O pé dele tinha tanto, mas tanto bicho-de-pé, que inflamou de um jeito que nem andar ele conseguia mais. doutor Volk, nosso vizinho, precisou levá-lo em cima de uma cama até o carro dele para depois seguir até o hospital em Londrina. Isso ocorreu logo que nos mudamos para a fazenda, há dois anos mais ou menos.

Ruth ouvia impressionada as histórias contadas pela amiga. Você é uma guerreira!, Ester. O Alexander, então... Abrir essa mata no machado, ele foi um herói! E permita-me uma brincadeira. Alexander escapou da fúria de Hitler e quase sucumbiu a um invisível bichinho das matas brasileiras. Moral da história: até um bicho-de-pé é mais forte, mais onipresente e onipotente, que aquele verme louco do *führer* alemão!, proclamou Ruth. Que bichinho perigoso esse bicho-de-pé, vou falar para o Rudolf tomar mais cuidado. Será que eles entram até dentro de casa? Devem entrar sim, respondeu Ester. Eles estão por todo canto. São uma praga por aqui. Ontem mesmo Nicole tirou um do meu dedinho do pé esquerdo, disse Ruth. Ainda coça bastante. Pois então esteja preparada para ser atacada por milhares deles. Eu já perdi a conta de quantos tirei dos meus pés, comentou Ester rindo da cara assustada da vizinha.

Ruth e Rudolf Allmann estavam com 42 e 47 anos respectivamente, quando chegaram em Rolândia. Não tinham filhos, mas trouxeram com eles a sobrinha Nicole, de 17 anos. Vieram de Frankfurt onde Rudolf nasceu, se formou em Direito e viveu praticamente toda a vida até ter de fugir para o Brasil. Assim como os Cremer, eles também eram judeus. Antes da fuga, o casal Allmann manteve escondido, nos fundos do escritório de advocacia em Frankfurt, um posto de atendimento aos judeus e cristãos perseguidos pelo nazismo. Os Allmann ajudavam as famílias a conseguir certidões católicas de batismo e passaportes falsos, como também a comprar vistos e passagens. Corremos muito risco, mas valeu a pena. Tenho certeza de que salvamos muitas vidas. E só por essa razão não me arrependo de nada do que fiz. Faria tudo outra vez, comentou Ruth com um punhado de sementes nas mãos. Eram sementes de flores que a botânica cultivava no jardim de sua casa em Frankfurt. Eu renasci a cada jardim que criei, disse emocionada. Levo essas sementes sempre comigo, por mais distantes que sejam as moradas que Deus me reservar, por mais longas e cansativas que sejam as travessias...

Ruth contou à amiga que ficara muito impressionada com a mensagem que Deus lhe enviou assim que desembarcou no porto de Santos. Disse que desceu do navio segurando as sementes embrulhadas num pedaço de papel e que o fiscal da alfândega foi logo dando ordens grosseiras para que ela abrisse o pacote rapidamente. Quando desembrulhei as sementes, disse Ruth, algumas estavam germinando. Era minha vida que nascia de novo, Ester. Não foi uma mensagem linda que Deus me enviou naquele momento difícil e angustiante? Claro que foi, Ruth. Deus falou com você através das sementes, não tenha dúvida disso, respondeu Ester. Agora todas elas vão germinar e crescer nos nossos jardins, não é mesmo? Mas, vamos mudar de assunto senão eu vou virar uma cachoeira, sugeriu Ruth ao enxugar as próprias lágrimas. E perguntou logo em seguida se Ester não tinha medo de deixar as *mezuzahs* expostas como ombreiras de porta para qualquer um ver. Se não era perigoso. Acho que não, quem vai se importar conosco nesse meio de mato?, disse Ester. Nunca se sabe, os nazistas também estão por aqui, não é mesmo? Fiquei horrorizada com as histórias que seu marido contou ontem no jantar sobre esse Oswald Nixdorf, comentou Ruth.

Ele não se atreveria a mexer conosco, disse Ester. Não tenho medo dele não. Deixo minhas *mezuzahs* expostas para enfeitar as perobas e proteger a minha casa. Ruth acabou convencida de que a amiga tinha razão. Assim que a minha casa ficar pronta também vou ter mais de uma *mezuzah* nos pilares da varanda, como você fez questão de fazer na sua.

A Botânica então, lembrou e repetiu em voz alta a frase do quinto livro de Moisés que está escrito em hebraico no pedaço de pergaminho, enrolado e guardado dentro das pequenas cápsulas de metal, chamadas de *mezuzah*: "Amarás o eterno seu Deus de todo coração e com toda tua alma". Como é bom ter liberdade para expressar a nossa fé, a nossa religião, não há dinheiro no mundo que pague a felicidade de ser livre!, reforçou Ruth. Mas, pensando bem, você também está certa quando se mostra preocupada, disse Ester. Devo mesmo tomar mais cuidado ao expor a religião de minha família nessa terra estranha. A partir de hoje, vou pedir às crianças que não falem a qualquer um que são judias. As duas amigas decidiram que iriam celebrar as datas religiosas e as festas judaicas discretamente na fazenda. Ester agradeceu Ruth pelo conselho e ficou convencida de que realmente ainda não era hora de vivenciarem o judaísmo de forma plena e transparente para que todos pudessem saber.

A casa dos Allmann havia sido construída a poucos metros da residência dos Cremer, pelo senhor Tolkmit, um marceneiro imigrante da Prússia Oriental que já tinha feito casas para muitos alemães que viviam por ali com a ajuda de uma equipe de serventes. Todo o material foi comprado em Rolândia e trazido em caminhões velhos que tinham de se esforçar para passar por pontes primitivas. Principalmente quando chovia e as estradas viravam lama. Os veículos vinham carregados de tábuas de cedro e de peroba. Elas eram amarradas umas às outras com tiras estreitas de pinho e a casa toda estava assentada sobre tocos das madeiras mais nobres retiradas da roça com mulas e cavalos. Enquanto a construção não terminava, o casal Allmann e a sobrinha ficaram hospedados na casa dos estagiários, que havia sido construída na fazenda para abrigar jovens judeus, instruídos na Fazenda Experimental de Grossbreesen na Silésia, que deviam emigrar para o Brasil. Mas, como o governo de Getúlio Vargas havia negado o visto de entrada para esses estudantes, quase todos eles foram parar em campos de concentração. Só um conseguiu chegar e dividia a casa dos estagiários com a família Allmann: Romeo Dallmathan tinha 20 anos e logo que se mudou para a Fazenda Torah já demonstrou o desejo de namorar Sophia, a filha mais velha dos Cremer.

Ruth disse a Ester que gostaria muito que a casa ficasse pronta logo porque iria viver com mais conforto, mas lamentou que para isso tivesse de deixar de morar bem no meio de uma branquíssima plantação de algodão, endereço da casa dos estagiários. Disse que foi ali que, pela primeira vez, viu despontar flocos de algodão quando as cápsulas secas da planta se arrebentavam. Mais de uma vez cheguei a pensar que estava na Alemanha, num dia de nevasca, disse Ruth. Fechava os olhos e matava a saudade da minha terra. Só mesmo a natureza para me permitir tamanho privilégio! Essa plantação de algodão está muito bonita mesmo, como toda a fazenda, você não acha, Ruth?, perguntou Ester. Eu e o meu corpo inteiro achamos, respondeu. Como escreveu Goethe a Eckermann, em março de 1828, "o ar puro do campo é realmente o lugar ao qual pertencemos; é como se o espírito de Deus ali envolvesse o homem diretamente e como se uma força divina exercesse sua influência".

Que belas palavras!, disse Ester. As escrituras de Goethe também me deram e ainda me dão muita força para recomeçar essa nova vida. Parece até que ele escreveu especialmente para nós, você não acha? Podem nos chamar de convencidas, presunçosas, mas eu também concordo, Ester. Muita coisa que Goethe escreveu foi para confortar os nossos corações, sim. Eu sinto que ele está entre nós, disse Ruth emocionada. Quanto à plantação de algodão, gostaria de dizer que também fiquei deslumbrada com toda essa brancura quando eu e Alexander fizemos a primeira grande colheita aqui na fazenda. Caminhões abarrotados de branco, mas tanto branco, deixavam nossa propriedade que pareciam carregados de açúcar. Claro que também lembrei da neve e, mais uma vez, senti muita saudade da Alemanha, disse Ester. As duas, então, se abraçaram e caminharam em direção a Sophia e Romeo que voltavam de um passeio a cavalo. Fomos até o ribeirão, mamãe. O Romeo quis me mostrar um jacaré que apareceu esses dias. Parece saído do tempo dos dinossauros, dona Ester. E tem cara de muito bravo, comentou o jovem estagiário. Amanhã, se as senhoras quiserem, eu levo as duas até lá para conhecerem o monstro. Também não é tão assustador assim, disse Sophia. É só um jacaré. Ruth e Ester riram do exagero do rapaz, mas aceitaram o convite dele para conhecer o jacaré num outro dia. A senhora Ballack me contou que você pediu para sair mais cedo da aula porque estava com dor de cabeça, Sophia, disse Ester. Mas, pelo jeito essa dor já faz um bom tempo que passou, não é? Até passear a cavalo na floresta você já foi. Sophia tentou encontrar uma desculpa, mas não conseguiu convencer a mãe. Se perder mais aulas para se encontrar com Romeo eu vou contar tudo para o seu pai, está me ouvindo? A culpa foi minha, dona Ester, disse Romeo. Eu que insisti para que Sophia fosse até o ribeirão comigo. Pois então, não faça mais isso. Minha filha precisa freqüentar as aulas. Ester abaixou a cabeça e entrou com Ruth na cozinha atraídas pelo perfume do café.

No dia seguinte Ruth tinha um compromisso logo cedo. A convite do professor Ballack começou a dar aulas de hebraico clássico na pequena escola improvisada na Fazenda Torah. Eram apenas três salas classificadas conforme a idade dos alunos. Todos judeus. A classe dos mais novos, que tinham nove anos de idade, formada por Carina Cremer e Iuri Kroch, filho de Justin Kroch, dono da Fazenda Sarah; a classe mediana, dos que tinham entre 10 e 13 anos, composta por Artur Cremer e os irmãos Dafne e Wille Volk, filhos de Wagner Volk, conhecido como doutor Volk, dono da Fazenda do Messias, também vizinho dos Cremer; e a turma dos mais velhos, no caso, Sophia Cremer e Martin Naumann, que estavam com 14 anos. Ruth veio reforçar o corpo docente da escola que até então só tinha como participantes o casal de judeus berlinenses Amos e Bettina Ballack. Ele ensinava matemática, geografia, história, e ela dava aulas de alemão, literatura, gramática. Senhora Ballack como era chamada por todos na fazenda, tinha mania de chamar os alunos para a sala de aula com um apito que trouxera de Berlim.

Durante as aulas de hebraico, Ruth também transmitia aos alunos a história da religião judaica, ensinava cânticos, lia trechos do velho testamento e também explicava por que tinham sido obrigados a fugir da Alemanha. Lamentava o fato de não terem uma sinagoga por perto para completar os ensinamentos teóricos com aulas práticas. Mas, discreta e improvisadamente, Ruth, Ester e quase todas as mulheres judias da comunidade enfrentavam o medo e faziam questão de manter as crenças e os costumes do judaísmo que aprenderam com as próprias mães. A essência do *Shabat* é expressa no Êxodo 20:8-11, dizia Ruth aos alunos. Ouçam: "Estejas lembrado do dia de sábado para santificá-lo. Seis dias trabalharás e farás tua obra. E o sétimo dia é o sábado do Eterno, teu Deus; não farás nenhuma obra...".

Não era só de religião e de hebraico que Ruth dava aula. Muitas vezes ensinava botânica, zoologia. Certa vez, reuniu todos os alunos da escola numa única turma para fazer um passeio por uma trilha num pedaço de mata que se mantinha ainda intacto dentro da Fazenda Torah. Vejam como as borboletas nos trazem alegria, dizia. Basta olhar para elas que o nosso coração fica em festa, não é mesmo? Essa espécie é chamada de Morpho Azul, dizia e apontava o dedo para dezenas de borboletas de asas negras com grandes manchas azul-turquesa e pontos brancos nas laterais, do tamanho de uma mão, que voavam silenciosamente e aparentemente sem peso algum entre as árvores. Nesse dia comparou a vida nova que os refugiados judeus começavam em Rolândia com a metamorfose por que passava a lagarta até se transformar em borboleta. Somos um pouco como esses bichinhos alados, dizia. Deixamos de ser lagartas ameaçadas de extinção na Alemanha para nos transformar em borboletas e reaprender a viver em paz e em liberdade aqui no Brasil. Aplausos para essa terra abençoada que nos deu abrigo!, pedia a professora.

5

Os vaga-lumes tornaram-se brinquedos disputados entre as crianças e os adolescentes judeus e cristãos que moravam nas fazendas. Já ao entardecer centenas desses insetos começavam a brilhar num pisca-pisca sem fim. Sophia, Artur e Carina, filhos do casal Cremer, diziam que foram os primeiros imigrantes a ter a idéia de usar a bunda iluminada dos pequenos besouros como lâmpadas para vencer a escuridão do quarto depois das oito da noite, quando eram proibidos pelos pais de acender as lamparinas. E ensinaram os outros alunos da escola a fazer o mesmo. Os pequenos Cremer eram, entre os filhos das famílias judias, os pioneiros, e portanto se valiam dessa antigüidade para se sentir os inventores da lanterna de vaga-lumes. Carina não se cansava de correr atrás dos insetos. Os caboclinhos, filhos dos empregados brasileiros que trabalhavam na Fazenda Torah, também participavam da caçada, que começava logo depois que os filhos dos patrões tomavam banho, no tempo livre entre o chuveiro e o jantar. Vaga-lume tem tem, seu pai taqui, sua mãe também, diziam, repetindo várias vezes a ladainha que aprenderam com os pequenos caboclos. Ester e Alexander permitiam que aprisionassem os vaga-lumes, mas sempre ficavam por perto durante a perseguição para evitar que as crianças entrassem muito floresta adentro e acabassem machucadas ou feridas por algum bicho, principalmente por cobras.

Artur segurava um pote de vidro com uma tampa cheia de furos pequenos o suficiente para que o oxigênio pudesse entrar e os insetos não conseguissem sair. Ele seguia as irmãs que pegavam os pirilampos com as mãos e jogavam dentro do pote de vidro. O casal Allmann, Romeo e os poucos trabalhadores da fazenda se divertiam com a alegria dos herdeiros do casal Cremer. Depois da caça aos vaga-lumes eles eram obrigados pela mãe a lavar bem as mãos antes de se sentarem à mesa para jantar. Hoje Carina foi a campeã, comentava Artur. Pegou trinta vaga-lumes, papai. Quinze a mais que Sophia. Vocês não têm pena desses bichinhos, não?, perguntou Ruth. Eles também têm família, sabiam? Já cansei de pedir para deixarem os pirilampos em paz, disse Ester. Mas, não me ouvem, Ruth. O que eu posso fazer? Deixem as crianças, elas não fazem isso por maldade, mas por uma boa causa. Os vaga-lumes são aliados que encontraram para vencer a escuridão e saborear os livros antes de dormir, não é, Artur? É sim, doutor Allmann. Sophia comentou que no quarto dividiam o número de vaga-lumes por três e cada um pegava a sua parte e colocava num copo que era tampado com uma folha de papel. O pedaço do copo mais afunilado ficava, então, apontado para as páginas dos livros. Disse ainda que a leitura era bastante difícil só com a luminosidade dos insetos, mas que, em alguns momentos, quando todos resolviam acender ao mesmo tempo, o copo se transformava numa lâmpada poderosa. E fez questão de deixar bem claro que Artur especialmente gostava de ter os vaga-lumes no quarto mais para vencer o medo dos pesadelos e da ausência total de luz do que para se deixar envolver pela leitura.

Naquela noite Artur sentiu-se humilhado e desafiado pela irmã mais velha. Para mostrar que também gostava de ler, ele só fechou o livro para dormir quando Sophia e Carina também pararam. Fazia uma noite enluarada. Quando estava cheia, a lua também colaborava e despejava luz pelas frestas da janela e do telhado. O casal Cremer proibia os filhos de acender as lamparinas porque tinham muito medo que eles adormecessem sem apagá-las e provocassem um incêndio, já que a casa era toda de madeira. Muitas vezes, Ester é quem lia histórias infantis para os filhos antes que eles pegassem no sono. Neste caso, era ela quem acendia e apagava as lamparinas. Os contos de Hans Christian Andersen, como *O Patinho Feio* e a *Pequena Sereia* estavam entre os preferidos de Sophia, Artur e Carina. Sophia já não se interessava tanto pelas histórias infantis, mas para estimular os irmãos mais novos, ela se esforçava para ler e ouvir com atenção. Apesar de já conhecer todos os detalhes das histórias do começo ao fim, eles não se cansavam de folhear os livros e de escutar a leitura que a mãe fazia sempre mudando a voz quando lia as falas dos personagens. Já quando ficavam sozinhos, faziam questão de mudar os contos, inventavam cenas, cenários, as falas e finais diferentes para os protagonistas criados pelo escritor dinamarquês.

A idéia foi de Sophia. Bem que a Pequena Sereia e o Patinho Feio poderiam viver aqui na fazenda, não é mesmo? No galinheiro temos muitos patos, como a cagona da Greta, a pata predileta da mamãe. E ela está cheia de patinhos. O ribeirão Bandeirantes também merece ter uma sereia, vocês não acham? Ela podia viver sentada naquelas pedras cantando, cantando e quando via o Artur se apaixonava por ele. Por mim?, perguntou Artur. Por que por mim? Eu ainda sou um menino! Mas na minha história você já será um pouco mais velho. Só que a mamãe disse que sereias vivem no mar, comentou Carina. Mas a minha sereia saiu do mar e veio nadando até aqui, estamos entendidos?, disse Sophia. Eu a conheci um dia em que fiquei sozinha no convés do navio quando a gente estava de mudança para o Brasil. Lis é o nome dela. De dentro do oceano, conversava comigo, fazia perguntas sobre os humanos e também me contou sobre os habitantes mitológicos do fundo do mar. Ficamos amigas. Eu disse a Lis que vinha morar em Rolândia e ela prometeu me visitar. Coitada da Lis, deve ter ficado muito cansada e com o rabo todo machucado de tanto bater nas pedras do ribeirão Jaú, disse Carina. E o Patinho Feio, como veio parar na fazenda?, perguntou Artur. Ele nasceu aqui. Na minha história ele vai virar um sereio lindo depois de ser beijado pela Lis e, claro, vai se apaixonar por ela. Os dois vão voltar para o mar e ser felizes para sempre, afirmou Sophia. Vou ensinar a Lis que sereias não podem namorar homens e ela vai deixar de amar você, Artur, entendeu? Hum... o Patinho Feio vai roubar a Sereia de mim? Não gostei... respondeu Arthur. Quando isso acontecer, ele não será mais um Patinho Feio, nem um cisne, vai ser um lindo sereio, proclamou Sophia. Gosto dessa sua história, Sophia. Bem melhor do que as que a mamãe leu para a gente, disse Carina.

Sophia, então, explicou que para entrar na história que ela inventou era preciso guardar um segredo. E, para cumprir uma promessa que fez a Ruth, contou uma história que a professora e vizinha tinha criado, como se fosse dela, para salvar os vaga-lumes e ver até onde ia a imaginação dos irmãos. Não contem nem para a mamãe, ordenou ao caminhar sobre a cama. Disse que na última madrugada, um dos vaga-lumes que estava preso no vidro conversou com ela e propôs um acordo. Dizia-se representante de todos os pirilampos da floresta. Enquanto Sophia contava, os olhos de Arthur e Carina não se desgrudavam da prisão de vidro e da boca falante da irmã mais velha. Sabem o que ele me propôs, perguntou Sophia. Foi difícil não aceitar. Não tive escolha. Ele me garantiu que se os soltássemos, eles nos levariam até o mundo encantado que está nos livros que a mamãe lê para a gente, entenderam? E você acreditou?, perguntou Arthur. Disse que ia dar uma chance a eles e prometi soltá-los pela primeira vez esta noite para ver se conseguem mesmo cumprir o que foi prometido. Sophia, então, orientou os irmãos a deitar na cama. Durmam e sonhem. Quando estiverem dormindo, os vaga-lumes vão pousar sobre os seus pijamas e transportá-los para o mundo dos contos de fadas. Não tenham medo, vou contar até vinte e vou soltá-los. E desta forma, os filhos do casal Cremer transformavam as noites na fazenda mais estimulantes e cheias de aventura.

Dividiram o segredo que tinham para brincar de faz-de-conta antes de dormir com poucos amigos. Romeo, namorado de Sophia, foi um dos privilegiados. Foram os vaga-lumes que trouxeram você até mim, disse Sophia em tom de brincadeira, quando oficializaram o namoro. Você se cansou de ver a sua família brigar com a da Julieta, desistiu dela e saiu do livro de Shakespeare para me buscar! Que pretensão, minha filha, seja mais modesta!, disse Ester. Que Deus, então, não permita que o final da história de vocês seja trágico como o da peça de teatro, disse Rudolf Allmann, que sempre foi leitor voraz das obras do escritor inglês. Não há de ser, não é querida? Vocês formam um lindo e abençoado casal, comentou Ruth, um tanto constrangida com o comentário feito pelo marido. Rudolf lê demais e vive comparando a vida real com as histórias de ficção, não é, Rudolf? Claro, claro. Tragédias como a de Romeo e Julieta só acontecem nos livros, claro, respondeu o advogado.

Naquela noite Nora, Samuel, irmã Anna, Johanna e Martin também estavam na casa dos Cremer. Os Volk, os List Obermann, os Kroch, os Schneider e o casal Ballack também. Quando Rudolf Allmann terminou de falar, Nora não perdeu a chance de comentar que tragédia aconteceria se sua filha Johanna se casasse com o senhor Saul Ulrich, um imigrante judeu alemão, dono da única serraria de Rolândia. Imaginem, aquele homem careca, rosto achatado, redondo, avermelhado e ainda com as pernas tortas, meu genro! Todos caíram na risada. Nora contou que Saul sempre que se encontrava com Johanna a pedia em casamento. Está apaixonado por ela, aquele ogro! E você, Johanna, vai ceder aos encantos do senhor Saul?, perguntou Ruth. Claro que não, dona Ruth, respondeu a filha de Nora. Ele tem o dobro da minha idade, sem falar que eu tenho horror a ele. Senhor Ulrich é muito feio! Muito feio!

A história do amor não correspondido entre Johanna e Saul foi o assunto mais divertido daquela noite. Sonho com um homem jovem como eu, bonito, culto, inteligente e trabalhador, disse Johanna. Um homem que goste da obra de Goethe como eu e o meu pai gostamos, não é, papai? Mas, não espere muito porque você já está na idade de se casar. Já tem 18 anos, minha filha, comentou Samuel. Senhor Ulrich pode ser feio, mas é um partidão, é dono de uma serraria, tem dinheiro, tem muito dinheiro escondido no colchão, comentou Frida Schneider, a mulher mais fofoqueira, falante e exagerada, mas também uma das mais belas que faziam parte da comunidade semita. Frida não era judia, muito pelo contrário. Era considerada ariana, tinha um irmão que integrava o exército nazista, mas precisou fugir da Alemanha porque estava casada com o advogado judeu, aspirante à carreira judiciária em Berlim, Thomas Schneider, dono da Fazenda do Faraó. Thomas era filho de um ilustre cientista que desenvolvia pesquisas de ponta na área química. Apaixonado por Frida, fugiu com ela para o Brasil já em 1933. Pressentiu que jamais poderia realizar o sonho de se tornar juiz na Alemanha enquanto Hitler estivesse no poder.

Apesar das bolas-foras e dos exageros de Frida, a comunidade gostava muito do casal Schneider e sempre o convidava para as festas e reuniões que ocorriam nas fazendas. Thomas e Frida tinham a mesma idade. Informação que as pessoas só tomavam conhecimento quando o marido dela revelava. Até os 40 anos serei a linda Frida. Depois dos 40 passarei a ser a interessante Frida, dizia a ariana de olhos bem azuis quando os vizinhos e amigos elogiavam a sua beleza. Que nada, dona Frida, a senhora vai ser linda até ficar velhinha, de bengala, comentou Martin. Você é muito galante, menino. Puxou ao pai, não é, Nora? Tem razão, Frida, Samuel sempre foi muito galante, mesmo depois que se casou comigo, veja você! Até com as caboclas ele se mete a galante! Deixe o papai ser simpático com as brasileiras, mamãe, disse Johanna. Não seja tão ciumenta. Você precisa conhecer melhor os homens, Johanna, disse Frida, puxando a moça para mais perto dela. Quando você conquistar o seu, mantenha-o na coleira, controle os seus passos e também os das mulheres que se aproximarem dele. Ouça e fique com esse meu sábio conselho. Aproveite, porque, por enquanto, ainda não cobro nada por eles. Pode deixar, dona Frida, muito obrigada. Então, amanhã mesmo você já tem de comprar uma coleira para o senhor Ulrich, não é, Johanna?, perguntou Martin, que ouvia toda a conversa, só para irritar a irmã.

Vou comprar uma coleira para amarrar você num tronco como os negros ficavam no tempo da escravidão, seu moleque malcriado! Não fuja que eu vou te pegar agora, Martin, disse Johanna correndo em disparada atrás do irmão, que se escondeu na floresta escura. Ela tem mesmo horror do Saul Ulrich, não é, Nora, comentou Frida. Eu conheço aquele alemão safado, ele deve se insinuar todo para a ingênua da Johanna. Diz que está apaixonado pela minha filha, afirmou Nora. Desde o primeiro dia que a viu nos confidenciou que o cupido flechou o coração dele com a flecha mais envenenada de amor que tinha. E ainda joga a culpa no santinho do querubim, disse Frida. Esse Saul merece mesmo continuar solteiro e tendo prazer só com as mãos horrorosas e calejadas que Deus deu pra ele. Fale mais baixo, Frida, os homens podem ouvir, disse Nora. E quem aqui não sabe o que é bater punheta, Nora? Até os pequeninos, que acabaram de sair das fraudas, já sabem! Os adultos olharam para os meninos que desviaram o olhar e depois caíram na risada.

Naquela noite que o namoro de Sophia e Romeo foi oficializado, as mulheres da comunidade de refugiados judeus também aproveitaram o jantar ocorrido na Fazenda Torah para organizar a festa que dariam em homenagem à família Prustel, que tinha previsão de chegar no dia seguinte a Rolândia. Os Prustel estavam entre os cristãos mais benquistos pelos judeus que moravam na região. Por isso, grande parte deles estava ansiosa para conhecer a esposa e os filhos do homem a quem deviam a liberdade e a vida. Como já era de costume, marcaram para dali a duas semanas, num sábado à noite, logo depois que terminasse o *Shabat*. Como fazíamos na Alemanha, nas noites que íamos ao teatro, primeiro o espetáculo, depois o jantar, disse Nora, que imediatamente ganhou o apoio de Frida. Vamos caprichar na festa, disse Ester. Sim, claro!, concordou Carmen Volk. Podem deixar que eu empresto o meu faqueiro de prata. E eu levo o meu jogo de jantar com louças Meissen que pertenceram à família do imperador Guilherme Segundo, ofereceu Olívia List Obermann. Essas louças são lindas!, comentou Caroline Jauer, jovem enfermeira alemã, prima de Olívia, que imigrou com os List Obermann para ajudar a cuidar de Bárbara, a única filha do casal.

Então, além da minha beleza e elegância, eu levo o meu marido charmoso e as minhas taças de cristais para o nosso saboroso vinho tinto com limão e chá-mate, disse Frida. O que vocês querem dizer com isso?, perguntou Nora. Acham que minha casa não tem nada que preste? Meus pratos, talheres e cálices também são refinados. Refinados até podem ser, mas que andam precisando de uma limpeza andam, cochichou Frida no ouvido de Olívia. Não é isso, Nora querida, explicou Ester. Só queremos ajudar você. Não é justo que além de nos presentear com a sua linda voz, com o piano e o teatro, você ainda tenha de se preocupar com o jantar. Isso, deixe a comida que eu, Carmen, Olívia, Ruth e Ester vamos preparar, afirmou Frida. O que vocês acham de uma galinhada? Tenho certeza de que iriam adorar experimentar um prato tipicamente brasileiro!, sugeriu Carmen. Ruth torceu o nariz e deu outro palpite. Ouvi dizer que a senhora Charlotte Prustel é refinada e tem o mau humor característico dos berlinenses. Portanto, acho melhor não arriscar. Que tal servirmos arroz branco com lentilhas, pato e frango assados recheados com farofa de banana e de amora e uma salada de carambolas com cenouras bem fresquinhas que temos na horta aqui da fazenda? O que vocês acham? Realmente esse é um cardápio bem mais requintado do que a galinhada, reconheceu Carmen. Que ótima idéia, Ruth! Bem se vê que você viveu e freqüentou os melhores restaurantes de Frankfurt, comentou Frida. Esqueceram que sou botânica?, lembrou Ruth. Tenho uma relação de amor com as plantas, sejam elas flores, folhagens, hortaliças, raízes, frutas, leguminosas ou simplesmente gramíneas. Podem deixar que eu, minha sobrinha Nicole, Sophia, Ester e Bettina preparamos os pratos.

Ester interrompeu o discurso da sócia para dizer que as vizinhas precisariam doar frangos e patos para a festa. Só temos três patos bons para ser abatidos aqui. E depois que meus filhos cismaram que um dos filhotes da Greta é a encarnação do Patinho Feio, não há quem os convença a deixar mandar o descendente da pata para a panela. Não esqueçam dos discos, levem muita música para todos os gostos. Vamos terminar a nossa homenagem aos Prustel com um baile quase digno do imperador Guilherme Segundo. Deus salve a Alemanha!, gritou Frida ao levantar uma taça de vinho. E o nosso querido Brasil também!, completou Ruth. E o nosso generoso Brasil também!

Naquela mesma noite, as mulheres se divertiram com uma notícia que só o marido de Frida ainda não sabia. O caso de amor que ela mantinha com o próprio funcionário. Elwin Hahn, administrador da Fazenda do Faraó, com seus 28 anos, era um dos homens mais altos de Rolândia; loiro, de olhos verdes, típico ariano, mas neto de judeus. Órfão de pai e com medo de ser morto pelos nazistas, abandonou o curso de Medicina no terceiro ano. Fugiu da Alemanha com apenas 10 marcos no bolso em 1936, vítima das Leis de Nuremberg, proclamadas pelos nazistas um ano antes. No navio com destino ao Brasil, conheceu Isadora Volk que lhe falou pela primeira vez sobre Rolândia. Ela tinha 22 anos e viajava sozinha. Vinha ao encontro dos pais e irmãos que já moravam na fazenda brasileira. Ficaram amigos e ensaiaram um rápido namoro. Formavam um dos casais mais animados das festas promovidas pelo comandante. Romance que terminou quando o navio atracou em Santos. Elwin foi convidado por doutor Volk, que esperava a filha no porto, para jantar com eles na cidade litorânea. Logo depois teve de se despedir de todos, voltar para a embarcação e seguir viagem até Buenos Aires porque não tinha conseguido visto para permanecer no Brasil.

Pois vejam vocês, disse Nora baixinho, Frida não resistiu ao furor do tango e logo se ofereceu para consolar o pobre alemãozinho que chegou da Argentina e ficou muito triste quando soube que Isadora não o esperava mais e já estava até casada com outro. Então, não lhe restou outra opção a não ser esquecer o amor nascido sobre o Atlântico nos braços de outra mulher. Essa história é muito triste, comentou Ruth. Por que Isadora não esperou o pobre rapaz?, perguntou Ester. Carmen Volk, mãe de Isadora, disse que a filha pensava que Elwin nunca viria atrás dela, que o encontro dos dois no navio não tinha passado de uma aventura superficial, de adolescente; que ele se casaria e viveria o resto da vida em Buenos Aires, que não se animaria em deixar a linda capital portenha para viver entre cobras no meio do mato. Carmen disse também que Elwin merecia coisa muito melhor que Frida e, espantada com tudo o que ouvia, quis saber como as amigas descobriram que ele tinha um caso com a vizinha.

Foi o Martin que flagrou os dois namorando no barranco do ribeirão Bandeirantes, explicou Nora. O meu filho me disse que eles se beijaram, deitados no chão, que estavam pelados. Até dentro da água eles entraram. Depois vestiram as roupas, subiram nos cavalos e pegaram a trilha da floresta.

Coitado do doutor Schneider, um homem tão sério, não merecia passar por isso!, disse Ester. Coitado nada, ele também não é santo não. Todos comentam que tem um caso com Astrid, cunhada do Otto Prustel, cochichou Nora. Então foi por isso que Elwin quis deixar de trabalhar conosco na fazenda, agora as coisas ficaram mais claras, concluiu Carmen. Foi Frida que fez a cabeça dele para ir trabalhar para ela. Isso não é ético. Também concordo com você, disse Ruth. Mas não fique nervosa, Carmen, calma, que não vale a pena brigar agora e estragar essa noite tão bonita. Carmen explicou que Elwin era como um sobrinho querido para ela, que sentia por ele um carinho especial. Elwin nos ajudava muito na fazenda, era o nosso homem de confiança. Frida não tinha o direito de roubá-lo de nós. Carmen, minha querida, não fique nervosa. Você está trêmula!, disse Nora segurando as mãos da amiga.

Logo que chegou a Rolândia, Elwin foi trabalhar para os Volk como lavrador. Já sabia que Isadora já estava casada; mas não lhe restou outra opção a não ser trabalhar para os pais dela. Evitava vê-la freqüentemente porque o marido dela era muito ciumento. Passava a maior parte do tempo na lavoura. Mesmo sem casar com Isadora, Elwin faz parte da minha família, disse Carmen. Desde que nos conhecemos me chama de tia Carmen. Tenho muita pena dele, é um rapaz carente, não tem nenhum parente por perto. As confidências da mulher de Wagner Volk foram interrompidas. Vamos mudar de assunto que a nossa estrela se aproxima, alertou Olívia. Nora querida, quero que você me ensine a tocar tango no piano, você precisa conhecer mais esse ritmo latino tão *caliente*, fogoso, minha amiga, disse Frida ao sentar-se no banco de madeira onde já estavam Ruth, Ester e Carmen.

Nunca toquei tango, mas posso tentar aprender, respondeu a professora de música. Mas por que todo esse interesse pelo tango, Frida? O novo administrador da nossa fazenda, que inclusive trabalhou para os Volk, não é mesmo, Carmen? Morou em Buenos Aires e trouxe com ele muitos discos de tango, respondeu Frida. Tenho ouvido muito tango em casa, agora, porque Elwin nos empresta os discos dele. Aliás, Carmen, ele gosta muito de vocês. Sentiu muito ter de deixá-los para trabalhar conosco. Só saiu porque não agüentava mais ver Isadora casada, o coitado sofria muito, você entende, não é mesmo? Foi ele quem nos procurou para pedir emprego, viu, minha querida, não pense que fomos eu e Thomas que insistimos para forçá-lo a mudar de patrão. Jamais faríamos isso. Somos muito éticos com nossos vizinhos, não somos, Ester? Claro, Frida, todos aqui gostamos muito de você e do doutor Schneider, respondeu a dona da casa.

6

Naqueles últimos dias de maio de 1939, Rolândia completava pouco mais de um ano de vida como distrito de Londrina. Tinha menos de dois mil habitantes, incluindo a zona rural. Entre 1933 e 1938 foram vendidas 323 propriedades para imigrantes de origem alemã. Nesse mesmo período, não é possível saber o número exato de refugiados judeus que entraram devido a esse projeto da Companhia de Terras Norte do Paraná, visto que as estatísticas se referem somente às nacionalidades. Mas, estima-se que das 400 famílias germânicas que moravam na colônia, 80 eram de judeus classificados como: 10 puros, 15 considerados judeus por Hitler, 10 políticos e 45 judeus de religião católica.

O título oficial de distrito pouco mudou a realidade do vilarejo, que começou a nascer no início da década de 1930. As únicas poucas casas construídas ainda eram de madeira; ruas estreitas, sem qualquer pavimentação, por onde transitavam charretes, aranhas, homens a cavalo, muitas vezes armados, usando chapéus e botas com esporas. O mato ainda tentava crescer entre as construções numa tentativa inútil de ressuscitar aquele pedaço de floresta desmatada. Na rua principal funcionava a Casa Guilherme, que vendia de tudo um pouco e era ponto de encontro dos senhores e senhoras semitas; a Casa Abrunhosa, uma venda que pertencia a uma família de portugueses; a padaria de Max Dietz; o Hotel Rolândia; o Hotel Estrela; o Hotel Palestina; a sede da Companhia de Terras Norte do Paraná; uma agência postal; um distrito policial; a serraria de Saul Ulrich e Franco Loser; a fábrica de aranhas e carroças do senhor Cornelius, filho de alemães nascido em Santa Catarina; e a estação ferroviária, inaugurada em 1936. Havia também a Escola Alemã, exclusiva para os filhos dos alemães da colônia, inaugurada em 1935 e que já estava proibida de funcionar por ordem do governo brasileiro; um único templo católico, que naquela época funcionava de forma improvisada numa capela feita de troncos de árvores no Sítio São José, propriedade do padre Joseph Herions. Também já havia a Casa Pastoral, reduto da comunidade luterana, liderada pelo pastor Hans Zischler. O distrito tinha também algumas parteiras.

Foi essa Rolândia que a família Prustel encontrou no dia em que desembarcou na estação ferroviária, vinda de Roma. Chegaram muito cansados. Afinal, vinham de uma longa viagem. Assim que chegaram ao porto de Santos, os Prustel seguiram de trem até São Paulo e depois até Rolândia. Na colônia, o ponto de chegada e partida do trem ficava repleto de gente na hora do embarque e desembarque dos passageiros. Eram moradores, parentes, amigos e principalmente forasteiros. A mudança que os imigrantes traziam quase sempre despertava muita curiosidade. Não só do povo, mas também da polícia. Quando o número de caixas de madeira era exagerado, os soldados tinham ordem para abrir e fiscalizar o conteúdo. Atentos aos perigos comunista e semita, suspeitavam que os caixotes pudessem esconder armamentos. A experiência que os Naumann tiveram com a polícia política brasileira era uma das mais comentadas entre os judeus da comunidade.

A própria Nora gostava de contar o triste episódio aos vizinhos. Disse que tiveram todas as dezenas de caixas que trouxeram na mudança arrebentadas e vistoriadas quando ela e a família desembarcaram na estação de Rolândia. E que mesmo sabendo que os soldados não entenderiam nenhuma palavra que ela dizia, enfrentou os brutamontes e ainda gritou com eles em alemão. Tome cuidado, nesta caixa está o meu piano! Não há necessidade de procurar armas de fogo na nossa mudança. As nossas armas são de papel, são os livros, meu rapaz! Trouxemos quatro mil livros. Cuidado, mexendo assim você vai rasgá-los! Cuidado! São livros raros! Acalme-se, Nora, não estamos mais no nosso país, esqueceu? Esses imbecis não entendem nada do que você fala, não complique mais as coisas, pediu Samuel num volume bem mais baixo que o da esposa, preocupado com a reação que a polícia poderia ter em represália aos gestos e ao tom de voz praticados por Nora. No fim, fomos liberados, dizia aos amigos, mas tivemos de nos conformar com o prejuízo.

Muitos livros tiveram páginas e capas rasgadas pelas mãos apressadas e violentas daqueles homens fardados e insensíveis.

Com os Prustel, apesar do excesso de caixas de madeira, os policiais foram mais tolerantes e camaradas. Otto Prustel já era um velho conhecido e muito respeitado por praticamente todos os habitantes de Rolândia. Mesmo durante a viagem, ele, a mulher e os filhos receberam tratamento diferenciado dentro do trem. Embarcaram em São Paulo num amplo vagão executivo, o mesmo que era usado pela diretoria da Companhia de Terras Norte do Paraná. Faziam as refeições dentro desse vagão servidos pelo chefe da cozinha. Tinham banheiro privativo, camas e poltronas confortáveis. Praticamente não precisavam deixar o vagão para nada se não fosse a curiosidade dos filhos. Christine, a mais velha, estava com 12 anos. Peter com 10, Matheus com 8, Terese com 7, Raquel com 6 e os gêmeos Adam e Lucas com 2 anos. As imagens do mundo novo que passavam rapidamente pelas janelas do trem eram como doces para os olhos deslumbrados e curiosos dos pequenos Prustel.

Seduzidos pela paisagem tropical, eles se ajoelhavam nas poltronas e viajavam com parte do corpo para fora dos vagões para sentir o vento bater no rosto. Donas dos cabelos mais longos e cacheados, Christine, Terese e Raquel tinham os fios dourados jogados sobre os olhos e a boca, o que fazia com que Peter e Matheus as chamassem de espantalhos. Os gêmeos não participavam das brincadeiras. Viajavam no colo de Mia e Louise, as irmãs de Charlotte que vieram junto com o casal para cuidar dos sete sobrinhos. Charlotte via as crianças sujas de fagulhas de carvão, com os rostos e as roupas empoeiradas, vermelhas, e fechava os olhos para tentar dormir. Quase não conversava durante a viagem, nem mesmo com Otto. Quando acordava era só para beber água e lavar o rosto e as mãos. Fez isso várias vezes durante o percurso, inconformada com tanta sujeira.

Em uma das paradas, numa estação no interior de São Paulo, os meninos pediram ao pai que os deixasse ajudar o maquinista a pôr lenha na caldeira da locomotiva. Otto concordou, mas ficou o tempo todo ao lado dos filhos. Peter e Matheus também aproveitaram a pausa na viagem para correr, rolar na terra e arrancar flores de um cafezal para presentear a mãe. Veja o que pegamos lá fora, mamãe!, disse Matheus, ao entregar a Charlotte um buquê de flores de cafeeiro. Para a senhora enfeitar o cabelo, pegue!, insistiu Peter, acorda mamãe! Charlotte não quis pegar o presente e ainda ficou muito brava com os meninos. Deixem-me dormir em paz!, ordenou. As flores do café brasileiro, então, enfeitaram os cabelos de Mia, Louise, Christine, Terese e Raquel. A mãe de vocês está muito nervosa, preocupada com a mudança, com a nova vida que vamos levar aqui no Brasil, explicou Otto. Não a incomodem mais.

Nenhuma das novidades apresentadas a Charlotte durante a viagem, por mais diferentes que fossem, arrancavam-lhe um sorriso de entusiasmo ou satisfação. As crianças e as tias vibraram quando conheceram a banana, o abacaxi, o jatobá, o toucinho, o feijão, a mexerica, o pinhão. Mas para a senhora Prustel, nada daquilo tinha qualquer graça. Quando não dormia ou cochilava, passava o tempo lendo. Tinha uma Bíblia e um livro de poemas de Rilke dentro da bolsa. Nas páginas das Sagradas Escrituras, só fazia questão de conhecer o Novo Testamento. Considerava-se a mais cristã das mulheres e lamentava muito que o sexo feminino não pudesse ocupar o posto máximo da hierarquia da Igreja Católica. Se fosse possível, seria uma Papisa, dizia aos amigos mais chegados, sobre sua paixão pelo mundo clerical e pelo poder eclesiástico. Com um pequeno crucifixo de ouro pendurado no pescoço, Charlotte sentia-se protegida. Mas nas horas em que a insegurança e o medo lhe enchiam o peito de angústia, o que lhe acalmava era a carta de despedida escrita pelo padre alemão Bentus Noll, o amigo que ela mais admirava. Nela, o sacerdote católico pedia para Charlotte ter calma, serenidade nesse momento difícil da vida dela. Que tivesse humildade para aceitar a vontade divina porque Deus não tardaria a trazê-los novamente para uma Alemanha pacífica e cristã. Que ele estaria rezando por ela e que, no mais tardar no próximo ano, viria morar com eles na fazenda para ajudá-la a educar as crianças. Charlotte lia e relia a carta escrita por Bentus, fechava os olhos e pedia para que Jesus não a abandonasse nessa hora de tanto sofrimento.

Por mais que a mudança para o Brasil significasse liberdade e segurança, ela não conseguia se sentir feliz em estar ali, num trem sujo, que cada vez mais a transportava para dentro de uma floresta repleta de animais e homens que considerava selvagens. Nunca vou me adaptar a esse lugar, dizia a Otto. Não nasci para viver entre índios e serpentes. Os nossos filhos vão crescer como bichos, como aborígenes. Acalme-se, Charlotte. Não vamos viver aqui para sempre, você sabe. Não podíamos continuar na Europa. Há uma guerra prestes a começar, eu estou sendo caçado pelos nazistas, não me deixariam vivo se me pegassem. Acabariam comigo, com você e com as crianças. Melhor estarmos aqui no meio da selva, mas vivos, do que na Europa correndo risco de morte. Será que você ainda não consegue entender o presente que esse pobre país nos está dando?, perguntou Otto. Eu também vou sentir muita falta da vida que levávamos lá, dos nossos amigos, de ouvir a nossa língua sendo falada em todos os cantos, das ruas limpas e pavimentadas, da água encanada, da nossa comida, enfim, de tudo. Mas agora não nos resta outro mundo, a não ser este que estamos entrando agora. Será por pouco tempo, Charlotte, confie em mim. Os seus irmãos Andree, Severin e Ava já prepararam tudo para receber você e nossos filhos. A casa da Fazenda Cristo Redentor deve estar muito aconchegante. Não vamos dormir ao relento, no meio do mato, fique tranqüila. Confie em mim, confie!

As palavras do marido apaixonado acalmaram Charlotte a poucas horas de o trem chegar a Rolândia. Otto era nove meses mais novo que a esposa. Estava com 36 e ela com 37 anos de idade. Pouco mais disposta, Charlotte se juntou aos filhos e, de tanto que eles insistiram, acabou saindo do vagão executivo para conhecer as outras partes do trem. Já no primeiro vagão desistiu de continuar a volta turística ao deparar-se com um caboclo que segurava uma gaiola grande de madeira lotada de galinhas e um outro com um caixote onde se espremiam dois fedorentos leitões. Vamos voltar, disse, fazendo cara de nojo. Este lugar fede demais. Não pisem nessa sujeira. Mas antes de saírem do vagão dos animais, Terese chamou a atenção da mãe para um pássaro que estava no ombro esquerdo de um menino brasileiro. Veja, mamãe, que lindo! Apesar de não ter compreendido as palavras que Terese disse em alemão, o dono do passarinho percebeu o olhar fascinado que a menina estrangeira lançou sobre a sua ave de plumas azuis, e para ser gentil explicou: é uma gralha azul! Uma gralha azul! Terese sorriu e antes que se aproximasse mais do jovem brasileiro, Charlotte a puxou com força pelo braço e a obrigou a voltar rapidamente para o vagão da família. Os pequenos Prustel terminaram a viagem sentados ao lado dos pais e das tias se empanturrando de amendoim torrado e de paçoca.

Andree, Severin, Ava, Astrid e Oscar esperavam por eles na estação de Rolândia. Os judeus Alexander Cremer, Rudolf Allmann, Thomas Schneider e Wagner Volk também.

Bem-vindos à terra prometida!, gritou Frida. Bem, pela elegância e traços arianos, você deve ser Charlotte, digníssima esposa do doutor Prustel? Muito prazer, Charlotte, sou Frida Schneider, esposa de Thomas Schneider. O prazer é todo meu, respondeu Charlotte secamente. Com pescoço sempre altivo e olhar imponente, Frida exibia grande sentimento de superioridade. Ariana, teve de fugir para o Brasil porque era casada com judeu, casamento, naquela época, impossível pelas Leis de Nuremberg.

Fizemos questão de vir recebê-los aqui na estação, disse Rudolf Allmann, para dizer o quanto somos gratos ao senhor, doutor Prustel, por tudo que fez pelo nosso povo. Devemos nossa vida ao senhor, aos nossos amigos, a essa ferrovia e a esse trem salvador. O advogado judeu referia-se à operação triangular que permitiu aos refugiados semitas comprar terras no Brasil com o dinheiro que tinham nos bancos alemães. Eles depositavam os recursos na conta da indústria siderúrgica alemã Ferros Stahl, que repassava as quantias em trilhos e peças ferroviárias para a inglesa Companhia de Terras Paraná Plantation uma das acionistas da Companhia de Terras Norte do Paraná, que, por sua vez, entregava às famílias títulos das terras brasileiras. A empresa inglesa era também acionista e a principal responsável pela construção do trecho paranaense da Cia Ferroviária São Paulo-Paraná . Foi uma jogada de mestre, doutor Prustel, seremos eternamente gratos por isso, comentou Rudolf Allmann. Que sua esposa e seus filhos sejam felizes nessa terra como os nossos estão sendo!, disse Alexander Cremer. Que Abraão abençoe todos os seus descendentes, doutor Prustel!, proclamou Thomas Schneider para toda a estação ouvir. Vamos preparar uma grande festa para o senhor e a sua família. Obrigado, muito obrigado meus amigos!, disse Otto Prustel. Depois dos cumprimentos e de alguns minutos de conversa, ele, Charlotte, Christine e Astrid entraram num carro de praça, um Ford 29, e seguiram para a Fazenda Cristo Redentor. Os outros filhos e irmãos de Charlotte mais as bagagens foram atrás, sacolejando num comboio de dez carroças.

Durante quase todo o percurso as crianças cantaram canções do folclore alemão. Peter e Matheus nem esperaram a carroça estacionar. Pularam do veículo puxado por dois cavalos assim que chegaram à propriedade dos pais, seduzidos por uma grande quantidade de cachos de bananas que estavam pendurados num resistente varal. As frutas maduras foram postas ali pelo tio Severin. Comam à vontade, meninos. Mas comam as bananas maduras, porque as verdes dão caganeira! Cuidado com a caganeira! Aconselhou o irmão de Charlotte. Mesmo assim, os filhos do casal Prustel comeram mais de trinta bananas. A comilança ficou ainda mais emocionante quando Chico apareceu e começou a gritar e a se coçar, todo simpático com os dentes afiados dentro de um sorriso ansioso. Corria de um lado para o outro preso a uma corrente. A primeira reação dos comilões, ao serem surpreendidos pelo macaco-prego, foi de susto. Mas se deixaram conquistar pelos gracejos do animal brincante logo depois que o tio garantiu que ele não era feroz e que só queria participar do banquete.

A chegada das crianças foi motivo de festa para o bicho, que até então nunca tinha se sentido tão prestigiado. Chico era um filhote já bem crescido que havia sido capturado na mata pelo jardineiro da fazenda, que se chamava Benedito, era negro e tinha apelido de Chuchu. Foi Chuchu, que também estava presente naquele momento, quem ensinou os pequenos patrões a dizerem o nome do macaco. Tio Severin explicou aos sobrinhos que Chico foi encontrado quando era recém-nascido. Estava chorando na beira do mato. Provavelmente, tinha sido abandonado pela própria mãe por alguma razão que só mesmo a natureza poderia explicar. Talvez a mãe do Chico tenha sido assassinada por um caçador, não é tio?, perguntou Peter. Acho que ela foi presa para ser vendida para um circo, comentou Terese. A verdade é que se não fosse o Chuchu, o Chico poderia ter morrido de fome ou de frio, disse Severin. Ele o trouxe para casa, o alimentou com leite de vaca e o esquentou com pedaços de tecidos velhos. É por isso que hoje esse macaco tem saúde para fazer peraltices e alegrar a vida de todos nós aqui na fazenda!

Depois de se divertirem com Chico, as crianças e Charlotte foram conhecer a plantação de abacaxi. Todos ficaram encantados com a beleza e a doçura da fruta que Charlotte denominou de imperatriz do pomar, por causa do que ela mesma chamou de respeitosa e imponente coroa. Dali foram conhecer Loro e Loreta, o papagaio e a arara-azul que viviam em duas grandes gaiolas que ficavam expostas no jardim. Os dois pássaros, também bastante alegres e comunicativos, conquistaram imediatamente o carinho dos novos moradores. Dentro da casa onde o casal Prustel ia morar, o movimento de entra-e-sai não parava. As irmãs de Charlotte e os empregados descarregavam as carroças e ajudavam a guardar as caixas de madeira nas quais estavam roupas e objetos pessoais da família. Os móveis já tinham chegado porque haviam sido despachados por Otto alguns meses antes de os Prustel deixarem Roma com destino ao Brasil. Ava, que já sabia se comunicar um pouco em português com as empregadas, pedia para que elas tivessem cuidado para não riscar a mobília com as caixas, sempre atenta ao olhares preocupados de Charlotte e de Otto, que acompanhavam a correria com os gêmeos no colo, fiscalizando o trabalho de todos. Logo que anoiteceu, interromperam o serviço para jantar. Aparecida, a cozinheira, preparou uma canja de galinha e serviu com pães salpicados com erva-doce que perfumaram todo o ambiente e que ela mesma fez e assou no fogão a lenha. Era ali também que se aquecia a água do chuveiro que servia as duas casas de peroba-rosa que já tinham sido construídas na fazenda. Um sistema de serpentinas permitia que a água fria passasse pelo fogão e chegasse ao banheiro bem quentinha. Vocês fizeram um bom trabalho!, disse Otto aos cunhados. Bendita a hora que você teve a idéia de trazer Andree, Severin e Ava antes de nós para preparar a fazenda!, comentou Charlotte. Senão, nosso sofrimento seria bem maior. Apesar de simples, as casas estão limpas e aconchegantes. Parabéns, meus cunhados, eu só tenho a agradecer vocês dois pelo que fizeram por mim, por Charlotte e por meus filhos!, reforçou Otto.

O casal também elogiou a sopa e o pão. Disse que não deixavam nada a desejar aos preparados em Roma e Berlim. Severin e Ava, que já conheciam um pouco de português, traduziram os elogios para Aparecida, que sorriu para os patrões e em seguida tentou explicar pausadamente que a erva-doce era a verdadeira responsável pelo perfume gostoso do pão e que esse condimento também ficava uma delícia no bolo de fubá. Foi até a cozinha e trouxe um pouco da especiaria para que os Prustel pudessem apreciar. Aparecida está dizendo, traduziu Severin, que há erva-doce plantada na horta preparada por Chuchu. Christine riu e perguntou por que o empregado chamava-se Chuchu e o que queria dizer essa palavra tão estranha. Ava se intrometeu e foi buscar um chuchu para mostrar aos sobrinhos. É um legume muito gostoso. Foi Severin que começou a chamar o coitado do jardineiro com esse apelido porque foi o próprio Chuchu que mostrou pela primeira vez um chuchu ao Severin. Amanhã, Aparecida vai preparar para vocês experimentarem. Naquela mesma noite, Charlotte pediu à irmã para explicar à cozinheira que, a partir do dia seguinte, as crianças deveriam fazer as refeições numa mesa separada dos pais. Parecem filhotes de gatos, não param de resmungar, reclamava a mulher de Otto. Pois que comam com os gatos naquela mesa mais baixa, disse ao apontar para o móvel construído por Severin, que já bem conhecia as manias da irmã mais velha. Só Christine, a primogênita, que já tinha doze anos, podia fazer companhia aos adultos.

Padre Joseph Herions, que também participava do jantar, concordou com Charlotte. A hora das refeições deve ser sagrada, como na santa ceia. Os pequeninos ainda não estão preparados para compartilhar e entender esse momento, proclamou o sacerdote. Vizinho mais próximo dos Prustel, padre Herions sabia das tradições católicas dos recém-chegados e veio dar boas-vindas e abençoar a morada de suas novas ovelhas. Já conhecia muito o doutor Otto e já imaginava que ele seria o chefe desta santa família que está aqui reunida, disse em voz alta como se celebrasse uma missa. Que Deus e Jesus Cristo abençoem a Fazenda Cristo Redentor! Em seguida, rezaram mais uma vez o pai-nosso como já tinham feito antes de começar o jantar. O padre tinha construído uma capela dentro do sítio, que ficava a poucos metros da casa dos Prustel. Convidou a todos para irem à missa que ele costumava celebrar todos os dias às sete da manhã. Não há como perder a hora, porque aqui, no meio do mato, o galo canta às seis da madrugada, portanto, uma hora antes de a minha missa começar! Sei que estão cansados da viagem, não precisam ir amanhã. Podem dormir bastante. Mas nos próximos dias quero a família toda na capela, assim que o dia amanhecer!

A Fazenda Cristo Redentor, naquela época, tinha cento e vinte e cinco alqueires paulistas. Só estavam prontas a casa das crianças e a casa dos pais. O projeto criado por Otto previa ainda a construção da casa dos hóspedes e dos empregados. Por enquanto os trabalhadores dormiam em dois ranchos feitos com troncos de palmito e de chão batido, como eram as residências mais primitivas dos primeiros moradores de Rolândia. Na casa das crianças, além de dois quartos grandes, um para os meninos e outro para as meninas, havia duas salas de aula e dois quartos de hóspedes, que naquele tempo eram ocupados por Andree, Severin, Ava, Mia e Louise, irmãos de Charlotte. Os tios eram a companhia que os filhos do casal Prustel tinham para passar o dia, já que os pais viviam quase sempre fechados na casa onde moravam sozinhos acompanhados de documentos, dinheiro, um gramofone, músicas clássicas e livros. Otto era mais próximo e mais carinhoso com os filhos. Foi ele quem ajudou Peter e

Matheus a perder o medo de sair do quarto à noite para ir ao banheiro que ficava do lado de fora da casa. Assustados com o barulho dos grilos, dos bugios e do vento que balançava as folhas das bananeiras, eles não tinham coragem de enfrentar a escuridão lá de fora e acabavam fazendo xixi dentro do armário. Até descobrir o que estava acontecendo, Otto pensava que o móvel era vítima de uma goteira e mandou os empregados verificarem de onde vinha toda aquela água. Procura daqui, procura dali e nada de descobrir que goteira era aquela. Depois de sentir o cheiro forte que estava dentro do armário, Chuchu não teve dúvidas. Isso aqui é mijo, seu Severin, mijo de moleque arteiro, disse ao simular os gestos que homens costumam fazer quando vão urinar no mato. Otto repreendeu os filhos e passou a dormir com eles durante uma semana inteira para acompanhá-los ao banheiro de madrugada. Foi o suficiente para que Peter e Matheus perdessem o medo e parassem de fazer xixi dentro do móvel.

Não demorou para que os empregados e os vizinhos da Fazenda Cristo Redentor percebessem que quem chefiava a família Prustel não era Otto, mas Charlotte.

Ela sempre fazia valer a sua vontade, como já era acostumada a fazer desde quando era menina, em Gmund, uma pequena cidade cercada de montanhas, no norte da Alemanha, próximo a Colônia.

Filha mais velha de Helga e Wolf Degen, Charlotte tinha nove irmãos. Dona Helga confiou a ela a educação dos mais jovens, porque não conseguia cuidar de todos sozinha, já que o marido, Wolf, carpinteiro, era alcoólatra e quase não cumpria com os deveres de pai e chefe da família. Charlotte, então, teve de aprender a ser mãe bem antes de sonhar em ficar grávida. Quando tinha dezesseis anos, escreveu uma carta ao imperador da Alemanha, Guilherme II. Era 1918, a Primeira Guerra Mundial estava para terminar e Guilherme II ainda não tinha abdicado. Charlotte pediu ao *kaiser* bolsa para pagar os estudos e o transporte até a cidade de Munstel.

Querido imperador, escreveu a filha mais velha de dona Helga, gostaria muito de continuar a estudar, mas meus pais não têm condições financeiras para pagar as despesas. Já terminei os estudos aqui em Gmund e para seguir adiante nos livros e me tornar uma médica de sucesso, preciso estudar em Munstel. Gosto muito do senhor e torço para que continue sendo o imperador da Alemanha e que também atenda ao meu pedido. Obrigada, majestade, com todo respeito, sua súdita e admiradora, Charlotte Degen.

A resposta não demorou. Para surpresa de toda família, o imperador não só respondeu como também atendeu ao pedido de Charlotte, que durante muitos anos guardou a carta do *kaiser* como se fosse uma jóia. Mas que acabou perdida durante as mudanças que ela precisou fazer depois que se casou com Otto Prustel, filho de um casal de agricultores católicos que vivia numa aldeia próxima à cidade dos pais de Charlotte. Os dois tinham praticamente a mesma idade e se conheceram no colégio em Munstel. Apaixonados e ainda solteiros, foram estudar em Berlim. Otto trabalhava como repórter durante a noite num jornal berlinense e de dia cursava as faculdades de economia e filosofia. Também começava, nessa época, a se envolver com a política e as questões de colonização interna da Alemanha. Os dois estavam com 24 anos quando se casaram, em 1926. Exatamente no ano em que Otto foi eleito, pelo Partido do Centro, o partido católico, o deputado federal mais jovem da Alemanha.

Charlotte Degen, então, tornou-se a Sra. Prustel. Acompanhava Otto nas festas e cerimônias sociais, mesmo quando estava nos últimos meses de gravidez. Por causa dos filhos, abandonou a faculdade de medicina no quarto ano. Otto passou a ser admirado principalmente pelas autoridades da Igreja Católica. Ficou amigo do futuro Papa Pio XII, então Arcebispo Eugênio Pacelli, que entre 1917 e 1929 atuou como núncio papal na Alemanha. Um ano depois do casamento, nasceu Christine, a primeira filha do casal Prustel. Em 1929, nasceu Peter, o segundo filho; em 26 de maio de 1931 nasceu Matheus. Em 20 de outubro de 1932 nasceu Terese e em 1933, Charlotte deu à luz Raquel. Nesse tempo, a Alemanha fervia politicamente. Otto quase não parava em casa e mesmo com o apoio de uma babá e de uma empregada, Charlotte também já contava com a ajuda da bela Astrid, sua irmã caçula, dezesseis anos mais jovem do que ela, que veio estudar e morar com os Prustel em Berlim.

O deputado Otto Prustel nunca aprovou nem a ascensão nem as medidas que o partido nacional socialista queria implantar. Em 1933, quando o parlamento votou a lei dando plenos poderes a Adolf Hitler, ele votou contra, quando a maioria dos deputados votou a favor. Inclusive grande parte dos colegas de partido católico. Mas Otto teve de pagar muito caro por ter negado um voto ao *führer*. Assim que o parlamento foi dissolvido, os deputados que eram contra o atual governo perderam o mandato e começaram a ser perseguidos. Otto ainda conseguiu se manter na Repartição Federal de Conselhos aos Colonizadores, que ficava na praça Leipzig, 17, em Berlim, onde também era a sede da Companhia para Colonização no Exterior. Só que os nazistas também fecharam o cerco contra os defensores da reforma agrária e dos movimentos de colonização, como a Sociedade de Estudos Econômicos Ultramar, presidida desde 1929 por Edward Luft Hagen, ex-ministro do interior da República de Weimar. Criada em 1927, essa sociedade tinha como missão encontrar saída para o grande desemprego que assolava a Alemanha. Otto trabalhou com Edward, e foi nessa fase da vida dele que ouviu falar pela primeira vez em Rolândia, a colônia de alemães que começava a ser formada no Brasil.

A chegada dos alemães foi possível porque desde 1922 o governo do Estado do Paraná investia numa campanha para desenvolver e colonizar o norte paranaense, concedendo terras às empresas privadas de colonização. Em 1924, a Companhia de Terras Norte do Paraná – subsidiária da firma inglesa Paraná Plantation – adquiriu duas glebas na região para instalar fazendas e máquinas de beneficiamento de algodão. Mas, devido aos preços baixos e à falta de sementes sadias no mercado, o projeto fracassou e os ingleses acabaram usando as terras num projeto imobiliário.

Em 1933, Edward Luft Hagen relatava as pesquisas que já tinha feito no norte do Paraná e comunicava a sua decisão de se estabelecer em Rolândia. Um ano antes, ele já tinha assinado um contrato com a Paraná Plantation, que também construía uma estrada de ferro em Londrina, e mandado os primeiros colonizadores. Na época foram ventiladas as possibilidades para eliminar as dificuldades que surgiram: primeiro pela limitação de divisas na Alemanha e, segundo, pela impossibilidade para a companhia fazer remessas em moeda brasileira – o mil réis – para Londres. No início de 1934, Edward, Otto e outros dois estudiosos viajaram ao Brasil para aprofundar as possibilidades de colonização e chegaram à conclusão de que a melhor área para estabelecer as famílias era mesmo a região de Rolândia. Nessa primeira viagem que fez ao Brasil, Otto já comprou o pedaço de terra que se tornaria a Fazenda Cristo Redentor.

Perseguido pelo nazismo, em 1935, Otto Prustel mudou-se com a família para a cidade onde moravam os pais de Charlotte, na Renânia. Permaneceram ali até 1937, quando ocorreu o nascimento dos filhos gêmeos – Adam e Lucas. Otto já era, então, representante da empresa que controlava a Companhia de Terras Norte do Paraná, a Paraná Plantation. Como a Companhia de Terras precisava de material para prolongar a estrada de ferro Cia Ferroviária São Paulo – Paraná e a Alemanha possuía este material (trilhos, parafusos, etc), ficou combinado que o dinheiro do imigrante ou refugiado ficaria na própria Alemanha. O interessado compraria as peças ferroviárias que os ingleses precisavam nas fábricas alemãs e em troca recebia títulos que equivaliam a terras em Rolândia. Graças a esta forma de permuta, a Companhia de Terras conseguiu prolongar a ferrovia até Rolândia e também driblar as leis de restrição à imigração impostas pelo nazismo. Foi com essa operação, conhecida como operação triangular, que Otto conseguiu ajudar dezenas de famílias judias a escapar do destino trágico em campos de concentração. O marido de Charlotte viajou nove vezes para o Brasil entre 1934 e 1939 para intermediar essas negociações.

Permanecer na Alemanha estava cada vez mais perigoso para os Prustel. Otto e Charlotte não tinham mais dúvidas de que só estariam seguros bem longe da Europa. Numa de suas viagens a Rolândia, antes de partir com toda a família, Otto trouxe Ava, Andree e Severin Degen, irmãos de Charlotte, para ajudar no trabalho de limpeza da terra e na construção da sede da fazenda. Eles ficaram em Rolândia, enquanto Otto voltou e se mudou com a mulher e os sete filhos para Roma. Contaram com a proteção do Vaticano nos dois anos que viveram na capital italiana. Durante a visita que Hitler fez a Roma, em maio de 1938, Otto levou Charlotte e os filhos para assistirem ao discurso do *führer* na praça Veneza e revelou aos herdeiros: Estão vendo aquele homem, crianças. Olhem bem para ele. É por causa dele que fomos obrigados a deixar a Alemanha e agora teremos de ir embora da Europa. Os Prustel partiram do porto de Gênova para o Brasil no navio Castel Verdi, que estava repleto de imigrantes. Otto e Charlotte vieram na primeira classe e as crianças na terceira. Durante o percurso, os filhos só viam a mãe uma vez por dia, geralmente à noite, quando ela ia até eles para abençoá-los, pondo as mãos entre as grades que separavam uma classe da outra para que os pequenos pudessem beijá-la. Mia e Louise fizeram companhia às crianças na terceira classe. Do Porto de Santos subiram de trem até São Paulo e depois mais um trem até Ourinhos e outro até Rolândia.

7

A música dos compositores clássicos alemães e austríacos podia ser ouvida na estrada, logo que as carroças e aranhas que traziam os convidados faziam a última curva para pegar o acesso principal à sede da Fazenda Gênesis. Nora Naumann posicionou o aparelho de um jeito estratégico para que o som pudesse chegar o mais longe possível e dar boas-vindas aos vizinhos que vinham para a festa em homenagem à família Prustel. Os que chegaram com o entardecer, como os Prustel, não sabiam dizer o que contribuía mais para aquele momento ficar tão bonito. Se as cores do pôr-do-sol ou se as composições bachianas. Acho que são as duas coisas, disse Nora Naumann. Toda vez que ouço Bach no fim do dia, o sol gosta tanto, mas gosta tanto, que demora a se despedir! A senhora também deveria ser poeta, senhora Naumann, sabe narrar o cotidiano com muita sensibilidade, comentou Otto Prustel. Ele, Charlotte, os cunhados e os filhos foram os primeiros a chegar. Como não eram judeus, não guardavam o *Shabat* e, ao contrário dos outros convidados, puderam sair de casa com a luz do dia.

Nora não escondia a alegria de ter finalmente conhecido Charlotte e os filhos de Otto Prustel. Empolgada com a visita, logo mostrou o piano, os livros com partituras, as fotos da família e as notícias, publicadas nos jornais alemães, das apresentações e dos concertos que ela fazia com os alunos em Frankfurt. Depois de divulgar as suas aulas de canto e de música, lembrou-se de mostrar o quarto onde os convidados deveriam guardar as roupas que seriam usadas na festa. Essas vinham embaladas em bolsas de couro ou de lona, para não ficarem sujas de poeira, avermelhadas pela terra que levantava do chão pelo caminho. Podem ficar à vontade, disse a dona da casa. Podem lavar as mãos, o rosto e trocar o figurino. Daqui a pouco chegam as outras pessoas e aí todos vão querer se livrar das roupas sujas ao mesmo tempo. Por isso é bom vocês se trocarem já. Afinal, serão os homenageados e os mais reparados nesta noite, não é mesmo, querida Charlotte? Espero que eu consiga estar à altura da elegância que as mulheres judias costumam ter, Nora. Sinceramente espero que eu consiga, respondeu Charlotte. Nesta terra a elegância sempre vai perder para a sujeira, sentenciou Nora. E não seja tão pessimista, minha querida. A sua fama de mulher elegante chegou por aqui há muito tempo!

Depois que os homenageados já estavam limpos e bem vestidos, Nora explicou como seria a festa. Faremos como nos bons tempos lá na Alemanha. Primeiro, vamos ao teatro assistir a um concerto musical, no caso, o desta famosa soprano que vos fala e, só depois, nos reuniremos para o jantar. Teatro?, perguntou Charlotte. Sim, teatro, respondeu Nora, convidando os Prustel para acompanhá-la até a floresta. Estão vendo este círculo aberto no meio da mata? Os troncos e tocos de árvores? O imenso lustre de cristais pendurado na figueira? O tablado e a cortina de sacos de estopa? Este é a Ópera dos Grilos! O nosso teatro! Um lugar simples, humilde, mas que pode ser mágico e se tornar muito confortável e luxuoso quando todos os nossos amigos se reúnem e se deixam envolver pela imaginação, disse Nora com os olhos cheios de lágrimas. Samuel se aproximou da esposa e pediu para ela se acalmar. Nora sempre se emociona quando fala desse teatro, explicou Samuel aos convidados. Hoje a minha emoção é ainda maior, disse a cantora, porque meu querido amigo, doutor Volk, um engenheiro nosso vizinho, que mora aqui ao lado, na Fazenda do Messias, vai me dar um presente. Ali, olhem. Vejam aquele objeto coberto por uma lona. Ali embaixo está guardada uma jóia para todos nós refugiados saudosos da nossa terra amada. Jóia que será apresentada a todos vocês nesta noite pelo próprio inventor. A senhora não pode nos dizer o que tem lá embaixo da lona?, perguntou Astrid, que sempre foi muito curiosa, depois de acender o cigarro na inseparável piteira. Preparem seus corações, guardem a curiosidade, que logo mais todos terão uma grande surpresa.

Essa mulher é louca, disse Charlotte baixinho para que só o marido e a irmã Astrid pudessem ouvir. Chamar aquele matagal cheio de grilos e mosquitos de teatro? Não deboche, minha querida, ela é uma artista e está nos tratando tão bem, pediu Otto. Seja amável com Nora. Esqueça que você tem mau humor de berlinense e seja simpática, por favor, pelo menos esta noite. Otto deixou a esposa e foi ajudar Samuel a acender as tochas e as velas que estavam espalhadas pela fazenda. Os outros convidados começaram a chegar e antes de cumprimentar a família homenageada iam primeiro trocar de roupa. Frida não deixou escapar a oportunidade para usar uma gargantilha de esmeraldas e brilhantes e um casaco de pele de visom, apesar de a temperatura não estar a mais indicada para aquele figurino. As outras mulheres eram menos exageradas, mas também chegavam com os cabelos bem penteados, traziam algumas jóias e as melhores roupas, como se de fato fossem participar de uma festa como as que estavam acostumadas a freqüentar nas noites frias da Alemanha. Os homens também caprichavam. Samuel, o anfitrião, não abria mão do fraque e da cartola. Roupas e acessórios que já eram velhos conhecidos de quase todos ali, porque o marido de Nora costumava usá-los em plena luz do dia, mesmo andando a cavalo, para visitar os vizinhos.

Charlotte ficou surpresa com todo aquele luxo ostentado pelos casais, mas ao mesmo tempo sentiu-se em casa. Ficou feliz por não estar tão distante assim de um passado recente, do qual ela já sentia muita falta. A esposa de Otto usava um colar de pérolas enrolado várias vezes no pescoço, um vestido longo de seda bege com mangas compridas, com detalhes em renda, e um camafeu com uma cruz de brilhantes preso ao lado do coração. Astrid também estava tão ou mais bem vestida que a irmã e foi eleita entre os homens da festa como a mulher mais bonita e atraente daquela noite. As homenageadas fizeram jus à nossa elegância, disse Carmem Volk a Olívia List Obermann. Digamos que chegaram perto, mas não nos alcançaram, respondeu Olívia. Essa Astrid tem um jeito um tanto alegre demais que chega a ser vulgar, você não acha?, perguntou Carmem. Olívia concordou com a amiga. As duas ficaram observando os modos de Astrid, que naquele momento se divertia com as piadas contadas por Thomas Schneider. Aproveitem o momento que essa estrela que vos fala caiu do céu e ouçam, gritou Nora já praticamente vestida para a apresentação. O meu concerto deve começar nos próximos minutos, mas antes gostaria que vocês prestassem atenção, primeiro no que meu querido marido

Samuel tem a dizer e depois se aproximassem do doutor Volk para conhecer a invenção que ele diz que fez especialmente para mim. Não é, doutor Volk? O engenheiro concordou com a cantora na frente de todos e sorriu.

Samuel, então, começou a discursar. Citou Goethe logo de início, depois passou por Rilke, Schiller, Thomas Mann. Com voz empostada, sentia-se falando para os alunos e acadêmicos da Faculdade de Direito de Frankfurt, tamanha era a necessidade que ele tinha de mostrar erudição e de usar frases rebuscadas e pomposas. Falou mais do que devia e cansou a todos que já olhavam uns para os outros distribuindo bocejos. No fim do discurso disse a que veio. Estamos reunidos nesta noite, meus amigos, para homenagear um herói. Otto Prustel merece todo nosso respeito e admiração. É para agradecer a ele e a toda a sua família que promovemos este encontro inesquecível, esta festa embalada pela voz magnífica de Nora Naumann e, claro, o jantar regado a vinho, muito vinho. Otto percebeu que todos já estavam cansados e agradeceu rapidamente. Disse que, como cristão e temente a Deus, só fez o que era a sua obrigação, ou seja, amou o próximo como a ele mesmo. Com essas poucas palavras, Otto foi aplaudido longos minutos. Os aplausos foram interrompidos pelo primeiro sinal do teatro, que esta noite foi tocado por Johanna. Por favor, disse doutor Volk, antes de tomarem os seus lugares na platéia e nos camarotes, gostaria de um pouco de atenção. Nora aguardava ansiosa as palavras do engenheiro, que também tinha com ele a luneta que trouxera de Berlim para continuar seus estudos de astronomia na selva brasileira. Prometo deixar todos observarem os astros e a Lua depois do concerto e do jantar, se embarcarem nesse jogo encantado que eu vou propor agora.

Vejam vocês, disse ao puxar a lona que estava sobre a engenhoca que ele criara. Aqui está a máquina de colher o que os brasileiros chamam de sau-da-de. A minha nova invenção consegue colher a sau-da-de que todos nós carregamos no peito. Basta que vocês olhem para este espelho de cristal em forma de ovo com pés de fauno esculpidos na base e lembrem dos lugares, das pessoas, das cidades, do país, dos amigos, parentes, dos momentos da vida que mais sentem falta. Então, enquanto vocês se enchem de sau-da-de, os fios de cobre que saem detrás do espelho vão ser presos com esses prendedores de arame aos cabelos e roupas dos senhores e das senhoras, dos jovens e das crianças também, por que não? Todos nós seremos doadores de sau-da-de, sentimento que temos de sobra por aqui e que será usado como um invisível combustível para alimentar a nossa imaginação. Assim que a sau-da-de é capturada no espelho, é transportada por este cano de cobre até este caldeirão onde será misturado à água fervente, sais, óleos perfumados e depois transformada em vapor que contagiará a todos antes de cada espetáculo. Este é o meu presente para esta talentosa soprano que nos honra com o seu talento e com suas aulas de canto. Ela que não teve tempo de ter a carreira profissional reconhecida no seu próprio país e até internacionalmente, porque foi expulsa da sua terra. Mas, por mais que tenha atrapalhado, Adolfo Hitler jamais conseguiu arrancar do coração de Nora Naumann o sonho de ser uma diva, uma estrela, de se apresentar nos mais prestigiados teatros da Alemanha e de todo o mundo. Bravo! Bravo! Gritaram em coro, Samuel, Frida e Thomas Schneider, emocionados com o discurso de doutor Volk.

Nora chorava muito, e mesmo assim agradeceu ao amigo. Não tenho palavras para dizer o tamanho da minha felicidade. O senhor fez como tinha prometido, doutor Volk. Ficou igual à máquina que apareceu nos meus sonhos. Igualzinha, disse Nora ao abraçar o inventor que também era aluno dela. Para ficar tudo como eu sonhei, vou pedir para Irmã Anna colher sau-da-de de todos vocês. Façam fila e comprem os ingressos para a nossa Ópera dos Grilos, o nosso teatro encantado, com sau-da-de. Irmã Anna, então, ajudada por doutor Volk, começou a etérea colheita. Apertava o botão que era feito com uma pedra cor de mel do tamanho de uma maçã. Nesse exato instante em que o botão era acionado, a caixa de música bem antiga fabricada por relojoeiros alemães que habitaram a floresta negra, decorada com máscaras gregas, que já pertencia a Nora, começava a tocar um trecho de *A Flauta Mágica*. Só quando a ópera parava de tocar, o doador podia sair da máquina. Charlotte e Otto foram os primeiros a ser ligados à engenhoca do doutor Volk. Do que mais tenho saudade? Deixe-me pensar... Berlim, claro... Como sinto falta daquela cidade imponente e dos meus amigos de Berlim!, comentou Charlotte assim que viu o seu passado no espelho. Quando irmã Anna e o inventor terminaram de colher saudade de todos os convidados, eles ocuparam os lugares, sentando-se nos troncos e tocos de árvores. doutor Volk abriu o caldeirão para que o vapor branquíssimo e cheiroso pudesse envolver a todos. Para os mais criativos e imaginosos, o teatro improvisado precariamente no meio da mata ficou majestoso e Nora Naumann cantou, cantou, por mais de uma hora, com a voz mais bela que, até então, já se tinha ouvido naquela floresta.

Durante o concerto, Martin não tirava os olhos de Christine. Cutucava o braço da irmã e dizia que queria conhecer melhor a filha mais velha dos Prustel, para quem sabe, pedi-la em namoro. Johanna ria do irmão e dizia que ele era muito jovem para Christine; que a jovem católica, apesar de ter apenas doze anos, já tinha revelado há pouco, numa conversa entre moças solteiras, que gostava de homens mais velhos, bem mais velhos do que ela. Você ainda nem tem quinze anos, nem saiu da fralda, cochichou Johanna no ouvido de Martin, que lhe deu um pisão no pé direito e a fez engolir a dor para não fazer escândalo e atrapalhar a apresentação da mãe. Christine percebeu o interesse de Martin e quando notou a discussão, olhou disfarçadamente para ele e para Johanna só para conferir se falavam mesmo dela. Quem também prestou atenção na confusão foi Hans Loper, um jovem alemão de 20 anos, alto, de olhos claros e cabelos cacheados, que veio sozinho para Rolândia para administrar a fazenda que o pai, que era dentista em Hanover, tinha comprado na região. Como ainda não conseguia tirar o próprio sustento da fazenda, trabalhava como assistente na serraria de Saul Ulrich e desde que conhecera Johanna Naumann, na semana passada, se interessara em casar com ela. Foi amor à primeira vista, pensava o jovem romântico, fã dos poemas de Rilke e do romance *Os Sofrimentos do Jovem Werther*, de Goethe.

Ao ver Johanna deixar o teatro antes que o concerto da mãe dela terminasse, Hans foi atrás para saber o que tinha acontecido. Não foi nada, respondeu a filha de Nora. Martin vive me irritando! O meu irmão também é assim, disse Hans, que aproveitou o encontro a sós com Johanna para agradecê-la. Obrigado por ter convencido seus pais a me convidarem para a festa, nos conhecemos há tão pouco tempo, eles poderiam não permitir que eu freqüentasse a fazenda de vocês. Poderiam achar estranho o meu interesse. Não se preocupe, respondeu Johanna. Meus pais sabem que você mora e trabalha com o senhor Ulrich. Além disso, você tem ascendência judaica como todos nós, e sendo assim, não tem como não ser bem-vindo na comunidade. Hans tirou do bolso do paletó um pequeno livro de sonetos de Rilke e começou a ler para Johanna. Esse é lindo, não é? Posso ler de novo, acho que não dei a interpretação que a poesia merecia. Hans, então, respirou fundo e falou que já estavam praticamente decorados por ele, com os olhos fixados no olhar da sua única ouvinte na tentativa de fazê-la entender que fazia dele as palavras do poeta alemão. Johanna já conhecia Rilke desde o tempo em que vivia na Alemanha, de tanto ouvir os pais comentarem sobre a beleza dos sonetos rilkeanos. Também gosto muito desse outro soneto, *A morte da Amada*, disse Hans. Ouça este trecho. "Desde que ela foi para o país dos mortos, os mortos lhe ficaram tão conhecidos como se fossem parentes próximos". Não é belo?, perguntou Hans. Os sonetos de Rilke são os meus preferidos, porque são mais filosóficos, falam dos sentimentos escondidos, disse o moço. Johanna também demonstrou gostar muito do poeta alemão, o que deixou Hans ainda mais interessado nela. Da próxima vez que nos encontrarmos vou lhe presentear com as cartas que Rilke escreveu a um jovem poeta. Agora vamos voltar ao teatro que o concerto já está terminando e sua mãe precisa nos ver lá dentro, vamos, convidou Hans. Claro, vamos voltar, respondeu Johanna.

Nora começava a cantar a última canção. Uma ária da ópera *Otello*, de Giuseppe Verdi. Antes, tinha apresentado composições de Brahms, Beethoven e de Schubert. Para a soprano, naquele momento, não era só a Ópera dos Grilos que se transformava, mas ela própria via-se mais jovem e bela no palco. Como nos tempos em que estudava canto em Dresden, recém-separada do Barão Von Negri, e namorava o homem que mais amara em toda vida, o pianista Klaus Timberguer. Nora o via tocar o piano para que ela pudesse cantar para os vizinhos. Klaus estudava para ser maestro quando foi convocado para lutar na Primeira Guerra Mundial. Despediram-se na Estação Ferroviária de Dresden e nunca mais se viram. Klaus morreu na guerra e Nora nunca mais o esqueceu. Mesmo depois de casada com Samuel. Quando namoravam, sonhavam em viajar o mundo e se apresentar nos grandes teatros. Ele como pianista, ela como soprano. A Ópera dos Grilos passou a ser o endereço dos reencontros protagonizados pela soprano e o espectro do pianista.

Quando o concerto terminou, Nora foi aplaudida de pé pelos amigos. Bravo! Bravo! Gritavam todos emocionados com o talento e a voz da soprano. Depois de alimentarmos a alma, vamos alimentar o corpo, disse Nora. Ela enxugou as lágrimas e convidou os vizinhos para o jantar. Com a ajuda de irmã Anna e de Martin, doutor Volk puxou a lona sobre a máquina de colher saudade. Finalmente, vamos experimentar o cardápio preparado por Ruth, disse Rudolf Allmann em voz alta, orgulhoso do talento culinário da esposa. Os homenageados sentaram no centro da mesa principal do banquete. Os patos e os frangos recheados com farofa de banana e amora foram elogiados por Otto e Charlotte, que repetiram várias vezes, ora enchendo o prato com carne de pato ora com carne de frango. A salada de carambola com cenouras e o arroz com lentilhas também foram muito disputados pelos convidados, que depois de jantar ainda puderam saborear uma típica sobremesa brasileira: arroz doce com cravo e canela. As mesas, os bancos e as cadeiras foram retirados do pátio que ficava ao lado da casa dos Naumann e a festa terminou com um baile animado. Iluminado com velas e tochas amarradas em pedaços de pau fincados no chão, o quintal virou salão de dança e, apesar de grande, quase não conseguia acolher os casais de dançarinos. Para agradar a todos, toca-se de tudo um pouco no gramofone, graças à diversificada coleção de discos dos anfitriões. Mas as valsas vienenses eram as mais disputadas pelos casais. A bela Astrid, já bem alcoolizada e fumando sem parar, sugeriu que os cavalheiros se revezassem e que trocassem de parceira a cada dez minutos para que todos pudessem se conhecer melhor. No que foi prontamente atendida. Essa idéia só poderia ser mesmo sua, disse Charlotte bem baixinho para a irmã caçula em tom de censura. Não me venha com seu moralismo, Charlotte. Estamos numa festa, todos aqui querem se divertir, não é mesmo, senhores?, perguntou Astrid em voz alta para que todos pudessem ouvir. E o baile continuou com o rodízio de casais. Thomas Schneider não resistiu aos encantos de Astrid e aceitou o convite dela para deixar a pista de dança disfarçadamente, sem que ninguém percebesse. Ela, então, o arrastou para dentro da floresta escura. Voltaram minutos mais tarde como se nada tivesse acontecido e principalmente sem que seus respectivos cônjuges, Frida e Oscar, suspeitassem de nada.

Chegaram bem na hora em que doutor Volk preparou a luneta para que todos pudessem apreciar a Lua. Olhem, espiem, bisbilhotem a vida dos extraterrestres, dizia. Hoje ela está sedutora, bela e insinuante! Quer se exibir para nós terráqueos, aproveitem! Será que a Lua se enfeitou mais do que eu, doutor Volk?, perguntou Frida já se oferecendo para ser a primeira da fila. Claro que não, Frida. Onde a Lua arrumaria esmeraldas tão valiosas para se enfeitar, não é mesmo? Essas suas jóias deixam qualquer mulher mais sedutora que a Lua. Ora, doutor Volk, o senhor é um cavalheiro. Eu, mais bela que a Lua? Que elogio o Senhor me faz! Nunca vou esquecer dessas suas palavras. Thomas nunca me elogiou assim, não é mesmo, meu amor? O marido de Frida sorriu e flertou novamente com Astrid. A irmã de Charlotte também flertava com Ludwig Luft Hagen que estava na festa acompanhado da esposa Golda, do pai Edward e da madrasta Petra Luft Hagen. Ora, que falta de modos Frida!, disse Ester Cremer. Deveria ter deixado Petra, a nossa querida mãe da terra, olhar a Lua primeiro. Não se incomode, Ester. Eu vejo depois, não se preocupe comigo, respondeu a mulher de Edward.

O espetáculo assistido com a ajuda da luneta divertiu convidados e anfitriões por mais algum tempo. Os professores Bettina e Amos Ballack não se cansavam de observar o céu. Frank e Agathe Flemig, Justin e Elisabeth Kroch também. Só Nicole e Caroline preferiram evitar a luneta para não ter de interromper a conversa que estavam tendo há horas. As duas moças, já em idade de casamento, queixavam-se da falta de pretendentes que estivessem à altura delas. Assim que puder vou me mudar para a América, disse Nicole. Já avisei meus tios Rudolf e Ruth que não gosto nada de viver nessa selva, rodeada de cobras e mosquitos. Pois eu só tenho a agradecer minha prima Olívia por ter me trazido com ela para este paraíso. Não sei como você não consegue gostar do Brasil, Nicole. Onde você viu céu mais bonito e estrelado, olhe e me diga, vamos?, insistiu Caroline. Se gostam tanto do céu por que não vão apreciá-lo pela luneta do doutor Volk?, perguntou Elwin que observava a dupla tão falante. Sabe que o senhor me deu uma boa idéia? Depois continuamos a nossa conversa, disse Nicole, ao deixar Caroline sozinha com Elwin.

Naquela noite, os dois começaram a namorar. Já se conheciam há alguns meses. Desde que Elwin foi trabalhar para os Schneider, ele tinha de ir todas as manhãs até a Fazenda Canaã, dos List Obermann, onde Caroline morava, para buscar leite. Olívia percebeu o interesse do cliente e insistiu para que a prima correspondesse. Dizem, não sei se é verdade, que ele veio de Buenos Aires até aqui só para reencontrar Isadora Volk. Um homem que faz isso por amor não é de se jogar fora, disse Olívia List Obermann. Aproveite, Caroline, que ele está triste com o casamento da amada e console-o, minha prima. E foi assim que Elwin começou a prestar mais atenção na vendedora de leite. Não lhes faltavam afinidades. Descobriram que fizeram estágio no mesmo hospital em Hannover, mas em épocas diferentes. Caroline contou que quando estudava enfermagem lá, as colegas e professoras sempre falavam de um Elwin, o estudante de medicina mais bonito que tinha freqüentado aquelas enfermarias, um moço bem alto de olhos verdes. Só podia ser você, então, Elwin, claro. Finalmente eu acabei conhecendo o tal galã de cinema, disse Caroline. A feliz coincidência só deixou os dois jovens alemães ainda mais apaixonados um pelo outro.

Cada vez mais envolvido por Caroline, Elwin passou a se atrasar com o leite e os Schneider começaram a reclamar. Uma manhã, Frida acordou mais cedo e quis ir com ele até a Fazenda Canaã. Ao descobrir o jogo de sedução que existia entre o amante e Caroline, teve uma crise de ciúmes no caminho de volta e jogou todo o leite sobre o empregado. Mas Elwin nunca contou nada a Caroline. Mesmo correndo o risco de a patroa ter outro ataque passional naquela noite, ele permaneceu boa parte da festa ao lado da prima de Olívia. Você não sente mais nada por Isadora? Não se incomoda mais em vê-la assim de braços dados com o marido? Nós sempre fomos apenas bons amigos, disse Elwin. Confundimos amizade com namoro, foi isso. O que nós vivemos foi só uma aventura de viagem, nada mais. Somos apenas amigos. E por que você veio atrás dela aqui em Rolândia? Não foi por causa de Isadora que me mudei para cá. As pessoas falam demais! Vim à procura de trabalho. Não podia mais ficar em Buenos Aires porque o meu visto não era argentino e sim paraguaio, explicou o ex-estudante de medicina. Disse que depois de muito empenho e persistência amigos da família dele que moravam em São Paulo conseguiram um visto de turista para que ele pudesse entrar e morar no Brasil.

A partir de 1937, o visto de turista era a forma mais fácil de os refugiados semitas driblarem as circulares secretas, documentos emitidos pelo Estado Novo para regular a entrada de judeus considerados indesejáveis por sua "raça". A primeira delas (nº 1.127, de 7 de junho de 1937) foi redigida na gestão do ministro das Relações Exteriores, Mário de Pimentel Brandão, com o objetivo de combater o caráter "desordenado" e "tumultuado" dessa emigração que, para o governo brasileiro, deveria ser interrompida imediatamente. Ao assumir a chefia do Itamarati em março de 1938, Osvaldo Aranha deu continuidade a essa política de intolerância.

Emitiu a circular secreta nº 1.249 (de 27 de setembro de 1938), com o objetivo de "disciplinar" o fluxo dos judeus indesejáveis.

Pois então, continuou Elwin, a vida em Buenos Aires não estava nada fácil, o único emprego que consegui foi de operário num ferro-velho. Quase não tinha tempo para treinar boxe, que é o meu esporte predileto, concluiu Elwin, ameaçando dar uns murros no rosto de Caroline. Você não seria capaz de me bater, seria?, perguntou a moça assustada com os gestos do namorado. Claro que não, sua bobinha. Só vou tratá-la com muitos beijos e carinho, respondeu o romântico lutador. Ele deixou claro que gostaria muito de casar e que pediria a mão de Caroline ao casal List Obermann o mais breve possível. Vamos ser muito felizes, muito felizes. Acho que sua patroa precisa de você, ela não pára de olhar para cá, disse Caroline. Eu vou ver o que está acontecendo e já volto, me espere aqui, eu já volto, insistiu Elwin, preocupado com o que Frida poderia fazer para obrigá-lo a se afastar da rival. Já bastante alcoolizada, Frida beliscou o braço do amante e o proibiu de continuar a conversa com Caroline. Eu me mato, juro que eu me mato se vir você ao lado dela novamente, disse a ariana. Caroline achou estranho o comportamento dos dois e a demora do namorado. Foi se juntar à maioria dos convidados que se revezavam para observar o céu com a luneta do doutor Volk. Elwin só voltou a falar com ela poucos minutos antes de ir embora. Depois explico tudo, falou baixinho. Amanhã te procuro na fazenda. Acho que Elwin finalmente vai te esquecer, comentou Carmen para Isadora. Caroline é uma boa moça, há de fazê-lo feliz, a senhora vai ver, respondeu a filha mais velha dos Volk.

Poucas crianças conseguiram participar da experiência astronômica. A grande maioria adormeceu logo depois do jantar e foi se deitar num dos quartos da casa dos Naumann. Só foram acordadas quando o dia já estava amanhecendo. Antes de voltar à Fazenda Cristo Redentor, os Prustel agradeceram mais uma vez a todos pela homenagem e pela calorosa recepção. Estimulada pelo marido e por Christine, Charlotte disse que gostaria que Nora também desse aulas de canto e de piano para ela e para os filhos mais velhos. Na Fazenda Gênesis, o Velho e o Novo Testamentos se misturam e formam uma história só, somos todos filhos de um único Deus, disse a soprano. Vamos nos dar muito bem, Charlotte. Apareçam logo por aqui novamente. Vou esperar! Bom domingo a todos! Vejam como é a natureza. Vocês chegaram atraídos pela música de Bach, pelo meu canto, e vão embora ouvindo Benjamino Gigli, o galo mais afinado do meu galinheiro. Ouçam como ele canta divinamente. Certo de que sua filha aqui estava cansada, sem forças para se despedir dos amigos com um solo de uma pequenina ária que fosse, Deus providenciou o galo Benjamino, o maior tenor entre os galináceos dessa fazenda para que a despedida de vocês não fosse de toda sem graça. Ouçam com que bela voz o meu galo Benjamino saúda a chegada do sol. Partam com ela! Já embarcados naquele que era um comboio de carroças os convidados só foram embora depois de aplaudir o emplumado cantor e o despertar da luz.

8

As andanças que Samuel Naumann fazia a cavalo, sempre bem vestido, algumas vezes até de fraque e cartola, por toda a região já tinham entrado para a história da comunidade dos refugiados judeus de Rolândia. Preciso encontrar meu Sancho Pança, brincava o advogado quando perguntado se não se sentia muito sozinho ao cavalgar só na companhia do cavalo Tamino pelas estradas de terra e pelas estreitas trilhas abertas na floresta. Por que não ser um Dom Quixote solitário?, respondia o marido de Nora Naumann. Quando nos roubam a nossa pátria, não há mais o que fazer, senão sair pelo mundo como o personagem de Cervantes, não é mesmo? Ao cavalgar assim eu conheço a mata fechada que existe na minha mente. Preciso desse tempo para suportar o golpe que o destino lançou contra todos nós judeus, que amamos a Alemanha. Por mais que as Leis de Nuremberg insistam em dizer o contrário, eu me sinto e sempre me sentirei um legítimo cidadão alemão. Sinto-me expulso, jogado violentamente por uma tempestade contra esta mata fechada e cheia de perigos. Hitler é uma tempestade, meu caro amigo doutor Volk. Uma tormenta mortal que não há de ter fim, pelo menos nos próximos anos. Pois eu vou me juntar ao senhor agora, disse o dono das terras por onde Samuel passava. Vou ensiná-lo a ver como é bonito esse mundo que nos acolheu. Acompanhe-me até a roça de milho, venha Samuel, amarre o cavalo na varanda e me siga, por favor. Nos seus 54 anos, Wagner Volk tinha fôlego e disposição para dividir o tempo trabalhando na lavoura e na biblioteca da casa que construíra na Fazenda Santa Carmem, homenagem à mulher dele,

Carmem Volk. Ela era católica fervorosa, e ele um judeu bem liberal. O casal, que vivia em Berlim, mudara-se para Rolândia em 1935 e não tinha filhos legítimos. Só dois filhos adotivos, Dafne e Wille, que chegaram ao Brasil com 9 anos. Carmem, sim, tinha uma filha legítima, fruto do primeiro casamento: Isadora, que chegou à fazenda um ano depois deles, com 23 anos de idade.

Antes de se mudar para Rolândia, doutor Volk nunca tinha pegado numa enxada, poucas vezes tinha tocado as mãos na terra e nem imaginava que um dia pudesse ter de enfrentar o sol forte para trabalhar como um lavrador. Foi obrigado a trocar o trabalho que realizava nos gabinetes e escritórios sofisticados de Berlim como advogado especializado em patentes e mineração, para plantar milho e mandioca no Brasil. Nos primeiros anos foi difícil se adaptar à nova e bem mais dura vida. Mas hoje já pegava na enxada com o talento dos trabalhadores do campo. Veja, Samuel, como aprendi a capinar a roça melhor que os caboclos. Todos os dias faço questão de arrancar o mato que cresce aqui porque senão, quando chegar o tempo de colher o milho, não há quem consiga enfrentar o colonhão. Olha como o milharal cresce bonito! No mês que vem já começa a colheita. Mesmo sem contar mais com a ajuda do Elwin, eu tenho dado conta do serviço. Aquele alemãozinho está fazendo muita falta. Mas o que se há de fazer se ele preferiu trabalhar para os Schneider, não é mesmo? Toda essa beleza que o senhor pode ver, foi esse nobre advogado berlinense que vos fala quem fez. Preparei a terra e plantei cada pé de milho. O meu cafezal também está cada dia mais bonito. Aprendi a ser feliz aqui no Brasil. Por mais difícil que seja a minha vida aqui, só tenho a agradecer. Livre-se dessa cartola e desse paletó! Experimente capinar um pouco, disse doutor Volk ao oferecer a enxada para Samuel, que diplomaticamente declinou do convite e pediu para ficar sozinho na mata da Fazenda Santa Carmem enquanto o doutor Volk terminava o serviço na roça.

Uma hora e meia depois, os dois estavam juntos novamente a caminho da cozinha da sede da fazenda para tomar café. Dafne e Wille faziam a tarefa escolar na mesa da sala. Isadora e Carmen conversavam na varanda sobre o jantar em homenagem aos Prustel. O senhor chegou em hora boa, doutor Naumann, disse Isadora. Eu e mamãe comentávamos que o jantar do último fim de semana, lá na sua fazenda, estava muito bom, todos da comunidade elogiaram bastante. Dê os parabéns para o seu pai, minha filha. Foi ele o responsável pelo maior sucesso da festa. Todos só falam na máquina de colher saudade. É a maior invenção do século!, proclamou Samuel ao sorrir para o amigo que estava com o rosto derretendo de suor e segurando um saco de mandiocas que seriam preparadas para o jantar. Só quis ser gentil com Nora que foi quem mais insistiu para que eu tirasse do papel essa minha idéia maluca, comentou doutor Volk. Lembra-se de quando vocês vieram nos visitar aqui na fazenda pela primeira vez, há dois anos? Pois bem, naquele dia, Nora, você, os seus filhos, eu, Carmem, Isadora e as crianças não nos cansávamos de dizer que tínhamos saudade da Alemanha. Passamos a tarde lembrando dos lugares, das cidades, das pessoas que tínhamos vontade de voltar a ver. Foi ali, afogado naquele mar de lamentações, que eu, brincando, comentei que poderíamos criar um jeito de usar toda essa saudade para alguma coisa. Transformá-la em combustível, uma energia capaz de nos fazer bem também e não só nos deixar tristes. Uma máquina de colher saudade, disse Nora entusiasmada, tirando as palavras da minha boca, recorda-se Samuel? Pois bem, naquele mesmo dia, ela me pediu para explicar como seria uma máquina desse tipo e eu, empolgado com a brincadeira, fui inventando, improvisando, rabiscando a idéia num pedaço de papel. E desde então, o tempo foi passando e a sua esposa nunca se esqueceu de me pedir para montar a tal engenhoca para ela. Pois eu não sei, disse Samuel. Quantas vezes não acordei no meio da noite com os discursos emocionados dela que, ao sonhar com a máquina de colher saudade, sempre abria o portão da fronteira que separa o sonho da realidade bem em cima da nossa cama.

Samuel agradeceu mais uma vez a paciência que doutor Volk teve com Nora e ainda brincou. Já que o senhor é um advogado especializado em patentes, não deve permitir que Nora se aposse da invenção. Registre a sua criatura, grande criador! E com essas palavras, Samuel despediu-se e bateu as esporas no lombo de Tamino para que ele pegasse rapidamente o caminho de casa. Assim que a visita foi embora, os Volk foram para a sala estudar um pouco de português com a ajuda limitada de Francisca, a cabocla analfabeta que trabalhava como empregada doméstica da família. Como estavam há quatro anos no Brasil, eles já entendiam e falavam razoavelmente bem a língua dos brasileiros, mas mesmo assim doutor Volk fazia questão que todos aprendessem cada vez mais. Lembrou do dia em que Isadora se casou com Alfred Urban, um ano depois que chegaram em Rolândia. Alfred era dois anos mais velho do que Isadora, e no dia do casamento tinha 24 anos. Estudante de medicina, também de origem judaica, ele veio tocar as terras dos pais que preferiram ficar na Europa. A fazenda de Alfred fazia divisa com a do doutor Volk. Chamava-se Fazenda Areia. Por ser muito católica, a mãe da noiva fez questão que a filha se casasse dentro dos ritos cristãos apostólicos romanos, e o marido judeu acatou.

Lembra-se, minha filha, durante a cerimônia religiosa do seu casamento, lá no sítio do padre Herions? Eu fiz questão de discursar primeiro em alemão e depois em português, disse doutor Volk. Não esqueço das palavras que, naquela época, custou-me tanto decorar. Escutem de novo, mas vejam como já tenho uma pronúncia bem mais apurada. Foi até a escrivaninha, pegou o papel onde tinha escrito em português o discurso do casamento de Isadora e começou a ler: "Queridos filhos! À bênção da igreja, quero adicionar os desejos de felicidade de um homem que quer de coração o bem para vocês. Desejos de boa sorte serão necessários, porque o destino que escolheram não é fácil. Hoje vocês não partirão numa viagem de lua-de-mel como os seus amigos na Europa e depois mudarão para uma moradia com todo conforto. Mas depois da festa, os espera uma cabana numa pequena clareira na selva infinita e amanhã segue a vida difícil de um colono na floresta. Mas a selva que nos dita as suas leis já não nos parece um inimigo terrível e misterioso com foi no começo. Tornou-se nosso amigo, talvez um amigo bravo que saiba fazer brincadeiras conosco, quando solta as tempestades e inúmeros bichos contra nós, mas que também sabe nos encantar tecendo uma coroa colorida em volta da nossa roça ou deixando a luz do sol brilhar na trilha. Os seus amigos na Europa andam pelo deserto de concreto até uma igreja escura de pedras. Quem deles teve uma procissão de casamento tão linda, quem foi casado numa igreja tão amável? Outra coisa lhes pesa como a nós: faltam tantos que gostariam de ter festejado conosco. Sentimos falta da pátria em que fomos criados e na qual os nossos ascendentes trabalharam há séculos. Mas podemos dizer do espírito alemão: o seu reino não é deste mundo! Sempre que o povo alemão tentou construir um grande reino na terra, como os Hohehnstaufen e os Hohenzollern, se deram mal. A verdadeira Alemanha esta lá onde os poetas e pensadores alemães são reverenciados, onde as mães contam contos de fadas alemães aos seus filhos e onde se reza com profunda devoção alemã antiga, que, como eu acredito, é mais profunda e fervorosa que a devoção de muitos outros povos. Cuidem para que guardem a Alemanha desta forma nos seus corações!"

doutor Volk foi aplaudido quando terminou a leitura. Dafne amava tanto o pai que ainda correu até ele para abraçá-lo e beijá-lo. Estudaram por mais alguns minutos até Francisca lembrar que precisava tirar a mandioca do fogo. Isadora despediu-se de todos e foi para casa jantar com o marido. Carmem chamou Dafne e Wille para ajudá-la a bater as natas que eram retiradas do leite produzido pelas vacas da fazenda para fabricação de manteiga. doutor Volk ficou sozinho na sala, preparou um cigarro de palha do jeito que tinha aprendido com os caboclos e começou a fumar. Ora olhava para a cruz com a imagem do Cristo crucificado que a esposa pregara na parede da casa, ora olhava para a *menorah*, o candelabro de prata de sete pontas, que estava sobre a mesa da sala de jantar. Era hora de pensar no livro de memórias que estava decidido a escrever.

Ainda em 1939, antes do início da Segunda Guerra Mundial, as irmãs de Charlotte, Ava, Mia e Louise voltaram para a Alemanha. Poucos dias depois, um novo hóspede chegou à Fazenda Cristo Redentor: o jovem padre beneditino alemão Bentus Noll, consagrado monge no mosteiro de Beuron, no sul da Alemanha. Filho de pais judeus, mas não praticantes, Bentus abandonou a faculdade de Direito em Genebra e foi para Roma para se converter ao catolicismo, assim que completou dezenove anos de idade. Nascido Johannes, logo que se tornou sacerdote passou a usar o nome de Bentus. De família burguesa, neto de médico, foi por influência dos amigos importantes do avô e do pai dele, que era advogado e funcionário público da prefeitura de Berlim, que Bentus conseguiu estudar teologia no Mosteiro de Beuron. Apesar da origem judia, a família de Noll mantinha distância dos judeus ortodoxos, mais conservadores, e não freqüentavam sinagogas. Nem Bentus nem o irmão dele eram circuncidados.

Dom Bentus, como era chamado em Rolândia, chegou à Fazenda Cristo Redentor com 27 anos de idade. A convite de Charlotte, veio ajudar na educação dos sete filhos dela e também viver num lugar mais seguro do que a Alemanha, porque embora já fosse um sacerdote católico, não tinha como negar sua origem judia. Bentus conheceu os Prustel em Berlim, quando ainda nem sonhava em ser padre. Na época, no fim da década de vinte, era um simples estudante preocupado em acertar na escolha da profissão. Conheceu primeiro Astrid numa escola de danças de salão. Foi amor à primeira vista e começaram a namorar. Poucos dias depois de conhecê-lo, Astrid o apresentou à irmã e ao cunhado. Charlotte e Otto simpatizaram muito com Bentus, que ainda era Johannes, e sempre o convidavam para jantar. E foi nas longas conversas que tinha com o casal Prustel e principalmente com Otto, que o jovem estudante viu germinar no coração o desejo e a vocação para o sacerdócio. Astrid ficou muito brava com a irmã quando soube da decisão tomada pelo namorado. Fui trocada por uma Bíblia!, dizia, em prantos, pelos cantos da casa.

Agora, dom Bentus sentia-se feliz em atravessar o oceano e se embrenhar na selva para dar apoio ao casal que o ajudou a ouvir o chamado de Jesus Cristo. Antes de seguir para Rolândia, ele passou uns dias no Mosteiro de São Bento em São Paulo. Depois de um bom descanso, continuou a viagem até a colônia alemã. Otto e Charlotte foram esperá-lo na estação. Louvado seja Jesus Cristo e o Papa Pio 12!, disse Charlotte ao ver o amigo descer do vagão. Você chegou inteiro! Não esteja tão certa disso, querida Charlotte. Acho que perdi muitos litros de sangue para as pulgas que viajaram comigo, comentou dom Bentus, com o tradicional bom humor de sempre. As pulgas? Claro, também viajei com elas nesse trem, adoram o sangue quente dos alemães, afirmou Charlotte. Mas, você ainda não viu nada, disse Otto. Precisa conhecer os primos das pulgas brasileiras que moram na fazenda. Nem queira saber do que Otto está falando, disse Charlotte. Querem matar esse pobre padre de susto?, perguntou dom Bentus fazendo cara de espanto. Vou dormir com os primos das pulgas lá na fazenda?

Otto refere-se ao bicho-de-pé, meu querido amigo.Um bichinho bem menor que as pulgas que adora furar e botar ovos dentro da sola dos nossos pezinhos brancos. Não tem quem consiga se livrar deles. São uma praga por aqui! Eu mesma já fui atacada por mais de vinte, sei lá, já perdi a conta, disse Charlotte. Se a guerra não estivesse para começar, juro que voltaria para a Europa. Não são tão perigosos assim não, dom Bentus, nada que uma vista boa, uma agulha bem afiada, uma vela bem quente e um pouco de iodo não dêem jeito, disse Otto.

Isso é um arsenal bélico!, brincou dom Bentus. O que se faz com uma boa vista, uma agulha afiada, uma vela quente e com o iodo?, perguntou o padre. Otto respondeu que a vista boa é para conseguir enxergar o bicho que é menor que uma cabeça de alfinete; a agulha afiada para conseguir furar a pele e arrancar o parasita com facilidade; a vela quente para desinfetar a agulha no fogo e o iodo para remediar o estrago que o primo da pulga faz nos pés que ataca. Agora, dizem por aí, que padre não pode pegar bicho-de-pé, não, sabe, disse o adolescente alemão que trabalhava como ajudante do carregador de malas, se intrometendo na conversa. Olha o que você vai falar, menino, respeita o padre, censurou Charlotte. É que o bicho-de-pé dá uma coceira tão gostosa, mas tão gostosa, que até parece com aquele pecado que os adultos gostam de fazer no escuro! Nem bem o menino terminou de falar, os imigrantes que estavam perto e entendiam alemão caíram na risada. Que petulância!, disse Charlotte. Vamos embora, Otto. Vamos, dom Bentus, entre no automóvel, que nós temos mais o que fazer do que ficar ouvindo insultos desses alemães mal-educados criados no Brasil.

Charlotte morava em Rolândia há mais de três meses e ainda não tinha se acostumado nem um pouco com a nova vida longe da Europa. O que mais sentia falta era de conversar com pessoas que ela considerasse cultas, que tivessem o mesmo ou um repertório intelectual maior que o dela. Otto também reclamava da falta de cultura dos imigrantes e do povo brasileiro. Dom Bentus veio suprir um pouco dessa carência do casal. Instalou-se num quarto na casa das crianças para ficar mais próximo dos seus sete pupilos. Ficou responsável por tudo que envolvesse os herdeiros da Fazenda Cristo Redentor. Era professor, pai, educador e pastor dos filhos dos Prustel. Ensinava alemão, matemática, ciências biológicas, história, geografia, religião; cuidava da higiene, fiscalizava os banhos, conferia se tinham lavado a cabeça, limpado as orelhas, se alimentado direito, escovado os dentes ou se tinham piolho. Charlotte quase não via os filhos. Só Christine, a primogênita, tinha o privilégio de fazer as refeições, conversar e passar mais tempo com os pais. O que deixava os demais tristes e revoltados. Até os gêmeos que ainda eram de colo tiveram de aprender a ficar longe da mãe. Christine é que passou a tomar conta deles, para ajudar dom Bentus a tocar a escola. Ela também tinha de assistir às aulas e ajudar nos serviços domésticos, mas pelo tratamento diferenciado que recebia dos pais, era vista pelos irmãos como uma espiã a serviço de Charlotte.

Dos filhos era cobrada uma disciplina militar. Idéia de Charlotte que determinava toda semana a rotina de atividades que eles deveriam cumprir. Dom Bentus tinha de fiscalizar, fazer os alunos cumprirem as regras. Acordavam às cinco da manhã para fazer ginástica e logo em seguida, antes do café, tinham de ir à missa no sítio do padre Herions. Era uma caminhada de vinte minutos até chegar à capela. Com sol ou chuva, a mãe exigia que fossem ouvir o sermão matinal do primeiro sacerdote católico de Rolândia. Só depois de rezar podiam voltar à fazenda e tomar café que, para eles, era sempre servido na cozinha separadamente da mesa dos pais. Barriga cheia, era hora de começar a arrumar as camas, limpar os quartos, as lamparinas, varrer o quintal. Quando já estavam cansados, tinham de entrar na sala de aula para estudar as matérias ensinadas por dom Bentus. Uma hora de almoço e mais trabalho doméstico. Limpeza dos pratos e talheres na cozinha. Às duas da tarde, hora de fazer os deveres da escola. Às três, trabalhos manuais, na horta e no jardim. Trinta minutos de exercícios de canto e no piano. Só entre as quatro e cinco da tarde, podiam brincar. Tempo que usavam mais para cavalgar pela fazenda e pelas terras dos vizinhos. Às cinco em ponto, hora do banho, seguido do jantar e depois, um rápido encontro com os pais. Sete da noite tinham de estar na cama, deitados, prontos para dormir e começar tudo de novo no dia seguinte.

9

Meio ano já havia se passado desde que a Escola Alemã tinha sido obrigada a fechar as portas por imposição das leis nacionalistas do Estado Novo. O líder da comunidade germânica de origem não judaica, o engenheiro agrônomo Oswald Nixdorf, não se conformava com a determinação de Getúlio Vargas, ditador desde o golpe de novembro de 1937. Oswald e a mulher Hilde vieram para o Brasil com 30 anos de idade cada um em abril de 1932, antes mesmo da existência de Rolândia. Na época tinham só a filha mais velha, Gisela, com dois anos. Agora, em julho de 1939, três outros filhos do casal já tinham nascido em terras brasileiras. Almut, Klaus e Harm estavam, respectivamente, com 7, 5 e 2 anos de idade. Junto com Edward Luft Hagen, Presidente da Sociedade de Colonização Alemã fora da Europa, da qual também era diretor, Oswald foi um dos fundadores da gleba Roland, que mais tarde se tornaria a vila, o distrito e o município de Rolândia. Coordenava a Granja Experimental onde eram cultivadas e testadas várias espécies de produtos agrícolas e hortaliças e também fornecidas orientações para os imigrantes.

Revoltado com as medidas de represália que o governo brasileiro tomava contra os imigrantes e refugiados alemães, resultado da intensa campanha de nacionalização proposta pelo então Chefe do Estado Maior do Exército, Góes Monteiro, Oswald se aproximou o quanto pôde da Escola Alemã, tomando cuidado para não ser visto pelos homens da polícia política que agora fiscalizavam o local. Tinha no bolso da calça fotos feitas pelo único retratista de Rolândia, o austríaco Hans Kopp, das festas que ocorreram na escola a partir de junho de 1935, quando ela foi inaugurada. As bandeiras e flâmulas da Alemanha e do partido nazista não estavam mais hasteadas. Ele olhava para as fotografias e para a escola e lembrava das mais de quarenta crianças e adolescentes, alemães ou descendentes, que estavam sem aula, dos investimentos que a comunidade tinha feito em educação ao gastar com livros, móveis e com o contrato do professor Von Korff; também lembrava das cerimônias comemorativas do aniversário de Adolf Hitler realizadas ali sempre nos dias 20 de abril, data de nascimento do chanceler do Reich. Entre as fotos estava uma que registrava a apresentação da poetisa alemã Maria Kahle, que discursou e declamou poemas em homenagem à gleba Roland e a Hitler num púlpito improvisado com troncos de árvores cobertos com uma bandeira do Partido Nacional Socialista Alemão. A artista morava no sul do Brasil e tinha sido convidada pelo consulado para participar da solenidade.

Oswald ficou ali escondido atrás de uma peroba-rosa pensando no que de mais grave poderia ocorrer com a comunidade nos próximos dias. A Segunda Guerra Mundial estava para estourar e ele não conseguia dormir direito de tanta preocupação com as medidas políticas que já haviam sido tomadas e que ainda podiam ser deflagradas contra os imigrantes alemães pelo governo brasileiro. Principalmente contra o grupo ao qual ele pertencia, que naquele momento ainda era simpatizante e comandado pelo Partido Nacional Socialista Alemão. O medo de ser preso ou morto era um fantasma que vivia ao seu lado. Poucos dias antes de a Escola ser fechada pelos investigadores policiais, Gisela, a filha mais velha de Oswald, tinha sido abordada por eles no caminho da escola. A menina, de quase nove anos de idade, teve seus livros e cadernos apreendidos por estarem todos escritos em alemão, e voltou chorando e muito assustada para casa. Oswald se lembrava de todos esses acontecimentos. Guardou as fotos no bolso, montou no cavalo, voltou para granja e, depois de conferir que não estava sendo seguido por ninguém, escondeu as fotografias junto com outros documentos e correspondências trocadas com políticos nazistas alemães. Enterrou tudo num buraco que ele mesmo abriu num pedaço de floresta no fundo do quintal.

Hilde ajudou o marido a esconder a papelada. Pediu a ele que fizesse um buraco bem fundo e que arrumasse um jeito de não se esquecer do ponto exato do esconderijo para recuperar a papelada mais tarde. Antes de ir para debaixo da terra vermelha, os documentos e fotografias foram guardados dentro de uma caixa de madeira. Jogaram folhas secas sobre o local. Do jeito que as coisas estão, não podemos facilitar, disse Oswald à esposa quando terminaram o serviço. Vocês, crianças, não comentem nada do que viram o papai e a mamãe fazer aqui com ninguém, entenderam, com ninguém! Voltaram para a casa e Hilde foi direto para a cozinha terminar de preparar o jantar que já estava atrasado, o que passou a ser rotina no lar dos Nixdorf depois que a escola fechou e Hilde teve de assumir a função de professora dos filhos.

Naquela época também vivia em Rolândia August Nixdorf, um comerciante alemão dono de uma venda de secos e molhados. Apesar de terem o mesmo sobrenome, August e Oswald Nixdorf negavam existir entre eles qualquer grau de parentesco. Oswald vivia reclamando para os outros imigrantes do comportamento subversivo do homem que tinha o mesmo sobrenome dele. Esse maluco só vai complicar a minha vida, dizia. Eu não tenho o mesmo sangue e muito menos nada a ver com as atitutes dele!

Os senhores imaginem, meus amigos, o susto que eu levei logo que desembarquei em Rolândia, disse doutor Volk para Samuel Naumann e Justin Kroch. Os três imigrantes judeus tinham vindo juntos a Rolândia comprar alimentos, lamparinas e insumos agrícolas na Casa Guilherme. Doutor Weber, dono da loja, também participava da conversa. Mais uma vez, Wagner Volk repetia o que lhe aconteceu no primeiro dia que pôs os pés em Rolândia, em novembro de 1935. Contou que no trajeto até o hotel, ele e a família tiveram de passar bem na frente da Escola Alemã e viram o culto nazista realizado pela turma do August e do Oswald Nixdorf. A suástica imponente, hasteada e sendo adorada por todos ali. Os gritos de *Heil* Hitler, *Heil* Hitler!! Imaginem vocês eu vendo e ouvindo tudo aquilo acontecendo aqui na selva brasileira, milhares de quilômetros de distância da Alemanha. Meus amigos, esse pobre judeu aqui quase enfartou. Meu coração disparou de um jeito que tinha certeza de que estava à beira de um ataque mortal, fulminante. Carmem e as crianças começaram a chorar de medo, o cocheiro caboclo que nos transportava nada entendeu, coitado. O mundo todo está virando nazista, pensei, eles estão por toda parte! Será que nada adiantou fugir da Alemanha? Assim que a carroça parou, fiz todos descerem rapidamente e logo que as bagagens e a mudança foram descarregadas, nos fechamos no quarto. Agora, quatro anos depois, vendo essa escola fechada, lacrada e guardada pela polícia política brasileira, fico mais aliviado, como fico. Por Abraão, fale baixo, doutor Volk, comentou o dono da Casa Guilherme. Essas paredes têm ouvido e se houver algum nazista disfarçado aqui por perto, pode escutar e ir correndo contar da sua alegria para o Nixdorf.

Fique tranqüilo que só estamos nós judeus aqui dentro, meu amigo, disse Samuel Naumann, ao virar uma dose de pinga. A cachaça fazia sucesso entre os imigrantes. Assim como os caboclos, eles também aprenderam a despejar um pouco do primeiro gole no chão para abençoar a terra. O cheiro da cana disputava com o do fumo de rolo o nariz dos freqüentadores da Casa Guilherme, que também vendia milho, feijão, arroz, carne seca, alho... Depois de fazer cara feia ao engolir a bebida brasileira, o marido de Nora também fez questão de dizer que tinha presenciado e ficado horrorizado com as festas nazistas realizadas na escola alemã. De tanto ouvir essa história que o senhor acabou de contar e outras que nossos vizinhos também presenciaram, fiz questão de conferir com meus próprios olhos o tal do aniversário do *führer* que os nazistas daqui faziam questão de comemorar no dia 20 de abril. Tive a mesma sensação que o senhor, doutor Volk, a mesma. A sensação de estar sendo perseguido, de estar sendo cercado pela morte por todos os lados. Ao discursar, os alemães que se reuniam na sede da escola tinham o mesmo tom de voz, a mesma empostação do cabo da Boêmia, era como se eu estivesse ouvindo ali, a poucos metros, o maldito Hitler. Que essa sede brasileira do partido nazista, disfarçada de escola, fique fechada e proibida de funcionar por muitos e muitos anos, concluiu Samuel levantando um brinde com o copo de pinga. Que Abraão escute e faça cumprir as suas palavras!, disse Justin Kroch. Nesse momento o Ford 29, também conhecido como pé de bode, dirigido por Edward Luft Hagen, passou em frente a venda. Não disse para os senhores falarem baixo, quase que o chefe do Nixdorf escuta tudo o que vocês falaram aqui dentro da minha loja, disse doutor Weber, quase suplicando para os amigos mudarem de assunto. O ex-ministro Luft Hagen não é mais tão amigo do Nixdorf não, comentou doutor Volk. Fiquei sabendo que ele não aprova em nada as posturas nazistas dele, que já não são tão amigos como antes. Mas é bom não confiar muito nesses boatos, doutor Volk. Eu não confio, insistiu o dono da venda.

Samuel Naumann não voltou para a Fazenda Gênesis de carona na carroça do doutor Volk. Preferiu esperar para voltar com Johanna, que também tinha vindo a Rolândia para visitar Hans Loper na serraria de Saul Ulrich e Franco Loser. Senhora Ulrich e Senhora Grottwald, mãe e tia de Saul, receberam Johanna com festa. Venha menina, acabei de fazer um *strudel* de maçã, daqueles que fazem a gente matar a saudade da Alemanha, disse a mãe do serralheiro. E já sabendo do interesse da jovem visita a velha não demorou para ordenar à irmã que fosse chamar Hans. Enquanto isso quis saber tudo sobre o romance. Bisbilhotou o que pôde. As perguntas ficaram tão constrangedoras que Johanna enrubesceu, gaguejou, não sabia mais o que responder e como escapar daquela curiosidade exagerada da dona da casa. Como fazer a senhora Ulrich deixar de ser xereta e mal-educada sem agredi-la ou ofendê-la verbalmente? A filha de Nora foi salva pelo amado que cruzou a porta da cozinha exatamente no momento em que a mãe de Saul esperava ansiosa que ela respondesse se já tinha ou não perdido a virgindade. Vim buscar o livro de Rilke que você me prometeu, disse Johanna sorrindo, depois de engolir a vergonha que acabara de passar ao ser atingida pela pergunta indiscreta da senhora Ulrich. Claro, respondeu Hans, passei no meu quarto e o peguei para você. Mas só entrego o presente se prometer ficar um tempo mais comigo lá fora. Vamos, venha comigo, insistiu Hans com o livro de Rilke nas mãos.

Os dois deixaram a casa da senhora Ulrich e foram conversar embaixo de um pé de mexerica. Johanna pediu para Hans ouvir o que ela tinha a dizer antes de lhe entregar o que tinha prometido. Pegou então um pequeno livro que carregava no bolso do vestido, abriu e começou a ler. Ouça, ela disse: "os sonhos estão em nós para sempre tecidos. Pensa, há no mundo vida mais vivida que as imagens de teus sonhos? E mais tua? Dormes, sozinha. A porta trancada. Nada pode acontecer. E no entanto pende em ti um mundo estranho, por ti refletido... o mundo é grande, e em nós se faz profundo como o fundo do mar. Quase não faz sentido dizer se uma pessoa está desperta ou dormindo; tem toda sua vida de fato em si, sua dor torna-se realmente sua e sua alegria não se perdeu. Na profundeza da calma espessa, a necessidade se dá numa meia-luz, e vem surgindo finalmente, rosto brilhando, o seu próprio destino".

Que bonito!, afirmou Hans. É de Rilke também? Sim, respondeu Johanna, esta é uma das falas que a princesa Branca diz para a irmã dela, Monna Lara, na última peça de teatro que Rilke escreveu chamada ... *A Princesa Branca*, completou Hans. Claro, agora me lembrei. Essa peça é muito emocionante. Por que quis ler esse trecho para mim?, perguntou o jovem alemão. Você não entendeu, Hans? Eu li devagar, enfatizando as palavras que achei mais importantes para lhe dar pistas e, pelo que vejo, não tive sucesso algum na minha interpretação, comentou Johanna desapontada. Ora minha princesinha branca não fique triste, por favor. Perdoe-me, hoje trabalhei demais na serraria, estou um pouco cansado. Diga, diga por favor a razão que a fez ler esse pedaço da peça para esse insensível rapaz que vos fala. Não seja debochado, Hans. Assim piora ainda mais as coisas, repreendeu a filha de Nora. Hans ficou calado e triste. Está bem, disse Johanna, desta vez vou perdoá-lo pela falta de atenção. Afinal, agüentar o senhor Ulrich o dia todo na serraria deve mesmo cansar qualquer um. Ela então leu novamente o texto e depois disse que a intenção era mostrar que ele vivia nos sonhos dela. Acordada ou dormindo eu vivo sonhando com você, Hans, é isso, proclamou Johanna, ao tentar esconder o rosto atrás do pequeno livro. Os dois então se beijaram, e só então Hans entregou o livro – *Cartas a um Jovem Poeta* – para a amada.

Ali mesmo ele começou a mostrar os momentos do livro que mais gostava, as palavras, as frases escritas por Rainer Maria Rilke para ajudar Franz Xaver Kappus a entender se deveria ou não seguir a carreira de escritor. "Ninguém o pode aconselhar ou ajudar. Ninguém. Não há senão um caminho. Procure entrar em si mesmo. Investigue o motivo que o manda escrever; examine se estende suas raízes pelos recantos mais profundos de sua alma; confesse a si mesmo: morreria se lhe fosse vedado escrever? Isto acima de tudo; pergunte a si mesmo na hora mais tranqüila da sua noite: Sou forçado a escrever? Escave dentro de si uma resposta profunda. Se for afirmativa, se puder contestar aquela pergunta severa por um forte e simples sou, então construa sua vida de acordo com esta necessidade". Não é bonito?, perguntou Hans assim que terminou de ler. É maravilhoso!, respondeu Johanna. Agora entendo por que meus pais sempre insistiram para que eu lesse mais os livros de Rilke. Ele escreve para a nossa alma ler e não para a gente. Esse prazer que eu sinto agora é um prazer que vem da minha alma, eu sinto, reforçou Johanna, a minha alma está feliz. As nossas almas estão felizes, meu amor, disse Hans beijando mais uma vez a namorada.

Durante o tempo todo que esteve namorando embaixo do pé de laranjeira, o casal foi observado por Saul. O patrão de Hans se escondeu no mato para conseguir ver Johanna se deixar tocar e beijar. Desde que conheceu a filha dos Naumann, Saul sonhava em poder beijá-la como Hans fazia agora. Mas Johanna sempre deixou claro que nunca sentiu qualquer interesse por ele que não fosse o sentimento de amizade. Que barulho foi esse, perguntou Johanna, assustada. Deve ter sido um lagarto, um coelho, uma anta ou um porco do mato, respondeu Hans. Não se assuste, não deve ser nenhum bicho perigoso. Vamos entrar agora, Hans. Tenho de me despedir da senhora Ulrich e ainda encontrar com meu pai na Casa Guilherme, disse Johanna ainda preocupada com o som estranho que ouvira ali perto. Barulho que fora causado por Saul, que saiu correndo do lugar onde estava escondido e se embrenhou na floresta. Naquele momento, o destino lhe arrancava do coração toda a esperança de um dia ter Johanna como esposa.

10

A cena já fazia parte do dia-a-dia da comunidade dos refugiados judeus de Rolândia. A chegada de Olívia List Obermann e da pequena Bárbara, ora numa charrete ora sobre um cavalo, acompanhadas ou da sanfona ou de um gramofone com discos de música erudita. Vinham animadas para a aula de ginástica que Olívia costumava oferecer gratuitamente às vizinhas, cada semana numa fazenda. A senhora List Obermann fizera um curso técnico de ginástica rítmica na Alemanha e sentia-se muito feliz em poder compartilhar o conhecimento que tinha nessa área com as amigas. Desta vez, preferi trazer o gramofone porque assim posso ficar mais atenta ao desempenho de vocês, disse a professora. A sanfona rouba muito minha atenção durante as aulas. Trouxe Mozart, Bach e Schubert. Qual deles vocês preferem para começar? Olívia, então, dava corda na engenhoca musical e começava a aula, que não foi cancelada nem mesmo durante a colheita de algodão da fazenda Torah.

Como a produção havia sido muito boa, os Cremer e os Allmann quiseram ajudar os amigos e convidaram suas respectivas esposas e filhas para ganhar um dinheirinho extra. E nas primeiras horas da manhã, pouco antes de o trabalho na roça começar, as mulheres se aqueciam sob o comando da professora Olívia que, depois da aula, também participava da colheita. Misturadas aos caboclos, as refugiadas chamavam a atenção pela falta de jeito com o trabalho duro da lavoura e pelas roupas que usavam. As menos habituadas ao serviço, usavam até luvas e chapéus trazidos da Europa. Acessórios sofisticados demais para a rotina do campo que coloriam e contrastavam com a brancura do algodoal. Mesmo com o cuidado que tomavam, as mulheres feriam as mãos e os braços ao puxar o algodão do pé. Tingiam a brancura de vermelho. Cuidado com o tétano!, alertava Ester. Cuidado para não deixar os espinhos ou gravetos entrarem na pele de vocês! O alerta da dona da fazenda também servia às crianças que gostavam de ir à colheita, mais para brincar do que para ajudar as mães.

Olívia era uma das primeiras que reclamava. Vocês já viram alguém morrer de cansaço ou de insolação?, perguntava às amigas. Pois olhem para mim e verão, respondia logo em seguida. Se continuar embaixo desse sol infernal, vou desaparecer! Preciso descansar um pouco à sombra do abacateiro! Vou dar um pouco de atenção a Bárbara. Perdoem-me, mas eu não agüento mais!

Ao ver uma mulata matar a fome com biscoitos de maisena que guardava embaixo do braço, Nicole Allmann quase vomitou de nojo. Você viu tia?, comentou a jovem alemã. A cabocla comeu o biscoito molhado com suor das axilas dela! Pobre mulher!, disse Ruth. Ela tem fome, minha querida, não a recrimine.

Com mãos e braços machucados, unhas sujas, rostos queimados pelo sol e as roupas grudadas ao corpo encharcado de suor, as refugiadas sofriam muito ao passar o dia trabalhando na lavoura. Que saudade do inverno alemão!, comentou Elisabeth Kroch. Impossível não lembrar da nossa neve quando olhamos para essa plantação de algodão, não é mesmo, Nora? Você tem toda razão, respondeu a soprano. Não é por acaso que nossos filhos gostam de brincar de jogar bolas de algodão uns nos outros. Veja como brincam... Ontem, durante o jantar, Martin me contou que gosta de ajudar na colheita para matar a saudade do tempo em que brincava de guerra de bolinhas de gelo com Johanna lá em Dusseldorf. Só porque o algodão é branco como a neve...Veja como ele se diverte ao jogar os flocos de algodão nos seus filhos.

Eu também sinto muita saudade da neve, lamentou Elisabeth. Tempos que não voltam mais, não é mesmo, minha amiga? Ou será que um dia ainda conseguiremos voltar a ver a neve que cobre os campos e as cidades da nossa amada Alemanha? Quem sabe um dia!, respondeu Nora. Quem sabe um dia... A conversa foi interrompida logo que Astrid Dahl e Frida Schneider se aproximaram. Querem um pouco dos nossos perfumes?, perguntou Frida. Não fica nada bem para mulheres elegantes como nós exalar essa fedentina, esse mau cheiro... Por favor, usem um pouco, disse Astrid oferecendo o frasco de perfume.

O meu foi comprado em São Paulo e o da Frida é fabricado em Paris. Ela ganhou de presente de um antigo admirador, um médico judeu da Baviera, que sempre viajava para a capital francesa, não é, Frida? Isso mesmo, Astrid. Ulalá, Astrid! Você não esquece nenhum detalhe. Que imaginação a sua! Mas fique sabendo que não vou emprestar a minha preciosidade parisiense às nossas amigas não. Empreste o seu perfume que é mais barato e fácil de ser comprado aqui no Brasil. O meu está quase no fim e eu não quero que ele termine nunca, disse Frida. Como vou conseguir um outro igual depois?

Ruth ouviu a conversa e se aproximou. Fiquem tranqüilas que aprendi a fabricar perfumes, de um jeito artesanal, mas muito eficaz, quando cursava a faculdade de botânica. As flores dessa floresta tropical são matéria-prima para perfumista nenhum pôr defeito, garantiu a esposa de Rudolf Allmann. Lembrem-se de que Cleópatra seduziu Julio César e Marco Antonio com perfumes à base de óleos extraídos das flores! Se o seu perfume francês acabar, Frida, eu faço um novo para você, garantiu Ruth. Escolho a flor mais cheirosa da mata e garanto que você vai gostar do resultado! Ora, minha querida Ruth, seja mais modesta. Não queira se comparar aos perfumistas de Paris! Não caio na sua conversa, não. Vou guardar o meu perfume só para mim. Prefiro não arriscar, respondeu a ariana.

Você é quem sabe, Frida. Vida eterna, então, ao seu elixir de Paris, respondeu Ruth. Agora tenho de deixá-las um pouco sozinhas porque vou ajudar Ester a tratar dos porcos, dos cavalos, do gado e das galinhas. E quando você vai batizar essa bicharada toda com os nomes famosos da literatura alemã?, quis saber Nora Naumann. Qualquer dia, minha amiga, qualquer dia, respondeu Ruth ao pegar o caminho do chiqueiro. Cuidado com o bicho-de-pé, gritou Elisabeth. Eles adoram viver naquela lama podre entre os porcos. Olhe por onde anda!

Desde que se olharam pela primeira vez, Hércules e Isolda se apaixonaram. Hércules era o touro de padre Herions e vivia no Sítio São José; Isolda era a vaca leiteira de Otto Prustel e morava na Fazenda Cristo Redentor. As duas glebas de terra eram divididas por uma cerca de arame farpado, obstáculo fácil de ser vencido pelo touro apaixonado quando era tomado pelo incontrolável desejo de estar mais perto da amada. As investidas do macho bovino contra os espinhos de ferro que marcavam os limites entre as duas propriedades rurais ocorreram tantas vezes que a história de amor entre Hércules e Isolda por pouco não acabou pondo um ponto final na amizade que existia entre os dois vizinhos católicos. Padre Herions logo perdeu a paciência e foi várias vezes tirar satisfação com Otto Prustel. O senhor não vê o prejuízo que a sua vaca está me causando? Perdi a conta do quanto já gastei para mandar arrumar a cerca e comprar remédios para tratar dos ferimentos que o arame abre no peito do meu Hércules. Sem falar que a sua vaca já rasgou e comeu pedaços de três batinas que eu pus para secar na cerca, além de seduzir o meu touro, que me custou muito caro e um dia desses ainda foge do meu pasto por culpa da sua vaca.

Isolda é uma vaca exclusivamente leiteira, disse Otto, tem de produzir o suficiente para o consumo da fazenda. O maior interesse em vê-la bem longe do seu touro é todo meu. Se ela ficar prenha, chegam os bezerros e aí o senhor já viu para onde vai todo o leite dela, não é mesmo? Os filhotes vão beber tudo. Ora, doutor Prustel, que culpa tenho eu se o meu touro segue os desígnios de Deus; lembre-se que foi Deus quem pediu aos animais da terra para crescer e multiplicar. O pobre do Hércules não tem inteligência, não tem juízo, segue apenas os instintos que Deus lhe deu. O senhor que tire a sua vaca Isolda da frente dele. Convenhamos, padre Herions, o mesmo Deus que estimula seu touro a procriar, também faz a minha vaca entrar no cio para atrair o macho que vai fecundá-la, respondeu Otto. Como representante de Deus nesta terra, o senhor deveria compreender melhor a pobre da Isolda. Charlotte e dom Bentus assistiam ao bate-boca e tiveram de se esforçar para não cair na gargalhada quando ouviram as palavras de Otto e a expressão de ódio estampada no rosto de padre Herions. Quanto às suas batinas, o senhor que encontre outro lugar para secá-las. Não tenho culpa se a minha vaca tem mau gosto na hora de matar a fome, não é mesmo? Convenhamos que as suas batinas devem ser comida bem mais santa que o capim, mas com certeza não devem ser nada saborosas.

Não quero saber, doutor Prustel. Afaste essa vaca do meu Hércules. Amarre a coitada do outro lado da fazenda, mude o bicho de pasto, venda para o matadouro, castre essa Magdalena pecadora de quatro patas. É a última vez que peço isso ao senhor. Senão eu mesmo vou dar fim a essa Isolda com a minha espingarda, o senhor me entendeu? Acalme-se, padre Herions, disse Charlotte, nervoso desse jeito o senhor pode ter um enfarto. Não tem mais idade para se exaltar assim. Não se preocupe, padre, eu e Charlotte vamos conversar com Otto e encontrar uma solução para essa versão bovina da história de Romeu e Julieta, comentou dom Bentus, ao tentar, com um pouco de humor, jogar água fria na fogueira. Quero uma solução justa, disse o padre. Além do conserto da cerca, exijo que doutor Prustel mande fazer as três batinas que Isolda comeu. Só me faltava essa agora!, respondeu Otto. E o prejuízo que o seu touro vai me causar se emprenhar a Isolda? Quem vai abastecer o consumo de leite da minha família que o senhor conhece bem e sabe que não é nada pequena, não é mesmo? O senhor não é amigo do Papa?, disse padre Herions. Pois escreva a ele e peça que mande dinheiro para o senhor comprar minhas batinas novas. Já que é tão amigo dele assim, tenho certeza de que sua santidade vai atendê-lo na mesma hora. O senhor acha que vou incomodar o santo Papa Pio XII por causa de um romance entre um boi e uma vaca, numa propriedade rural no meio da selva brasileira, padre Herions, faça-me o favor, tenha mais respeito com o seu chefe supremo!, respondeu Otto. Meu chefe supremo é Deus, doutor Prustel, Deus! O senhor deveria ter mais respeito com o santo Papa. Que falta de ética!, padre Herions. O senhor envergonha os católicos apostólicos romanos, disse Otto. Ora, eu é que tenho vergonha de ter um líder que mesmo já sabendo, pelas suas próprias palavras, doutor Prustel, como o senhor já mesmo disse, das dificuldades que temos aqui para realização das missas, das nossas carências financeiras, nem uma igreja digna temos, muitas vezes nem hóstia temos durante as celebrações, não há um confessionário, uma sacristia... mesmo sabendo disso, Pio XII ainda não se dispôs a nos enviar um pouquinho que fosse do tesouro que guarda embaixo do trono dele.

Padre Herions, disse Charlotte, ao fazer o sinal-da-cruz, não seja tão cruel com o santo Papa. Estou mentindo?, perguntou padre Herions. Por acaso falo alguma mentira? Rolândia já merecia ter uma igreja mais bonita para abrigar todo o rebanho católico da região. Mas continuamos com poucos fiéis e dentro da capela feita com troncos de palmito. A simplicidade da capela é o de menos, padre Herions, comentou dom Bentus, o senhor já se esqueceu de que Jesus nasceu dentro de uma manjedoura, num cocho onde se punha comida para alimentar os animais? O senhor deveria dizer isso ao Papa, que vive num palácio cercado de ouro, dom Bentus. O senhor está muito nervoso, padre Herions, por favor, entre, venha tomar um chá de camomila, entre, disse Charlotte ao lançar sobre o marido um olhar de censura para que não prolongasse mais a discussão. Otto respeitou a decisão de Charlotte e pediu desculpas ao sacerdote. Disse que iria lhe providenciar as batinas. Mas deixou claro que não mudaria Isolda de pasto. Ela já deve ter saído do cio, comentou Otto. Fique tranqüilo padre, vacas leiteiras não gostam de copular. Vamos pedir a Deus para que o senhor esteja certo do que fala, doutor Otto. Vamos rezar, orar ao nosso senhor Jesus Cristo que ponha um pouco de juízo clérico na cabeça desta Isolda, disse padre Herions agora já bem mais calmo, saboreando uma xícara de chá.

Passaram a falar sobre a campanha de nacionalização que tomava conta de todo o Brasil por ordem de Getúlio Vargas. Padre Herions comentou que o pastor Hans Zischler já lhe tinha avisado que a polícia não permitiria mais que as missas e cultos luteranos fossem celebrados na língua alemã. Como vou fazer, falo muito mal a língua portuguesa e minhas ovelhas entendem muito pouco latim? Vou, sim, celebrar na língua que Deus me deu, que pecado há nisso? Não fazemos guerra! Oramos e falamos de amor ao próximo, não é mesmo, dom Bentus? O senhor faça como achar melhor, padre Herions, respondeu o monge beneditino. Para todos nós aqui da Fazenda Cristo Redentor será um presente poder continuar a freqüentar as missas que o senhor celebra, sejam elas em alemão, latim ou em português. Mesmo que o senhor e nós não entendamos nada ou quase nada, Deus irá nos confortar os corações, não é mesmo, Otto, não é mesmo, Charlotte? Claro, dom Bentus, o que conta mais nessa hora é o idioma falado pelos corações. E esse é um idioma universal, disse Otto. Padre Herions comentou que ouviu dizer na Casa Guilherme que a polícia brasileira começaria a patrulhar as fazendas dos refugiados para procurar armamento e documentos que comprovassem que eles estão infringindo as leis brasileiras e também até envolvidos com o comunismo e com os nazistas. Dizem lá na vila que Oswald e August Nixdorf podem ser presos. A polícia tem estado de olho neles. Pouco antes de fecharem a Escola Alemã, alguns meses atrás, revistaram a filha mais velha de Oswald no caminho da escola e apreenderam todo material escolar da pobre criança, lamentou o sacerdote. Por isso, dom Bentus, é bom o senhor estar preparado para o pior. Esses policiais podem muito bem entrar aqui e confiscar todos os livros e cadernos escritos em língua alemã. Vamos ficar bem atentos, padre, o seu conselho vem em boa hora, obrigada, agradeceu Charlotte. Pois nos meus sobrinhos não encostam um dedo, disse Severin, ao entrar na cozinha para beber água. Esses policiais que se atrevam a pisar aqui! Oswald e August Nixdorf sim são nazistas mesmo, quantas vezes vi de longe as cerimônias em homenagem a Hitler que a turma deles realizava lá naquela escola. Bem antes de vocês se mudarem para cá, eles já celebravam o aniversário do *führer*. Falavam até que eles queriam fazer de Rolândia uma colônia só de nazistas. Que aqui funcionaria a sede do governo nazista alemão, depois que o exército de Hitler tomasse do Brasil toda a região sul. Mussolini ajudaria o *führer* nessa guerra e como presente ganharia o estado de São Paulo, que tem uma grande colônia de italianos. Isso são apenas boatos, Severin, não acredite em tudo que escuta por aí, repreendeu Otto. Boato que nada, meu cunhado, eu vi as festas que o grupo do August e do Oswald Nixdorf realizava... Eles gritavam *Heil* Hitler com tanta força que parecia até que o *führer* estava ali com eles no meio da selva, concluiu Severin. Quando essa guerra estourar, vocês vão ver o que vai acontecer. Que a guerra vai começar isso eu tenho certeza que vai, disse dom Bentus, mas anexar o sul do Brasil... Duvido que Hitler ouse fazer isso. Temos mesmo é de rezar muito, não é, padre Herions, disse Charlotte. Logo depois, Severin pediu a bênção ao sacerdote que tinha as batinas devoradas pela vaca e foi brincar com os sobrinhos.

Uma semana bastou para o romance entre Isolda e Hércules ter um trágico final. O touro estourou novamente a cerca e subiu com tanta força sobre a fêmea que causou nela ferimentos mortais. Isolda precisou ser sacrificada. Para não cortar relações com o vizinho, Otto lhe escreveu uma carta e pediu indenização pela morte do animal. Padre Herions respondeu, também por escrito. Justificou que não atenderia à reivindicação de Otto porque não atribuía a Hércules a culpa pela morte de Isolda. Sua vaca profana é a única culpada pelo castigo que o destino reservou a ela, escreveu o vigário. Otto nunca foi ressarcido e o padre nunca recuperou as batinas. Depois disso a relação entre os dois vizinhos cristãos nunca mais foi a mesma.

11

Os passeios que Charlotte costumava fazer de braços dados com dom Bentus no jardim da Fazenda Cristo Redentor despertaram a atenção de Peter, Matheus e Terese. Lá vai nossa mãe com o urubu, dizia Matheus debochando da batina do padre. Os filhos não entendiam por que Charlotte gostava de dar mais atenção a um homem que nem era da família, ao invés de passar mais tempo com os próprios filhos. Por que ela não passeia com papai?, perguntava Peter à irmã mais velha. Ela gosta de pedir conselhos a dom Bentus, é isso. Mamãe gosta muito dele. Também me disse ontem que dom Bentus é o homem mais culto de Rolândia, depois dela e do papai, e por isso gosta de conversar com ele sobre arte, livros, política. Assuntos que vocês ainda não sabem nem o que significam, disse Christine. Por isso que precisam estudar muito. Andem! Entrem agora mesmo na sala de aula, ainda têm muito o que ler lá dentro. A mamãe tinha de conversar mais com a gente. Só tem tempo para o dom Bentus, para o papai e para você, disse Peter. Até parece que você é a única filha que ela tem. Pare de reclamar, moleque, eu sou a filha mais velha, a primogênita. Nasci primeiro, assim como mamãe também foi a primeira filha do vovô e da vovó. Já li bastante, já sei falar dos assuntos que os adultos gostam, sei me comportar numa mesa de almoço, não falo com a boca cheia, não derrubo água na roupa, não deixo comida cair fora do prato, coisas que vocês ainda fazem. Comem como porcos, não se interessam por leitura, nem falar alemão direito vocês sabem. Portanto, calem a boca e já para a sala de aula, vamos! Parem de reclamar! Senão eu peço para o dom Bentus pôr todos de castigo!

Christine tinha doze anos de idade e já se vestia e se comportava como uma moça em idade de casamento. Influenciada pela mãe, aprendeu logo cedo a amadurecer e se enfeitar. Gostava de estar sempre elegante, apesar de viver no meio do mato. Herdava os vestidos, sapatos e as jóias mais baratas de Charlotte. Tinha um quarto só para ela, o mais bonito entre os quartos dos filhos. Procurava imitar a mãe em tudo. No tom de voz, no jeito de se vestir e falar. Christine é espiã de mamãe, dizia Peter aos irmãos mais novos, cuidado com o que vocês falam na frente dela. Os privilégios que Christine tinha causavam ciúme nos irmãos, que eram obrigados a usar roupas, por exemplo, feitas de saco de açúcar. As meninas, Terese e Raquel, com 7 e 6 anos de idade, no máximo, podiam se contentar em usar os vestidos que Christine não queria mais. Ao contrário da irmã mais velha, cresceram sem usar sapatos.

A predileção que Charlotte tinha pela primogênita era tão evidente que na hora de decidir as duplas que iam para as aulas de canto e piano na Fazenda Gênesis, a esposa de Otto Prustel não hesitou em deixar as filhas menores irem sozinhas para que ela pudesse fazer companhia a Christine. Então, iam as duas às terças-feiras e Terese e Raquel às quartas-feiras. No dia que a decisão foi tomada, Otto tentou inverter, pediu a Charlotte que fosse com a filha caçula, mas ela disse que não tinha assunto para conversar com a menina durante o percurso, que Christine estava mais à altura da intelectualidade dela. Otto acatou a opinião da esposa e logo depois começou a explicar a Terese e a Raquel como era o caminho, os cuidados que deveriam tomar para não se perderem na floresta e principalmente na hora de atravessar o ribeirão Bandeirantes a cavalo. Terese disse ao pai que tinha muito medo de ir sozinha com Raquel, medo de cobras, de onça-pintada. Você é muito boba, menina!, disse Charlotte. Desde que nasceu é chorona, boba, não tem talento para nada. Pois agora eu ordeno que você enfrente esse desafio para ver se deixa de ser boba! Envergonhada com as palavras que acabava de ouvir da mãe, Terese abaixou a cabeça e correu para o quarto para chorar abraçada ao travesseiro.

Naquela noite, Christine perdeu o sono, levantou da cama, pegou uma lamparina e, depois de conferir que ninguém a observava, foi até a porta do quarto de dom Bentus. Ficou parada ali por longos minutos tentando ouvir o que o padre fazia. Nada mais que o silêncio do sono profundo de um religioso cansado chegou aos ouvidos dela. A admiração que a jovem Prustel sentia por dom Bentus crescia a cada dia e já fazia a adolescente pensar que pudesse estar vivendo o primeiro amor. Ela, então, beijou a porta. Encostou, lentamente, a boca na madeira. A porta abriu de repente, fez Christine perder o equilíbrio e cair dentro do quarto. A lamparina rolou pelo chão com a chama ainda acesa. Dom Bentus acordou assustado com o barulho. Quem está aí? O que está acontecendo aqui?, perguntou o sacerdote pondo-se de pé. Christine pegou a lamparina rapidamente e levantou do chão. Ao ver o padre só de calção e sem camisa, abaixou os olhos. Dom Bentus se cobriu com o lençol. Não foi nada, dom Bentus, disse Christine. Fui ao banheiro, vi sua porta aberta e quando fui fechá-la, tropecei e acabei caindo. Perdoe-me, isso não vai acontecer mais. Isso não são horas de uma moça sair de casa para ir ao banheiro lá fora. Deveria ter ido antes de se deitar, já não conversamos sobre isso, Christine? Sua mãe não vai gostar nada de saber que a senhorita anda perambulando pela fazenda durante a madrugada. Christine pediu para que dom Bentus não contasse nada a Charlotte. Prometo que nunca mais isso vai se repetir, dom Bentus, prometo, insistiu. Então volte imediatamente para o seu quarto, disse dom Bentus, fechando a porta. Christine deitou-se na cama e não conseguiu dormir a noite inteira. Além da vergonha, da preocupação que o padre desconfiasse da sua real intenção e a revelasse para os seus pais, não conseguia deixar de lembrar do corpo despido de dom Bentus. Pela primeira vez tinha conseguido vê-lo sem batina, com o peito cabeludo à mostra, as pernas e os pés também. Pela primeira vez tinha visto um homem quase nu sozinho num quarto escuro, perto de uma cama, na intimidade. A partir daquela noite Christine não teve mais dúvidas de que desejava dom Bentus.

No dia seguinte, dom Bentus preferiu não ir à missa celebrada pelo padre Herions. Disse que iria aproveitar as primeiras horas da manhã para pensar em como faria a cerimônia da primeira comunhão de Matheus e Terese e depois gostaria de meditar. E, sozinho, entrou na floresta. Seguiu a trilha que as crianças costumavam correr quando tinham tempo livre para as brincadeiras. O tecido negro da batina começou a ficar molhado pelo orvalho gelado que se desprendia das folhas e dos galhos das árvores e folhagens. O sol resistia a nascer e as nuvens carregadas ainda davam à mata o tom noturno da escuridão. Mesmo assim, dom Bentus continuou a caminhada. Só depois de trinta minutos quis parar para rezar. Justamente no local em que foi surpreendido pela presença de uma pequena cruz fincada na terra. "Aqui jaz um passarinho feliz", dizia as letras escritas em alemão num pedaço de papel amarrado na cruz. Essa letra é de Terese, pensou o padre ao esboçar um sorriso. A filha que Charlotte chama de boba, tão carinhosa com os animais... Que Deus também tenha por ti o mesmo carinho que você teve por esse pássaro que encontraste morto, Terese.

Depois de orar por Terese e pelos outros alunos, o sacerdote pediu a Deus para abençoar o Brasil e especialmente todas as fazendas da região que serviam de abrigo para tantos homens, mulheres e crianças ameaçados de morte pelo nazismo. Ajoelhado sobre o húmus da floresta abriu seu coração para Jesus Cristo e mais uma vez, como já tinha feito outras dezenas de vezes, pediu desculpas por ter se tornado padre porque tinha medo de ser perseguido e preso devido à sua ascendência judaica. Não posso negar que além da minha vocação também existia esse interesse, Jesus. Também me converti ao cristianismo porque tive medo de ser perseguido e morto como o Senhor um dia também foi. Não fui capaz de enfrentar a dor como o Senhor enfrentou. Fui covarde, Jesus. Mas prometo honrar o seu nome pelo resto dos meus dias, como seu apóstolo, como seu pastor.

O jovem religioso chorava silenciosamente. Dizia para Jesus que ao senti-lo ali, naquele paraíso, naquele pedaço de mata fechada, até então mais habitado por judeus do que por cristãos, era como vê-lo entrar triunfalmente no Velho Testamento, chegar até o princípio, encontrar com Adão e Eva, Abel e Caim, consolar Sarah, Raquel, avisar o povo de Abraão que a Bíblia não precisava ser dividida em dois testamentos, que tinha de ser uma única história, porque os filhos de Deus não podem viver separados seja por nome, cor, raça, língua, sangue, ou por qualquer outra razão. Cada passo que o Senhor der dentro dessa floresta representa milhares de quilômetros percorridos dentro da velha e sagrada história do povo judeu. Venha Jesus, eu quero ser o homem que vai tirar os espinhos, as serpentes, as ervas daninhas do seu caminho. Vou abrir a trilha que o levará ao coração do povo judeu que esse paraíso tão generosamente abrigou. Quero introduzi-lo no Velho Testamento, Jesus.

Os 27 anos de vida de dom Bentus também lhe passaram pela mente de forma tão detalhada que ele foi capaz de identificar e se emocionar com cada cena, cada momento marcante que viveu. Conversou longamente com Cristo. Falou sobre a admiração que sentia por Charlotte, dos desejos que despertava em Christine e sobre o reencontro que logo aconteceria entre ele e Astrid, que já estava casada e era mãe de um filho de quase dois anos. Antes de voltar pediu mais proteção à família Prustel e a todos os refugiados cristãos e judeus que moravam em Rolândia.

Quando chegou à sede da fazenda, todos já tinham terminado de tomar café e admiravam a grande cruz de peroba que deveria ser o símbolo da Fazenda Cristo Redentor a partir daquele dia. Ela ficou pronta ontem à tarde, mas Otto pediu para que eu e os empregados não comentássemos nada porque queria fazer surpresa a Charlotte, disse Severin. Agora que a surpresa se concretizou, aplausos para a santa cruz! Todos aplaudiram e Charlotte fez questão de lembrar que para a cruz se tornar santa precisava ser benzida. Portanto, dom Bentus, disse Otto, o senhor que é o padre mais próximo da nossa família vai benzer a cruz agora e assim que ela estiver em pé, à sombra dessa majestosa e centenária figueira, o senhor está incumbido de celebrar a nossa primeira missa. Padre Herions não vai gostar nada disso, Otto. Vai achar que você ainda quer se vingar dele por causa da morte da Isolda, comentou Charlotte. Não vamos pensar em brigas e confusão, Charlotte. Eu vou fazer o que Otto me pediu. Vou rezar a primeira missa da Fazenda Cristo Redentor com muita honra, disse dom Bentus. Esperem só um pouco que vou até o meu quarto buscar a água benta para santificar a cruz. Já a primeira missa, vamos celebrar no próximo domingo, decidiu o padre antes de se retirar.

12

A notícia de que a Delegacia de Ordem Política e Social do Paraná, a serviço da polícia política brasileira, poderia vasculhar as fazendas à procura de armas, munição, livros e documentos escritos em alemão se espalhou rapidamente. Para não perderem armas que tinham para defesa pessoal e bibliotecas inteiras, muitos judeus embalaram e enterraram livros, espingardas, pistolas e revólveres em pontos estratégicos das propriedades que só a família e poucos empregados sabiam. Bernardo List Obermann foi um dos primeiros a se preocupar em esconder os objetos que pudessem ser apreendidos. Ele mesmo pegou a enxada e abriu um imenso buraco, de tamanho suficiente para que pudesse abrigar bandeiras da época em que era estudante de agronomia, cartuchos, duas espingardas que usava para caçar desde os tempos em que morava na Alemanha, e centenas de livros, entre eles uma das primeiras edições de *Mein Kempf*, de Adolf Hitler. Se encontrarem esse exemplar comigo é bem capaz de acreditarem que sou nazista, disse Bernardo para Olívia enquanto lançava a enxada contra a terra. A mulher de Bernardo era uma das mais belas da comunidade. Com um metro e setenta de altura, magra, pele bem clara, olhos verdes e cabelos da cor do mel, ela assistia ao enterro da biblioteca e se perguntava como seria o fim daquela história que protagonizavam naquela selva que ora lhe parecia um paraíso, ora lhe dava sinais de que se transformaria no inferno.

Por segurança, Bernardo não quis ajuda de nenhum empregado e, longe deles, demorou quase uma semana para deixar o buraco do tamanho ideal. Para transportar as caixas cheias de livros, precisou fazer várias viagens com uma carroça da casa até o esconderijo profundo. Olívia tentou ajudar, mas se cansava rapidamente e, para compensar a sua fraqueza, não deixava faltar água fresca para o marido matar a sede. Eles tinham a mesma idade e, mesmo já acostumados ao pó vermelho que levantava do solo, ainda usavam as roupas finas e elegantes que trouxeram da Europa. Olívia não quis fazer como algumas vizinhas que, para trabalhar na roça, passaram a se vestir com tecidos mais simples, algumas até com roupas feitas de saco de açúcar. Com apoio de Bernardo, ela usava sempre as roupas finas que trouxera da Alemanha. Mesmo quando tinha de ajudar o marido a arrancar o mato do cafezal, colher couve na horta, os ovos do galinheiro ou ainda tratar dos porcos no chiqueiro.

Na obra da construção do esconderijo subterrâneo, Olívia continuava elegante. Trajava um vestido longo com um charmoso chapéu daqueles que usava para ir aos chás que a tia mais velha dela costuma oferecer às amigas nas inesquecíveis tardes de domingo que faziam em Dortmund. O contraste entre o figurino e o cenário dava àquela cena um toque surreal. Da mesma forma vestia-se Caroline, que também ajudou o casal a esconder os livros. Quando podia, Elwin também colaborava. Com muito cuidado, Olívia descia a escada que Bernardo tinha improvisado com pregos e troncos de canela para levar a caneca cheia de água até o fundo. Já está bom, Bernardo, dizia. Esse buraco já está grande demais. Só mais um pouco, meu bem, dizia o agrônomo que tinha o corpo todo coberto pela terra vermelha. Olívia quis saber por que a terra tinha essa cor de tons que variavam entre o roxo e o vermelho e ficou impressionada quando o marido lhe respondeu que era porque esse pedaço de solo brasileiro descendia de uma rocha vulcânica chamada pelos geólogos de rocha Diabas.

Meu Deus, que nome feio, estou arrepiada, disse Caroline. No mesmo instante, Olívia olhou para o anel que lhe enfeitava a mão esquerda, todo imponente no dedo ao lado do que usava a aliança de casamento. A jóia em ouro branco chamava a atenção pela grande opala cor-de-rosa que brilhava bastante embaixo daquele sol do meio-dia. Considerada a preferida das bruxas, a pedra tinha a fama de aumentar a sorte e a vidência das pessoas, mas também de trazer azar e mau agouro. Olívia foi quem pediu a Bernardo que lhe desse um anel de opala de presente ainda antes de se casarem. Sou meio bruxa mesmo, dizia durante o namoro. Enfeiticei você, não enfeiticei? Não é por acaso que vou morar num castelo. Lembrou do dia em que ganhou o anel e passou a atribuir-lhe as reviravoltas do destino e a vida nova no mundo desconhecido, inclusive o fato de terem se mudado bem em cima de uma terra que descendia de uma rocha chamada Diabas.

Afastou logo os pensamentos negativos e não tirou o anel de opala do dedo. Voltaram para casa de mãos dadas. Olívia estava preocupada com Bárbara, a única filha do casal que tinha apenas três anos de idade. A criança tinha ficado sob os cuidados de Florinda, a cozinheira brasileira, que apesar de trabalhar para os List Obermann há quase um ano ainda não tinha conquistado totalmente a confiança dos patrões. Bárbara dormia. Bernardo e Olívia almoçaram e depois se sentaram na sala para tomar café e conversar sobre os parentes que deixaram tão distantes. Essa era uma forma que encontraram de matar a saudade. Falar das pessoas que sentiam falta, como o pai de Bernardo, que foi um importante funcionário do Ministério da Agricultura em Berlim e depois subprefeito distrital em Hameln. A família List Obermann morava bem próximo a Hameln, num castelo, na cidade de Hamm, no vale do rio Huhr, região produtora de aço. Bernardo lembrou-se das palavras que o pai lhe dissera para tentar convencê-lo a não sair da Alemanha. Esse cabo da boêmia não vai longe, meu filho, logo vão tirá-lo do poder, acredite. Ele não vai muito longe! Coitado do papai, comentou Bernardo, acreditou que o Partido Conservador conseguiria mandar os nazistas embora.

O casal List Obermann já estava em Rolândia há pouco mais de um ano, e só há dois meses tinha se mudado para uma casa mais confortável, toda feita de peroba-rosa e cedro. Até então viviam numa residência feita com troncos de palmito e com a madeira das caixas nas quais tinham trazido a mudança. Para garantir uma pequena renda, Bernardo havia comprado o hotel Rolândia, que no momento estava arrendado para uma família de emigrantes alemães, que nunca lhe pagava o aluguel. O casal comprou o hotel com os poucos recursos que conseguiram salvar da chantagem do fiscal da alfândega brasileira, no porto de Santos. Ao conferir que os List Obermann entravam no país com vistos de turistas, mas traziam grande quantidade de bagagens, máquinas e ferramentas agrícolas, o homem ameaçou não deixá-los pisar em solo brasileiro e seguir viagem para São Paulo. Olívia precisou pegar um dos quadros mais valiosos que tinham trazido da Alemanha e vender a preço de banana ali mesmo na cidade litorânea. Somado à quantia que Bernardo tinha no bolso, o valor foi suficiente para satisfazer a exploração criminosa do fiscal, que só então fez vistas grossas e deixou os List Obermann se refugiarem no Brasil. Crime, aliás, que lesou muitos outros refugiados judeus.

Do castelo no vale do Huhr para a palhoça na selva brasileira, a vida de Bernardo e Olívia tinha mudado muito, mas para o agrônomo que descendia do povo judeu, a liberdade e a vida eram os maiores luxos que um homem poderia ter. Opinião que também era compartilhada por Olívia, mesmo sendo ela descendente de alemães arianos, como anunciavam as leis de Nuremberg. Tenho de dar um jeito nesse hotel, só anda me dando prejuízo, comentou Bernardo. Por que não vende de uma vez e investe o dinheiro aqui na fazenda, para aumentar a nossa plantação de café?, sugeriu Olívia. Todos os nossos vizinhos estão investindo no café. Bernardo concordou, mas a pedido da prima Caroline decidiu vender o hotel só depois do casamento dela com Elwin. Ficou acertado que a festa seria lá.

Conversaram na sala até serem interrompidos por Bárbara que correu para o colo do pai e pediu-lhe que contasse de novo a história da cidade dos ratinhos e da flauta. Bárbara se referia a Hameln, a cidade onde Bernardo nascera e crescera. O pai, então, contou novamente à filha o conto do flautista que foi contratado para hipnotizar todos os ratos que viviam em Hameln com sua música e assim retirá-los da cidade até afogá-los no rio. Depois de ter sucesso na missão, o flautista voltou para receber a recompensa, mas não foi recompensado. Revoltado, ele então hipnotizou com sua música todas as crianças de Hameln e as levou para bem longe de lá. Nessa época, o papai também era criança, Bárbara, mas conseguiu fugir do flautista e se esconder no castelo do vovô, dizia Bernardo. Quando ficar maior, disse Olívia, nós vamos comprar uma flauta para você aprender a tocar com a tia Nora e depois encantar e levar para bem longe daqui todos os ratos nojentos que invadem a nossa cozinha para roubar comida e assustar a mamãe. Já que seu pai não dá um jeito neles, só posso ser salva por você, minha querida. Isso se você não preferir que a mamãe a ensine a tocar sanfona, perguntou Olívia ao ir buscar no quarto o instrumento da marca Honner que ganhara, ainda criança, na Alemanha. A bela sanfoneira tocou para a filha e o marido até chegar a hora de voltar ao trabalho. Agora vai para o colo da Florinda que eu e sua mãe temos de pegar o caminho da roça, disse Bernardo. Ele e Olívia, então, passaram mais uma tarde no buraco que seria o esconderijo das armas e livros e que o casal já tinha batizado de biblioteca subterrânea.

13

A denúncia de que os imigrantes e refugiados alemães que moravam em Rolândia guardavam caixas com armamentos e munição chegou até a base da polícia política em Curitiba, logo que a Segunda Guerra Mundial começou. O comandante veio pessoalmente fiscalizar as fazendas e, nas propriedades que não tinham escondido os livros, o militar ficou surpreso quando constatou que as tais caixas estavam cheias de obras literárias. Foi o que ocorreu na Fazenda Torah. Os sócios Rudolf Allmann e Alexander Cremer acharam exagero enterrar os livros e acompanharam, temerosos, a fiscalização. Os dois amigos e todos os volumes ficaram sob a mira das armas dos investigadores até que revistassem as casas, todas as caixas, e o comandante dissesse que apesar de estarem escritos em alemão, os livros poderiam ficar na fazenda. Muito obrigado!, agradeceram Rudolf e Alexander, falando em português. Os livros são a nossa única distração, nem rádio temos, o senhor pode conferir. A patrulha terminou com os policiais tomando café e comendo bolo de fubá preparados por Ester e Ruth.

Depois que eles foram embora, Ruth e o marido comentaram o que tinha acontecido.

Esse Getúlio Vargas é engraçado, disse Rudolf, tem deixado claro nas entrevistas que apóia a Alemanha, que é simpático às mudanças políticas que Hitler tem feito, e agora toma uma atitude dessas... Vem patrulhar a vida dos imigrantes alemães a quem ele mesmo deu abrigo... Ele quer agradar os dois lados, disse Ruth, também não quer ficar malvisto pelos Estados Unidos e pela Inglaterra. Ele não tolera o povo judeu. Lembra-se das dificuldades que nossos amigos e nós tivemos para conseguir visto para entrar no Brasil?, comentou Rudolf. Você sabe muito bem, minha querida, as tais circulares secretas... Morro de medo que esse ditador faça conosco o que fez há 3 anos com Olga Prestes, disse Ruth preocupada. Eles não fariam uma coisa desta, respondeu o marido. Enquanto não soubermos para onde essa guerra vai caminhar e quem vai vencê-la, temos de ficar atentos, muito atentos, meu amor, disse Ruth. Eu e Bettina concordamos plenamente com vocês, disse o professor Amos Ballack, que durante a fiscalização ficou o tempo todo escondido com a esposa no quarto onde moravam na casa dos estagiários.

Mesmo depois da passagem do comandante da polícia política pelas fazendas, alguns imigrantes preferiram manter livros e armas no esconderijo para não serem pegos de surpresa. Quando queria caçar, por exemplo, Bernardo List Obermann tinha de desenterrar a espingarda e os cartuchos e depois escondia tudo de novo. O mesmo ocorria com as obras literárias que retirava do buraco para ler. O que não fazemos pelo amor à leitura, não é, doutor Volk?, dizia Bernardo ao vizinho. Fiquei sabendo que o senhor também tem uma grande biblioteca enterrada. Não só eu, como o Thomas Schneider, os Henschel, os Prustel e até os Luft Hagen e o Oswald Nixdorf, revelou doutor Volk. Pois veja o senhor, se todos esses livros germinassem... Que felicidade nos daria não é mesmo? Essa terra toda se transformaria numa grande lavoura literária, livros nasceriam e cresceriam como milho, algodão, café... E nós colheríamos histórias, idéias, conhecimento, filosofia... Pois que fiquem plantados nesse solo por quanto tempo for necessário, afirmou doutor Volk, ninguém há de poder nos acusar de não ter plantado nada que se preste no Brasil. De Goethe a Dostoiéviski, James Joyce, Proust, Thomas Mann, Aristóteles, Platão, Marx, Victor Hugo, Flaubert, Cervantes, Shakespeare, Rilke, Schiller, Fernando Pessoa, Virginia Woolf, semeei o melhor da literatura universal nessa terra, disse o advogado. Que brotem os livros! Que brotem os livros! Disseram os dois vizinhos ao mesmo tempo.

Poucas propriedades tinham rádios que, praticamente, só ficavam sintonizados na estação inglesa BBC. Foi ouvindo a emissora londrina que os judeus souberam do início da guerra no dia primeiro de setembro com a invasão da Polônia pelas tropas alemãs. Bernardo não tinha rádio e precisou andar oito quilômetros até a fazenda de doutor Volk para acompanhar as notícias. No dia três de setembro de 1939, os dois ouviram juntos pela BBC o discurso de Chamberlaim, então primeiro-ministro britânico, anunciando "*We are going to war in Germany!*". Enquanto se informavam sobre o conflito internacional, comentavam sobre o comportamento anti-semita de Getúlio Vargas. Veja, como já era de se esperar, Getúlio não autorizou a entrada dos jovens judeus que Alexander Cremer aguardava para serem estagiários na Fazenda Torah. Só Romeo conseguiu, ainda assim porque veio bem mais cedo, chegou por aqui há meses, disse Bernardo. A casa dos estagiários praticamente vai ficar vazia depois que os Allmann se mudarem de lá. Pobres rapazes, lamentou doutor Volk, sabe Deus em que campo de concentração foram parar! Vão ter a vida ceifada sem ainda tê-la vivido! Rudolf tem razão, precisamos ficar alertas enquanto esse ditador anti-semita estiver no comando do governo brasileiro, disse Bernardo.

O medo do anti-semitismo sustentado nos bastidores da ditadura getulista se espalhou rapidamente pelas fazendas onde moravam homens, mulheres e crianças de origem judia. Muitos deles já conheciam bem e até já tinham sido vítimas da política anti-semita liderada por Getúlio Vargas.

Mesmo depois que dom Bentus passou a celebrar missa na Fazenda Cristo Redentor, a família Prustel não parou de freqüentar a capela do padre Herions. Para não perder o hábito, iam às celebrações realizadas pelo vizinho no período matinal. Mas Charlotte determinou que os filhos só se confessassem com dom Bentus no confessionário improvisado na casa das crianças. Foi um jeito encontrado por ela de saber tudo o que se passava com eles contando, claro, com a cumplicidade do amigo sacerdote. Uma vez dom Bentus procurou os ouvidos do padre Herions para se confessar. Falou dos problemas que o afligiam nos últimos dias, quis saber qual seria a melhor postura que deveria tomar diante do interesse sentimental que Christine demonstrava sentir por ele e também em relação ao reencontro com Astrid, que viria visitar os Prustel com o marido e o único filho, no próximo domingo.

Pela primeira vez, depois que ele chegou em Rolândia, ficaria frente a frente com Astrid. Dom Bentus não a via desde que terminaram o namoro em Berlim, ainda antes de ele entrar para o mosteiro de Beuron. Padre Herions ficou surpreso quando dom Bentus disse que tinha vivido um romance com a irmã de Charlotte. Trate-a com o mesmo respeito e atenção que você tem com as outras ovelhas do seu rebanho, dom Bentus. Esqueça o passado, aconselhou padre Herions. O que aconteceu antes da sua ordenação ficou lá atrás, não tem mais importância nenhuma. O seu nome de batismo, Johannes Noll, morreu quando o senhor aceitou ser um discípulo de Cristo. Quando concordou em ser dom Bentus, concordou em começar uma nova vida, portanto, trate dona Astrid como mais uma ovelha do rebanho que o senhor começa a formar aqui no Brasil. Nunca mais fale com ela sobre o que viveram, nunca mais.

Dom Bentus também pediu para o colega orientá-lo sobre os pensamentos que sempre o afligiram ainda antes da sua ordenação. Tenho de confessar ao senhor, padre Herions, que não troquei as minhas raízes judaicas pelo cristianismo e me lancei no caminho religioso só porque tenho vocação. Claro que gosto muito de servir à igreja católica e ao santo Papa, busquei a Jesus porque o respeito e acredito em tudo que ensinou à humanidade, mas também tenho de lhe dizer que fui levado a me converter porque tive medo de morrer como milhares de judeus morrem hoje lá na Alemanha, essa é a mais pura verdade, padre. Tenho medo de pensar que a minha covardia possa ter sido maior do que a minha vontade de servir ao Cristo. E essa dúvida me atormenta desde que fiz a minha conversão, disse dom Bentus, certo de que o colega o repreenderia e o mandaria abandonar o cristianismo. Um longo silêncio se instalou entre os dois sacerdotes. A sua aflição conheço-a bem, disse padre Herions. Eu também era judeu e me converti ao cristianismo com medo dos olhares, das palavras e dos atos preconceituosos que já se proliferavam pela Alemanha antes mesmo de Hitler chegar ao poder. Foi Jesus que me fez ver precocemente o que poderia acontecer comigo se continuasse distante dele e do Novo Testamento. Não sofra com isso, dom Bentus, o coração de Jesus é generoso demais e ele já o perdoou, já o perdoou. Vá em paz e que Jesus o acompanhe.

A revelação feita por padre Herions surpreendeu, mas não diminuiu a aflição de dom Bentus. No caminho até a propriedade dos Prustel, ele refletiu e se convenceu de que para merecer o perdão de Jesus Cristo ainda precisava provar a ele que de fato o reconhecia como rei dos judeus, filho predileto de Deus, profeta e mestre. E para se redimir estava mesmo decidido a levar o Novo Testamento às fazendas habitadas pelas famílias judias situadas nas terras que foram comercializadas na Europa como sendo a Canaã dos Trópicos. Mas como e quando começar essa missão? Como seria recebido pelos refugiados judeus? Tinha mesmo o direito de tentar convertê-los? Seria mesmo preciso fazer isso para ser de fato perdoado? Como se aventurar pela selva, enfrentar sol e chuva, o ataque de insetos e animais silvestres? Será que o casal Prustel entenderia e o liberaria da tarefa de educar as crianças? Não podia deixar os Prustel sem antes providenciar outro professor. As perguntas que martelavam a cabeça de dom Bentus não tinham respostas. Ao chegar à Fazenda Cristo Redentor, foi direto lavar o rosto com água fresca e depois entrou atrasado na sala de aula. O senhor se perdeu no pasto?, dom Bentus, perguntou Christine. Acho que o senhor corria do Hércules, disse Peter ao se lembrar que o touro do padre Herions estava muito bravo aquela manhã. Que Hércules que nada, esse chifrudo viúvo nem me viu passar, disse dom Bentus. Eu e padre Herions estávamos conversando sobre a missa do próximo domingo, só isso. Desculpem-me pelo atraso. A mão direita de dom Bentus começou a escrever um poema de Goethe no quadro-negro e a aula de literatura alemã pôde, enfim, começar.

Na hora do almoço, Otto comentou que precisava ir a São Paulo ajudar outras famílias de refugiados a regularizar a documentação da posse das terras que compraram em Rolândia. A viagem ficou marcada para a próxima semana, para tristeza das crianças que mesmo já acostumadas a não ter o colo do pai, sentiam muito mais a falta dele quando sabiam que tinha viajado para longe. Depois da refeição, Otto foi dormir e Charlotte convidou dom Bentus para caminhar no jardim. Era hora do espião que ela tinha entre os filhos revelar tudo que sabia deles. De braços dados, o padre revelava à amiga o que as crianças lhe diziam, inclusive no sigilo do confessionário. Não foi à toa que logo dom Bentus passou a ser odiado pelos filhos mais velhos, com exceção de Christine. Esta semana a revelação que me deixou mais preocupado partiu de Peter, comentou o padre. Muito envergonhado, ele me confessou que tem feito brincadeiras muito esquisitas com as galinhas, o que me deixou muito constrangido... Charlotte começou a rir. Isso é muito sério, Charlotte, muito sério, por favor, não ria do pecado cometido pelo seu filho. Peter já é adolescente, dom Bentus, tem hormônios estourando pelo corpo, o senhor sabe como são os desejos do corpo, é natural que ele queira descobrir e sentir prazer, afirmou Charlotte. Peter ainda é um menino, um menino. Não tem de ficar cometendo pecados desse tipo. Isso só faz a dívida dele com Deus começar antes do tempo. Sem falar das indefesas das galinhas que não foram feitas para saciar o prazer do homem, e sim a sua fome. Mas a fome também é um prazer, argumentou Charlotte, e até mais do que isso, é um pecado. A gula é um dos pecados mais graves. E a galinha alimenta a gula humana seja em forma de carne ou de ovos. Deixe de filosofia, Charlotte, não é natural o que seu filho tem feito, e quero sua permissão para castigá-lo e livrá-lo desse pecado, disse dom Bentus. Fique tranqüilo, meu amigo, que eu vou dar um jeito nisso. Eu mesma vou falar com Peter, não se preocupe. Já tenho a solução para a falta de imaginação do meu herdeiro, proclamou a chefe da família.

14

Naquela mesma tarde, Charlotte chamou Christine até seu quarto e explicou o que a filha teria de fazer à noite, quando fosse com ela até o quarto dos meninos. Não vou ter coragem, mamãe, eles vão rir de mim, vão fazer piada, disse a filha tentando fazer Charlotte mudar de idéia. Foi assim que minha mãe ensinou meus irmãos, inclusive seus tios Andree e Severin... Sua avó também me fez passar por isso, e é assim que eu vou ensinar Peter e Matheus, proclamou Charlotte. Quando os gêmeos estiverem maiores também vão aprender assim. São seus irmãos, sangue do seu sangue, Christine. Você tem de ajudá-los também. É só fazer o que eu mandar que tudo vai sair o mais natural possível.

Os gêmeos Adam e Lucas já dormiam quando Charlotte entrou no quarto acompanhada por Christine. Matheus e Peter foram surpreendidos quando brincavam com um vidro cheio de vaga-lumes. Depois de levarem uma bronca da mãe por ainda estarem fora da cama, o que, de acordo com o horário, era um desrespeito à legislação doméstica imposta pela chefe da família, tiveram de lavar as mãos e só então puderam deitar-se. Agora que estão os dois nos devidos lugares e prontos para dormir, quero falar muito sério com você Peter e também com você Matheus, disse Charlotte. Não quero que dêem risada nem comentem nada do que vocês vão ver aqui com ninguém. Esse assunto só diz respeito à nossa família, entenderam? O que Christine vai fazer aqui na frente de vocês dois é um ato de amor da irmã mais velha de vocês e, portanto, deve ser respeitado. Você, Peter, já é um adolescente, logo vai crescer e se transformar num homem; o mesmo vai acontecer com você, Matheus.

Quando chegam à idade adulta, os animais se reproduzem. Para isso, macho e fêmea têm de fazer amor. O vaga-lume macho procura o vaga-lume fêmea, o cachorro procura a cadela, o coelho procura a coelha, o porco procura a porca e o homem deve procurar a mulher. Homens só fazem amor e têm prazer com mulheres, entenderam? Homens não procuram animais para fazer amor. Isso é um pecado muito grave, condenado por Deus, entendeu, Peter? Os homens namoram mulheres. E foi por isso que eu trouxe a irmã de vocês aqui. Para que vocês conheçam como é o corpo de uma mulher.

Charlotte olhou para a filha e sinalizou que ela já podia ficar nua na frente dos irmãos. Christine ameaçou chorar, não se sentia à vontade se expondo daquele jeito. Mas não teve como não cumprir a tradição, que também fizera passar pelo mesmo constrangimento a avó e a mãe, que agora a olhava insistindo para que se despisse imediatamente. Apesar de ter quase 13 anos, Christine já tinha mamilos pontudos e pêlos pubianos, timidamente, também já apareciam. Agora vire-se, disse Charlotte. Mais uma vez. Vá até os seus irmãos e deixe que eles vejam o seu corpo mais de perto. Não ria, Peter. Não ria, Matheus. Não chore, Christine. Senão amanhã ninguém sai do quarto nem para comer. Quando achou que o tempo de exposição do corpo nu da filha era suficiente para que os meninos conhecessem o corpo feminino, Charlotte pediu para que sua primogênita se vestisse e fosse dormir. Ela ainda permaneceu com os filhos e rezou com eles antes de voltar para a casa dos pais, como era chamada a sede da fazenda Cristo Redentor.

A noite de sexta-feira parecia ser a mais longa da semana para os sete filhos do casal Prustel. Eles esperavam ansiosos pelo sábado porque nesse dia, todos eles, um por um, tinham encontro marcado com o pai. Por ser mais doce e mais calmo que Charlotte, Otto era mais desejado e admirado pelos filhos, que faziam de tudo para estar ao seu lado, conversando e ouvindo-o falar. E essa hora tão esperada só chegava aos sábados à tarde, quando Otto se destrancava do escritório, pegava uma agulha, uma vela e um vidro de iodo para tirar bicho-de-pé das crianças. Terese e Matheus combinaram um dia de ficar um bom tempo descalços dentro do chiqueiro só para encher os pés com a tal pulga que parasita o corpo humano e assim acabar ficando mais que os outros irmãos perto do pai. O plano deu certo. Otto ficou impressionado com a quantidade de bichos encontrados nos pés dos dois filhos e não os liberou daquele improvisado tratamento médico antes que todos, as pulgas e ovos, fossem retirados.

Otto contava aos herdeiros que só a fêmea atacava o homem, ou sob as unhas ou entre os dedos dos pés; que ela fazia isso para depositar os ovos e que os pés dos adultos e das crianças funcionavam como maternidade e berço para que os filhos do bicho-de-pé pudessem nascer e crescer alimentados pelo sangue humano; que, quando está grávida, a fêmea chega a ter o tamanho de uma ervilha e botar de 150 a 200 ovos num período de 10 dias. Pai e filhos também conversavam sobre outros assuntos. Terese, Joana, Matheus, Peter e os gêmeos aproveitavam ao máximo o pouco tempo que tinham ao lado de Otto para fazer perguntas e ouvi-lo respondê-las calma, atenciosa e bem-humoradamente. Nem se importavam com a dor, tamanha a alegria que tinham em poder passar aqueles minutos sozinhos ali, envolvidos pela conversa e pelas histórias contadas pelo pai, sentados com as cabecinhas viradas para cima, em total estado de graça e admiração pelo próprio criador.

No domingo, quando viu dom Bentus pela primeira vez desde que terminaram o namoro e se despediram num café em Berlim, Astrid não conseguiu disfarçar o constrangimento. Grávida do segundo filho, chegou com o marido, o advogado judeu alemão Oscar Dahl, e Jeremias, o primogênito do casal, nascido em Rolândia. A irmã de Charlotte confessou depois ao próprio dom Bentus que levou um choque quando o viu de batina. Mesmo usando essa roupa horrorosa você continua atraente e charmoso, cochichou Astrid no ouvido de dom Bentus na primeira oportunidade que teve de ficar sozinha com ele. Você arruinou a sua vida. Podia estar casado, com uma família, agora está aí, com 27 anos e solteirão, solitário, sem uma companheira que o ame e o faça feliz. Foi seguir os conselhos que Charlotte e Otto lhe deram, veja no que deu. Tenho certeza de que você veio para o Brasil atrás de mim, não foi? Seja sincero, pelo menos agora que anda vestido de homem santo.

Astrid só parou de falar no ouvido de dom Bentus porque foi surpreendida pela irmã. Pare de infernizar o pobre do dom Bentus com suas ladainhas, Astrid. Hoje Johannes é outro homem bem diferente daquele que você conheceu. É um religioso com uma carreira promissora dentro da igreja católica. Vá cuidar do seu marido e do seu filho, que está lá fora precisando do seu colo, anda! Que mulher mais inconveniente você me saiu!, disse Charlotte. Não queira você controlar a minha vida aqui no Brasil também, porque já me libertei das suas garras, Charlotte. Não lhe devo mais qualquer satisfação. Sou uma mulher casada, entendeu bem, casada! E falo o que quiser, para quem quiser e como quiser. Sou inconveniente sim e, por favor, não me chame mais a atenção na frente de quem quer que seja. Eu não sou mais aquela irmã bobinha que você fez de escrava lá na Alemanha, não. E não se esqueça de que assim como você, eu também tenho sangue dos guerreiros celtas correndo nas minhas veias! Assim que despejou toda mágoa que tinha da irmã ali na frente dela e de dom Bentus, Astrid deixou os dois sozinhos e foi ao encontro de Andree que fumava encostado na figueira. Venha para meus braços, minha linda irmãzinha, gritou Andree. E Astrid atendeu ao convite do irmão. Que petulância!, disse Charlotte. Isso é o que eu ganho por ter criado, educado e casado essa pobre coitada, dom Bentus. Isso é o que eu ganho!

Já estavam atrasados para a missa dominical tradicionalmente celebrada no Sítio São José pelo padre Harions. Para o sacerdote dono do touro Hércules, esse domingo era um dia especial porque, além da santa missa, ele tinha uma missão política muito importante a cumprir a favor da Alemanha. Pediu para que os vizinhos convidassem o maior número de imigrantes possível para que a capela ficasse lotada. E o esforço de todos era visível quando o ritual católico começou. Para colaborar com os amigos cristãos e principalmente com Otto Prustel, além de Oscar Dahl, outros judeus também compareceram, como doutor Wagner Volk, Carmen e os filhos Dafne e Ernesto; Rudolf, Ruth Allmann e a sobrinha Nicole; Thomas e Frida Schneider; e Alexander e Ester Cremer, que foram sem os filhos.

A cerimônia foi celebrada em latim e alemão, apesar de os padres e pastores já estarem proibidos de pregar em idioma estrangeiro dentro do Brasil. Não há nenhum espião aqui, não é mesmo meus amigos?, perguntou o vigário. E afinal, que mal há em um pobre religioso louvar ao senhor na sua língua mãe? Orem comigo, meus filhos, na nossa santa língua alemã. Mesmo sabendo que estava desrespeitando uma ordem do governo Vargas, padre Herions insistia em não rezar em português. Raramente falava uma ou outra palavra, quando percebia que sua missa estava sendo assistida por um ou outro empregado das fazendas, negros, caboclos, mulatos. Mas neste domingo, só havia alemães e descendentes dentro do templo cristão feito de troncos de palmito. Padre Herions também pediu para que todos orassem pelo pastor luterano Hans Zischler que também estava sendo patrulhado e tinha mais dificuldade em celebrar os cultos na língua alemã porque sua igreja ficava dentro da vila de Rolândia e, portanto, era mais fácil de ser fiscalizada pela polícia.

Só no fim da missa o padre revelou qual era a razão especial que o fizera querer encher a capela de alemães e descendentes. Pediu para que todos fizessem uma fila e, com a ajuda de Peter e Matheus que eram os seus coroinhas, começou a distribuir fichas de alistamento militar impressas pelo consulado alemão de Curitiba. O material pedia para os jovens alemães que viviam em Rolândia entrarem para o exército nazista. Temos de defender a nossa Alemanha!, meus filhos. Colaborem com o nosso país alistando-se para lutar pela Alemanha!, dizia o padre, chocando principalmente os representantes da comunidade de refugiados semitas que estavam presentes. Na mesma hora, os judeus fizeram o caminho inverso ao da fila e se retiraram todos de uma única vez. Oscar Dahl puxou Astrid pelo braço. Isso que esse padre está fazendo é ofensivo a todos os judeus, vamos embora já. Otto, Charlotte e dom Bentus perceberam a besteira que o padre Herions tinha feito, trocaram olhares preocupados e também não entraram na fila para pegar o panfleto.

O fato foi denunciado à polícia, que no dia seguinte invadiu o Sítio São José, prendeu padre Herions e recolheu doze formulários para ingresso no exército nazista que estavam na capela, próximos ao altar, sobre uma mesa. Nove fichas estavam devidamente preenchidas e três em branco. Com chutes e pontapés, os homens da lei quase derrubaram toda a igrejinha. Vamos ver se esses alemães agora vão desrespeitar o Brasil, gritava um policial dando tiros para o alto. Eu só acatei as ordens do consulado alemão em Curitiba. Sua excelência, o cônsul Walter Zimmermann autorizou-me, dizia o sacerdote ao tentar se explicar falando um português quase incompreensível. Ao ver o irmão ser levado algemado e sendo agredido física e verbalmente pelos investigadores, Josefa não agüentou e desmaiou. Mais velha, ela era a única irmã do padre Herions e veio com ele para o Brasil. Nas missas do domingo, costumava preparar um bule de cinco litros de café, bolos, biscoitos, assava frangos e leitões, para servir aos fiéis que, muitas vezes, almoçavam e passavam o dia todo com eles. Padre Herions e Josefa dividiam a casa com Thomas, um jovem imigrante alemão que ganhava a vida como empregado do sítio-paróquia. Thomas não pôde fazer nada para evitar a prisão do patrão. Muito assustado, primeiro teve de esperar passar a tremedeira das pernas para conseguir ficar em pé, e só depois socorreu Josefa, que se acabou em lágrimas por dias e mais dias.

Na mesma segunda-feira à tarde, o pastor Zischler também foi preso pela mesma razão. Assim como o seu colega católico, ele tinha celebrado, em latim e alemão, o culto do domingo, e convocado súditos alemães para ajudarem a Alemanha a vencer a Segunda Guerra Mundial. Com ele foram apreendidas 25 fichas de alistamento militar. Os dois foram levados para uma cadeia na capital paranaense e dividiram a mesma cela. A Delegacia de Ordem Política e Social do Paraná abriu inquérito para investigar o caso, acusando o padre e o pastor de terem infringido o artigo quarto do decreto-lei 1.561 de 2 de setembro de 1939 que dispunha sobre as regras gerais da neutralidade brasileira em relação ao conflito mundial. A mulher e os quatro filhos do pregador luterano continuaram em Rolândia. Revoltados com a prisão dos líderes religiosos, os cristãos tentavam entender como a polícia teria descoberto a distribuição dos panfletos a favor da vitória nazista escritos em língua alemã. Quem teria denunciado o padre e o pastor luterano ao delegado? Logo a suspeita caiu sobre os que poderiam estar mais ofendidos com aquele ato: os refugiados judeus.

Também foram fichados na Delegacia de Ordem Política e Social do Paraná – a DOPS – os alemães que preencheram os formulários de alistamento militar. Entre eles estava August Nixdorf. Correspondências apreendidas pela polícia política mostraram que, em 1935, August Nixdorf tinha sido nomeado coordenador e organizador da regional do partido nazista em Rolândia pelo chefe do ponto de apoio do partido hitlerista no Brasil, Sr. Von Cossel.

Oswald Nixdorf ficou muito apreensivo quando soube que August tinha sido detido para prestar depoimento. Não tenho nada com isso, dizia. O fato de ter o mesmo sobrenome desse subversivo é apenas uma infeliz coincidência. Não somos parentes nem cúmplices! Não apóio as idéias dele, não sou irmão, primo, tio, não sou nada desse August Nixdorf, proclamava Oswald aos moradores de Rolândia. Mas, para a polícia política brasileira, Oswald e August eram irmãos. No fichário da DOPS eles apareciam como sendo filhos dos mesmos pais: o senhor Oswald Nixdorf e a senhora Henrike Nixdorf.

15

Não se falava em outro assunto em toda Rolândia. A prisão do padre Herions e do pastor Zischler roubava tempo inclusive das aulas de canto e piano da professora Nora Naumann. Charlotte, por exemplo, pouco se importou com os exercícios vocais que teria de ser feito naquela tarde sob o olhar atento de Nora. Na próxima terça-feira prometo fazê-los todos sem errar, comentou a aluna, curiosa para descobrir se a soprano sabia quem tinha sido o judeu que denunciara padre Herions à polícia. Nem eu, nem Samuel, nem meus filhos, nem irmã Anna sabemos, Charlotte. Tenho certeza de que não foi nenhum morador da redondeza, nossos vizinhos mais próximos não se prestariam a esse serviço. Poderiam até ficar ofendidos com o que o padre fez, como de fato ficaram, mas, acredite, todos aqui têm o coração muito bom para fazer mal a uma formiga que seja, respondeu Nora. Mas se não foram os seus vizinhos, nem ninguém da sua família, quem poderia ter sido?, perguntou Charlotte. Nora disse que não estava presente na capela do padre naquele domingo, e que, portanto, não poderia responder, já que não tinha conhecimento de todos os homens e mulheres que assistiram à missa. Você que esteve tem mais condições de descobrir o delator ou a delatora do que eu, minha querida, disse Nora abrindo o livro de canções de Schullmann. Agora, que tal esquecer um pouco esse triste episódio e cantar. Vamos Charlotte, cante comigo!

No intervalo entre uma e outra canção, falaram do nascimento de Wladimir, segundo filho de Astrid Dahl, sobrinho de Charlotte. Também conversaram sobre a guerra e sobre o perigo que os parentes que deixaram na Alemanha estavam correndo. Charlotte falou da alegria de ter dom Bentus com eles na fazenda; que com um conselheiro espiritual por perto se sentia mais segura para enfrentar os problemas e as tragédias que o destino pudesse lhe reservar. Logo vou trazer dom Bentus aqui para que você o conheça, Nora. É um homem encantador! A euforia com que Charlotte falava do religioso chamou a atenção de Nora. Mas ela preferiu não vasculhar o coração da aluna, ainda. Sorriu e disse que, no seu caso, o piano desempenhava o papel de conselheiro espiritual. A música me conforta, disse a professora. Sempre foi assim, desde que eu era criança. Apesar de temer e ter muita fé em Deus. Não poderia ser diferente para quem tem um amor encantado, como eu tenho, disse Nora com os olhos inundados. Um amor encantado?, perguntou Charlotte. Fale baixo querida, não quero que as paredes escutem esse meu segredo. Nunca o contei a ninguém, mas quando ouvi sua alma falar de dom Bentus com tanto amor, não resisti em deixar que minha alma também se revelasse. Mas dom Bentus é só um grande amigo, disse a aluna. E quem disse que grandes amigos não podem ser amores encantados? Pense nisso, minha querida. Agora venha, disse a cantora, venha comigo até a Ópera dos Grilos. Lá não há paredes, e portanto não há ouvidos que escutam o que não devem.

O teatro improvisado no meio da floresta estava repleto de borboletas. São os *morphos*, olhe que lindos são os *morphos* que Ruth Allmann admira tanto, comentou Nora. As vozes dos pássaros e dos insetos cantantes disputavam os ouvidos das visitantes. Se o paraíso era assim, Eva e Adão devem ter sentido muito quando foram expulsos, não é mesmo, Charlotte? Você não tem a impressão de que ao nos mudarmos da Alemanha para Rolândia deixamos o inferno para viver no paraíso?, perguntou a professora. Não seja tão romântica, Nora, disse Charlotte, a guerra só está no começo. O inferno pode chegar até aqui, você nunca pensou nessa possibilidade? E dependendo de onde chegar, esse pedaço de terra onde estamos, que você ingenuamente chama de paraíso, pode virar um fogaréu, um dos círculos descritos por Dante, com labaredas imensas e devastadoras. Que Deus perdoe essas suas palavras, Charlotte, e nos proteja dessa sua trágica profecia!, disse Nora. Mas eu não lhe chamei até aqui para falar de coisas ruins, muito pelo contrário. Quero lhe falar do meu amor encantado, lembrou a cantora. Os amores que nascem, crescem fortes e por qualquer razão são arrancados da vida da gente ou não conseguem chegar ao tamanho que deveriam, por razões alheias às vontades do ser amado ou do ser que ama, encantam-se. Há milhões de seres humanos que carregam amores encantados no coração, disse Nora. Eu, por exemplo, sou um deles.

Nora contou a Charlotte todo seu passado. O casamento infeliz com o Barão Von Negri, e arrancou suspiros da aluna, que quis saber tudo sobre essa rápida incursão que Nora teria feito pela seleta e fechada nobreza germânica. Vou chamá-la agora sempre de baronesa, minha querida, uma vez baronesa, sempre baronesa, comentou Charlotte feliz em descobrir o passado glamouroso da professora. Mas por que não permaneceu casada com o Barão? Ele não merecia a minha companhia, a minha atenção, o meu amor, por isso, respondeu Nora. Era muito mentiroso, agressivo e se deitava com todas as mulheres que o atraíssem, mesmo depois de estar casado comigo. Não fui só eu quem o abandonou não. O exército, onde ele chegou ao posto de oficial, também o expulsou ao saber de suas trapaças.

Mas, Nora, querida, naquele momento, faltou-lhe uma mãe que lhe desse conselho e lhe ensinasse que casamentos são negócios, nada mais que isso, disse Charlotte. O Barão deveria ser muito rico, tenho certeza que foi o homem mais rico que você conheceu. Deveria ter agüentado mais para herdar tudo o que lhe pertencia. Eu tive um filho com o Barão, meu filho vai herdar a fortuna de Von Negri, isso já me basta, afirmou Nora, que depois explicou por onde andava o tal filho, motivo também de mais curiosidade e perguntas de Charlotte. Entendo o brilho dos seus olhos ao imaginar a vida que eu tive nos tempos que freqüentava os palácios do imperador, comentou a soprano. Foram três anos de muita riqueza, festas, éramos convidados para tudo, mas o que eu mais gostei de freqüentar foram os teatros, as óperas, os concertos...

Eu também freqüentei, vivi momentos glamourosos em Berlim quando Otto era deputado e requisitado para praticamente todos os eventos sociais, disse Charlotte. Que saudade tenho daquele tempo... O espaço que nos separa do passado ainda é tão pequeno, mas a minha saudade é imensa, imensa, repetiu. Nora abraçou a aluna e a puxou pela mão até a máquina de colher saudade que estava coberta pela lona. Pare de desperdiçar saudade, Charlotte, minha máquina nem está ligada, é um desperdício, disse a professora para temperar a conversa com um pouco de bom humor. Esse é o brinquedo para adultos mais sério que o ser humano já inventou, disse Nora ao descobrir a engenhoca. Freud iria gostar de ter conhecido esse brinquedo que o doutor Volk inventou, não acha, Charlotte? O coitado do psicanalista morreu há três dias, você ficou sabendo?, perguntou a soprano. Otto ouviu no rádio e me contou, respondeu a aluna cristã. Dizem que Anna Freud autorizou que lhe aplicassem três injeções de morfina antes que morresse. O mundo perdeu um dos homens mais brilhantes que já nasceram nesse planeta, comentou Charlotte. Sempre sonhei em estudar psicologia para conhecer mais profundamente as teses de Freud. Nem que seja velhinha e de bengala eu vou realizar esse sonho. Assim é que se fala, Charlotte. O tempo há de passar, mas há de nos fazer bem melhor do que somos hoje.

As duas amigas, então, imaginaram Sigmund Freud sentado ali em frente ao espelho da máquina de colher saudade para lembrar dos momentos mais marcantes ou insignificantes dos 83 anos que viveu. Ele ia se apaixonar por essa invenção de doutor Volk, disse Nora. Depois de ter experimentado a máquina, iria falar: se tivesse tido a sorte de poder conhecer e usar esse equipamento no meu consultório, teria avançado muito mais nas minhas pesquisas. Meus pacientes teriam tido mais facilidade em lembrar do passado, dos sonhos, dos amores mal resolvidos, dos amores encantados... Que pena que não conheci a senhora antes, dona Nora Naumann, que pena. Que pena também não ter me tornado seu amigo, dona Charlotte. As duas amigas riram muito da brincadeira que fizeram com Freud e depois se desculparam, pedindo a Deus que iluminasse e guardasse ainda mais a alma do psicanalista judeu que tinha morrido há poucos dias.

Mas conte-me finalmente sobre seu amor encantado, Nora. Até agora falamos dos *morphos*, do Barão Von Negri, da máquina de colher saudade, de Freud, mas do seu amor encantado ainda não disse uma palavra. Vamos, você me deixou curiosa. Conte-me tudo sobre ele, pediu Charlotte depois de se sentar num dos troncos que serviam de cadeira para a platéia da Ópera dos Grilos. Chama-se Klaus Timberguer, o meu amor encantado, disse Nora com a voz impostada como se começasse a ler um conto de fadas. Ela disse que o conheceu depois de ter se separado do Barão, quando foi estudar música em Dresden. Ele era um talentoso pianista, sonhávamos em viajar toda a Europa apresentando-nos juntos. Nora lembrou dos momentos inesquecíveis que passou ao lado de Klaus, das viagens, dos planos que fizeram para o casamento, até o dia em que ele foi convocado para lutar na Primeira Guerra Mundial e nunca mais voltou. Quase enfartei quando recebi a notícia de que Klaus tinha morrido em combate. Meu coração disparou de um jeito assustador. Hoje, pensando friamente, tenho certeza de que foi naquele instante que recebi a trágica informação da morte de Klaus que o amor que sentia por ele encantou. É como se Klaus vivesse agora só no meu coração, na minha imaginação. Toca piano, canta, me beija... E é aqui, na Ópera dos Grilos, que mato a saudade quando me lembro dele. Mas não quero falar mais sobre isso para evitar que essas imagens saiam do meu coração e percam o encantamento, você me entende?

É uma história de amor muito bonita, Nora. Parabéns! Tem mesmo de mantê-la viva no seu coração, disse Charlotte. E quanto ao Samuel, você não o ama? Casou com ele sem amá-lo? Claro que o amo, Charlotte. Samuel é merecedor de todo o meu amor. Nunca o traí e nem o trairei. O que sinto por Klaus é um amor anterior, um amor encantado, não sei se você me entende. Entende? Charlotte sorriu e disse que entendia muito bem o que Nora queria dizer e revelou à professora que ainda não tinha nenhum amor encantado, muito pelo contrário. Meus amores se desencantam e acabam como fogo na palha do milho. Tenho amores desencantados, Nora. Mas nem por isso, menos apaixonados, afirmou Charlotte. Acho que ainda tenho um restinho de aula, não tenho? Vamos voltar ao piano? Claro, querida, vamos deixar as borboletas e os grilos em paz, disse Nora.

A soprano não revelava a ninguém que quase todos os dias reservava alguns minutos para ficar sozinha sobre o tablado da Ópera dos Grilos. Ali ela fechava os olhos e sentia a presença do amor perdido para a guerra. Muitas vezes pedia aos filhos ou ao marido para ajudá-la a levar o piano até lá, mesmo quando não havia festa, para que pudesse tocar ou esperar que o espírito de Klaus viesse e lhe presenteasse com a execução de uma das músicas que ela mais gostava. Via as teclas do piano tocarem sem o toque das mãos e chorava. Eu sei que você está aqui, Klaus, toque, meu amor, toque o que você quiser. E se punha a conversar com o fantasma do ex-namorado. Falava, caminhava entre as árvores, sentava num tronco ou no tablado ou no banquinho do piano. Irmã Anna foi a primeira a ver a patroa nessa situação estranha e achou que Nora pudesse estar ensaiando alguma peça de teatro ou declamando algum poema de Goethe ou de Schiller. Já Samuel, Johanna e Martin começaram a estranhar o tempo que a mãe passava sozinha na floresta. Mas ela, bem-humoradamente, explicava que ia rezar, agradecer a Deus e à natureza pela generosidade que tiveram em acolhê-los.

Enquanto a mãe estudava canto, Christine conversava com Johanna e Martin no terreiro da Fazenda Gênesis. Ela gostava de ter as aulas antes da mãe para depois poder ficar mais tempo com os filhos de Nora. Martin não disfarçava o interesse que tinha pela jovem Prustel. Mas ela não cedia aos olhares conquistadores do adolescente de origem judaica. Preferia pedir conselhos e ouvir as histórias de Johanna, que já era moça e sabia falar de assuntos que ela tinha mais curiosidade, como casamento, namoro, beijos e gravidez. Quando proibiam Martin de ouvir a conversa, ele sempre achava um jeito de ficar escondido, e segui-las, para saber do que estavam falando. Muitas vezes, já sabendo do pavor que Christine tinha de Petiprè, o porco castrado preferido de Nora, Martin chamava o suíno pelo nome, que rapidamente se apresentava à espera da lavagem ou de alguma espiga de milho. Depois, Martin o pegava no colo e levava o bicho bem perto da filha de Charlotte. Ele não é um porco como os outros, Christine, acredite!, disse Martin. Se ele não é um porco como os outros, é como quem, então?, perguntou a visita assustada. Como você? Leve esse porco para longe de mim, por favor, Martin. Faça o que Christine está pedindo, tire o Petiprè daqui, está fedendo a merda, olha que cheiro horrível, Martin!, disse Johanna tapando o nariz com os dedos. O filho de Nora, então, depois de se divertir com o pânico que causou à amada, devolveu Petiprè ao chiqueiro. Acho que aqui você vai ser mais admirado, Petiprè. Anda, pula do meu colo, seu leitão folgado, pula!

Charlotte e Christine voltaram à Fazenda Cristo Redentor antes das cinco da tarde. Já conheciam o percurso, mas mesmo assim sempre morriam de medo de cair na água quando chegava a hora de atravessar o Bandeirantes a cavalo. Bem mais do que a correnteza do rio, elas tinham pavor de ser picadas por serpentes ou de ser surpreendidas por um jacaré. Da cintura para baixo era impossível não deixar que o ribeirão não as tocasse. Chegavam molhadas e sedentas por um banho com água limpa do poço que abastecia a propriedade dos Prustel.

16

O casamento de Elwin e Caroline foi celebrado na igreja luterana, por sugestão da própria noiva que, ao contrário do futuro marido, não tinha sangue judeu, de acordo com a concepção dos nazistas. Depois do culto realizado por um pastor que veio de Londrina para substituir o titular que ainda estava preso, todos foram comemorar no Hotel Rolândia. Bernardo e Olívia patrocinaram a festa. Representamos os pais de Caroline nessa terra, disse o primo que levou a noiva até o altar, e para quem Elwin pediu a mão de Caroline. O pedido foi aceito com entusiasmo, mas Bernardo não deixou de cobrar do pretendente o valor da passagem de volta à Alemanha que tinha comprado para a prima, ainda antes de imigrarem para o Brasil. Explicou que a mãe de Caroline lutou até o último instante para evitar que a filha viesse morar em Rolândia. Só autorizou a viagem depois que teve certeza de que Caroline partia já com a passagem de regresso na bolsa, disse Bernardo. Não tive como evitar esse gasto, sua futura sogra exigiu que eu comprasse o bilhete. Portanto, como agora a passagem não tem mais serventia porque você se casou com Caroline e pretendem viver por aqui, nada mais justo que você me devolver esse dinheiro, não é mesmo?

Por essa razão, Elwin dizia aos convidados, em tom de brincadeira, que tinha comprado Caroline. O noivo também avisou aos amigos que não trabalhava mais para os Schneider. Disse que arrendara um pedaço de terra do sítio que pertencia ao alemão Kronstoth e que daquele dia em diante viveria com Caroline nesse novo endereço. Para o patrão, Elwin alegou que gostaria de ter a sua própria lavoura, que estava cansado de trabalhar para os outros. Mas o que ele queria mesmo era se livrar do assédio e da perseguição de Frida. Desde que se apaixonara por Caroline, Elwin não correspondia mais aos flertes da patroa. O casal Schneider esteve no casamento e, para tranqüilidade do noivo, Frida se comportou e pouco lhe dirigiu o olhar.

Olívia encarregou-se de animar a festa com sua inseparável sanfona. Fez todos dançarem ao som das canções do folclore alemão. Entre os assuntos que circulavam pela festa, o mais polêmico era o que tocava na possibilidade de Hitler vencer a guerra e conquistar o Brasil. As famílias dos refugiados judeus não escondiam o medo que tinham de isso de fato acontecer. Para onde iremos se o nazismo fincar sua bandeira nessa terra?, perguntou Samuel Naumann. De que adiantou ter passado por tantos sacrifícios, sofrer tanto? Temos de estar preparados para tudo, disse Bernardo List Obermann. Do jeito que Hitler, este louco cabo da Boêmia, avança cada dia mais, espalhando seu veneno e suas garras sobre a Europa, não seria nenhuma surpresa se ele anexasse o Brasil também. E o pior é que ele não vai ter dificuldade nenhuma para fazer isso, completou Rudolf Allmann. Getúlio Vargas vai recebê-los de braços abertos, vocês não acham? Só temos mesmo que pedir ao Deus de Abraão que nos proteja muito, muito mesmo!, disse Ruth. Ele não há de permitir que esse paraíso também seja transformado num inferno! Não há! Por isso que não podemos parar de celebrar nossas datas religiosas, nossas orações em hebraico, guardar o sábado, não podemos nos esquecer de que somos judeus!, disse Bettina Ballack. Essa fé é que vai nos ajudar a resistir e vencer todos os obstáculos.

Elwin e Caroline passaram a primeira noite como marido e mulher ali mesmo, no melhor quarto do Hotel Rolândia que, por ordem de Olívia, foi reservado e enfeitado especialmente para eles. No dia seguinte, seguiram de carroça até o sítio levando todos os presentes que ganharam. Uma pequena casa de madeira de chão batido esperava pelo casal que, apesar de todas as dificuldades, conseguiu fazer da modesta moradia o endereço da felicidade.

Em 14 de janeiro de 1940 nasceu Jeremias, o segundo filho de Astrid Dahl. Nesta época Oscar trabalhava como administrador da fazenda de um alemão que morava em

São Paulo e a família Dahl precisou passar uma temporada bem distante da civilização, num casebre no meio da mata virgem. Foi nesse local que Astrid teve a criança apenas com a ajuda do marido e de um livro que conseguiu segurar e ler enquanto o bebê nascia. No intervalo entre as contrações, ela gemia e lia o que Oscar deveria fazer. Desse jeito realizou-se o parto e o pai cortou o cordão umbilical com uma faca esterilizada pela chama de uma lamparina. Depois, a própria Astrid, mesmo muito cansada, conseguiu limpar o filho para a primeira mamada.

Parabéns, senhor Dahl, é uma bela criança!, disse a parteira no dia seguinte. Vocês trabalharam muito bem. O menino é perfeito! Não sei como consegui enfrentar as dores do parto e ler as instruções do livro ao mesmo tempo, comentou Astrid. Pensei que eu e meu filho fôssemos morrer. Que desespero dar à luz nesse fim de mundo... Se não fosse esse livro...

O rádio também era um importante aliado dos imigrantes. Apesar das notícias que falavam da construção do campo de concentração de Auschwitz e da morte de centenas de judeus anunciada pelo repórter da rádio BBC de Londres em 27 de março de 1940, o ano que começava prometia ser de alegria para algumas famílias de origem judaica. Bernardo e Olívia List Obermann esperavam o segundo filho para setembro e já torciam para que fosse um menino saudável, capaz de levar o nome da família às futuras gerações. Para realizar o sonho do marido de ter um filho varão, Olívia rezava e não desgrudava do anel de Opala. Depois de muitas tentativas frustradas, finalmente ela tinha conseguido que a gravidez começasse e fosse adiante.

Entre os Cremer e os Allmann eram três as razões de tanta alegria. A casa de Rudolf e Ruth finalmente ficou pronta e eles puderam se mudar e fazer o que mais desejavam: desencaixotar todos os livros, limpá-los e organizar a biblioteca. O segundo motivo era a chegada de Samuel Cremer, pai de Alexander; e de Adina Walk, mãe de Ester. Os dois eram viúvos e conseguiram embarcar praticamente no último navio que trouxe judeus da Europa para o Brasil. Samuel morava em Berlim e chegou a Rolândia com mais de 80 anos. Adina vivia na Pomerânia e chegou com mais de 70. Alexander Cremer era um dos seis filhos de Samuel e o único que se refugiara no Brasil. Os outros fugiram para Bolívia, Argentina e Oriente Médio. Já a senhora Walk teve apenas dois filhos. O único irmão de Ester tinha fugido para os Estados Unidos. Os dois velhinhos foram recebidos com festa por Alexander e

Ester que foram esperá-los no porto de Santos. Samuel e Adina passaram a morar com os Cremer na mesma casa da família na Fazenda Torah.

A terceira razão da alegria que contagiou os moradores da Fazenda Torah foi a chegada de Fritz e Lola Katz, um casal de amigos judeus sem filhos, que chegou a ficar preso num campo de concentração e só conseguiu escapar da morte depois de deixar quase todo dinheiro e patrimônio que tinha para um oficial nazista. Fritz era juiz no Tribunal de Justiça de Frankfurt, e Lola, artista plástica. Compraram um pequeno pedaço da Fazenda Torah, que ficou conhecido como Sítio Israel, e vieram tentar ser felizes em Rolândia. Enquanto providenciavam a construção de uma casa, ficaram hospedados na nova residência do casal Allmann.

Ester e Ruth sempre gostaram de tomar sol às margens da represa da Fazenda Torah. Mas agora, mais do que aquecer o corpo naqueles dias frios de outono, a razão que as levava à beira da lagoa era mais colorida. Sentadas em banquinhos de madeira, tintas, pincéis e palhetas nas mãos, tinham as primeiras aulas de pintura com Lola. A esposa de Fritz não sabia o que fazer para agradecer a ajuda dos amigos e, ao perceber que Ruth e Ester gostaram muito das aquarelas que trouxera na bagagem, se ofereceu para ensiná-las a pintar. Esta é a única moeda que tenho agora para poder pagar o que os senhores e as senhoras estão fazendo por mim e por meu marido, disse. A minha arte e o meu talento são as únicas coisas que os nazistas não conseguiram me roubar, comentou a recém-chegada já se derretendo em lágrimas. Eu também posso ajudar você na contabilidade da fazenda, doutor Allmann. Não sei mexer com a terra, nunca carpi, criei porcos, nem mexi na roça, mas posso aprender, disse o juiz.

Rudolf Allmann acalmou os amigos e pediu para não se preocuparem em agradecê-los. Nessa primeira semana, descansem da viagem, do nervosismo e do terror que enfrentaram na Alemanha. Depois vou ver em que o Fritz pode nos ajudar. Quanto à senhora, dona Lola, se quiser dar aulas de pintura para Ruth, Ester e para as crianças, fique à vontade. Quanto mais arte se respirar nessa floresta, mais saúde hão de ter todos os nossos corações, não é mesmo, Cremer? O senhor tem toda razão, doutor Allmann, respondeu o sócio de Rudolf. Naquele mesmo jantar, então, as mulheres combinaram que passariam a ter aulas de pintura com Lola Katz. No dia seguinte foram com ela até Rolândia e compraram parte do material necessário na Casa Guilherme. Lola tinha conseguido trazer da Europa, enrolados numa grossa flanela marrom, pincéis e palhetas.

As aulas de pintura eram sempre muito alegres, divertidas, temperadas com nostalgia e boas lembranças dos tempos em que as três amigas viveram na Alemanha. Astrid Dahl, Olívia List Obermann, Nora Naumann, Frida Schneider, Petra e Olga Luft Hagen e Charlotte Prustel também aprenderam a pintar com Lola. Vestiam-se para ir ao curso como se tivessem de caminhar e atravessar ruas pavimentadas, freqüentadas por mulheres elegantes, como nos velhos tempos. Quantas vezes Ester não recomendou à empregada que, no meio da tarde, fosse servir chá com biscoitos ou bolo de maçã lá na represa, para que pudessem esticar aqueles encontros até o sol se despedir delas. Foi numa dessas aulas que Ester comentou com as amigas sobre o sonho de fazer o *Bar Mitzvah* de Artur que já completara 13 anos de idade. Ester comentou que a sinagoga mais próxima ficava em São Paulo, muito distante. E que também não conheciam nenhum rabino que morasse próximo a Rolândia. Que não seja por isso, disse Ruth. Rudolf conhece muito bem a Torah, quase se tornou rabino antes de entrar para a Faculdade de Direito de Frankfurt. Ele pode fazer o *Bar Mitzvah* do seu filho, minha querida. Deus sabe do que falo. Rudolf tem crédito com o senhor nosso Deus, sempre foi um estudioso da Torah e da nossa sagrada Bíblia. A Ruth tem razão, Artur merece entrar para a vida adulta abençoado pela Torah e pela fé inabalável que move o judaísmo em todo o mundo, proclamou Lola. Também acho, disse Bettina.

Ester, então, ficou de pensar sobre como convencer o marido a marcar a data do *Bar Mitzvah* do filho. Rudolf vai adorar comandar a cerimônia, ele tem cópias de textos da Torah que ganhou do avô, comentou Ruth entusiasmada. Caso vocês também não tenham o *Talit*, fiquem tranqüilos, Rudolf escondeu o dele quando estávamos ainda em fuga na Alemanha e conseguiu trazê-lo para o Brasil. Trouxe também o *Tsilin* e as tiras de couro que foram usados durante o *Bar Mitzvah* dele na sinagoga mais tradicional de Frankfurt. Que maravilha!, Ruth, então não há de faltar nada para que a nossa festa seja a mais parecida possível com as que são realizadas nas sinagogas, não é mesmo?, perguntou Ester. Há de ser o *Bar Mitzvah* mais emocionante de todos os tempos!, minha querida. Confie em mim. Então vou realizar meu sonho, disse Ester. Um sonho abençoado por Abraão.

As tropas de Hitler invadiram hoje a Dinamarca e a Noruega. Do jeito que as coisas andam, infelizmente temos de admitir que a Alemanha vai vencer essa guerra, disse Alexander a Ester, Ruth e Lola que, depois de terminarem a aula de pintura, foram tomar café e conversar mais um pouco na cozinha da casa dos Cremer. Eu e Rudolf acabamos de ouvir as notícias no rádio do senhor Kroch, comentou o marido de Ester. O número de civis mortos já é incalculável. Os nossos irmãos judeus, então... Vamos rezar por todos eles, só isso nos resta fazer, rezar e pedir a Deus para que não permita que essa guerra se prolongue mais, disse Lola. Só Deus sabe o que passamos no campo de concentração. A saúde de Fritz não é mais a mesma depois do terror a que fomos submetidos. Vive com mania de perseguição. Amedrontado. Vocês viram como vive abatido, não é mesmo?

No dia seguinte Lola e Fritz ajudaram seus anfitriões a começar a fazer o novo jardim da casa recém-inaugurada. Nicole, a sobrinha de Ruth, também colaborou. A proposta era cercar toda a residência com plantas, flores, folhagens. Tinham primeiro de limpar todo o emaranhado de troncos e galhos das gigantescas árvores que foram derrubadas e queimadas, além de raspar a grossa camada de cinza que cobria a terra. Como fazer brotar desse judiado chão um lindo jardim? Botânica formada e com experiência, Ruth já tinha reformado todo o jardim da casa dos Cremer e agora, já conhecendo melhor as necessidades da flora brasileira, sentia-se preparara para mais esse desafio. Próximo ao local onde trabalhavam havia um pequeno chafariz que borbulhava numa bacia logo abaixo da varanda. Área de lazer e lugar onde a passarinhada matava a sede, mas também levava susto, quando Puck, o cachorro basset de Ruth e Rudolf, decidia tomar um banho refrescante.

Ruth se inspirou nos jardins ingleses e quis que o gramado chegasse bem rente à casa, para que tivesse ainda mais a impressão de que estava morando no meio do verde. A grama não foi semeada como era costume na Europa, e sim plantada em mudas, que em pouco tempo formaram um espesso tapete que impedia o surgimento das ervas daninhas. Entre as várias espécies de grama, Ruth preferiu a jesuíta de coloração verde-clara. Assim que terminaram o planejamento e o plantio da grama, passaram à parte que a mulher de Rudolf considerava mais importante: o plantio das árvores, frutíferas e ornamentais, e também das sebes que no meio da selva deviam proporcionar um aspecto aconchegante de cuidado e proteção.

Um grupo de trabalhadores ajudou os quatro refugiados na construção do jardim, da horta e do pomar. Apesar de os Cremer já terem tudo isso a poucos metros dali, Ruth e Rudolf também fizeram questão de ter o próprio jardim e a própria produção de frutas, verduras e legumes. A horta teve seu lugar na face leste da casa onde batia o sol da manhã e onde não tolhia a bela vista da paisagem que Ruth costumava chamar de suavemente ondulada, quase toda ainda coberta de mata virgem. E era para não destoar de toda aquela beleza que Ruth fazia questão de caprichar na jardinagem que cercaria a própria casa. Plantar um jardim é provavelmente o sonho primordial de cada ser humano que vive no campo ou numa cidade pequena como eu, dizia para Lola. É como no conto de Andersen, da Rainha da Neve, no qual o pequeno Kay e Gerda brincam com os flocos de neve na calha encoberta por uma roseira, imaginando estar num jardim.

Plantaram hibiscos amarelos, ingás de flores vermelhas, plumbagos azuis, flores-de-são-miguel, sálvias, orquídeas, bromélias, samambaias, avencas, bananeiras, thunbérgia-azul, trepadeiras e filodendros, entre tantas outras espécies da flora brasileira. Um jasminzeiro também fazia parte do grupo. Quando já estavam quase no fim do trabalho, Ruth foi até a biblioteca e voltou ao jardim com um livro de Goethe. Ouçam, por favor, disse ao marido, aos amigos e aos empregados. Vou ler agora para vocês a poesia que Goethe escreveu para Charlotte Stein, quando plantou seu jardim – um presente do duque – fora dos portais da cidade de Weimar. Tem muito a nos dizer exatamente nesse momento em que estamos terminando de construir o nosso jardim. Ouçam: "Eu vos digo amadas árvores, que plantei já pressentindo... Cresçam como que saindo de minha alma ao puro ar, pois que dores e prazeres enterrei sob vossos pés. Cada dia tragam sombra, tragam frutos, regozijos. Mas que eu possa perto, perto, perto dela vos fruir". Bravo!, Bravo!, gritou Lola, que convidou a todos para um caloroso aplauso.

Da mesma forma como o jardim em Weimar possibilitou a separação definitiva de Goethe de Frankfurt, assim o plantio do nosso jardim, sua florescência, seu crescimento e frutificação, há de nos fazer criar raízes profundas no Brasil e esquecer o doloroso sofrimento da separação da nossa pátria e dos entes queridos, além das amargas experiências do nazismo que ainda entristecem os nossos corações!, profetizou Ruth ao fechar o livro para agradecer as palmas. Antes de reconduzir a obra do poeta alemão à biblioteca, disse que não era merecedora delas. São todas de Goethe, aplaudam o nosso maior pensador, ele nos dá força para viver nessa nova terra, aplaudam Goethe, pediu novamente Ruth apertando o livro sobre o coração.

Não demorou para que o jardim da casa da botânica fosse invadido por pássaros e borboletas. Ao ver a quantidade de *morphos* azuis sempre se lembrava da encenação de *Um sonho de uma noite de verão*, que assistira no Teatro de Berlim. Só faltava o Puck, dizia. Foi por esse motivo que acabou dando ao arteiro cão basset que vivia com eles na fazenda o nome do personagem de Shakespeare. Havia também as borboletas amarelas de rabo de andorinha que sempre pousavam nas flores, cientificamente chamadas de Zínias. Mas as grandes estrelas do jardim eram os beija-flores. Ruth aprendeu a tratá-los com água açucarada em pequenas garrafinhas de vidro penduradas na varanda e nas plantas e árvores que cercavam a casa. Muitas vezes apareciam mais de trinta beija-flores. Adoravam estar, principalmente, entre as sálvias azuis, porque são flores que se adaptam mais facilmente aos seus bicos finos e compridos. Também visitavam com freqüência o jardim sabiás, bem-te-vis, anus pretos, curruíras e rolinhas que, por serem menos ariscas, morriam devoradas pelo Puck. Impressionada com o talento que Ruth tinha para a jardinagem, Lola pediu para que ela também fizesse o jardim do Sítio Israel. Com muito prazer, respondeu a amiga. O jardim do Sítio Israel há de ser tão belo quanto o da Fazenda Torah.

Conceição, a empregada brasileira dos Allmann, era uma jovem cabocla analfabeta que foi apresentada pela primeira vez a um livro pelas mãos de Ruth. Na casa dos patrões ela também conheceu um gramofone que tocava quase o dia inteiro músicas dos compositores clássicos alemães e canções hebraicas que os Allmann gostavam de ouvir quando paravam para rezar. Nicole contou a Lola que quando Conceição viu a quantidade de bens na mudança dos tios, todos os discos, livros, louças e talheres, perguntou quando eles iam abrir a loja para vender tudo aquilo. Ruth entrou no meio da conversa e explicou que, pela origem humilde, Conceição não conseguia imaginar que alguém pudesse ter tanta coisa para consumo próprio. Na casa onde ela morava com os pais, comentou a patroa, ela tem no máximo um talher e um prato para cada um, coitada. O povo brasileiro é extremamente bondoso e prestativo. Mas vive num outro mundo. Pelo menos essas pessoas que moram perto de nós não têm nem noção do que acontece fora daqui, nem imaginam o que aconteceu conosco.

Isso nem os interessa. Querem apenas ganhar o suficiente para ter comida, um telhado sobre a cabeça, remédio para doenças e só, concluiu a tia de Nicole.

O grande abismo social e cultural que havia entre os imigrantes e os empregados brasileiros, o encontro entre o português deficiente dos patrões e o dialeto caboclo causava situações muito engraçadas e mal-entendidos divertidos. Conceição, por exemplo, demorou para entender as ordens que recebia. Ruth e Rudolf também se confundiam com as palavras. Logo que a moça começou a trabalhar com eles, Ruth lhe disse para limpar os livros, fazendo gestos com a mãos para que tivesse cuidado com as páginas. A empregada, então, entendeu que era para rasgar os livros e jogá-los no lixo. Se Ruth não tivesse voltado na biblioteca logo depois para conferir o trabalho de Conceição, não teria evitado a tragédia de ver o acervo literário em pedacinhos.

Outras vezes também, Ruth encontrou Conceição chorando pelos cantos da casa e não entendia a razão de tanto sofrimento. Quando tentava entender, a moça enxugava as lágrimas, dizia umas palavras no dialeto caboclo e voltava ao serviço. Só mais tarde, quando já conseguia se comunicar com ela em português, descobriu que o que a fazia chorar era o medo que tinha de Rudolf. O marido de Ruth esquecia que a empregada não entendia nenhuma palavra em alemão e dava ordens despejando sobre ela o peso da voz grave e da aspereza das palavras germânicas. Conceição tinha a impressão de que o patrão a xingava porque estava insatisfeito com o serviço.

Os Allmann, os Katz e os Ballack, então, passaram a ter aulas de português com Ester Cremer que, por estar há mais tempo no Brasil, dominava melhor o novo idioma. Alguns jornais brasileiros já eram vendidos na Casa Guilherme e ajudaram muito as famílias alemãs a aprenderem a língua portuguesa. Com o dicionário que compraram em Frankfurt, Ruth e Rudolf traduziam principalmente as notícias da guerra e tudo o que estava acontecendo com os judeus na Alemanha.

17

As tropas alemãs ocuparam Paris, dom Bentus! Venha ouvir, deu agora na BBC, venha, gritou Otto Prustel debruçado na janela que abria para o lado da casa dos filhos onde o padre dava aulas. Dom Bentus morara na capital francesa e sentiu muito quando escutou a notícia da tomada de Paris pelo exército nazista. Ele tinha muitos amigos por lá. Mas, em geral, todos ao redor do rádio, sentiam-se aliviados em poder acompanhar bem de longe a tragédia que castigava a Europa.

Naquele mês de junho de 1940, a família Prustel estava em festa, à espera de mais um herdeiro. Charlotte nem conseguia andar direito por causa do peso e do tamanho da barriga. Já fazia alguns meses que não ia mais às aulas de canto, não andava mais a cavalo, nas carroças. Quase não saía de casa nem para caminhar no jardim de braço dado com o seu amigo e conselheiro espiritual. Dois dias antes de o oitavo filho nascer, Otto pegou seu Ford 29 e foi buscar Adeline Kelling, a parteira mais famosa de Rolândia. Pagou para que ela ficasse hospedada na fazenda até que Charlotte entrasse em trabalho de parto. Era a primeira vez que enfrentariam essa situação no meio do mato, longe de hospitais, médicos e dos recursos que fossem necessários caso o nascimento da criança se complicasse. O fato de Adeline ser muito elogiada pelos vizinhos, também ser alemã e cristã, apesar de luterana, deixou Otto e Charlotte mais tranqüilos. Senhora Kelling aproveitou a temporada na Fazenda Cristo Redentor para ensinar aos Prustel algumas receitas caseiras. Quando pisarem num prego ou num espinho, tratem com argila. Desçam até o ribeirão Bandeirantes e peguem argila de lá. É um santo remédio contra o tétano, orientou a parteira. Para as infecções causadas pelo bicho-de-pé sugeriu que envolvessem os pés com folha de urtiga e sal; já para extrair bernes indicou toucinho de porco com mel. Basta pôr o toucinho doce sobre o local onde o berne se alojou que ele sai rapidinho e entra no pedaço da carne de porco, entenderam? E saibam vocês que o toucinho também pode ser uma excelente lamparina. Basta derretê-lo numa vasilha, colocar um pavio dentro e pronto, ensinou a senhora Kelling.

O parto aconteceu na manhã do dia 24 de junho. Dom Bentus e Otto ficaram no quarto para acompanhar o trabalho de Adeline, sempre muito tranqüila e séria. Mais um pouco de água quente e mais panos limpos, por favor, pedia a parteira a Aparecida, a cozinheira da casa. Força, senhora Prustel! Mais força, falta pouco, muito pouco! Mas o parto não foi fácil. Charlotte gritava de dor e também porque tinha medo de estar ali nas mãos de uma mulher que pouco conhecia. Morda essa toalha, dizia a parteira. Força, vamos! Deixe de ser mole, senhora Prustel. Vamos! Mais um pouco! Pronto, aqui está, disse Adeline com o bebê chorão nas mãos. É uma menina, mais uma menina, senhora Prustel! Vai se chamar Roma, disse Charlotte, quase sem ar. Vai ter o santo nome de Roma. Louvado seja o nosso senhor Jesus Cristo, disse dom Bentus ao fazer o sinal-da-cruz com o dedo sobre a cabeça do bebê. A criança é perfeita e cheia de saúde! Depois de limpa, Roma foi para os braços da mãe para a primeira mamada. E quando adormeceu saciada, estreou o pequeno berço de balanço, todo feito de peroba pelo tio Severin. Ele, dom Bentus e Otto ficaram o tempo todo ao lado de Charlotte até terem certeza de que ela não corria nenhum perigo.

Quase que Roma nasce no dia de São Pedro, disse Adeline. Parabéns, senhor e senhora Prustel, Roma é cheia de graça! Veio para abençoar essa fazenda que já é tão fiel às palavras de Cristo. Obrigado por tudo, senhora Kelling, muito obrigado!, agradeceu Otto. A senhora permite que os irmãos e irmãs de Roma entrem para conhecê-la?, perguntou o pai emocionado. Claro, senhor Prustel. Mas peça a eles que só olhem e não toquem na criança porque ela dorme e ainda está muito indefesa. Agora responda-me uma pergunta, por favor. Por que o senhor quer ter tantos filhos? Já não bastavam os sete que nasceram na Europa?, quis saber a parteira. Otto sorriu e respondeu baixinho. Tenho de ter essa filharada para manter minha mulher ocupada. Sempre viajei muito, a senhora sabe não é... Grávida fica mais difícil bater pernas! Senhora Kelling riu da resposta de Otto e pediu para as crianças entrarem. Uma por uma, elas foram até o berço onde Roma dormia. Também olharam para a mãe adormecida sobre a cama e saíram sem dizer uma palavra. A fama da parteira tinha chegado até os herdeiros dos Prustel pela boca de dom Bentus, minutos antes de visitarem a nova integrante da família. Senhora Kelling é muito brava, não se atrevam a lhe dirigir a palavra, nem falar alto, nem tocar em Roma, entrem e saiam em mais absoluto silêncio, determinou o sacerdote. Os gêmeos, Adam e Lucas, até então os caçulas da casa, ficaram tão assustados quando viram a parteira sentada ao lado do berço que quase não conseguiram andar se não fosse as mãos de Otto tê-los conduzidos até o leito da irmã.

No mesmo dia, padre Herions e dona Josefa vieram visitar Charlotte e conhecer Roma. Que belo nome, disse o vizinho religioso, temos uma Roma agora em plena selva brasileira! Padre Herions tinha saído da prisão há quase seis meses e voltado a viver no Sítio São José com a irmã e o empregado Thomas. Ainda bem que o cônsul Walter Zimmermann reconheceu a própria culpa e convenceu a polícia a libertar o Zischler e eu, dizia o padre aos amigos. Aproveitando a presença da parteira que era luterana, o vigário disse-lhe que apesar das diferenças que existiam entre as religiões, ele ficou o tempo todo ao lado do pastor durante o período que estiveram presos. O bispo de Curitiba, várias vezes, tentou me tirar da cadeia, mas eu me recusei a sair se o Zischler não saísse junto, comentou. Nessas horas temos de esquecer as divergências e lembrar dos mandamentos de Deus. Por mais que seja contra as opiniões nazistas de um irmão de igreja da senhora, tenho de agradecê-lo muito, pelo resto dos meus dias, disse o padre. Se não fosse Oswald Nixdorf ter ido pessoalmente pedir ao governador do Paraná pela nossa liberdade, estaríamos até hoje apodrecendo naquela prisão.

Padre Herions também disse que, apesar de o pesadelo já ter terminado, não sossegaria enquanto não descobrisse quem tinha sido o judeu que o delatara à polícia. Foi uma covardia, um ato traiçoeiro, digno de Judas, de Judas!, dizia em voz alta, a senhora não acha, senhora Kelling? Pastor Zischler também está muito chateado com nossos vizinhos judeus, muito chateado. Antes de o padre e a irmã voltarem para o

Sítio São José, dom Bentus quis falar com ele em particular. Quem garante ao senhor que foi um judeu que o delatou? Poderia ser muito bem qualquer um de nós aqui presente ou outro cristão que freqüentava a sua capela, disse dom Bentus. O senhor não pode ir condenando as pessoas assim, sem provas. Não se deixe contaminar pelo anti-semitismo hitlerista, padre Herions. Não se esqueça de que também tem sangue judeu correndo nas veias, como o senhor mesmo me confidenciou poucos dias antes de ser preso. As palavras de dom Bentus fizeram padre Herions refletir e desinflamar o coração infectado de ódio contra os vizinhos judeus.

A convite de Thomas e Frida Schneider, Oscar e Astrid Dahl foram passar o fim de semana na Fazenda do Faraó. Judeus e advogados, Thomas e Oscar tinham muitas afinidades, além da religião e da profissão. A atração por Astrid era uma delas. E foi pensando em ficar mais perto da mulher do amigo, que doutor Schneider convenceu a esposa a convidar o casal Dahl para serem hóspedes deles. Outros vizinhos também compareceram, mas só no domingo, para participar da caça ao coelho, que o anfitrião já tinha prometido organizar, há mais de um ano, numa das colinas mais belas da região, que ficava na parte sul das terras que ele tinha comprado no Brasil. Todos os vizinhos judeus foram prestigiar o evento. Mas poucos participaram. O dono da Fazenda do Faraó explicou aos convidados que a caçada seria uma versão pobre da caça à raposa, realizada pelos monarcas ingleses. Vocês hão de concordar comigo que a dinastia da rainha Vitória produziu talentosos caçadores de sangue azul, não é mesmo? Que mal há em querermos imitá-los. O nosso saudoso imperador Guilherme II que me perdoe, mas quando o assunto é astúcia e resistência, entre ele e a rainha, eu fico com a rainha. *God Save the Queen*, gritou doutor Schneider minutos antes de a caçada começar. Não se esqueça que há dois dias o exército alemão realizou vários ataques aéreos contra a Inglaterra, meu amor, comentou Frida, não subestime a força do povo alemão. Ora, Frida, esfrie esse seu sangue ariano, que em Rolândia somos todos despatriados, respondeu o marido. E lembrem-se de que há mais judeus aqui hoje do que alemães arianos, e se a senhora continuar do lado de lá, pode virar a caça e ser obrigada a trocar de lugar com os coelhos, minha querida. Os convidados riram da piada e principalmente de Frida que, como sempre, tinha exagerado no figurino ao tentar copiar os modelos que as damas inglesas usavam quando participavam das caçadas.

Thomas Schneider explicou como seria a caça ao coelho. Eu e meus empregados passamos meses treinando a nossa matilha de 15 vira-latas. Esses pulguentos ficaram bem espertos e podem sentir cheiro da presa há quilômetros. Não vamos usar qualquer tipo de arma de fogo, mesmo porque esse tipo de caça não permite. Quem for participar vai escolher um dos cães e torcer para que ele consiga pegar um orelhudo. Essa planície está repleta de coelhos selvagens, podem ficar tranqüilos, que caça não há de faltar. Nós caçadores e caçadoras, a cavalo, vamos tentar acompanhar a matilha e instigar os cachorros a encontrar e perseguir os bichos até o encovamento e apreensão. É uma prova na qual vencem o melhor olfato, a melhor resistência e a melhor velocidade. Preparados? Pois montem nos seus cavalos, tomem os seus lugares, que a matilha já vai ser solta, disse o organizador. Nessa primeira caça ao coelho da Fazenda do Faraó não haverá prêmios nem vencedores. Desta vez será apenas uma experiência para testar os cães. Obrigado amigos, e vamos à caça!

Oito vira-latas conseguiram voltar com coelho entre os dentes. O que foi considerado um resultado positivo, já que representavam mais da metade da matilha. Dois deles tinham estado o tempo todo sob os gritos e comandos de Bernardo List Obermann que, depois de ver o desempenho dos outros, se proclamou o melhor caçador presente. Olívia estava grávida e, junto com Caroline e Elwin, Bettina e Amos Ballack, Edgard e Hidda Brink, fez companhia às mulheres que não quiseram participar. Os cães escolhidos por Ludwig e Golda Luft Hagen, Alexander Cremer, Isadora Volk, dom Bentus, Severin, Andree e Romeo também conseguiram capturar a caça. Os coelhos mortos foram levados direto para a cozinha para serem preparados e servidos no jantar que o casal Schneider ofereceu aos convidados. Enquanto a comida não ficava pronta, reuniram-se na sala e na varanda para ouvir música e conversar. Thomas Schneider não perdeu a chance de demonstrar aos amigos todo conhecimento e admiração que tinha pela obra de Thomas Mann. E não é só por termos o mesmo nome não, garantiu o anfitrião.

Dom Bentus, Andree e Severin vieram representar a família Prustel. Charlotte e Otto acharam melhor não sair de casa para poupar a pequena Roma que ainda estava com menos de dois meses de vida. Conhecer melhor os integrantes da comunidade de refugiados judeus era um desejo antigo de dom Bentus, que ainda não tinha conseguido pôr a missão que ele mesmo lhe tinha atribuído nas trilhas daquela floresta tropical. Foi muito bem recebido e tratado por todos, mas passou mais tempo conversando com Nora Naumann, que já o conhecia de nome das histórias que Charlotte lhe contara. A soprano fez o padre contar toda a sua história, como foi a decisão de se converter ao cristianismo e também de se refugiar no Brasil. Um moço tão jovem e bonito, como o senhor, deveria ter se casado e formado uma linda família, comentou. Eu tentei casar com ele, Nora. Mas dom Bentus preferiu ir para o altar de outro jeito, casado com Jesus, disse Astrid que estava por perto, ouvindo a conversa dos dois. Você já bebeu demais Astrid, disse dom Bentus, envergonhado com as palavras da irmã de Charlotte. Pergunte a Frida se eu exagerei, disse Astrid ao mostrar a taça cheia de vinho tinto. Pergunte, Nora, pergunte a Frida. Dom Bentus sempre achou que eu me excedo na bebida desde o tempo em que foi meu namorado em Berlim. Tantos anos se passaram e ele ainda não perdeu essa mania, veja você. Alguns convidados ouviram o discurso de Astrid e não entenderam o que estava acontecendo. Para salvar dom Bentus da constrangedora situação, Oscar se aproximou da esposa e pediu para que fosse com ele até o quarto onde estavam hospedados. Nora e dom Bentus continuaram a conversa e combinaram de um dia reunir as crianças e adolescentes das fazendas para montar um espetáculo teatral inspirado em passagens do Velho e do Novo Testamento.

Depois que o jantar foi servido, Frida procurou Astrid para se informar melhor sobre o romance que ela tivera com dom Bentus em Berlim. Como você deixou esse homem lindo escapar e virar padre, minha querida?, perguntou a anfitriã. Dom Bentus é um galã de cinema, eu não o teria deixado escapar das minhas garras nunca. Seja sincera e admita para sua amiga aqui. Você ainda o ama, não ama? Eu tenho é ódio dele, isso sim, ódio!, respondeu Astrid. Ele me iludiu, me enganou, brincou com meus sentimentos. Terminou o nosso namoro como se tudo não tivesse passado de uma brincadeira de adolescentes, de uma besteira sem sentido. Na época eu sofri muito, me acabei de tanto chorar. E sabe de quem foi a culpa da nossa separação? Da minha querida irmã Charlotte. Foi Charlotte quem encheu a cabeça de dom Bentus e o fez me trocar pela igreja. E por que Charlotte faria isso, meu bem?, pergunto Frida. Você nem imagina, Frida? Pensa um pouco, debochou Astrid. Não me diga que... Você está querendo dizer... Não! Charlotte também se apaixonou por dom Bentus? Astrid riu e pediu para a amiga falar mais baixo. Depois confidenciou baixinho no ouvido de Frida: Charlotte é louca por dom Bentus, louca por ele, louca, louca!

Astrid deixou a amiga e foi até a cozinha pegar um pouco de água para beber. Ludwig estava lá e aproveitou para roubar-lhe um beijo. Você está bêbado, alguém pode entrar, disse Astrid. Eu sei que você tem um caso com doutor Schneider, só o tonto do seu marido ainda não percebeu isso, disse Ludwig. Fale baixo!, pediu Astrid. Tudo bem, eu vou me comportar, mas fique sabendo que você é mais minha do que do dono dessa casa. Quero te ver na próxima quarta-feira, no mesmo horário e no mesmo lugar de sempre, afirmou o outro amante de Astrid. Ela saiu rapidamente da cozinha e foi se juntar às outras mulheres. Como sempre acontecia nas festas da comunidade, o anel de opala rosa, usado por Olívia List Obermann, foi muito elogiado. Desta vez foi Ester Cremer quem não resistiu ao encanto da jóia. Não me canso de dizer que não há anel mais bonito em toda Rolândia, comentou. Obrigada, Ester. Esse anel é um talismã para mim e minha família, respondeu Olívia. É a pedra da sorte, disse Ruth Allmann. A pedra das bruxas, a senhora quis dizer?, perguntou Olívia. Sim, querida, a opala é a pedra das bruxas, claro. E você se sente uma delas, não é mesmo?, perguntou Ruth. Sabe que muitas vezes me sinto, sim, como uma bruxa, uma descendente de Morgana, disse Olívia. Pois não duvide do poder da opala, qualquer dia ela a arrasta pelo céu com vassoura e tudo, disse Ester. Antes de encerrarem a conversa, Ruth brincou um pouco mais com Olívia. Disse que o marido dela tinha tido mais sorte na caçada porque contou com a proteção do anel de opala rosa. Seja sincera, você pediu para o anel ajudá-lo, não pediu? Bernardo sempre está nas minhas orações, Ruth, respondeu a senhora List Obermann ao tirar a jóia do dedo e apertá-la entre as mãos.

18

O nascimento de Sarah, filha de Olívia e Bernardo List Obermann, aconteceu em cima da mesa da cozinha. Abençoada peroba-rosa!, disse o pai. Além de nos abrigar nos dando teto e um lar aconchegante, agora vai amparar o meu pequenino e indefeso filho que chega ao mundo. A gestação tinha completado os nove meses e o parto se deu tranqüilamente pelas mãos de Adeline Kelling. doutor Volk foi buscá-la com seu automóvel, cumprindo a promessa que tinha feito aos vizinhos logo que soube da gravidez de Olívia. A parteira chegou a tempo e preferiu realizar o trabalho sobre a mesa porque a cama tinha um colchão muito mole e havia pouca luz no quarto. Aqui me parece mais iluminado, limpo e a água quente chega mais rápido para a limpeza do sangue que Olívia está perdendo, disse a Bernardo. E logo pediu para tirar o anel de opala do dedo de Olívia. Você precisa estar sem qualquer objeto no corpo para não contaminar o bebê, vamos deixe-me tirar o anel. Por favor, senhora Kelling, por favor!, pediu Olívia. Deixe esse anel comigo. Não posso ficar sem ele nunca, por favor, senhora Kelling! Mesmo contrariada, a parteira atendeu ao pedido da paciente e trouxe Sarah ao mundo. É a segunda mulher que nasce esse ano nessas fazendas, disse Adeline. Os Prustel também ganharam uma linda menina chamada Roma. Parabéns, senhor List Obermann, a sua filha é cheia de saúde e linda como a mãe! *Mazal Tov*, *Mazal Tov!*, disse Bernardo com o bebê nos braços. O que o senhor disse?, quis saber a parteira. Boa Sorte, senhora Kelling, desejei boa sorte na língua hebraica a essa linda e pequenina judia que acaba de chegar para alegrar a minha família!

Nos primeiros dias que sucederam ao nascimento de Sarah, Olívia sentiu dificuldades para andar mas achou que era normal, conseqüência do parto improvisado sobre uma mesa rústica, e não se preocupou tanto, certa de que logo ficaria boa. Mas a saúde não melhorou. doutor Volk levou o casal de vizinhos até doutor Weber, o médico de Rolândia, que também era um dos donos da Casa Guilherme. Mesmo proibido de exercer a medicina no Brasil, ele driblava as leis brasileiras para ajudar os amigos. Doutor Weber constatou que Olívia tinha traumatizado o nervo ciático e que precisava se tratar numa cidade grande. Bernardo pagou a consulta com um dos quadros a óleo que ganhou do pai para usar exatamente em emergências como essa. Pode acreditar, doutor Weber, é uma obra de arte de muito valor, disse o engenheiro agrônomo. Mas isso vale muito mais do que a minha consulta, Bernardo, muito mais, exclamou o médico ao conferir a assinatura do pintor. É um quadro valiosíssimo. Só aceito o pagamento se você permitir que eu pague a viagem e a hospedagem de Olívia em São Paulo. É para lá que sua mulher precisa ir, meu amigo. Naqueles dias, doutor Weber tinha acabado de vender parte do armazém para um novo sócio, o judeu alemão Joachim Fromm, ex-banqueiro berlinense que vivia com a esposa Traud há quase um ano no Rio de Janeiro. O casal já morava em Rolândia e trabalhava na Casa Guilherme quando Bernardo foi pedir socorro. Nós também vamos ajudá-lo, disse Joachim. Eu divido as despesas com o meu sócio. Na mesma semana, então, Bernardo levou Olívia e a pequena Sarah para a capital paulista. Os vizinhos mais próximos, como os Volk, os Kroch, os Allmann e os Cremer se ofereceram para ficar com Bárbara enquanto Olívia estivesse em tratamento.

A menina preferiu ficar hospedada na fazenda dos Kroch porque tinha mais amizade com os filhos do casal, Raíssa, Boris e Iuri. Ela também gostava muito de andar no lombo de João, o pônei que levava Iuri e Boris à escola da Fazenda Torah. Nessa época os dois irmãos tinham respectivamente 9 e 7 anos de idade e iam os dois juntos de uma única vez sobre o pequeno cavalo. Mas João mostrava-se resistente e até chegava a galopar com a dupla de tripulantes pela trilha que dava acesso à fazenda dos Cremer. Difícil era pegar João durante as manhãs para que pudesse cumprir a sua tarefa diária. Ele corria muito dos meninos. Algumas vezes, quando se sentia cansado de carregá-los, era salvo pelas bananeiras. O cavalinho entrava rapidamente embaixo delas para que os cachos de bananas derrubassem Iuri e Boris de cima dele. O que sempre acontecia. A menina Bárbara List Obermann também se divertiu muito com João durante o tempo que ficou hospedada na casa dos Kroch. E pouca falta sentiu da mãe que estava internada em São Paulo. Venha aprender um pouco de música com a tia, meu bem, venha, tem um doce de goiaba bem gostoso aqui sobre o piano, venha ver, dizia Elisabeth preocupada em retirar a filha dos vizinhos de cima do pônei com receio de que ela caísse e se machucasse.

Naquele ano de 1940, os Cremer, os Allmann, os Ballack e os Katz fizeram questão de organizar as comemorações da entrada do ano judaico, que ocorreu no dia 3 de outubro. Prepararam tudo e convidaram os amigos mais chegados para a festa, que ocorreu na véspera do primeiro dia do novo ano, como manda a tradição. Um novo vizinho, também de origem semita, se juntou ao grupo naquela época. Era Herman Baar, administrador da Fazenda Eva, que pertencia a um rico empresário alemão que morava em São Paulo. Herman e a esposa Louise não tinham filhos quando chegaram. Antes de se mudar para Rolândia, tinham passado uma longa temporada na capital paulista. A cultura que demonstrou ter logo que participou do primeiro encontro com os vizinhos judeus fez Herman ser imediatamente aceito entre eles. Principalmente entre os mais estudados, como Thomas Schneider, Elisabeth Kroch, Agathe Flemig, Wagner Volk, Samuel Naumann e Ruth e Rudolf Allmann. A mãe de Herman era irmã da esposa de Albert Schweitzer, teólogo, músico, médico e filósofo alemão que ficou famoso em todo o mundo por ter se aventurado no Gabão, país do norte da África, com a missão solidária de cuidar dos pobres. Albert Schweitzer fez muitos concertos musicais, tocando órgão, para arrecadar fundos e conseguir construir um hospital para doenças tropicais e uma clínica para leprosos na cidade africana de Lambarene. Apesar de ser pastor protestante, era muito admirado pela comunidade judia de Rolândia. E sempre era tema nas conversas quando Herman estava presente. Todos tinham muito orgulho de ter um sobrinho de Albert Schweitzer como vizinho e Herman matava a curiosidade dos amigos contando sobre a pouca convivência que tivera com o tio famoso e sobre o conteúdo das cartas que trocava com ele.

Nossa comunidade fica cada dia mais importante, disse Ester. O senhor Baar se corresponde com Albert Schweitzer, o Oscar e a Astrid Dahl são amigos de Cristel

Hegel, viúva de um parente, de um neto, se não me engano, do filósofo Hegel; a Agathe Flemig troca cartas com Rudolf Ladenburg e com outros físicos da equipe de Albert Einsten. Não só se corresponde, respondeu Elisabeth Kroch, mas se quisesse também poderia trabalhar com eles. Antes de decidir ficar em Rolândia, Agathe tinha visto para ir trabalhar nos Estados Unidos. Agathe é uma cientista talentosa, não é, minha irmã? Agathe agradeceu as palavras de Elisabeth e disse que o convite que recebeu do primo cientista que trabalhava com Einstein era resultado da paixão que sentia pela Física. Paixão que hoje Agathe canalizou para mim, não é, meu amor?, disse Frank Flemig. Mas não pensem os senhores e as senhoras que Agathe me é fiel, brincou Frank. Sempre me trai com a ciência mesmo longe dos laboratórios das Academias. Agora cismou de ensinar conceitos básicos de Física para os filhos da caboclada. Transformou o nosso quintal numa sala de aula a céu aberto e faz ali as mais variadas experiências. Um dia desses, deu uma aula embaixo de chuva para explicar como se formam os relâmpagos e os raios. Eu fiquei só de longe vendo aquela loucura. Já imaginaram se um raio cai na cabeça de um caboclinho. Os pais matam a gente na hora, disse o marido da cientista. Ora, Frank, não seja exagerado!, disse Agathe. Não era um temporal tão perigoso assim e você também sabe que eu me sinto muito feliz em colaborar com a educação daquelas crianças. Elas ficam tão alegres quando recebem um pouco de atenção. Sem falar que eu também aprendo muito com elas. O meu português, por exemplo, melhorou muito depois que comecei a conviver mais com os caboclos. Ruth Allmann adorou a idéia de Agathe e pediu para que ela também viesse à Fazenda Torah ensinar os conceitos básicos de física não só aos filhos dos caboclos, mas também aos filhos dos imigrantes.

Elisabeth Kroch também quis colaborar. Minha biblioteca está à disposição de vocês, afirmou. Além dos livros que trouxemos da Europa, temos muitos outros maravilhosos que compramos nas últimas viagens que fizemos a São Paulo. Descobrimos uma família de livreiros muito especial. São donos da livraria Transatlântica, no Largo do Paiçandu. Os donos, muito simpáticos, também são de origem alemã, Senhor Ernst e dona Irmgard Viebig. Eles nos atenderam com tamanha atenção que foi impossível comprar um livro só, disse Elisabeth. Por isso trouxemos uns dez mais ou menos. São edições em francês, alemão e em português também, claro, para disfarçar. Escondemos os escritos em alemão bem no fundo da mala para evitar qualquer confusão com a polícia. Mas, graças a Deus, nenhum policial ousou mexer na nossa bagagem! Alguns são livros didáticos de ciência e matemática. Se quiserem usar, podem passar lá em casa e pegar!

Justin Kroch completou o discurso da esposa. A livraria Transatlântica fica, exatamente, na esquina da rua Capitão Salomão, ao lado da avenida São João. Em duas visitas que fizemos já criamos laços de uma bela amizade. Se não insistíssemos, o senhor e a senhora Viebig não nos deixavam vir embora. Gostaram muito de nós. E nós também, claro, gostamos muito deles. O senhor Ernst é um leitor voraz. Sabe indicar os melhores romances, os melhores autores do momento. Quando forem a São Paulo, não deixem de conhecer a livraria dos Viebig, recomendou Justin. Lá também muitos refugiados alemães se reúnem para trocar informações, ajudar a encontrar trabalho, moradia, falar da guerra e dos parentes e amigos que ainda não conseguiram imigrar. O casal tem dois filhos, Susanne e Reinhard. Já convidamos a família toda para passar uma temporada conosco aqui na fazenda. Mas os Viebig decidiram mandar, por enquanto, só a filha Susanne para passar uma temporada conosco. Senhora Viebig quer que eu lhe ensine trabalhos domésticos. A moça deve chegar por esses dias, concluiu Elisabeth.

Dez dias depois da comemoração da entrada do ano judaico, no dia 13, as famílias mais religiosas jejuaram durante 26 horas para celebrar o *Yom Kippur*, o dia do perdão. Na fazenda Torah, houve até a realização do *Caparot*, costume judeu em que as mulheres pegam uma galinha e os homens um galo nas mãos e giram as aves nove vezes sobre as próprias cabeças rezando a prece *Benê Adam*, pedindo perdão e demonstrando o máximo de arrependimento possível pelos pecados cometidos. Na escola, Ruth Allmann trabalhou bastante o significado do *Yom Kippur* com as crianças e adolescentes. Quando os judeus saíram do Egito, eles cometeram um crime terrível no deserto: construíram um bezerro de ouro e o idolatraram. Moisés teve de interceder junto a Deus por quarenta dias e quarenta noites, até conseguir o perdão para eles, explicou a professora. Moisés começou a rezar no primeiro dia de *Elul*, o mês anterior a *Rosh Hashaná*. Quarenta dias depois era o dia 10 do *Tishrê*. Nesse dia, Deus foi generoso e declarou que os judeus estavam perdoados. Portanto, disse Ruth, o dia do perdão é considerado por nós o mais sagrado do ano. Dia em que devemos avaliar a nossa vida, os nossos atos para nos tornarmos seres humanos cada vez melhores e dignos da misericórdia divina.

A professora também falou sobre a importância do *Bar Mitzvah* para os meninos judeus. Comentou que o casal Cremer gostaria de celebrar o ritual para comemorar a passagem de Artur para a vida adulta, e que se isso de fato ocorresse seria muito bom. Artur completaria 14 anos em dezembro. Mas, entristecidos pelas notícias que chegavam da guerra e pelo caminho que o conflito tomava, Alexander e Ester preferiram não realizar o *Bar Mitzvah* do filho. A cerimônia só aconteceu mesmo num sonho da mãe judia: A organização da festa mobilizou toda a família e os amigos mais chegados como o casal Allmann, os Ballack e os Katz, que não tinham filhos e estavam bastante empolgados e preocupados para que tudo saísse perfeito, já que não teriam nenhuma sinagoga nem um rabino para celebrar. A pequena comunidade de refugiados judeus de Rolândia já conhecia o talento e o capricho das amigas Ruth, Bettina e Ester quando improvisavam para comemorar algumas das festas mais tradicionais do povo judeu. E para não contrariar essa fama, as três se empenharam o quanto puderam. Rudolf comandou o ritual. Fez questão de dizer que se sentia muito honrado por estar ali, e emocionado também. Impossível não lembrar do meu próprio *Bar Mitzvah*, celebrado pelo meu avô, que foi rabino em Frankfurt, comentou. Logo depois pediu um minuto de silêncio em memória do saudoso parente.

Depois de vestir o *Talit*, Artur teve dois *tefilins* amarrados ao corpo. Eram os mesmos usados no *Bar Mitzvah* de Rudolf Allmann e que foram trazidos por ele escondidos. *Tefilins* são essas caixinhas de couro que contêm quatro passagens bíblicas escritas em pergaminhos, explicou Rudolf Allmann aos vizinhos cristãos que estavam presentes. Um *tefilin* foi amarrado com tiras de couro na testa, entre os olhos, e o outro no braço esquerdo bem próximo ao coração. Quando estava devidamente trajado, o filho de Ester e Alexander pôde ler trechos da Torá interpretados no Talmud, recitar bênçãos em hebraico e também dirigir os convidados durante uma das rezas. Agora você é um homem, disse Rudolf ao discípulo. Vamos, Artur, repita Hoje eu sou um homem! Todos aplaudiram e Ester acordou no exato instante em que abraçava e dava os parabéns ao filho.

Naquele dia Fritz Katz teve outra crise. Corram! A Gestapo está aqui! Escondam-se todos, vamos! Os soldados de Hitler vão nos pegar, há espiões nazistas escondidos nessa mata, gritou o marido de Lola logo depois do almoço. Não há risco nenhum de nos tornarmos prisioneiros de Hitler aqui no meio dessa floresta tropical, disse Alexander Cremer. Acalme-se, meu bem, pediu Lola, ao envolver Fritz num caloroso abraço. Eu sei que eles vão nos pegar, eu sei. Eles estão por toda parte. Vão nos levar de volta para aquele infernal campo de concentração, vamos ser todos exterminados!, gritou o jurista. Você está tendo mais uma daquelas alucinações, Fritz. Não há nazista nenhum aqui na fazenda. Acalme-se, meu bem!, insistiu Lola. Leve-o para o quarto, disse Ester. Vou preparar um chá de capim cidreira para acalmá-lo. Depois que Lola retirou o marido da sala, os amigos lamentaram o acontecido. Viram o que aquele diabólico do Hitler é capaz de fazer com um jurista renomado como Fritz?, comentou Ruth. Só o Deus de Abraão sabe o que ele passou no campo de concentração. Escapou da morte por milagre. As crises se repetem a cada dia com mais freqüência, disse Rudolf. Na semana passada estávamos num passeio a cavalo pela floresta, eu, Fritz e Samuel Naumann. Quando nos aproximávamos do ribeirão Bandeirantes, Fritz começou a dizer que o exército nazista estava do outro lado da margem. Que seríamos presos e mortos. Rapidamente fez o animal mudar de direção e fugiu sem nos esperar. Realmente ele precisa de um tratamento psiquiátrico, disse Alexander Cremer. Psiquiatras aqui?, comentou Amos. Não há a menor chance. Nós é que temos de tentar ajudá-lo e pedir a Deus que o proteja e o salve desse mal.

Ainda naquela noite, Ruth surpreendeu Nicole chorando sozinha, sentada num banco no canto da varanda. Mesmo com toda essa escuridão, posso ver suas lágrimas escorrendo nessa pele de porcelana que você tem, disse a tia à sobrinha. O que aconteceu? Alguém lhe fez algum mal? Não foi nada, tia. Não se preocupe comigo, respondeu Nicole. Ruth sentou-se ao lado, olhou bem para aqueles olhos derretidos e pediu sinceridade. Eu preciso saber tudo o que acontece com você aqui, meu bem. Eu e seu tio somos os responsáveis por você nessa terra. Abra seu coração e confie na sua tia, confie. Prometo guardar segredo até para o Puck, que você bem sabe é o meu maior e mais fiel confidente. Nicole correspondeu ao abraço e revelou o segredo que até então guardava só com ela. Disse a Ruth que estava apaixonada por Romeo e que sofria muito quando o via de mãos dadas com Sophia. Que era infeliz por amar e não ser correspondida e também por amar o namorado de uma amiga. Não sei como me deixei envolver, tia. Romeo sempre foi muito gentil e atencioso comigo. Gostei de conversar com ele, de ouvi-lo falar, da cultura que ele tem. Ruth respirou fundo, ficou alguns segundos em silêncio, pensou e depois pediu à sobrinha para não comentar sobre o que sentia por Romeo com mais ninguém. Prometeu ajudá-la. Não deixe que Sophia perceba, meu bem. Não podemos ofendê-la, nem aos pais dela, que tanto nos ajudaram e ainda nos ajudam. Vou apresentá-la a um príncipe tão belo e inteligente como Romeo. Confie na sua tia. Agora enxugue essas lágrimas antes que alguém a veja assim. Mas as palavras de Ruth não conseguiram amenizar a dor de Nicole. Se não bastasse o ciúme que sentia de Romeo, foi subitamente tomada pelo complexo de inferioridade que também lhe afligia por ser considerada por todos uma das moças de menor estatura de Rolândia.

19

Já sou praticamente uma amazona, Apolo! Vamos, corra! Mais rápido, vamos! Corra que vem tempestade por aí! Não vê o rodamoinho gigante que leva a terra vermelha até o céu, garanhão! Se não correr, vamos ser arrastados por ele! Vamos! Mais rápido, mais rápido, gritava Astrid Dahl para o olímpico cavalo, ao cavalgar velozmente em direção ao Sítio da Cobra, propriedade do alemão Berthold Horn, um antigo namorado dela. Berthold trabalhara com Otto Prustel em Berlim, antes de se mudar para o Brasil. Chegou a Rolândia em 1933 com 17 anos. Filho do primeiro embaixador alemão em Londres, dono de uma fazenda na Pomerânia, voltou várias vezes para a Alemanha antes do início da guerra. Numa das vezes, casou-se por lá. Agora voltava para o Brasil depois de uma longa temporada na Europa. Deixou a única filha e a mulher na Alemanha, porque o casamento tinha chegado ao fim. Como já havia namorado Astrid nos velhos tempos, adorou revê-la, especialmente porque estava solteiro. Essa casa está uma bagunça!, disse a irmã de Charlotte. O que a sua empregada faz que não limpa, não organiza? Vou passar uma semana aqui com você para deixar essa casa digna de um filho de embaixador! Falo sério!, afirmou Astrid. Volto hoje para casa, aviso Oscar e retorno amanhã cedo. Ele gosta muito de você e vai entender perfeitamente. Tenho uma empregada muito boa que cuida das crianças para mim. O que você acha? Berthold aceitou a proposta e agradeceu com um longo e faminto beijo.

Os dois namoraram o dia todo dentro e fora de casa. Como fazia uma tarde ensolarada, Astrid sugeriu a Berthold que fossem tomar banho no ribeirão vermelho, que passava dentro da fazenda de Ludwig Luft Hagen. O sítio de Berthold era vizinho da fazenda de Ludwig. Você ainda namora com ele?, perguntou Berthold. Astrid disse que sim e que adoraria que Ludwig passasse por ali naquele exato momento e os flagrasse nus no ribeirão. Disse que aquela prainha onde estavam era onde ela e Ludwig costumavam se encontrar escondidos, quando não queriam ir ao hotel Rolândia. Se essas pedras falassem... Você não imagina o que elas já viram, disse Astrid. Pois então mostre para mim o que esse ribeirão já viu, mostre, pediu Berthold ao se jogar nu sobre Astrid dentro da água.

Depois de assistir ao espetáculo do crepúsculo decidiram retornar ao Sítio da Cobra. Ainda tenho de ir para casa, lembrou Astrid. Amanhã volto e passo uma semana toda com você. Berthold comentou que eles tinham corrido muito risco ao ficar ali, pelados, num ambiente onde qualquer pessoa poderia chegar de repente. Todos estão preocupados em cuidar do cafezal, não têm tempo para passear e tomar banho no ribeirão, disse Astrid. Fique tranqüilo. Só teríamos de tomar cuidado com Agathe e Frank Flemmig, que moram bem próximos daqui, alertou a amante.

Astrid também contou a Berthold que as pessoas na colônia desconfiavam e comentavam muito sobre a possibilidade de Agathe e de Frank serem diferentes dos casais normais. Dizem que foi um casamento arranjado, comentou Astrid. Que eles se amam e se gostam, disso ninguém duvida. Mas que parece ter sido um casamento de conveniência, parece. Ela tem todo um jeito de homem, você nunca reparou? Uma voz grossa, parece um tenor; estudou física, profissão masculina, vive consertando o rádio e os objetos da casa dela... Ele é todo sensível, calado... Não tiveram filhos... Ah, ele adora cortar os cabelos da esposa. Agathe gosta de cortes bem curtos, masculinos mesmo. E também raramente usa vestidos. Só roupas largas, nada femininas. Eu só falo o que escuto na colônia... O povo acha os dois muito estranhos; chamam-nos de tio Agathe e tia Frank. Mas eles são uns amores, concluiu. Todos gostam muito dos dois aqui em Rolândia. Berthold e Astrid voltaram para casa rindo muito com as fofocas sobre o casal Flemig.

No dia seguinte, Berthold foi até a Granja de Oswald Nixdorf pedir apoio para investir na produção de café. O visitante foi muito bem recebido pelo homem que se portava como o líder político da colônia. Entre os alemães não judeus, quase todos apoiavam Oswald. Mas para a comunidade formada pelos refugiados semitas, ele não merecia confiança porque tinha fama de ser um homem do Terceiro Reich, um espião de Hitler no Brasil. A família Luft Hagen, que junto com ele fundou Rolândia, o tratava com respeito, mas por também ter sangue judeu e pelas afinidades culturais, logo demonstrou mais amizade e apego ao grupo israelita. O velho democrata Edward Luft Hagen, ex-ministro da República de Weimar, se mudou definitivamente para Rolândia com 60 anos de idade. Costumava dizer com palavras bem-humoradas que sua mãe era judia, mas era uma boa pessoa.

Foram Edward Luft Hagen e Oswald Nixdorf que escolheram o nome da colônia. No ínicio, era para se chamar Roland, em homenagem ao guerreiro medieval protetor de Bremen, cidade do norte da Alemanha. Para os moradores de Bremen, Roland representa o que não se abala ante as adversidades. Símbolo de liberdade e justiça. Em 1404 construíram no centro de Bremen uma estátua de Roland com mais de dez metros de altura para que todos sempre se lembrassem do herói, que era sobrinho de Carlos Magno, rei do vasto território que na Idade Média compreendia a França e um pedaço da Alemanha. Edward Luft Hagen e Oswald Nixdorf, por coincidência, eram nascidos na região de Bremen. Mas a honraria que os dois gostariam de prestar ao famoso cruzado defensor dos francos não deu muito certo aqui no Brasil. Logo, o nome da colônia teve de ser nacionalizado e a gleba Roland, então, passou a ser chamada de Rolândia.

Em respeito à posição política e social que os Luft Hagen ocuparam na Alemanha, muitos imigrantes e refugiados os consideravam e os reverenciavam como os reis de Rolândia. Petra Luft Hagen, segunda esposa de Edward, trinta anos mais jovem do que ele, tinha sido sua secretária, era filha de um general prussiano e carinhosamente chamada pelas famílias dos colonos de mãe da terra. Com Petra, Edward teve dois filhos, Rolf e Stephan, que chegaram ao Brasil com 8 e 6 anos cada um. Já no primeiro casamento, o ex-ministro teve quatro filhos. Só o mais velho deles, o agrônomo Ludwig, veio para Rolândia, com 29 anos, acompanhado da esposa Golda, que tinha a mesma idade que ele, e da filha Lilith, que chegou recém-nascida. Os Luft Hagen eram donos de duas fazendas que ficavam não mais do que três quilômetros de distância uma da outra. A fazenda Paraíso era administrada por Ludwig, e a Nova Bremen por Edward.

Perdeu-se a conta da quantidade de reuniões culturais que Petra e o velho Edward Luft Hagen promoveram na fazenda para encontrar os amigos judeus e trocar conhecimentos sobre literatura, música, teatro, óperas, artes plásticas, política e, claro, sobre a guerra. Rudolf e Ruth Allmann eram os mais chegados. Muitas vezes pernoitaram na casa dos Luft Hagen. Passavam horas conversando na grande varanda da casa que tinha na sua frente um gramado pontuado por canteiros com exemplares da colorida flora tropical e de árvores, como o jacarandá, que perfumava o ambiente com suas flores de azul delicado. Imagens que ficaram na memória de Ruth ligadas às notícias tristes das vitórias nazistas no início do conflito mundial, como a invasão da Polônia e a tomada de Paris. Até parece nos ser indevido estar rodeado por tanta beleza, comentou Ruth. Como escreveu Brecht: "que tempos são estes em que falar de árvores parece ser crime", disse a indignada hóspede do ex-ministro alemão.

Da Fazenda Torah até a Nova Bremen, os Allmann tinham de viajar pouco mais de 20 quilômetros sentados no acento de uma barulhenta aranha que era puxada por Dourado, o cavalo predileto do casal. Animal que não só levou os donos para divertidos encontros e situações, como também acabou sendo protagonista de uma delas. Foi numa das vezes em que Rudolf e Ruth foram visitar a Fazenda Paraíso para almoçar com Ludwig, Golda e o Conde Gilbert Von Eulenburg, que era estagiário na propriedade dos Luft Hagen. No cardápio, sopa de ervilhas como prato principal e doce de ricota como sobremesa. Assim que terminaram de tomar o café, os Allmann se despediram e foram em direção ao local onde tinham amarrado Dourado. Naquele dia, especialmente, pensavam em voltar logo para casa porque estavam preocupados com Nicole. Só que o cavalo não estava mais lá. Todos começaram a procurar o animal que, agoniado, apontou a cabeça para fora da cova do lixo. Rudolf tinha prendido Dourado bem perto do depósito. Para conseguir pastar por ali, ele teve de ir andando sobre a tampa, que acabou cedendo. Ludwig, o conde Von Eulenburg e Rudolf tiveram de fazer muita força para puxar o cavalo que saiu do meio do lixo coberto por restos do que foi servido no almoço. Dourado sacudiu-se todo para se livrar da lavagem, que espirrou na roupa dos seus salvadores.

No domingo seguinte, Ludwig e Golda receberam novamente os Allmann e mais as famílias Cremer, Ballack, Naumann, Schneider, Flemig, Volk, Kroch,

Katz, Fromm e Prustel para almoçar e passar a tarde na Fazenda Nova Bremen. Bernardo List Obermann, mesmo sem Olívia, compareceu com a filha Bárbara. A refeição foi servida numa grande mesa montada ao lado de um açude que ficava na parte mais baixa do terreno, resultado do represamento do rio Vermelho. Uma idéia que Ludwig teve assim que se mudou para Rolândia. Era natal de 1940. Data cristã, que era comemorada pelos Luft Hagen, apesar de eles terem sangue judeu, segundo as Leis de Nuremberg. Com o forte calor que fazia, as crianças estavam na água, mas com cabaças ocas amarradas nos braços para não se afogarem na represa. Nesse época, Ludwig e Golda só tinham três filhas: Lilith, a mais velha, estava com 6 anos, Hede com 4 e Gonda com 3. Mesmo com a festa sendo na fazenda de Ludwig, Edward e Petra Luft Hagen se portavam como os principais anfitriões, sempre preocupados em ver os amigos bem servidos e satisfeitos. Os dois filhos deles, Rolf e Stephan, estavam com 13 e 11 anos cada um. Enquanto a criançada se divertia na água ou saboreava as balas e doces que havia ganhado de presente, os adultos conversavam sobre tudo.

Depois que Japão, Itália e Alemanha selaram o pacto de apoio mútuo, os nossos inimigos ficaram mais fortalecidos, e é bem possível que Hitler vença essa guerra, o senhor não acha, doutor Edward?, perguntou Samuel Naumann. Não se esqueça que o Presidente Franklin Roosevelt já ofereceu ajuda às nações agredidas. Os americanos vão entrar nessa guerra, vocês vão ver, disse o velho democrata. Eles também são muito fortes, ainda é cedo para deduzir quem será o vencedor. Vejam os senhores como Heine estava certo quando escreveu "onde se queimam livros, acabam-se queimando homens", disse Ruth Allmann. Primeiro Hitler queimou os livros, agora incendeia os corpos dos donos desses livros, nossos irmãos judeus que estão sendo exterminados. Os poetas são visionários, minha querida!, disse Nora, emocionada com as palavras da amiga. Quantos poetas e escritores não devem estar morrendo nas mãos dos nazistas!, lamentou. Recebi há poucos dias uma carta de um primo. Ele contou que um jovem vizinho judeu foi morto com um tiro à queima-roupa por um oficial da Gestapo quando lia em voz alta na rua poemas que falavam de paz, disse Joachim Fromm.

O ex-banqueiro de Berlim e a mulher, Traud, logo se integraram aos intelectuais da comunidade, e a partir de então não perdiam uma festa, uma reunião que fosse, por mais difícil que pudesse ser o acesso. Transformaram a casa que compraram bem em frente à Casa Guilherme num clube social. Viviam recebendo. E foi no Natal de 1940, na casa dos Luft Hagen, que ficaram conhecendo melhor os imigrantes mais cultos da cidade. Muito falante e bem-humorada, Traud, sempre que percebia que tinha exagerado nas palavras, dizia "a Traudinha falou demais!". Frase que ficou famosa em Rolândia porque sempre remetia às gafes da mulher do senhor Fromm. Mas tanto ela quanto o marido conquistaram a amizade de todos. Para ajudar as famílias que moravam distantes, dispunham gratuitamente dois quartos da casa onde moravam para hospedar os pacientes do doutor Weber, sócio deles. A primeira a ser beneficiada pela bondade do casal foi Olívia List Obermann, antes de viajar para São Paulo. Como Joachim e Traud não tinham filhos, muitos comentavam que faziam isso para diminuir a solidão. Outros diziam que haviam perdido o Banco para Hitler, mas que conseguiram fugir com muitas jóias e dinheiro. E todos perguntavam onde estaria a fortuna dos Fromm. Dentro do colchão? Escondida nas obras de arte que trouxeram da Alemanha? Numa caixa de madeira embaixo do assoalhado ou na parede da casa? Enterrada no quintal ou no jardim? O que se sabia era que antes de se mudarem para Rolândia, tinham sido proprietários de uma loja de material fotográfico no Rio de Janeiro. O que também fazia muita gente supor que a maior parte do dinheiro dos Fromm poderia estar guardada numa agência bancária carioca.

Quase morri, saibam vocês, para fugir da Alemanha sem ter de deixar essas minhas lindas jóias para as esposas dos oficiais nazistas, dizia Traud. Enrolei uma por uma no miolo de pão e engoli, intercalando com um gole de leite. O difícil foi agüentar o purgante e o fedor na hora de expulsá-las todas de dentro de mim, quando chegamos na França. Alugamos um automóvel e foi durante a nossa viagem pela Côte d'Azur que fomos colhendo nosso fétido tesouro. Mas não foi só eu que sofri, não. Fiz Joachim engolir um pouco das jóias também. Mas valeu a pena, vocês não acham? Só assim elas puderam vir conosco. Não é exótico usar esses diamantes no meio da selva? Ao concluir essa pergunta, Traud percebeu que o marido não tinha gostado nada do discurso exibicionista que ela tinha acabado de fazer. Para garantir a gargalhada da platéia, Traud não perdeu tempo. "A Traudinha falou demais!"

Assim que o volume da risada abaixou, Petra puxou Nora pelo braço e pediu para que fosse com ela até o jardim. Quero que você veja a neta bastarda do Edward. Olha lá. A menina está com três anos de idade e é a cara das outras netas, veja, você vê alguma diferença entre ela e as filhas do Ludwig, perguntou a madrasta do dono da casa. A criança que Petra apontava era Laila, oficialmente conhecida como filha de Martha e Fausto Flemig. Nora quis chegar ainda mais perto. Realmente Laila parece mesmo com as filhas de Ludwig, são idênticas, disse a soprano. Mas também tudo isso pode ser apenas uma coincidência, minha querida. Crianças alemãs parecem mesmo todas saídas da mesma barriga, todas branquinhas, de olhos claros, cabelos loiros, cacheados, uns anjinhos barrocos, insistiu a cantora. Não sei, Nora. Desde que Ludolfa, a nossa antiga governanta, me contou aquela história que eu lhe confidenciei no ano passado, eu não consigo deixar de acreditar que Laila é mesmo filha de Ludwig.

As duas amigas se afastaram das crianças e foram caminhar pela trilha aberta em forma de labirinto que entrava por um trecho da floresta, pontuada por gigantescos troncos de figueiras brancas, pau-ferro, imensas perobas, orquídeas nativas e muitos palmitos e coqueiros. Lembraram do dia em que Petra, numa visita à Fazenda Gênesis, contou o que ela acreditava ser o maior segredo dos Luft Hagen, pela primeira vez, para uma pessoa que não era da família. Eu preciso dividir esse assunto que tanto me angustia com alguém, Nora. Escolhi você porque, de todas as mulheres da nossa comunidade, você é a que mais me inspira confiança, disse Petra. Eu me sinto culpada por essa história porque envolve uma moça de quem eu me fiz responsável aqui no Brasil. Você conhece a Martha, esposa do Fausto Flemig, claro. Pois bem, antes de se casar com ele, ela foi jardineira e empregada na nossa fazenda, contou Petra. Antes de embarcarmos para o Brasil, publicamos um anúncio num jornal de Frankfurt procurando uma moça que entendesse de jardinagem e agricultura tropical para vir trabalhar conosco na fazenda. Martha leu e nos procurou. Tanto eu quanto Edward gostamos muito dela e fechamos o negócio na hora. Mesmo sendo uma empregada, Martha nunca foi tratada por mim nem por Edward como tal. Muito pelo contrário. Fazia todas as refeições conosco, era minha acompanhante quase o tempo todo. Até que um dia, alguns meses depois da nossa chegada, fui surpreendida com comentários maldosos da nossa governanta Ludolfa. Ela me pediu para prestar mais atenção em Martha porque ela estaria flertando com Ludwig, principalmente à mesa durante o almoço. Como já conhecia a fama de mulherengo do meu enteado, não achei nada impossível ele estar traindo a pobre da Golda com a Martha. Algumas semanas mais tarde, Ludolfa entra no meu quarto e fala que Martha estava grávida e que o pai era Ludwig. Peguei ela vomitando no terreiro, vive enjoada, a senhora não reparou ainda?, a governanta me perguntou. Ela está grávida sim e a barriga logo vai começar a aparecer. Confesso que não tive coragem de perguntar a Martha se tudo aquilo era ou não verdade. Mudei a forma de tratá-la, fiquei mais fria, distante. Ela notou e chegou a me questionar se estava magoada com alguma coisa. Mas preferi ficar calada por ordem de Edward. Meu marido também não gostou nada de saber dessa história e, numa conversa bastante séria, de pai para filho, ameaçou punir Ludwig rigorosamente caso ele tivesse mesmo engravidado a nossa jardineira.

Petra contou a Nora que Ludwig negou tudo ao pai e acusou Ludolfa de mentirosa. Pediu para demitirmos a coitada. Mas eu não deixei. Se ela estiver mesmo falando a verdade, a barriga de Martha vai aparecer, afirmei. Uma noite, depois do jantar, Martha saiu de casa e foi sozinha em direção ao jardim, que você bem conhece e sabe que é imenso. Decidi ir atrás, escondida entre as árvores, sem que ela percebesse, para conferir se iria ou não se encontrar com Ludwig. Para minha surpresa ela tinha ido se encontrar com um homem sim, mas com o Fausto Flemig, que naquele tempo era empregado da fazenda de Ludwig. Eles perceberam a minha presença e Martha me chamou. Que bom que a senhora está aqui, dona Petra, venha até nós. O Fausto acabou de me pedir em casamento. Nós vamos nos casar o mais rápido possível. Confesso a você, Nora, que quando ouvi aquela notícia quase caí no chão, minhas pernas tremeram tanto, que tive de me apoiar numa peroba para me manter em pé. Dona Petra é a pessoa que representa os meus pais aqui no Brasil. É a ela que você deve pedir a minha mão, Fausto, disse Martha. Ele então, muito envergonhado, oficializou o pedido ali mesmo na escuridão da floresta e eu, claro, concordei sem hesitar. Para não demonstrar todo o meu constrangimento, dei os parabéns aos futuros noivos e até começamos a pensar na data da cerimônia, como faríamos a festa, onde eles iriam morar, quem seriam os convidados e os padrinhos. Aliviada, voltei para casa e fui direto ao quarto de Ludolfa. Você é maldosa, eu disse. Martha está namorando com Fausto Flemig. Acabei de encontrar com eles no jardim. Vão se casar, inclusive. Ele me pediu a mão de Martha em casamento. Mas você acredita, Nora, que mesmo assim, a Ludolfa não mudou o discurso. Martha pode até se casar com Fausto, afirmou, mas o bebê que ela carrega na barriga eu tenho certeza que é do Ludwig.

Petra e Nora já estavam terminando o passeio pelo labirinto verde quando ouviram Johanna e Hans chamarem por elas. Já estamos indo, estamos vivas, fiquem tranqüilos, respondeu a cantora. Agora, deixe-me terminar de contar o que eu ainda não lhe tinha revelado, minha amiga, disse Petra. Veja você, que mais tarde acabei descobrindo que Ludolfa estava realmente certa. Frank, o irmão de Fausto, me contou que ele pediu

Martha em casamento de repente, do dia para noite, surpreendendo a nós todos, porque foi praticamente obrigado por Ludwig. Foi um jeito que meu enteado encontrou de se livrar da culpa da gravidez e de evitar que Golda descobrisse tudo. E foi em troca dessa grande colaboração do Fausto, que Ludwig conseguiu para ele o cargo de administrador da Fazenda das Almas. Viu como tudo se encaixa?, disse a mulher de Edward Luft Hagen. E pensar que a coitada da Martha acabou preferindo nem fazer festa de casamento, nada. Eu comprei o tecido e ela mesma fez o vestido de noiva. Mas os noivos não quiseram se casar nem com ritual judaico e tampouco cristão. Marta deve ter ficado envergonhada por causa da gravidez, você não acha? Sei que vestiu roupa de lida, botas e guardou o vestido de noiva dentro da bolsa de couro presa à cela do cavalo e foi assim que ela chegou à estação de trem para viajar até o cartório de Londrina. A idéia era se arrumar para a cerimônia civil só quando chegasse ao tabelionato. Só que chovia tanto aquele dia, que Martha, Fausto, os animais e até o vestido, mesmo guardado, chegaram molhados, encharcados. Tanto que ela achou melhor se casar usando calças e botas mesmo, lamentou Petra. Será que agora essa menina vai crescer sem saber qual é o pai verdadeiro dela?, perguntou Nora olhando para Laila, que brincava com as outras crianças no jardim.

Quando Nora e Petra apareceram no gramado, Johanna apontou as duas para Hans. Viu, está tudo bem. Podemos voltar para a represa, disse. O casal se aproximou da água e começou a jogar pedrinhas no açude. Acho o nome do rio que traz essas águas tão poético, disse o namorado. Rio Vermelho, rio de sangue, rio de vida. Não acha bastante sugestivo?, perguntou. Rio de sangue, Hans? Que comparação triste e trágica. Já não basta a guerra que mata nossos parentes na Alemanha? Vamos pensar em coisas boas. Por que não podia ser rio Vermelho, mas vermelho de vinho, de groselha, de suco de amora, é muito mais alegre e combina mais com o Natal dos cristãos, argumentou Johanna. Hans parecia não ouvir o que a namorada dizia e só via sangue e morte na represa de Ludwig Luft Hagen. Hans, você ouve o que eu falo, perguntou a filha de Nora. Não sei o que acontece com você ultimamente. Vive no mundo da lua, disperso. Tenho pensado em me matar, em ir embora desse mundo de vez, disse Hans. O suicídio para mim há de ser um alívio para a dor que sinto em ter de viver longe da minha terra e dos meus pais.

Hans fez um longo e melancólico discurso para convencer Johanna de que estava certo. Ela não escondeu o susto que levou e não se deixou contaminar pela idéia do namorado. Você está errado, Hans. Ainda é muito jovem para morrer. Essa guerra vai acabar logo, nós vamos poder voltar para a Alemanha. Seja paciente. Só os fracos cometem suicídio, meus pais já me disseram isso. Hans fingiu estar convencido a não pensar mais em causar a própria morte e pôs um ponto final nesse assunto. Chamou Johanna para voltar à casa dos Luft Hagen. Christine Prustel e Nicole se juntaram a eles e depois foram ouvir as canções alemãs que Ester Cremer tocava ao violão. Era um repertório folclórico intercalado por músicas natalinas e judaicas. Aqui em Rolândia, nessa terra encantada por Deus, cristãos e judeus podem viver em paz. Aliás, todas as religiões podem conviver, uma respeitando a outra, disse dom Bentus antes de sugerir um brinde com um cálice de vinho tinto. Charlotte Prustel não conseguiu disfarçar o olhar apaixonado que lançou para o capelão beneditino. O silêncio imposto pelo flerte proibido foi constrangedor. Viva a democracia!, disse o pai do anfitrião. Viva a paz! Todos repetiram *Shalom*! *Shalom*! E brindaram mais de uma vez.

Só que a alegria dos imigrantes que estavam na festa não durou muito. No caminho de volta para casa, a lua cheia daquela noite de Natal se encarregou de iluminar o símbolo do partido nazista pintado num pedaço de pano. A bandeira improvisada estava presa a um bambu fincado à margem direita da estrada de terra que dava acesso às propriedades do Luft Hagen. Assim que o comboio de cavalos, charretes e carroças passou, o susto e a surpresa foram inevitáveis. Na manhã daquele domingo, quando passaram pela estrada a caminho da festa, a bandeira não estava ali. Quem teria feito aquilo? Por quê? Essas perguntas sem respostas não deixaram, principalmente, as famílias dos refugiados judeus pegar no sono.

20

Edward Luft Hagen pediu para um empregado recolher o pedaço de pano e fez questão de ele mesmo entregar à polícia. Com um português quase ininteligível, quis deixar bem claro que não havia sido ele nem ninguém da sua família que tinha cometido aquela violência. E também se colocou à disposição para ajudar a descobrir o culpado. As suspeitas logo recaíram sobre August e Oswald Nixdorf. Eles não estavam na festa, não foram convidados, comentou Edward com Petra e Ludwig. Será que eles ficaram ofendidos e por vingança fizeram um protesto deste? Não era o caso de nós os termos convidados, pai?, quis saber o primogênito do ex-ministro. Claro que não deveríamos, respondeu Petra. Os nossos amigos judeus não se sentiriam bem na presença deles. Nem viriam se soubessem que os Nixdorf estariam aqui. A senhora não pode se esquecer de que pelo menos Oswald Nixdorf também é nosso amigo, disse Ludwig. Nosso não, seu amigo!, argumentou a madrasta. Duvido que foi ele, insistiu Ludwig. O coitado já é tão visado como o nazista da colônia só porque tem o mesmo sobrenome do August, vive com medo de ser preso, ele não se arriscaria desse jeito, claro que não foi o Oswald Nixdorf que enfiou essa suástica no caminho dos nossos convidados. Pode ser que tenha sido o August. Este sim seria capaz. Mas o Oswald... Não acredito, concluiu Ludwig. Eu não ponho minha mão no fogo por ele, disse Petra. Parem com essa discussão que não leva a lugar nenhum, pediu Edward. Eu vou descobrir quem fez essa brincadeira de mau gosto.

Desde que a campanha de nacionalização de Getúlio Vargas tinha obrigado a Escola Alemã de Rolândia a fechar as portas, as manifestações do orgulho germânico estavam cada vez mais tímidas. Portanto, aquele ato ocorrido na noite de Natal foi considerado corajoso e atrevido demais. Mas as manifestações de apoio a Adolph Hitler não pararam por aí. Nos dias seguintes, sempre nas madrugadas, algumas famílias judias ouviram vozes que vinham de dentro da floresta com mensagens ofensivas. Fora judiaria! Morte aos judeus! A voz masculina parecia sair de um alto-falante, algo parecido com um megafone, e ecoava na mata. Os barrancos, porteiras e troncos de árvores, também eram usados pelos nazistas brasileiros para manifestações a favor do regime político que imperava na Alemanha.

Além de Oswald e do grupo de August Nixdorf, os refugiados judeus também suspeitavam dos imigrantes alemães que moravam na cidade paranaense de Irati, no sul do Estado. Homens que viviam visitando a região, empenhados em ajudar os Nixdorf a fazer de Rolândia uma colônia nazista modelo. Pode ser que o August ou o Oswald Nixdorf estejam escondendo essa gente nazista que vive em Irati, disse Rudolf Allmann para Alexander Cremer. Dom Bentus me contou que há nazistas perigosos em Irati. Um tal de Willy Roettger, cunhado de Theodoro Wertschulte, outro hitlerista pior ainda. Foram eles que ajudaram o Nixdorf a preparar a visita que Von Cossel, chefe do ponto de apoio do partido nazista no Brasil, fez a Rolândia, lembra-se?, perguntou o advogado judeu.

Claro que me lembro!, respondeu Alexander Cremer. Este Willy Roettger que você acabou de citar não é aquele que há anos recebe material de propaganda nazista enviado da Alemanha pela tal *Frau* Mull, aquela bruxa ariana que o senhor chegou a conhecer em Berlim?, quis saber o marido de Ester. Este mesmo, meu amigo, respondeu Rudolf Allmann. Antes de fugirmos, eu e Ruth ficamos sabendo que essa tal *Frau* Mull alimenta com informações e consegue apoio político e financeiro a todos os nazistas que moram no Brasil.

Na fazenda Cristo Redentor também não se falava em outra coisa. Alguém tem de tomar uma atitude, protestou Otto Prustel durante o almoço. Não é possível que esse ditador brasileiro feche os olhos para o que está acontecendo aqui. Acabo de encontrar uma suástica pintada numa árvore ao lado da entrada principal da nossa fazenda, isso é uma afronta. Até parece que estamos em plena Alemanha. Charlotte pediu para o marido se acalmar. Deve ser algum engraçadinho querendo assustar a gente, não dê importância. Nós e todos os nossos vizinhos refugiados judeus, não é? Ou você se esqueceu de que esses atos estão ocorrendo por toda Rolândia?, comentou dom Bentus. O ex-ministro Luft Hagen disse que descobrirá quem está por trás dessa violência, mas até agora não chegou a nenhum culpado ou culpados, quem vai saber?, completou o padre fazendo o sinal-da-cruz. Você foi ajudar os judeus, agora tem de arcar com as conseqüências, disse Charlotte ao marido. Não é só por isso, eu fui do Partido Católico, não votei a favor de Hitler, tive o mandato de deputado federal cassado por ele, você já se esqueceu disso, Charlotte?, perguntou Otto. Diante do silêncio da esposa, ele continuou. Só sei, meu caro dom Bentus, que o destino está sendo muito irônico com todos nós. Atravessamos o Atlântico, perdemos quase tudo que tínhamos, deixamos tudo na Europa, agora enfrentamos um mundo novo, estranho, tentamos sobreviver numa selva para fugir daquele ambiente que nos era hostil e, mesmo escondidos nessa floresta, a milhares de quilômetros da Alemanha, nos deparamos com o rastro diabólico de Hitler. Imagino o que o senhor, dom Bentus, que tem ascendência judaica e nossos vizinhos que também têm sangue judeu não estão sentindo, afirmou Otto. E o senhor que nem judeu é também acabou na lista criminosa dos nazistas, disse o sacerdote.

No início de 1941, dom Bentus não trabalhava mais sozinho na educação dos filhos de Otto e Charlotte Prustel. Para ajudá-lo, Otto contratou Brian Zank, um judeu alemão, que antes de trabalhar como consertador de elevadores em São Paulo, tinha sido diretor de escola em Berlim. Eles se conheceram no hotel que Otto costumava se hospedar quando ia a trabalho para a capital paulista. Brian aceitou imediatamente o convite e logo se mudou para a Fazenda Cristo Redentor com a mãe, dona Billa Zank. A velha senhora que tinha medo de tudo, acabou se transformando no brinquedo predileto das crianças. Moscas, grilos, borboletas, vaga-lumes, qualquer bichinho que fosse que os filhos dos Prustel ameaçassem jogar sobre ela era motivo para a senhora Zank sentir falta de ar e ensaiar um desmaio.

Quando o macaco Chico pulou sobre aqueles ombros gordos e brancos numa tarde em que a mãe do professor Zank, sentada embaixo da figueira, tentava aprender a fazer pamonha, quase que a velha alemã teve um enfarto. Não se podia distinguir quem gritava mais. Se era ela ou o bagunceiro do primata. Chico corria de um lado para o outro das costas da senhora Zank, subia na cabeça cheia de cabelos brancos e ficava ali, procurando pulgas na cabeleira rala e suada. Nem ligava para as crianças e para dom Bentus que pediam para ele sair de cima da mulher. O macaco vai me matar?, gritava a velha judia. Vai comer o meu cérebro! Por Abraão, me salvem, socorro! Socorro! Charlotte saiu na varanda para ver o que acontecia e não conseguiu conter o riso diante da cena patética. Senhora Zank se chacoalhava toda para tentar se livrar de Chico. Acalme-se. Chico não faz mal, só quer brincar, fique calma, pedia dom Bentus. Esse gorila vai me matar, vai furar os meus olhos, comer as minhas orelhas, por Abraão, não deixem essa pobre velha judia, que sempre foi temente a Deus e respeitou as sagradas escrituras, morrer assim, devorada por um macaco, por favor, Dom Bentus, me salve!, gritava a anciã desesperada. Nós já vamos tirar o Chico de cima da senhora, mas por favor pare de se mexer, senão ele não se acalma também. Esse macaco adora uma festa, deve estar pensando que a senhora se balança toda porque está feliz e querendo brincar com ele, insistiu dom Bentus. Ai meu Deus, ai Abraão, as unhas desse bicho furam a minha pele, eu vou morrer, vou morrer!

Por favor, senhora Zank, acalme-se, esse tipo de macaco não mata nem mosquito. É só um macaquinho, disse Charlotte ao se aproximar mais da cômica cena. As crianças e os outros funcionários da fazenda contorciam-se de tanto rir. Chico olhava para eles e nem ligava para o terremoto que estava sob suas patas. Apenas mostrava os dentes e soltava uns gritinhos estridentes, o que deixava a senhora Zank ainda mais apavorada. Acho que o Chico quer uma espiga de milho, disse Terese, vem Chico, vem pegar aqui na minha mão, disse a menina. Como você é boba, Terese, macacos não comem milho, só podia ser mesmo você para ter essa idéia horrível, disse Charlotte para a filha. Claro que o Chico gosta de milho, já vi ele comendo muitas vezes, respondeu Terese. Acho que Terese tem razão, Charlotte, comentou dom Bentus. Ele estava aqui no alto da figueira de olho nesse saco de milho que as mulheres estão usando para fazer pamonha. Parem essa discussão e me salvem, eu vou morrer, vou ser devorada por esse gorila!, gritava a senhora Zank. Chamem o meu filho, chamem o meu filho! Foi então que Brian Zank veio correndo da escola e, com um pedaço de pau, ameaçou bater em Chico, que subiu acelerado na figueira. Minha mãe podia ter morrido, reclamou o professor. Como o senhor permite, dom Bentus, que todos se divirtam assim, à custa do sofrimento de uma senhora idosa, que merece o respeito de todos?, protestou o educador. Eu estou à beira da morte, filho amado e querido. Pode preparar a cova da sua sofredora mamãe nessa terra ingrata. Daqui a pouco o coração que te amou mais que tudo nessa vida vai parar, meu querido filho. Aquele gorila é nazista, causou a minha morte... Abrace a mamãe, Brian querido, abrace... O trágico discurso da mãe judia foi interrompido por uma ordem charlotteana. Traga um copo de água para a senhora Zank, ordenou a dona da fazenda a Christine. Enquanto a filha foi à cozinha, Charlotte disse à mãe do professor que se ela quisesse mesmo continuar morando na fazenda tinha de perder o medo e se acostumar depressa com os bichos. Senão, poderá amanhecer morta, não por ter sido vítima da picada de uma serpente venenosa ou do ataque de uma onça feroz, mas, comportando-se assim, poderá morrer até mesmo assustada com o delicado bater de asas de uma borboleta! A senhora é muito dramática!

Brian Zank levou a mãe para dentro de casa e meia hora depois voltou. Hora do bicho-de-pé, hora do bicho-de-pé, dizia o professor para as crianças no terreiro. Venham, o senhor seu pai, doutor Prustel, já está pronto para começar a caçada nos pés de vocês, venham, vamos! A lamparina já está acesa, a agulha desinfetada e o vidro de iodo já está aberto. Esses pés devem estar podres de tanto bicho. Vamos, Terese, vamos, Peter, vamos, Matheus! Quero que todos lavem os pés para não assustarem o pai com tanta sujeira. Façam fila na bica de água, para não haver briga, determinava o mestre. Quero organização. Rapidamente os filhos do casal Prustel respeitaram a ordem e depois da limpeza geral foram se encontrar com Otto Prustel, que os esperava sentado num banco na varanda. Vai começar a matança, dizia o ex-deputado ao começar a furar o primeiro pé. Naqueles minutos seguintes, procurava saber tudo dos herdeiros dele. O que achavam das aulas, do novo professor, se já tinham se acostumado a viver na fazenda, se gostavam da vida no Brasil, se tinham saudade da Alemanha, se rezavam antes de dormir, se tinham parado de assustar a senhora Zank. O encontro com o pai era sempre esperado com muita ansiedade e alegria.

Enquanto Otto Prustel tirava a tarde inteira para cuidar dos pés dos sete filhos maiores, Charlotte fazia Roma dormir num pequeno berço de balanço feito com pedaços de peroba. Depois, de braços dados com dom Bentus, andava em círculos pelo imenso jardim da Fazenda Cristo Redentor que, além das flores, folhagens e árvores, também tinha um pequeno lago enfeitado por uma infinidade de plantas aquáticas.

Charlotte contou que estava muito preocupada com os comentários que se espalhavam feito incêndio pela colônia sobre a vida sexual da irmã mais nova dela. Todos dizem que esse filho que Astrid está esperando é de Berthold Horn, e não de Oscar. Dizem que ela tem passado semanas inteiras no sítio do amante. E a família dela, como fica? Você precisa falar urgente com Astrid, dom Bentus, pediu Charlotte. Ela não pode jogar o nome da minha família na lama! A esposa de Otto Prustel também contou ao amigo que nas próximas semanas começariam as obras da casa do bosque, o ateliê que ela queria ter só para ela bem ali às margens do lago. Vai ser o meu refúgio, onde eu vou poder ler, pintar e escrever os meus livros sem ser incomodada por barulho ou choro de criança, afirmou. Vou querer também que a casa do bosque tenha uma lareira. Gostou do nome, dom Bentus? É muito bonito, disse o padre. Fez-me lembrar de uma história do meu tempo de seminarista. Quando estudava no mosteiro de Beuron, ouvia dizer que existia uma casa também chamada de casa do bosque ali por perto. O bosque era bastante fechado e nunca cheguei a conhecer essa tal casa. Ela era vista como a casa do pecado pelos monges beneditinos mais antigos, porque segundo eles, foi construída na Idade Média, época em que o mosteiro de Beuron tinha fama de templo da luxúria, disse dom Bentus.

Mas você não está pensando que eu vou fazer o mesmo com a minha casinha, não é, dom Bentus? A minha casa do bosque há de ser o templo das artes, da estética, o templo das idéias e o templo de Charlotte principalmente, disse a dona da Fazenda Cristo Redentor. E os amigos poderão freqüentá-la? Confesso que já estou curioso antes mesmo de o primeiro tijolo ter chegado ao terreno, revelou dom Bentus. Haveremos de ter encontros bem mais interessantes lá do que aqui no jardim, disse Charlotte apertando o braço dela contra o braço do monge beneditino. À beira do lago ficaram escolhendo o ponto ideal onde a casa do bosque deveria ser construída. Dom Bentus aproveitou a chance para perguntar a Charlotte se ela não achava que deveria ser mais carinhosa e atenciosa com os filhos. Quase não vejo você conversando com eles, comentou. As meninas, principalmente, precisam da sua atenção. Com exceção de Christine, não me lembro de tê-la visto ocupar seu tempo para dar conselhos a Terese e a Raquel. Elas já entendem uma conversa mais adulta, minha querida. Precisam de você, insistiu dom Bentus. Vou lhe confessar um segredo, dom Bentus, disse Charlotte. Quando era criança e adolescente eu ajudei minha mãe a criar os meus nove irmãos. Acho que por eu ter sido mãe quando deveria ter sido criança, hoje já estou cansada. Tenho preguiça de praticar a maternidade.

21

Depois que doutor Weber se associou ao casal Fromm, o dia-a-dia na Casa Guilherme ficou bem mais animado e divertido. Gordo, careca, já nos seus cinqüenta anos, doutor Weber nunca tinha se casado, assim como sua irmã, também solteirona, senhora Kleist, dois anos mais velha do que ele. Senhora Kleist também era gorda. Tinha estatura baixa e uma voz bem grossa. Era conhecida como a açougueira da Casa Guilherme porque despedaçava um boi como poucos homens. Os dois irmãos viviam com Conradin, um sobrinho que viera com eles da Alemanha. Conradin tinha 34 anos e rapidamente ganhou fama de linguarudo, porque falava sempre o que não devia na hora errada e nunca guardava segredo. Logo que a venda era aberta e o movimento ainda era bem pequeno, ele chamava Traud Fromm para falar da vida alheia debruçado sobre o balcão.

Essa noite sonhei com a Martha, lembra-se, a mulher do Fausto Flemig, que enterrou o segundo filho há poucos meses? Sim, claro que me lembro, Conradin. A coitada perdeu dois filhos em menos de três anos. Primeiro foi um menino. Martha ficou uns dias aqui em casa, seu tio tentou medicar a criança, mas não houve jeito de ele sarar. Depois eu e Joachim fizemos questão de pagar o Tião do Pasto para levar Martha e o filho de táxi até o hospital de Londrina, já se esqueceu? Aonde anda com a cabeça, perguntou Traud. Claro, é mesmo. O Tião bem que tentou ganhar uns trocados em cima da desgraça da mulher, mas vocês foram duros e fizeram ele baixar o preço. Agora lembrei, disse o sobrinho do doutor Weber. Esse Tião... Só porque tem o único táxi de Rolândia, acha que precisa explorar os mais pobres, comentou Traud. Não é justo. Ainda bem que conseguiu chegar a tempo de a criança ser medicada. Mas infelizmente morreu dias depois o pobre do menino. Agora, meses atrás, Martha perdeu uma menina. A coitadinha nasceu com o cordão umbilical enrolado no pescoço. Praticamente nasceu e morreu em seguida. Que desgraça! Mas por que você lembrou dessa moça? O que aconteceu, quis saber a esposa do ex-banqueiro.

Sonhei com a máquina fotográfica que um dia ela trouxe aqui na venda, respondeu Conradin. Fiquei fascinado com as fotografias que me mostrou. A máquina é muito bonita também. Até pedi para meu tio comprar para mim, mas ela não quis vender de jeito nenhum. Não sei se já falei para a senhora, mas a Martha sabe dirigir automóveis, como a Agathe Flemig. Ela me contou que tirou carteira de motorista em Frankfurt, que estudou técnicas agrícolas tropicais na Alemanha e que colecionava cactos. O sonho dela era ter ido trabalhar na África, sabia? Se bem que Rolândia só precisa expulsar os alemães, os italianos e os japoneses para ficar igual à África, comentou Traud. Deixe-me pensar agora, disse Conradin pausadamente, com o dedo indicador encostado na boca... Será que aquela história que a primeira filha da Martha é herdeira dos Luft Hagen é mesmo verdade? Dizem que é. Pelo menos os nossos amigos mais chegados que freqüentam a casa dos Luft Hagen me confirmaram e pediram sigilo absoluto, afirmou Traud. A engraçadinha da Laila é a cara do Ludwig! Só a tonta da Golda ainda não percebeu ou finge que não sabe de nada. Agora vamos parar de falar nesse assunto porque não quero confusão para o meu lado. Toma cuidado, rapaz, que o Ludwig manda cortar sua língua. Ele é tirano, despótico... um Napoleão dos trópicos, disse Traud. A Laila é mesmo uma criança muito bonita. Um dia desses, Martha veio fazer compras com o Fausto e me mostrou fotos que ela mesma tirou da filha. A menina ficou ainda mais bonita, disse Conradin.

Que pena que a Martha ainda não fotografou a minha elegância, as minhas jóias, os meus vestidos e chapéus, enfim, essa mulher sofisticada que eu sou, lamentou-se Traud Fromm. Ela poderia inclusive vender as fotos para os jornais internacionais, continuou. Porque, claro, a imprensa toda pagaria uma fortuna por elas! Imagine, Conradin, as manchetes: mulher de ex-banqueiro berlinense embeleza a terra vermelha e selvagem brasileira. Ou então: As jóias da musa da selva! Não ficaria bom? Responda Conradin! Claro que ficaria, dona

Traud, claro que ficaria! Obrigada, meu esperto rapaz. Bem... Agora vamos mudar de assunto, meu querido, disse a esposa de Joachim Fromm. Conte-me quem é a última vítima da Astrid Dahl? Nossa, isso é muito fácil, respondeu o moço. Vamos ver... Depois do doutor Schneider, do Ludwig, do Bernardo List Obermann, do August e do Oswald Nixdorf, do Tião do Pasto, do Stumph, dono da funerária, do meu tio e do marido da senhora... O meu marido? Não seja maldoso, Conradin... Eu mato essa Astrid hoje mesmo... Brincadeira, dona Traud, disse o vendedor. Mas toma cuidado, que esses dias aí eu vi dona Astrid se insinuando toda para o doutor Fromm. Perguntou sobre o banco que vocês tinham em Berlim; quis saber tudo sobre a vida de vocês e sobre as jóias da senhora. E o doutor Fromm se derreteu todo para ela, viu? É bom a senhora tomar cuidado, senão a Astrid vem e rouba ele rapidinho... Bonita como ela é...

Bata nessa boca, Conradin, disse Traud, dando tapinhas na boca do amigo. Não há mulher mais bonita do que eu nessa vila, entendeu? E por mais verdade que seja, jamais diga a uma dama que ela foi traída pelo marido. Essas notícias maldosas causam rugas no rosto da gente. Só servem para fazer mal à pele, entendeu? Mas que eu vou pegar essa Astrid Dahl de jeito eu vou. Ela não perde por esperar! Calma, dona Traud. Conta mais fofoca, conta, pediu Conradin. Bem... Deixe-me lembrar... Contam as más línguas que o casamento entre Bernardo List Obermann e Olívia está por um fio... Que ela, com toda aquela beleza, deixou os homens de São Paulo loucos de paixão... Ouvi dizer que não volta mais não... Foi para lá cuidar da saúde e pelo jeito... deve ter arrumado alguém para cuidar do coração, também! Bernardo reclama o tempo todo para os vizinhos. Deve ser por isso que o coitado se consola nos braços da Astrid, afirmou Traud. Para quem vivia se gabando que era o homem mais bem dotado de Rolândia, ser trocado assim por outro deve ser humilhante, não é mesmo, dona Traud? Sorte do homem que conseguir casar com a Olívia... Depois da senhora, é a moça mais bonita de Rolândia, disse Conradin. Concordo com você, depois de mim, ela é a mais bonita desta vila, afirmou a senhora judia.

A conversa entre Conradin e Traud prolongou-se até a chegada do primeiro cliente. Saul veio puxando uma cabra por um pedaço de corda, amarrou o bicho do lado de fora e entrou para comprar um pacote de prego. Pensei que o senhor fosse entrar com o animal aqui dentro, disse Conradin. Essa cabrita fugiu e tive de ir buscá-la pra lá do escritório da Companhia de Terras Norte do Paraná, disse o cliente. Essa sua cabra dá muito leite?, perguntou Traud. Se o senhor quiser me vender um pouco eu compro. O leite de cabra é muito bom para a pele feminina, já dizia a poderosa Cleópatra no tempo do antigo Egito, não é mesmo? A ex-banqueira saiu da venda e foi passar a mão sobre a cabeça da cabrita. Pelo que posso ver ela está cheia de leite. Amanhã o senhor pode me arrumar um pouco, senhor Ulrich? Claro, senhora Fromm. Amanhã mesmo peço para meu empregado deixar uma garrafa cheia na sua casa logo bem cedo, respondeu o serralheiro. Depois, ele pegou o pacote de pregos, a cabrita, se despediu e seguiu para a serraria. Coitado do Saul Ulrich, disse Traud. Como é feio, meu Deus!, lamentou Traud. Será que continua ainda apaixonado pela Johanna, filha da Nora e do Samuel Naumann? Acho que hoje em dia já deve ter desistido, respondeu Conradin.

Os dois amigos se divertiram muito depois da passagem de Saul Ulrich pela Casa Guilherme. Falaram ainda da vida de outros moradores de Rolândia. O assunto Nora Naumann voltou quando Conradin disse que precisava começar a limpar a venda, antes que o tio aparecesse e lhe chamasse a atenção. Não vá pegar a mania da Nora, disse Traud. Aquela tem aversão à limpeza. Eu, por exemplo, só gosto de visitá-la durante o dia porque consigo ver onde ponho as mãos, os braços, se os copos ou as xícaras que ela serve suco e café estão limpos... À noite é capaz de Nora servir bebidas e comidas em louças sujas mesmo. Um horror! O único lugar limpo na casa dela é o piano, e olhe lá... Nem Nora nem aquela empregada que eles trouxeram da Alemanha se preocupam em manter a casa limpinha... Bem, agora está na hora de a Traudinha ir para a casa, lavar o rosto e descansar. E pelo amor que você tem na sua vida, meu bem, não conte a ninguém o que eu lhe disse aqui esta manhã, entendeu? E não se esqueça de que temos sangue judeu e que o Deus de Abraão não deve gostar nem um pouco de ver a gente falando mal da vida alheia. Portanto, peça perdão e reze bastante depois. Não se esqueça de acender a *menorah* aos sábados e de jejuar muito. O nosso caso é grave. Temos de jejuar muito para sermos perdoados, meu filho. Bom trabalho, Conradin! Depois que Traud foi embora, o sobrinho do doutor Weber finalmente começou a tirar o pó vermelho do mobiliário e a varrer o chão da loja.

Acabei de fazer a limpeza, disse Nora Naumann, com um pedaço de pano nas mãos. Entrem, por favor. Ester e Sophia Cremer já conheciam muito bem a professora de canto e piano e estavam acostumadas a ter aulas no meio da grossa poeira vermelha que cobria as paredes, as janelas, as portas, o assoalho de madeira e todos os móveis da casa. Quando Nora afirmava que tinha acabado de fazer a limpeza, até podia querer dizer que tinha limpado toda a casa, mas não precisava ser nenhum experiente observador para perceber que só mesmo o piano tinha um aspecto pouco mais limpo do que as outras peças. Trabalhei a manhã toda. Limpei, esfreguei, varri, estou exausta, dizia. Mas essa terra vermelha não facilita mesmo a vida da gente. Não reparem. Os banquinhos estão só um pouco sujos, não vão marcar as roupas de vocês, sentem-se minhas queridas. Sophia sempre queria ter aula depois da mãe para logo ir conversar com Johanna no terreiro.

Ester contou a Nora que Ruth e Lola viriam mais tarde para tomar chá com elas. A cantora gostou da notícia e pediu para irmã Anna preparar mais biscoitos de nata. Parece que as coisas se acalmaram, disse Ester ao referir-se às propagandas nazistas que apareceram misteriosamente nas fazendas e nas estradas. Não encontramos mais nada. Nós também, disse Nora. Samuel, que você bem sabe, anda mais que serpente por essas matas, me disse ontem que nunca mais viu nem ouviu qualquer ofensa a nós judeus. Graças a Deus. Eu morro de medo de ele ser morto por um admirador do Hitler dentro dessa selva e nunca mais ser encontrado. É muito perigoso. Não podemos facilitar não, minha amiga. Muita gente sabe que somos judeus. Tenho certeza de que esses nazistas que nos assustaram estão entre os alemães do tal Estado de Santa Catarina que se mudaram para Rolândia. Cada dia chegam mais famílias de lá. Coisa do August e do Oswald Nixdorf, comentou Ester. Por que será que a polícia ainda não prendeu ninguém?, perguntou Nora. Você acha que o Getúlio Vargas vai prender algum nazista, Nora? Ele é amigo do Hitler, sempre apoiou e ainda apóia tudo o que aquele cabo da Boêmia está fazendo, disse Ester. Até mandou Lutero Vargas, o filho dele, estudar na Alemanha. Para não ficar mal com os americanos, o ditador brasileiro, no máximo, finge que está em cima do muro, é puro fingimento. Foi o velho Luft Hagen, com toda sua experiência política, quem me disse isso, meu bem. Getúlio, Mussolini, Hitler, são todos nascidos do mesmo útero da maldade, concluiu a aluna decepcionada.

Ester também se mostrou muito preocupada com o casamento de Sophia e Romeo. Gostariam de chamar um rabino de São Paulo para realizar a celebração dentro dos rituais judaicos. Se esses nazistas de Rolândia souberem e resolverem nos punir de algum jeito, sei lá... Alexander e eu estamos muito preocupados. Eles não precisam ficar sabendo. Vocês fazem tudo na fazenda, convidam só os amigos mais próximos, só os judeus... Não haverá nenhum problema, disse Nora. Eu me candidato a cantar uma linda canção no dia. Sophia é como se fosse minha filha. Claro que você vai deixar, não é, Ester? Claro, Nora, nós tínhamos mesmo pensado em convidar você para emocionar ainda mais a todos nós, disse a aluna. E será que o rabino viria realizar o casamento, não é longe demais?, quis saber Nora. Nós temos amigos em São Paulo que já nos garantiram que o rabino vem. Eles fazem questão de vir à festa e disseram que vão trazer o rabino junto, respondeu Ester.

Quando a aula de Sophia estava para terminar, Ruth e Lola chegaram numa charrete puxada pelo cavalo Dourado. Na hora do chá, Ruth não escondeu a tristeza que ainda sentia pelo luto da morte da filha de Martha Flemig. Sinto-me a segunda mãe dessa moça, sofro como se avó fosse desse anjinho que morreu antes de completar uma hora de vida. Perder dois filhos em menos de três anos não deve estar sendo nada fácil para ela. Vocês sabem que eu conheci muito bem os pais de Martha. Era muita amiga da mãe dela, quando morava em Frankfurt, explicou Ruth. Se não fossem os pais de Martha, eu e Rudolf não estaríamos vivos hoje. Com as sinagogas em chamas, poucas horas após a Noite de Cristal, o senhor e a senhora Ricken, arianos, se ofereceram para embarcar no trem para Holanda com nossas bagagens. Nós fomos, depois que anoiteceu, numa carroça, disfarçados de sitiantes e leiteiros. Quando chegamos do lado de lá, pegamos nossas malas com eles e finalmente conseguimos embarcar para a Inglaterra, contou Ruth. Os pais de Martha foram mesmo muito corajosos, disse Nora. Por isso, o que eu puder fazer para ajudar essa moça aqui no Brasil eu vou fazer, afirmou Ruth.

Como vocês já sabem, os pais da minha sobrinha Nicole não tiveram a mesma sorte. Foram presos poucas semanas antes da nossa fuga e mortos em campo de concentração, lamentou Ruth. Nora tentou falar com Ruth sobre o envolvimento amoroso que Martha teve com Ludwig Luft Hagen. Quis saber se ela lhe tinha confidenciado alguma coisa sobre quem era afinal o verdadeiro pai de Laila. Petra tem certeza de que Ludwig é o pai, disse a cantora. Ela me confidenciou isso no último Natal. Disse que foi Ludwig quem ajeitou o casamento de Martha com Fausto Flemig, você não ouviu nada sobre isso?, perguntou a professora de canto. Mas, Ruth não confirmou nem negou nada. Prefiro não falar sobre isso agora, Nora. Por favor, ainda estou muito abalada e triste com a morte da filhinha de Martha. Vamos mudar de assunto, por favor, minha querida. Toque um pouco de Chopin, toque, me faz bem para a alma ouvir Chopin. O pedido de Ruth foi atendido e enquanto todas tomavam chá de erva-cidreira e comiam biscoitos de nata, Nora tocou valsas e sonatas.

Antes que as convidadas fossem embora, a anfitriã as convidou para irem passear na Ópera dos Grilos. Vamos ligar a máquina de colher saudade, disse. Há horas o caldeirão está fervendo com água e os óleos perfumados. Irmã Anna já providenciou tudo com a ajuda dos empregados. Vamos, quero ver todas de volta ao passado. A primeira a ser ligada à engenhoca foi Ester. Olhou para o espelho que tinha pés de faunos esculpidos na base, deixou-se envolver pela trilha da caixinha de música e voltou para a fazenda que os Cremer tinham em Emilienhof, perto de Dramburg, na Pomerânia. Via ela mesma, o marido e os filhos passeando de mãos dadas atrás do rebanho de ovelhas que seguia num trote animado em direção ao curral onde passariam a noite protegidos das raposas e dos lobos. A lembrança era tão real que o pôr-do-sol que ela imaginava se confundia com o pôr-do-sol que penetrava na Ópera dos Grilos. Ester, então, era envolvida, tanto pelo passado como pelo presente, por uma intensa luz dourada. Como eu sonho com a vida que tínhamos lá, disse Ester. Consigo ver nitidamente os nossos carneirinhos, aquelas bolas de lã branquíssima da cor da neve... Como eles gostavam das nossas crianças... Agora vejo Sophia dando leite numa mamadeira para um filhote. Ela o chamava de Nicholaus, éramos todos tão felizes em Emilienhof... Ester saiu da máquina chorando e se jogou nos braços de Nora.

Agora é a vez da senhora Allmann, disse irmã Anna. Depois de ligada à máquina de colher saudade, Ruth foi rapidamente absorvida pelas próprias memórias. Estava no jardim da residência que ela e Rudolf tinham em Frankfurt. Lembrava das amizades que fizeram no bairro, principalmente por causa da beleza das flores e plantas que cultivavam. Os telefonemas do senhor Schulman que quase todas as manhãs anunciava: a senhora já viu a Íris que abriu hoje? Quando o damasqueiro anão florescia, virava a estrela do jardim. Logo que os damascos amadureciam, Max

Dehn, um professor de matemática que também era alpinista, pedia para subir na armação e colher as frutas. Ia até o telhado e trazia cestas cheias de damascos de cor amarelo-avermelhada. Ruth também se via regando o canteiro de rosas e um pé de salgueiro chorão que se inclinava sobre elas. Mais à frente conversava com os cactos, as giestas cor de marfim e forma de pequenas árvores, as dálias e as tulipas Darwin de vários matizes que formavam uma sinfonia de tons e cores. Muito obrigada, muito obrigada, dizia a botânica, para agradecer os elogios da vizinha que foi assassinada pela Gestapo, porque dizia corajosamente a verdade. A imagem dessa senhora sendo arrastada de casa pelos nazistas foi a última lembrança refletida no espelho da máquina de colher saudade, antes que irmã Anna chamasse a próxima doadora.

Lola veio correndo, ansiosa que estava para experimentar a engenhoca do doutor Volk. Isso parece bruxaria!, brincou. Precisamos mesmo ficar alertas! Ou seremos exterminados por sermos judeus ou morreremos na fogueira por sermos bruxos e bruxas! Que triste fim pode ser o nosso! Fique calada e concentre-se, senhora Katz, ordenou irmã Anna. Esse ritual da saudade é sagrado. No espelho de cristal, o primeiro amor de Lola: Max, o professor da Faculdade de Belas Artes de Berlim. Muito jovem, acabara de ingressar no curso e sentia o coração disparar todas as vezes que o mestre lhe pegava na mão direita para ensiná-la a pintar óleo sobre tela. Vamos, Lola, você vai aprender rápido, confie em mim, dizia o moço judeu de olhos azuis que sonhava em viver em Paris. Dois meses depois estavam namorando e faziam longos e demorados passeios a pé pelos bosques e praças da cidade. Lola havia tido o privilégio de ter aulas exclusivas na rua, diante dos monumentos e dentro dos museus. O romance durou exatamente um ano. Até o dia em que Max lhe deu a notícia que tinha conseguido uma bolsa de estudos para freqüentar a Escola de Belas Artes na capital francesa. A cena da despedida voltou com a mesma intensidade. O abraço apertado, o longo beijo, as lágrimas, o amado na janela do vagão, o adeus... Lola se viu correndo desesperada sobre os trilhos, atrás do trem que desapareceu em poucos minutos dos seus olhos para sempre. Assim como o professor de pintura. Ele era lindo!, disse Lola às amigas. Aonde andará o meu primeiro amor, aonde? Que o Deus de Abraão o proteja da Gestapo!

Agora é a sua vez Nora, disse Ester. Tenho certeza de que o pianista de Dusseldorf, de tanto que aparece dentro desse espelho, um dia há de sair correndo daí de dentro diretamente para os seus braços, não estou certa, Nora?, brincou Ruth. É só mesmo de Klaus que tenho saudades, dele e da música que tocava ao piano, confirmou a cantora ao deixar-se prender à invenção do doutor Volk pelas mãos de irmã Anna. Em poucos segundos estava no palco cantando ao lado do homem que mais amara. Aplaudidos de pé, agradeciam a platéia e depois seguiam para o camarim trocando juras de amor. Quero me apresentar com você nos teatros do mundo todo, dizia o pianista. Quando vamos marcar a data do nosso casamento, meu amor? O que você está esperando?, perguntava Klaus a Nora antes de deixarem o teatro para jantar. Vamos nos casar só depois que seus pais me conhecerem melhor e os meus pais também conhecerem você, respondeu a soprano. Vamos formar uma nova família, por isso, nossas atuais famílias também devem estar de acordo, você não acha? É só por isso mesmo ou você ainda não esqueceu o Barão Von Nigri?, quis saber Klaus. Que bobagem, meu amor, nem me lembro mais desse homem. Quem foi o Barão Von Nigri mesmo?, perguntou Nora. O pai do seu primeiro filho, respondeu o músico. A imagem do primogênito de Nora, então ainda criança, tomou conta do espelho. O meu filho Felipe gostava bem mais do pai do que de mim, era deslumbrado pelo título de Barão do pai dele... Deve estar mais feliz morando com meus pais e com os avós paternos do que comigo, disse a soprano. Então, deixe-me beijá-la de novo, deixa, disse Klaus ao envolver a amada num apertado abraço. Nora ficou ali, ligada na máquina de colher saudade, por mais longos minutos.

Nora!, Nora!, disse Ester bem baixinho para não tirá-la bruscamente da viagem ao passado. Nora, minha querida, nós temos de ir embora, já está anoitecendo. Obrigada por tudo. Foi uma tarde inesquecível. A cantora, então, abriu os olhos, suspirou e ainda insistiu para que as visitas ficassem mais um pouco e que jantassem com ela. Mas o convite não foi aceito. Se souberem notícias sobre o nascimento do filho bastardo de Astrid Dahl me contem, por favor. Ouvi dizer que pode nascer prematuro... Imaginem a cara do Oscar Dahl, coitado... Ter de criar um filho do Berthold Horn. Essa Astrid não toma jeito, comentou Nora quando as amigas estavam de saída. Pode deixar que lhe avisamos sim, disse Lola. Ester e Sophia partiram numa charrete e Ruth e Lola em outra. Nunca mais vou esquecer as horas felizes que passei na sua fazenda!, comentou Lola. A Fazenda Gênesis é realmente encantada!, disse Ruth para a anfitriã que acompanhou ainda a pé o andar das charretes. A Ópera dos Grilos, a máquina de colher saudade, a sua voz e a sua música... Somos privilegiadas de poder desfrutar todo esse encantamento! Vocês é que são uns amores!, respondeu Nora. E fiquem atentas que qualquer dia eu entro nesse espelho de cristal e não saio mais, disse a cantora. Vocês não perdem por esperar!

22

Os cafezais cresciam e ficavam cada dia mais bonitos. Para o ano que vem, muitos já esperavam a primeira grande colheita. Os refugiados judeus decidiram agradecer o bom desempenho da lavoura em abril, durante a páscoa judaica, a *Péssach*. E mesmo dois meses antes já começaram a pensar na festa. Fevereiro de 1941 apenas começava quando Olívia List Obermann voltou de São Paulo com a pequena Sarah que ainda não tinha completado um ano de vida. Curada, a mulher de Bernardo regressou ainda mais bela e elegante. Trouxe uma coleção de chapéus e vestidos, além de uma lista recheada com nomes de novos amigos, entre eles, um mais íntimo, o escultor italiano Ernesto di Fiori, que residia na capital paulista. O artista lhe fora apresentado por um casal de amigos alemães que vivia em São Paulo. Com ajuda da prima Caroline e de Elisabeth Kroch, Bernardo List Obermann organizou uma festa para comemorar o retorno da esposa e da filha caçula. Foi nesse encontro regado a chá com vinho, que os convidados começaram a falar nos preparativos para a *Péssach*.

O jantar também serviu para tentar pôr fim aos boatos que se espalhavam pelas fazendas e pela vila, de que o casamento entre Bernardo e Olívia estaria no fim. Frida Schneider e Traud Fromm perderam boa parte da festa reparando no comportamento dos anfitriões para checar se realmente continuavam apaixonados um pelo outro. Como ela conseguiu passar quase seis meses fora, abandonar o marido e a filha sozinhos aqui no meio do mato?, perguntou a mulher do ex-banqueiro. Uma mulher como Olívia nasceu para viver na civilização, nas grandes cidades. Não é difícil entender o motivo que a fez ficar todo esse tempo longe daqui, disse Frida. Bonita do jeito que ela é... Os italianos fogosos que moram em São Paulo não devem ter largado do pé dela. Veja, o Bernardo segura a mão dela com tanto carinho, mas ela não parece gostar mais dele não. Eu não me engano quando o assunto é coração, disse Traud. Parem de falar da vida alheia, vocês duas não aprendem nunca, não é mesmo?, repreendeu Petra Luft Hagen. Olha só quem chegou!, disse Frida. A nossa monarca. A rainha de Rolândia em carne e osso! Cheguei para fiscalizar vocês duas, suas fofoqueiras! Deixem Olívia e Bernardo em paz. Vamos, venham comigo. Nora vai cantar acompanhada ao piano por Elisabeth Kroch, venham! Insistiu Petra.

O concerto musical, como era de costume, foi várias vezes prejudicado pelos ataques de tosse de Astrid Dahl, que estava grávida de sete meses. Desculpem-me, por favor, não consigo controlar, dizia a irmã de Charlotte. É só eu sentar que a tosse recomeça. Que falta de vergonha na cara!, cochichou Traud para o marido. Será que Astrid não tem vergonha de exibir essa barriga, e ainda quer chamar atenção! E olha o pai da criança ali. Ainda fica bem ao lado do marido oficial dela. Depois da apresentação, todos se sentaram para ouvir Thomas Schneider discursar sobre a obra de Thomas Mann. Foi mais de uma hora de palestra, na qual ele citou e leu trechos dos livros até então mais conhecidos do autor alemão, como *A Montanha Mágica* e *Os Buddenbrooks*. Mann escreveu *Os Buddenbrooks* quanto tinha 26 anos. Foi com esse romance que estreou como escritor. Nele, Mann conta a história de três gerações de uma família de comerciantes de cereais que viviam em Lubeck, cidade onde ele nasceu, disse doutor Schneider impostando a voz. Quem ainda não leu *Os Buddenbrooks*? Eu não li, mas vou fingir que já li, confidenciou Frida Schneider para Traud Fromm. Se meu marido souber que ainda não li esse livro é capaz de ele me deserdar. Eu ainda não tive a alegria de ler, disse Bettina Ballack. Mas vou correr atrás desse prejuízo o mais rápido possível. Depois que a palestra sobre Mann terminou, doutor Schneider pegou um livro que também estava sobre a mesa e mostrou aos convidados. Além da obra do poeta Fernando Pessoa, também aprendo português nos livros do maior autor brasileiro: Machado de Assis. Com a ajuda do dicionário, já consegui avançar bastante. Este romance chama-se *Dom Casmurro*. A minha próxima palestra será sobre Machado de Assis, disse o jurista que foi aplaudido por todos. De uma coisa não posso reclamar jamais, afirmou. Esses anos já vividos em Rolândia me tornaram um homem muito mais culto e disciplinado. Reli todos os principais livros de Mann, de Goethe e de Schiller. Na Alemanha não tinha tanto tempo livre para me dedicar à leitura. Os clientes viviam me incomodando, me dando trabalho. Claro, dinheiro também, não há dúvida. Mas qual é o valor das finanças diante do valor do conhecimento? Tenho pensado muito nisso ultimamente, refletido sobre o real sentido da existência humana. Principalmente nesses tempos de guerra, de violência, disse o palestrante.

Olívia comentou que nem para pôr a leitura em dia Rolândia lhe estava sendo útil. Reclamou que não conseguia se adaptar. Se ainda pudesse viver para sempre em São Paulo, afirmou. Mas aqui não me sinto bem mesmo. Tentei sim, disso Bernardo não pode se queixar. Mas olha só as minhas mãos como estão. Esses calos não saem nunca mais. Vejam as feridas que os mosquitos deixaram no meu braço. Faz pouco tempo que voltei de São Paulo e as marcas desse mundo selvagem já voltaram ao meu corpo. Ainda bem que tenho os chapéus para proteger a pele do rosto do sol quente. Olívia contou aos amigos que logo que os List Obermann chegaram a Rolândia, ela ajudou o marido a limpar as terras da família, que tinha capinado, plantado, arado a terra; que tratava dos porcos, enfiava os pés na lama do chiqueiro, e que por isso vivia cheia de bicho-de-pé. Essa terra vermelha parece que penetra na pele da gente. Ficamos todos encardidos depois que passamos a viver aqui, vocês não acham? Frida, Petra, Golda, Traud e Charlotte Prustel compartilhavam da mesma opinião de Olívia. Não vejo a hora de ver essa guerra terminar e de voltar a viver na Europa, disse Charlotte. Por mais saudade que eu possa sentir, eu gosto daqui, disse Ruth. Essa terra é um paraíso! É um presente que ganhamos de Deus!, afirmou. Concordo com você, disse Ester. Se não fossem nossos parentes e amigos, poderíamos estar mortos. Acho que mais do que reclamar daqui, temos de agradecer. Sempre agradecer muito. E que fique bem claro: agradecer aos nossos amigos e parentes, não ao governo brasileiro! Temos de ser gratos sim, aos laços de amizade, às redes de soliedariedade, às associações formadas por nossos amigos judeus e cristãos que nos estenderam as mãos na hora em que mais precisamos.

Acho que as senhoras estão certas, temos mesmo de ser gratos. Mas permita-me reclamar apenas desse pó vermelho que castiga a minha biblioteca, disse Edward Luft Hagen. Os meus inofensivos livros vivem cobertos de poeira. Essa terra é pior que as traças! Os meus livros também sofrem, comentou Samuel Naumann. Por mais que as janelas e as portas lá de casa fiquem fechadas, a poeira vermelha consegue entrar. Imaginem os meus então!, disse Bernardo List Obermann. Grande parte deles está enterrada e deve ter páginas mais cheias de terra do que de letras. Rudolf Allmann aconselhou o marido de Olívia a desenterrar os livros. Não há mais motivo para ter tanto medo, disse. O senhor também! doutor Schneider, faça o mesmo. O senhor também! doutor Volk. Livros não foram feitos para ficar embaixo da terra, como se fossem defuntos, pelo amor de Deus! Livros nunca morrem, proclamou o advogado de Frankfurt. Eu e Ruth sofríamos profundamente ao passar pela cova onde tínhamos enterrado parte da nossa biblioteca. Portanto, decidimos tirar todos daquele buraco. Agora, os livros lá de casa estão protegidos pelas mãos da minha querida e caprichosa esposa. Caprichosa mesmo, disse Bettina Ballack. Quase todos os dias vejo Ruth tirar o pó vermelho dos livros. Aprendi com ela a limpar as páginas sem estragá-las. A senhora tem razão, senhora Ballack. Minha esposa tem conseguido manter os nossos livros em bom estado e a nossa biblioteca limpinha, disse Rudolf.

Eu já não posso garantir o mesmo ao Samuel, lamentou Nora. Eu tento, mas não tenho talento para limpeza. Amo os livros, isso ninguém pode negar. Mas se depender de mim, coitadinhos, vão ter de agüentar essa terra vermelha até o fim dos dias. Já não consigo nem tirar o pó que cai todo minuto sobre o meu corpo, sobre as minhas roupas... Tirar a grossa poeira do meu piano e das minhas partituras já me custa muito, afirmou a soprano. Vocês, então, podem imaginar como os nossos livros estão sujos, não é mesmo? Quando entro no quarto onde está guardada nossa biblioteca, tenho a impressão de ouvir os espirros e as tosses de Madame Bovary, Julieta, Fedra, Dorian Gray, Werther, Hans Castorp... Todos alérgicos e sufocados pelo pó. Aí eu olho bem para todos eles e digo para que se acostumem e tolerem a situação porque eu, meu marido e meus filhos também não tivemos outra saída, disse Nora. Eles não vêm me limpar, por que eu tenho de limpá-los, não é mesmo? Se nós humanos, ao pó voltaremos, por que com os livros há de ser diferente?, afirmou a cantora aos amigos que se divertiram muito com as sinceras palavras dela.

Naquela mesma noite, Olívia também mostrou aos vizinhos o talento que tinha para a poesia. Assino os meus poemas como Sílvia Overbeck, disse antes de começar a declamar uma das primeiras poesias que tinha escrito logo que se mudou para Rolândia:

Floresta Noturna.

"Sobre o mar de copas das sonolentas florestas
desce em silêncio a macia essência da noite,
envolvendo em véus perfumados
os vapores remanescentes do dia de intenso calor.

A canoa de diamantes da lua
desliza tranqüila
no oceano das vastas escuridões sem tempos.

Absorvem sedentos seu brilho os frutos do campo
e com um sorriso maturam.
Úmidos olhos dos animais em repouso
recebem a bênção do misterioso poder.

Dilui-se, liberta, a ilusão indecifrável dos homens
nas promessas das amplidões;
preenchem as mãos dos anjos, em criação incansável;
taças que exalam misericórdia.

Eleva-se sobre as impetuosas montanhas das realidades
a luminosa imagem da saudade eterna.

Em frente à cabana o menino mulato acendeu a fogueira,
e do silêncio esticado das cordas à espera,
seus dedos chamam, sonhando,
os sons orvalhados do silêncio.

Monótonos sons do violão.
Das profundezas dos ancestrais

sem culpas fluem cantigas.
Lamentos de negros acocorados
libertam as dores e lágrimas represadas.

O brilho oscilante das estrelas
desce em gotas peroladas
como o alento de mil almas.

O sussurro dos ventos passa apressado
pelos morros que dormiam aconchegados.
Sempre retornam os espíritos,
se um dia nos chamaram;
sempre os mesmos, voltam.

Como num sonho, ansiosa,
abrem as pálpebras a PERGUNTA."

Bravo, Bravo! Gritou doutor Schneider ao convidar a todos os presentes para detonarem uma explosão de aplausos.

Por coincidência ele tinha o nome de uma fera e o sobrenome de um animal peçonhento e misterioso, muito temido por todos. Chamava-se Wolf Schlange, ou Lobo Serpente em português. E era assim, como lobo e como cobra, que doutor Wolf, médico alemão de Hannover, dono da Fazenda Baviera, era visto pelos vizinhos. Pouco simpático e amistoso, ele morava com a esposa, dona Marga, e três filhos. O casal também tinha sangue judeu, mas quase não saía de casa nem gostava que os herdeiros freqüentassem as fazendas dos outros imigrantes. Por essa razão, quase não era requisitado pelas famílias para serviços médicos. Todos preferiam pedir socorro ao doutor Weber, dono da Casa Guilherme. Doutor Schlange tinha mais de 60 anos quando chegou a Rolândia. Mesmo com toda sua antipatia foi chamado duas vezes para exercer seus conhecimentos médicos. Mas nos dois casos, os pacientes não eram seres humanos e sim uma cabra e uma leitoa.

A primeira chamada foi para aparar as unhas da cabra que vivia no sítio de Lola e Fritz Katz. Desde que passou a viver na própria casa, construída no pedaço de terra doado pelos Cremer e pelos Allmann, o casal comprou uma cabra para produzir o leite que consumiam. O ex-juiz de Frankfurt, mesmo desajeitado para a tarefa, fazia questão de ele mesmo ordenhar o animal que, de tão carinhoso, passou a ser tratado como se parte da família fosse. Certo dia, Fritz cismou que deveria aparar o casco da cabra e chamou doutor Schlange para o serviço. Com muito custo, por ser o cliente um renomado jurista, o médico atendeu ao chamado. Ele é profissional, deve saber cortar as unhas de uma cabra, disse Fritz para Lola. Onde está o bicho?, perguntou secamente, assim que desceu do cavalo. Logo ali, respondeu Lola. O senhor precisa de ajuda?, perguntou Fritz. Apenas que não falem mais nada comigo. Gosto de silêncio, muito silêncio, disse doutor Schlange. Se os homens aprendessem a ficar de boca fechada, o mundo seria muito melhor.

Mas a cabra não gostou nada dele e, mesmo amarrada, não o deixava aparar o casco. Nervoso, doutor Schlange fez o animal deitar no chão e sentou-se sobre ele. O que é isso?, perguntou Lola ao marido. O que ele está fazendo? Não se preocupe que ele é médico, sabe o que faz, respondeu Fritz. A cabra ficou quieta. Mas quando doutor Schlange se levantou satisfeito... As unhas grossas das quatro patas estavam bem aparadas, mas a cabra estava morta. Já o caso da leitoa, foi na Fazenda Canaã. O animal estava com a barriga bastante inchada, dura. Sangrava que não havia meio de parar. Bernardo List Obermann chamou o doutor Schlange para operá-la. O velho chegou com a cara fechada, usando um avental branco, e trouxe um dos filhos, um menino de 12 anos, para ajudá-lo. Amarraram a leitoa numa tábua e começaram a cirurgia. Para anestesiar o bicho, usaram clorofórmio. O pai pediu para o filho injetar a substância e a dosagem foi exagerada. Resultado: a ruptura que existia no intestino da leitoa foi eliminada, a barriga foi fechada, mas o gordo animal não quis mais acordar, e acabou sacrificado.

Por essas experiências desastrosas, doutor Schlange ganhou fama de péssimo médico, e ao invés de ser visto como defensor da vida, passou a ser chamado de mensageiro da morte. O filho mais novo dele, Napoleão, mesmo ainda recém-entrado na adolescência, era fanático por histórias de guerras. Tinha muitos livros que contavam como se deram os principais conflitos mundiais, desde as cruzadas. O pequeno Napoleão era dono de uma invejada coleção de soldadinhos de chumbo comprada na Europa. Nas raras vezes em que se encontrava com os outros meninos da colônia, dizia que sonhava em ser um grande general. Que se Hitler não tivesse perseguido os judeus, poderia ter continuado os estudos na Alemanha para realizar o sonho de entrar para o exército germânico. Poderia me tornar um grande militar, inventar bombas, submarinos assassinos e com todo o conhecimento que já tenho sobre guerras ajudaria a Alemanha a conquistar o mundo todo só para ela, proclamava o jovem Napoleão.

23

Sarah começou a chorar muito, ter febre, não dormia mais à noite, não conseguia engolir nem leite nem as papinhas que Olívia preparava. No início, o casal List Obermann pensou que a causa pudesse ser uma simples dor de barriga ou prisão de ventre, ou ainda os dentes que estavam por nascer. Mas com a passagem dos dias e a filha só piorando, o casal ficou desesperado e, a cavalo, levou Sarah até a casa dos Naumann para que fosse examinada por irmã Anna, que além de doméstica também era enfermeira. A velha alemã olhou, tocou o bebê e constatou que o caso era muito grave. Sarah estava tendo espasmos musculares, rigidez na nuca e dificuldade para respirar. Irmã Anna só pingou algumas gotas de um antitérmico na boca da criança para baixar a febre e correu até o caminhão da serraria, que coincidentemente estava na Fazenda Gênesis. Hans Loper, namorado de Johanna, e Saul Ulrich estavam descarregando toras de madeira quando foram surpreendidos pelos gritos da enfermeira. Por favor, senhor Loper! Por favor, senhor Ulrich! Parem o que estão fazendo para fazer uma caridade. A filha caçula dos List Obermann está morrendo e precisa ser levada rapidamente até a Casa Guilherme para ser salva pelo doutor Weber. Só ele pode salvar o bebê! Levem dona Olívia e a filha até ele.

Acompanhada de Bernardo, Olívia, em prantos, entrou no caminhão com Sarah nos braços. Nora Naumann e irmã Anna, comovidas ao ver a dor da amiga, também choraram. Elas se ofereceram para cuidar de Bárbara enquanto o casal List Obermann estivesse fora. Só um milagre pode salvar a criança, dona Nora, disse irmã

Anna. Só um milagre. Saul acelerou o caminhão ainda cheio de toras. O veículo enfrentou a estreita estrada, cheia de buracos e curvas, o mais veloz que pôde. Sarah não tinha mais forças para chorar. Corra, Saul, minha filha está morrendo!, disse Bernardo. Estou fazendo o que posso, senhor List Obermann, o que posso, disse o serralheiro. A estrada é muito ruim. Se correr mais do que isso, o caminhão pode capotar numa curva ou bater no barranco, cair num buraco... Aí é que não chegamos a lugar nenhum, explicou Saul.

Desesperado, Bernardo arrancou o anel de opala do dedo de Olívia. Vou fazer esse anel desaparecer das nossas vidas, ele é que tem nos trazido tanta desgraça, é uma maldição! Quando voltarmos para casa, vou destruí-lo. Olívia não discordou do marido e só tinha olhos para a filha doente. Olha para a mamãe, Sarah! Olha para a mamãe!, pedia Olívia desesperada. Mas a criança não reagia mais. A minha filha está morrendo, não deixem ela morrer, por favor!, implorava a mãe ao motorista. Calma, Olívia, nós vamos chegar a tempo, ela vai ficar bem, disse Bernardo ao abraçar a esposa. Não vai dar tempo nada, o meu anjinho já está morto, já está morto!, afirmou Olívia chorando. O desespero da mãe para salvar a filha comoveu Saul e Hans que, assim como o pai da criança, também não conseguiam conter as lágrimas. Bernardo guardou o anel no bolso.

Sarah chegou morta na Casa Guilherme. Foi tétano, disse doutor Weber aos pais. Ela era muito fraca e não resistiu. Meus sentimentos. Não houve velório e Sarah foi enterrada no mesmo dia. Olívia depositou um ramo de flores sobre o pequeno caixão de madeira que depois seguiu até o cemitério, levado por uma carroça. Quando estava de volta à fazenda Canaã, Olívia perguntou pelo anel de opala a Bernardo. Está aqui, disse o marido, tirando a jóia de dentro do bolso da calça. Não se desfaça dele. Ao contrário do que você pensa, ele é meu talismã, pediu a esposa. Mas Bernardo não respeitou a vontade de Olívia. Foi até o quintal e jogou a jóia dentro da fossa. A peça mística e bela despencou na escuridão, e ao se chocar com o bolo de fezes e urina começou uma lenta descida na contramão das pequenas bolhas de gases que subiam do subterrâneo. Fique bem longe da minha família, agora, anel maldito!, disse o pai que acabava de perder a filha. Na mesma semana, o casal se desfez do berço e das roupas usadas pela criança. Tudo foi doado para uma família de caboclos que esperava a chegada de um bebê na Fazenda Torah. Começavam os dias mais tristes da vida de Olívia. Os vizinhos deram apoio ao casal List Obermann. Mas foram os abraços e as palavras de Martha, que também tinha perdido dois filhos recém-nascidos para a morte há pouco tempo que mais confortaram o coração da mulher de Bernardo.

A invasão da Iugoslávia e da Grécia pelas tropas alemãs e o bombardeio que os aviões ingleses fizeram sobre Berlim com bombas americanas eram as notícias mais comentadas em Rolândia naquele abril de 1941. O fim da guerra parecia estar cada dia mais longe e o medo de que Hitler terminasse vencedor só aumentava, principalmente entre os refugiados judeus. A preocupação com os amigos e parentes que ficaram na Alemanha crescia e a tristeza também. Somado a tudo isso, a morte de Sarah ocorrida há menos de dois meses. Foi nesse clima de luto que os List Obermann e os vizinhos comemoraram, muito discretamente, a páscoa judaica.

Foi na Fazenda Torah. Como tinham aprendido com os pais e avós, os adultos convocaram os que seriam os mais responsáveis por levarem a tradição adiante: as crianças e adolescentes. Eles participaram ativamente da preparação do serviço religioso, conhecido como *Sêder* de *Pêssach*, com certeza o ritual mais celebrado entre os judeus do mundo inteiro. Nem todos os alimentos exigidos pela cerimônia puderam estar presentes à mesa dos Cremer. Mas a celebração pôde contar com o vinho, a água salgada, os pães, panquecas e pudins feitos com ingredientes não levedados e com o *Zerôa* – um osso chamuscado, normalmente uma perna de um animal –, símbolo do cordeiro pascal, além da *Hagadá*, livro que conta o que ocorreu ao povo judeu, a tragédia da escravidão, que foi lido e comentado pelas crianças e adultos durante a noite de *Pêssach*. Ruth não se conteve e chorou. Que tristeza comemorarmos aqui o nascimento do povo judeu, com tantos irmãos sendo mortos cruelmente na Alemanha, lamentou-se. Desculpem-me, mas eu não me perdoaria se não falasse dos nossos parentes e amigos assassinados. Vamos fazer um minuto de silêncio e depois rezar por todos eles, pediu a professora de judaísmo.

Outro assunto da noite foi o casamento de Sophia com Romeo. A filha mais velha dos Cremer fazia planos em voz alta, estava empolgada e completamente apaixonada pelo namorado. Incomodada com a felicidade da moça, Nicole saiu da sala quando a conversa começou. Wille, irmão de Romeo, estava hospedado na Fazenda Torah com a esposa, Hildegard, uma fotógrafa alemã que prestava serviços para jornais e revistas nacionais e internacionais. Fazia reportagens sobre o Brasil. Nessa primeira visita a Rolândia, ela aproveitou para preparar duas matérias. Uma para uma agência de notícias estrangeira sobre a colônia e as dificuldades que os refugiados e imigrantes alemães enfrentavam, e outra sobre o mesmo tema, para a revista *Ilustração Brasileira*. O casal, que tinha pouco mais de trinta anos de idade, morava em São Paulo com a mãe de Wille e Romeo, dona Yula Dallmathan, uma senhora judia muito religiosa. Wille era dono de uma loja de equipamentos médicos no centro da cidade. Foi Yula quem mais reforçou a idéia de convidar um rabino de São Paulo para celebrar o enlace de Romeo com Sophia na Fazenda Torah. Mamãe disse que é amiga da esposa do rabino Fritz Pinkuss e que tem certeza de que ele aceitaria vir até aqui caso ela faça um pedido. Mamãe faz questão que você se case numa cerimônia judaica, afirmou Wille ao irmão. Garantiu que só vem ao seu casamento se o rabino Pinkuss celebrar. Já ouvi falar desse rabino, disse Ester. Dizem que ele é mesmo muito especial, muito generoso. Eu também vou gostar de ver minha filha se casar sob as bênçãos de um rabino. As fotos do casamento podem ficar por minha conta, afirmou Hildegard. Minha máquina fotográfica vai documentar cada minuto da festa e prometo cobrar bem baratinho.

Enquanto parte do grupo falava sobre a possível vinda de um rabino a Rolândia para celebrar o enlace, Bernardo e Alexander conversavam sobre Martha e Ludwig Luft Hagen. Ele foi um covarde, disse Bernardo. O que ele fez com Martha não é digno de um homem sério. Pelo menos, arrumou um casamento para ela, não deixou a coitada e a criança sem uma família, sem uma casa para morar, isso mostra que Ludwig não tem o caráter tão mal assim, disse Alexander. Como homens que somos, devemos compreender essa fraqueza que leva a gente a fazer certas loucuras, não é mesmo, Bernardo? Vai me dizer que você também não tem os seus minutos de fraqueza? O marido de Olívia argumentou que a masculinidade não era desculpa para o que Ludwig tinha feito com Martha. Contou ao vizinho que nos últimos dias Martha freqüentava bastante a fazenda Canaã e que se revelou uma excelente companhia para Olívia. As duas estão muito amigas, disse. Posso garantir ao senhor, com toda certeza, que Martha tem sido o remédio para a tristeza que tomou conta do coração da minha mulher. Uma tem confortado a outra. Uma tem sido confidente da outra, o senhor me entende? Foi Martha quem insistiu para que Olívia viesse essa noite aqui. Nessas últimas semanas, conheci muito a mulher de Fausto Flemig e posso afirmar com convicção de que se trata de uma das senhoras mais dignas e inteligentes da nossa colônia, disse Bernardo.

Rudolf Allmann entrou na conversa e concordou com Bernardo. Mas pediu para que ele tivesse muito cuidado ao falar sobre o período que Martha viveu na fazenda dos Luft Hagen. Petra comentou com Ruth que doutor Edward não gostou nada de saber dos comentários que correm por toda Rolândia de que ele tem uma neta bastarda. Esse assunto não nos interessa mesmo, não é? Melhor pôr uma pedra sobre isso e esquecer, disse o advogado. O que eu não me conformo, afirmou Bernardo, é de ver aquela linda criança crescer a poucos metros do pai verdadeiro, sem saber que ele existe, sem ter direito sequer a um olhar carinhoso dele. Vocês podem pensar o que quiserem, mas eu me angustio muito com isso, disse Bernardo. Não posso ver uma criança ser injustiçada. Isso me revolta de um jeito que vocês não podem imaginar. Mas que provas o senhor tem de que a menina é mesmo filha de Ludwig?, perguntou Alexander. Por mais que Martha diga isso, como podemos ter certeza? O tempo vai dizer, meu amigo. O tempo tem a resposta para tudo, proclamou o dono da Fazenda Canaã ao levantar-se da cadeira. Com licença que agora eu vou ver se Olívia precisa de alguma coisa. Vá e volte logo, Bernardo, disse Rudolf. Agora vamos falar do que nos interessa. Vamos falar de café. Esse ano a florada promete, volte depressa para brindar conosco em homenagem aos nossos cafezais, disse o advogado.

No gramofone dos Cremer, concertos para violinos compostos por Beethoven. Nora aproveitou que as mulheres estavam envolvidas pela música para convocá-las a freqüentar mais as aulas de piano e de canto. Vai lhe fazer muito bem, Olívia, soltar a voz alivia as dores da alma, minha querida. Leve Bárbara também. Ela já tem idade para começar a aprender piano. Bárbara sorriu para Nora que lhe deu um apertão nas bochechas. Nesse instante, ouviram as vozes de Ruth e de Bettina Ballack convocarem todas as crianças e adolescentes para ir até a beira da floresta. Os adultos observavam a distância. Quero que vocês aprendam de uma vez que não é preciso matar os pobres vaga-lumes quando os aprisionam no vidro para transformá-los em lanternas. Brinquem e depois soltem os bichinhos. Deixem-nos voltar para casa, que é essa maravilhosa floresta. Vejam como eles gostam de viver aqui, estão vendo? Olhem essa nuvem de pirilampos. Tão colorida que parece uma jóia com várias pedras preciosas, disse a professora de judaísmo. Mais até do que preservar a vida, vocês estarão respeitando a Deus. Olhem ali! Contem comigo. Um, dois, três, quatro, cinco, seis, sete. São sete vaga-lumes voando juntos em cima, mais outros embaixo, olhem... Voam de um jeito tão sincronizado que formam o desenho de uma *menorah*. Vejam o vôo de uma *menorah*, crianças! Esse espetáculo eu não tinha programado, disse Ruth. Que coincidência! Uma *menorah* de vaga-lumes, venham todos ver, proclamou emocionada a mulher de Rudolf Allmann. Os adultos se aproximaram e depois de assistirem ao desempenho dos insetos luminosos, aplaudiram, ainda envolvidos pela trilha sonora dos violinos. Você viu, Ester, comentou Ruth. Se confiscarem as nossas *menorahs* um dia, se nos proibirem de acender nossas velas sagradas, não deixaremos de celebrar as nossas datas religiosas por falta de luz. Olha como o vôo daquela família de vaga-lumes lembra o nosso candelabro de sete pontas. Salve o Deus de Abraão! Eu nunca tinha visto uma imagem tão linda!, disse Ester. Todos ficaram ali hipnotizados pela cena até os pirilampos desaparecerem no matagal.

O professor Amos Ballack sentiu falta de Fritz Katz e perguntou por ele. Lola já imaginou que o marido poderia estar vivendo mais uma crise e pediu ajuda aos amigos para encontrá-lo. O ex-juiz estava escondido embaixo da cama do casal Cremer, encolhido como uma criança na fase uterina. Mais uma vez estava em pânico porque tinha ouvido vozes de soldados nazistas em torno da fazenda. A Gestapo está aqui, disse baixinho para Romeo, que foi o primeiro a vê-lo no esconderijo. Vá se esconder, Romeo, corra antes que seja tarde. Entre no armário, ande! Ouça as botas daqueles monstros batendo no chão. Estão chegando, disse o marido de Lola. Vão nos matar, vão nos matar!

Romeo foi chamar os outros homens para convencer Fritz a sair debaixo da cama. Amos e Alexander vieram na frente seguidos por Lola e Rudolf. Depois de muita conversa conseguiram que Fritz voltasse ao normal e se reintegrasse ao grupo. Não sei mais o que eu faço para ajudá-lo a melhorar, disse Lola a Bettina. Só o nosso Deus de Abraão pode salvá-lo dessas visões, dessas alucinações, afirmou a professora abraçando a mulher de Fritz. Vamos orar Lola, nada mais especial que a data de hoje, que representa o nascimento do nosso povo, a nossa liberdade, para você pedir a Deus que liberte também o seu marido desse mal, disse Bettina. As duas amigas rezaram juntas e depois foram à varanda cantar as canções hebraicas que Ester tocava no violão. Naquela mesma noite, Ruth se ofereceu para acompanhar Hildegard nas visitas às fazendas vizinhas. Vamos começar pela Fazenda das Almas, onde Marta e Fausto Flemig moram, porque fica mais distante, disse Ruth. Saímos bem cedinho porque a viagem é longa. A senhora vai gostar muito de Martha. Ela também sabe tirar fotografias, estudou na Alemanha. Tem uma máquina parecida com a sua. Da fazenda de Martha, nós podemos parar nas outras fazendas até chegar aqui. Se não der tempo de visitarmos todas amanhã, continuamos depois, não é mesmo? Claro, temos todo tempo, acabamos de chegar, temos uma semana pela frente, respondeu Hildegard. Acho que vou gostar muito de conhecer Martha.

Agora, por favor, venha até o meu jardim, disse Ruth à fotógrafa. Com essa lua cheia que brilha no céu, todos conseguimos ver a exuberância das flores e plantas, mesmo durante a noite. Hildegard ficou impressionada com a beleza do jardim e pediu para fotografá-lo durante o dia. Com o sol, ele fica ainda mais belo, principalmente porque recebe, quase o dia inteiro, dezenas de visitantes coloridos como beija-flores, borboletas, passarinhos... Deus abençoou essa terra com a beleza dos pássaros. A senhora vai me dar razão quando caminhar pelas trilhas dessa floresta tropical. Há de faltar filme para a quantidade de fotografias que a senhora vai querer tirar, afirmou Ruth. Hildegard sorriu e concordou com a amiga. Depois repetiu o elogio outras vezes envolvida pelo perfume do jasmim. Ganhei uma muda da Frida, nossa vizinha da Fazenda do Faraó, explicou Ruth. O jasmim é de origem árabe, símbolo da Tunísia... A primeira muda que chegou à Europa veio da Pérsia, no século 16. Dizem que, na Idade Média, as bruxas usavam o jasmim para tirar o amor do coração dos homens. Hildegard ouvia Ruth contar as histórias do jasmim com o nariz praticamente dentro de uma das flores brancas do jasminzeiro. Pois saiba a senhora, contou a fotógrafa depois de libertar o nariz da flor, que há quem diga que o jasmim tem o perfume dos anjos. Portanto, nesse exato instante, devemos estar cercadas por um batalhão de querubins. Sabe, senhora Allmann, essa flor me remete à romântica Paris, onde eu conheci Wille e me apaixonei perdidamente por ele logo quando trocamos o primeiro olhar.

24

No dia seguinte, Ruth, Hildegard e Nicole deixaram a Fazenda Torah como o combinado, às seis da manhã. Uma charrete com dois cavalos se encarregou de levá-las até a Fazenda das Almas. Ruth se preocupava com o sofrimento dos animais e justamente por isso, para aliviar o peso, pediu para o marido providenciar uma dupla de cavalos. No caminho, a floresta nada tímida, exibiu suas cores e surpresas para a lente da fotógrafa. Um tamanduá-bandeira cruzou o caminho das três mulheres e tranqüilamente em passos de quem se sabe admirado, atravessou a estrada que cortava a mata virgem. Mais à frente, quem saltou e quase foi atropelada pela charrete foi uma lebre assustada, e poucos metros depois um lagarto comprido, amarronzado, de peito estufado, que fez Ruth imediatamente compará-lo a um pequeno dragão.

Dragões por aqui... Não queira a senhora tentar me fazer acreditar que estou numa floresta encantada, brincou Hildegard. Pois saiba que bem perto daqui, na Fazenda Canaã, vive uma senhora ariana, muito distinta e bela que tem uma admiração infinita pelas descendentes e seguidoras dos ensinamentos de Morgana. A senhora vai conhecê-la, disse Ruth. Chama-se Olívia List Obermann. Nossa! Essa colônia se revela bem mais interessante do que eu imaginava, conte-me tudo, senhora Allmann! Fale mais sobre essa gente que vive nessa floresta encantada, pediu Hildegard. Tem histórias que a senhora precisa descobrir e ver com os seus próprios olhos. Não tenho o direito de revelá-las, a senhora me entende, não é mesmo?, perguntou Ruth. Humm... Histórias misteriosas, pactos, segredos... Acho que vou precisar voltar várias vezes a Rolândia, proclamou Hildegard ao apontar a máquina fotográfica para um anu preto que abria as asas, preguiçosamente, sobre um tronco à beira da estrada. Que corvo mais esquisito esse!, disse a fotógrafa. Não se trata de um corvo! Esse pássaro chama-se anu, disse Nicole rindo da confusão feita por Hildegard. Vocês falaram de bruxas, dragões... Juro que pensei que fosse um corvo. Combinaria bem com essa floresta, não acham?, perguntou a visitante. Opa... Assustamos o pobrezinho, disse Ruth ao seguir, com um olhar de compaixão, o vôo do pássaro de plumas negras.

Assim que chegaram à Fazenda das Almas foram recebidas por Fausto Flemig. O marido de Martha já estava bem adaptado ao novo trabalho e parecia feliz. Disse que se sentia praticamente o dono daquelas terras, já que o patrão dele vivia na Inglaterra. Abriu a porteira para as visitas e as conduziu até a casa onde estava a esposa e a filha Laila. A menina, com quase quatro anos, saiu até a porta ao perceber a chegada da charrete acompanhada pelo cão basset que Martha ganhara de Petra Luft Hagen, chamado estranhamente de Coisa em Si. Aliás, depois das apresentações e dos cumprimentos, o criativo nome do cachorro foi o primeiro assunto da conversa. Martha explicou por que o basset acabou batizado com esse nome. Na época, nem a senhora Luft Hagen, nem eu, nem ninguém, conseguíamos encontrar um nome para ele, disse. O Coisa em Si ainda era um filhote. Até que depois de alguns dias sem que ninguém conseguisse um nome que a senhora Luft Hagen gostasse, ela acabou ficando cansada de pensar e disse que ele parecia uma Coisa em Si. Foi então que a senhora Luft Hagen determinou que Coisa em Si deveria ser o nome do pobrezinho. Disse que esse nome combinaria com o cachorro, porque o basset, se não for educado até os seis meses de vida, acaba se comportando como ele bem quiser e se torna uma Coisa em Si, entenderam? Bem, como vocês podem ver, a senhora Luft Hagen me deu o Coisa em Si de presente. Lembro-me das palavras dela: está bem, Martha, não faça cara de choro. Você é quem cuida mais do Coisa em Si do que eu. Pode levar o Coisa em Si para viver com você na Fazenda das Almas!

Ele parece mesmo com o nome que tem, disse Hildegard. Pois ele é o cachorro com o nome mais bonito que eu já vi em toda a minha vida, disse Ruth. E olha que eu já vivi bastante. Com um nome tão inteligente, ele tem cara de um cão filósofo, olhem só como parece viver pensando, disse Nicole ao passar a mão sobre a cabeça de Coisa em Si. Um cão filósofo, disse Ruth. Vejam como ele me olha agora! Parece me fazer aquela terrível pergunta: Quem é você? Tal qual a lagarta de *Alice no País das Maravilhas!* Posso fazer uma foto da Laila com o cão filósofo, perguntou Hildegard a Martha. Esse enquadramento dos dois, um ao lado do outro, está perfeito. Não consigo resistir, disse a visita. Martha mostrou a máquina fotográfica que trouxe da Alemanha e convidou Hildegard para fazer uma caminhada pela trilha da fazenda em busca de cenas que, assim como o Coisa em Si, também merecessem ser registradas. As duas jovens alemãs, cada uma com sua máquina de retratos, então saíram a pé pela floresta. Ruth e Nicole preferiram ficar para conversar com Fausto e Laila.

Martha precisa fazer novas amigas, conversar assuntos diferentes, precisa se distrair, disse Ruth. Por isso fiz questão de trazer a Hildegard aqui. Sabia que falariam de fotografias e que isso faria muito bem a ela. A pobrezinha ainda está muito abatida e triste pela morte da filha. Por mais que o tempo passe, eu sei que Martha ainda sofre, lamentou Ruth. Se não fosse o apoio que a senhora nos tem dado, não sei o que seria da minha esposa, disse Fausto. A senhora tem sido uma mãe para ela. Mas eu gosto mesmo de Martha como se mãe dela fosse de verdade, afirmou Ruth. Os pais da sua esposa salvaram a minha vida e a do meu marido. Ajudaram-nos a fugir da Gestapo, foram nossos anjos da guarda. Cuidar de Martha é o mínimo que podemos fazer para retribuir tudo o que os pais dela fizeram por nós, disse Ruth logo depois de pegar Laila no colo. Eu já conheço essa história, comentou Fausto. Realmente, os meus sogros foram muito corajosos. Podiam ter morrido, se fossem flagrados ajudando um casal de judeus. Mas felizmente tudo acabou bem e a senhora, o doutor Allmann e a Nicole podem estar aqui conosco hoje, não é mesmo? O Deus de Abraão protege os seus filhos, não é mesmo senhora Allmann? Claro, senhor Flemig, por mais que sejamos perseguidos, nós, judeus, somos os eleitos do Senhor, disse Ruth.

Depois que Hildegard voltou do passeio, ela quis fotografar Laila. Levou a menina para o quintal e tirou muitas fotos. Sentada, em pé, com um lenço amarrado sobre a cabeça, sorrindo, com o dedo no nariz, os braços cruzados, coçando os olhos, séria... Essa criança não se intimida diante da máquina, dizia Hildegard. É o sonho de todo fotógrafo registrar a infância de uma menina tão desinibida e encantadora. Vou publicar essas fotos numa revista e fazer a beleza da sua filha se espalhar por todo o Brasil, garantiu Hildegard que tinha o entusiasmado discurso pontuado pelos clics e mais clics disparados um atrás do outro. As senhoras ficam para o almoço, não ficam?, perguntou Fausto. Bem que gostaríamos, respondeu Ruth. Mas ainda quero levar a nossa hóspede para visitar as Fazendas Gênesis, Canaã, a Fazenda do Messias, Fazenda Sarah e a Fazenda do Faraó... Não temos muito tempo. Trouxemos lanche e frutas na bolsa, água, e vamos comer na charrete mesmo, explicou Ruth. Martha insistiu e deixou claro que não seria trabalho nenhum preparar comida para todos. Mesmo assim, recusaram o convite. Espero você e o seu marido na Fazenda Torah, disse Hildegard. Vamos ficar até o fim da semana. Quero que vocês conheçam o Wille, insistiu a fotógrafa. Adeus Coisa em Si, continue filosofando em alemão, porque está na sua cara que você não sabe latir em português, disse Ruth ao acenar para o cachorro. O mesmo foi feito por Nicole e Hildegard que também repetiram adeus Coisa em Si, adeus Coisa em Si!

Pararam na estrada para fazer um piquenique. Depois de alimentadas, seguiram para a casa de Nora Naumann. Era dia de Charlotte e Christine Prustel ter aulas de canto e piano. Como as alunas ainda não tinham chegado, Nora recebeu as amigas com alegria e respondeu todas as perguntas feitas por Hildegard. Irmã Anna serviu biscoitos de nata e ficou o tempo todo perto das visitas, curiosa como sempre, para saber quem era a jovem fotógrafa que visitava a fazenda. Ela acabou mais respondendo do que perguntando. Foi conhecer a Ópera dos Grilos e aceitou o convite de Nora para vir assistir a uma apresentação dela da próxima vez que visitasse Rolândia. E doutor Naumann, onde está?, perguntou Ruth. Ele iria adorar conhecer Hildegard. Samuel deve estar empenhado no seu habitual passeio, altivo sobre nosso cavalo Tamino, pelas trilhas da floresta, disse Nora. Ele parece viver num outro mundo. Nem a sela do Tamino sabe arrumar. Até isso eu tenho de fazer por ele, reclamou a cantora. Quando não filosofa dentro da mata, passa o tempo envolvido com leituras e releituras dos livros que trouxemos de Dusseldorf. Temos de entendê-lo, Nora. Não é mesmo fácil se adaptar a essa nova vida, disse Ruth. Também concordo com a senhora Allmann, proclamou Hildegard. Por mais exótica que possa parecer essa terra, temos de convir que ela não tem infra-estrutura para ser habitada por pessoas tão cultas como vocês.

'Martha Flemig' com a máquina fotográfica que trouxe da Alemanha e colhendo abacaxis com a filha 'Laila'.

O cãozinho filósofo Coisa em Si era o melhor amigo de 'Laila'.

'Laila' faz pose para a máquina fotográfica de Hildegard, uma das primeiras repórteres fotográficas do Brasil. As fotos foram publicadas na revista Ilustração Brasileira com o título: Miss Paraná de amanhã.

Rolândia em
agosto de 1937.

A escola alemã de Rolândia (foto acima) foi inaugurada com festa nazista em junho de 1935 como mostra foto abaixo.

Padre Joseph Herions.

Oswald Nixdorf, Hilde e o filho Klaus.

Apresentação da poeta alemã Maria Khale durante uma festa nazista realizada em Rolândia em junho de 1934.

28.192 C.P.ºº.Cl **1294**

1294 **DELEGACIA DE ORDEM POLITICA E SOCIAL**

FICHARIO PROVISORIO INDIVIDUAL

Nome AUGUST NIXDORF Vulgo

Data 5-9-1939 Prontuario na Delegacia N. 28.192

Pai Oswald Nixdorf Mãe Henrike Nixdorf

Idade Data do Nascimento Sexo

Nacionalidade Natural de

Estado Civil Profissão

Local de trabalho Rolandia Ordenado

Residencia atual Rolandia

Residencias anteriores

É sindicalisado sindicatos e locais que costuma frequentar:

Nome e residencia dos conhecidos e parentes:

Notas Cromaticas:

Tip. Gonçalves - Fone 36

Elemento que preencheu o formulario enviado pelo Consulado Alemão para os subditos alemães se registrarem por ocassiao do rompimento da guerra na Alemanha em setembro do corrente ano. Formulario já enviado ao Consulado. (Vide relação e traduçao no prontuario 857).

Em 22-6-1942 - Entre as correspondencias do Sr. Reinhard Maack foi encontrada uma carta na qual o fichado consta como sendo nomeado, em novembro de 1935, pelo Sr. v. Cossel, Chefe do Ponto de Apoio do Partido N.S.D.A.P. em Rolandia (vide traduçao no pront. 1.201).

Seguio para a Alemanha antes do rompimento das relações do Brasil com os paizes do "eixo".

Em 11 de 5-43 - A Superintendencia de Segurança Politica e Social de S.Paulo em Nota Reservada nº 120/43, pediu informaçoes com referencia ao fichado.

Em 2-7-1943 - Foi informado e encaminhado com o of. 1.537 (vide pasta Dops. de Sao Paulo.

28.193 C P ºº. Cl ~~2.510~~ 28.193

4109 **DELEGACIA DE ORDEM POLITICA E SOCIAL**

FICHARIO PROVISORIO INDIVIDUAL

Nome OSWALD NIXDORF Vulgo Reg. Geral 75.4[illegible]

Data 8-4-1941 Prontuario na Delega[illegible].841

Pai Oswald Nixdorf Mãe Henrike Nixdorf

Idade Data do Nascimento 7-6-1902 Sexo

Nacionalidade alemã Natural de Stettin

Estado Civil casado Profissão Agricultor

Local de trabalho Posto de Monta do Estado. Ordenado

Residencia atual Rolandia

Residencias anteriores S.Paulo.

É sindicalisado sindicatos e locais que costuma frequentar:

Nome e residencia dos conhecidos e parentes:

Notas Cromaticas:

~~Compareceu nesta Delegacia afim de apresentar seu passapôrte sob nº 951, achado conforme,~~ que se achava em ordem

Em 26-7-1942. Foi arq. no Pront. 1201 uma carta por ele gidirigida a R. Maack, na qual conta a visita do Duque Adolf Friedrich von Meckienburg e von Cossel, este Ultimo Chefe Geral do Partido Nazista, á Rolandia.

Em 26-8-1942. A Sub-Delegacia de Rolandia, comunicou a detençao do fichado e remessa do mesmo a D.R. de Londrina(Vide cópia do oficio nº 122 anexo ao Pront.).-

Em 14-9-1942 Com o oficio 1282, foi pedida a remessa do fichado para esta Capita (vide cópia no Pront.)

Em 24-9-1942 Com o radiograma nº 429, esta Delegacia solicitou informações detalhadas referentes ao fichado(Vide cópia no Pront.)

Em 3-12-1942 Pôr Tel. 491, esta Del. pediu novamente informes detalnadas sobre o andamento do inquérito(Vide cópia no Pront.)

Em 14-12-942 Chegou a esta Capital, e encaminhado a Casa de Detenção.

Em 13-2-1943 Foi posto em liberdade.

Em 17-3-43. Transitou um seu requerimento sob nº 4560, dirigido ao Sr. Cap. Secretario, pedindo autorizaçao para viajar a Japira. Foi informado o que consta..

Em 17-3-43. Sim.(a) Cap.F.Flôres.-

Em 18-3-43. Providenciado autorização.-

Em11-5-43 - A Sup. de O.P.S. de S.Paulo, em Nota Reservada nº 120/43 solicitou informações, sendo informado a 2-7-43 (vide pasta Dops de S. Paulo.

Em 8-10-43. Transitou um seu requerimento nº 17.539, pedindo para mudar-se a Campina Grande(Piraquara).

Em 9-10-43. Sim, Façam-se as nec. anotações.-Em 4-11-43. Prov. Autorização.-

Acervo do Departamento Estadual de Arquivo Público do Paraná

August e Oswald Nixdorf eram fichados na Delegacia de Ordem Política e Social do Paraná. Apesar deles negarem que eram irmãos ou parentes, nos documentos aparecem como filhos dos mesmos pais.

Penit. - 49 A. G. 12 - A 6

Estado do Paraná

C O P I A.

TRADUÇÃO dum formulario de registro, do idioma alemão para o idioma portuguez feita em 24 de outubro de 1939. Formulario para o registro na lista dos subditos alemães que se apresentarem ao Consulado da Alemanha em Curitiba por ocassião do rompimento da guerra, em setembro de 1939.-

1) Sobrenome: - riscado no original.-
2) Nomes:- (sublinhar o nome pelo qual é chamado) Hans Erich.
3) Data de nacimento:- (dia, mes, ano) 16 de janeiro de 1900.
4) a) Lugar e Estado de nacimento - (no caso duma grande cidade, com distrito urbano e rua) Oldenburg i.O. (Alemanha)
b) com autoridades administrativas inferiores: (por exemplo: Comarca, distrito governamental, etc.) - Idem.
c) com autoridades administrativas superiores:- (distrito governamental) Idem.
d) acquisiçaç da nacionalidade alemã, por nacimento:- (ou legitimaçao - casamento - naturalisaçao) - em 16 de Janeiro de 1900.
Nacionalidade extrangeira anterior á acquisiçāo da nacionalidade alema:- -.-.-.-.-
Posse duma nacionalidade extrangeira além da nacionalidade alema:- -.-.-.-.-.-
5) a) Religiao:- evangelica-lutherica.-
b) Raça:- 3/4 ariano.-
c) Estado Civil:- (solteiro - se casado, enviuvado ou divorciado, desde:- 17-9-1937.- (sublinhar a indicação competente).
6) a) Profissao aprendida:- advogado.-
b) Profissao atualmente exercida:- agricultor.-
7) Dados a respeito de:-
Curso de esporte militar (esporte militar aquatico) de... até .... documento comprobatorio ....
Cumprimento do serviço de trabalho:————
Numero total das semanas de serviço cumprido:————
Passaporte de trabalho nº...... ou qualquer outro certificado de serviço............
Serviço militar: de junho até novembro de 1918, no Regimento de Reserva da Artilharia de Campanha, em Altengrabow.-
Documento comprobatorio e graú de serviço:- artilheiro.-
Posse do distintivo federal de esporte ou do distintivo de esporte da S.A. (isto é, das Seçoes de Assalto).
Carteira de chaufeur (qual?) para veículo a motor:- 3 b-, ou de aviāo ou da Associaçao Alema dos Planadores.......
Atestado duma escola naval ....
Tempo de serviço na marinha:- (Numero de semanas, especie do serviço, atestado). ....
8) a) Pae (nome e sobrenome):- riscado no original.
b) Mae (" " "):- tambem nome de nacimento):- Elsbeth, nacida Boschen.-
se falecida, ponha + E e ano do falecimento. - Pae:———

Penit. - 49 A. G. 12 - A 7

Estado do Paraná

Mae:————
9) Anos de nacimento dos irmaos do conscrito (literalmente: de quem é obrigado a serviço militar; nota do tradutor). (se falecidos, ponha + (cruz) atraz do ano de nacimento). Irmaos:- um, nacido em 3 de outubro de 1898. Irmas: tres nacidas em:- 26-1-1897, 17-1-1903 e 25-6-1908.-
10) Endereço dos paes, respetivamente nome e endereço da esposa, anos de nacimento dos filhos e filhas:- (se falecidos ponha + (cruz) atraz do ano de nacimento) Paes:- Oldenburg i.O. (Alemanha), rua de Wuerzburg nº 11.- Esposa:- Rolandia (Estado do Paraná)-
11) Data da entrada do conscrito no distrito do Consulado. (se for o caso:-"desde o nacimento"):- Novembro 1937.
12) Ultimo domicilio do conscrito ou dos seus parentes no "Reich" Alemao (com indicaçao da autoridade administrativa inferior, distrito governamental, e data de partida). Oldenburg i.O., rua de Wuerzburg nº 11.
13) Residencia ou domicilio permanente do conscrito (rua, numero de casa e andar):- Rolandia (Paraná), perto de Londrina; Caixa Postal, 63
14) Posse dum passaporte?- Em caso afirmativo, expedido onde, quando e por que autoridade?- em 10 de fevereiro de 1937, em Birkenfeld i.O., pelo Presidente do Governo do Distrito do Estado de Oldenburg, em Birkenfeld.- Valido até 9 de fevereiro de 1942.-
15) Pertence a associaçāo ou organisaçāo alemães:- ficou em branco.-
16) Antecedentes e processos pendentes:- .... ————

Afirmo pela presente ter feito as indicações acima conforme meu melhor saber e conciencia. - Rolandia, em 15 de outubro de 1939. - (assinatura do proprio punho.) ilegivel.- Nada mais continha o referido documento que fiel- e concienciosamente traduzi, do que dou fé.- Londrina, 24 de outubro de 1939. (a). Kurt Pinkuss - Tradutor Juramentado interino. Um carimbo oval: Kurt Pinkuss Tradutor Publico int. Londrina (Est. Paraná). Isento de estampilhas. (Para a Delegacia de Polícia de Londrina.

Tradução dos formulários de alistamento militar no exército alemão que foram apreendidos pela Polícia Política do Paraná e que causaram a prisão do padre Joseph Herions e do pastor Zischler.

Acervo do Departamento Estadual de Arquivo Público do Paraná

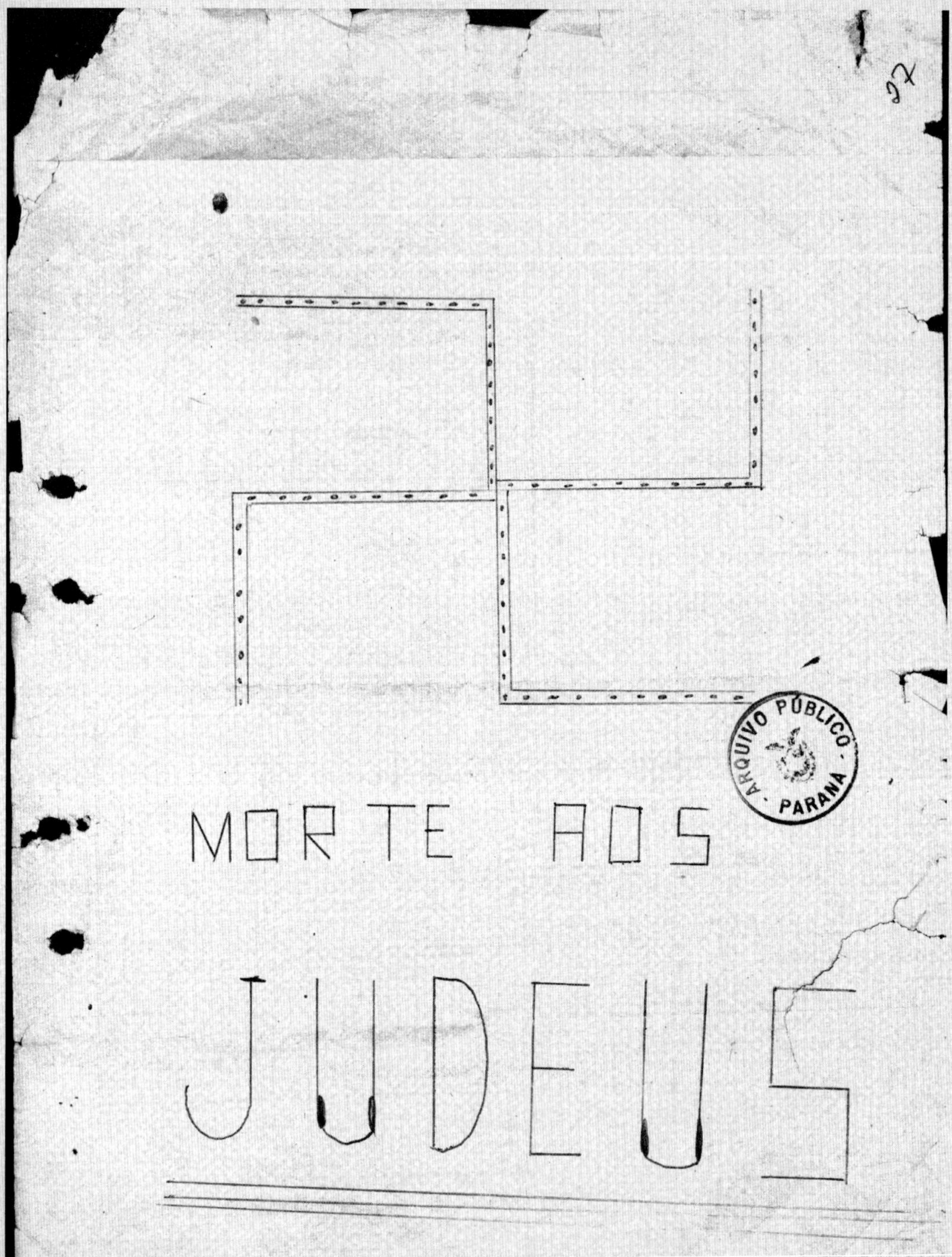

Cartaz usado em campanha anti-semita realizada pelos nazistas no interior do Paraná.

Acervo do Departamento Estadual de Arquivo Público do Paraná

3

Rolandia,12 de Junho de 1942.

V. Ao Sr. Chefe de Policia
15-6-942

Sua Excellencia

sr.Manoel Ribas,

M.D.Interventor Federal no Estado do Paraná.

Venho pedir de Va.Excia. o obsequio de autorisar a Policia deste distrito de conceder a posse de armas defensivas áqueles lavradores alemães,que ela julgue insuspeitos de tendencias subversiveis.

A dificil situação economica do pais tem que resultar forçosamente numa criminalidade augmentada.A Policia está fazendo o possivel para combate-la,mas naturalmente não pode proteger de antemão todos os sitios e fazendas esparamados numa area grande e parcialmente coberta por matas virgens.Os objetos preferidos de ataques criminosos são os sitios e fazendas de propriedade alemã,sendo sabido por todo mundo que a posse de armas é proibida aos lavradores alemães.Assim aconteceram nos ultimos mezes muitos ataques contra a propriedade e até mesmo a vida deles.

Acredito que não poderia pôr em perigo a segurança do pais,se fosse outorgado á autoridade policial o direito de conceder a posse duma arma defensiva aos elementos que ela julgue insuspeitos de tendencias subversiveis.Seja licito de acrescentar que,com poucas excepções bem conhecidas á Policia,os lavradores alemães de Rolandia são vitimas do Hitlerismo,sendo ou fieis catholicos ou homens de origem israelita.

Sou respeitosamente

PALACIO DO GOVERNO
15 JUN. 42
ESTº PARANÁ
PROTOCOLO
Nº 3395

SECRETARIA DO INTERIOR E JUSTIÇA
17 JUN. 42
PROTOCOLO
Nº 07988

234

Carta escrita por 'dr. Volk' a Manuel Ribas – Interventor Federal no Estado do Paraná pedindo que ele autorizasse os refugiados judeus a terem posse de arma de fogo para defesa pessoal.

Acervo do Departamento Estadual de Arquivo Público do Paraná

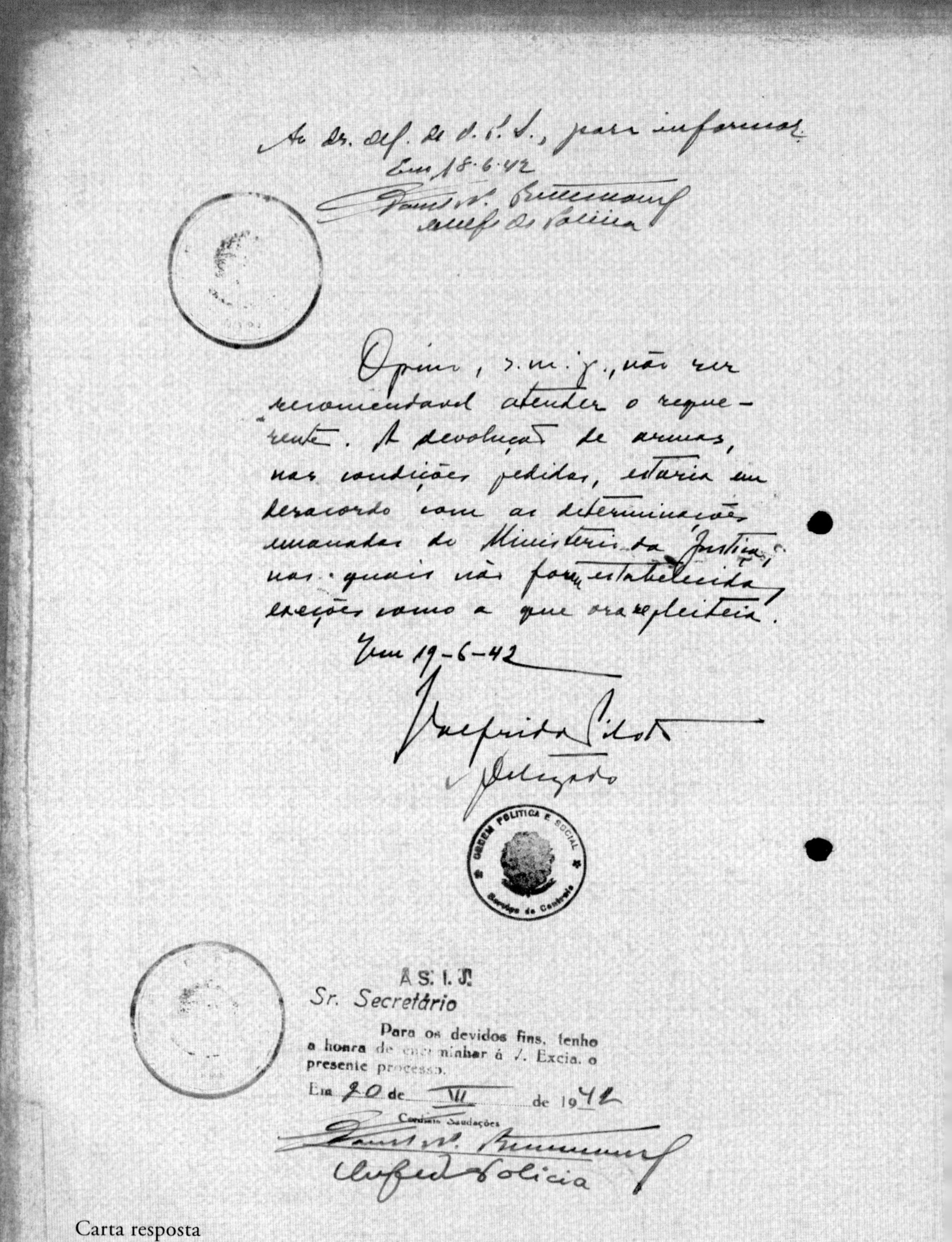
Ao Dr. Del. de O. P. S., para informar.
Em 18-6-42
[signature]
Chefe de Polícia

Opino, s.m.j., não ser recomendável atender o requerente. A devolução de armas, nas condições pedidas, estaria em desacordo com as determinações emanadas do Ministério da Justiça, nas quais não foram estabelecidas exceções como a que ora se pleiteia.
Em 19-6-42
[signature]
O Delegado

A S. I. J.
Sr. Secretário
Para os devidos fins, tenho a honra de encaminhar á V. Excia. o presente processo.
Em 20 de VI de 1942
Cordiais Saudações
[signature]
Chefe de Polícia

Carta resposta da Polícia Política negando o pedido do judeu ‘dr. Volk’.

Acervo do Departamento Estadual de Arquivo Público do Paraná

139d

RESERVADO

MINISTÉRIO DA GUERRA
5ª. REGIÃO MILITAR E 5ª. DIVISÃO DE INFANTARIA
QUARTEL GENERAL

Estado Maior

CURITIBA - PARANÁ, 18-8-944.

2a. Secção

Ofício nº 210 - B/S.

Do Comandante da 5a. R.M. e 5a. D.I.
Ao Sr. Secretário do Interior, Justiça e Segurança Pública do Paraná.
Ass:- Informações (solicitação)

I - A fim de satisfazer um pedido da Sub Chefia do Estado Maior do Exército, solicito vossas providências no sentido de serem colhidas e transmitidas a êste Comando, com a possível urgência, as informações sôbre :

a) - Nome do assinante da caixa postal nº em Caviuna, dêste Estado.
b) - Nome do proprietário ou proprietários da fazenda , na mesma localidade.
c) - Quem é em Caviuna; se tem aparêlho de rádio de qualquer espécie; quais as pessôas que costumam ir á sua casa a pretexto de ouvir rádio; que ligação tem êle com o proprietário ou empregados da fazenda .
d) - Se existe na fazenda ou em Caviuna algum parente do Dr. Ernst Moritz Manasse, ora nos Estados Unidos da América do Norte e quais os seus característicos de identidade, seus costumes, se lê e escreve em alemão, etc.

II - Reitero-vos meus protestos de elevada estima e consideração.

Sady Folch
SADY FOLCH
Ten. Cél. Sub-Chefe do E.M.R., respondendo pelo expediente do Q.G.

Ten. Cel.

Carta do comando do Exército Brasileiro dando ordens à Polícia Política para investigar a caixa postal, as corrrespondências assim como a vida particular das famílias 'Cremer' e 'Kroch'.

Acervo do Departamento Estadual de Arquivo Público do Paraná

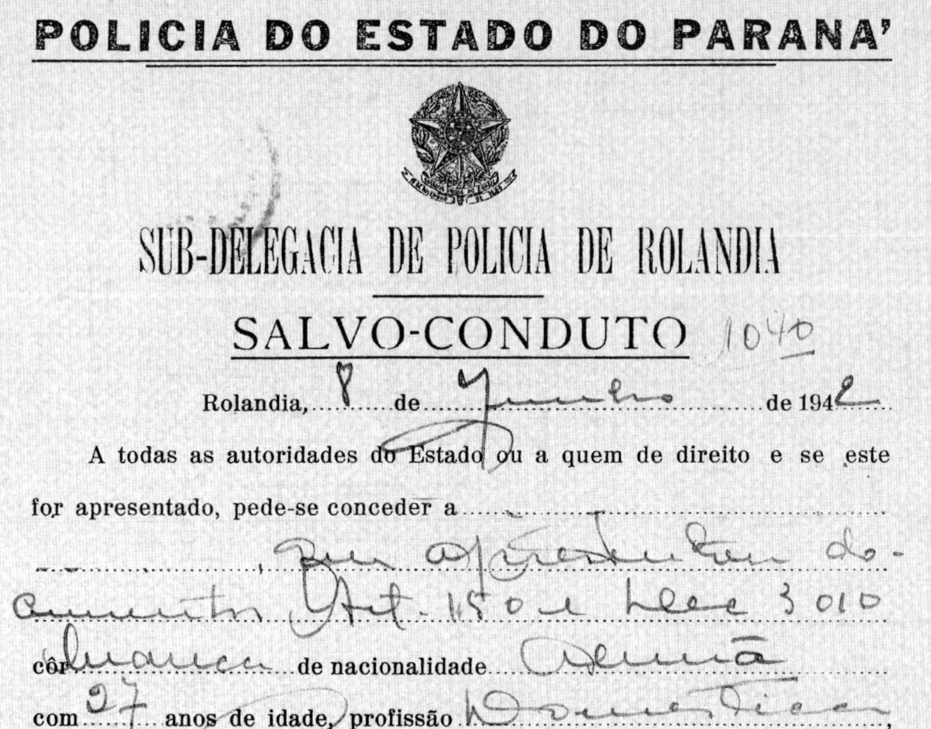

POLICIA DO ESTADO DO PARANA'

SUB-DELEGACIA DE POLICIA DE ROLANDIA

SALVO-CONDUTO 1040

Rolandia, 8 de Junho de 1942

A todas as autoridades do Estado ou a quem de direito e se este for apresentado, pede-se conceder a ...., seu apresentador do documento Art. 150 e Dec 3010

côr branca de nacionalidade Alemã

com 27 anos de idade, profissão Doméstica,

domiciliado em Rolandia

a liberdade para viajar para Rio de Janeiro

ESTADO DO PARANÁ IMPOSTO DO SÊLO 2.000 RÉIS

200 RS BRASIL TESOURO NACIONAL

DELEGACIA DE POLICIA Distrito de Rolandia ESTADO DO PARANÁ

Domingos de Oliveira

SUB-DELEGADO DE POLICIA

ASSINATURA DO PORTADOR

Durante a Segunda Guerra Mundial, os refugiados judeus e os imigrantes só podiam sair de Rolândia e viajar para outras cidades com Salvo-Conduto emitido pela Polícia do Paraná. A cada viagem o documento precisava ser renovado.

'Dom Bentus' entre o Papa Pio 12 e 'Otto Prustel' no Vaticano

Biblioteca do 'dr. Volk'

Biblioteca da família 'Naumann'

'Iuri Kroch' acompanha jogo de futebol no único rádio que o pai dele e os vizinhos tinham para ouvir as notícias da guerra.

'Traud Fromm' atende os clientes na carroça em frente à Casa Guilherme.

O casal 'Thomas e Frida Schneider'.

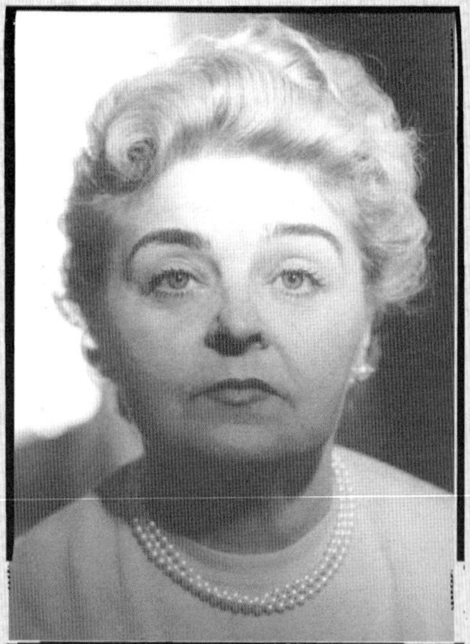

Mesmo com todos os problemas e dificuldades os refugiados judeus e cristãos resistiram e multiplicaram-se. A vida chegava quase sempre pelas mãos protetoras da parteira 'Adeline Kelling'

'Elwin Hahn' com a filha Silvia.

O colo de 'Otto Prustel' sempre estava pronto para os filhos. Nesta foto é 'Thiago' quem recebe o carinho do pai.

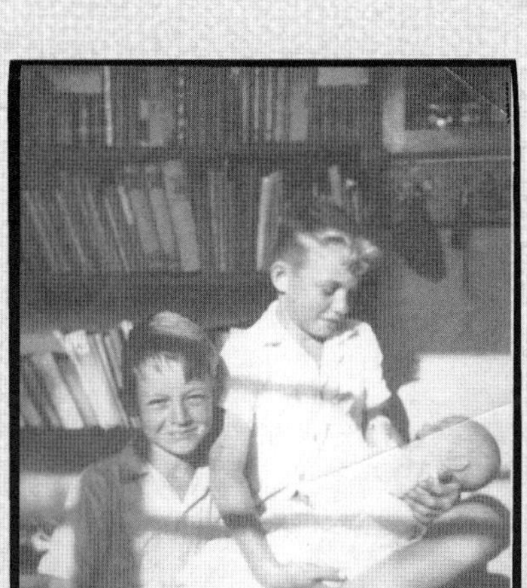

Os filhos de 'Astrid Dahl', 'Jeremias', 'Wladimir' e o recém-nascido 'Alan'.

'Astrid Dahl' com o marido
'Oscar' e também passeando
com os sobrinhos na fazenda
'Cristo Redentor'

'Andree', o irmão
galã de 'Charlotte'
e 'Astrid'.

Ao tomar conhecimento do engraçado nome do cachorro de Martha, a soprano não se surpreendeu e disse a Hildegard que os bichos dela também tinham nomes diferentes, nomes de artistas, personagens literários e apresentou à visita toda a bicharada famosa. Foi nessa hora que Charlotte e Christine Prustel, acompanhadas de dom Bentus, chegaram para a aula. Não comentem, nem perguntem nada sobre a gravidez de Astrid, pediu Ruth Allmann a todos os presentes. Vamos ser elegantes. Ruth, então, comentou que já tinha falado dos Prustel para Hildegard e que também gostaria de levá-la para conhecer a Fazenda Cristo Redentor. A minha plantação de abacaxis merece ser muito fotografada, disse Charlotte. É a mais bela de Rolândia. Hildegard disse que mais do que tirar fotos das frutas, ela gostaria de saboreá-las. Já comi um abacaxi na Fazenda Torah e estava doce como mel, comentou. Nora pediu licença e disse que precisava começar a aula. Mas insistiu para que Ruth, Hildegard e Nicole ficassem na fazenda conversando com dom Bentus enquanto ensinava canto e piano às alunas. Elas, então, tomaram um café com o monge beneditino, falaram sobre a guerra, sobre os nazistas de Rolândia e sobre fé. Nesta terra abençoada, disse dom Bentus, o Senhor nosso Deus nos reuniu, cristãos e judeus, um vizinho do outro, praticamente, isolados nesta floresta, para que tenhamos consciência de que todos formamos um único povo e todos somos seus filhos, sem diferença, a senhora me entende, senhora Allmann? Sem qualquer diferença, seja ela de raça, cor, sexo... Meu querido dom Bentus, vamos conversar sobre isso num dia em que eu tenha mais tempo, disse Ruth. Adoro conversar sobre esse assunto, mas hoje preciso levar Hildegard para conhecer outras fazendas. Despediram-se e partiram. Dom Bentus foi rezar na Ópera dos Grilos.

Martin e Johanna observavam dom Bentus de longe. É por esse padre que Christine lhe contou que está apaixonada?, perguntou o filho de Nora. Sim, respondeu Johanna. Mas não comente com ninguém, porque ela me pediu para guardar segredo. Sou muito mais bonito do que esse dom Bentus, disse Martin. Pelo menos não sou careca. Mas o dom Bentus já é um homem feito, você ainda é uma criança. Christine nunca vai namorar você, convença-se disso, Martin. Ela gosta de homens mais velhos e cultos, assim como dom Bentus, disse Johanna. Mas padres não podem casar, comentou Martin. Isso é um problema entre Christine e dom Bentus. Não é da nossa conta, repreendeu Johanna. Agora vá ajudar irmã Anna a bater a manteiga que eu quero continuar a ler esse livro que ganhei do Hans.

Johanna continuou observando dom Bentus pela janela e quando percebeu que ele tinha terminado as orações foi procurá-lo para falar sobre Hans Loper. Contou que não era católica, mas que precisava de uma orientação espiritual para levar ao namorado. Disse que Hans vivia falando em se matar e que já tinha inclusive pedido a ela que também se suicidasse junto com ele. Ele não vê mais graça na vida, o senhor me entende? Vive longe dos pais, do irmão, não acredita que essa guerra vá terminar, pensa que os alemães vão vencer e que vão tomar conta do Brasil, que vamos morrer todos ainda nas mãos de Hitler. Hans é judeu como meu pai, mas parece não ter mais fé em Deus algum, dom Bentus. O que eu devo fazer?, perguntou Johanna. Conforte o coração dele com amor, minha filha. Só o amor poderá livrar seu namorado desses pensamentos nefastos, dessa atração pela morte. Ele precisa ficar mais perto de você, está claro que sente falta da família; quando ele diz que não gosta mais de viver, está na verdade lhe pedindo socorro, Johanna. É como se ele lhe implorasse por carinho, por um pequeno espaço dentro da sua família. Por que não o convida mais para conviver com seus pais e seu irmão aqui na Fazenda Gênesis? Tenho certeza de que Hans vai deixar de pensar na morte. O problema dele é a solidão, minha filha. Ele não conseguiu se acostumar com o vazio. Problema que atinge a todos nós refugiados. Você precisa agir logo, Johanna. Um deserto implacável começa a se formar no coração do seu amado. A solidão é de areia, minha filha. E como tal, avança sobre tudo. Soterra sem dó, inclusive os mais belos sentimentos. Conforte o coração de Hans com amor. É de amor que ele precisa, minha filha. Aliás, do que todos nós precisamos, proclamou dom Bentus, com as mãos postas sobre o peito.

25

Astrid contou toda a verdade ao marido sobre a paternidade do terceiro filho que acabara de nascer naquele abril de 1941. Dezessete anos mais velho do que a esposa e mesmo dominado e apaixonado por ela, Oscar reagiu com fúria à notícia. Esbofeteou a amada, ameaçou sair de casa e abandonar a família. Só não desapareceu de Rolândia porque foi pressionado por Charlotte para ficar. Os seus filhos não têm culpa da mãe que têm, disse a cunhada. Eu exijo que você levante essa cabeça e continue a ser o chefe dessa família! Oscar obedeceu a Charlotte, perdoou Astrid e aceitou a situação. Disse que já suspeitava mesmo do envolvimento de Astrid com Berthold, concordou em dar seu nome ao menino, mas se recusou a assumir os custos da educação dele. Se você quer ter suas aventuras, que as tenha, mas seja mais discreta e cuidadosa, Astrid. Não exponha sua verdadeira família ao ridículo, pediu Oscar. O filho de Astrid com Berthold foi batizado com o nome de Alan Dahl. No último mês de gravidez Astrid viajou para Joinville em Santa Catarina e teve o filho na casa de uma tia de Berthold. Mesmo assim o nascimento do pequeno bastardo foi comentado em toda Rolândia. Pode me agradecer muito bem, disse Astrid numa das visitas que Berthold fez ao bebê. Eu lhe dei o primeiro filho homem, o que vai levar o nome da sua família para o futuro! E Berthold sempre agradecia. Trazia doces, flores e presentes para Astrid e para o recém-nascido.

Pouco mais de um mês depois do parto, Astrid voltou a freqüentar os acontecimentos sociais de Rolândia. Muitas vezes levava Alan com ela, outras vezes o deixava com a empregada. E não se intimidava com as fofocas. Foi assim, com o nariz empinado e como se nada tivesse acontecido, que foi uma das primeiras pessoas a se levantar e aplaudir de pé o discurso sobre Machado de Assis realizado por doutor Schneider. O marido de Frida precisou pedir para que os aplausos parassem. Aplaudam o meu dicionário alemão/português, disse. Se não fosse ele, jamais conseguiria conhecer um pouco sobre esse autor brasileiro, nem ler *Dom Casmurro*, explicou o jurista que também era professor de literatura. Desta vez o encontro cultural acontecia na Fazenda Sarah. Os anfitriões, Justin e Elisabeth Kroch, recebiam os amigos com muita elegância, promovendo jantares fartos, verdadeiros banquetes à luz de velas. Depois da aula do doutor Schneider, Elisabeth e Nora se revezaram no piano. Executaram *polonaises* de Chopin. Só então, o jantar foi servido. Com seu inseparável charuto e o copo de conhaque na mão, Justin Kroch passava de mesa em mesa para conferir se todos estavam satisfeitos. Vejam vocês, disse, acabei de perder uma cunhada, morta num campo de concentração, e estou aqui bebendo e festejando. Sou mesmo um insensível! Fazer o que, senhor Kroch, se não nos reunimos para conversar e nos divertir, seremos nós que morreremos de tristeza e saudade, disse Ester Cremer. Fomos cuspidos pela nossa própria pátria, isso é uma lembrança que vou carregar para o meu túmulo. Ainda bem que Agathe conseguiu fugir em tempo, senão estaria morta também, disse Elisabeth. Eu e Alexander também já perdemos muitos parentes e amigos, disse Ester. A Ruth e o doutor Allmann também. Quem vai conseguir conter esse monstro do Hitler, não é possível que ele continue a matar e que fique impune, não é possível!, protestou Elisabeth.

Agathe e Frank conversavam nesse momento com Martha Flemig e Olívia List Obermann. Como você consegue ter os cabelos tão bonitos, se em Rolândia ainda não temos salão de beleza?, perguntou Olívia. Devo isso ao meu marido, respondeu Agathe. É Frank quem lava e corta os meus cabelos assim. Quando fugiram para o Brasil, ele e Fausto pensaram em tudo. Até ferramentas para cortar o cabelo trouxeram, contou Agathe. Frank contou que nunca tinha feito curso para ser barbeiro e que aprendeu cortando o cabelo dele, do irmão e dos filhos da caboclada. Pois então, qualquer dia vou até a Fazenda Tupi para o seu marido cortar os meus cabelos, disse Olívia. Para falar bem a verdade, gostaria mesmo era de ir embora de Rolândia, sinto muita falta do conforto que a cidade grande oferece. Mesmo em São Paulo é possível viver melhor do que aqui. Não sei se agüento essa vida que tenho levado por mais tempo, reclamou Olívia.

Na sala onde ficavam os livros, Rudolf e Ruth Allmann comentavam com o casal Kroch que tinham ido conhecer a Livraria Transatlântica e que também ficaram encantados com o atendimento que tiveram. Os Viebig são, realmente, muito simpáticos e cultos, reforçou Ruth. Não compramos nenhum livro em alemão. Ficamos com medo de ser surpreendidos pela polícia. Quando chegamos em São Paulo, havia muitos soldados na estação, explicou Rudolf. Trouxemos só três romances de Machado de Assis. Pena que Susanne não tenha gostado de Rolândia, não é mesmo?, comentou Ruth. Fizemos de tudo para que ela se sentisse na própria casa, em família, mas não adiantou. Vivia triste pelos cantos, amargurada... Não gostava dos serviços domésticos, disse Elisabeth. Até doente Susanne ficou! Escreveu uma carta para a mãe e fez a coitada da Irmgard, apavorada, vir buscá-la. Depois soubemos pelos vizinhos que ela me achava muito tristonha e melancólica, lamentou a anfitriã. Imagine, ainda mais eu que sou tão musical! Agora o casal Viebig quer mandar o filho Reinhard para morar conosco por um tempo. Querem que Justin o ensine a trabalhar no campo. Vamos ver se com ele nos damos melhor, não é mesmo? Claro que vai dar certo, proclamou Rudolf Allmann. O senhor Kroch é um excelente agricultor e tem muito a ensinar aos jovens!

A poucos metros dali, Frida Schneider fumava na varanda e, para sorte de Astrid Dahl e Ludwig Luft Hagen, foi a única que os viu sair, um de cada vez, da floresta escura. Primeiro, saiu Ludwig, com as mãos no cinto. Olhou para os lados, percebeu que ninguém o via e entrou rapidamente na casa. Cinco minutos depois, Astrid surgiu e fingiu falar com os vaga-lumes. Hoje vocês estão animados, hein! O sol já vai nascer e ainda continuam a piscar, piscar... Não se cansam não, meninos! Ora, minha querida, disse Frida ao aparecer de repente na frente de Astrid, você caçando pirilampos? Admirava a beleza deles. Veja como piscam por toda parte, disse Astrid. Ludwig também admirava os bichinhos com você, não é? Vi quando ele saiu apressado da mata, amarrando as calças e depois vi você sair logo em seguida... Você não tem pena mesmo do seu marido, não é Astrid?, debochou Frida. Nem parece que acabou de dar à luz! Se quer trair o Oscar, traia, mas respeite pelo menos o seu bebê! Você e

Ludwig precisam tomar mais cuidado. Marquem um encontro num lugar mais tranqüilo, longe de todos. Pelo menos longe da Golda e do Oscar. Não foi culpa minha, respondeu Astrid. Ludwig insistiu, eu já tinha bebido um pouco, não resisti... Mas, por favor, Frida, eu confio em você. Não comente com ninguém, por favor, pediu a amante de Ludwig Luft Hagen. Só se você me contar todos os detalhes, adoro ouvir histórias picantes, quentes... Vocês deitaram no chão da floresta ou fizeram tudo em pé mesmo? Não teve medo de ficar nua na escuridão da mata? Deve ter sido emocionante, posso imaginar... Vocês com medo de serem surpreendidos pelos respectivos cônjuges ou por algum vizinho ou amigo, ou ainda por uma serpente venosa, um cachorro do mato, uma anta, uma onça, uma fera qualquer dessa selva onde moramos. Olha, minha querida, limpe seus cabelos, eles estão cheios de pedaços de folhas secas, veja, disse Frida arrancando a sujeira da cabeça de Astrid. Vamos, minha querida, conte tudo, conte, pediu ansiosa a mulher, também adúltera, do doutor Schneider.

Charlotte e Otto Prustel foram convidados para o jantar na casa dos Kroch, mas preferiram não ir. Raramente freqüentavam as festas promovidas pelos vizinhos. Prefiro a companhia dos livros às conversas alcoolizadas e medíocres, dizia Otto. Passaram aquela noite acordados até bem tarde programando a viagem que pretendiam fazer à cidade de Aparecida do Norte. Católicos fervorosos, os dois sonhavam em conhecer o santuário de Nossa Senhora Aparecida. Quero conhecer de perto a santa que o Papa Pio X proclamou, em 1904, a Rainha do Brasil, disse Charlotte, que gostava de estudar e conhecia quase tudo o que se referia à história dos Papas. Também queria agradecer a boa acolhida que tiveram em terras brasileiras e pedir proteção. Pedir pelo fim da guerra. Pedir pela derrota de Hitler e pelo fim do extermínio dos judeus. Decidiram que viajariam em dezembro desse ano, antes do Natal. Quero ficar grávida do meu último filho em Aparecida do Norte, disse Charlotte ao marido. Na primeira noite que dormirmos lá, depois de nos confessarmos com o padre e de participarmos da missa, vamos conceber o nosso último herdeiro ou herdeira, como Nosso Senhor Jesus assim preferir. Você não acha que já temos filhos demais, esqueceu-se de que não vivemos mais na Europa?, perguntou Otto. Essa guerra não há de durar para sempre. Logo poderemos retornar, tenho certeza de que Jesus tem ouvido minhas preces e meus pedidos, disse Charlotte. Não nascemos para viver nessa terra de caboclos, de gente sem cultura. Nego-me a aprender essa língua feia que eles falam, não entendo nada e nem faço questão de entender. Também o que esses brasileiros têm para ensinar para a gente? É só a guerra acabar que nós voltaremos para a Europa! Eu já decidi, Otto. E você não discuta comigo.

Otto ficou calado por alguns minutos e depois comentou com a esposa que os filhos se queixavam que ela não lhes dava atenção, não brincava, não conversava... Eles dizem, Charlotte, que depois que a casa do bosque ficou pronta você tem passado o dia todo lá dentro. Só sai para almoçar, jantar e dormir. Que só tem ouvidos para dom Bentus e mais ninguém. Você não acha que precisa dar mais carinho às crianças?, perguntou Otto. Os nossos filhos precisam entender que eles já cresceram, já desmamaram... Os empregados, os professores e dom Bentus estão aqui para cuidar deles, orientá-los, respondeu Charlotte. Só Roma ainda precisa dos meus cuidados, os outros já estão grandes demais. Já até sei quem foi a reclamona... Foi a boba da Terese que foi falar com você, não foi? Essa menina não sabe dar valor à mãe que tem, isso sim. Terese não pode me ver conversando com um mosquito que ela tem ciúmes. Morre de ciúmes da Christine, do dom Bentus, de você... Não sei como ficou tão carente assim... É uma boba essa nossa filha Terese, uma boba, disse Charlotte bastante nervosa.

Não fale assim de Terese, eu não admito que você ofenda a nossa filha, protestou Otto. A menina só quer o seu carinho. Ainda é uma criança. Precisa ver como olha para mim quando pego os pezinhos dela para arrancar os bichos-de-pé. É uma doçura de menina, meiga, inteligente... Só quer chamar sua atenção, Charlotte. Nada mais. Pois ela que fique com a imaturidade dela e me deixe em paz, respondeu a esposa de Otto. Gosto de ficar fechada na casa do bosque para ler, rezar, fazer as coisas que me fazem bem à alma. Gosto de conversar com quem me acrescenta alguma coisa, com pessoas que têm a mesma ou mais cultura do que eu... Os nossos filhos, com exceção da Christine, mal foram alfabetizados, não leram nada ainda. Não vou perder meu tempo conversando sobre pés de alface ou de abacaxi ou ainda sobre o macaco que subiu na cabeça da senhora Zank. Por isso passo horas conversando com dom Bentus, porque ele tem mais cultura do que nós dois juntos, entendeu, Otto? Agora me deixe dormir em paz, por favor, pediu Charlotte apagando a lamparina que ficava sobre o criado ao lado da cama.

No dia seguinte, após a missa no sítio do padre Herions e do café, Charlotte pediu para Christine cuidar de Roma e foi bem mais cedo do que o habitual à casa do bosque. O refúgio da senhora Prustel tinha um único cômodo, mas era espaçoso o suficiente para conter uma escrivaninha, uma pequena estante, uma cama de casal, um criado com abajur, uma lareira. Só ela tinha a chave e não gostava nem um pouco de ver os filhos brincando por perto. Naquele dia não saiu da casa nem para almoçar. A discussão com Otto a deixara irritada, e quando ficava de mau humor Charlotte preferia apenas a própria companhia. Só dom Bentus era bem-vindo. E ele foi até lá, a pedido de Otto, para aconselhar a amiga a ser mais calma e compreensiva com os assuntos de família. O que me deixa nervosa, dom Bentus, é ver meus filhos crescendo nessa selva sem qualquer possibilidade de ter o futuro digno que nós sonhamos para eles. O que poderão ser quando crescer se ficarem adultos nesse fim de mundo? Não basta a educação que eu, Otto e vocês, professores, damos a eles, isso não basta. Logo vão querer ter mais amigos, namorar... E então? Vou deixar o Peter e o Matheus se casarem com essas caboclinhas? E a Christine? Vai se casar com esses brasileiros de pele escura, esses mulatos que trabalham no cafezal? Até quando vamos ter de continuar vivendo nessa terra de ignorantes, dom Bentus? Até quando? O Otto me irrita porque ele parece não se preocupar tanto com isso como eu me preocupo. Tem feito planos para a nossa família aqui no Brasil, não pensa em vender essa fazenda quando a guerra acabar, até já está falando português... Acho que ele não vai querer voltar a viver na Europa. É por isso que tenho estado tão triste ultimamente, meu amigo. É por isso, desabafou Charlotte.

O discurso de Charlotte foi longo, mas dom Bentus, como sempre, teve paciência para ouvi-la. Os dois ficaram quase a tarde toda trancados na casa do bosque. A conversa foi interrompida pelos gritos de Terese e de Raquel. As duas meninas vinham do cafezal descalças. Usavam vestidos feitos de sacos de açúcar e corriam pelo gramado do jardim em direção ao lugar onde eram proibidas de se aproximar. Dom Bentus e Charlotte saíram para saber o que acontecia. Terese abraçou o padre e Raquel correu para os braços da mãe. Choravam assustadas e quase não conseguiam falar. Vá buscar um pouco de água para as duas, pediu dom Bentus a Charlotte. Depois que ficaram mais calmas, contaram que um homem muito feio olhou para elas e as chamou para subir no cavalo com ele. Que quando elas disseram que não queriam, o homem veio com o cavalo atrás, queria passar com o animal sobre elas... E foi aí que as duas saíram correndo. E quem é esse homem?, perguntou Charlotte. Mas Terese e Raquel responderam que não sabiam o nome dele. Disseram que nunca o tinham visto na fazenda, que ele tinha barba grande, voz bem grossa e que era muito feio. Deve ser um dos novos lavradores do cafezal, disse dom Bentus. E o que vocês faziam sozinhas no cafezal?, perguntou Charlotte. Caçávamos borboletas, respondeu Terese. Já disse para não andarem sem sapatos. É por isso que vivem cheias de bicho-de-pé! Eu gosto de pegar bicho-de-pé para o papai tirar, respondeu Terese soluçando. Deixe as meninas, Charlotte. Elas estão com medo. Leve as duas para a casa das crianças que eu vou descobrir quem foi que assustou esses anjinhos, disse o padre, já caminhando em direção à plantação de café.

A aproximação de dom Bentus podia ser ouvida de longe porque a batina levava lambadas do vento e da terra vermelha a cada passo apressado do capelão. Uma das lavradoras pediu a bênção e beijou a mão dele. Outra fez o sinal-da-cruz. Que Jesus esteja entre vocês, disse dom Bentus ensaiando uma frase na língua portuguesa. Os lavradores ficaram em silêncio. O novo administrador da fazenda, Charles Piry, um iugoslavo que estava trabalhando há pouco mais de uma semana com os Prustel, apareceu e quis saber em que poderia ajudar dom Bentus. Quero saber o que aconteceu com as filhas do doutor Prustel que estavam brincando aqui no cafezal?, perguntou. As meninas chegaram correndo e chorando na sede da fazenda. Elas se assustaram com o meu cavalo, disse Charles Piry. Para provar que ele não era bravo, me ofereci para levá-las até a casa das crianças e aí elas ficaram com mais medo ainda e saíram correndo, explicou o administrador. Só foi isso mesmo, senhor Piry?, perguntou dom Bentus. Sim, só foi isso que aconteceu, respondeu o funcionário. Pois eu lhe peço que fique longe das meninas, então, até que elas se acostumem com o senhor, pediu o padre. Eu sou responsável pela educação dos filhos do casal Prustel e não gosto nada de vê-los chorando e assustados, estamos entendido?

Charles Piry ficou visivelmente nervoso quando foi repreendido por dom Bentus. Não conseguiu olhar nenhuma vez nos olhos do educador. Sempre cabisbaixo, passou uma imagem nada confiável, o que fez o capelão beneditino depositar sobre ele a roupa da má impressão. Voltou para casa e compartilhou o problema com o professor Zank. Pediu para ele também ficar de olho nos empregados homens, na forma como eles se comportavam com os pequenos Prustel. A senhora Zank ouviu a conversa e disse que dom Bentus tinha toda razão, porque os caboclos e o senhor Piry eram mesmo muito calados e nada confiáveis. Veja o senhor, disse a senhora Zank, o senhor Piry já é velho e não soube constituir uma família, não tem esposa, filhos, nem cuida da mãe dele, como o meu Brian cuida de mim. Homens que não dão importância à família não são nada confiáveis, disse a velha abaixando o tom de voz.

Dom Bentus deixou a casa onde os Zank moravam logo na entrada da Fazenda Cristo Redentor e foi tentar descansar um pouco antes do jantar. Naquele ano o padre tinha mudado de endereço. Deixou de morar na casa das crianças, para viver na casa dos hóspedes que foi construída quase ao mesmo tempo em que a casa do bosque. O imóvel tinha uma sala, três quartos e um banheiro, que ainda não funcionava. Cada cômodo tinha no alto da porta um número, que correspondia a uma chave identicamente numerada. Na sala, havia uma lareira, e próximo dela uma mesinha, cadeiras e uma poltrona de couro. Tudo feito na própria fazenda com madeira brasileira. Assim que o jantar foi servido, Christine sentiu a ausência de dom Bentus e se ofereceu para ir chamá-lo. Entrou lentamente na casa dos hóspedes e, antes de acordar o padre, ficou alguns minutos vendo-o dormir, em silêncio, pela porta do quarto que estava entreaberta.

26

Não era a primeira vez que Ludwig Luft Hagen prestava atenção em Maria, uma das caboclas que trabalhavam na lavoura de café da fazenda dele. Os olhos, os cabelos negros e a pele cor de jambo da moça mexiam com os hormônios do patrão. Desde quando conversou pela primeira vez com Maria e com o marido dela, Ludwig ficou impressionado com a beleza da jovem empregada. Maria era esposa de Zé, um baiano acaboclado, bem mais velho do que ela. E mesmo sendo casada, Maria não deixou de ser alvo dos olhares constrangedores do chefe. Na roça ou na casa onde morava, sempre que estava longe do esposo, ela se surpreendia com a inesperada chegada de Ludwig. Num português quase incompreensível, pedia um café, um pedaço de pão ou copo de água. Quando Maria entrava na cozinha para buscar, ele vinha atrás e segurava no braço dela, respirava fundo colando o nariz no pescoço e insistia para que fosse com ele para o meio da floresta. Por favor, doutor Ludwig, o Zé pode chegar e pegar o senhor aqui me segurando, eu estou grávida, não me obriga a fazer nada não, em nome de nossa Senhora Aparecida, pedia a moça bastante aflita. O Zé foi buscar uma boi que comprei da Bernardo List Obermann, lá no Fazenda Canaã, e vai demorar, fique tranqüilo, caboclinha cheirosa. Agora vem namorar comigo, vem. Já que você não vai à floresta, vai aqui mesmo, disse Ludwig puxando o corpo de Maria contra o dele. Namora comigo que eu depois aumento a salária da sua marido, vem namorar comigo, dizia Ludwig ao despejar sobre a moça a língua errada e abalada pela overdose de libido.

E desse jeito o patrão conseguiu tudo o que queria graças ao silêncio da empregada. Ela não foi a única que teve de ceder aos desejos sexuais dele, mas foi a única que quase lhe custou a vida. Acreditando que Zé não estava por perto, Ludwig foi até o cafezal à procura de Maria. Naquele momento, ela estava sozinha, ajoelhada na terra, arrancando com as mãos as pragas que cresciam entre os pés de café. Rapidamente, Ludwig desceu do cavalo e tentou agarrá-la. Repetiu dezenas de vezes uma das primeiras frases que aprendeu em língua portuguesa: caboclinha cheirosa! Maria tentou explicar que o marido estava bem próximo, mas Ludwig, tomado pelo tesão, não quis entender. Zé apareceu empunhando uma peixeira de doze polegadas e tentou matar o patrão. Só não conseguiu porque os outros lavradores não permitiram. Mesmo assim, Ludwig levou uma facada na mão e, muito assustado, pediu para ser socorrido na fazenda do pai, para não ter de se explicar a Golda. Naquela mesma noite, Zé e Maria deixaram a fazenda Paraíso e foram embora de Rolândia antes que Ludwig os denunciasse à polícia.

Isso é para você aprender a só trair a pobre da Golda comigo, disse Astrid, examinando a mão de Ludwig. O dedo atingido já não conseguia fazer mais os movimentos de antes. É castigo, disse a amante, foi se aproveitar da caboclinha... Vê se agora você aprende, Ludwig. Parece que você só pensa com o seu pinto! Não tem juízo, não, alemão batata! Não fala assim comigo, Astrid. Agora eu só vou querer você. Só você há de ser minha amante número um, afirmou o alemão, deitado nu sobre a cama do hotel Estrela que, na época, pertencia a Josef e Hilda Grob, um casal suíço. Muitas vezes os encontros entre Ludwig e Astrid aconteceram ali, protegidos pela discrição dos donos e de Franzisca, uma jovem também suíça que se mudara para Rolândia com os pais em 1936. Chegou ao Brasil com diploma de cabeleireira, mas foi trabalhar como camareira e recepcionista no hotel Estrela. Acabou se casando com um dos filhos dos patrões. Dona Hilda, dizia Franzisca para a sogra, a senhora Dahl e o senhor Luft Hagen estão fechados no último quarto de novo. Escuta só como a mola do colchão balança, escuta só que falta de vergonha! Seja discreta, minha filha, seu Luft Hagen paga direitinho, isso é o que importa. Não comente nada, nem pergunte nada. Faça de conta que nem imagina que os dois são casados. E se o marido dela ou a esposa dele entrarem aqui e perguntarem por eles o que eu faço?, perguntou Franzisca. Diga que eles não estão aqui, que faz tempo que não os vê, seja discreta Franzisca, discreta, respondeu Hilda. Quando chegou a hora de irem embora, Ludwig saiu primeiro. Dez minutos depois, Astrid deixou o quarto cantarolando. Boa tarde, Franzisca querida, tenha lindos sonhos meu bem, disse a hóspede ao passar pela recepção. Boa tarde, senhora Dahl, respondeu Franzisca. Ao chegar à porta, antes de pôr os pés na rua, Astrid voltou e disse baixinho para a funcionária do hotel que tinha uma novidade em primeiríssima mão. Contou que o primogênito do ilustre ex-ministro da República de Weimar estava com um defeito numa das mãos causado por uma faca de um caboclo enciumado. Não comente isso com mais ninguém, minha querida, com mais ninguém, pediu a irmã de Charlotte. Se Ludwig souber que fui eu quem lhe contei, morro guilhotinada como Maria Antonieta. Esses nobres alemães são tiranos, muito tiranos, Franzisca. Até amanhã, quem sabe!

Mas era muito difícil para Franzisca ficar de boca fechada. Sempre que podia ia à Casa Guilherme contar as fofocas para Conradin. Isso quando ele não se antecipava, e vinha visitá-la no hotel. Porque a senhora Dahl não se muda de uma vez para cá, não é mesmo?, disse Conradin. Pelo que você me contou, hoje ela entrou aqui com o Ludwig Luft Hagen, ontem com o doutor Schneider e na semana passada com o Bernardo List Obermann... Teve mais um, na semana passada, lembrou Franzisca. Ela veio com o Tião do Pasto também... Nossa, se a senhora Dahl for embora de Rolândia, o hotel de vocês vai falir, não é mesmo?, disse Conradin, ansioso para voltar à Casa Guilherme e contar tudo a Traud Froom. Quando o sobrinho do doutor Weber ia pondo os pés para fora do hotel, Franzisca o chamou de volta e perguntou se ele havia se esquecido de lhe trazer os caramelos. Claro que não, respondeu Conradin. Pronto, trouxe até mais do que você merece, disse o moço, jogando sobre o balcão dez balas de leite. Ah, bom!, disse Franzisca aliviada. Pensa que eu abro a boca sem ganhar nada em troca? Eu adoro esses caramelos, sou louca por eles, disse a camareira que tinha mania de falar sozinha.

Além de servir aos encontros clandestinos e aos viajantes, os hotéis Estrela e Rolândia também eram locados pelas famílias que moravam na zona rural para tratamento médico. Quando não queriam abusar e ficar hospedados gratuitamente na casa dos Froom, era muito comum, por exemplo, os maridos hospedarem suas mulheres grávidas uma, duas semanas antes do parto, para que não corressem nenhum risco e pudessem ter a assistência ou da parteira, no caso a senhora Adeline Kelling, ou de um médico, doutor Weber. Muitas crianças nasceram dentro desses hotéis. Os quartos também eram alugados para um simples banho no caso de as mulheres chegarem muito sujas de poeira das fazendas e terem de passar o dia todo na vila, fazendo visitas ou compras, ou ainda à espera do trem que fosse levá-las a São Paulo, no caso de uma viagem ainda mais longa.

Assim que voltou do hotel, Conradin encontrou o tio, o casal Froom e alguns clientes que faziam compras naquele momento na Casa Guilherme em volta do rádio, ouvindo as últimas notícias da guerra. Os japoneses atacaram a base naval americana que fica na baía de Pearl Harbor, no Havaí, disse doutor Weber ao sobrinho. Em uma hora de ataque toda a esquadra americana foi destruída, já somam mais de dois mil mortos, ouça Conradin. Se já chegaram ao Havaí, logo lançarão bombas sobre Rolândia, podem esperar, disse Traud. A guerra vai chegar até nós. Não adiantou nada nos escondermos nessa selva, podem acreditar em mim, proclamou a mulher do ex-banqueiro. Imaginem todos nós escondidos embaixo da mesa e os aviões alemães e japoneses em cima dos nossos telhados... Bombas e mais bombas caindo!, disse Conradin. Em poucos minutos não vai sobrar nada de nós. Rolândia vai toda pelos ares! Temos de construir um abrigo, tio Weber, enquanto há tempo. Para salvar a minha vida e as minhas jóias eu sinceramente não ligo de ficar meses enfiada dentro de um buraco na terra, feito esse bicho sujo, que os caboclos chamam de tatu, disse Traud. O Getúlio Vargas precisa tomar uma posição logo, decidir de que lado ele realmente está, para podermos calcular o risco que corremos, disse doutor Weber. Se ele apoiar a Alemanha, estamos perdidos, lamentou Joachim Froom. Sem hesitar um segundo sequer, vai entregar todos nós que temos sangue judeu para os nazistas. Não tenham dúvida disso. O Senhor Deus de Abraão não há de permitir que essa tragédia aconteça!, disse a irmã do doutor Weber entrando na venda. A minha *menorah* vai ficar acesa dia e noite para nos proteger desse mal.

Aquele fim de 1941 não foi tão animado como os outros anos, principalmente por causa do rumo preocupante que tomava o conflito mundial. Mesmo assim, as famílias Cremer, Allmann, Katz, Schneider, List Obermann, Naumann, Kroch, Brink e Froom se reuniram para celebrar o *Chanucá*. Foi quase dois meses antes dessa festa que Reinhard, o filho caçula do casal Viebig, chegou à Fazenda Sarah com a triste notícia de que a livraria Transatlântica tinha falido. Logo nos primeiros dias, Justin Kroch já passou ao jovem de 15 anos uma série de obrigações. Cuidava da criação de porcos que servia para fabricação de banha, carne e lingüiças. Tinha também de reunir as vacas no curral para serem alimentadas e ordenhadas; depois, era dele a responsabilidade de carregar o leite até a cozinha da casa-grande para ser desnatado. E se não bastasse tudo isso, ainda era encarregado de cuidar do moinho. Todos os dias recolhia o fubá pela manhã e o ensacava. Tinha de carregar sacos de 60 quilos da carroça até o funil e esvaziá-los ali. Isso sem falar nos ratos. Reinhard ficou famoso na colônia pelas ratoeiras e alçapões que criava para exterminar os roedores que devoravam o fubá. Mas as armadilhas não conseguiam vencer os inimigos. Eram dezenas e mais dezenas de ratos que atacavam o moinho à noite, empoleirados em fila indiana, sobre uma viga. Será que vim para esta selva aprender a ser fazendeiro de ratos?, pensava o adolescente. Ou ele acabava com os roedores ou tinha de suportar a ira do patrão. Teve até pesadelos com os ratos, que só começaram a dar trégua depois que Reinhard começou a enfrentá-los com uma grande e larga correia velha que era usada na roda do moinho. O rapaz passou a surpreender os bichos na calada da noite. Entrava rapidamente no depósito de fubá com uma lanterna e batia com o pedaço de couro no maior número possível de ratos, o que resultava na morte de pelo menos uma dezena deles.

Naquele fim de ano, a técnica para exterminar ratos inventada por Reinhard foi bastante comentada entre todos que participaram do *Chanucá* promovido na Fazenda Torah. Já entre os cristãos houve a comemoração do Natal. Os católicos Otto e Charlotte Prustel foram conhecer a cidade de Aparecida do Norte, como já tinham programado, pouco antes do dia 25 de dezembro. Charlotte voltou grávida do passeio e garantiu a toda família que esta seria sua última gravidez. Quis que o meu último filho ou filha fosse concebido próximo do Natal, num lugar sagrado como Aparecida, para homenagear nossa santa Maria e nosso querido Jesus Cristo, disse na noite natalina. Essa criança que vai chegar há de ser bendita e muito especial. Assim como Jesus nasceu numa manjedoura, num ambiente rural, o meu bebê também vai vir ao mundo cercado de vacas, bois, cavalos, na nossa santa Fazenda Cristo Redentor. Você não é nada boba, não é minha irmã?, disse Astrid Dahl. Teve de arranjar um jeito de comparar Rolândia à Terra Santa, um lugar importante, para se sentir bem e demonstrar um pouco de carinho pelo Brasil, não é mesmo? Só falta agora você querer dar à luz no curral, aí vai ser demais. Eu só quero demonstrar a fé inabalável que tenho no cristianismo, minha irmã. Coisa que você parece não ter e nunca ter tido, respondeu Charlotte. Por favor, vamos parar a discussão e respeitar essa noite sagrada do Natal!, pediu dom Bentus. Antes de o senhor continuar, dom Bentus, eu só gostaria de avisar a todos que, assim como Charlotte, eu também estou grávida, anunciou Astrid. Vem aí o nosso terceiro herdeiro, não é mesmo, Oscar, disse ao olhar para o marido.

Dom Bentus pediu a todos que aplaudissem e também abençoou o novo filho da ex-namorada, pondo a mão direita sobre a barriga dela e rezando pela saúde da criança. Depois da missa celebrada embaixo da cruz de madeira, símbolo da fazenda dos Prustel, as crianças apresentaram um auto de Natal escrito por dom Bentus. No elenco também estavam a senhora Zank, que fazia o papel da vaca do presépio, e o senhor Piry, que fazia o papel do boi. Raimunda, a arrumadeira, e Filomena, a cozinheira, faziam os papéis de dois burrinhos, e Chuchu, o jardineiro, era um galo. Os gêmeos eram dois pombinhos. Raquel, Terese e Matheus eram os três reis magos e Peter e Christine interpretavam José e Maria. A pequena Roma, com menos de dois anos de idade, era o Menino Jesus. O próprio dom Bentus fazia o papel do narrador. Ao contar a história dava deixas para os alunos dizerem suas falas. Um dos momentos mais engraçados foi quando chegou a vez de a vaca mugir. A senhora Zank estava com sono, já passava das onze da noite quando o auto foi encenado, e adormeceu mesmo estando de quatro com o rosto coberto pela máscara. Dom Bentus precisou dar a deixa cinco vezes até que senhor Piry cutucou a mãe do professor Zank e disse: muja, senhora Zank! A velha então, assustada, mugiu desafinadamente, o que transformou a peça sagrada numa comédia. Se uma vaca dessas estivesse realmente ao lado de Jesus lá em Belém, o coitadinho tinha morrido de susto ao ouvir o mugido dela, você não acha Otto?, perguntou Charlotte discretamente ao marido. Otto concordou sem tirar os olhos nem um segundo do espetáculo. No fim, todos aplaudiram. Enquanto o gramofone tocava composições de Mahler e Bethoven, as crianças foram convidadas a abrir os presentes deixados pelo Papai Noel, que naquele ano foi interpretado pelo tio Severin.

27

Em janeiro de 1942, Getúlio Vargas defendeu a política continental de apoio aos Estados Unidos. No dia 15 de fevereiro, o navio brasileiro Buarque foi torpedeado pelo submarino alemão U-432. Nos dias 18 e 25 do mesmo mês, outros dois navios nacionais foram afundados pelos alemães. As notícias chegavam pelo rádio e eram acompanhadas com apreensão pelas famílias que viviam em Rolândia. Até na hora de se divertir os refugiados gostavam de estar com o rádio por perto. Foi assim, por exemplo, no baile de carnaval realizado naquele ano na Fazenda do Faraó. A festa tinha música animada que tocava no gramofone na sala maior, e na cozinha o rádio, sintonizado no noticiário da BBC, dava as últimas informações sobre a guerra. Toda vez que o repórter começava a falar, os anfitriões, Thomas e Frida Schneider, interrompiam o baile para que todos pudessem ouvir as notícias. Se continuar afundando navios brasileiros desse jeito, Hitler logo invade o Brasil, disse doutor Schneider. E aí, o exército brasileiro ocupará nossas fazendas e morreremos todos fuzilados no meio dessa selva. E nem parentes vamos ter para nos enterrar. Nossos corpos vão ser devorados pelos gambás, pelas serpentes, os urubus vão fazer a festa!, disse Frida. A senhora ainda é uma legítima ariana, senhora Schneider. Se pagar pela violência dos alemães, não estará tão errado assim... Já doutor Schneider, seu marido, e a maioria de nós presentes nesta festa, antes de sermos alemães, somos judeus, filhos de Abraão. E seria injusto o exército brasileiro nos cobrar essa dívida, já que também estamos sendo massacrados em toda a Europa, vocês não concordam?, perguntou Samuel Naumann.

Regada a vinho tinto misturado com limão e chá-mate, bebida que não podia faltar às festas realizadas nas fazendas, a conversa se estendeu por toda a noite. Seja nas rodinhas que se formavam na cozinha, em torno do rádio, ou na varanda e no terreiro. Na sala do gramofone, marchinhas de carnaval gravadas por cantores brasileiros. Como não havia lojas especializadas nem muitos recursos na colônia, pouco se pôde investir em fantasias. Mas, mesmo desfalcadas, elas não faltaram. Os homens se transformaram em caubóis, mosqueteiros, gladiadores, personagens de histórias infantis, piratas, pierrôs, samurais, monges medievais, índios, palhaços etc. As mulheres vieram vestidas de Cleópatra, gueixas, amazonas, deusas gregas, índias, colombinas, gata borralheira, fadas, princesas, bruxas, odaliscas e dançarinas de cabaré, como foi o caso de Frida Schneider. Assim que todos os convidados chegaram, ao entardecer, sentiram falta dela. Minha mulher ainda está no quarto se arrumando, disse Thomas Schneider. Enquanto a dona da casa não chega gostaria de comunicar a presença de uma artista internacional que vai animar o nosso baile esta noite. O anfitrião pediu um minuto de silêncio. E quando não se ouvia mais nenhum ruído, anunciou a entrada da cantora: Senhoras e senhores, é com muito prazer que chamo para animar nossos corações a réplica mais perfeita da maior diva alemã de todos os tempos: Marlene Dietrich. A misteriosa cópia da atriz alemã começou a cantar ainda no quarto a canção que tinha causado polêmica e virado o hino dos soldados da Segunda Guerra Mundial: "Ali, junto ao quartel, ao pé da grande porta, havia um candeeiro alto, que ainda hoje se mantém de pé. Era aí que nós queríamos nos reencontrar. Onde ficaríamos os dois, junto ao candeeiro. Como antigamente, Lili Marleen. Como antigamente, Lili Marleen...".

Quando Frida entrou na sala cantando Lili Marleen em alemão e vestida como Lola, a dançarina de cabaré interpretada por Dietrich no filme *O Anjo Azul*, os convidados entenderam o mistério criado por doutor Schneider. Com a voz bastante desafinada, a anfitriã cantou toda a canção, circulou pela platéia, mexeu e brincou com os homens. Se Marlene Dietrich descobre que está sendo imitada desse jeito tão desafinado é capaz de atravessar o Atlântico e vir matar a Frida, comentou Olívia List Obermann bem baixinho para Ruth Allmann. Eu bem que tentei ajudá-la na aula de canto, mas não houve mesmo jeito de ela melhorar. Ensaiamos tanto, mas tanto, e infelizmente ficou essa voz de bruxa pretensiosa, sussurrou Nora Naumann para as amigas.

Entusiasmada com a receptividade masculina, Frida esticou a canção o quanto pôde. No final, concluiu dizendo que os homens que estavam ali representavam os soldados que estavam nos combates, e ela, a diva que, tão generosamente, arriscou a própria vida para alegrar os campos de batalha. Teve um momento em que a Frida parecia uma araponga, mamãe, disse Martin para Nora. Gritou tanto que o meu ouvido quase estourou! Fale baixo, Martin, se ela te escuta falar assim, te arranca as orelhas, repreendeu a soprano. Olha como Christine Prustel está linda vestida de Cleópatra! Por que você não vai até ela declarar o seu amor, Martin? Aproveita, meu filho. Eu não inventei essa fantasia de Marco Antonio para você à toa... Já tentei falar com ela, mas a Cleópatra só tem olhos para o frei medieval, reclamou o filho de Nora, ao apontar o dedo para dom Bentus. O monge só tinha ido à festa por insistência de Charlotte, que lhe pediu para ajudá-la a ficar de olho em Astrid e na filha mais velha.

Na varanda, Astrid Dahl explicava a Charlotte onde Frida tinha conseguido a fantasia de dançarina. Disse que Frida trouxe a roupa de Berlim. Que antes de se casar com Thomas Schneider ela trabalhou como dançarina num cabaré. Para cantar ela pode não ter talento, mas você viu a competência que Frida teve para mexer e sentar no colo dos homens?, perguntou Astrid para a irmã que veio ao baile sem fantasia. Thomas tirou Frida de um cabaré berlinense de tão apaixonado que ficou por ela, continuou Astrid. Ele mesmo me contou. Ela também me revelou esse segredo numa dessas nossas festas. Frida se orgulha muito de ter conquistado o coração de um homem tão importante como Thomas Schneider, disse Astrid. Ele enfrentou o preconceito dos pais para se casar com ela. E você bem sabe que os judeus não gostam que seus filhos se casem com mulheres não judias. Ainda mais no caso de Frida, que é ariana e tem um irmão oficial nazista. Mas a dançarina de cabaré enfrentou tudo e conseguiu que Thomas ficasse com ela. Bonita a história do casal Schneider, não acha, Charlotte? Então, com essa vergonhosa apresentação, Frida deve ter matado a saudade dos tempos promíscuos que viveu no cabaré de Berlim, comentou Charlotte. E também realizou a fantasia que todas nós mulheres temos, de um dia dançar para um batalhão de soldados fortes e viris, concluiu Astrid, propositadamente para provocar a irmã.

Vestida de gueixa, Astrid riu da expressão que Charlotte fez ao ouvi-la falar dos homens fortes e viris e a deixou sozinha na varanda. Ao se encontrar com Frida na sala, parabenizou a amiga pelo espetáculo. Foi emocionante!, disse. Marlene Dietrich estava entre nós! Da próxima vez, cante uma canção de Edith Piaf. Eu sou louca pela voz daquela baixinha francesa! Ao passar por dom Bentus, não perdeu a chance de mexer com ele. Padres não podem participar de bailes de carnaval. O que o senhor faz entre tantos pecadores? Cuidado que pode sucumbir aos prazeres da carne! Deixe dom Bentus em paz Astrid!, disse Ruth Allmann. Essa festa não é bem um baile carnavalesco. É só mais um encontro um pouco mais animado. Se eu, o Rudolf, a Ester, e tantos outros representamos o judaísmo aqui, por que os cristãos não podem estar representados também, não é mesmo, dom Bentus? Astrid já bebeu além da conta, disse o capelão. Eu já me habituei às suas piadas alcoólicas. Mas vamos mudar de assunto, sugeriu dom Bentus. Há temas muito mais interessantes do que as provocações de Astrid Dahl, não é mesmo, senhora Allmann? Claro!, respondeu Ruth. Veja o senhor que maravilha é o nosso grupo. Judeus e cristãos convivendo em paz e harmonia. Se fosse assim em todo o mundo seria tão bom, o senhor não acha? Quantas vidas não seriam salvas, se seguissem o nosso exemplo, proclamou dom Bentus. Aqui, o Velho e o Novo Testamentos parecem ter, realmente, bem mais chances de se unirem para formar um único e harmonioso livro sagrado.

Sagrado como a música, concluiu Ruth ao ouvir Olívia começar a tocar sua animada sanfona.

Poucos dias depois do baile de carnaval promovido pelo casal Schneider, Getulio Vargas formou a Comissão de Defesa Nacional e fez acordos com os americanos. Cedeu-lhes bases navais e aéreas em território brasileiro e criou o Decreto-lei 4.166 que, logo no artigo primeiro, determinava que os bens e os direitos dos súditos do Eixo respondiam pelo prejuízo que a guerra estava causando ou pudesse ainda vir a causar aos bens e direitos do povo brasileiro. O decreto também transferia para o Banco do Brasil ou para repartições encarregadas de arrecadação de impostos devidos à União, no caso de a cidade ou lugarejo não ter uma agência do Banco do Brasil, de parte de todos os depósitos bancários ou obrigações de natureza patrimonial superiores a 2 contos de réis de que fossem titulares súditos alemães, japoneses e italianos, sejam pessoas físicas ou jurídicas.

Dos depósitos até 20 mil réis, 10 por cento eram bloqueados. Até 100 mil réis, 20 por cento eram bloqueados, e acima de 100 mil réis, o bloqueio era de 30 por cento do valor. Com isso, o governo queria garantir que as indenizações devidas ao povo brasileiro fossem pagas pelos países inimigos. Assim que o conteúdo do Decreto 4.166 foi aprovado e divulgado, no dia 11 de março de 1942, os súditos tinham 15 dias para comunicar os bens. Caso não o fizessem e tentassem enganar as autoridades brasileiras estavam sujeitos à pena de 1 a 5 anos de prisão e multas que variavam de 1 a 10 contos de réis. A notícia caiu como uma bomba em Rolândia. Todas as famílias que tinham um pouco de dinheiro guardado em bancos ficaram mais pobres. A minha sorte foi que investi praticamente todo dinheiro que trouxe da Europa em jóias e na reforma e ampliação da Casa Guilherme, disse Justin Froom para doutor Weber.

Nas fazendas, as medidas tomadas pelo governo brasileiro só fizeram aumentar ainda mais o medo e as preocupações que martelavam as cabeças dos refugiados judeus. Será que vamos passar por tudo que já enfrentamos na Alemanha?, perguntou Ruth Allmann ao marido. Deus queira que não, minha querida. Deus queira que não, respondeu Rudolf Allmann. O casal conversava com as vizinhas Lola Katz e Ester Cremer na sala de jantar. Já começo a acreditar que seu marido tem toda razão ao dizer que vê nazistas nos perseguindo aqui na selva, disse Ester a Lola. Quem sabe não prevê o nosso triste futuro, lamentou. Não é justo sermos responsabilizados pelos atos criminosos de Hitler, não é justo, disse Rudolf Allmann. Esse Getúlio Vargas me parece tão nazista quanto o cabo da Boêmia. Roubou quase todas as nossas economias. Agora, como vou investir no cafezal, me digam, como? Alexander também está inconsolável, doutor Allmann. Nós também perdemos o pouco de dinheiro que tínhamos, todos os nossos vizinhos também foram roubados, todos. Mas se conseguimos escapar da tirania de Hitler, por que não haveremos de sobreviver às perseguições e injustiças de Getúlio Vargas? Vamos ter fé no nosso Deus que ele há de nos proteger mais uma vez, afirmou Ester.

Ao ver os tios preocupados com as despesas financeiras, Nicole Allmann se ofereceu para ajudar. Ela, Rudolf e Ruth eram os únicos sobreviventes da família Allmann. Todos os outros parentes tinham sido mortos pelos nazistas nos dois últimos anos. Vocês me ajudaram tanto até hoje, por que não posso trabalhar também? Já sou adulta, falo três idiomas, posso muito bem conseguir um emprego de governanta na casa de uma família rica em São Paulo, afirmou a sobrinha entusiasmada com a idéia de ir embora de Rolândia. Nesse momento não é hora de uma moça alemã, judia e desprotegida como a senhorita viver sozinha na cidade grande. Do jeito que os brasileiros estão com ódio dos alemães, podem matar você na rua, meu bem. De jeito nenhum. Agora não é hora de a minha única sobrinha sair debaixo da minha asa, não, disse Ruth ao abraçar Nicole. Mas a moça, que vivia infeliz na Fazenda Torah, estava certa de que deveria se mudar para São Paulo o mais breve possível. Além de ajudar os tios, ela já não agüentava mais sofrer de paixão por Romeo que amava e já estava de casamento marcado com Sophia.

Naquela semana pós-carnaval os refugiados judeus também lamentaram o suicídio do casal Zweig em Petrópolis. Souberam da morte de Stefan Zweig e de sua mulher, Lotte, pelo rádio. O corpo do escritor judeu perseguido pelos nazistas foi encontrado abraçado ao corpo da esposa na casa onde moravam na cidade fluminense, anunciou o repórter.

Leitor de todos os livros de Zweig, Rudolf Allmann não se conformava com a notícia. Ele ainda tinha muito o que escrever, lamentou o advogado judeu aos amigos. Também acho, comentou Nora Naumann. Lá em casa, ele é um dos nossos escritores favoritos. Temos quase tudo que Zweig escreveu. Mas o livro dele que eu, o Samuel, irmã Anna, Martin e Johanna mais gostamos é a biografia da Mary Stuart. É simplesmente magnífica, concluiu a soprano. Ele amava Lotte, disse Ruth Allmann. O que será que levou um homem tão culto e amigo de Freud a se suicidar? Sim, porque foi ele quem apresentou Freud a Salvador Dali, e a ele é que foi dada a honra de discursar no funeral de Freud, reforçou Ruth. Mas será que foi mesmo suicídio?, perguntou Ester. Será que um escritor como ele se mataria no auge do sucesso? Será que não foi a Gestapo que matou o senhor e a senhora Zweig?

Com Getúlio Vargas no poder isso é bem possível de ter acontecido. Claro que é, respondeu Rudolf Allmann espalhando ao redor alguns segundos de silêncio.

28

Os rádios nunca ficaram tanto tempo ligados em Rolândia. E os fazendeiros nunca passaram tantas horas com os ouvidos atentos ao noticiário da guerra como naqueles dias. Em grupos ou sozinhos, estavam preparados para ouvir o pior a qualquer momento. As notícias não demoravam a chegar. Ficaram sabendo do bombardeio que os americanos fizeram sobre Tóquio no dia 18 de abril, do primeiro ataque que a Força Aérea Brasileira fez contra um submarino inimigo no dia 22 de maio. E faziam as contas: 22 embarcações brasileiras foram torpedeadas pelos alemães entre fevereiro e agosto de 1942, disse doutor Volk ao vizinho Bernardo List Obermann. Se tivermos de pagar por todos esses navios afundados, nós é que afundaremos na lama da pobreza, comentou Bernardo. Estou sem dinheiro para adubar o cafezal, para matar as pragas, o senhor já pode imaginar como vai ser a minha primeira grande colheita, não é? Se gear então, estarei perdido!, afirmou o marido de Olívia. Estou na mesma situação, disse doutor Volk. Já estou até pensando em vender minha luneta para arrecadar fundos, disse o advogado especializado em patentes.

Pelo rádio também os imigrantes judeus ficaram sabendo que o governo brasileiro rompeu relações com os países do Eixo e declarou oficialmente guerra contra Alemanha, Itália e Japão no dia 31 de agosto. Getúlio Vargas acabou de assinar o Decreto 10.358 que determina estado de guerra em todo o território nacional, anunciou o repórter. Mas em Rolândia os reflexos da entrada do Brasil no conflito mundial começaram a ser sentidos bem antes disso. Assim que os primeiros navios brasileiros foram afundados, a situação para os imigrantes alemães, italianos e japoneses que moravam no distrito não ficou nada boa. Para começar, ao saber que Rolândia era uma palavra que vinha do alemão Roland e homenageava um herói germânico, a Delegacia de Ordem Política e Social do Paraná, a serviço da ditadura getulista, decretou a mudança de nome do distrito, que passou a se chamar Caviúna, nome de uma árvore muito comum na região e, portanto, muito mais nacional. Para viajar de uma cidade a outra os refugiados precisavam de uma autorização do governo brasileiro, chamada de salvo-conduto. Mesmo para percorrer a pequena distância entre Rolândia e Londrina, esse documento era necessário. Falar e estudar a língua germânica estavam proibidos. Uma imigrante alemã foi jogada fora de um ônibus no meio da estrada porque falou em alemão com os filhos. Uma grande faixa com os dizeres "guerra aos filhos da Alemanha e do Japão" foi fixada na rua principal. Um casal de sitiantes japoneses foi brutalmente assassinado. A polícia não fez nada para investigar. Os policiais diziam que alemães e japoneses eram inimigos do Brasil. Assustados, imigrantes penduraram pratos ou pedaços de metal nas varandas das casas e combinaram de fazer barulho quando se sentissem ameaçados. Uma vez conseguiram pegar os vândalos e lhes deram uma boa surra.

A polícia confiscou livros, armas e rádios de todos os considerados súditos do Eixo que moravam em Rolândia, inclusive de judeus alemães. Os investigadores patrulhavam a zona rural e fiscalizavam as fazendas dos imigrantes. Faziam visitas surpresas. Muitos voltaram a esconder livros e armas em esconderijos subterrâneos. Tiveram de racionar o uso do querosene porque o combustível que garantia luz às propriedades começou a faltar. Os refugiados também guardaram embaixo da terra jóias, dinheiro e objetos religiosos. Por pouco Wagner Volk não perdeu a luneta que tanto amava. Logo que a viu desmontada, um policial pensou que fosse uma metralhadora e correu chamar o chefe para mostrar a grande descoberta que tinha feito. Mas depois de montar a peça, doutor Volk convenceu a polícia política de que se tratava mesmo de uma luneta e pôde continuar com o equipamento de observar estrelas.

Entre os fazendeiros de origem judaica, só o polonês Justin Kroch não teve o rádio apreendido. Mesmo assim, sua propriedade foi toda vasculhada. Inclusive o piano de calda de Elisabeth. Se pudesse teria enterrado o meu piano. Pelo menos assim ele teria ficado protegido das mãos sujas e insensíveis desses investigadores, disse a senhora Kroch depois que os homens da polícia política foram embora.

Na Fazenda do Faraó, o casal Schneider perdeu parte da biblioteca que não coube embaixo da terra e foi escondida dentro do colchão. Os soldados descobriram o esconderijo e fizeram uma grande fogueira na frente da casa com as obras literárias publicadas em língua alemã. Duas espingardas usadas nas caçadas ao coelho promovidas pelo dono da terra também foram apreendidas. Se da próxima vez que fiscalizarmos a sua fazenda, encontrarmos mais armas e livros em alemão, o senhor e a sua esposa vão presos, disse o tenente que comandava a operação. Na Fazenda Canaã, Bernardo List Obermann teve tempo de esconder armas e livros antes da chegada dos policiais. Boa parte desses objetos já estava embaixo da terra desde o tempo em que o governo brasileiro tinha começado a campanha de nacionalização. O último a ser escondido foi o florete alemão que usava nas aulas de esgrima que freqüentava quando era estudante. Assim como o casal Schneider, os Volk, os Naumann e os List Obermann também tiveram o rádio confiscado. Os livros de música usados por Nora não foram destruídos porque ela os embalou num grosso papel e os escondeu no curral embaixo do capim seco que servia de cama para Berenice, a vaca que produzia mais leite quando ouvia ópera. Cuide bem deles, Berenice. Não vá comê-los porque senão eu paro de cantar para a senhorita, estamos entendidas?, disse Nora para a vaca.

Na Fazenda Torah, Ester Cremer teve os livros infantis que costumava ler para os filhos destruídos, rasgados e picados em pequenos pedaços. Algumas poesias escritas em alemão também foram apreendidas. Traduza o que está escrito aqui?, ordenou o comandante. Por sorte as poesias que Ester traduziu falavam das cabras criadas por Fritz e Lola Katz. Aliás, doutor Fritz quase passou mal ao receber a visita dos soldados e por pouco não foi preso por isso. Gaguejava demais, tremia, quase desmaiou. O que só fez os militares suspeitarem de que o casal escondia alguma coisa muito séria ou que se tratavam de espiões. Foi preciso Ester e Alexander, que já falavam português razoavelmente, explicar que o vizinho tinha ficado doente da cabeça depois de permanecer prisioneiro num campo de concentração. Mesmo assim, a *mezuzah* que os Katz tinham fixada ao lado da porta foi destruída.

Ao ver o objeto, o soldado quis saber o que era. Assim que soube que dentro da peça havia um pequeno pedaço de papel com palavras escritas em hebraico, que naturalmente ele não conseguia entender, considerou a *mezuzah* subversiva e a golpeou com as botas que usava até que ela ficou completamente amassada. As primeiras páginas do rascunho do livro que Rudolf Allmann escrevia também foram levadas. Os militares viram a estante vazia e quiseram saber onde estavam os livros escritos em alemão. Não conseguimos trazer, respondeu Ruth. Só temos esses poucos volumes escritos em inglês, francês e português que compramos aqui no Brasil mesmo, quando chegamos a São Paulo. Alemães de merda!, disse o tenente. Pensam que me enganam. Vasculhem esse chiqueiro e encontrem todos os livros que puderem!, ordenou. Os soldados derrubaram móveis, vasculharam gavetas, rasgaram colchões, arrancaram parte do piso da casa, quebraram discos e só pouparam o gramofone porque Ester chegou na hora na casa dos vizinhos e pediu em português para os soldados pouparem o instrumento musical, que nenhum perigo poderia oferecer ao Brasil. Usamos o gramofone só para ouvir música e meditar, disse a sócia de Ruth. Pois fiquem sabendo que, se forem rezar, vão ter de rezar em português. Aqui no Brasil o povo é cristão. Somos católicos apostólicos romanos, disse o tenente que comandava o pelotão. Não quero saber de alemão rezando para religião diferente. Nem de judeu transformando a nossa floresta em sinagoga e muito menos de japonês cultuando Buda, proclamou o militar em alto e bom tom.

Na Fazenda Cristo Redentor, uma caixa d'água recém-chegada de São Paulo também despertou a ira da polícia política. Ela estava dentro de uma embalagem de madeira e quase foi quebrada pelos golpes dos investigadores que imaginavam que ali estivessem escondidos armamentos e munição. Como falavam pouco português, Otto e Charlotte Prustel não tiveram muito como argumentar com o oficial que comandava o grupo com receio de soltarem alguma palavra em alemão e piorarem ainda mais a situação. Ao vasculhar as casas da fazenda, descobriam os dois cômodos que serviam de sala de aula. Apreenderam livros e cadernos. Quando os soldados entraram na casa onde o professor Zank morava com a mãe, quase mataram a velha alemã de susto. A senhora Zank começou a gritar em alemão, com medo de que ela e o filho, por serem de origem judaica, fossem presos e deportados para a Alemanha. Peça para essa senhora parar de gritar em alemão senão serei obrigado a prendê-la!, repreendeu o tenente. Aparecida e Chuchu, empregados de confiança dos Prustel, acompanhavam a fiscalização do exército e explicaram que a senhora Zank era doente e muito assustada. Professor Zank pediu baixinho para a mãe se acalmar. Ela parou de falar, mas o corpo gordo e flácido tremia como uma gelatina sacolejando pelo choro abafado e pelos soluços ressentidos. Os soldados levaram uma *menorah*, velas, e uma Bíblia escrita em alemão.

Na casa onde vivia dom Bentus, também apreenderam uma Bíblia escrita em alemão, dois livros de Thomas Mann e um de Jorge Bernanôs, além de cartas trocadas com monges beneditinos que viviam em Beuron. A minha sorte foi que eles revistaram a sua casa primeiro, disse o padre a Otto Prustel, depois que o pelotão foi embora. Enquanto fiscalizavam lá, corri e joguei todos os meus livros no meio do mato. Deixei esses, que eles levaram, de propósito no meu quarto para não levantar suspeita. Afinal, padres, normalmente, têm livros e Bíblias dentro de casa, disse dom Bentus aliviado. Eles devem voltar outras vezes, disse Otto. Ouvi dizer que a polícia política está certa de que há espiões alemães vivendo em Rolândia e não vai dar folga a todos nós enquanto não prender imigrantes e refugiados para mostrar serviço a Getúlio Vargas, afirmou o marido de Charlotte. A partir daquele dia combinaram de falar alemão o menos possível perto dos empregados e de usarem livros escritos em português na sala de aula. Mas Otto ordenou a dom Bentus e ao professor Zank que continuassem ensinando alemão aos filhos muito discretamente, tomando todo cuidado para não serem flagrados pelos soldados brasileiros.

O mesmo ocorreu nas outras fazendas que tinham escola. Em todo o distrito de Rolândia, as palavras ditas em alemão saíam das bocas dos imigrantes com muito medo, como se estivessem cometendo um grave crime apenas por serem pronunciadas. Era comum os pais darem tapas nas bocas dos filhos, quando eles esqueciam e falavam alemão em público. Cenas assim se repetiram muitas vezes dentro da Casa Guilherme quando as famílias iam fazer compras. Uma lei aprovada às pressas pelo governo federal determinou que todos os bens das pessoas consideradas inimigas do Brasil, em território nacional, passariam a ser da União, o que deixou a situação dos imigrantes que viviam em Rolândia ainda mais difícil e preocupante. De Curitiba chegaram notícias de que lojas com nomes ou donos alemães foram quebradas e saqueadas. Lojas de comerciantes judeus também sofreram na capital paranaense. Os meios de comunicação, como rádios e jornais, faziam propaganda contra os alemães. Nas ruas de Rolândia, casas e carros que pertenciam aos imigrantes foram apedrejados. A Casa Guilherme só não foi saqueada porque o dono, doutor Weber, que também era médico, mantinha uma relação muito amistosa com a grande maioria dos moradores brasileiros. Nas ruas os alemães eram agredidos verbalmente. Fora, alemão batata! Voltem para a Alemanha! Sumam daqui! Fora, judiaria! Eram as frases mais usadas para ofender os estrangeiros que moravam na vila. Para não sofrer essas agressões, os imigrantes e os refugiados quase não saíam mais de casa.

A serraria de Saul Ulrich foi invadida por um grupo de jovens brasileiros. Ele apanhou dos vândalos até ficar desacordado sobre uma pilha de madeiras. Isso é para você se arrepender de ter sangue alemão e judeu nas veias deste corpo fedido, disse um dos moços. Enquanto isso, quebraram o que puderam. Saquearam. A mãe e a tia do comerciante se trancaram na casa e evitaram que a residência também fosse destruída. Por sorte, Hans Loper não estava presente na hora do ataque. Tinha ido fazer uma entrega na Fazenda do Faraó. Mas quando voltou com o caminhão ao local de trabalho, ainda encontrou o patrão sangrando e bem machucado. Eles vão nos matar!, disse a senhora Ulrich. Vamos acabar mortos pelas mãos dos brasileiros! Hans pediu calma às mulheres e foi chamar doutor Weber para examinar e cuidar da saúde de Saul. A cena serviu para deprimir ainda mais o namorado de Johanna que, a partir daquele dia, inconformado com o que vinha acontecendo no mundo e em Rolândia, já tinha como certa a data que provocaria a própria morte.

Foram cenas como essa que levaram Wagner Volk a escrever uma carta a Manuel Ribas, interventor federal no Estado do Paraná, pedindo para que ele autorizasse os refugiados que fossem insuspeitos de tendências subversivas a voltarem a ter arma de fogo em casa: "...com poucas excepções bem conhecidas da polícia, os lavradores alemães em Rolândia são vítimas do hitlerismo, sendo ou fiéis católicos ou de origem israelita... Os objetos preferidos dos criminosos são os sítios e fazendas de propriedade alemã... Assim aconteceram nos últimos meses muitos ataques contra as propriedades e até contra a vida deles...".

Poucos dias depois, chegou a resposta assinada pelo delegado da DOPS em Curitiba, Walfrido Pilotto. Ele escreveu que era impossível atender ao pedido do doutor

Volk porque a devolução das armas nas condições pedidas estava em desacordo com as determinações do Ministério da Justiça.

No Sítio Talmud, os Brink não foram vítimas da brutalidade da polícia política brasileira, mas Hidda recebeu uma carta de amigos alemães dizendo que os pais dela tinham sido deportados para Piaski, na Polônia, em abril daquele mesmo ano, e nunca mais regressaram nem deram qualquer notícia, o que a fez supor que estavam mortos.

29

Oito dias antes da festa dos 25 anos do casamento de Nora e Samuel Naumann, Hans Loper fez a última visita à fazenda da namorada. Johanna estava ansiosa por mais esse encontro, principalmente porque moravam distantes e se viam pouco. O relacionamento afetivo que envolvia os dois jovens judeus tinha criado raízes nas cartas de amor que trocavam toda semana. Correspondências que iam e vinham transportadas pelo caminhão da serraria onde Hans trabalhava. Na última carta que recebeu do amado, Johanna tinha ficado muito assustada com as palavras de desesperança que ele lhe tinha escrito. Quando se preparava para respondê-la, num início de uma noite fria de maio, ouviu a mãe chamá-la e anunciar que Hans Loper tinha chegado para o jantar. Surpresa, mas muito feliz com a notícia, Johanna foi receber o namorado. Vim com Goethe no coração, Rilke na alma e você no pensamento, Johanna. Gostou de me ver chegar assim, sem avisar?, perguntou Hans. Você sempre pode chegar quando quiser, já lhe disse isso. Todos aqui, especialmente eu, gostamos muito de você, respondeu Johanna. Chegou bem na hora em que eu respondia a sua última carta. Mas tudo bem, depois eu continuo. Escrever à noite é até mais seguro. Bem mais difícil de os policiais brasileiros me surpreenderem na maior intimidade com as palavras alemãs, disse Johanna. Você está certa, minha filha, comentou Samuel Naumann. Tome todo cuidado do mundo com as palavras alemãs. Tanto ao escrever como ao falar!

Depois do jantar, foram caminhar pelo terreiro da Fazenda Gênesis. A lua cheia permitiu que a filha da soprano, mais uma vez, chamasse a atenção do namorado para a beleza das plantas e do milharal. Mas ele não se deixou contaminar pelo otimismo e pela esperança. A situação é desesperadora!, dizia. Hitler vai ganhar a guerra! Alemães que somos, nossa situação aqui no Brasil só tende a piorar. Veja o que os brasileiros fizeram com o senhor Ulrich. Atiram pedras toda hora no caminhão... Meus pais não me educaram para que eu sofresse tanto. Eu estudei muito. Não mereço ganhar a vida como motorista de serraria. Sinto falta dos meus pais... Eles devem estar presos num campo de concentração à espera da morte, isso se já não foram assassinados... Por todos esses motivos eu continuo decidido a me suicidar, Johanna. Essa vida não me serve mais, proclamou o jovem judeu. Só vim avisar que minha morte está bem próxima e insistir para que você mude de idéia e se mate junto comigo. Morreremos nós dois abraçados, embaixo de uma árvore. Tomamos veneno. Eu preparo uma taça com água e remédio de rato. Primeiro eu tomo um gole, depois você, depois eu, depois você, até que não tenhamos mais forças para segurar o cálice. Não sentiremos nada. Morreremos dormindo, meu amor, acredite em mim, disse Hans olhando dentro dos olhos de Johanna, que ficava cada vez mais assustada com tudo o que ouvia.

Assim que o namorado terminou o discurso, ela tentou fazê-lo mudar de idéia. Usou todos os argumentos que pôde. Disse que o amava e que só por esse amor a vida já valia a pena. Você não me ama como eu te amo, Hans. Se me amasse de verdade, não me proporia a morte como saída para essa situação que vivemos, e sim um casamento, uma vida a dois. Eu jamais acabaria com a minha própria vida, jamais!, afirmou Johanna. Hans pensou um pouco antes de responder e depois tentou se animar. Está certo, Johanna, você tem toda razão. Nosso amor vale muito mais que a morte, disse, beijando a boca da namorada. Perdoe-me, sou romântico ao extremo e todo esse meu romantismo me faz sucumbir aos flertes que a morte, ultimamente, tem insistido em trocar comigo. Pois então, trate de flertar com a vida, que é muito mais bela e não me causa nenhum ciúme, disse Johanna beijando mais uma vez o namorado. O problema, meu amor, é que nos últimos meses a vida tem sido muito cruel e nem um pouco romântica. Parece virar as costas para mim, respondeu Hans. Antes de ir embora, ele prometeu chegar cedo à festa de 25 anos do casamento da sogra e do sogro para ajudar nos preparativos, mas não cumpriu a promessa.

Como em todos os encontros que promoveu na Fazenda Gênesis, neste também Nora quis mostrar o talento que tinha. Em mais uma noite estrelada de inverno, a Ópera dos Grilos recebeu os convidados e a soprano cantou, desta vez, acompanhada por Elisaberth Kroch ao piano. No repertório também houve espaço para uma ária da ópera *As Valquírias*, de Richard Wagner. Não torçam o nariz para o Wagner porque a arte está acima de tudo, pediu a cantora. A música dele é genial! Antes de começar o espetáculo, Nora disse aos vizinhos que não se preocupassem, que falassem em alemão tranqüilamente e que se divertissem, porque nenhum soldado brasileiro haveria de chegar de surpresa para estragar aquela noite tão especial. E nada mesmo prejudicou a festa, a não ser a ausência de Hans. Johanna esperou, esperou, e quando teve certeza de que ele não viria mais, não escondeu de ninguém sua tristeza e preocupação. Logo ele chega, disse Sophia Cremer. Pode ter acontecido alguma coisa com o cavalo. O animal pode ter quebrado a perna no caminho. Mas nada acabava com a angústia de Johanna. Ao ouvir a mãe cantar, chorou silenciosamente. Como sempre, quando se apresentava ali no palco improvisado no meio da mata, Nora ficava refém da própria fantasia e via a singela Ópera dos Grilos se transformar num imponente teatro. Mesmo comemorando 25 anos de casamento com Samuel, sentia a presença do pianista Klaus Timberguer ali, ao lado dela, como nos velhos tempos em que freqüentava a Escola de Música em Dresden.

Irmã Anna começou a pilotar a máquina de colher saudade assim que Nora encerrou a apresentação. Como sempre, a fila das mulheres era bem maior do que a dos homens. Venham todos viajar ao passado, dizia a velha enfermeira. Aproveitem que a nossa máquina ainda não foi confiscada pelo governo brasileiro. Irmã Anna explicou que quando receberam a visita dos soldados, ela já tinha separado as partes da engenhoca e escondido separadamente em vários pontos da floresta. Só o tacho de ferro deixei visível no terreiro e disse que ele era usado para ferver as roupas, comentou a empregada dos Naumann. Para os que ainda não tinham se deixado colher, disse que não precisavam ter medo, que não doía nada e que quando o objeto da saudade aparecesse no espelho só a pessoa que estivesse ligada aos fios de cobre poderia ver. Venham, essa máquina guarda segredo como ninguém jamais guardou. Venham, vocês vão se sentir bem melhores depois de aliviar a saudade que carregam no peito!, chamava irmã Anna. Venham esquecer um pouco esse tempo difícil e cruel que vivemos e lembrar de tudo de bom que já passou, venham!

Martha Flemig estava no último mês de gravidez e pela primeira vez se deixou ligar à engenhoca inventada por doutor Volk. Ao som da música de Mozart, ela voltou aos tempos em que vivia em Frankfurt com os pais. Lembrou também da coleção de cactos que tinha desde adolescente, do dia em que um dos irmãos chegou correndo em casa e lhe presenteou com um novo e raro exemplar da planta espinhosa; lembrou do sonho de viver na África que não dera certo e do fracassado e proibido amor que sentiu por Ludwig Luft Hagen. O agrônomo alemão, que também estava na festa de Nora, acompanhado da esposa e dos filhos, aparecia ali, no espelho da máquina de colher saudade, numa imagem que só Martha podia ver. Ludwig estava com Laila nos braços, envolvido em brincadeiras infantis e chamando Laila de filha. Depois andavam juntos a cavalo. O animal galopava com Ludwig e Laila pelo pasto e os cachos dourados do cabelo da menina ganhavam asas. Posavam para fotos tiradas por Martha e ainda brincavam com o mascote da casa, o basset Coisa em Si. O tempo passou e Martha simplesmente teve de ser repreendida por irmã Anna para deixar a máquina. O seu tempo já acabou, senhora Flemig. Parece que adormeceu sentada, vamos, acorde, que a festa a espera!, disse a operadora da engenhoca. Calma, irmã Anna. Demorei mais porque além de colher a saudade que tenho do passado, a máquina também me arrancou do coração a saudade que tenho do futuro que ainda não consegui viver. Saudade do futuro, irmã Anna, dos dias que ainda estão por vir... A senhora sabe o que é isso? Eu tenho saudade do futuro!, proclamou Martha Flemig em voz alta.

Enquanto uns se divertiam na máquina de colher saudade, outros comiam, ouviam música, dançavam e trocavam opiniões e informações sobre a guerra e o comportamento do governo brasileiro. Ainda bem que o senhor Kroch conseguiu provar que é polonês e teve permissão para ficar com o rádio em casa, disse Samuel. Só assim podemos saber o que acontece no mundo, as notícias dessa guerra que parece nunca mais ter fim. O senhor tem razão, doutor Naumann, disse Alexander Cremer. Os soldados brasileiros apreenderam todos os rádios que havia nas fazendas, todos. Só deixaram o do senhor Kroch. Há dois dias fomos, eu, o Fritz Katz, o professor Ballack, o Bernardo List Obermann e o doutor Volk ouvir o noticiário da BBC na casa dos Kroch. Foi quando soubemos que mais três navios brasileiros tinham sido torpedeados por submarinos alemães, comentou o marido de Ester. Deus de Abraão que nos proteja!, disse Ruth Allmann. Não permita que a Alemanha invada o Brasil. Tudo pode acontecer quando se tem Adolph Hitler no comando, minha querida. Temos de estar preparados para o pior, disse Lola Katz. Vocês judeus, principalmente, comentou Petra Luft Hagen. Fugiram para tão longe e ainda correm o risco de acabar nas garras do cabo da Boêmia.

Charlotte e Otto Prustel também compareceram à festa acompanhados dos filhos, Severin, dom Bentus, do professor e da senhora Zank. Foi nessa noite que os vizinhos ficaram sabendo oficialmente da gravidez de Charlotte. Meu último filho ou filha, dizia a matriarca dos Prustel, foi concebido na cidade santa de Aparecida do Norte. A padroeira do Brasil há de proteger a todos nós dessa guerra absurda. A senhora tem toda razão, disse Ester Cremer. Nesse momento, não temos de nos separar por religião, muito pelo contrário. Cristãos, judeus e seja qual for a religião, todos temos de nos tornar um único povo. Isso mesmo, senhora Cremer, disse dom Bentus. Somos todos filhos do mesmo Deus que criou esse planeta. Do contrário, não estaríamos aqui habitando o mesmo mundo. É desta mesma forma que eu penso, dom Bentus. Eu sou judia e aceito, muito grata, a proteção da santa que a senhora Prustel tanto respeita e tem fé, disse Ester. Eu também aceito, disse Ruth. Eu também, repetiram Elisabeth Kroch, Agathe Flemig, Bettina Ballack, Billa Zank, Lola Fritz, Traud Froom, Frida Schneider e Nora Naumann. Não vai falar nada?, perguntou Oscar baixinho para a esposa que não estava nem um pouco interessada na conversa das mulheres. Eu não acredito nessa fé exagerada que a minha irmã Charlotte tanto faz questão de exibir, é tudo falsidade, hipocrisia, você bem sabe do que estou falando, respondeu Astrid ao marido.

Dom Bentus então chamou todas as crianças e adultos presentes, agradeceu a Deus por aquele momento e pediu especialmente a Rudolf Allmann, que era considerado quase um rabino pela comunidade de refugiados judeus de Rolândia, para orar junto com ele por todos os imigrantes e pelo Brasil. Antes de concluírem as orações, chamaram a família Naumann, inclusive irmã Anna, para o centro da roda e oraram pela saúde e felicidade do casal que completava 25 anos de casamento. Johanna participou e evitou permanecer entre os convidados. Foi dormir antes que a festa terminasse sem se despedir de ninguém. Demorou a pegar no sono, envolvida ora com o pensamento em Hans ora com a leitura de *Os Sofrimentos do Jovem Werther*, o livro preferido do namorado. Dormiu com o romance de Goethe aberto sobre o peito e com a lamparina expelindo uma luz amarelada, uma luz visivelmente melancólica, como a moça e o romance que, por algumas horas, iluminou.

No dia seguinte, pouco antes do almoço, Saul Ulrich veio trazer a trágica notícia sozinho, dirigindo o caminhão da serraria. Contou a Nora Naumann que Hans Loper tinha sido encontrado morto dentro da represa da Fazenda Paraíso, de Ludwig Luft Hagen. Disse que depois de examinar o corpo, doutor Weber constatou que Hans primeiro entrou na represa, depois tomou veneno usado para matar ratos e em seguida deu um tiro na cabeça. Fez tudo para que o seu tão esperado encontro marcado com a morte realmente acontecesse. Sobre a cama dele, deixou esta carta e esses dois livros endereçados à sua filha, disse Saul. O enterro vai ser amanhã de manhã. Meus sentimentos, senhor Ulrich, disse Nora, chocada com o que tinha acabado de ouvir. Saul ainda esperou um pouco na esperança de ver Johanna, mas ela não apareceu. Nora chamou irmã Anna e deu a notícia, primeiro, à empregada. E agora, irmã, como conto essa tragédia para Johanna? Será que ela vai suportar, quis saber a soprano. A senhora vai ter de usar muito a sua sensibilidade de artista, dona Nora. A morte de um grande amor sempre deixa marcas profundas na alma da gente. A senhora mesma já passou por isso, não é mesmo?, lembrou irmã Anna. Mas o Klaus não se matou, foi morto na guerra, é diferente, disse a cantora. Eu quero estar presente na hora em que a pobre da minha Johanna souber dessa triste notícia, pediu a enfermeira.

As duas foram até o quarto de Johanna e explicaram a ela o motivo que impediu que Hans estivesse presente na festa do dia anterior. Nora contou tudo à filha e mostrou a carta e os livros que o namorado tinha deixado para que fossem entregues a ela. A carta era bem curta. "Eu não posso suportar a vida. Aquele beijo foi um beijo de Judas", escreveu o suicida. Entre os livros, estavam uma coletânea de sonetos de Rilke e um outro cheio de ilustrações que retratavam os deuses gregos e que contava a história da mitologia. Johanna ficou arrasada e correu para os braços da mãe. Chorou muito e sentiu-se traída pelo primeiro amor. Há uma semana Hans tinha me prometido não pensar mais na morte, parecia estar convencido de que, pelo nosso amor, valeria a pena continuar vivo, lamentou a filha de Nora. O suicídio de Hans foi como uma punhalada pelas costas, disse Johanna, mais tarde, para os pais. Ele me traiu, mamãe, traiu o meu amor. Johanna não quis ir ao velório nem ao enterro do namorado. Os brasileiros, que passaram a não gostar dos alemães depois que os navios nacionais começaram a ser atacados pelos nazistas, riram e debocharam do defunto assim que o caixão deixou a serraria a caminho do cemitério.

Um policial esteve no velório e no enterro para conferir se os amigos de Hans iam rezar pela alma dele em alemão. Preparado para isso, Rudolf Allmann trouxe no bolso um texto escrito em português e leu lentamente, com dificuldade, mas não desrespeitou a lei brasileira. Nora contou aos vizinhos o conteúdo da carta que Hans tinha deixado para Johanna. Ele não suportava mais a vida, disse. Suicidou-se porque não conseguia enxergar luz no futuro que o destino lhe reservava. Hans foi enterrado no cemitério São Rafael que ficava bem próximo às fazendas da família Luft Hagen. Muitos imigrantes alemães católicos, judeus e protestantes já haviam sido sepultados ali naquele pedaço de terra de 2.500 metros quadrados que foi doado à colônia em 1938 pelo alemão José Renz, que veio morar em Rolândia depois de viver na região sul do Brasil. Bem distante da cena, trancada no quarto da casa da Fazenda Gênesis, Johanna chorava com o romance *Os Sofrimentos do Jovem Werther* apertado contra o peito. Agora ela entendia por que Hans gostava tanto desse livro. Johanna tinha certeza de que a obra de Goethe, que tantos suicídios havia causado em toda a Europa na época em que foi lançada, também colaborou para Hans pôr fim à própria vida. Assim como o protagonista, ele também foi capaz de morrer por amor. Só que, no caso real, o amor que levou Hans à morte não foi o amor que sentia por mim, pensava. Mas por ele mesmo. Foi por vê-lo sofrer demais, com medo de Hitler vencer a guerra e invadir o Brasil, cansado de ser humilhado pelos brasileiros e de ter saudade dos pais que ficaram na Alemanha, que Hans preferiu se matar, pensava a filha da soprano. Ele me ensinou a gostar de poesia, a achar a literatura tão maravilhosa, mas transformou tudo isso numa realidade horrenda para ele, dizia Johanna para ela mesma umedecendo com lágrimas as plumas do travesseiro.

30

O suicídio de Hans Loper chocou a colônia, e por muitos dias disputou, com as notícias da guerra e com a criação da Paróquia São José comandada pelo padre Joseph Herions, o topo da lista dos assuntos mais comentados na Casa Guilherme e nas reuniões realizadas nas fazendas. Nora Naumann não se conformava de ver a filha perder o grande amor para a morte, assim como ela também tinha perdido o dela. A soprano fez das coloridas borboletas da floresta confidentes e abriu o coração para que elas entrassem e orquestrassem uma longa e silenciosa revoada. Que falta de sorte!, lamentava, sentada num dos troncos que serviam de cadeira para a platéia da Ópera dos Grilos. Eu não fui feliz no amor e Johanna também parece ter o mesmo destino. Klaus morreu na guerra e me deixou lembranças inesquecíveis, o passado vivo que tomou posse da minha vida e se proclamou imperador de mim. Claro que aceitei transformar o meu coração no palácio desse passado que, desde a ausência de Klaus, virou majestade, meu soberano maior. Sou tão feliz em ser súdita dessa dinastia da saudade que põe na memória a coroa de imperatriz e no passado, a de imperador. Por isso, borboletas, cuidado ao baterem as asas dentro desse meu coração-palácio para que esse memorável casal não se sinta agredido. O movimento de uma borboleta pode machucar o que não é palpável, sabiam? Conheçam o meu coração, fiquem à vontade, mas sejam mais sensíveis do que eu.

Bem, como eu contava, Klaus chega até mim transportado pela música. O imperador Passado e a imperatriz Memória elegeram Klaus o primeiro pianista da corte e não abrem mão de ouvi-lo e vê-lo tocar quase todos os dias. Vejam, parece que nesse exato momento ele se prepara para mais uma apresentação. Silêncio. Pousem imediatamente nas lembranças que decoram o templo desse império e ouçam. Silêncio! É assim que reencontro o homem que mais amei na vida. Fazendo uma viagem para o meu coração, assim como vocês fizeram agora. Que pena que as borboletas não tenham tempo de viver o suficiente para construir um passado. Ou será que têm? Toque a minha música predileta, Klaus. Isso, esta mesmo. O tempo passa e você continua cada vez mais belo e talentoso. As suas mãos nem parecem tocar o teclado, mas conseguem tirar dele uma sonoridade inconfundível. Sabia que sinto vergonha de você? Hoje estou velha, com as mãos manchadas, acima do peso, aqui nesta floresta não há como as mulheres cuidarem da beleza como podíamos fazer na Alemanha... A terra vermelha cobre a nossa pele, o nosso perfume é o cheiro dos animais... Veja como tenho calo nas mãos de tanto capinar a roça, pegar na enxada. Sim, porque se não fizer isso, ninguém faz. O Samuel se nega a trabalhar na lavoura, a tratar dos bichos... Vive num mundo à parte, ainda pensa que é o importante advogado que foi lá em Dusseldorf. Tenho certeza de que você seria diferente. Você seria mais companheiro, me ajudaria em tudo, não é mesmo? Trabalharíamos o dia todo na fazenda e, depois do jantar, descansaríamos nos braços da nossa amada música, não é mesmo, Klaus? Você ao piano e eu cantando as árias que você mais gostava.

Seja sincero, Klaus. Você me vê hoje como eu era naquele tempo em que namorávamos ou do jeito que sou hoje, velha e descuidada? Não minta, meu amor. Eu, por exemplo, o vejo como você era exatamente quando nos conhecemos em Dresden.

O cabelo molhado e penteado para trás, a barba bem-feita, a pele branca, lisinha e perfumada com a colônia que você passava e todos podiam sentir de longe o perfume gostoso... Humm... Como era gostoso o seu perfume, Klaus... Esse mesmo que você usa agora e que eu posso sentir perfeitamente... Por mais que você tente me convencer que me vê hoje como eu era no passado, não vou acreditar não. Você brincava muito comigo. Está falando isso só para me deixar feliz. Aquela Nora jovem, bonita, perfumada e elegante não existe mais... Olha para mim... Veja... Aquela Nora foi transformada nessa mulher que está aqui conversando com você... Rechonchuda e velha, fedida e mal vestida... Mas que mesmo assim ainda te ama. Agora me responda outra coisa. Você já descobriu por que teve de morrer tão jovem?

Nora continuou conversando com Klaus e com as borboletas até o rosto da noite aparecer entre as copas que coroavam a floresta. Depois voltou para casa e jantou acompanhada dos filhos, do marido e de irmã Anna. O assunto durante o jantar foi a gravidez de Martha Flemig. Já sabiam que Fausto Flemig tinha decidido levar Martha para ter o bebê num hospital do Rio de Janeiro. Ele está certo, comentou irmã Anna. É muito arriscado fazer o parto na fazenda, no hotel, na casa dos Froom e até mesmo em Londrina. Se ele tem amigos que conseguem internar a Martha no Rio de Janeiro, é muito mais seguro, afinal os dois já sofreram muito com as mortes dos dois últimos filhos que tiveram, pobrezinhos, disse Nora. Se morre mais esse, não vão agüentar tanta tristeza. Johanna levantou da mesa antes de terminar de comer e se trancou no quarto. Viu o que vocês fizeram?, disse Samuel. Ela ainda está muito abalada com o suicídio do Hans. Vamos parar de falar em morte aqui em casa, senão Johanna nunca vai esquecer do namorado, determinou o pai preocupado.

A morte parecia mesmo rondar as fazendas vizinhas às terras dos Naumann. Um casal de imigrantes judeus alemães, recém-chegado à colônia, não agüentou a nova vida e também se suicidou com veneno de rato poucos dias depois da morte de Hans. Senhor e senhora Burgel tinham passado dos sessenta anos de idade e não quiseram viver mais. Sem filhos e solitários, os dois foram encontrados, por um empregado, mortos sentados no sofá. Nem tiveram tempo de fazer amigos e de conhecer os vizinhos. O suicídio ocorreu menos de um mês depois da mudança para a fazenda. Antes tinham se refugiado em Buenos Aires e no sul do Brasil. Deixaram um bilhete sobre a mesa: "Quando ficamos sabendo do suicídio do jovem judeu tivemos a idéia de nos juntar a ele nesse protesto. A morte há de nos ser bem mais digna do que essa vida que o destino nos reservou".

Nesta mesma semana, um velho dinamarquês, conhecido como Conde de Lewinsohn, também se suicidou no jardim da casa onde morava. Foi encontrado pendurado numa árvore que lhe serviu de forca. Há mais de um ano, desde que a condessa de Lewinsohn tinha morrido de tétano e sua única filha se mudado para o Rio de Janeiro, o conde passava seus dias triste e sem vontade de viver. De poucos amigos, quase não saía de casa nem quando a esposa ainda era viva. Dizem que o conde se matou porque recebeu a notícia de que a mãe dele fora morta por soldados nazistas, comentou Conradin com o tio ao ver o funeral do nobre dinamarquês passar em frente à Casa Guilherme. Que o Deus de Abraão o tenha!, disse Traud Froom. Este já é o quarto enterro que passa por aqui este mês, disse doutor Weber. Quem será o próximo a se matar agora?, perguntou Conradin. Vejam como essa guerra é cruel, meus amigos. Por mais que as bombas estourem longe daqui, elas acabam nos atingindo, disse Traud. As bombas que estão matando esses imigrantes não são as bombas da guerra não, senhora Froom. São as bombas de solidão, as bombas de desesperança, as bombas de tristeza que estouram implacáveis dentro do coração da gente, disse doutor Weber. A filha do conde não veio para o réquiem do pai. O conde de Lewinsohn foi sepultado diante dos olhos de poucos curiosos.

A polícia não se deixou sensibilizar pelos quatro suicídios. Mas no velório e no enterro de todos os suicidas havia um investigador para conferir se a língua alemã era pronunciada entre os presentes. Bastava dizer um simples cumprimento, uma pequena saudação no idioma germânico, para que a pessoa fosse presa. Entre os alemães mais patrulhados estavam August e Oswald Nixdorf. A fama de subversivos que tinham lhes garantiram o primeiro lugar na lista dos imigrantes de Rolândia considerados inimigos do Brasil. August Nixdorf não suportou a pressão e com medo de ser preso voltou definitivamente para a Alemanha pouco antes de o ditador brasileiro romper relações com os países do Eixo. Se para todos os alemães que moravam na colônia o dia-a-dia ficou ainda mais difícil naquele ano que Getúlio Vargas declarou estado de guerra contra a Alemanha, o Japão e a Itália, para Oswald Nixdorf ficou ainda pior. Sentia-se vigiado em todos os lugares. Muitas vezes era seguido pelos policiais até mesmo quando ia fazer compras com a mulher e os filhos.

O delegado de Londrina, acompanhado de investigadores, esteve mais de uma vez na granja Nixdorf em busca de pistas que confirmassem que Oswald Nixdorf estava envolvido com comunistas ou que liderava um grupo de alemães que não respeitavam as ordens de Getúlio Vargas. Ele também era suspeito de não ser um simples imigrante, mas sim um espião a serviço de Adolph Hitler no Brasil. Na noite do dia 22 de agosto, quando Oswald, Hilde e as crianças comemoravam, com poucas horas de antecedência, o aniversário de 12 anos de Gisela, a filha mais velha, ouviram pelo rádio a notícia de que a Alemanha planejava invadir o Brasil.

O rádio só permaneceu com a família porque saía muito raramente do esconderijo praticamente fora de qualquer suspeita: um buraco aberto no alto do tronco de uma velha paineira que serviu de ninho para várias gerações de periquitos. Na mesma noite, Oswald e Hilde procuraram pela casa documentos, correspondências, livros, anotações, fotografias, qualquer coisa que pudesse ser comprometedora e que ainda não tivesse sido enterrada. Encontraram poucos papéis e uma bandeira da Alemanha que foram queimados no dia seguinte.

E foi logo depois que terminaram de tomar o café da manhã, durante os minutos em que a bandeira germânica era incinerada no fogão a lenha, que o carro da polícia política estacionou ao lado da casa dos Nixdorf trazendo o delegado e um grupo de investigadores. Um vizinho japonês chegou correndo na hora para tentar avisar Oswald, mas não houve tempo. O cheiro forte do tecido queimado da bandeira se espalhou pela casa, mas a polícia nada percebeu. Com a desculpa de preparar o café para servir aos visitantes, Hilde manteve a calma, correu para o escritório e rapidamente escondeu o rádio, que tinha ficado fora do buraco da paineira na noite anterior, dentro da própria embalagem que depois foi escondida no armário. Está tudo bem com as crianças, disse Hilde ao marido, quando voltou à sala para servir o café. Ele entendeu que na verdade o que a esposa quis dizer era que o rádio estava a salvo e bem escondido. O delegado agradeceu o café e apresentou a licença que o autorizava a revistar a casa e a granja toda, novamente.

O chefe dos policiais abriu o armário, tirou a caixa de papelão com o rádio para olhar atrás e não desconfiou de nada. No alto da caixa estava escrito Rádio Pilot. O que será que aconteceu, pensou Hilde, roendo as unhas na cozinha. Oswald que acompanhava o delegado soube disfarçar o nervosismo, e aliviado se perguntava: Será que o delegado não sabe ler? Por que não descobriu o rádio? Depois os policiais retiraram livro por livro da estante até descobrirem sobre a escrivaninha o diário de Oswald Nixdorf. O delegado folheou e quando encontrou a frase: "Major Blasi, mãe alemã e pai italiano – prefeito de Londrina", que estava escrita em alemão, pediu para Oswald traduzí-la. Visivelmente apreensivo, o imigrante demorou um pouco para começar a tradução. Gaguejou. O delegado, então, bastante desconfiado, guardou o diário no bolso e pediu para Oswald acompanhá-lo até a delegacia de Rolândia. Há uma denúncia contra o senhor, disse o chefe da polícia. E esse diário que encontrei agora pode ser uma prova de que o autor da denúncia não mentiu. Que denúncia?, quis saber o acusado. Dizem que o senhor é um subversivo, metido a revolucionário, comunista, sei lá! Líder dos ratos branquelos que falam alemão o tempo todo, que ousam desrespeitar as leis federais brasileiras! O senhor também é acusado de ser o responsável pelas bandeiras e pichações com o símbolo do partido nazista que estão aparecendo na colônia, que foi incumbido de plantar mudas do Partido Nacional Socialista dos Trabalhadores Alemães aqui no Brasil. E o mais grave, que chefia um grupo encarregado por Hitler de tomar os quatro Estados da região sul para a Alemanha, respondeu o delegado. Chegaram-nos ainda informações que acusam o senhor de manter embaixo da terra um arsenal de guerra! Oswald Nixdorf negou todas as acusações, mas não adiantou. Quis saber quanto tempo ficaria na cadeia, se realmente estava sendo preso, mas não teve resposta. Tudo vai depender das respostas que o senhor der e dos caminhos que as nossas investigações tomarem a partir de agora, explicou a autoridade policial. E é bom o senhor não tentar enganar a polícia porque estamos fechando o cerco contra alemães que se metem a espertos na nossa terra. Dois comparsas do senhor já foram presos. Willy Roettger e o velho Henrique Wertschutte, que tentavam montar uma base do partido nazista em Irati, estão vendo o sol nascer quadrado agora lá na capital. Foram flagrados falando alemão e com grande quantidade de documentação do governo hitlerista, concluiu o delegado. Oswald Nixdorf disse que todas aquelas acusões contra ele eram injustas, que não conhecia nenhum alemão em Irati. Depois, abaixou a cabeça, despediu-se dos filhos, de Hilde, e entrou no carro policial. Só então o vizinho japonês, que tinha tentado avisar os Nixdorf da chegada dos perigosos visitantes, saiu de trás de uma grande moita de capim cidreira e tentou entender o que tinha acontecido. Eles prenderam meu marido, disse Hilde chorando. Oswald foi levado para a cadeia. Os investigadores disseram também que se as suspeitas contra ele forem confirmadas, vamos perder tudo que temos, o que vamos fazer, senhor Watanabe? O que vamos fazer agora?, perguntou Hilde em pranto.

Impressionado, o japonês voltou para casa e se encarregou de espalhar a notícia da prisão de Oswald Nixdorf entre os imigrantes orientais. Assim como os alemães, os japoneses que viviam em Rolândia corriam o mesmo risco. Também sofriam restrições e abusos tanto por parte das autoridades como por parte de espertalhões que se aproveitavam da falta de informação dos colonos.

31

Para os que tinham Oswald Nixdorf como um líder, a prisão dele foi considerada uma afronta. As famílias alemãs que vieram da região sul do Brasil, principalmente de Santa Catarina, eram as mais revoltadas com a postura das autoridades brasileiras. Viviam discutindo com a polícia política por causa da obrigatoriedade do salvo-conduto e também porque eram constantemente vigiadas. Tiveram pena de Hilde e dos filhos de Nixdorf, e não lhes deixaram faltar nada enquanto durou a prisão. Os mais impetuosos chegaram a agredir os investigadores com palavras em alemão e outros, anonimamente, voltaram a espalhar panos com desenho da suástica em pontos estratégicos da colônia. Tudo em protesto contra a prisão do engenheiro agrônomo que comandava a granja experimental e que dava conselhos e orientações agrícolas a todos eles.

Prisões, perseguições, insultos, restrições financeiras, mortes, suicídios. Se não bastassem todos esses acontecimentos, o inverno trouxe uma implacável geada que arrasou todos os cafezais e fez 1942, que ainda estava pela metade, ser considerado por muita gente o ano negro da história da colônia. A maioria dos imigrantes esperava a primeira grande colheita de café e contava com a produção daquele ano para tentar recuperar o dinheiro bloqueado pelo governo federal. Mas nem de longe isso aconteceu. Naquele mês de junho choveu muito por vários dias. O vento soprava forte e o clima foi ficando cada vez mais frio. O rádio noticiou que havia nevado no sul do Brasil. Finalmente a chuva deu uma trégua, o sol apareceu, mas o vento continuou frio. Wagner e Carmem Volk foram dormir preocupados, com maus pressentimentos. E justamente naquela madrugada, o termômetro da varanda da sede da fazenda do Messias caiu para dois graus negativos. Logo cedo, puderam conferir o estrago: o chão estava congelado, as pontas das palmeiras cobertas de gelo. As folhas verdes e brilhantes dos arbustos de café tinham ficado quase pretas; pareciam as folhas marrons do outono na floresta alemã. A casca dos galhos também congelou e eles foram morrendo rapidamente. Eu pensei que por estar próximo à floresta, o meu cafezal estivesse protegido da geada, disse doutor Volk aos amigos que estavam na Casa Guilherme e pararam de falar na guerra que abalava o mundo para ouvi-lo discursar sobre a batalha travada entre a geada e os pés de café. Pois bem, continuou o advogado, mas a floresta não foi capaz de proteger o meu cafezal do vento porque, ao contrário do que a gente esperava, o vento veio do sudoeste, seguiu o limite da floresta e se transformou num rodamoinho enorme que estragou os troncos do meu café mais bonito. Vocês não podem imaginar a tristeza que me deu quando encontrei a lavoura completamente queimada e destruída pelo frio. Carmem chorou como criança. E eu chorei também, não posso negar, desabafou doutor Volk.

Não foi só o senhor que chorou por causa da geada não, doutor Volk, disse Conradin. Os empregados das fazendas por aí afora contaram aqui dentro, meu tio também ouviu, não foi tio? Pois bem, contaram que viram muito alemão chorar esses dias. Ficavam vermelhos como tomate maduro e esguichavam água pelos cantos dos olhos sem parar. O caboclo que trabalha no cafezal da Fazenda Paraíso disse que o Ludwig Luft Hagen chegou a deitar e até rolou no solo da lavoura de tanto desgosto. Ouvi dizer que o Bernardo Luft Hagen pensou até em dar um tiro no ouvido com uma espingarda que ele trouxe da Alemanha e que está escondida da polícia embaixo da terra, vocês ouviram isso?, perguntou o sobrinho do doutor Weber. Acho que o Bernardo pensou em se matar não por causa da geada, mas por causa do desamor da Olívia, disse Traud Froom. Todo mundo tem comentado que depois que ela passou aquela longa temporada em São Paulo, vive com a cabeça num escultor italiano famoso, chamado Ernesto de Fiori. Hum... Depois dessa geada, acho que até a mais quente das paixões deve estar congelada, não é mesmo doutor Weber?, perguntou Joachim Froom virando um gole de conhaque.

Mesmo preso na delegacia de Londrina, Oswald Nixdorf sabia o que se passava na colônia. E ficava angustiado por não poder ajudar os companheiros a enfrentar os prejuízos da geada, por exemplo. Nos primeiros dias de prisão dividiu uma cela de seis metros quadrados, sem cama, sem cadeira e sem privada, com mais seis presidiários. Para Nixdorf, o lugar era um calabouço. Eram obrigados a fazer "as imundices", como ele mesmo chamava, num canto daquele cubículo. A sujeira era retirada de lá a cada dois dias e eles tiveram de aprender a conviver com o mau cheiro. Só por um pequeno quadrado no alto da parede entrava um pouco de luz. Entre os companheiros de cela, estavam ladrões, estupradores, falsificadores. Um dia Nixdorf pediu a um policial para ir ao banheiro e ele disse ao líder alemão para "cagar na mão e comer a própria merda". A cada visita que fazia ao marido, Hilde voltava para casa mais triste e certa de que Nixdorf não seria solto tão cedo.

Através de um recorte de jornal, Nixdorf soube que a granja dele fora tomada pelo Estado. A noite que seguiu foi uma das piores que ele passou na cadeia. O que aconteceria com Hilde e as crianças? O que vai acontecer com os empréstimos e o dinheiro das pessoas que acreditaram nele? No dia seguinte, Major Blasi, prefeito de Londrina na época, foi falar com Nixdorf. O político era um velho amigo e conseguiu que a granja, mesmo pertencendo agora ao Estado, continuasse administrada por Hilde. Nixdorf ficou aliviado porque a família, por enquanto, ainda tinha onde morar. Com a elevação da temperatura, o fedor dentro da cela ficava cada dia mais insuportável. A quantidade de moscas deixava o espaço ainda menor.

Já para a família Prustel o ano só não foi de todo ruim porque no dia 22 de setembro eles comemoraram a chegada do herdeiro que foi concebido na cidade de Aparecida do Norte. Assim como Roma, Thiago também nasceu na fazenda pelas mãos da senhora Kelling. Não permita que o meu bebê se machuque, disse Charlotte, a poucos minutos do nascimento. Essa criança é a minha obra mais cristã, abençoada pelo Espírito Santo. Pode ficar tranqüila, senhora Prustel, agora respire fundo e faça bastante força, vamos! Força, senhora Prustel! O suor escorria pelo rosto da mãe que, agora, dava à luz ao nono filho. A parteira pediu às duas empregadas que a ajudavam dentro do quarto para irem buscar mais panos e água morna. Dom Bentus e Otto Prustel aguardavam ansiosos na sala, atentos para ouvir o primeiro choro do bebê e para saber, afinal, se ele era menino ou menina. Veja, dom Bentus, tantos morrendo na guerra e a vida brotando forte dentro da minha casa!, disse Otto. A vinda dessa criança é um sinal de que ainda podemos ter esperanças, de que dias de paz estão para chegar em todo o mundo, proclamou o padre.

Finalmente, os gemidos de Charlotte foram substituídos pelo choro do bebê. É um menino, é um menino, senhor Prustel!, gritou Raimunda, a arrumadeira, ao sair correndo do quarto para buscar mais água. Como eu imaginava, disse dom Bentus. Tinha certeza de que era um menino, tinha certeza. Louvado seja Nosso Senhor Jesus Cristo! Parabéns, Otto! O pai, então, acompanhado do conselheiro espiritual da família, entrou no quarto para conhecer o último herdeiro. Dom Bentus abençoou, fez o sinal-da-cruz na testa do menino, que já estava nos braços de Charlotte. Eis o meu Thiago, anunciou Charlotte ao tentar levantar o filho. Muito cansada, ela explicou que escolhera esse nome para homenagear o primeiro apóstolo de Cristo que foi morto por pregar os mandamentos cristãos. Thiago era irmão de João, explicou dom Bentus. Filho de Zebedeu e de Salomé. Era pescador. Estava às margens do lago Genesaré quando foi chamado por Jesus. Testemunhou a ressurreição da filha de Jairo e acabou preso e decapitado por ordem de Herodes. Pois que o meu Thiago seja cristão como o apóstolo, mas que tenha vida longa e muita saúde, determinou Otto.

No dia seguinte ao nascimento de Thiago, Charlotte pediu ao marido que trouxesse para o quarto o pedaço de saco de estopa onde ela pretendia bordar toda a história dos Prustel. O rústico tecido já estava separado, assim como as linhas e a agulha que tinham comprado durante a viagem a Aparecida do Norte. Esperei a família estar completa para começar o bordado, explicou a matriarca. Ainda andando com dificuldade, Charlotte sentou-se e começou a rabiscar o desenho que depois preencheria com linhas coloridas. A senhora ainda deve ficar de repouso, disse Raimunda. Já estou boa, já me sinto bem, não se preocupe comigo. Vá ajudar Aparecida a cuidar do almoço e fazer a limpeza da casa. Deixe-me só com o meu bordado, por favor. Eu preciso de silêncio, disse a patroa com os olhos pousados sobre o recém-nascido. Thiago dormia protegido por um mosquiteiro de tule que cobria o pequeno berço de peroba-rosa.

Assim como fizeram logo após o nascimento de Roma, as famílias judias também foram visitar Thiago poucos dias depois que souberam do nascimento.

A gratidão que sentiam pelo ex-deputado católico era imensa. Presentearam a criança com flores, roupinhas e sapatinhos de lã. Os donos da Fazenda Torah vieram acompanhados de Fritz e Lola Katz. Otto aproveitou a presença dos visitantes para mandar matar um boi e três carneiros. Não matem porcos, porque hoje nossos convidados são judeus, alertou o patrão. Assim, a carne era dividida e não estragava, já que ainda não dispunham de congeladores para o armazenamento. Algumas famílias judias criavam porcos, mas só para o comércio e não para o consumo próprio. Naquela época a ausência da geladeira uniu muito as famílias. Elas sempre se revezavam na promoção de festivos encontros para a tradicional partilha da carne. Cada uma levava três, quatro quilos de carne para casa. Desta vez, a Fazenda Cristo Redentor recebia por duas razões, o que significava festa em dobro. Andree, Severin e os empregados se encarregaram da matança. As mulheres se reuniram no quarto de Charlotte em volta do bebê e os homens ficaram na sala conversando com Otto. Sua fazenda está cada dia mais bela!, disse Alexander Cremer. Concordo plenamente!, completou Rudolf Allmann. Essa majestosa figueira branca é a árvore mais linda dessa floresta, não acha, Fritz? Claro, é muito bonita!, respondeu o jurista olhando para todos os lados demonstrando claramente aos amigos que se sentia perseguido, à espera de qualquer má notícia. Podemos fazer um esconderijo dentro do tronco dela, não acham?, sugeriu. Acalme-se, Fritz, disse Rudolf. Não há nenhum nazista por perto, fique tranqüilo meu amigo. Acalme-se.

Fritz sentou-se numa poltrona e começou a folhear um dos pouquíssimos livros que estavam expostos sobre a mesa. Alexander e Rudolf chamaram Otto discretamente para a varanda e explicaram que o problema de saúde do jurista tinha se agravado. O campo de concentração não o matou, mas o deixou desse jeito, coitado. Quase louco, lamentou Rudolf. Aprendi com um professor que para amansar a loucura é preciso falar a mesma língua dela, disse Otto. Era exatamente isso que eu ia falar, reforçou dom Bentus. Vocês que moram mais perto do doutor Katz precisam entrar na mesma sintonia que ele para tentar ajudá-lo. Quando ele tiver outra crise, chamem os empregados da fazenda e façam com que eles finjam ser nazistas. Quando doutor Katz vir que a loucura é real vai ficar mais aliviado... Mas não se esqueçam de fingir que vocês são americanos, ingleses... E prendam os nazistas para que o nosso amigo realmente acredite que Hitler perdeu a guerra e já não oferece mais perigo, explicou dom Bentus. Mas, a guerra ainda não terminou, dom Bentus, disse Rudolf. Todos nós estamos ameaçados mesmo aqui no meio da floresta brasileira. Não podemos mentir para o doutor Katz, isso pode piorar ainda mais a situação. Não se preocupe em separar a realidade da ficção, doutor Allmann, disse dom Bentus. Para os homens que chegaram ao grau de demência que doutor Katz já chegou, a ficção é muito mais real que a realidade. Vai lhe fazer bem sentir que não é o mais louco do grupo, e sim o mais sensato. Façam isso e verão como eu tenho razão. Nosso amigo vai se sentir bem melhor. Rudolf e Alexander ficaram de conversar com Lola Katz para decidir se aplicavam ou não o método ensinado por dom Bentus para tentar acabar com os delírios de Fritz Katz.

Quando voltaram para a sala, Fritz Katz não estava mais lá. Deve ter se escondido em algum lugar, comentou Alexander. É assim que ele faz na Fazenda Torah, é sempre assim, some de repente e aparece só algumas horas depois, isso quando a gente não o tira à força do esconderijo, disse Rudolf. Pobre do senhor Katz!, disse dom Bentus. Vamos procurá-lo então, o que os senhores acham? Deve ter ido ver os empregados matarem os animais, disse Otto. A busca por Fritz Katz na Fazenda Cristo Redentor foi longa. Pouco antes do anoitecer, Severin o encontrou deitado no fundo de um buraco de quase um metro de profundidade, que tinha sido aberto para ser depósito de lixo. Era numa vala como essa que os nazistas jogavam nossos irmãos depois de matá-los, disse Fritz aos amigos. Eu vi muitos corpos jogados nas valas, muitos, dezenas, centenas, milhares de corpos de pessoas inocentes... Eu vi o que sobrou das vidas e dos sonhos criminosamente ceifados, nada mais do que a frieza da morte foi o que restou, nada mais. Deus de Abraão foi muito bom comigo, salvando-me dessa barbárie. Obrigado, meu Deus, obrigado!, gritava Fritz ao sair do buraco. Agora, me contem, onde estão os nazistas? Vocês já expulsaram os nazistas desta fazenda? Eu os vi por aqui. Vão nos prender, eu sinto que vão. Os homens de Hitler já invadiram o Brasil, estão no nosso rastro, não vão nos deixar em paz enquanto não acabarem com nossas vidas, eu sei. Eu vivi num campo de concentração, eu fiquei preso naquela armadilha mortal. Só eu posso saber o que é olhar nos olhos da morte, olhar nos olhos do Hitler.

O discurso desesperado de Fritz Katz emocionou todo o grupo que estava à sua procura pela fazenda. Lola abraçou o marido, esperou que ele se acalmasse e o conduziu à casa dos Prustel. Tome esse copo de água com açúcar, disse Ruth Allmann, vai lhe fazer bem. É muito arriscado tirar o doutor Katz de casa enquanto ele não melhorar, disse Ester Cremer ao marido. Se ele encontra uma viatura da polícia brasileira na estrada pode pensar que são nazistas e criar confusão... Infelizmente ele está cada dia pior... Dom Bentus e Rudolf Allmann pediram para orar, cada um na sua religião, pelo restabelecimento da saúde de Fritz Katz. A oração em hebraico e a oração cristã acalmaram a todos. A próxima partilha da carne vai ser na Fazenda Torah, disse Alexander. Espero o senhor lá, doutor Prustel. E não se esqueçam do casamento da minha Sophia, que já está perto. Vamos mandar convite em breve, lembrou Ester. Os Allmann, os Katz e os Cremer foram embora em duas carroças. Por estarem carregados de carne, os veículos puxados por três cavalos cada um, deixaram um rastro de sangue sobre a terra.

Em novembro daquele mesmo ano, a colônia foi surpreendida por uma triste notícia. Ao sentir fortes dores na barriga, Martha Flemig teve uma crise de apendicite, deixou a cama em prantos nos braços de Fausto Flemig e seguiu deitada no banco da carroça com o marido e as duas filhas, da Fazenda das Almas até Rolândia. No caminho passaram na Fazenda Torah para pedir socorro a Ruth Allmann. Ela seguiu com eles na mesma carroça com a cabeça de Martha apoiada no colo e com a pequena Soraya de 4 meses, filha caçula dos Flemig, nos braços. Mesmo sendo caso de emergência, Fausto precisou passar com a mulher doente na delegacia para conseguir três salvos-condutos que os autorizassem a viajar a Londrina. Foram de táxi pago pelo casal Froom. Coitada da Martha, disse Conradin ao vê-la entrar no automóvel quase desmaiada. Será que vai resistir? Claro que vai, ela tem duas filhas lindas para criar, Deus não há de tirá-la do lado das meninas tão cedo, não há!, afirmou Ruth Allmann com Soraya nos braços. Ruth foi com o casal para ajudar a cuidar de Martha e de Soraya, já que naquele tempo quase não havia enfermeiras no hospital para dar atenção aos pacientes internados. Laila ficou na casa dos Froom e acompanhou com um olhar triste e assustado a partida do táxi preto até vê-lo desaparecer na poeira vermelha. Foi a última vez que Laila viu a mãe. A cirurgia que deveria ter sido feita a tempo de se evitar a morte não se realizou. O médico achava que era o caso de se esperar mais um pouco e aí a infecção e a febre alta acabaram matando a jovem alemã de 27 anos, dois dias após a internação.

Toda a colônia compareceu ao velório da moça que ficou famosa na colônia por gostar de cactos, de fotografias, por saber dirigir automóveis, por entender de agricultura tropical, por ser dona do cachorro que tinha o estranho nome de Coisa em Si e por ter sido mãe da filha bastarda do poderoso Ludwig Luft Hagen. Pobre Martha, morreu longe dos pais, dos irmãos e tão jovem, tão linda!, lamentava Ruth. Ela tinha tantos sonhos, tia, tantos sonhos!, comentou Nicole. Queria estudar fotografia em São Paulo depois que a guerra terminasse, tornar-se fotógrafa profissional. Um longo silêncio se fez assim que a família Luft Hagen entrou no galpão de madeira emprestado pela Companhia de Terras Norte do Paraná para a realização do velório de Martha. Como o Ludwig tem coragem de pisar aqui, que falta de vergonha na cara!, disse Bernardo List Obermann. Calma, meu bem, não vá criar confusão, pediu Olívia ao marido.

Ludwig Luft Hagen chegou acompanhado de Golda, de Petra e do pai, Edward Luft Hagen. Foram recebidos por Fausto e pelo casal Allmann. Ruth e Rudolf sentiam-se e sofriam como se fossem os verdadeiros pais de Martha. Foram os pais dela quem nos ajudaram a fugir da Alemanha, você bem conhece essa história, não é, Petra?, perguntou Ruth. Sinto-me um pouco culpada por não ter salvado a vida dessa menina... da nossa menina, não é mesmo? A culpa é desse país que não tem hospitais decentes, minha querida, não se sinta culpada de forma alguma, disse Petra Luft Hagen. Martha morreu para nos mostrar que se um dia também precisarmos de médico no Brasil, vamos morrer como ela. Corremos risco de morte a cada minuto, meu bem, a cada minuto, continuou Petra. Nesta selva, a morte nos espreita, pronta para dar o bote como uma serpente maligna.

Onde está Laila?, perguntou Ludwig a Ruth. Ficou na Fazenda Sarah, com o casal Kroch. Ela gosta muito de Elisabeth, do Iuri, do Boris e da Raíssa. Martha me contou uma vez que quando visitavam os Kroch, Laila corria para o piano de calda de Elisabeth e não saía de lá por nada. Agora, passando uma temporada lá, ela vai poder conviver mais com a música, quem sabe não aprende a tocar piano com Elisabeth, não é mesmo? Laila é muito inteligente, bem-humorada. Puxou a mãe, sentenciou Ruth. Pena, é uma pena que não vai poder crescer ao lado dela... Agora o pobre do

Fausto vai ter de criar as crianças sozinho... Que tristeza, meu Deus... Não chore, minha querida, não se sinta culpada, disse Petra Luft Hagen ao fazer um gesto com os olhos para que Ludwig as deixasse sozinhas.

Essa moça me ensinou muito sobre agricultura tropical, disse Edward Luft Hagen a Rudolf Allmann a poucos metros do caixão. Todos nós tínhamos muito a ganhar se ela vivesse por mais longos e longos anos. A fava mais plantada nas nossas lavouras foi trazida por ela da Alemanha. O senhor tem toda razão, doutor Luft Hagen. A senhora Flemig ainda tinha muito a nos ensinar. Mas, infelizmente, não foi possível, não é mesmo? Só nos resta pedir a Deus que a conserve em bom lugar, disse Rudolf Allmann olhando para o corpo de Martha. Nesse momento, Fausto Flemig se dirigiu a Ludwig que estava sentado sozinho no banco do lado de fora do galpão. O que eu vou fazer agora com duas crianças pequenas? Paro de trabalhar na roça para cuidar delas? Ora, faça como já tem feito, respondeu Ludwig. Deixe as duas nas casas dos vizinhos até se casar de novo. Com esse emprego que eu lhe arranjei de administrador da Fazenda das Almas, não há de lhe faltar pretendentes. Se eu fosse você já começava a sondar as moças solteiras agora, aqui no velório... Martha já morreu mesmo... Fausto olhou bem nos olhos de Ludwig e disse que jamais cometeria tal ato em pleno velório da esposa. Que, ao contrário dele, a respeitava muito e que não se interessaria tão cedo por outra mulher.

Quando a conversa se encaminhava para uma discussão, Traud Froom interrompeu e se ofereceu para cuidar da pequena Soraya. Vou fixar um cartaz na Casa Guilherme pedindo para que uma mãe caridosa que estiver amamentando ajude a alimentar a sua filha até que ela passe para mingau, disse a mulher do ex-banqueiro. Tenho certeza de que logo aparecerá uma. Fique tranqüilo, senhor Flemig. A Soraya não vai morrer de fome. Hoje mesmo, depois do enterro da sua esposa, eu e Conradin vamos escrever e pregar o cartaz na venda. Obrigado, senhora Froom!, agradeceu Fausto. Espero um dia poder retribuir com juros tudo o que a senhora e seu marido fizeram pela minha mulher.

Martha foi enterrada no cemitério São Rafael. Rudolf Allman e o pastor Hans Zischler celebraram a oração de despedida poucos minutos antes do sepultamento. As mãos das amigas Olívia List Obermann, Ruth Allmann e Ester Cremer despejaram sobre o caixão uma chuva de pétalas de flores do campo.

32

Traud Froom e Conradin comentaram a transferência de Oswald Nixdorf da cadeia de Londrina para o presídio de Curitiba até esgotarem o assunto. Ele foi transferido junto com mais uns seis ou sete presos políticos. Ouvi dizer que a polícia pensou até em mandá-lo para uma prisão que fica numa ilha do Atlântico, mas acabaram mesmo optando por Curitiba, disse o sobrinho do doutor Weber. Por mais que eles sejam nazistas, sinto pena da esposa dele, disse Traud Froom. O Estado não teve compaixão. Expulsou toda a família Nixdorf da granja. Eles estão sem dinheiro, morando de favor numa casinha que o pastor Zischler conseguiu emprestada. A Charlotte Prustel comentou comigo esses dias aqui na venda que comprou mudas de árvores frutíferas da senhora Nixdorf para ajudá-la a sustentar os filhos. Pelo que eu sei, continuou a sócia da Casa Guilherme, só os Prustel e o pastor Zischler estenderam a mão à Hilde Nixdorf. É que muita gente na colônia não acredita na inocência de Oswald, explicou Conradin. Eu mesmo não acredito. Para mim ele é um nazista perigoso! Soube que Hilde chorou muito ao se despedir do marido na estação ferroviária e que já decidiu se mudar com os filhos para uma pensão em Curitiba, agora nos próximos dias, só para ficar mais perto de Nixdorf, disse Traud. Deus de Abraão sabe o que faz, menos um nazista nos rodeando, graças a Deus!, proclamou Conradin. Você se esqueceu dos outros, meu menino? O Nixdorf foi embora, mas os nazistas que ele trouxe de Santa Catarina continuam livres e soltos, todos à nossa espreita, concluiu Traud.

Mesmo ocupados, grande parte do tempo, com fofocas, a esposa do ex-banqueiro e Conradin conseguiram, rapidamente, uma mãe alemã piedosa que se comprometeu a dividir o leite materno que usava para alimentar o próprio filho com Soraya Flemig. Assim que passou a aceitar papinhas como alimento, a menina foi devolvida à Casa Guilherme. Fiz a minha parte, disse a mulher a Traud. Agora a senhora pode cuidar dela sozinha. Se fico mais um dia com a criança em casa, me apego e aí não a devolvo mais para o pai. Na época, Agathe e Frank Flemig, tios de Soraya, não puderam ficar com ela porque Frank tinha sido ferido pelo bravo touro Tupi e estava internado no hospital de Londrina. Certa noite, ao sair de casa para desligar a bomba d'água que fazia muito barulho, Frank viu o animal solto e tentou levá-lo novamente ao estábulo. Foi aí que o touro preto e branco lançou-lhe uma impiedosa e certeira chifrada na barriga. Agathe teve de ficar três semanas fazendo companhia ao marido e não teve condições de tomar conta da sobrinha. Por isso, Traud agora tinha um novo desafio: encontrar uma outra família que aceitasse cuidar de Soraya até que Fausto se casasse novamente. E não demorou para que o senhor e a senhora Jessen se candidatassem para zelar pela saúde e educação da pequena órfã de mãe.

Eles já conheciam os Flemig e gostavam muito de Martha e das crianças. Cecil e Oda Jessen tinham sete filhos. Só cinco conseguiram vir para o Brasil. Os dois mais velhos foram presos na Inglaterra por serem alemães e depois deportados para a Austrália. Senhor Jessen era engenheiro, perdeu a perna direita lutando na Primeira Guerra Mundial e trabalhou como diretor da primeira indústria que produziu tubos sem emenda no mundo. A serviço dessa empresa, morou na Índia e no Japão. Foi por ter origem judaica que precisou fugir para Rolândia em 1939. Só os dois filhos menores, Pilar e Carlo, vieram com o casal. As três filhas, Polly, Raika e Birgit ficaram quase dois anos estudando inglês na Inglaterra e só se juntaram aos pais em 12 de maio de 1941.

Das três filhas mais velhas dos Jessen, Birgit era a mais amiga de Martha Flemig. Conheceram-se nos encontros sociais promovidos nas fazendas e logo se deram muito bem. Birgit tinha 18 anos e, poucos meses depois de se instalar na casa dos pais, foi morar e trabalhar como governanta de uma família síria em São Paulo. Costumava vir mais de três vezes ao ano passar férias nas terras que os Jessen haviam comprado entre a Fazenda Sarah e a Fazenda do Faraó. Terras que receberam o nome de Fazenda

Babilônia. Uma homenagem que Cecil Jessen quis fazer ao tempo em que viveu na Ásia. E foi para a Fazenda Babilônia que Soraya foi levada naquele mesmo dia que o casal Jessen se prontificou a tomar conta dela. Durante as visitas que fazia à filha, e casualmente se encontrava com Birgit, Fausto Flemig conheceu melhor e passou a olhar a amiga da falecida esposa com outros olhos. Mesmo com a moça morando em São Paulo, o viúvo começou a pensar na idéia de pedi-la em casamento.

Além de Birgit Jessen, Nicole Allmann e Johanna Naumann também foram trabalhar como governantas em São Paulo. No início de 1943, Nicole convenceu Nora e Samuel Naumann a permitirem que a filha morasse sozinha na cidade grande. Vai ser bom para ela, senhora Naumann. Johanna precisa esquecer a tragédia que aconteceu com Hans na represa. Essa temporada em São Paulo vai lhe fazer bem. Eu consigo um emprego para ela na mansão de uma família amiga dos meus patrões, disse a sobrinha de Ruth e Rudolf Allmann. Depois, quando estava sozinha com Johanna, Nicole confidenciou: se São Paulo está conseguindo me fazer esquecer o Romeo, por que não vai ajudá-la a esquecer o Hans? Nós duas vamos ser muito felizes lá, Johanna, não tenha medo, insistiu Nicole. E Johanna partiu naquele fim de janeiro, quando o assunto nas rádios e jornais era o encontro realizado entre Getúlio Vargas e Franklin Roosevelt em Natal, no Rio Grande do Norte, que efetivou a participação do Brasil na guerra através de uma Força Expedicionária. Nora, Samuel, Martin e irmã Anna, todos com salvo-conduto, levaram Johanna de táxi até a Estação Ferroviária de Londrina para embarcar com destino à capital paulista. Quem agora vai me ouvir e me dar conselhos sobre o amor impossível e cruel que sinto pela ingrata da Christine Prustel?, perguntou Martin bem baixinho para que os policiais não ouvissem que eles falavam em alemão. Ora, Martin, já lhe disse para esquecer a Christine, ela não é a única moça bonita de Rolândia. E também é muito velha para você. Vamos mudar de assunto, proclamou Johanna jogando-se nos braços de irmã Anna. Parem de falar em alemão!, pediu o pai. Os policiais estão de olho em cada um de nós. Depois da lacrimejante despedida em português, a filha da soprano partiu ouvindo o canto rouco da maria-fumaça que se lançava lentamente sobre os trilhos rigorosamente bem instalados pela companhia inglesa.

Para a família Kroch, o início do ano também foi marcado por despedidas. Assim como já faziam os vizinhos adolescentes Artur Cremer, Peter e Matheus Prustel, os irmãos Iuri e Boris Kroch também começaram a estudar no Colégio Cristo Rei, na cidade de Jacarezinho. Ficavam internados com dezenas de outros meninos, filhos de fazendeiros e empresários. Podiam visitar a família só nas férias, ou seja, duas vezes por ano. Administrado por padres palotinos, o colégio fundado em 1935 era rigoroso com a disciplina dos alunos, e por isso considerado um dos melhores educandários do sul do Brasil.

Por serem alemães e judeus, Artur e os irmãos Kroch tinham de agüentar as brincadeiras dos colegas, que na hora do recreio os chamavam de judeuzinhos, judiaria e de alemão batata. Por mais que reclamassem aos professores e inspetores de alunos, os insultos sempre se repetiam. Nada de falar alemão dentro da sala de aula, determinavam os padres. O Brasil está em guerra contra a Alemanha. Portanto, falar a língua do nosso inimigo é crime. Quero que todos vocês só falem em português, senão vão ser severamente punidos! Mesmo assim, os meninos de Rolândia muitas vezes deixavam escapar uma palavra ou um simples sim no idioma germânico e acabavam sendo castigados. Além de ficar ajoelhados na classe, na frente de todos os alunos durante vinte minutos, ainda eram proibidos de sair para passear em Jacarezinho no fim de semana e tinham de escrever quatrocentas vezes a frase "A língua que se fala no Brasil é o português". Já os alunos que insultavam os colegas alemães e judeus tinham de escrever quatrocentas vezes "Eu devo respeitar o meu colega e não aborrecer os professores".

Se para os filhos foi difícil ficar longe dos pais, para o casal Kroch a saudade foi ainda maior. Elisabeth e Justin tentavam preencher o vazio das horas noturnas com a música. Ela dava as mãos ao teclado do piano e não soltava mais. Essa noite é russa, dizia o marido. Toque todas as canções russas que você sabe! Ele, então, pegava um instrumento musical típico da terra de Dostoiéviski que costumavam chamar de serrote cantador e tentava acompanhar a esposa tocando, pulando e cantando como se fizesse parte de um grupo de dança folclórica. Entre um salto e outro, um gole de vodka. As pequenas Raíssa e Laila também dançavam, soltavam sons e imitavam os passos de Justin Kroch. E assim tentavam driblar a falta que os dois filhos mais velhos faziam até se acostumarem com a idéia de tê-los longe de casa.

Filhos são assim mesmo, consolou o afinador de piano que chegou na manhã do dia seguinte para a segunda temporada de trabalho na colônia. Eles crescem, batem as asas e abandonam o ninho como os pássaros, concluiu o músico que também era de origem alemã e vivia em São Paulo. Para trazer o afinador de tão longe, as famílias que tinham piano em casa repartiam os custos da viagem, hospedagem e do serviço prestado. Podemos falar em alemão?, perguntou o visitante. Não há policiais por aqui, há? Podemos falar sim, fique à vontade, disse a dona da casa. Até que o seu piano desafinou pouco, senhora Kroch. Ontem estive na casa da senhora Naumann. O piano dela miava, de tão desafinado que estava. Também, além da terra vermelha, encontrei arroz, milho, até pedaços de carne entre as teclas do instrumento. Acho que a senhora Naumann almoça e janta tocando, brincou o afinador. Já o da senhora, muito pelo contrário, está limpinho e afinado como o da orquestra de Berlim. Só eu sei o trabalho que é vencer a guerra contra essa poeira vermelha que nunca dá trégua, disse Elisabeth. Dia e noite eu tiro o pó do piano, dia e noite...

E o que é isso aqui embaixo do piano, senhora Kroch?, perguntou o afinador. Parece que há uma espécie de esconderijo aqui... Sim, é mesmo um esconderijo, respondeu a pianista que também era formada em química. Guardamos aí a nossa *menorah* e os livros que mais gostamos escritos em alemão... A polícia brasileira vive fazendo visitas surpresas e podem levar embora esses objetos tão preciosos para a gente... Não podemos facilitar, não é mesmo? Por favor, finja que não viu nada, por favor!, pediu Elisabeth Kroch.

Ao afinar o pequeno piano de Ruth Allmann, o homem também encontrou uma *menorah* escondida embaixo do instrumento e comentou com a cliente. O senhor tem sangue judeu e pode entender o medo que temos de ser ainda mais perseguidos aqui no Brasil, não é? Também somos considerados súditos do Eixo por Getúlio Vargas. E estamos sofrendo restrições por isso. Parte da nossa conta bancária está bloqueada, veja o senhor. Quem poderia imaginar que isso fosse ocorrer conosco aqui no meio dessa selva! Nesses tempos de guerra, agora só tiro a *menorah* daí muito raramente, quando sinto no meu coração que Deus faz mesmo questão que ela seja acesa. Do contrário, espero a vinda dos meus sete vaga-lumes e imagino que eles são o fogo de uma *menorah* invisível, uma *menorah* que nos visita à noite, voando, voando... A idéia dos vaga-lumes também nos ajuda a driblar a falta de querosene para acender as lamparinas e até a falta de dinheiro para repor o estoque de velas... Se o senhor ficasse essa noite aqui, poderia ver os meus sete vaga-lumes... Quando voam um ao lado do outro, não tão simetricamente, claro, mas perto um do outro, formam o desenho de uma linda *menorah*... São coisas que só o Deus de Abraão pode explicar, não é mesmo? A senhora tem toda razão. Só Deus pode explicar o vôo sincronizado desses sete pirilampos, digamos, nem um pouco anti-semitas, respondeu o afinador. A conversa entre os dois se prolongou sob uma trilha sonora composta pelos toques que o técnico dava no teclado do piano e pela sonata de Chopin que tocava bem baixinho no gramofone.

33

Chegou a noite do casamento de Sophia Cremer e Romeo Dallmathan. A Fazenda Torah ficou toda iluminada por lâmpadas de querosene. Atendendo aos pedidos da senhora Dallmathan e de Wille, mãe e irmão de Romeo, freqüentadores da Congregação Israelita Paulista, o rabino Fritz Pinkuss, então presidente e fundador da instituição, veio celebrar a cerimônia. Na época, Pinkuss tinha um irmão que vivia em Londrina, o que o estimulou ainda mais a viajar ao interior do Brasil. Chamava-se Kurt Pinkuss e prestara serviços algumas vezes como tradutor juramentado interino para a delegacia de polícia de Londrina.

Ao convidar os vizinhos, Ester e Alexander Cremer pediram sigilo, para evitar que o casamento fosse interrompido pela polícia justamente por ser realizado em hebraico e dentro dos ritos judaicos. Como determinava a religião semita, a *calá* e o *chatán* deveriam ficar um curto período de tempo sem se ver antes do matrimônio. Algo entre um dia e uma semana. Neste caso especificamente, Sophia e Romeo conseguiram ficar longe um do outro um único dia, o dia da véspera da festa. Os noivos também jejuaram nesse dia até o fim da cerimônia. Os Cremer fizeram questão de montar, ao ar livre, a tenda chamada de *chupá*. Era uma *chupá* simples, um tecido sustentado por quatro mastros, que simbolizava o novo lar que iria ser criado. A idéia da celebração ao ar livre é como se fosse um prenúncio de que o casamento será abençoado com tantas crianças como as estrelas do céu, disse Ester. Ruth e Lola decoraram a *chupá* com flores do campo. Pouco antes do ritual, o noivo foi levado até Sophia e colocou um véu sobre o rosto dela. Órfão de pai, Romeo foi acompanhado pela mãe. A senhora Dallmathan dirigiu-se com o filho sobre o tapete vermelho até o altar. Logo atrás, seguiram Alexander, Ester e Sophia.

Como não havia só judeus na cerimônia, rabino Pinkuss fez questão de explicar rapidamente as passagens do rito de casamento judaico. Na primeira parte, a noiva dá sete voltas ao redor do noivo. O número sete corresponde às sete vezes que está escrito na Bíblia: "quando um homem recebe uma esposa". Ao dar voltas em torno do noivo, a noiva demonstra que entra nas sete esferas da alma do seu amado. Ela também mostra, explicou o rabino, que capturou o coração do seu marido tal como Josué capturou a cidade de Jericó ao marchar por sete vezes ao seu redor. Depois, o líder religioso pediu ao noivo para começar a leitura da Ketubá. Romeo leu o documento legal, uma espécie de contrato nupcial, pelo qual se comprometeu a sustentar Sophia e mantê-la, caso eles viessem a se divorciar mais tarde ou ele morresse antes dela. O rabino, então, pediu para Romeo pôr o anel no dedo indicador da mão direita de Sophia. "Sejas consagrada a mim com este anel – disse o noivo – de acordo com a Lei de Moisés".

Antes de beberem da mesma taça de vinho, Romeo e Sophia foram abençoados por Fritz Pinkuss. Ele explicou que a palavra *shalom*, que significa paz, também é a palavra que o judaísmo usa para abençoar o casamento. *Shalom bait*, paz no lar. A harmonia doméstica, disse, é tão importante quanto a paz entre as nações. Assim como os judeus rezam para que todos os povos do mundo aprendam a conviver, também temos o dever de trabalhar para que essa visão universal seja verdadeira, pelo menos, dentro do nosso próprio lar e do nosso casamento, vocês não acham? Mas a paz no lar não ocorre por acaso, não. As bodas são feitas no céu, mas devem ser preservadas aqui na terra. Você, Sophia, você, Romeo, foram predestinados um ao outro. Quarenta dias antes do nascimento de vocês, uma voz celestial já tinha determinado que Sophia seria de Romeo e que Romeo seria de Sophia. Portanto, amem um ao outro mais do que a si mesmo. Egoísmo e egocentrismo são inimigos de um casamento bem-sucedido. O grande sábio judeu Maimônides diz que cada parceiro deve colocar o outro em um pedestal; as necessidades e as preocupações do parceiro ou da parceira devem ser mais prioritárias do que as suas próprias. Lembrem-se: Deus foi o grande cupido desse encontro de vocês, e, portanto, em respeito a ele, façam um ao outro felizes.

O discurso do rabino se prolongou por mais de uma hora. Ora em alemão, ora em hebraico, ele também comentou sobre a guerra e sobre a perseguição que o povo judeu sofria na Alemanha e também aqui no Brasil. Elogiou o trabalho realizado pelo grupo de refugiados judeus de Rolândia, os laços de amizade que conseguia manter com os cristãos que viviam na colônia e homenageou Otto Prustel, por ter prestado ajuda e exercido papel fundamental no salvamento de dezenas de famílias judias, no caso, as que haviam se refugiado em Rolândia. Otto foi aplaudido por todos os presentes. Nós, judeus e cristãos, devemos viver assim, respeitando uns aos outros, em paz, meus irmãos, em paz, proclamou o religioso. O rabino também deixou claro que os refugiados judeus que tinham se convertido ao catolicismo podiam ser readimitidos à comunidade judaica, porque, neste caso, a conversão tinha sido apenas um ato de sobrevivência. Por mais que não exista um rabino todos os dias entre vocês, não desanimem, afirmou. Eu me tornei rabino correspondente de uma pequena comunidade de refugiados judeus em Assunção, no Paraguai. Posso também orientar vocês dessa mesma maneira, por que não? Rolândia não é tão longe assim... Façam dessa floresta uma linda sinagoga, usem a imaginação que Deus lhes deu.

Ruth Allmann aproveitou a idéia de Fritz Pinkuss e pediu licença para contar rapidamente uma bela história que se encaixava perfeitamente na sugestão que o rabino tinha acabado de dar. Contou que o medo de serem perseguidos e punidos por praticarem o judaísmo os fizera criar soluções muito simples, mas ao mesmo tempo mágicas, para o exercício da religião judaica. Temos aqui, rabino, uma *menorah* que voa. Deus nos presenteou com sete vaga-lumes, que se aproximam um do outro e se acendem, piscam, representam as chamas das sete velas das nossas sagradas *menorahs* que estão muito bem escondidas desde que passamos a sofrer represálias do governo brasileiro, explicou a esposa de Rudolf Allmann. E quanto a fazer dessa nossa floresta uma sinagoga, fique tranqüilo, senhor Pinkuss, que nós já fazemos isso há alguns anos. Não há limite para esse nosso templo que é invisível aos nossos inimigos e completamente palpável aos olhos e ao coração da nossa gente. Quantas datas religiosas já comemoramos aqui, sob a copa das caviúnas, das perobas, das figueiras... Nossa sinagoga imaginária foi construída nessa mata fechada, que para nós se revelou o verdadeiro Paraíso que Deus nos reservou para que possamos sobreviver à tragédia que se abateu sobre o nosso povo na Alemanha.

As palavras de Ruth emocionaram o rabino e os convidados. Antes de agradecer aos aplausos, ela pediu para que todos ficassem atentos, porque a *menorah* voadora poderia aparecer a qualquer momento. Os meus sete vaga-lumes adoram fazer boas surpresas, disse. Vocês vão se emocionar quando o nosso castiçal sagrado surgir entre as árvores centenárias, voando, voando em nossa direção para nos presentear com luz. E precisa mais? Muito obrigada pela atenção. Antes de encerrar a celebração o rabino passou a palavra para Samuel Cremer, avô de Sophia, que depois convidou Adine Walk, a avó da noiva, para homenagear o jovem casal. Após as palavras dos avós, foi a vez de os pais discursarem. Alexander e Ester Cremer agradeceram a presença do rabino e de todos os presentes. Antes do início da comilança, Ester quis ler um texto que tinha escrito para jamais se esquecer de uma triste passagem que Sophia viveu na infância ainda na Alemanha:

"O seu nome é Sophia. Ela é tão loira e de olhos azuis como as demais colegas da escola. Brincava com elas no pátio e, nas aulas, sentava-se com os óculos no nariz cheio de sardas para poder enxergar a lousa... Ela sofria muito de saudade porque, como seus pais viviam no campo, ela tinha de morar com os avós na pequena cidade para freqüentar a escola. Para o Natal, a classe toda estava preparando uma peça de teatro muito bonita com coro, anjos, lua e estrelas. Todas as tardes, mal e mal terminadas as tarefas, as crianças voltavam à escola para os ensaios. Nem a melhor pista de trenós, nem o rio que virou gelo e que era tão bom para patinar podiam atrair Sophia. A peça de Natal ficava em primeiro lugar e o prazer dela sobrepujava todas as outras alegrias. Ela nem se melindrou quando uma menina ao passar por ela chamou-a de "Judenmadchen", menina judia. Se o bom Deus me fez judia, deve ser bom, disse ela para a coleguinha. Uma semana antes das férias de Natal, quando os ensaios estavam quase terminando, o professor explicou às crianças como ele imaginava que seriam as fantasias para a apresentação: vestidos compridos azuis com aplicação de estrelas douradas. Nos cabelos uma fita azul com grandes estrelas douradas. Que bom, pensou Sophia. Sim, falou o professor. E a voz dele parecia inalterada. "As três meninas judias não precisam fazer os vestidos, pois naturalmente elas não podem participar do evento." Em meio à alegre confusão das outras crianças, as três meninas ficaram atônitas. Mas isso era impossível. Por que de repente elas haviam sido excluídas.

Até então, podiam fazer tudo junto com as outras crianças. Vocês podem ir, disse o professor. Eu acho, disse Sophia quando saiu da escola com as outras meninas, que quando ele disse isso, o meu coração parou de bater. O meu também, disse a pequena Inge. Sophia voltou para casa correndo. Não podemos mais participar da peça de teatro, disse chorando e correndo para os braços da mãe. Eu não quero ir nunca mais para a escola, afirmou Sophia. A escola é obrigatória, disse a mãe sentindo seu coração quebrar. Você precisa ir, minha filha. Este era o fim. Daqui por diante a sua pequena menina tinha de carregar sozinha o seu destino e nem a mãe podia ajudar. Que profunda e trágica sabedoria para a mãe e a criança, profunda até as raízes na relação mãe e filha. No dia seguinte, Sophia voltou à escola e, mesmo estando em três, as três crianças judias agora estavam sozinhas, cada uma carregando o grande peso de serem expulsas do grupo das outras, isoladas e desprezadas. Depois das férias de Natal as três passaram a sentar na última fila. Eu não consigo ler daqui o que está escrito na lousa!, reclamou Sophia. Mas o professor deu os ombros.

O martírio que significava cada dia escolar, cada uma das aulas, era visível ao se observar as crianças. Elas não eram mais alegres e soltas. Roubaram-lhes a infância, plantaram o medo nos seus pequenos corações em vez da confiança e segurança na justiça dos adultos, que deveria ser a base da alegria das crianças. Em fins de janeiro, a classe tinha de escrever uma redação: Celebramos o dia 30 de Janeiro era o título. Dia 30 de janeiro era o dia da posse de Hitler. Queriam que as três meninas judias escrevessem: nós celebramos o dia 30 de janeiro. Elas, que foram expulsas, maltratadas e sentavam na última fila. Que exigência absurda! Que cinismo cruel! Se a gente não se lembrasse do perigo constante que os pais das crianças judias viviam, mal poderíamos entender que alguns deles pudessem cogitar que os filhos escrevessem tal composição: "Não tem outro jeito. Se não quisermos arriscar tudo, as crianças têm de escrever", resolveram eles, enojados pela própria traição, mas com medo das conseqüências. Os pais de Sophia não permitiram que ela escrevesse a composição. É melhor que te expulsem da escola, disse a mãe, do que você escrever esta coisa. Quando Sophia disse que tinha muito medo, a mãe sugeriu: Faça um outro trabalho, escreva sobre qualquer outro assunto que vocês leram e diga que a tua mãe proibiu de escrever esta composição.

Quando a criança, tremendo de medo, falou baixinho o que a mãe recomendara, o professor fingiu não vê-la. Daí por diante, tratou-a como se ela não existisse. Não corrigiu mais os seus deveres, não a interrogava quando ela levantava a mão timidamente, enquanto as outras crianças, alegres, disputavam entre si, fazendo sinal com a mão, para demonstrar que sabiam bem a lição. Agora tudo perdera o sentido. Sophia nem havia percebido que era de propósito, mas aos poucos tudo se tornou claro."

Assim que concluiu a leitura, Ester foi aplaudida por todos durante longos minutos. O que me deixa feliz, disse a anfitriã, é que hoje a minha Sophia, apesar de tudo que passamos, de tudo que sofremos, é uma mulher linda, inteligente, guerreira e feliz. Parabéns, Romeo, você ganhou um tesouro de mulher! Parabéns, minha filha, você é uma vitoriosa!, disse Ester, ao abraçar e abençoar Sophia com lágrimas maternas.

Naquele começo de 1943 a família Prustel também comemorou o casamento de Severin e Rose Marie. Mesmo tendo origem judaica, a noiva não se importou em se casar numa cerimônia católica celebrada pelo padre Joseph Herions na Fazenda Cristo Redentor. Rose Marie, naquela época, tinha 20 anos, era oito anos mais jovem que o irmão de Charlotte e vivia só com a mãe e uma irmã trabalhando nas fazendas dos imigrantes como empregadas domésticas. De origem húngara, elas haviam fugido de Berlim para o Brasil dez anos antes do pai, que era médico e, para escapar da perseguição nazista, teve de trabalhar durante quase uma década para o exército inglês. Depois de passar uma temporada na fazenda de Edward e Petra Luft Hagen, Rose Marie também trabalhou para os List Obermann. Nunca se esqueceu das noites que foi forçada pelo patrão a se deitar com ele enquanto Olívia dormia. Cansada de ser assediada por Bernardo, Rose Marie contou tudo à patroa, pediu demissão e foi trabalhar para a família Kroch. Ficou muito amiga do conde Gilbert Von Eulenburg e de mademoiselle de Mont-Bleu. Foram eles que a apresentaram a Severin quando ele foi comprar porcos para o padre Joseph Herions na fazenda dos Kroch.

Assim que o ritual religioso terminou, Charlotte foi até a cunhada e pediu para que ela se convertesse ao catolicismo. Faça como dom Bentus, minha querida, você não vai se arrepender. Eu mesma posso lhe ensinar tudo sobre a nossa santa igreja apostólica romana. E não se esqueça: eu e Otto fazemos questão de batizar o primeiro filho ou filha que vocês tiverem! Isso é uma ordem, Rose Marie!, afirmou Charlotte. A matriarca também voltou a criticar o fato de o casal não ter escolhido dom Bentus para celebrar o casamento. Não consegui convencer Severin, explicou a noiva. Ele disse que de tanto conviver com os sobrinhos também se acostumou a ver dom Bentus como um delator, um espião a seu serviço, e em respeito às crianças preferiu o padre Herions. Que bobagem!, protestou Charlotte.

Perto dali, Astrid tentava convencer Andree a não se mudar para o sul do Brasil. Pediu para o irmão não se deixar intimidar pelas palavras de Charlotte. Disse que os dois eram o melhor que havia naquelas fazendas que tinham a pretensão de ser lugares sagrados e tementes a Deus, mas que na verdade abrigavam falsos fiéis e falsos profetas. A hipocrisia é a dona dessas terras, meu irmão. Aqui vivem versões traiçoeiras de personagens bíblicos, afirmou. De Caim e Abel, por exemplo, não faltam réplicas. Charlotte é a encarnação feminina de Caim. Se eu bobear, nossa irmã me mata pelas costas. Por isso eu preciso de você ao meu lado. Para defender-me dos lobos que andam em pele de cordeiro nesse falso paraíso chamado Rolândia.

Astrid interrompeu o discurso e beijou o irmão apaixonadamente. Depois continuou a falar olhando fixamente nos olhos dele. Ao contrário de todos aqui, metidos a cristãos e judeus, seguidores da Bíblia, nós dois somos personagens mitológicos, o que me agrada muito mais, continuou Astrid. Quando estudei em Berlim tinha um professor de história da mitologia lindo, uma versão melhorada de Apolo. Foi ele quem me ensinou tudo sobre os deuses da Grécia. Zeus e Hera, os reis do Olimpo, eram irmãos, sabia? Nós somos lindos como eles! Não deixe o nosso Olimpo, Andree. Fica perto de mim, fica, meu Zeus, pediu Astrid depois de beijar mais uma vez o irmão. Os dois se amaram no chão da floresta observados pelos *morphos* azuis e por um solitário bem-te-vi.

Antes de se despedirem, Astrid insistiu. Não quero que você se case nunca. Quero você só para mim, só para mim. Precisamos parar com isso, disse Andree. Já não somos mais crianças. Você tem o seu marido, sua família, e eu quero ter a minha agora. Não vou me sentir bem se alguém descobrir o que se passa entre nós, Astrid. Por mais que a gente se goste, não é normal dois irmãos, filhos dos mesmos pais, fazerem o que nós fazemos! Eu não vejo nada de errado nesse desejo que sentimos um pelo outro, disse Astrid. Mas se você quer assim. Sei que só fala da boca para fora. Sei que você nunca vai resistir aos meus encantos, quer apostar?, perguntou a irmã sedutora. Os dois beijaram-se novamente e repetiram a cena que era inevitável. Quando estavam sozinhos Astrid e Andree não conseguiam ser mais fortes que o desejo. Não se deixavam intimidar nem pelos laços de sangue nem pelo fantasma do pecado.

Apesar da insistência de Astrid, poucos meses depois, Andree mudou-se para Blumenau, em Santa Catarina, e só voltou a Rolândia para apresentar Lizandra, a futura esposa que conheceu no sul, a toda família. A festa de casamento foi celebrada na Fazenda Cristo Redentor, mas Andree e Lizandra voltaram a viver em Blumenau.

34

Ruth Allmann e Agathe Flemig tinham muitas afinidades, além de terem nascido em famílias judaicas. Uma delas era a paixão pela ciência e pela produção e divulgação do conhecimento. Uma tarde, Ruth apareceu na casa de Agathe sem avisar. Veio sozinha conduzindo uma charrete. Você sabe que sou muito curiosa, não sabe, minha amiga? Sabe que nunca me contentei em só ouvir os seus relatos sobre as cartas que recebe do seu primo físico amigo do Einstein. Há muito tempo ensaiei lhe fazer uma visita para ver, tocar, ler essas cartas com os meus próprios olhos, disse Ruth. Não que eu esteja duvidando de que elas realmente existam, longe disso. Mas é que sou tão apaixonada por esses assuntos, admiro tanto a carreira de Einstein, dos físicos que trabalham com ele, que não resisti e vim pedir a você que me deixe dar uma olhadinha rápida nas cartas do Rudolf Ladenburg. Você permite que eu faça isso?

Mas, claro que sim, respondeu Agathe. Se soubesse que estava tão curiosa já as teria mostrado há mais tempo. Espere um pouco que eu vou buscá-las. Agathe trouxe todas as cartas amarradas por um feixe de barbante. Veja, disse, são todas suas. Ruth leu várias, interrompendo a leitura com comentários entusiasmados e surpresos com as notícias que o ilustre primo de Agathe mandava de Princeton. Escute essa, disse. Aqui ele começa agradecendo a sua atenção por ter se lembrado em tempo do aniversário dele e diz que de fato a sua carta conseguiu chegar no dia 6 de junho. Diz também que a guerra pouco os está afetando lá em Princeton e que o filho dele tem um bom trabalho no departamento de pesquisa da Merck. Também diz que o amigo Peter Prigstein chegou a ser soldado por seis meses, mas foi dispensado antes de Pearl Harbor. Mais para a frente, continuou Ruth, seu primo manda lembranças ao seu esposo e também a Elisabeth Ranke. Pelo que posso notar ele tem um amor grande por vocês, não é mesmo, Agathe?

E nós também por ele, respondeu a física. Rudolf me ajudou muito durante os meus estudos em Berlim e no doutorado na Universidade de Munique. Sempre foi muito atencioso, nunca se negou a me explicar e me orientar sobre a minha pesquisa. Mas, agora, conte-me um pouco de você, Ruth. O que tem feito lá na Fazenda Torah além de rezar com sua *menorah* de vaga-lumes?, perguntou Agathe. Os meus pirilampos são mesmo sagrados, disse Ruth. Aliás, você bem que poderia fazer um grande favor para mim. Que tal se você tentasse medir a intensidade da luz dos vaga-lumes. Depois que comecei a vê-los, poeticamente falando, como velas que voam, ficaria muito feliz em saber se os lampejos que esses besouros emitem podem mesmo ser comparados à luz de algumas velas ou lamparinas, ou quem sabe dos lampiões, disse a botânica professora de hebraico e judaísmo. Agathe gostou da idéia. Os desafios científicos me fascinam!, respondeu. Acho que não será difícil descobrir a quantidade de luz que esses bichinhos luminosos produzem. Na Universidade, em Berlim, lembro-me muito bem da aula que tivemos sobre as reações bioquímicas que geram a luminescência, nesse caso a produção de energia nos vaga-lumes. Vou fazer essa pesquisa para você com muito prazer, afirmou Agathe. Só não comente nada com ninguém que não seja de sua confiança, porque senão a polícia pode pensar que tenho um laboratório bélico na fazenda e que vou transformar pirilampos em bombas!

As duas amigas, então, marcaram um novo encontro para o dia seguinte no fim da tarde. Desta vez Agathe foi até a Fazenda Torah e levou com ela, envolvidos por um casaco, dois livros de física. Acabou dormindo na casa dos Allmann porque a experiência que gostariam de fazer tinha de ser à noite, já que os vaga-lumes não emitem *flashes* em outro horário. Antes de começar a captura dos insetos, Agathe deu uma aula sobre eles. Vamos até mais perto da floresta, por favor, Ruth, pediu a física. Vou tentar explicar à senhora o que acontece dentro da bundinha desses pirilampos.

Agathe e Ruth tiveram sorte. A noite estava quente e uma nuvem de pirilampos veio sobre elas. É realmente fascinante ver esses insetos tão pequenos serem capazes de gerar a própria luz e nós, com toda nossa sabedoria milenar, toda nossa inteligência e cultura, dependermos dos combustíveis ou de uma queda d'água para gerar energia elétrica, disse Ruth. Com esses mistérios da natureza Deus quer que a humanidade reflita e pense sobre o verdadeiro sentido da vida, sobre os valores que estamos espalhando na Terra... Ao ver esse bichinho produzir a própria luz eu confesso que me sinto muito, mas muito inferior a ele, a senhora não pensa assim também, senhora Flemig?

Agathe concordou com Ruth. E contou-lhe um pouco sobre a vida dos vaga-lumes. Disse que eles vivem no máximo pouco mais de dois anos. Na fase adulta, a vida deles dura apenas um único verão, período em que se acasalam para multiplicar a espécie. Esses *flashes* que a senhora vê agora, eles usam para atrair o sexo oposto. O que estamos vendo agora é o vôo nupcial. Dura aproximadamente uns 30 minutos. Mas a luz também pode ser usada para defesa ou atrair a caça. Tanto a fêmea quanto o macho emitem lampejos. Os estouros de luz podem ser curtos ou uma sucessão flamejante contínua e longa. Veja aquele, e depois aquele outro. Um produz luz verde-amarelada, o outro, laranja. Olha aquele lá do outro lado, emite luz vermelha, veja que lindo! Ouvi dizer que as mulheres das ilhas do Caribe usam vaga-lumes como broches.

Confesso que fiquei com pena dos vaga-lumes adultos, comentou Ruth. Viver apenas um único verão. E ainda morrem logo depois da noite de núpcias. Que tristeza! Talvez Deus também queira nos ensinar alguma coisa com isso, respondeu Agathe. Mas o importante é que antes de morrer, as fêmeas põem os ovos em madeira semi-apodrecidas, essas que estão aí caídas pela floresta, continuou a física. Quinze dias depois surgem as primeiras larvas que passarão quase dois anos comendo outros insetos e crescendo até virarem pupas, que depois virarão os insetos adultos. Dentro deles ocorre, então, uma reação bioquímica que libera energia. A senhora estudou botânica e vai conseguir me entender. É um processo de oxidação biológica que permite que a energia química seja convertida em energia luminosa. Lembro-me muito bem de que para cada molécula de ATP consumida durante a reação, um fóton de luz é emitido. Portanto, a quantidade de luz enviada pelo inseto indica o número de moléculas de ATP consumidas, afirmou Agathe.

Depois de capturarem dez vaga-lumes, foram para a cozinha que estava toda fechada para que não entrasse nenhum ponto de luz. Agathe acendeu uma vela comum, daquelas que todos usavam na colônia. Veja, Ruth, temos aqui um livro que podemos ler normalmente se aproximarmos esta vela, não é mesmo? Preste bastante atenção em como a vela ilumina a página. Agora quero que a senhora afaste a vela do livro para que eu possa manipular um pirilampo e ver se com a luz dele conseguiremos ter a mesma visão da página. Viu, ainda não foi o suficiente. Vamos pegar dois pirilampos, então. Veja, ainda não temos a mesma visão da página. Três vaga-lumes serão suficientes?, perguntou Agathe. Ainda não, respondeu a física com tom professoral. Veja como a vela ainda ilumina mais. Vamos tentar quatro insetos. Cinco. Ainda são fracos. Mas sete vaga-lumes... Confira. Já se igualam à chama da vela. Veja, sete besouros realmente iluminam a página com a mesma intensidade dessa vela. Então, minha conclusão é a seguinte: sete pirilampos juntos são capazes de gerar a mesma quantidade de luz que uma vela produz.

Ruth parabenizou a amiga e destacou que o fato de a chama da vela ser equivalente à luz de sete vaga-lumes não era mera coincidência. É o numero de velas da *menorah*, Agathe. Não é mágico isso! A natureza tem coisas que sozinha a ciência não consegue explicar, respondeu Agathe. Eu tenho de admitir que fiquei muito impressionada quando constatei que uma vela gera luz equivalente à luz de sete pirilampos. Também lembrei da *menorah* na hora, comentou a física.

Antes de dormir, Ruth e Agathe voltaram à beira da floresta e soltaram os vaga-lumes. Eles deixaram as mãos das mulheres apressados e decolaram lampejantes para as alturas, como se tivessem a lua cheia e prateada como destino final.

35

Em março de 1943, Saul Ulrich se casou com Raika Jessen, uma das filhas de Cecil Jessen. Mas o casal judeu não quis chamar um rabino para realizar a cerimônia. Ela ocorreu de forma muito simples na Fazenda Babilônia, propriedade dos pais da noiva. Tião do Pasto, o motorista de táxi que também era juiz de paz, celebrou o enlace. Finalmente, o senhor Ulrich encontrou uma mulher que quis se casar com ele, não é mesmo?, disse Frida Schneider ao marido, logo que a noiva surgiu com a mãe na sala onde seria realizado o casamento. Tanto que eu insisti para a Johanna Naumann se casar com ele, mas não houve jeito de ela querer. Preferiu o Hans Loper, que se suicidou. Bem-feito, ficou viúva antes de se casar com o pobre do moço. Agora, solteirona, foi tentar a sorte em São Paulo. Feliz da Raika que, além de arrumar um marido, aumentou o patrimônio!, cochichou Frida no ouvido de Thomas Schneider.

Pouco mais atrás de Frida, Traud Froom e Conradin também comentavam por que o casamento entre o senhor Ulrich e Raika acontecera tão de repente. Não lhe falei, preste atenção na barriga dela. Raika está grávida e já é gravidez bem avançada, disse a mulher do ex-banqueiro para o companheiro de fofoca. A senhora Schneider contou que ela está com três meses de gravidez, disse Conradin no ouvido de Traud. Por favor, vocês dois querem parar de falar mal da noiva no dia do casamento. Que papelão, senhora Froom, uma mulher tão fina, religiosa como a senhora, se prestar a um papel desses!, disse Agathe Flemig, indignada.

Depois que a cerimônia terminou, os pais da noiva foram dar atenção aos amigos. Queríamos fazer uma festa melhor para Raika, disse Oda Jessen. Mas com parte das nossas economias bloqueadas, achamos muito arriscado desperdiçar o pouco que sobrou. Ainda bem que Saul tinha mais dinheiro guardado e nos ajudou a oferecer esse almoço. Ruth Allmann interrompeu a conversa entre Oda e Ester Cremer para perguntar por Soraya, a filha de Martha que o casal Jessen estava cuidando até que Fausto Flemig se casasse novamente. Como está a minha netinha?, perguntou Ruth. Você sabe, não é Oda, Martha era como uma filha para mim. Por isso considero as duas filhas que ela teve como minhas netas do coração, explicou Ruth. Claro, respondeu Oda. Soraya dorme o sono dos anjos. Venha ver como está linda.

Ao ver o bebê dormindo, Ruth foi até o berço, puxou o mosquiteiro e ficou em silêncio por alguns minutos. É muito parecida com a Martha essa menina, comentou depois ao sair do quarto. Tomara que Fausto se case logo e dê uma mãe para a coitadinha. Fique tranqüila, dona Ruth, que as suas netas logo devem ganhar uma mãe à altura da falecida, comentou Oda. Não me diga, Fausto já encontrou uma nova mulher?, perguntou Ruth. Veja a senhora mesmo, disse Oda mostrando Fausto e Birgit conversando na varanda. Ele e minha Birgit estão se entendendo muito bem, mas muito bem mesmo, afirmou a dona da casa. Nesse instante, Laila correu até Ruth e abraçou as pernas dela. Tia Allmann, vem brincar comigo, pediu a menina com um pirulito na boca, sempre acompanhada do festivo Coisa em Si. Ruth levou Laila e o basset para o pasto. Sentaram sobre o capim e começaram a dar nomes às nuvens. Vamos, diga os nomes das nuvens, como a sua mãe te ensinou!, pediu Ruth à criança. Eu sei que vocês eram acostumadas a brincar assim lá na Fazenda das Almas, antes de a sua querida mamãe partir para a casa do papai do céu, não é mesmo? Laila respondeu à pergunta de Ruth com um estrondoso "sim, tia Allmann", e começou a apontar o dedo para o céu e a dizer os nomes das nuvens corretamente, para deleite da avó de coração que ficou emocionada ao ver que Laila não tinha esquecido o que aprendera com a mãe. Agora vamos entrar, meu bem. A tia Allmann trouxe uma caixa de lápis de cor na bolsa para te dar de presente, disse Ruth ao se levantar do gramado.

Cuidado com o cavalo!, tia Allmann, gritou Laila. Não precisa se assustar, menina bonita!, disse Ludwig Luft Hagen freando o animal. Daqui a pouco o almoço vai ser servido, senhora Allmann, avisou Astrid Dahl, que também estava montada num outro cavalo. Obrigada pelo aviso, respondeu Ruth. E vocês, não vão almoçar? Vamos dar uma volta, conhecer as terras da família Jessen, respondeu Ludwig. Não quer vir conosco descobrir os mistérios dessa Babilônia tropical, Ruth?, perguntou Astrid. Não, meus queridos, tenho de entrar para entregar a caixa de lápis de cor que comprei para a Laila. Ela está ansiosa para desenhar, não é, Laila? Ludwig fixou os olhos na menina e suspirou. Essa primeira filha da Martha é muito bonita, não acha, senhora Allmann? É a minha boneca!, respondeu a botânica. A neta que eu não tive. Bom passeio para vocês, que agora eu e Laila precisamos entrar, não é, meu anjo? Se nossos cônjuges perguntarem por nós, diga que voltamos logo, pediu Astrid. Enquanto Ruth e Laila voltavam de mãos dadas para a sede da Fazenda Babilônia, os cavalos montados por Ludwig e Astrid dispararam em direção à floresta.

Durante o almoço, comentaram a notícia da libertação de Oswald Nixdorf em Curitiba. Foi solto, mas ainda não pode sair da cidade. Todo dia tem de pedir a bênção dos policiais na delegacia, disse doutor Allmann. Portanto, acho que ainda vai demorar muito para o Nixdorf aparecer aqui na colônia. Dizem que foi solto por engano e que morre de medo de ser preso de novo, contou Bernardo List Obermann. Está morando numa fazenda de um amigo na zona rural de Curitiba.

Os convidados do casamento também ficaram sabendo que havia uma grande fila de caboclos que ia da porteira da Fazenda Babilônia até a casa de Pai Bastião, um empregado dos Jessen, negro, de cabelos brancos, que além de lavrador também era um respeitado curandeiro. A caboclada vem todos os domingos se benzer e se curar de alguma doença na casa do Pai Bastião, disse Cecil Jessen aos amigos. Eu já fui ver o negro rezar e fiquei impressionado. Fala uma língua esquisita, mais difícil de entender do que o português. Resmunga, tosse, cospe no chão, fecha os olhos, bate um galho de uma planta, que eu ainda não guardei o nome, na cabeça dos caboclos... Parece um ritual indígena. Pai Bastião tem oito filhos e todos trabalham aqui na fazenda. Já tem quase noventa anos o velho caboclo e ainda continua trabalhando. Disse-me outro dia que o segredo para ter vida longa é trabalhar muito e comer pouco. Domingo passado eu estava com uma dor de cabeça muito forte, fui me benzer com Pai Bastião e fiquei boa logo, logo, comentou a noiva. Acredito, disse Traud Froom. Para essa caboclada fazer uma fila desse tamanho é porque o preto cura mesmo. Qualquer dia venho aqui pedir proteção espiritual para ele!

Eu que nem sou judia não me meto com essas bruxarias, protestou Frida Schneider. Vocês que são tementes ao judaísmo deveriam ficar longe disso, não acham? Onde já se viu misturar o Deus de Abraão com as crendices dos africanos! Calma, Frida, respeite a opinião dos nossos amigos!, repreendeu Thomas Schneider. Não há mal nem pecado algum em conhecer e respeitar a cultura de outros povos, Frida. Nós judeus sempre aprendemos isso desde pequenos, disse Ruth. Mas a Raika falou agora há pouco que se deixou benzer pelo negro, argumentou Frida. Não seja preconceituosa, minha amiga, disse Ester. Deixe o preconceito para pessoas como Hitler. Seja mais inteligente e humana, Frida. Um dia ainda você chega lá, não é? Agora, por favor, senhor Jessen, conte-nos mais sobre o poder do Pai Bastião!

Um grande susto abalou a rotina da Fazenda Cristo Redentor naquele mês de março. Charlotte encontrou uma cobra dormindo toda enrolada dentro do armário de sapatos que ficava ao lado do berço de Thiago. Era uma grande jararaca. Com a porta da sapateira aberta a serpente acordou e começou a se mexer em direção ao berço onde o filho caçula dos Prustel dormia. Charlotte chamou as empregadas, que imediatamente saíram à procura de um homem corajoso que conseguisse matar a cobra. Foi aí que Brixius Roil apareceu disposto a salvar o pequeno Thiago do ataque da jararaca. Brixius era um velho alemão corcunda, solteiro, e que tinha uma das pernas mais curta que a outra. Conheceu Otto Prustel numa viagem de navio entre a Europa e o Brasil e há poucos meses viera atrás do amigo procurar emprego. Com pena de deixá-lo na rua, Otto o contratou como jardineiro. Brixius dizia que tinha sido corsário e marinheiro. Que conhecia o mundo todo. Já enfrentei de tudo nessa vida, não é uma serpente desta que vai me pôr medo, comentou o velho ao se dirigir para o quarto dos patrões. Matou a cobra com pontapés, depois pegou o bicho com as mãos e jogou no mato. Faltou pouco para ela subir no berço do Thiago, disse Charlotte para Otto. Graças a Deus o Brixius veio correndo e evitou o pior. E você não queria deixar que eu desse emprego a ele, lembra?, perguntou Otto. Não foi à toa que Jesus falou ao meu coração para dar abrigo a esse pobre coitado.

Após o almoço, como já era de costume, Charlotte foi caminhar no jardim de braços dados com dom Bentus e logo depois seguiu, sozinha, para a casa do bosque. Quis continuar o bordado que fazia com as passagens mais importantes da história dos Prustel. Deitou-se na cama com o tecido, a agulha, o novelo de linha no colo e acabou adormecendo. Duas horas depois acordou com a voz de dom Bentus. Ele a chamou bem baixinho. Falou bem próximo ao ouvido dela. Se sonha comigo, pode continuar dormindo. Caso contrário, acorde imediatamente, brincou o capelão. Charlotte não reagiu. Dom Bentus esperou mais um pouco e comentou que ficava feliz em saber que Charlotte sonhava com ele, já que não tinha acordado. Nesse momento, Charlotte abriu os olhos e sorriu. Você é muito convencido mesmo, não é, dom Bentus? E eu sou lá mulher de dormir de dia. Estava apenas relaxando, pensando na vida, sonhando com o dia em que eu vou voltar para a minha Alemanha, disse a esposa de Otto Prustel. Agora me conte, por que demorou tanto? As crianças precisavam de mim, queriam que eu as ajudasse a fazer as tarefas escolares. Eu não me neguei, claro. Adoro os seus filhos, Charlotte, você sabe bem disso, não sabe? Continua chateada depois da minha explicação?, perguntou dom Bentus. Já lhe disse para não dar muita atenção a essa criançada que senão você nunca vai ter tempo para mim. Olha a hora que você chegou... Já está quase caindo a tarde e daqui a pouco eu tenho de voltar para casa... Eu preciso muito mais de você do que os meus filhos, dom Bentus, aprenda isso de uma vez por todas.

Dom Bentus conhecia bem o ciúme que Charlotte sentia dele, e nessas horas procurava não discutir com ela. Prometo não me atrasar mais nos nossos encontros, disse. Pois então eu só o perdôo se fizer uma massagem nos meus ombros. Aquela cobra que apareceu no meu quarto hoje de manhã e quase picou meu filho me deixou tensa demais... Por favor, dom Bentus, as suas mãos são santas e tenho certeza de que vão pôr fim à minha dor muscular, disse Charlotte ao desabotoar a blusa para deixar os ombros à mostra. Vou lhe confessar uma coisa, continuou Charlotte. Acho que já teria morrido de tédio se você não tivesse atendido ao meu convite e vindo morar aqui na fazenda. Você é a alegria dos meus dias, dom Bentus. Você fala o que eu gosto de ouvir e tem a medida do silêncio que eu preciso. É o espelho onde a minha imagem fica menos distorcida. O perfume que não me dá alergia. O meu livro de cabeceira e a música que eu quero levar para a eternidade. Somos como esta agulha e esta linha. Elas furam o tecido. Nós furamos as normas. Elas enfeitam o pano com o bordado. Nós enfeitamos a sociedade com o nosso amor invisível, disse Charlotte levantando o bordado para o alto. Tenho pensado em escrever um livro, dom Bentus. Acha que devo? Por que não?, respondeu o padre. Você pensa tão bem, as pessoas que sabem elaborar as idéias e os pensamentos, como você sabe, sempre se saem ótimos escritores. Charlotte contou a dom Bentus que gostaria de escrever sobre a passagem dela pelo Brasil, sobre a Fazenda Cristo Redentor. Agora não pretendo ter mais filhos mesmo, disse. Terei todo o tempo do mundo para fazer as coisas que mais gosto. Não pare a massagem, por favor. Continue que eu ainda tenho muito para lhe falar, pediu a matriarca ao virar e encostar o pescoço sobre as mãos que lhe acariciavam os ombros.

36

Sempre quando saía da casa do bosque, dom Bentus condenava os sentimentos e os desejos que lhe passavam pela mente durante as horas que ficava sozinho com Charlotte Prustel. Por mais que ela o tranqüilizasse e o fizesse entender que o que viviam ali na fazenda transcendia os limites do corpo e da alma, o padre sentia-se culpado e traidor de si mesmo. Se não bastasse o interesse que despertava em Charlotte, também se culpava pelos sentimentos que Christine demonstrava sentir por ele. As atitudes que a filha mais velha do casal Prustel tomava para sempre estar perto dele preocupavam o religioso. Elas podiam passar despercebidas para os outros, mas para dom Bentus eram claras e, às vezes, ousadas demais. Não mudou a forma de tratá-la, não correspondeu às insinuações, não estimulou, mas também não repreendeu. Fingiu não perceber nada, como Charlotte lhe orientara. É fantasia de menina romântica, ela acha você bonito, inteligente e confunde essa admiração com outro desejo. Logo isso passa, dom Bentus, não se preocupe. Não comente nada com ela, nem conte que conversamos sobre esse assunto, pediu a mãe de Christine. Dom Bentus entendeu que o melhor que tinha a fazer era aconselhar a moça a arrumar namorado, um homem sério e digno de tê-la como esposa. Já está na hora de Christine arrumar um pretendente, um futuro marido, disse dom Bentus para Otto Prustel. Ela já está com quase 16 anos, não acha que sua filha cresceu, Otto? Tenho notado ela muito sozinha. Nessa idade, já é tempo de o primeiro amor chegar, não é mesmo? O tempo passou muito rápido e eu nem me dei conta disso, dom Bentus. Peter e Matheus também já estão quase homens feitos, disse o ex-deputado alemão. Otto também voltou a pedir ao padre que aconselhasse Charlotte a dar mais atenção aos filhos.

Depois da conversa com Otto, dom Bentus pegou o cavalo para espairecer e galopou sem rumo pela trilha que chegava até o ribeirão Bandeirantes, na divisa da Fazenda Cristo Redentor com a Fazenda Canaã. Depois de trinta minutos encontrou com Rudolf Allmann, que também estava a cavalo e sozinho. Ora, que fato histórico esse, disse o advogado judeu. Abraão e Jesus Cristo se encontram em pleno paraíso. Mas que imaginação fértil a sua, doutor Allmann. Estou muito careca para ser Jesus e o senhor jovem demais para ser o patriarca do judaísmo, disse dom Bentus. Quem dera fossem essas duas razões as únicas que nos impedissem de ser essas figuras tão ilustres, não é mesmo, padre? É verdade, respondeu dom Bentus, um mar de diferenças nos separa desse privilégio. Mas antes de continuarmos nossa conversa, será que não há policiais por perto que possam nos ouvir falando em alemão, senhor Allmann? Eu sempre me esqueço de que a nossa língua agora é considerada inimiga mortal por aqui, disse dom Bentus.

O marido de Ruth olhou para os lados, ficou em silêncio para ouvir se havia algum brasileiro por perto e depois tranqüilizou o amigo. Também lembrou dom Bentus para não errar o novo nome da colônia. Já faz tempo que mudou, disse Rudolf, mas não há meio de nós, imigrantes alemães, nos acostumarmos com essa palavra Caviúna. É muito estranha. Semanas atrás, dois clientes da granja do Oswald Nixdorf foram presos porque defenderam o antigo nome. Todos estão de olho na gente, é bom ficar muito atento, padre, aconselhou o advogado judeu. Mas, voltando ao nosso primeiro assunto, disse Ruldof, acho muito bonita essa amizade que existe entre minha família e meus amigos judeus com o senhor e as outras famílias cristãs que vivem na colônia. Gostei muito de ver o senhor e os Prustel na cerimônia de casamento de Sophia Cremer que o rabino Pinkuss celebrou. Minha esposa me contou que o senhor, ela e Nora Naumann vão preparar, este ano, uma festa de Páscoa para integrar os costumes e tradições das duas religiões; isso é muito bonito, dom Bentus. Pode contar também com o meu apoio, disse o judeu que era considerado quase um rabino pelo grupo de refugiados semitas de Rolândia.

Dom Bentus agradeceu e disse que tinha uma reunião marcada com Ruth e Nora na semana seguinte para decidir como seria a celebração religiosa e a festa. Eu, o senhor e o pastor Zischler comandaremos juntos. Vamos misturar o que há de melhor no cristianismo dos católicos e luteranos com o que há de melhor no judaísmo. Sabe que às vezes eu acredito que Deus nos mandou para esse paraíso de floresta para que ensaiássemos aqui a possibilidade de mudar o que está errado e dar um novo sentido às nossas religiões, a partir desse encontro que o destino provocou entre nós? Por que não podemos estimular aqui a união, no sentido mais profundo da palavra, entre o Velho e o Novo Testamentos? É verdade... Será que foi só uma simples coincidência vocês judeus e nós cristãos, perseguidos e ameaçados de morte, nos refugiarmos nessa selva, num mundo praticamente novo e aqui enfrentarmos as mesmas dificuldades um ao lado do outro?, perguntou dom Bentus. Veja a questão que falamos agora há pouco, o fato de estarmos proibidos de nos comunicarmos em alemão que é a língua que aprendemos a falar desde que nascemos. Não é ruim, triste, revoltante, ver o nosso idioma ser tratado como um crime? Para nós cristãos também é muito triste ficar marginalizados de toda a tradição de reflexão formal sobre a língua bíblica só porque o evangelho é narrado em grego e não em hebraico, idioma que vocês, judeus, consideram o único idioma sagrado. Pense, doutor Allmann, uma grande guerra neste momento destrói uma boa parte da humanidade, milhares de judeus estão sendo mortos, cristãos, que em nome do amor de Jesus tentam salvar e proteger as vítimas desse holocausto também estão sendo assassinados e punidos... Por outro lado, outros que se dizem cristãos e ateus também matam e massacram em nome da religião.

Os dois amigos desceram, amarraram os cavalos na cerca que marcava a divisa entre as fazendas Cristo Redentor e Canaã. Sentaram-se embaixo de uma frondosa figueira branca. Rudolf Allmann se empolgou com o caminho que a conversa tomava, se levantou e foi até a cerca. Coincidentemente estamos bem na divisa que separa as terras de uma fazenda cristã e de uma fazenda judia. E infelizmente o que existe entre as duas é uma cerca de arames farpados, de espinhos, como a coroa que castigou Jesus Cristo, disse dom Bentus. Veja, disse o padre indo até a cerca e furando o dedo num dos arames, o que existe entre o judaísmo e o cristianismo, infelizmente tanto pode machucar a mim como ao senhor, lamentou-se. Essa cerca não é a melhor metáfora para definirmos o que existe entre o judaísmo e o cristianismo, protestou Rudolf Allmann. Pois muito bem, sejamos então os dois personagens que citamos no início da nossa conversa. Vamos simular, com toda ética e respeito, um suposto encontro entre Abraão e Jesus Cristo, sugeriu o padre. Mas Jesus não é a melhor pessoa para defender o cristianismo. O senhor se esqueceu de que quando Jesus morreu, o cristianismo ainda não existia e que ele deixou o planeta sem saber em que se transformariam os ensinamentos que deixou, lembrou o advogado judeu. Isso sem falar que Abraão também faz parte da construção cristã. Abraão faz parte das duas tradições, Jesus de uma só.

Mas, enfim, continuou Rudolf Allmann, já que o senhor faz questão que simulemos esse encontro... Bem, em sendo Abraão, a primeira pergunta que faria a Jesus Cristo seria a seguinte: Caro Jesus, como o senhor explica o discurso e a prática de marginalização e destruição dos meus seguidores, vítimas da violenta conversão que os cristãos lhes impuseram no período medieval, a ponto de designá-los como cristãos novos?

Dom Bentus ficou em silêncio. Não é novidade para o senhor, doutor Allmann, que sou filho e neto de judeus e que, por livre e espontânea vontade, me converti ao cristianismo na Páscoa de 1931, com 19 anos de idade. Mas voltemos à sua pergunta. Acho que Jesus responderia assim: De fato, muitos judeus foram convertidos à força e outros foram expulsos e mortos em nome da defesa da chamada "religião verdadeira". Na passagem do século XV ao XVI, a convivência entre cristãos e judeus não andava bem. Vários decretos de conversão forçada obrigavam judeus a renegar suas crenças e tradições e abraçar o catolicismo para serem aceitos na sociedade. Muitos se apoiaram no evangelho de João 8,44 para dizer que os judeus eram diabólicos e, além disso, representavam a impureza. Sim, apoiavam-se naquele trecho do evangelho de João que diz assim "Vós sois do diabo, que é vosso pai, e quereis satisfazer-lhe os desejos. Ele foi homicida desde o princípio e jamais se firmou na verdade, porque nele não há verdade. Quando ele profere a mentira, fala do que lhe é próprio, porque é mentiroso e pai da mentira". Mas, veja bem Abraão, nesse tempo, os defensores do catolicismo fizeram o que os judeus do tempo de Esdras e Neemias, que viveram no século V, período da dominação persa, fizeram com os estrangeiros e com as mulheres, promulgando as leis de expulsão e pureza da raça. Nas minhas andanças pela Galiléia e pela Judéia, lutei muito contra as leis de pureza fundamentalizadas e instrumentalizadas pelos fariseus radicais. E agora eu lhe faço mais uma pergunta, Abraão: Por que você assumiria que Deus só quer que a mensagem dele seja presa a um caráter étnico e não universal, já que o judaísmo não vê com bons olhos a conversão ao judaísmo e acredita que nascer judeu é uma necessidade? Eu, Jesus, levo a mensagem de nosso Deus a todos, você acha que Deus deve ficar limitado a uma linhagem biológica?

Trata-se de uma questão complexa demais para lhe responder agora em poucas palavras. Não esquecerei desta pergunta, disse o suposto Abraão. E faço questão de respondê-la sim, mas em outra ocasião. Também gostaria que o senhor, Jesus Cristo, que considero um grande profeta, me ajudasse a entender imensamente por que o senhor se desvencilhou da religião judaica? As duas perguntas ficaram no ar e um grande silêncio se fez até que uma gralha-azul decidiu cantar. Os dois amigos interromperam o jogo dramático e voltaram a ser dom Bentus e Rudolf Allmann. Vou pensar com mais calma em tudo o que o senhor me disse esta tarde, dom Bentus. Eu também, doutor Allmann, respondeu o padre. É bom que tenhamos pontos de vistas diferentes sobre certos temas polêmicos para que possamos exercitar a tolerância e o respeito pelas pessoas que não pensam como a gente, afirmou o advogado. E assim, conversando, expondo nossas idéias, vamos afinando e reciclando os conceitos, por que não?

Conversaram na divisa das fazendas Canaã e Cristo Redentor por mais alguns minutos e depois se despediram com um caloroso abraço. Não se esqueça da reunião da semana que vem com a Ruth e a senhora Naumann, lembrou Rudolf. Vamos organizar a *Pêssach* e a Páscoa mais bonitas que já viu! Se depender de mim, Abraão e Jesus vão aplaudir a nós todos lá no céu, se assim o nosso poderoso Deus permitir, respondeu dom Bentus. Faça um bom retorno à Fazenda Torah. O senhor também, tenha um bom regresso, retribuiu o marido de Ruth. Antes de pegar o caminho de volta, o frei beneditino lavou o rosto e as mãos nas águas do ribeirão Bandeirantes e depois quis avançar com o cavalo por outra estreita trilha que se abria no meio da floresta. Lembrou-se dos passeios que fazia pelo bosque que cercava o mosteiro de Beuron, dos corvos que cruzavam seu caminho, dos esquilos e das dúvidas que sempre lhe faziam companhia, principalmente nos momentos de solidão. Começou a ver a imagem de Jesus Cristo projetada nos troncos e nas copas das árvores; depois via

Jesus vir caminhando na direção dele, descalço, pisando sobre as folhas úmidas do chão da mata. Dom Bentus parou o cavalo e começou a rezar, apertando entre os dedos da mão o pequeno crucifixo de madeira que carregava pendurado no pescoço sobre a batina. Primeiro agradeceu por estar vivo e livre. Pediu pelo fim da guerra, pela sobrevivência das famílias judias que estavam presas em campos de concentração, pela Alemanha, pela felicidade dos imigrantes e refugiados que viviam na colônia, pelo fim das perseguições e dos suicídios.

37

A reunião para a organização da Páscoa judaica e cristã foi realizada na Fazenda do Faraó. Frida e Thomas Schneider fizeram questão de receber os amigos em mais uma noite regada a vinho tinto misturado com limão e chá-mate. Decidiram que a tradição católica de pintar os ovos de galinha e escondê-los no mato para as crianças procurarem seria mantida. Já os judeus mantiveram o vinho e os *Matsót* – pães achatados – entre outros costumes, como o *Betsá*, o ovo duro queimado, símbolo de um sacrifício festivo da tradição milenar judaica. Rudolf Allmann, dom Bentus e pastor Zischler celebrariam um de cada vez os cultos de cada religião. A festa seria na Fazenda do Faraó mesmo para agradar Thomas e Frida, que não tinham filhos.

Nora, Ruth e Ester ficaram de ensaiar as crianças e adolescentes que cantariam canções hebraicas e cristãs. Faço questão de participar também tocando violão, disse Ester. Os pianos estão reinando muito na nossa colônia. Não que eles não sejam dignos de ser reis, mas o pobre do meu violão também merece uma chance, não acha, Ruth? As amigas riram do comentário de Ester e decidiram que o violão dela também teria um momento só para ele. Dom Bentus disse que os filhos dos Prustel também apresentariam uma pequena peça de teatro contando a história da páscoa cristã. Também se comprometeram a não comentar com estranhos nada sobre a cerimônia que pretendiam realizar para que não fossem punidos pela polícia. Fiquem em paz, meus amigos!, disse Ruth. Eu, Ester e Lola já aprendemos a transformar e destransformar essa floresta numa sinagoga em questão de minutos. Também podemos aprender a transformá-la numa catedral católica ou num templo luterano. Os senhores permitem?, perguntaram as três mulheres judias ao pastor Zischler e a dom Bentus. Quem sou eu para proibi-las de fazer o bem, minhas senhoras, respondeu o padre. Faço minhas as palavras de dom Bentus, completou o pastor.

Naquela mesma noite conversaram sobre os novos ataques que a Alemanha fazia contra os navios brasileiros e sobre o caminho que o conflito mundial tomava. O polonês Justin Kroch sabia que era o único imigrante autorizado a ter rádio em casa pela polícia brasileira, por isso havia trazido a máquina falante à reunião. Mas, mais uma vez, Fritz Katz roubou a atenção do noticiário. Trancou-se no quarto de Thomas e Frida Schneider e começou a gritar. Os nazistas cercaram a casa! Eles vão nos matar! Peguem as armas! Não os deixem me levar novamente para o campo de concentração, em nome de Abraão!, pedia desesperadamente o marido de Lola. Assim que percebeu que o amigo era vítima de mais uma crise de alucinação, dom Bentus pediu para tentar ajudar. Vamos dividir o grupo em dois lados. Lola, Ester e os amigos mais chegados do senhor Katz vão ser os judeus. Os outros com quem ele se relaciona menos farão o papel dos nazistas. Portanto, falsos nazistas, cerquem a casa e comecem a gritar que vão invadir, que querem que todos os judeus saiam, etc. Enquanto isso, o grupo dos judeus vai ajudar o senhor Katz a se livrar dos seus caçadores. Acho que se nós fizermos o jogo dele, podemos ajudá-lo a se curar. Vamos tentar pelo menos, uma vez. Posso contar com vocês?, perguntou o padre. No fim, quando eu pedir, continuou dom Bentus, doutor Schneider dispara alguns tiros para o alto para simular que os judeus mataram todos os nazistas, entenderam? E se a polícia ouvir os disparos e vier até aqui nos prender?, perguntou Frida. A nossa fazenda não fica tão perto da vila assim, ninguém vai ouvir, meu amor, disse Thomas para tranqüilizar a esposa.

O jogo cênico se fez. Ao ouvir os amigos dizerem que a casa realmente estava cercada pelos nazistas e que eles corriam risco de morte, Fritz Katz abriu a porta do quarto e deixou todos entrarem. Lola abraçou o marido e chorou. Quero morrer nos seus braços. Não me deixe sozinha, não me deixe sozinha, pediu ao marido que começou a parar de gritar e a olhar para todos em silêncio. Ester fingiu estar com medo, Ruth e Rudolf Allmann também. É o nosso fim, dizia Frida, simulando um escândalo ainda maior do que o que tinha sido realizado há pouco pelo doente. Quando a situação chegava ao limite, dom Bentus deu sinal para que Thomas Schneider saísse do quarto. Vamos, doutor Allmann, disse Thomas. Venha comigo pegar as armas que tenho escondidas embaixo do assoalho. Vou enfrentar esses nazistas à bala. Cinco minutos depois, ouviu-se vários disparos de espingarda e um longo silêncio. Matamos todos eles, disse Rudolf Allmann. Nesse momento, doutor Schneider enterra os corpos na mata. Pronto, meu amigo Fritz, os nazistas que nos incomodavam aqui no Brasil estão mortos, proclamou o marido de Ruth.

Deus salve Abraão!, disse o marido de Lola, respirando fundo e aliviado. Pensei que voltaria ao campo de concentração... Dom Bentus olhou para todos os presentes e sorriu. Parece que a brincadeira deu resultado, comentou. Antes de ir embora, o frei beneditino disse aos amigos para repetirem o mesmo teatro caso as crises de Fritz Katz ocorressem de novo. Ele vai se curar, eu tenho certeza, insistiu o padre. A lua cheia iluminou o caminho de volta de todos os convidados. As quatro charretes que trouxeram a família Prustel e dom Bentus voltaram uma atrás da outra. Espalhavam sussurradas palavras em alemão pela enluarada madrugada.

Nicole Allmann estava muito feliz por ter conseguido uma semana de folga para passar a *Pêssach* com os tios. Estive aqui no começo desse ano, mas parecia que não via meus tios queridos há séculos! Não via a hora de chegar à Fazenda Torah. Estava morta de saudade, disse a moça que era uma das governantas da família Matarazzo Suplicy. Nicole trabalhava com mais seis empregados na mansão que os patrões tinham bem na esquina das alamedas Casa Branca e Santos, em São Paulo. Era incumbida de cuidar dos quatro filhos mais velhos do casal: Besita, Vera, Ana Maria e Paulo. Marina, Eduardo e Roberto, os mais novos, ficavam por conta de Rosa, a outra babá. Meus patrões, Paulo Cochrane Suplicy e Filomena Matarazzo Suplicy, são muito simpáticos e carinhosos comigo, comentou. Doutor Suplicy é dono de uma importante corretora de café em Santos e gosta muito de tirar fotografias e filmar o dia-a-dia dos filhos e da esposa.

Nicole também quis contar aos tios a bonita e romântica história de amor dos patrões. Disse que Paulo Suplicy era o segundo marido de Filomena. Que ela ficou viúva do primeiro casamento e que foi o próprio primeiro marido dela quem a apresentou para o seu sucessor poucos meses antes de morrer. O doutor Suplicy já tinha visto a senhora Matarazzo passeando no porto de Santos, despedindo-se ou recebendo os parentes que iam e chegavam da Europa. Quando soube que ela tinha ficado viúva, dizia Nicole como se fosse a narradora de uma história literária, o doutor Suplicy começou a fazer-lhe a corte, tentou se aproximar várias vezes. Mas a dona Filomena guardava o luto pelo falecido marido e não se deixou impressionar pelos galanteios do nobre pretendente. Até que um dia ela o procurou e pediu que ele lhe desse uma prova de amor. Se realmente me ama, você me daria uma prova desse amor?, perguntou a minha patroa. O doutor Suplicy garantiu que sim. E a dona Filomena, então, pediu para ele nunca mais procurá-la.

Só um ano depois desse acordo, continuou a sobrinha de Rudolf e Ruth Allmann, quando a minha patroa já estava menos enlutada e já freqüentava os acontecimentos sociais em São Paulo, o meu patrão teve coragem de voltar a procurá-la. Aí eles se entenderam, dona Filomena se apaixonou por doutor Suplicy, se casou com ele e os dois formaram uma linda família, que não pára de crescer. Desde que eu comecei a trabalhar lá já tiveram dois bebês. Nossa, o doutor Suplicy realmente deu uma linda prova de amor à dona Filomena, não acha, Rudolf?, perguntou Ruth. Muito bonita mesmo!, respondeu o advogado. Quem me dera encontrar um amor assim!, comentou Nicole. A sobrinha também disse aos tios que acompanhava os Suplicy à fazenda que eles tinham na cidade de Bragança Paulista. Eles adoram que eu toque gaita ou flauta durante a viagem.

Por duas vezes, o doutor Suplicy teve de parar o automóvel no posto policial que fica no caminho e quase não me deixam seguir com meus patrões porque não tinha salvo-conduto, contou Nicole. Precisamos ficar horas esperando até que o salvo-conduto chegasse de São Paulo.

Tenho ensinado muito do que a senhora me ensinou aos meus pupilos, disse Nicole. Principalmente a gostarem das plantas e dos animais. Sabe aquela brincadeira em que a gente faz de conta que as sementes são dinheiro? Então, essa foi uma das primeiras que ensinei a eles. Também ensinei a fazer brinquedos com caixa de fósforos, a nadar, andar a cavalo, a fazer correntinhas de papel para enfeitar a árvore de Natal, a cerzir meias... Se um dia tiver filhos quero que eles sejam queridos como a Besita, a Vera, a Ana Maria e o Paulo. Pelo jeito a senhorita já encontrou outra família, vai esquecer dos seus velhos tios, não é mesmo?, perguntou Rudolf Allmann. Nem precisa ficar com ciúmes tio que ninguém no mundo conseguirá roubar o trono que o senhor e a tia ocupam no meu coração. Vocês são a minha única e amada família, disse Nicole abraçando e beijando Ruth.

Depois que a sobrinha contou as novidades, os tios lhe falaram sobre a difícil situação que os imigrantes alemães enfrentavam, do medo que tomava conta de todos, principalmente entre os refugiados judeus. Nicole perguntou por Romeo, por onde ele andava. Ruth respondeu que Romeo e Sophia moravam na Fazenda Gedeão, a poucos quilômetros dali. Parecem felizes, os dois pombinhos, disse a tia. Romeo tem se revelado um ótimo fazendeiro, agora que está administrando as próprias terras. Você já o esqueceu, não é mesmo, meu bem? Hoje, depois de tudo, morando distante, posso garantir à senhora que já tirei Romeo do meu coração. Tenho certeza de que vou conhecer um moço tão culto e bonito quanto ele lá em São Paulo, disse a sobrinha. O Deus de Abraão ouviu as minhas preces, eu sabia que indo morar longe daqui você o esqueceria, disse a tia, aliviada.

As duas foram caminhar pela fazenda. Nicole perguntou se a tia ainda estava empenhada em cuidar da floresta. Ruth disse que sim, que respeitava cada pedacinho da mata como se fossem partes de uma majestosa sinagoga. Agora que já aprendi a pintar com a Lola Katz, tenho passado tardes inteiras reproduzindo, em meus quadros e em minhas aquarelas, as orquídeas, as bromélias, as plantas, enfim, tudo o que há de mais bonito nesse imenso jardim tropical que enfeita as nossas vidas desde que chegamos aqui, disse. Ao se surpreender com o exagerado número de beija-flores que transitavam entre a floresta e o jardim da casa dos Allmann, Nicole quis saber o que tinha acontecido, de onde vinham tantos colibris. Nós compramos dezenas de filhotes, de várias cores e espécies diferentes, de um criador que mora em Itu, no interior de São Paulo. Chegaram há pouco mais de um mês. O afinador de piano foi quem nos falou desse criador de beija-flores e nos ajudou a fazer contato com ele. Os colibris vieram numa linda caixa de papelão com divisórias. Era branca por fora e por dentro colorida pelos pequeninos, disse Ruth. Fiquei com muita pena dos pobrezinhos e quis soltá-los rapidamente para que tivessem certeza de que ninguém lhes tinha roubado a liberdade. Soltamos todos aqui. Um mais bonito do que o outro. E pelo jeito, devem ter gostado da nossa companhia e também dos outros colibris da floresta porque nunca foram embora. Foi meu presente de aniversário! Por falar em aniversário, lembrou Nicole, mesmo longe, eu não me esqueci da senhora, não... Vamos entrar que eu tenho uma surpresa na mala. A sobrinha, então, tirou da bagagem uma grande e bonita caixa de lápis de cor. Espero que a senhora goste, disse. Foram os lápis mais lindos que encontrei em São Paulo!

38

Tem um moço lá fora, querendo falar com o senhor, doutor Prustel, anunciou Brixius, o jardineiro. Otto e Charlotte saíram na varanda. Meu nome é Dorian Taylor, muito prazer, disse o rapaz em alemão. Acabei de chegar do Rio de Janeiro e estou à procura de trabalho. O senhor e a senhora podem ouvir a minha história?, perguntou. O casal Prustel convidou Dorian para entrar. E o que era para ser um rápido encontro se transformou numa longa e demorada conversa. Sou filho de pai irlandês com mãe escocesa. Os dois já faleceram. Meu pai veio para o Brasil trabalhar como representante de uma mineradora inglesa na mina de Morro Velho, próximo a Belo Horizonte, contou o jovem visitante. Nasci no Brasil, em 1923, na cidade de Nova Lima, interior de Minas Gerais. Mas quando completei nove anos meus pais me enviaram à Escócia para estudar junto com meu irmão mais novo que tinha nascido no Rio de Janeiro. Estudamos lá até o começo do ano passado. Por causa da guerra, eu e meu irmão tivemos de voltar ao Brasil. Não pudemos ficar na Inglaterra porque tínhamos nacionalidade brasileira. Lembro-me muito bem do pavor que todos os passageiros do navio tinham durante a viagem, medo que algum submarino alemão nos atacasse. Mas felizmente conseguimos chegar sem problemas. Passei esses últimos meses no Rio de Janeiro, fazendo um trabalho aqui, outro ali, mas nada que me convencesse a permanecer por lá.

Foi aí que, disse Dorian, num impulso, decidi ir até a estação ferroviária, com 20 mil réis no bolso, e perguntei à funcionária que trabalhava no guichê: com 20 mil réis eu posso comprar uma passagem de trem até qual destino? Até o Paraná, respondeu a moça. Até Rolândia! Pois então me dê um bilhete até essa cidade que a senhora acabou de falar o nome, respondi. E embarquei. Foi uma viagem cansativa, mas valeu a pena. Gostei muito desse lugar. Quando o trem começou a entrar no Estado do Paraná, ao contrário de algumas mulheres que reclamaram da sujeira, eu achei muito bonita a nuvem de poeira vermelha que envolveu o nosso trem. A cor dessa terra é especial, cor de carne, do coração!, proclamou Dorian entusiasmado. E olha que eu tenho razões para me queixar dela. Vejam como deixou o meu terno de linho branco... Pensei que o terno do senhor fosse marrom, comentou Charlotte. Realmente o senhor está precisando de um banho, não é mesmo? Essa sua roupa está uma poeira só!

A senhora tem razão, concordou Dorian. Mas não tenho onde tomar banho, ainda não arrumei um lugar para ficar, lamentou-se. Quando comentei na estação aqui do vilarejo que estava à procura de um serviço e disse que falava alemão, inglês e português, um homem me aconselhou a pedir emprego para o senhor, doutor Prustel. E foi isso que eu fiz. Vim de carona na garupa de um cavalo até aqui perto e depois percorri o resto da distância a pé. No colégio escocês, aprendi muita coisa. Sei cuidar muito bem de uma horta, de um jardim. Sei podar as plantas, as hortaliças. Adubar um canteiro de alface, de cenouras. Também falo três idiomas e posso ensinar todos aos seus filhos. Vou fazer de tudo para que o senhor e a senhora gostem do meu trabalho, podem acreditar, disse Dorian. Se for preciso até durmo no paiol, não tem qualquer problema! Otto perguntou sobre a religião de Dorian. Sou cristão católico, disse o rapaz. Minha mãe era luterana, mas eu e meus irmãos fomos educados na religião do meu pai, que sempre foi católico apostólico romano. Otto Prustel gostou da resposta e empregou Dorian como professor de inglês dos filhos e de Charlotte. Agora vamos até a casa dos hóspedes, onde o senhor vai morar. Vai ficar hospedado ao lado do quarto do dom Bentus, o frei beneditino que também nos ajuda a educar nossas crianças, disse Otto. Dorian agradeceu ao casal e acompanhou o patrão até a sua nova casa.

Cabelos avermelhados, olhos azuis, estatura baixa, magro, sotaque escocês... Não há dúvida de que o senhor é um legítimo filho da Escócia, afirmou dom Bentus ao ser apresentado a Dorian. O senhor acertou em cheio, sou filho de pai escocês e descendo de reis tribais e bardos, respondeu o novo empregado da Fazenda Cristo Redentor. Dom Bentus disse a Otto que não se preocupasse porque ele orientaria Dorian no que fosse preciso. Só quero agora tomar um bom banho para me livrar dessa poeira vermelha, disse. Depois o senhor pode me passar trabalho, posso começar o serviço hoje mesmo. Muito bem, senhor Taylor, então, depois do banho, o senhor vai me ajudar a cozinhar os ovos que as crianças vão pintar para a Páscoa. Este ano estamos preparando uma linda festa de Páscoa na fazenda de um vizinho judeu. O senhor chegou em boa hora, afirmou dom Bentus.

Dorian foi apresentado aos filhos do casal Prustel quando todos já estavam reunidos com o professor Zank em volta de uma grande mesa. Os pincéis e as tintas já estão aqui, dom Bentus, disse Christine Prustel. Só falta o senhor nos trazer os ovos. Eu e o senhor Dorian Taylor, o novo professor de vocês, vamos providenciar os ovos. Já pedi para a Raimunda pôr 30 ovos para cozinhar. Inclusive ovos de patas e gansas, que são maiores e vão dar mais trabalho para ser pintados. Eu não quero pintar ovo de gansa, disse Terese. Os das galinhas são mais delicados! E se tiver pintinho dentro, será que ele vai nascer pintado?, perguntou o professor Zank para estimular e ocupar o pensamento dos alunos enquanto os ovos não chegassem. O que vocês acham? Vamos? Nascem ou não nascem pintados? Não vai nascer pintado porque o ovo já vai estar cozido e, portanto, o pintinho já vai ter morrido, disse Raquel. Muito bem, viram como a resposta era fácil, ponto para a Raquel, proclamou o mestre.

Assim que os ovos cozidos chegaram já frios e secos, as crianças e os professores começaram a pintá-los. Desenhem e usem as cores que vocês quiserem, disse dom Bentus. Temos de impressionar nossos vizinhos com o talento de vocês. E assim Christine, Terese, Raquel, Adam, Lucas e até a pequena Roma com quase 3 anos de idade ficaram ali pintando os ovos até escurecer. Antes de dormir, Dorian foi avisado por dom Bentus que no dia seguinte já começaria a dar aulas de inglês a Charlotte na casa do bosque. Na escola, suas aulas só começam depois de amanhã, disse o padre. Dorian agradeceu e disse que ia ficar um pouco lá fora admirando a noite. Costumo dormir mais tarde, estou completamente sem sono. Boa noite, dom Bentus. Só mais uma coisa Dorian, alertou o capelão. Não chegue muito perto da floresta a essa hora, porque de vez em quanto ouvimos uma onça-pintada rosnando, rondando a fazenda, faminta, à procura de um bom pedaço de carne que lhe sirva de jantar. Que não seja o senhor esse pedaço de carne, não é mesmo?

Dorian Taylor foi apresentado aos vizinhos cristãos e judeus no dia da festa de Páscoa organizada na Fazenda do Faraó. Com muito cuidado e atentos a uma possível visita surpresa dos policiais brasileiros, todos economizavam o português e falavam mais em alemão num volume mais baixo do que o habitual. A missa celebrada por dom Bentus e pelo padre Joseph Herions abriu os festejos, seguida pelo culto do pastor Zischler e, por último, pela celebração judaica, presidida por Rudolf Allmann. Antes de começar, o marido de Ruth fez questão de repetir aos amigos que as famílias de origem e religião judaicas que viviam na colônia aprenderam a ver e respeitar a mata virgem como uma majestosa sinagoga. Não é necessário que tenhamos um prédio sagrado como os que foram criminosamente incendiados e destruídos na Noite dos Cristais para que possamos celebrar um culto. Basta que nosso grupo seja formado, no mínimo, por dez judeus adultos e um livro de rezas. Pronto, é o suficiente. Aqui somos quase trinta, sem contar as crianças. Se tivéssemos uma sinagoga de verdade, claro que a freqüentaríamos com muito respeito e amor, mas como isso não nos é possível por enquanto, temos usado a imaginação que o Deus de Abraão nos deu e, assim, cumprido o nosso dever de servos do Senhor. E como para nós essa floresta é também a casa de Deus, sejam bem-vindos, irmãos! Para chegar até aqui atravessamos a terra vermelha. E tivemos como guia a fé que habita nossos corações. Será que qualquer semelhança com a travessia do Mar Vermelho é mera coincidência?, perguntou Rudolf. Assim como nossos irmãos que seguiam Moisés, nós também fugimos da morte e do perigo, não é mesmo? A terra vermelha nos acolheu. É nosso santo refúgio. Aqui se dá o nosso renascimento. Portanto, antes de começarmos a comemoração da *Pêssach*, ou da Páscoa, como dizem nossos irmãos cristãos, vamos agradecer a Deus por essa terra abençoada que nos dá abrigo.

Que bonita imagem fez o doutor Allmann, disse Otto Prustel a dom Bentus. Concordo com o senhor. As palavras dele me fizeram viajar, por uns instantes, ao tempo de Moisés, comentou o padre. Ruth e o casal Ballack ajudaram na celebração e levaram até o altar, improvisado na floresta, três pequenas cestas de palha cheias de ovos coloridos. Vejam esses ovos cozidos, carinhosamente pintados pelas nossas crianças cristãs, disse o advogado judeu. Eles foram incorporados ao nosso *sêder* de *Pêssach* especialmente hoje, porque festejamos o nome de Deus juntos, unidos pela fé, livres das regras e amarras que nos tornam religiosamente diferentes e, claro, unidos também pela esperança que temos na construção de um mundo mais justo.

O ovo é o símbolo do povo judeu, proclamou Rudolf Allmann. Qualquer alimento se torna mole e macio após ter sido levado ao fogo, à exceção do ovo. Por isso ele representa tão bem a nossa raça. Ao invés de esmorecer devido às adversidades, o povo judeu se fortalece como resultado do seu sofrimento. Foi o momento, então, de lembrar o massacre de judeus que acontecia na Alemanha, dos parentes e amigos que haviam perdido na guerra. *Shalom*, disse o homem que fazia as vezes de rabino quando terminou o discurso. E um coro de judeus e cristãos católicos e luteranos respondeu: *Shalom*!

Encerrados os cultos, as crianças e os adolescentes foram convidados a entrar na casa dos Schneider para que Dorian e o professor Zank pudessem esconder os ovos na floresta. Só depois elas receberam o mapa com as pistas para que pudessem descobrir onde os ovos tinham sido escondidos. A brincadeira ocupou um bom pedaço da confraternização, que foi encerrada com as apresentações das canções e da peça de teatro com as crianças da colônia, ensaiadas por Ruth, dom Bentus, Nora e Ester. Os aplausos da platéia foram seguidos pelo almoço. Naquele domingo de Páscoa, o cardápio farto fez da grande mesa preparada ao ar livre um símbolo daquele dia tão especial. Sobre ela estavam misturados pratos variados, que representavam as três religiões ali presentes. Entre eles o vinho, a água salgada, pães, panquecas e pudins feitos com ingredientes não levedados e o *Zerôa* – tradicional osso chamuscado, uma perna de um animal, no caso, um cabrito – que era, para os judeus presentes, símbolo do cordeiro pascal.

E a sua *menorah* voadora, senhora Allmann, não vai aparecer hoje?, perguntou Fritz Katz. Meus sete vaga-lumes judeus ainda devem estar descansando depois de uma noite de trabalho. Afinal, iluminar essa floresta sem-fim não deve ser nada fácil, disse a judia formada em botânica. Mas não me deixaram na mão, não. Pediram para o sol representá-los. O sol é a nossa *menorah* maior, proclamou Ruth. Aplausos para o sol! Todos bateram palmas para a estrela de fogo que, especialmente naquele dia, estava presente na medida, sem incomodar ninguém com o calor.

Pensei em encerrar aquela conversa que tive com o senhor na divisa das fazendas Canaã e Cristo Redentor agora, como havia prometido, mas creio que hoje não é o dia de valorizarmos nossas diferenças, o que o senhor acha?, perguntou Rudolf Allmann a dom Bentus. Concordo plenamente, disse o padre. Não faltará oportunidade para continuarmos a nossa polêmica. Temos todo o tempo, doutor Allmann. Os dois amigos, então, mudaram de assunto e foram conferir um espetáculo que acontecia ali bem perto e que não tinha sido previsto pelos organizadores. Era o *show* de Dorian Taylor. Nada tímido e ainda estimulado pelo vinho, o novo professor da Fazenda Cristo Redentor não hesitou, ao ser convidado por Ester Cremer, em mostrar o talento que tinha para a dança. Apresentou pequenos trechos de pantomimas inglesas, danças selvagens celtas, tristes canções galesas e ainda um pouco de dança moderna. Sempre acompanhado por Ester, que improvisava os ritmos musicais ao violão.

Que belo dançarino esse escocês se revelou?, comentou Astrid com Frida. Sua irmã Charlotte que o diga, minha querida. Acordar todos os dias e dar bom-dia para esse guerreiro *viking* não é nada mal, não é mesmo? Otto Prustel me contou como ele apareceu na fazenda, pedindo emprego. Charlotte quis contratá-lo na mesma hora! Certa ela, não é mesmo, eu faria a mesma coisa, disse Frida. Preciso visitar mais minha irmãzinha querida, comentou Astrid. Cuidado, minha amiga, alertou a ariana. Você já disputou com ela o santo do dom Bentus, e agora vai se meter com o professor de inglês! Ela vai te matar, Astrid. Não provoque mais a Charlotte!

A beleza, a alegria e o entusiasmo de Dorian não ficaram restritos aos comentários de Frida e Astrid. Nicole Allmann, que não se sentia mais atraída por Romeo, era uma das mais animadas com a presença do assim chamado filho da Escócia. Mas todas as mulheres repararam e prestaram atenção nas qualidades do novo empregado dos Prustel. Inclusive a patroa e aluna dele, Charlotte.

39

Minha biblioteca vai ser devorada pelas minhocas. Fico desesperado só de pensar nisso, comentou Thomas Schneider com os amigos, na casa de Justin Kroch. Bom para elas, meu caro, vão ser as primeiras minhocas alimentadas por idéias geniais, romances... Vão ser as primeiras minhocas literárias do mundo!, brincou Bernardo List Obermann. Que triste fim para um livro... Acabar na barriga de uma minhoca, comentou Elisabeth. Mas o senhor embalou bem os seus livros antes de enterrá-los?, quis saber a esposa do anfitrião. Fiz o que pude senhora Kroch, mas nunca se sabe o tamanho da força e da fome que esses bichos estranhos que vivem embaixo da terra têm, não é mesmo?, respondeu o marido de Frida. Thomas disse que não via a hora que a guerra terminasse para poder desenterrar a biblioteca. Que ainda não tinha feito isso porque os soldados brasileiros não davam trégua. Ontem mesmo passaram na fazenda para fiscalizar, contou o jurista judeu, professor de literatura. Tenho muita pena dos meus livros. Saibam vocês, continuou Thomas, que já perdi a conta de quantas vezes fui até o lugar onde os enterrei e fiquei ali, sentado, triste, como se tivesse ido a um cemitério chorar pela morte dos meus pais, irmãos, de um amigo... O que acontece aqui é um absurdo! Livros bons não morrem! Sepulturas são para os homens, não para as obras literárias!

Justin Kroch pediu para os amigos interromperem a conversa e prestar atenção na informação que acabava de ser noticiada no rádio. Ouçam, o repórter da BBC acabou de dizer que Mussolini foi forçado a renunciar, avisou o dono da casa. Todos ficaram atentos ao noticiário e ouviram as razões que levaram à queda do líder fascista e o nome do seu sucessor. Até quando esses italianos vão continuar apoiando os nazistas?, perguntou doutor Volk. Até o dia em que os Estados Unidos jogarem uma bomba dentro do Vaticano, só assim acho que eles vão se render, disse Bernardo List Obermann. Do jeito que as coisas estão, nem assim acho que eles desistem dessa aliança com Hitler, comentou Thomas Schneider. Toda vez que o senhor nos chama para ouvir o noticiário da BBC eu sinto um frio na barriga, penso que finalmente vamos ouvir a notícia de que a guerra acabou, que prenderam Hitler, que os meus irmãos judeus estão salvos... Mas infelizmente ainda não foi dessa vez, disse Alexander Cremer. Eu também sempre tenho essa mesma expectativa, disse Rudolf Allmann.

Pois então, senhores, eu gostaria que todos vocês convencessem o meu marido a deixar esse rádio de lado, pediu Elisabeth Kroch. Eu também fico aflita como o senhor Cremer e o senhor Allmann. Angustia-me muito ver o Kroch grudado nessa geringonça, permitindo que entrem na nossa casa notícias que só deixam a gente ainda mais triste e preocupada. Quando escuto a música que anuncia a hora do noticiário meu coração dispara, queixou-se Elisabeth. O Kroch nem trabalha nem dorme mais direito de tão viciado que está em ouvir as notícias da guerra nesse maldito rádio!

Não diga uma coisa dessas, senhora Kroch. Esse pobre rádio foi o único que sobrou na nossa comunidade. Sem ele nós nos sentiríamos ainda mais inseguros, disse Thomas Schneider. Precisamos saber o que acontece no mundo e no Brasil para nos protegermos, não sermos pegos de surpresa. Sem esse rádio vamos ficar ainda mais isolados nessa selva. O doutor Schneider tem razão, disse Justin Kroch. Em tempos de guerra e de restrições, meu rádio é o nosso aliado mais importante, depois de Deus, é claro. O anfitrião abriu o coração e disse que, por ser o único imigrante naquelas paragens que tinha autorização para ter um aparelho de comunicação em casa, sentia-se responsável pela segurança de todos os vizinhos, e por isso fazia questão de passar quase o dia e a noite inteiros com ele ligado e sintonizado na BBC de Londres. Não me custa nada, faço isso pela amizade que tenho por todos vocês, concluiu Justin Kroch. Mas não é justo que para nos proteger o senhor tenha de tirar a paz do seu lar, da sua esposa, comentou Alexander Cremer. Não é bem assim, senhor Cremer, explicou Elisabeth. Eu só fico triste porque esse rádio só nos traz notícias ruins. A não ser essa da renúncia do Mussolini. Mas de que adiantou, não é mesmo? Um outro italiano amigo do Hitler assumiu o lugar dele, protestou. Dias atrás, pouco antes de dormir, o repórter fez a gentileza de me avisar que o levante de judeus no Gueto de Varsóvia tinha sido sufocado e o gueto incendiado. Meus tios estavam lá e provavelmente devem estar mortos agora... De que me adiantou saber isso? Chorei a noite inteira e não consegui dormir, lamentou Elisabeth. Às vezes me pergunto o que é pior. Ficar sem ter notícias da guerra e não sofrer pelos nossos que ficaram na Alemanha ou tomar conhecimento de todo mal que se alastra pela Europa e não poder fazer nada para ajudar o nosso povo. O que os senhores acham?

Acho que precisamos saber de tudo, por mais que a verdade seja dura e cruel, disse Justin Kroch. Não adianta você insistir que eu não largo nem desligo meu rádio. Já comprei uma bateria nova na Casa Guilherme para não correr o risco de ele parar de funcionar de repente. Minha querida, eu não me incomodo quando você passa horas tocando o seu piano de calda, nunca reclamo... Por que você, então, não deixa eu me divertir em paz com o único brinquedo que tenho nessa selva, que é este velho e companheiro rádio?, perguntou o marido. E antes que Elisabeth respondesse, disse: Pense também nos nossos vizinhos, sempre tão prestativos conosco. O lamento de Justin Kroch sensibilizou a esposa, que levou a discussão na brincadeira e mudou de assunto. Já que falou do piano da sua talentosa esposa, caro Kroch, que tal ela nos presentear com uma apresentação?, pediu Bernardo List Obermann. Para aliviar os ânimos, Elisabeth, rapidamente, concordou em tocar para as visitas. Mas o rádio continuou ligado e falando sozinho na cozinha, agora num volume um pouco mais baixo.

Naquela tarde estavam reunidos ali os homens mais cultos da colônia. Portanto, Otto Prustel, Samuel Naumann, Edward e Ludwig Luft Hagen também participavam do encontro. Depois que a senhora Kroch terminou de executar sonatas de Bethoven, Otto Prustel encaixou melhor os óculos sobre o nariz e lembrou de como tudo começou. Rolândia não foi programada somente na mata virgem, mas já na Europa sob sofrimento e lágrimas e com o sacrifício e a vontade máxima de viver em liberdade, não é mesmo, Edward? Não fale mais esse nome, alertou Samuel Naumann, lembre-se que agora o senhor vive em Caviúna. Que seja, respondeu Otto. E foi essa ânsia pela liberdade que fez com que direcionássemos as energias para uma construção pacífica na selva, enquanto a luta para o extermínio se desencadeava entre os povos. Primeiro, a força principal da perseguição nazista se dirigiu contra mim e

Edward Luft Hagen, contra os defensores da reforma agrária e dos movimentos de colonização. Foi em meados de 1933 que conheci os primeiros relatos do Edward sobre suas pesquisas no norte do Paraná. Foi nessa época que fiquei sabendo da decisão dele de se estabelecer por aqui. Aí me interessei também. Minha primeira visita a nossa colônia ocorreu em 1934 quando já comprei um espigão, mais a oeste das terras dos Luft Hagen, onde hoje está a Fazenda Cristo Redentor, continuou Otto.

A ajuda que o senhor nos deu jamais podemos esquecer, lembrou Bernardo List Obermann. A sua idéia foi genial, doutor Prustel, proclamou Samuel Naumann. Pois foi durante a minha primeira visita a Rolândia no outono de 1934, que a idéia dos negócios de permuta começou a se tornar uma realidade. Com base nos resultados alcançados na imigração, a Companhia de Terras adquiriu confiança em nosso grupo. Nesse meio tempo, na Alemanha, a Sociedade para Colonização no Exterior foi assumida pelos nazistas. Hitler aumentava ainda mais as restrições para a exportação de divisas. Lembram-se? O limite de 10.000 marcos que cada emigrante poderia levar para fora do país foi sendo reduzido, reduzido, até chegar a 10 marcos. Foi então que pensamos na permuta como forma de driblar esse problema. Os recursos de que dispunham os emigrantes eram considerados como um crédito para a posse de terras aqui em Rolândia; esse crédito era comunicado à Inglaterra, que comprava com ele material ferroviário na Alemanha; e o resultado nunca deu errado: o imigrante e o material ferroviário chegavam praticamente juntos ao porto de Santos. Aí, continuou Otto, como todo capital de vocês devia ser trocado por letras de terra, alguns chegaram a possuir propriedades dez ou mais de dez vezes maior do que as propostas pela Companhia de Terras Norte do Paraná.

Se não fosse esse sistema de permuta, a maioria de nós judeus não conseguiria fugir, disse Bernardo List Obermann. Poderíamos estar todos mortos a uma hora dessa, completou Thomas Schneider. Sim, porque depois da promulgação das Leis de Nuremberg, ficou difícil não ser considerado judeu na Alemanha, não é mesmo? Se o nosso rabino nos permitir, disse o marido de Olívia, como se pedindo permissão para Rudolf Allmann para dizer as próximas palavras. Bem, continuou Bernardo, eu gostaria de dizer, com todo respeito à Torah, que doutor Prustel desempenhou, guardadas as devidas proporções, a mesma missão dada por Deus a Moisés. Assim como Moisés ajudou o povo judeu a fugir da fúria do faraó do Egito, doutor Prustel nos ajudou a fugir da fúria de Hitler. Todos ficaram em silêncio. Eu tenho muitos pecados para ser comparado a Moisés, senhor List Obermann. E também nunca fiz milagres como ele fez. Sou um homem comum como todos os senhores, por favor, falando assim o senhor me deixa constrangido, disse Otto Prustel.

Não seja tão modesto, doutor Prustel, comentou Justin Kroch. Pois fique o senhor sabendo que quando eu e minha família nos mudamos para Rolândia, em 1935, a ponte ferroviária sobre o rio Tibagi ainda não estava pronta e todos os passageiros tinham de atravessar o rio numa balsa encardida, muito suja mesmo, empoeirada, praticamente toda coberta com esse barro vermelho que o senhor bem conhece. O Bernardo List Obermann está certo ao fazer essa comparação entre a nossa saga com a saga do povo de Moisés. Nós somos descendentes deles, não somos? Mas, voltando à balsa, continuou o anfitrião, ao ver o rio Tibagi majestoso na minha frente, lembrei-me do rio Jordão. E pensei nos milagres de Moisés. E de certa forma eu e minha família andamos sobre as águas naquele momento da travessia. Como eu já disse algumas vezes, nós não precisamos atravessar o mar Vermelho para chegar até esse nosso refúgio, mas fizemos a travessia da terra vermelha. De Ourinhos, na divisa entre os Estados de São Paulo e Paraná até aqui, nós atravessamos aproximadamente 200 quilômetros de terra vermelha. De trem, de balsa, de carroça, a cavalo, algumas vezes a pé ou de automóvel; mas nós seguimos, não foi mesmo? Enfrentamos o sol quente, a chuva, a lama, a mata virgem, os insetos, as cobras, onças, as doenças, o bicho-de-pé, a difícil língua portuguesa, a intolerância de alguns brasileiros e colonos nazistas, e agora ainda temos pela frente as restrições impostas pelo governo getulista que nos considera inimigos políticos, concluiu Justin Kroch.

E o que será que vai acontecer agora com o povo que atravessou a terra vermelha?, perguntou Edward Luft Hagen. Tudo vai depender do que nosso amigo lá da cozinha nos disser nos próximos dias, comentou Elisabeth referindo-se ao rádio do marido que continuava ligado e falando sozinho. Nosso futuro é imprevisível, a senhora tem toda razão, senhora Kroch, continuou Edward Luft Hagen. Mas eu quero registrar aqui a minha preocupação, porque também me sinto responsável por vocês. Afinal, se Otto Prustel os ajudou a fazer a travessia, fui eu, com a ajuda do Oswald Nixdorf, quem encontrou e dividiu a terra prometida em fazendas, não é mesmo?

Não fique enciumado, ministro, nós também somos muito gratos a tudo o que o senhor fez por nós e pela nossa colônia, disse Rudolf Allmann. Sei que o senhor é filho de mãe judia e se sente tão judeu como a maioria de nós aqui.

Justin Kroch foi até a biblioteca e trouxe uma pasta com recortes de jornais e muitas folhas de papel. Abriu, procurou e rapidamente encontrou o que queria. Para o senhor não se sentir desvalorizado, meu caro ministro Luft Hagen, vou ler agora um pedaço do texto que o senhor escreveu como presidente da Sociedade para Estudos Econômicos de Além-Mar ao se deparar com a exuberância da nossa mata e com a situação do que o senhor mesmo chamou de verdadeiro éden ecológico, disse Justin Kroch. Ouçam como o ministro foi tocado pela nossa terra vermelha: "Nessa mata virgem, que parecia existir de eternidade a eternidade, agora se intrometeu a colônia alemã com foice e machado. Zunindo em seu cair, os gigantes do mato tombam com tremendo estrondo. Quatro a seis semanas mais tarde, queima-se a derrubada. O aspecto não é dos mais agradáveis: o mato baixo em soqueiras carbonizadas no chão; árvores derrubadas, muitas vezes ainda seguras em posição inclinada por galhos fortes; tocos de tamanho impressionante; só algumas árvores gigantescas se erguendo ao céu, que se pretendia poupar na esperança quase inútil de conservá-las com sua beleza, apesar do seu isolamento e ainda que os seus troncos estivessem atacados pelo fogo; em seu total, o semblante de uma devastação miserável...".

O meu pai é um herói, um orgulho para o povo alemão, proclamou Ludwig Luft Hagen assim que Justin Kroch terminou a leitura. Todos aplaudiram e depois voltaram à companhia do rádio.

40

Thomas e Frida Schneider costumavam promover tardes de leituras coletivas na Fazenda do Faraó. Depois que o governo brasileiro proibiu o uso da língua alemã em todo o território nacional, a quantidade de reuniões para esse fim diminuiu, mas, mesmo assim, elas aconteciam, agora cercadas de todo cuidado. Um empregado de confiança dos anfitriões ficava de plantão na porteira encarregado de correr e avisar a todos se um automóvel policial se aproximasse. Os romances a serem lidos eram escolhidos por Thomas que, por ser especializado no assunto e idealizador dos encontros, se comprometia a ler mais do que os convidados. Normalmente, os vizinhos se encontravam aos domingos à tarde. De segunda a sexta, havia muito trabalho nas fazendas e quase não sobrava tempo nem disposição para outra atividade que não fosse a labuta com os serviços domésticos ou na lavoura. Naquela tarde, estavam lendo *As Afinidades Eletivas*, de Goethe. Nossas queridas amigas botânicas, senhoras Allmann e Kroch, assim como a nossa ilustre física, Agathe Flemig, poderão nos ajudar a entender melhor essa história, não é mesmo?, perguntou Thomas Schneider, depois de relembrar aos presentes o tema do romance antes de começarem a leitura. Sei que a grande maioria dos senhores e senhoras já leu essa grandiosa e envolvente, talvez a maior obra de Goethe, um dos primeiros romances psicológicos da literatura européia, disse o dono da casa. Mas mesmo assim faço questão de reintroduzi-los ao tema para que a compreensão da leitura se torne mais fácil, não é mesmo?, disse o anfitrião. Pensem, meus amigos: Por que determinados elementos da natureza se atraem e outros se afastam? Até que ponto os sentimentos dos seres humanos estão sujeitos à força da natureza?

Thomas deixou essas perguntas no ar e começou a leitura. Fez questão de ler todo o primeiro capítulo. Depois todos leram um pouco. Coube a Hidda Brink a leitura do trecho em que o Capitão explica a Charlotte e Eduard o que são afinidades: "àquelas naturezas que, ao se encontrarem, se ligam de imediato, determinando-se mutuamente, chamamos 'afins'. Nos álcalis e ácidos essa afinidade é bastante evidente; embora sejam opostos e talvez, justamente por isso, procuram-se e se agregam de maneira mais decidida, modificando-se e formando juntos um novo corpo... Deixe-me confessar-lhe – disse Charlotte – que, se o senhor chama a essas substâncias estranhas de afins, elas não parecem então possuir uma afinidade sangüínea, mas sim espiritual e anímica. É justamente dessa forma que podem surgir entre as pessoas amizades verdadeiramente significativas, pois características opostas tornam possível uma união íntima. ... Vamos prosseguir – disse o capitão – o que já referimos e denominamos anteriormente. Por exemplo: o que chamamos de pedra-cal não passa de terra cálcera mais ou menos pura, estreitamente unida a um ácido tênue que ficou conhecido para nós como gaseiforme. Se colocarmos um pedaço dessa pedra em ácido sulfúrico diluído, este então se juntará à cal, ganhando com ela a forma de gesso; aquele ácido tênue, etéreo, por sua vez, se evaporará. Aqui ocorreu uma desagregação e uma nova combinação, o que nos autoriza a aplicar a expressão afinidade eletiva, pois realmente parece que se preferiu uma relação e não outra, que se elegeu uma em detrimento da outra...".

Enquanto seguia lendo, Hidda era observada atentamente por Thomas Schneider. Já há alguns anos que ele se sentia atraído por ela, mas nunca tinha ousado se declarar porque Hidda, além de ser casada e de ter filhos, percebia as segundas intenções e não correspondia à discreta corte que o jurista lhe fazia. Edgard Brink, o marido de Hidda, era agricultor na Pomerânia, norte da Alemanha, quando veio com os pais e irmãos para São Paulo em 1935. Só ele quis cuidar do Sítio Talmud que a família comprou em Rolândia, com ajuda de Otto Prustel. Hidda chegou sozinha, no ano seguinte, especialmente para se casar com Edgard, e deixou os pais e uma irmã na cidade de Regensburg, na Baviera, onde sempre viveram. O casal judeu se conheceu ainda na Alemanha, numa escola-fazenda em Fangschleuse, perto de Berlim, onde Hidda trabalhava como secretária. Hidda chegou com 24 anos de idade, no Natal de 1936. Acabou se casando naquela mesma semana em Santos, numa cerimônia bem simples. Um casal de suíços que ela conheceu no navio se ofereceu como testemunha. Foi a primeira vez que Hidda disse uma palavra em português: sim.

Costumava dizer aos vizinhos que teve muita sorte em ter trabalhado numa fazenda-escola antes de imigrar para o Brasil. Lá, aprendi a tirar leite de vaca e a criar galinhas, dizia. Só que acho as vacas da Alemanha bem mais mansas do que as vacas brasileiras. Foi lá que fui orientada a trazer meus baldes para tirar leite, minha balança de precisão. Ainda bem que quando chegamos não havia toda essa fiscalização contra os alemães. Pude trazer também outros equipamentos necessários para a agricultura, como barbantes, alicates, centrífugas, sacos, agulhas para costurar sacos, martelo e até uma máquina de lavar roupas e uma geladeira movidas a querosene. A geladeira é horrível porque fumega muito! O pavio que é aceso na parte de trás sempre precisa ser cortado, contava.

Mas geladeiras assim naquela época faziam parte da realidade de poucas famílias. O casal Brink, então, passou a viver de vender nata e manteiga e posteriormente da produção de ovos. Litith, a primeira filha, nasceu em setembro de 1940, e Helga, a segunda, tinha apenas 5 meses de vida e dormia no quarto do casal Schneider. Agora tenho de interromper a leitura porque minha pequena Helga está sozinha e precisa de mim, vocês podem me dar licença um minuto? Quem continua?, perguntou Hidda aos amigos. Foi o próprio marido de Hidda quem quis continuar: "se não estiver enganado – disse Edgard sorrindo – há um pouco de malícia por trás de suas palavras. Confesse a sua traquinice. Em última análise, sou, aos seus olhos, a cal que o Capitão, como ácido sulfúrico, apanhou e afastou de sua agradável companhia, transformando-me em gesso refratário...".

A leitura de *As Afinidades Eletivas* preencheu o tempo dos amigos por mais uma hora. Hidda ainda leu outro trecho do romance sob o olhar apaixonado de Thomas Schneider. Você é minha Charlotte, pensava o jurista. Eu sou o seu Capitão. Minha escandalosa Frida será Otille, e seu marido sem brilho será Eduard. Agora é só você se permitir e deixar que nossas afinidades nos envolvam, minha querida e literária Hidda. Vou ser paciente o suficiente para respeitar a maternidade que aflora nos seus seios... Mas há de chegar a hora e o dia em que serás minha. Deixe-me ser o ácido que a libertará do outro ácido tênue e etéreo, e assim nós dois nos misturaremos e ganharemos a forma de um novo casal apaixonado, seremos pessoas ligadas por afinidades ainda mais fortes que as que ainda a prendem ao Edgard.

Quando conseguiu uma oportunidade para ficar sozinho com Hidda, mesmo que por alguns minutos, Thomas Schneider perguntou se ela tinha gostado do romance goetheano. Já o tinha lido quando morava com meus pais na Baviera, respondeu. Todos os jovens da minha escola comentavam sobre a história trágica em que esses quatro personagens se envolveram. Fiquei curiosa e li escondido, mesmo sem o consentimento da minha mãe. Eu escolhi esse romance de propósito, confidenciou o marido de Frida. Escolhi especialmente para que você fosse novamente tocada pelo poder das afinidades que podem unir ou separar os casais. Nunca me esqueci de que, num dos nossos encontros na fazenda dos Naumann, na Ópera dos Grilos, você me contou que ficou muito sensibilizada com a história de *As Afinidades Eletivas*. Que o livro a havia feito pensar muito sobre o casamento, a fidelidade, sobre a felicidade. Você até ousou dizer que Goethe tinha sido muito cruel com Otille e Eduard. Que eles não mereciam ter morrido, que podiam ter tido um final menos trágico, lembra-se?, perguntou Thomas Schneider com os olhos fixos nos de Hidda. Eu preciso voltar para a sala, disse Hidda completamente constrangida. Eu sei que você se sente atraída por mim, eu sinto isso, insistiu o dono da casa. Felizmente, a sua pele não tem a mesma habilidade e o mesmo talento para a mentira que a sua boca tem. A sua pele fala o que as afinidades eletivas mandam. Mais eu terei paciência, Hidda. Até chegar o dia em que você vai se deixar correr para mim como as águas de um dique estourado correm para um destino incerto, proclamou Thomas Schneider.

Assim que Hidda voltou à sala, Astrid Dahl entrou na cozinha. O senhor já me esqueceu, doutor Schneider? Pois fique sabendo que ouvi quase toda conversa entre o ilustre jurista berlinense e a ilustre dama da Baviera. Sei que não sou a pessoa mais certa para lhe dar conselhos. Mas é bom o senhor tomar mais cuidado. O senhor Brink não é compreensivo e generoso como o meu marido, não. E eu gostaria que o senhor vivesse por muitos e muitos anos ainda para continuar a alegrar as nossas noites no meio dessa selva! Ora, Astrid, pare de debochar de mim e vá procurar o Berthold Horn. Como você bem sabe ele desfez o casamento na Alemanha e se tornou um dos melhores partidos dessa colônia. Veja como as mulheres solteiras cercam o infeliz lá fora, disse Thomas para se livrar das brincadeiras da ex-amante. Pois em menos de um minuto não há de haver qualquer mulher em volta dele, preste atenção! Seja feia ou bonita, não importa. Para mim, qualquer mulher é concorrente, disse Astrid ao sair correndo para o quintal.

Como Rolândia inteira sabia do filho bastardo que Astrid tinha tido com Berthold Horn, foi difícil evitar que a presença dela não constrangesse o grupo. Você aceita mais um copo de vinho com chá e limão, meu querido, perguntou Astrid. Aceito, sim, respondeu o bendito fruto entre as mulheres. As moças então, intimidadas pelo olhar ameaçador da amante, foram inventando desculpas e saindo uma a uma de perto de Berthold. Astrid beliscou o braço do pai do seu terceiro filho e o proibiu de ficar se oferecendo às solteironas que estavam na reunião. Eu já lhe dei o varão que você tanto queria, afirmou. Portanto, não precisa mais de esposa, de mulher nenhuma. O filho homem que vai honrar o seu nome eu já lhe dei de presente! Naquela mesma tarde, Astrid contou ao amante que iria abrir uma espécie de café literário, uma mistura de bistrô com livraria, um ponto de encontro sofisticado na casa dela. Assim as pessoas cultas da vila também vão poder ter um lugar para se encontrar e conversar sem precisar de um convite de um dos judeus que vivem nas fazendas, não é mesmo? Você me empresta um pouco de dinheiro, me ajuda a montar o meu bistrô?, perguntou ansiosa por uma resposta positiva.

Berthold concordou, mas impôs uma condição: pediu para Astrid começar a levar o pequeno Alan para passar mais tempo com ele no Sítio da Cobra. O que foi prontamente atendido. Não quero que ele cresça influenciado pela personalidade do seu marido, comentou. Se é meu filho, tem de crescer aprendendo a ser como eu! No mês seguinte, Astrid já recebia os amigos e ganhava dinheiro com a venda de livros e de café, chocolates, licores, conhaques, cigarros, biscoitos de nata, sanduíches de queijo de cabra, bolo de fubá, sucos naturais. O ponto era uma filial da livraria Triângulo de São Paulo. O ambiente foi decorado com cartazes publicitários de filmes e produtos de beleza que Astrid trouxera de Berlim. Peças que não duraram nem uma semana na parede. Os policiais se encarregaram de arrancar e destruir todos os quadros na primeira fiscalização que fizeram no bistrô. E a senhora tome cuidado, senhora Dahl, que pode ser a próxima a ser presa por desrespeitar as ordens de Getúlio Vargas, disse o delegado. Nada de permitir que os seus clientes falem alemão aqui dentro. A língua que se fala no Brasil é o português, estamos entendidos? Se algum dos meus homens suspeitar que seus clientes ou a senhora, o seu marido ou filhos se comunicam na língua dos nossos inimigos, todos vão ser presos sem dia e hora para ver a liberdade novamente, a senhora consegue me entender? Mas, para a bela e sedutora Astrid foi fácil se livrar da perseguição do chefe da polícia.

Já não teve a mesma sorte o ex-ministro Edward Luft Hagen. Ao sair do primeiro cinema de Rolândia, inaugurado em 1939, ele foi flagrado conversando em alemão com Petra. O casal tinha ido assistir ao filme sobre Guilherme Tell – o herói da Suíça – a convite dos donos do estabelecimento, os irmãos Schupp – que assim como o astro da fita, também eram suíços. Petra ameaçou reagir, mas, muito discretamente, Ludwig sugeriu que ela ficasse calada porque não falava quase nada em português. Os amigos que conheciam a língua um pouco melhor tentaram impedir a prisão, mas os soldados não voltaram atrás na decisão tomada. Edward Luft Hagen foi algemado e levado à cadeia, e ainda teve a foto estampada com as de outros criminosos num cartaz policial que tinha os seguintes dizeres: Falou Alemão.

Três dias depois, Ludwig e doutor Weber conseguiram convencer o delegado a soltar o ex-ministro da República de Weimar. Edward Luft Hagen deixou a cadeia quatro quilos mais magro e com a língua bastante afiada para dizer pelo menos duas palavras em português: que catinga!

41

Já lhe disse que o senhor parece um *morpho,* não é mesmo, dom Bentus? Para ficar ainda mais parecido basta que o senhor permita que eu pinte duas manchas azuis, uma em cada lado da sua batina, comentou Ruth Allmann. Quando vejo o senhor chegar a cavalo pela trilha, sacolejando entre as árvores e folhagens, é essa imagem que me vem à cabeça: a imagem de um *morpho* gigante no tamanho, e na sabedoria também, é claro. Para ser *morpho*, me faltam as asas, senhora Allmann, respondeu o padre. Quem me dera voar como eles! Por que então não pede para esses anjinhos barrocos que estão ao seu lado lhe ensinarem?, disse Ruth. Tenho certeza de que essas lindas criaturas sabem voar e têm um par de asas escondido embaixo dessas roupas feitas com saco de açúcar, não é mesmo, meninos?

Ruth dirigiu a pergunta a Adam e Lucas, os filhos gêmeos do casal Prustel. Com 6 anos de idade, Adam e Lucas também começaram a estudar piano com Nora Naumann. Até aprenderem o caminho e, por ainda serem pequenos, os gêmeos vinham no mesmo cavalo, sentados na frente, amparados pelos braços de dom Bentus. A senhora não diga uma coisa dessas, respondeu o padre. Do jeito que são arteiros, esses dois pestinhas são capazes de me ensinarem a voar para qualquer lugar, menos para o paraíso! Não é possível, insistiu a senhora judia, são dois querubins! Nem tudo é o que parece, não é mesmo?, brincou dom Bentus, ajudando as crianças a descer do cavalo.

Ruth usava um lenço azul de bolinhas brancas amarrado na cabeça e estava sentada num banco, envolvida por tintas e pincéis, transformando uma orquídea do jardim da Fazenda Gênesis em aquarela. Contou a dom Bentus que veio acompanhar Lola Fritz à aula de canto. Que enquanto a amiga aprendia a cantar ela exercitava as técnicas de pintura. A música me inspira, deixa minhas mãos mais leves, as tintas mais felizes, as flores mais exibidas; esse ambiente é perfeito para uma pintora estreante como eu, disse Ruth. O sacerdote se aproximou e elogiou o talento da amiga judia. Ela sugeriu a dom Bentus que visse os quadros que Nora e Samuel Naumann tinham trazidos da Alemanha e que estavam pendurados na parede da sala da soprano. Há um pássaro voando maravilhoso, pintado por Jankel Adler, um rosto de uma mulher muito bonita, retratado por Schwindt, aquele pintor romântico austríaco, contemporâneo e amigo de Schubert, e ainda uma sedutora figura feminina transformada em aquarela pelas mãos de Pierre Renoir – filho do genial Renoir, enfatizou Ruth. Não deixe de vê-los. Eles sim sabem tirar das tintas o que elas têm de melhor. Eu ainda sou uma amadora, uma aprendiz.

Ao perceber a chegada dos novos alunos, Nora saiu à varanda e cumprimentou a todos. Já se esqueceram de que estamos proibidos de falar alemão? Vamos, quero que todos vocês falem em português, repreendeu a professora que se esforçava para ser compreendida no idioma dos brasileiros. Ao saber que Ruth tinha comentado com dom Bentus sobre os quadros que tinha na parede, convidou o padre para entrar e ver as telas. Mas estão muito sujas de poeira, lamentou dom Bentus. A senhora não tem pena? Essa terra vermelha vai devorar essas obras de arte!

Nora disse que ela e irmã Anna limpavam todos os dias, mas reconheceu que a disposição delas para limpeza era mais fraca que a perseverança do pó. Essa terra vermelha insiste em descansar sobre os quadros, sobre o meu piano e também sobre os nossos livros. O Samuel desenvolveu até uma alergia que não há meio de curar de tanto mexer na biblioteca empoeirada, lamentou-se a cantora. Nora, então, encerrou a aula de Lola e chamou Adam para o piano. Lucas, o outro gêmeo, foi brincar com irmã Anna no quintal. Dom Bentus, Ruth e Lola voltaram ao jardim e continuaram a conversar.

Nora não estava muito bem aquele dia. Sentia fortes dores na barriga. Assim que sentou na cadeira ao lado de Adam soltou um peido estrondoso. O que foi isso?, perguntou ela ao aluno. Que som estranho é esse? A professora fingiu não entender que barulho era aquele e de certa forma tentou passar a culpa do mau cheiro que tomou conta da sala ao pequeno filho do casal Prustel, que ficou vermelho como um tomate maduro, de tão envergonhado. Adam jamais esqueceu tamanha injustiça.

Uma chuva forte desabou sobre Rolândia e fez com que os clientes da Casa Guilherme, que faziam compras ou simplesmente batiam ponto na venda para conversar e tomar uma dose de uísque, conhaque ou de cachaça, adiassem a volta para casa até que o tempo melhorasse. Entre eles estavam Edward e Ludwig Luft Hagen, Thomas Schneider, Bernardo List Obermann, Joachim Froom, Oscar Dahl, Rudolf Allmann e Samuel Naumann. Além da guerra e dos problemas enfrentados pelos cafezais, também falavam sobre o conde Rainer Von Eulenburg, irmão mais velho do Conde Gilbert Von Eulenburg. Arianos, eram filhos de um deputado conservador que também era um grande fazendeiro da região da Westfália e sobrinhos de um dos poucos cardeais que lutaram contra o nazismo. Os dois irmãos condes chegaram com menos de 30 anos de idade a Rolândia, em 1938. Gilbert, o mais novo, depois de passar um tempo estagiando na fazenda dos Luft Hagen e de trabalhar na fazenda de Frank e Agathe Flemig, casou-se com *mademoiselle* de Mont-Bleu, uma jovem alemã muito rica, meio-judia, de origem francesa, que também, fugindo da perseguição nazista, veio para Rolândia trabalhar na Fazenda Nova Bremen, de Edward e Petra Luft Hagen. *Mademoiselle* de Mont-Bleu ajudava a arrumar e decorar todos os cômodos da casa, colhia e cuidava das flores do jardim mas, como não tinha sido criada para o trabalho, nunca se saía bem nas tarefas passadas pela patroa. Insatisfeita com o desempenho da empregada que mais lhe fazia companhia do que trabalhava, Petra logo tratou de procurar um casamento para ela. E lhe apresentou o conde Gilbert Von Eulenburg. Poucos dias depois de terem se conhecido, na primeira vez que o conde conseguiu dar um abraço na namorada, Petra entrou rapidamente na sala e foi logo dizendo: meus parabéns aos noivos, parabéns pelo casamento!

Gilbert e o irmão Rainer Von Eulenburg tinham terras bem próximas ao distrito de Rolândia. Bonitos e solteiros, os Von Eulenburg eram bem diferentes um do outro. Enquanto Gilbert era mais comunicativo, alegre e bastante namorador, Rainer era mais calado e solitário. Cobiçados pelas moças solteiras da colônia, sempre promoviam festas na fazenda para animar as noites de Rolândia. Depois do casamento com *mademoiselle* de Mont-Bleu, realizado na fazenda dos Luft Hagen,

Gilbert foi morar no sítio que a esposa comprou com os títulos da Companhia de Terras Norte do Paraná, subsidiária da companhia inglesa Brazil Plantations Ltda. Rainer ficou morando sozinho na fazenda que tinha em sociedade com o irmão.

E era sobre a vida que Rainer levava nessas terras que os clientes e amigos de doutor Weber conversavam naquele dia chuvoso. Ludwig comentou que Gilbert Von Eulenburg estava bastante preocupado com Rainer. A caboclada comenta que Rainer tem se envolvido sexualmente com os empregados, com os jovens caboclos que trabalham na roça. Gilbert me disse que sempre soube da homossexualidade do irmão, continuou Ludwig, e que tem quase certeza de que o administrador da fazenda, sabendo dessa fraqueza do patrão, o tem chantageado, ameaçando contar o que sabe a toda colônia. Só isso justificaria o fato de Rainer já ter passado parte das terras para o nome do administrador. E por mais que insista para saber a verdade, Gilbert me disse que Rainer nega tudo e diz que deu parte das terras para o funcionário porque ele tem feito um bom trabalho.

Que situação!, lamentou Bernardo List Obermann. Deve ser por isso que dias atrás o conde Rainer Von Eulenburg disse, aqui dentro dessa venda, que está pensando em se mudar para o sul do Brasil, ir embora daqui de vez, comentou Conradin. O que será que esse administrador viu que deve valer tanto, perguntou Justin Froom. Só pode ter flagrado o patrão deitado com algum caboclo, o que mais valeria tanto, doutor Froom!, perguntou Conradin. Se pelo menos o conde tivesse se casado, constituído uma família, como o irmão dele fez, comentou Thomas Schneider. Mas vive solitário naquela fazenda. Não conversa com ninguém, quando vai a festas, quase não dança nem dá atenção às mulheres solteiras... Agora eu entendi a razão do comportamento do conde, concluiu Bernardo. Bom, melhor para nós, não é, meu caro Ludwig? Sobram mais mulheres para nós, não é mesmo?

Já não bastavam os falsos e maldosos boatos sobre o Frank e a Agathe Flemig, agora o conde também... Vocês deveriam poupar nossos amigos dessas calúnias, disse Rudolf Allmann. E o respeito e o amor ao próximo, onde ficam? A voz do povo é que diz, doutor Allmann, retrucou Conradin. O senhor, que é praticamente o nosso rabino aqui em Rolândia, precisa rezar pela alma exageradamente pecadora desse conde! Antes que seja tarde e ele seja devorado pela caboclada! Não deboche da vida alheia, rapaz! Já não é de hoje que tenho me segurado para não lhe chamar a atenção na frente de outros clientes, em respeito ao seu tio, que é muito meu amigo, disse Edward Luft Hagen olhando feio para Conradin. O pobre do conde Von Eulenburg merece que nos preocupemos com ele, e não que o façamos de palhaço, de alvo de piadas sem graça, repreendeu o ex-ministro da república de Weimar.

Nesse exato instante, quando a chuva já se esgotava, os amigos foram surpreendidos pela chegada da polícia. Não adianta virar o disco, mudar a língua, baixar o volume, que nós sabemos identificar uma vogal em alemão a quilômetros de distância, disse o delegado. Meus homens estavam de prontidão aqui fora e ouviram muito bem o doutor Luft Hagen falar alemão. Ele e o idiota do Conradin, proclamou o chefe da polícia. Eu avisei aos senhores para conversarem em português, disse doutor Weber. Se fecham a minha venda, quem vai pagar as minhas contas? O delegado tranqüilizou o comerciante. Disse que desta vez nem ele nem a venda sofreriam punições pelo crime. Também vou fingir que não ouvi o senhor falar, doutor Luft Hagen, para não dar reincidência! Senão o senhor vai morrer no xadrez. Mas o fofoqueiro do Conradin vai comigo. Você está preso, moço, proclamou o chefe de polícia. Ludwig tentou interceder e defender o jovem alemão, mas não houve jeito. Você e seu pai podem ser autoridades lá na Alemanha; aqui são menos importantes que aquele caboclo banguela e descalço que passa na rua, entendeu, senhor Luft Hagen? E olha como fala com o delegado, senão vai preso também!

Conradin passou uma noite na cadeia de Rolândia. Na mesma cela estavam outros imigrantes alemães e japoneses que foram presos pela mesma razão. O mau cheiro do pequeno espaço reservado aos infratores, por várias vezes, revirou o estômago do sobrinho fofoqueiro do doutor Weber. O inferno deve ser parecido com isso; nunca estive num lugar mais fedido do que esse, Conradin comentou, bem baixinho, no ouvido do colega de cela. Pouco depois, ao ensaiar um português cheio de erros de concordância, ele chamou o carcereiro e lhe pediu para que trouxesse um pedaço de pão e um copo de água, pelo menos. Esta noite não há comida para inimigos da nossa pátria!, gritou o policial. Se estiver com sede, mije na mão e beba. Se estiver com fome, cague no chão e coma a sua própria merda, alemão batata, filho de uma puta! Por que vocês não voltam para a Alemanha, seus parasitas! Vão morrer lá naquele inferno que virou essa Alemanha de merda! Getúlio deveria mandar matar todos vocês, isso sim!

Os gritos de ódio do carcereiro puderam ser ouvidos até fora da delegacia. Assustados, os presos não falaram mais uma palavra e tentaram dormir em pé, agachados ou sentados no chão, cercados de urina, bosta, moscas e ratos. No dia seguinte, doutor Weber e Ludwig Luft Hagen procuraram e pediram a Arthur Thomas, um dos diretores-gerentes da Companhia de Terras Norte do Paraná para que convencesse o delegado a soltar Conradin. O policial atendeu ao pedido e ameaçou ser bem mais rigoroso caso houvesse reincidência. Também pediu uma caixa com seis garrafas de vinho tinto, no que foi prontamente atendido pelos sócios proprietários da Casa Guilherme. O senhor merece, disse doutor Weber, ao entregar o presente. Pode passar na venda quando quiser com seus homens, que o cafezinho e a dose de cachaça são por minha conta, excelência, reforçou o comerciante num português tão cheio de erros que fez os soldados caírem na gargalhada.

42

Olívia List Obermann também era uma assídua freqüentadora do centro comercial de Rolândia. Quando não passava pela Casa Guilherme em busca das revistas brasileiras que traziam as novas tendências da moda e notícias da sociedade paulistana, chegava ansiosa ao escritório da Companhia de Terras Norte do Paraná à procura de cartas que pudessem chegar, principalmente de uma amiga de São Paulo, já que todos os imigrantes considerados aliados do Eixo estavam proibidos de trocar correspondências com seu país de origem. Como ainda não havia carteiros nem agência dos correios no distrito naquela época, as cartas que chegavam de trem ficavam à espera do destinatário ou no escritório da companhia inglesa ou na Casa Guilherme. Tudo dependia do endereço que a pessoa que postara a correspondência tinha escrito. Para enviar cartas, os moradores tinham de deixar as correspondências no guichê da estação ferroviária, que também funcionava como uma espécie de agência dos correios.

No caso de Olívia, ela pedia à amiga que postasse para o escritório da Companhia de Terras Norte do Paraná para evitar que doutor Weber ou Conradin entregassem as cartas a Bernardo. Ela achava que ainda não era hora de o marido saber do romance que mantinha, mesmo a distância, com o escultor italiano Ernesto di Fiori. Nas cartas da amiga sempre chegavam notícias do homem por quem ela se apaixonara quando passou uma longa temporada em São Paulo para cuidar da própria saúde. Olívia preferia ir buscar as correspondências a cavalo, sempre protegendo o rosto do sol com um dos charmosos chapéus que tinha trazido da Alemanha ou comprado na capital paulista. Quando saía de casa gostava de cavalgar à sombra dos guapuruvus e dos flamboyants que emolduravam o caminho até a porteira.

Desta vez, a saudade do amante era tanta, que ela não se conteve e abriu a carta ali mesmo em frente ao escritório dos ingleses. Nela, a amiga dizia que Fiori gostaria de vê-la ainda este ano. Desde que conhecera o escultor, Olívia fazia pelo menos uma viagem por ano a São Paulo e passava uma temporada por lá. Este ano não foi diferente. Mesmo contra a vontade de Bernardo, Olívia deixou Bárbara na casa dos Kroch e partiu sozinha, sem dia para voltar. Preciso ver a civilização, não agüento mais essa selva, disse ao marido. Nessa época, ela também não perdoava Bernardo pelo fato de ele ter vendido a sanfona, sem consultá-la, para pagar dívidas. Você me traiu, dizia. A minha sanfona era um pedaço da minha alma. Nunca mais vou perdoá-lo por isso!

Muito magoada, Olívia partiu para São Paulo. Foi desta vez que ela posou nua para Ernesto di Fiori, que a imortalizou num lindo desenho. Com a esposa ausente, os casos e aventuras amorosas que envolviam Bernardo e as mulheres da colônia, imigrantes ou caboclas, eram sempre assunto entre os amigos e os moradores de Rolândia.

Uma das cenas mais comentadas foi a que Severin, irmão de Charlotte Prustel, viu no ribeirão Bandeirantes bem na divisa das fazendas Canaã e Cristo Redentor. Bernardo tomava banho nu com uma negrinha muito bonita, contou Severin. Quando eu vi, nem me aproximei para não atrapalhar e deixá-los envergonhados. O cunhado de Otto Prustel disse ainda que logo pensou que a moça pudesse ser empregada ou filha de um dos caboclos da Fazenda Cristo Redentor. Mas depois de conferir melhor, concluiu que não conhecia a jovem. Pelo jeito deve ser empregada do próprio Bernardo, afirmou. Mas não era. Esmeralda era uma das filhas de Pai Bastião, o curandeiro que nos fins de semana atraía dezenas de caboclos na casinha de barro onde morava com a família e fazia suas tão disputadas rezas com a ajuda das plantas e orações.

Esmeralda tinha ido até a Fazenda Canaã procurar emprego. Muito desinibida e falante, disse que achava que Bernardo precisava de mais uma empregada porque a mulher dele estava fora. Não cobro caro não. E sei cuidá da roupa muito bem. Desde menina sou lavadeira. Vê os calo nas minha mão. Areio panela, faço comida e sei tratá das galinha, dos porco, das vaca. Bato mantega tamém, explicou a moça ao se oferecer toda para Bernardo. Para não decepcionar a desempregada, ele disse que iria pensar e depois mandava avisá-la caso decidisse aumentar o número de empregados. Mas antes que a sedutora Esmeralda fosse embora, deixou-se enfeitiçar pelos encantos dela e a convidou para conhecer melhor a fazenda. Esmeralda subiu no cavalo com ele e os dois cavalgaram, esfregando-se um no outro, até chegarem às margens do ribeirão Bandeirantes. Quero vê se o sinhô é mesmo o mais garanhão dos home daqui como o povo fala... Hum... Parece que é, disse Esmeralda ao abrir os botões da calça de Bernardo. Tiraram as roupas e se entregaram aos prazeres da luxúria sob a água rasa e tingida pela cor da terra vermelha. Não fale nada em alemão agora, disse a jovem negra. O sinhô pode se preso, não sabe não? Vô ensiná o sinhô a falá em portugueis as coisa gostosa de ouvi, quando um hómi tá com uma muié.

Em férias escolares, os filhos dos imigrantes que estudavam fora estavam de volta à colônia. Peter e Matheus Prustel queixaram-se bastante aos pais da rigorosa disciplina que os padres do Colégio Cristo Rei cobravam deles. Aquela escola parece mais uma prisão!, reclamou Peter, em plena adolescência, com 14 anos de idade. Ao contrário de Matheus que ajudou o pai e o tio nos serviços da fazenda, não quis saber de trabalho durante os dias do recesso escolar. A cavalo, vestido como um vaqueiro, passeou muito por todo distrito, visitou as fazendas dos vizinhos, reviu os amigos. Ao ser apresentado a Dorian Taylor, o professor de inglês e o novo empregado dos pais simpatizou logo de cara com ele. Quando tinha um tempo de folga, Dorian fazia companhia a Peter nos passeios. Foi de Dorian, por exemplo, a idéia da brincadeira de índio. Ele sugeriu aos irmãos Prustel que ficassem nus no meio da mata e se pintassem para que se sentissem e se comportassem como selvagens. Peter, Matheus, Terese, Raquel e os gêmeos participaram. Dorian também ficou nu e entrou no clima. E todos pelados fizeram flechas com os galhos das árvores e com eles aprenderam a caçar e a pescar como os índios.

Quando soube o que tinha ocorrido, dom Bentus repreendeu o novo professor e disse que ele tinha passado dos limites. Onde já se viu, misturar as meninas e os meninos todos nus! E o senhor junto! Onde nós estamos? Não faça mais isso, professor Taylor! Dorian tentou explicar, disse que tudo foi apenas uma brincadeira, sem malícia alguma. Apenas quis ensinar às crianças como era a vida e o dia-a-dia dos índios brasileiros, já que eu nasci no Brasil e conheço bem a história desse país! Mas o professor de inglês não convenceu o padre. Há alguns meses dom Bentus estava enciumado com o tratamento que Dorian recebia de Charlotte, e aproveitou o momento para se vingar do homem que roubava dele o lugar especial no coração da senhora Prustel.

Ao ser informada por dom Bentus sobre a brincadeira de índio, Charlotte repreendeu o amigo. Mas qual o problema em ficarmos nus uns na frente dos outros? Dorian ministrava uma aula prática, foi um exercício educativo, será que você não consegue entender a proposta do professor Dorian? Você precisa ser menos malicioso, dom Bentus! Dorian é um rapaz moderno, educado nos refinados colégios escoceses. Tem conhecimento e talento para ensinar. Foi uma sorte ele nos ter pedido emprego. O meu inglês, por exemplo, está muito melhor depois que comecei a ter aulas com ele aqui na Casa do Bosque. Além do mais, Peter e Matheus estão em férias, querem se divertir. Deixe o senhor Taylor brincar com os meninos. O que aconteceu na floresta, essa ingênua brincadeira de índio, não é motivo para você fazer essa polêmica toda, concluiu Charlotte, certa do ciúme que tinha provocado em dom Bentus. E, realmente, a empolgada defesa que fez de Dorian Taylor deixou o monge beneditino ainda mais enciumado.

Otto ficou do lado de dom Bentus e deixou claro que não tinha gostado nada de saber que Dorian tinha estado nu no meio do mato com os seus filhos e filhas. Você tem tratado esse professor de um jeito que ele não merece, comentou o marido pouco antes de dormir. Acho ele muito confiado, muito entrão! Não o conhecemos ainda o suficiente para confiarmos nele tanto assim, como você demonstra confiar. E também não quero que ele faça mais as refeições conosco e com dom Bentus aqui em casa. Ele deve almoçar bem longe daqui, na casa do senhor e da senhora Zank, entendeu, Charlotte? Como sempre fazia quando se sentia afrontada e desafiada, a esposa de Otto Prustel enfrentou o marido sem medo. Pois fique o senhor sabendo que o professor Taylor vai continuar fazendo as refeições conosco sim. Um professor de inglês como ele eu não acho nunca mais. Vamos ver quem manda nessa casa. Ele vai almoçar e jantar conosco sim. E não quero estar na sua pele se o senhor fizer cara feia para ele, entendeu, Otto? Agora, deixe-me dormir em paz que estou muito cansada!, disse Charlotte ao enterrar a cabeça no travesseiro.

Naquela noite, Dorian e Peter tinham ido até o centro de Rolândia para conhecer o bistrô de Astrid Dahl. Ao ver o sobrinho, Astrid fez festa e ficou surpresa com o tamanho do menino que ela carregou no colo. Você já é um homem feito, Peter! O clima de Jacarezinho lhe fez muito bem. A quem será que você puxou, meu sobrinho? Aos chatos dos seus pais é que não foi, não é mesmo? Eles são muito feios para terem um filho tão lindo como você! Astrid, então, levou Peter e Dorian para conhecerem o bistrô. Quando estavam sentados à mesa, a tia de Peter disse que gostaria muito de experimentar um drinque preparado por um legítimo escocês. Eu sou filho de escoceses, mas nasci no Brasil, explicou Dorian. Não tem problema, respondeu Astrid. O sangue da Escócia corre nas suas veias mesmo assim. Pode ir para a cozinha preparar as nossas bebidas desta noite. As garrafas estão dentro do armário, explicou a dona do bistrô sob o olhar preocupado do marido.

Astrid pediu para Oscar ir fazer companhia aos filhos e ficou sozinha com os dois moços. Conversaram e beberam até tarde. Astrid lembrou do seu tempo de solteira em Berlim. Dos cafés que freqüentava. Do curso de dança de salão. Também contou a Dorian que tinha conhecido dom Bentus antes de ele ser frei e que tinha sido namorada dele. Esses padres nunca me enganaram, disse o professor de inglês rindo das novidades que acabava de saber sobre o passado daquele que vivia posando de santo e moralista. Dorian contou sobre o tempo que estudou na Europa, sobre as festas e os *pubs* que freqüentou, as loucuras que já tinha feito na juventude. O máximo que fiz até agora lá em Jacarezinho, disse Peter envergonhado, foi passear na quermesse da igreja. Essa é a primeira vez que bebo como adulto, revelou o filho de Charlotte. Quando falaram em voltar para a fazenda, Astrid os convidou para dormir na casa dela. Vai ficar apertado, mas eu dou um jeito, disse. Mas Peter e Doriam preferiram não passar a noite fora. A próxima vez, quem sabe, tia. Já deixo meus pais avisados e durmo aqui sem problema, respondeu Peter.

No caminho de volta, Dorian perguntou a Peter se ele não tinha percebido o jeito como a tia tinha olhado para ele. Ela quase o comeu com os olhos, rapaz. Isso é um bom sinal. Quer dizer que seus hormônios masculinos já estão fervendo, já são capazes de atrair e despertar os desejos de uma mulher, até mesmo de uma tia, proclamou Dorian. Minha tia olhava muito para você, disse Peter. Pensa que não vi vocês dois se beijando quando voltei do banheiro? Mas pode ficar tranqüilo que não conto nada para ninguém! Foi só um beijo de amigo, nada mais. Nós dois bebemos demais e aí aconteceu, explicou o professor. Agora, seja sincero, Peter. Você já esteve com uma mulher, já dormiu com uma mulher?, quis saber Dorian. As únicas mulheres peladas que eu vi até agora foram as minhas irmãs, respondeu Peter. Pois já passa da hora de você ver outras mulheres nuas, dormir com elas, beijá-las, acariciá-las, entendeu? Você já é um homem, Peter. Precisamos arrumar uma mulher para você ter a sua primeira noite. E eu faço questão de ajudar, pode ficar sossegado, disse Dorian sacolejando sobre o cavalo. Mas os padres do meu colégio dizem que os homens que deitam com mulheres antes do casamento cometem um grande pecado. Eu acho que só vou me deitar com a minha esposa, afirmou Peter. Ora, que grande besteira! Não acredite em tudo que esses padres dizem, não, que você vai acabar como eles, vai virar *maricon* ou ficar castrado feito o porcão que o seu pai tem no chiqueiro, brincou Dorian com a voz típica dos homens alcoolizados.

43

O movimento emancipacionista foi vitorioso. Em 30 de dezembro de 1943, o interventor federal Manoel Ribas assinou o Decreto Estadual número 199 e criou o município que, por causa da guerra, tinha sido obrigado a mudar o nome para Caviúna. doutor Volk estava à frente da campanha de emancipação. E com o apoio da comunidade de refugiados judeus defendia a idéia de que os impostos pagos deveriam ser empregados na região onde haviam sido cobrados, em benefício de sua população. O primeiro prefeito, Ary Correia Lima, tomou posse no dia 28 de janeiro de 1944. Neste mesmo mês e ano, Birgit Jessen e Fausto Flemig se casaram. Viúvo há quase dois anos, Fausto não via a hora de dar uma nova mãe às duas filhas órfãs, de ter a família reunida novamente, de reconstruir o lar que tinha sido desfeito após a morte de Martha. Para Birgit, o casamento era a consagração do grande amor que sentia pelo futuro marido. Vestida de noiva, pouco antes de os convidados começarem a chegar, ela pediu aos pais e às irmãs que a deixassem um pouco sozinha. Entrou na floresta e caminhou pela trilha. O branquíssimo figurino quebrou o silêncio da mata como um grito e provocou a debandada dos pássaros e borboletas, a correria dos lagartos e o pânico dos sagüis.

Acalmem-se!, disse Birgit aos bichos. Não vou fazer mal a vocês, podem ficar em paz. Mas o desespero dos habitantes da floresta continuou. Quanto mais ela entrava, enfiando mato adentro a branca fantasia de bodas, mais pássaros voavam, mais lagartos corriam, mais macacos gritavam. Sou apenas uma noiva, não sou um caçador, insistiu a moça. Sob os movimentos dos sapatos de Birgit o som do quebra-quebra das folhas secas ficou mais alto, mais alto... Até remeterem a jovem judia à criminosa sinfonia dos vidros estilhaçados da Noite de Cristal. A trágica noite que marcou a explosão do ódio nazista contra os judeus. Em poucas horas mais de mil sinagogas foram incendiadas e destruídas em toda a Alemanha. Dezenas de milhares de lojas e lares foram saqueados naquele 10 de novembro de 1938.

Birgit lembrou do momento em que os soldados nazistas invadiram a casa da família dela, em Dusseldorf, e tentaram levar Cecil Jessen. O desespero e a choradeira da mãe e dos irmãos ao ver a brutalidade com que Cecil foi tratado nunca lhe saíram da memória. Quebraram louças, móveis, levaram jóias e dinheiro. Apesar de não terem levado seu pai, os minutos que a Gestapo passou dentro da casa dos Jessen traumatizaram a todos. Birgit lembrou da cena em que o policial, ao empurrar e derrubar o pai, descobriu que ele usava uma prótese, que tinha sido mutilado quando lutava pela Alemanha na Primeira Guerra Mundial. Uma recordação tão terrível para Birgit que, depois de tudo, já refugiada no Brasil, ela sofria com pesadelos apavorantes e acordava gritando: querem buscar o meu pai!

A floresta finalmente ficou em silêncio. Birgit começou a rezar e agradecer a Deus pela sobrevivência dos pais e dos irmãos. Chorou. Obrigado por nos ter ajudado a chegar a esse lugar tão especial, Senhor! Obrigado por ter me dado forças para suportar tantos insultos e agressões! Lembrou-se ainda dos empurrões que levou nas ruas de Dusseldorf, do dia em que um garoto, que se dizia amigo dela, a empurrou do trem e gritou:"judia imunda!". Também agradeceu a Deus por ter encontrado Fausto, pela nova família que ganhou de presente.

Birgit voltou para casa aliviada por ter demonstrado pelo menos um pouco da imensa gratidão que sentia pela vida que Deus lhe dava. Todos os vizinhos vieram à cerimônia, que não foi celebrada dentro das tradições judaicas, mas, mesmo assim, teve um momento discretamente reservado ao discurso de Rudolf Allmann, um dos judeus mais respeitados da comunidade. Assim como foi feito no ano passado, no casamento de Raika, a outra filha dos Jessen. Melhor não arriscarmos, disse Cecil. Vamos celebrar em português e dentro dos ritos cristãos. Já sofremos muito por sermos judeus. Melhor não arriscar mais a sagrada vida que o Deus de Abraão nos deu! A opinião do chefe da família foi acatada pelos noivos e o casamento foi realizado pelo pastor luterano. Os noivos disseram sim, e a língua portuguesa, mesmo falada aos tropeções, ferida pela falta de vocabulário e pelos erros gramaticais, foi bastante praticada pelos imigrantes naquele domingo ensolarado de verão.

Thomas Schneider não resistiu à elegância de Hidda Brink e se aproximou dela na primeira chance em que a viu longe do marido. Quando vamos continuar a nossa leitura de *As Afinidades Eletivas*? Com toda sinceridade, Hidda, você é a pessoa que, depois de mim, melhor sabe ler um texto literário aqui na colônia. O seu tom de voz é perfeito para interpretar a Charlotte de Goethe. Sem falar na sua beleza, que dispensa qualquer comentário, disse o jurista. Eu sou uma mulher casada, doutor Schneider. Será que o senhor não se lembra disso nunca?, protestou Hidda ao ameaçar sair do lado dele. Thomas a segurou pelo braço e fez uma rápida e sussurrada declaração de amor. Eu sei esperar, finalizou. Hidda olhou assustada para os lados para ver se ninguém tinha assistido a cena e entrou na sala à procura de Edgard Brink.

Passou por Ester, que explicava aos anfitriões a razão da ausência do marido. Meu sogro está com a saúde péssima, disse. Já há alguns dias está muito cansado, com muita dificuldade para respirar. Nem levanta mais da cama. Não quer comer. Infelizmente, acho que o pai de Alexander não vai durar muito. O que me dá muita pena, porque além de uma pessoa maravilhosa, que amamos tanto, ele fazia companhia para minha mãe, não é mesmo? Minha mãe vai sentir muito se o senhor Samuel Cremer se for, concluiu Ester.

Perto dali, Elisabeth Kroch, Frida Schneider, Traud Froom e Nora Naumann conversavam sobre a ausência de Olívia List Obermann. Bernardo acabou de me contar que Olívia prolongou a temporada em São Paulo, que só volta no mês que vem, disse Nora. Você é uma santa, Elisabeth. Como consegue cuidar da filha dela tanto tempo assim enquanto a madame passeia e faz compras na cidade grande?, comentou Frida. Se ao menos ela lhe desse de presente um daqueles chapéus lindos que ela tem! Eu adoro a Bárbara, respondeu Elisabeth. Ela é uma menina adorável. Só me dá alegria, não me incomoda nunca. Tenho pena do Bernardo, que fica sozinho. Olívia não deveria deixá-lo tanto tempo assim. Também acho, completou Nora. Um homem tão bonito como ele... Ela deveria cuidar melhor do marido, não acha, Traud? Vocês vivem dizendo que eu falo demais, que eu me meto na vida alheia, comentou Traud. Mas ninguém me tira da cabeça que ela já arrumou outro. Nas últimas vezes que estive com Olívia aqui em Rolândia, ela estava com um brilho nos olhos, uma ansiedade para voltar a São Paulo... Não saía do escritório da Companhia de Terras Norte do Paraná à espera de cartas... Sintomas comuns da doença chamada paixão, minhas amigas, afirmou a mulher do ex-banqueiro.

Ester Cremer se aproximou do grupo e repreendeu Traud. Você não aprende mesmo, não é, minha amiga. Da vida de quem a senhora fala agora? Da esposa daquele coitado ali, respondeu Traud apontando para Bernardo List Obermann. Ester também explicou ao grupo a razão da ausência de Alexander Cremer. Mais um velório, eu não vou agüentar, comentou Frida. Como tem morrido gente nessa colônia. Até parece que estamos sofrendo os impactos dos bombardeios que destroem a Alemanha. Não tenho mais vestidos pretos para usar. Vou ter de repetir algum modelo! Calma, Frida, o sogro da Ester ainda não morreu! Isso é jeito de falar!, repreendeu Elisabeth Kroch. Desculpe-me, Ester querida, mas assuntos tristes assim me deixam completamente nervosa e aí eu falo demais, fico ansiosa, elétrica mesmo, disse a esposa de Thomas Schneider. Ester desculpou a amiga, e quando ameaçou sair do grupo, foi surpreendida pela pergunta de Traud Froom. Faz tempo que não vejo a sua filha Sophia e o marido dela. O que eles andam fazendo, por que não vieram ao casamento? Ficaram em casa para ajudar o Alexander a cuidar do meu sogro, respondeu Ester. Agora, com licença, eu vou ajudar a senhora Jessen a preparar mais vinho com chá e limão!

Bem distante dali, Birgit e Carmen Volk passeavam pelo pasto. Chamei a senhora para conversar, porque sei que tem dois filhos adotados e quero muito saber como a senhora fez para educá-los como mãe, disse a noiva. Como a senhora sabe, eu vou ter de criar as duas filhas da Martha. Na verdade, já trato as duas como minhas filhas desde que eu e Fausto marcamos a data do casamento. Mas as meninas vão crescer, eu vou ter os meus filhos legítimos... A senhora acha que devo contar toda a verdade a elas? Como devo tratá-las para que não pensem que eu roubei o lugar da mãe delas? Por favor, ajude-me, senhora Volk!, pediu Birgit.

Carmen Volk contou toda a experiência que teve com a adoção de Dafne e Wille. Aprendi a amá-los como se tivessem saído de dentro de mim, disse a mulher de doutor Volk. Depois que tive a Isadora, fiquei doente e não pude mais ter filhos. Como o Wagner sonhava com um menino, precisei adotar. Lembro-me que fomos os dois ao orfanato em Berlim e logo que vimos Wille e Dafne nos apaixonamos por eles. Tinham a mesma idade, pouco mais de dois anos cada um. A funcionária do orfanato não soube me contar nada sobre os pais de Wille. Mas fiquei sabendo que os pais de Dafne eram muito jovens. A mãe tinha 19 anos e trabalhava nos correios. O pai tinha 18 e fazia o serviço militar. A mãe chamava-se Margareth e acabou sendo expulsa de casa só porque tinha ficado grávida ainda solteira. Foi aí que a pobrezinha, sem condições financeiras para criar a filha, acabou se convencendo que seria melhor entregá-la para adoção. Ao ouvirmos a enfermeira contar a história de Dafne, eu e Wagner ficamos muito emocionados e decidimos adotá-la também.

Carmen contou ainda que sonhavam em dar uma educação de primeira qualidade às crianças. Que tudo caminhava para que esse sonho se realizasse até o dia em que Hitler apareceu. Aí, você bem sabe, tivemos de fugir, sair correndo da Alemanha... Hoje, vejo meus filhos crescerem nessa selva e, às vezes, me pergunto se eu e Wagner fizemos mesmo uma boa ação ao tê-los adotado. Talvez, se tivessem ficado no orfanato, fossem parar numa família ariana, sem qualquer gota de sangue judeu... Poderiam estar vivendo na Alemanha, tendo acesso aos melhores colégios... Mas, agora, o que vai ser deles? Dafne e Wille já estão mocinhos... Há dois anos, Wagner quis contar toda a verdade aos dois. Levou a dupla para o escritório e revelou o segredo que nos angustiava tanto. Meus olhos se encheram de lágrimas quando vi a surpresa que saltou aos olhos dos meus queridos. Sofri com eles, como se também fosse uma filha adotada. O que me deixou mais feliz é que os dois disseram que nunca tinham desconfiado de nada, que sempre acreditaram que eram nossos filhos legítimos. O que mostra que nem eu nem Wagner os tratamos de forma diferente de Isadora. Hoje, Isadora já tem a família dela e Dafne me faz uma companhia que você precisa ver. Apesar de ela e Wille não serem meus filhos de sangue, me amam muito e eu também a eles. Pode ficar tranqüila, minha querida, que as filhas de Martha vão te amar também. Elas ainda são crianças, pequenas, nem tiveram tempo de conhecer a verdadeira mãe, de conviver com ela... O único conselho que eu posso lhe dar é muito simples: dê amor às meninas. E quando elas forem capazes de entender o que aconteceu, conte a verdade. Se o relacionamento de vocês estiver embasado no amor, elas vão aceitar e vão te amar ainda mais.

As palavras de Carmen Volk confortaram o coração de Birgit. Mais aliviada, a noiva agradeceu imensamente e voltou à festa. Antes que o noivo e os convidados começassem a sentir a falta dela, brincou com as enteadas no quarto. Agora nós vamos voltar a morar na Fazenda das Almas?, perguntou Laila, que já estava com quase sete anos. Vamos, sim, minha querida, respondeu Birgit. Eu, seu pai, você, a Soraya e os seus futuros irmãos vamos formar uma nova família muito unida e feliz, não vamos? O que você acha?, perguntou a madrasta. Eu e o Coisa em Si achamos que nós seremos muito felizes, respondeu Laila ao olhar para o ansioso, festeiro e inseparável cachorro que segurava nos braços.

44

Alexander Cremer, Rudolf Allmann e Fritz Katz aproveitaram a hora do descanso, logo após o almoço, para dar uma passadinha na Fazenda Sarah e ouvir o noticiário da BBC. Como é bom ser o único imigrante autorizado a ter rádio aqui na colônia, disse Justin Kroch quando viu os amigos chegando. Só assim recebo visita quase todos os dias! Ouvi de manhã bem cedo que Berlim foi inteira bombardeada. Está destruída a nossa saudosa cidade, proclamou o anfitrião. Todos esperaram a rádio anunciar novamente o bombardeio de Berlim e ficaram ainda mais tristes com as notícias que chegavam. Alexander Cremer já andava desanimado por ter de ver o pai morrer aos poucos dentro de casa. Com as notícias do rádio, ficou ainda pior. Deprimido, não quis ficar mais um minuto na casa dos Kroch. Deixou os amigos no vizinho e voltou sozinho. Estou muito preocupado com a saúde do velho Cremer, disse. Meu pai precisa de mim.

Mas o filho não chegou a tempo. Seu pai se foi, disse Ester, em prantos, ao correr para os braços do marido. Foram rapidamente para o quarto. Adine Walk, mãe de Ester, tinha acabado de fazer a *Keriá*, rasgando o lenço que usava amarrado sobre a cabeça. Fez isso, como manda a tradição judaica, em sinal da tristeza que sentia, como se a dor da ausência rasgasse o próprio coração. Ele se foi mesmo, disse a velha senhora. Já está nos braços do nosso Deus de Abraão. Mesmo assim, Ruth Allmann que também estava presente pediu para um empregado ir avisar Rudolf e Fritz para que fossem, de automóvel, buscar doutor Weber na Casa Guilherme. Não adianta mais, Ruth, disse Ester. Um médico de nossa confiança nessa hora é sempre importante. Pode chamar doutor Weber, sim, afirmou Alexander.

Ele teve uma parada cardiorrespiratória, disse o médico. Descansou dessa vida. Como disse o rabino que celebrou o funeral do meu pai em Frankfurt, comentou Rudolf Allmann: "Para cada um de nós, chega a hora em que a grande enfermeira, a Morte, toma o homem como um menino pela mão e diz baixinho: chegou a hora de voltar para casa. A noite está chegando. Hora de ir para a cama, filho da Terra. Venha, você está cansado. Deite-se pela última vez neste berçário da natureza e durma. O dia já se foi. As estrelas brilham na tenda da eternidade". Nessas horas tão tristes, eu nunca me esqueço dessas palavras, disse o marido de Ruth.

Depois que doutor Weber oficializou a morte de Samuel Cremer, Alexander e Ester se abraçaram e repetiram o mesmo gesto realizado por Adine Walk: cortaram um pedaço da roupa que usavam. Sophia, Romeo e Carina também repetiram a *Keriá*. O casal Cremer e a mãe de Ester, então, lavaram o corpo sobre a cama. Em seguida, vestiram-no com duas mortalhas que Ester e Adine haviam feito à mão, totalmente brancas e limpas, para quando o dia da morte de Samuel Cremer chegasse.

Os Cremer não deixaram o corpo do velho patriarca nem um minuto sozinho. Adine Walk, com a ajuda de Ruth, Lola e Ester, fez questão de homenagear o sogro da filha dentro dos mandamentos judaicos. A polícia brasileira não há de nos punir por celebrarmos o velório do velho Cremer dentro da nossa fé, proclamou Rudolf. Faz tempo que os soldados não aparecem por aqui. Não há de ser hoje que haverão de aparecer! Mas é melhor não facilitarmos, disse Alexander. O culto fúnebre pode ser realizado em hebraico, bem baixinho, por favor, mas nada de *menorah*. Vamos acender a *menorah* que existe em cada um dos nossos corações, pediu o filho do morto. Os meus vaga-lumes nunca me deixam na mão, disse Ruth. As *menorahs* vão voar a noite inteira em volta dessa casa, no céu mágico e estrelado da Fazenda Torah, profetizou a professora de judaísmo. E todos os adultos amanheceram orando pela alma de Samuel Cremer. No dia seguinte bem cedo, o humilde caixão de pinho seguiu para o cemitério puxado por uma carroça. Quando passou pela vila, o funeral ganhou a companhia de dois policiais que seguiram o cortejo a cavalo. Se ouvir uma palavra que eu não entender, eu empurro o alemão batata que falou a besteira dentro da cova do defunto, estamos conversados, gritou um dos soldados. Pouco antes do enterro,

Rudolf Allmann fez mais um discurso. Mas desta vez leu um texto em português. E concluiu: Os seres humanos são mortais, porque uma parte de nós foi criada da terra. "Volta assim o pó à terra de onde veio", afirmou o mais sábio dos homens, Salomão, em seu *Livro de Eclesiastes*. Todavia, Deus também dotou os seres humanos com a Sua essência; por isso, Salomão concluiu este mesmo versículo com as seguintes palavras... "e retorna o espírito de Deus, que o concedeu". A morte é o momento da separação entre a alma e o corpo. Portanto, neste momento, a alma do nosso querido amigo vive e pode ver todo esse amor que demonstramos sentir por ele. Vá em paz, meu querido amigo Samuel. Nós iremos mais tarde e nos reencontraremos de novo, na eternidade do nosso Deus.

Todos aplaudiram as palavras do quase rabino de Rolândia, tocados pelos raios matinais do sol.

Agathe Flemig limpou todos os lampiões e lamparinas da casa. Naquela época, também costumava limpar a lâmpada da geladeira que funcionava a querosene. Poucas famílias tinham esse tipo de geladeira. Foi durante essa limpeza que teve a idéia de medir o calor da chama que queimava embaixo da máquina. Como o querosene estava em falta, por causa da guerra, Agathe pensou em substituir o pavio por uma lâmpada elétrica. Há dias ela estava entusiasmada com a idéia de usar a roda d'água do moinho para gerar eletricidade dentro do próprio quintal. Agathe e Frank Flemig tinham encomendado a roda de madeira logo que casaram a um marceneiro de Santa Catarina. Por erro de medida, ela veio bem maior do que a encomenda, mas mesmo assim nunca decepcionou. Depois de muitas tentativas, a experiência de Agathe deu certo. Acoplaram um gerador na roda d'água e, finalmente, a geladeira de Agathe passou a funcionar com uma lâmpada elétrica.

Feliz com o resultado, a cientista que só gostava de usar roupas largas e cabelos bem curtos, quis logo compartilhar o sucesso do trabalho com o primo físico Rudolf Ladenburg que vivia nos Estados Unidos. Escreveu-lhe uma longa carta, contando passo a passo o que tinha feito. A eletricidade já chegou a algumas casas e lojas no centro da colônia, só que ainda não há qualquer previsão de quando vai chegar à zona rural. Mesmo assim, nós já temos a nossa primeira lâmpada elétrica para ajudar a nossa geladeira funcionar, contou. Agathe também usou a bem-sucedida experiência nas aulas que dava em português para os filhos dos caboclos. Olha, crianças, o água pode virar luz, portanto, não machuquem as rios e os cachoeiras, dizia a professora para deleite dos alunos.

Os vizinhos também ficaram curiosos e foram conhecer a geladeira com luz elétrica improvisada por Agathe Flemig. doutor Volk, advogado especializado em patentes, foi um dos primeiros. Como a senhora conseguiu medir a intensidade da luz da lâmpada a querosene para substituí-la por uma luz exatamente com a mesma força, mas gerada por eletricidade? Isto é incrível! Agathe explicou que apenas tinha posto em prática o que aprendera na faculdade de física. Claro! Como fui me esquecer desse detalhe!, comentou doutor Volk. Estou diante de uma doutora em física, prima de Rudolf Ladenburg, e ainda por cima que poderia fazer parte hoje da equipe de Einstein, nos Estados Unidos! Quem me dera ter tantos predicados!, disse Agathe. Frank costuma exagerar quando fala a meu respeito. Cuidado para o senhor não cometer o mesmo erro, doutor Volk! O senhor, sim, tem talentos para invenção. Magnífico o catador magnético de café que o senhor fez para os Luft Hagen. A idéia de usar ímãs para atrair a nossa terra vermelha, que é de origem vulcânica e assim separá-la dos grãos de café, foi genial, doutor Volk! O ímã atrai a terra que é puro óxido de ferro, de origem basáltica, e o café cai do outro lado limpinho. Eu vi o protótipo manual que o senhor emprestou para Ludwig experimentar na Fazenda Paraíso. Que maravilha! O senhor sim merece todas as honras de Einsten, afirmou Agathe.

A física também brincou com a idéia que Wagner Volk teve ao embarcar na fantasia de Nora Naumann e inventar a máquina de colher saudade. Foi outra idéia genial do senhor... Aquele espelho, os fios que prendemos ao corpo do doador de saudade, a caixinha de música para estimular a produção do sentimento triste ou alegre que a ausência de algo ou de alguém gera em todos nós... Por mais que não passe de um brinquedo de adulto, a máquina de colher saudade é genial! Não é, Frank? Claro que sim, respondeu o marido de Agathe. Quando a guerra acabar, é bom o senhor registrar logo suas invenções antes que um espertalhão o faça e lhe roube a paternidade delas!

Por falar em paternidade, disse Wagner Volk, vocês não pretendem ter filhos? Para quem vão deixar essas terras, precisam ter herdeiros, afirmou o visitante. Já estou velha para ser mãe, respondeu Agathe. O senhor se esqueceu que me casei com 40 anos? Ainda mais morando no meio do mato, seria muito arriscada uma gravidez nessas condições. E por que não fazem com eu e Carmem fizemos e adotam uma criança?, perguntou o advogado judeu. Uma família sem filhos parece que não é uma família, não concordam comigo? Wagner Volk contou toda a história da adoção de Dafne e Wille, do sonho que tinha em ser pai e da alegria que os filhos adotivos lhe trouxeram. Mas mesmo assim não conseguiu convencer os amigos a adotarem uma criança. Nossos sobrinhos substituem os filhos que não tivemos, disse Frank. Eles serão nossos herdeiros.

Agathe olhou bem nos olhos do marido e do amigo e lhes confidenciou um segredo. Muitas vezes me comporto como mãe dos caboclinhos que têm aula comigo aqui na fazenda. Ao vê-los chegar descalços, com o cabelo despenteado, nariz escorrendo, sem escovar os dentes, com piolhos na cabeça, alguns desnutridos, magrinhos e barrigudos, cheios de vermes, não hesito em substituir a mãe de todos eles pelo menos durante as horas que passam ao meu lado. Sei que as mães dessas crianças acabam não cuidando dos filhos como deveriam, não porque sejam preguiçosas ou não os amem, mas porque não tiveram estudo como eu tive e também porque passam a maior parte do tempo na roça. Aí, eu falo com eles como mãe. Oriento, ensino, limpo, conto histórias, tiro bicho-de-pé, faço curativo nas feridas... E eles me ensinam tanto. Sem falar no português que tenho falado cada dia melhor, graças a eles. Vivem me corrigindo. Não é o vaca, senhora Flemig. É a vaca. Não é bicho-da-pé... Não é o carra... Não é o cachoeira... e por aí afora. O senhor já ouviu falar em saci-pererê, doutor Volk? Um dos meus alunos me explicou que saci-pererê é um negrinho com uma perna só que fuma cachimbo e usa um capuz vermelho, que vive pulando no meio da floresta. Sinceramente eu nunca vi esse tal negrinho. O senhor já? Não tem pai nem mãe e passa o dia fazendo o que não deve: dá nó nas crinas dos cavalos, amarra o rabo de uma vaca no rabo do boi... E assim eu vou aprendendo sobre essa gente simples brasileira e eles também aprendem comigo. O menor de todos chama-se Donizete. Não tem nem cinco anos ainda. Quando me vê corre para os meus braços e depois não quer mais sair do colo. Quantas vezes não dormiu com a cabeça encostada no meu peito enquanto eu dava aula. Para continuar ensinando eu tinha de levar o Donizete para dormir na minha cama... Isso sem falar no Tobias, tão esperto, já está quase falando alemão! Sabe, doutor Volk, os meus sobrinhos são os filhos que eu não tive; os meus alunos caboclinhos são os filhos que o Deus de Abraão me deu, finalizou Agathe com os olhos alagados.

'Peter Prustel' despertou a paixão da tia 'Astrid'.

'Terese Prustel' brinca com o macaco Chico.

Os gêmeos 'Adam e Lucas Prustel' eram inseparáveis.

A casa do bosque,
refúgio de 'Charlotte
Prustel'.

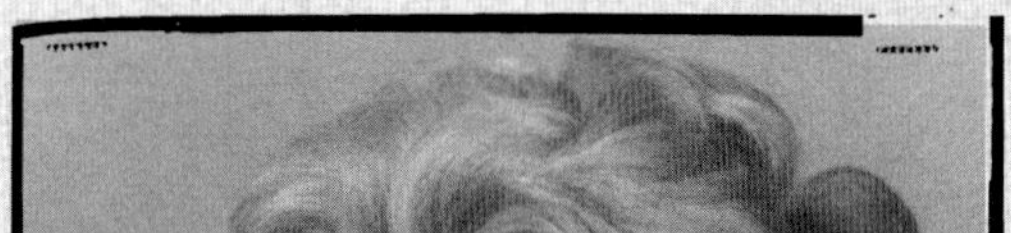

Mesmo longe da Europa e vivendo no meio do mato, 'Charlotte Prustel' nunca abriu mão da elegância

'Dorian Taylor' era um dos homens mais bonitos e elegantes de Rolândia.

Professor 'Zank' e os pequenos 'Prustel' numa aula de literatura.

O automóvel da família 'Kroch'

'Nicole Allmann' brinca com Vera Suplicy (7 anos,no barquinho), Besita (6 anos, de costas) e Marina (com 3 anos, na escada da piscina). Fotografia tirada na mansão da família Matarazzo Suplicy na Alameda Casa Branca esquina com a Alameda Lorena em São Paulo.

'Nora Naumann' no piano.

Os fins de semana eram animados quando os refugiados faziam piquenique às margens do rio Tibagi ou do Ribeirão Bandeirantes.

'Romeo Dalmathan' e sua segunda esposa 'Hilde'.

Os chapéus de 'Olívia' sempre chamavam a atenção. Aqui ela exibe um dos modelos que trouxe da Europa num animado piquenique. Ao lado de 'Olívia', estão 'Lola Katz' e 'Caroline Hahn'.

'Olívia' retratada no desenho de Ernesto di Fiori.

Fazenda dos 'Luft Hagen'.

A família 'Garisch' na chegada a Rolândia.

Cartão de natal
enviado pelo pintor
Cândido Portinari aos
amigos de Rolândia.

Muito agradecidos pelo
delicioso pão, enviamos-
lhes nossos melhores votos
para um Feliz Natal e Ano
Novo.

Portinari, Maria, João.

N.º 8 — OS RETIRANTES II — 1944
MENINO MORTO
PORTINARI

ROLÂNDIA

PARANÁ

Cartão de natal
enviado pelo pintor
Cândido Portinari aos
amigos de Rolândia.

Reprodução autorizada por João Cândido Portinari. Imagem do Acervo do Projeto Portinari.

co. 2414.1

18 de Julho
de 1955

Muito prezado Sr. Portinari!

Sinto muito, que em lingua portuguesa não posso exprimir meu encanto e orgulho á receber o seu livro de arte tão lindo. As reproduções são ótimas a equipação é saliente. Muito obrigadá para este presente tão grande!
Fui no Bienal em São Paulo; admirei

co. 2414.2

os seus quadros e fiquei muito impressionada da força das suas telas.

Amanhã a familia Leão e João Candido vão voltar para Rio - o tempo passou depressa demais. Eles vão levar os nossos cumprimentos e saudações para o Sr. e Da. Maria, de meu marido e de sua

Reprodução autorizada por João Cândido Portinari. Imagem do Acervo do Projeto Portinari.

Cartão escrito por 'Ester Cremer' para o pintor Cândido Portinari.

CO-2417

ROLANDIA - C. POSTAL 26
VIA LONDRINA - PARANÁ

9. V. 1958

Muito prezado Sr. Portinari!

Nunca senti mais que agora, que nos falamos em linguas differentes. Queria dizer, como eu fui impressionada de seu livro sobre Israel. Eu achei em os quadros uma grande affeição para Israel e resultando desta affeição uma profunda comprehensão para a situação muito esquisita do pais e da população.

Eu gosto muito cada um dos quadros - quantas vezes já passei as paginas do livro, sempre achando novos aspectos e novas bellezas.

Sempre fiquei com o sentido de grande admiração da sua arte, mas ainda mais de sua personalidade de „bom homem", que encontra em todos os seus trabalhos.

Com muitas saudações, tambem para Da. Maria e João Candido subscrevo-me

attenciosamente

Carta escrita por 'Ester Cremer' para o pintor Cândido Portinari.

Reprodução autorizada por João Cândido Portinari. Imagem do Acervo do Projeto Portinari.

45

As notícias da partida do primeiro pelotão da FEB – Força Expedicionária Brasileira para combater na Segunda Guerra Mundial só fez piorar ainda mais as hostilidades entre os brasileiros e os imigrantes alemães, italianos e japoneses que viviam em Rolândia naquele início de julho de 1944. Meu sobrinho vai morrer no combate por causa de vocês, sua alemã assassina!, gritou uma senhora para Astrid Dahl. Não é justo que o meu filho pague pelos crimes que vocês cometeram, alemães do demônio!, protestou outra mulher ao ver o casal Prustel desfilar de automóvel pela principal rua do distrito. O clima ficou ainda mais tenso quando desenhos da suástica e pedaços de tecidos com o símbolo do nazismo voltaram a aparecer colados nas paredes das casas, das lojas, nos muros e pendurados nas cercas. Papéis com a capa de uma das edições do livro *Os Protocolos dos Sábios de Sião* também foram espalhados clandestinamente pelas ruas de Rolândia.

Só pode ter sido os alemães de Santa Catarina, disse Oscar Dahl para Otto Prustel. Rolândia está cada dia mais cheia dessa gente. Eles são diferentes de nós. Imigraram porque sempre foram pobres, sem cultura, sem estudo e não tinham qualquer chance de uma vida melhor na Alemanha. Já conosco foi diferente. Nós imigramos porque fomos perseguidos politicamente. Percebe a diferença, meu cunhado? Esses alemães do sul do Brasil insistem em propagar o ódio contra os judeus e em continuar apoiando Hitler, mesmo sabendo de todas as atrocidades que o cabo da Boêmia já comandou. Por isso não me arrependo do que fiz há alguns anos, afirmou o marido de Astrid Dahl. Como judeu que sou, me senti muito ofendido ao ver o padre

Herions convocar nossos jovens para se juntar ao exército nazista, lembra-se? Fui eu quem denunciou o padre Herions à polícia. Todos tinham certeza de que o delator tinha sido um judeu. Pois foi mesmo. Fui eu quem causou a prisão do seu santo vizinho, Otto. E se soubesse quem é o nazista que tem pichado as casas e espalhado esses papéis pela colônia eu denunciaria novamente.

Otto ouviu atentamente o cunhado e não o repreendeu por nada. Lamentou o fato de a polícia brasileira demorar tanto para encontrar os verdadeiros culpados. Essa colônia é pequena, não é possível que não saibam quem está fazendo isso. Das outras vezes, prendiam o Nixdorf, iam direto à granja dele e pronto. Agora que tanto o August como o Oswald Nixdorf estão bem longe daqui, de quem suspeitar? Quem prender? As perguntas de Otto foram rapidamente respondidas por Oscar. Ora, meu cunhado, Nixdorf não vive mais aqui, mas os comparsas dele sim. O ninho dos nazistas de Rolândia está nas casas de cada família alemã que veio de Santa Catarina. Não tenho qualquer dúvida disso, concluiu. Às vezes, comentou Otto, penso que a polícia brasileira sabe sim quem está fazendo tudo isso, mas finge não saber porque, no fundo, deseja que nós, imigrantes, nos matemos uns aos outros. Isso mesmo. Acho que o governo do Brasil quer deixar que os alemães nazistas ataquem os alemães não nazistas, os judeus; que alemão mate alemão, entendeu? Assim acabam com a gente sem precisar sujar as mãos.

Você quer dizer que essa confusão toda pode estar sendo estimulada pela polícia brasileira?, perguntou Oscar. Ou por algum brasileiro que não goste dos alemães, que nos culpa pela guerra, pelo fato de o exército brasileiro estar mandando homens para lutar na Itália, razões não faltam, explicou Otto. Tenho minhas dúvidas se algum imigrante, por mais corajoso que fosse, se arriscaria a ser preso ou até morrer, apenas pelo prazer de provocar os outros, falando em alemão ou fazendo propaganda nazista nesses dias que têm sido tão difíceis para todos nós considerados súditos do Eixo pelo governo brasileiro. Eu vejo lógica no que você acaba de dizer, mas, mesmo assim, não coloco a minha mão no fogo pelos imigrantes de Santa Catarina, disse Oscar. Eles são ousados, dissimulados como o *führer* que tanto amam!

Enquanto Otto e Oscar conversavam na sala da sede da Fazenda Cristo Redentor, Dorian Taylor se preparava para dar mais uma aula de inglês a Charlotte na casa do bosque. Para enfrentar a tarde fria, o professor acendeu a lareira e a aluna esfregou as mãos sobre o fogo assim que as primeiras labaredas surgiram entre os pedaços de lenha. Agora vamos tomar o chá, disse Charlotte, ao levantar-se para pegar o bule que Aparecida tinha acabado de trazer. Gostou das flores que eu colhi na floresta especialmente para você?, perguntou Dorian. São lindas!, adorei o perfume dessa menor, essa lilás, nunca a tinha visto antes, onde a encontrou? Essa eu arranquei do deserto do meu coração, respondeu o professor. Só uma flor capaz de sobreviver num deserto combina com o poder e a força que você tem, meu amor.

Charlotte e Dorian viviam uma intensa paixão. Tão intensa que as aulas de inglês acabaram virando apenas uma desculpa para que os dois amantes pudessem se encontrar sozinhos e não despertar suspeita. Durante as tardes que passavam juntos eram raros os momentos em que se portavam como aluna e professor. Apesar dos 21 anos de diferença de idade que existia entre eles, não se intimidaram com o tempo e souberam fazer dele mais aliado do que inimigo. Sempre gostei de mulheres mais velhas, disse Dorian. Mais velhas e comprometidas. Não sei por que me agrada tanto ser o terceiro de uma relação. Deve ser porque não gosto de solidão. Invadir um coração já habitado me dá a tranqüilidade de ter companhia, você me entende? Não sei sentir ciúmes das mulheres que já namorei. Acho que também não sentiria ciúmes de você, Charlotte. Sei que depois de se deitar comigo você volta para a sua casa, deita-se com Otto e, sinceramente, isso não me incomoda nem um pouco. Sei que sou melhor que o seu marido e que mexo mais com as suas emoções do que ele. E do dom Bentus?, perguntou Charlotte. Você não sente ciúmes? Também não. O dom Bentus sente tanto ciúme quando eu e você estamos juntos que não consigo sentir nada quando ele está sozinho com você, só para não me sentir parecido ou comparado a ele. Quero distância desse padre hipócrita, afirmou. E você não o defenda na minha frente, que ele não merece ser defendido por uma mulher do seu nível, Charlotte.

Dorian disse ainda que só sentia ciúme dele mesmo. Quando o outro que habita em mim não me dá atenção ou me ignora porque pensa em outra pessoa ou faz outra coisa, aí eu sinto ciúmes, declarou. Eu tenho dupla personalidade, revelou o professor. Descobri isso quando estudava na Escócia, com doze anos de idade mais ou menos. Foi lá que percebi que havia dois dentro de mim. Como se fôssemos gêmeos num só corpo. Costumo chamar minhas duas personalidades de A e B. E, talvez, uma espécie de A e meio. Elas se revezam na minha mente o tempo todo. Nunca sei quanto tempo duram quando afloram. Uma desconhece a existência da outra. Agora, por exemplo, é a B que me trouxe aqui. Só o meu lado B ousaria ser amante da mulher do meu patrão. Mas quem fala da B é a A. Já tive muitos aborrecimentos com B e perdi muitos amigos também. O B é encrenqueiro, ousado, arrogante, mentiroso, louco; o A é mais sério, honesto, íntegro, respeitador, ético, comportado. Consegue perceber a diferença que existe entre os dois? Aquela vez que fui brincar de índio com seus filhos no rio, lembra-se? Peraltice do meu lado B! Foi ele que me meteu naquela encrenca com o dom Bentus. As bebedeiras que tomei nas festas dos seus vizinhos judeus, as cenas que fiz para chamar a atenção, aquela noite que levei o Peter para uma noitada em Rolândia, chegamos bêbados de cair, foram ciladas do meu lado B. Será que essa doença tem cura, Charlotte? O que você acha, meu amor?

Acho que você está se preocupando demais com suas maluquices e se esquecendo de nós. Todos os homens e mulheres têm um pouco de dupla personalidade, disse Charlotte. Talvez as suas sejam um pouco mais salientes, exageradas. Mas não se sinta mais doente que todos os outros seres humanos por causa disso. O meu maior sonho é estudar psicologia, sabia? O bosque misterioso da mente humana me fascina, a fronteira entre a loucura e a razão, a interpretação dos sonhos. Trouxe comigo da Alemanha alguns livros de Freud. Por isso, nada do que você me disse agora me espanta, Dorian. Para alguém interessada em conhecer mais profundamente a psicologia, as suas personalidades me deixam ainda mais apaixonada por você, ou melhor, por vocês dois, senhores A e B, brincou a amante, puxando Dorian para a cama de ferro que mantinha na casa do bosque.

Qual dos dois trouxe você até a Fazenda Cristo Redentor, o B ou o A, quis saber Charlotte. Não há dúvida de que foi o B, respondeu Dorian. Só ele poderia ter me levado à estação ferroviária do Rio de Janeiro e me feito gastar todo dinheiro que tinha numa passagem para um destino distante que eu nunca havia sequer ouvido falar. Então, gosto mais do B, disse Charlotte. Foi ele que trouxe você pra mim! Como você se sente se envolvendo comigo nessa relação amorosa ilícita?, perguntou Dorian. Ilícita seria eu se não respeitasse os meus próprios desejos, respondeu Charlotte. Nesse instante, os dois se beijaram longamente. Ficaram nus e fizeram amor como ainda nunca tinham feito.

Eles só não contavam com a presença de Terese, que assistiu parte da cena de amor entre a mãe e o amante, espiando no canto da janela. Eram duas e meia da tarde. A pedido do pai, a menina, que estava com quase 12 anos de idade, tinha ido chamar Charlotte para cuidar de Thiago. Mas quando encontrou a mãe nua nos braços de Dorian não ousou bater na porta. Ficou em silêncio alguns minutos com os olhos fixos nos beijos que Dorian despejava sobre o corpo de Charlotte. Sem se deixar ser notada pelos amantes, subiu para a casa correndo e só contou o que tinha visto ao pai, quando o tio Oscar foi embora, duas ou três horas depois.

Não fale sobre isso com mais ninguém, pediu Otto. Quando sua mãe subir eu vou ter uma conversa séria com ela. Agora vá brincar e não conte nada do que viu na casa do bosque para os seus irmãos, nem para os empregados, nem a dom Bentus. Terese percebeu a tristeza que tomou conta dos olhos do pai e se comoveu, mesmo não tendo idade suficiente para entender o que se passava. Minha mãe tinha de estar abraçada e beijando o meu pai, pensava. Deveria estar deitada com o meu pai, não com o senhor Taylor. Por que minha mãe fez isso, por quê? As perguntas sem respostas não deram sossego a Terese naquele fim de tarde. Conversando sozinha, dizia para ela mesmo: Eu não gosto mais do senhor Taylor, não gosto mais!

Quando Charlotte entrou em casa viu o marido sentado na poltrona e percebeu que ele não estava bem. Perguntou por Oscar Dahal, mas Otto não respondeu. Você está surdo?, insistiu Charlotte. Oscar já foi embora? Responde, Otto! Eu lhe fiz uma pergunta! Que cara é essa? Otto pediu à esposa para que fechasse a porta, e quando teve certeza de que todos os filhos e empregados estavam longe dali começou a conversa. Antes de mais nada, quero lhe informar que o senhor Taylor, seu amigo íntimo, não é mais empregado dessa fazenda e que tem no máximo até amanhã para ir embora daqui. Você passou dos limites desta vez. Eu até posso merecer o que você acabou de fazer, Charlotte. Mas a sua filha não merecia. A sua filha não podia ter visto a cena que ela veio me contar agora há pouco. Você poderia pelo menos poupar os seus filhos das suas relações ilícitas, Charlotte. Pelo menos os seus filhos!

Otto contou tudo o que Terese lhe falou. Mas Charlotte manteve a pose e dissimuladamente desmentiu o relato da filha. Você acredita mais na Terese do que em mim?, perguntou ao marido. Eu não vivo dizendo que essa minha filha não bate bem da cabeça? Nem deveria ter nascido essa coitada! A Terese é boba, sonsa, os anos passam e ela não amadurece. Nasceu para tomar conta de mim quando eu ficar velha, só para isso. Nunca vai ser capaz de ter a própria família, de se tornar um adulto brilhante. No máximo, o que ela deve ter visto lá na casa do bosque foi o Dorian lendo um livro para mim sentado ao lado da minha cama, nada mais. O moço tem idade para ser meu filho, Otto. E não é justo que você o mande embora por causa de uma mentira inventada pela Terese. Eu não vou permitir! Dorian vai continuar trabalhando conosco, e não ouse me desafiar!, gritou Charlotte como uma rainha tirana. E se as minhas relações com o Dorian Taylor são mais íntimas do que deveriam ser, isso não é da sua conta. Da minha vida íntima cuido eu. Será que já se esqueceu de que um dia conversamos sobre isso? Sobre a diferença entre fidelidade conjugal e lealdade? Eu sou muito leal a você, Otto. Mas me deixe ser feliz do meu jeito.

Charlotte fechou a porta do quarto e não saiu mais de lá. Otto foi para a varanda respirar o ar fresco que chegava com a noite. Ainda tomou uma dose de conhaque antes do jantar. Fez a refeição na companhia de Christine, Terese e de dom Bentus. Os filhos menores jantaram na cozinha, na barulhenta mesa dos gatos, por determinação de Charlotte. Dorian Taylor não apareceu para o jantar como era acostumado porque Raimunda, ao ouvir do que se tratava a briga dos patrões, correu avisá-lo para não pôr os pés na sede da fazenda. Dom Bentus percebeu a tristeza de Otto, a ausência de Charlotte, e tentou puxar uma conversa para entender o que tinha acontecido. Mas Otto mudou de assunto e pediu para Raimunda providenciar iodo, lamparina e agulha. O pai dedicado quis curar a tristeza conversando com os filhos, promovendo, excepcionalmente naquela noite, um dos programas mais esperados pelas crianças: a hora do bicho-de-pé.

46

Poucos dias depois, o prior do convento beneditino de Santos, dom Aidano e um acompanhante se hospedaram na Fazenda Cristo Redentor. Vieram pedir o apoio de Otto Prustel para a fundação de um novo priorato da ordem no norte do Paraná. Estavam muito preocupados com o futuro porque, cumprindo ordens de Getúlio Vargas, a polícia tinha fechado o convento de Santos e mandado que todos os religiosos fossem procurar asilo em outros mosteiros. Como a maioria dos monges que vivia em Santos era de origem alemã, o governo brasileiro temia que eles pudessem ser espiões de Hitler no mais importante porto nacional da época e em toda orla marítima.

É um absurdo o que estão fazendo conosco, doutor Prustel. Invadiram nossos quartos, remexeram tudo, lacraram o convento como se fosse um açougue, um cabaré, sem nenhum respeito à santa casa de Deus. Esse Getúlio é o próprio anti-Cristo, contou dom Aidano durante o jantar. Todos nós imigrantes estamos sendo cobrados pelos crimes que Hitler está cometendo, não é por acaso que nos tratam de súditos do Eixo, lamentou o anfitrião. Aqui em Rolândia não é diferente. Esses longos anos de guerra também nos estão sendo muito difíceis. Principalmente agora que as famílias brasileiras estão sendo obrigadas a enviar os filhos à frente de batalha.

Além dos hóspedes e de Otto, estavam à mesa dom Bentus, Charlotte e Christine. Ainda com muito medo do marido da amante, Dorian Taylor evitava vê-lo e, até que a poeira baixasse, evitou fazer as refeições na sede da fazenda. A conversa aquela noite foi longa. Otto e Charlotte nem perceberam a chegada de Peter e

Matheus que estavam novamente em férias escolares. O tio Severin foi esperá-los na estação. Muito cansados da viagem, os dois adolescentes nem quiseram jantar, foram direto para a cama.

No dia seguinte, Peter acordou bem cedo e quando viu um pé-de-bode estacionado próximo ao jardim quis saber de quem era o automóvel. Terese respondeu que era dos padres que estavam hospedados na fazenda. Peter, então, perguntou à irmã se ela achava que teria algum problema se eles dois dessem uma voltinha com o pé-de-bode. Terese respondeu que não haveria problema algum. O que ela não sabia é que Peter nunca tinha dirigido um carro. Então, monte nele e vamos embora, disse o curioso irmão. A chave estava posicionada sob o volante. Peter deu a partida e o automóvel saiu andando bem devagar até chegar à estrada principal que dava acesso à propriedade dos Prustel. Lá, deu meia-volta e com mais coragem acelerou o quanto pôde. Numa poça d'água perdeu o controle da direção e o automóvel dos monges beneditinos capotou, deu uma volta de 360 graus e parou novamente em pé. Por milagre, Peter não ficou ferido. Mas Terese simplesmente sumiu. Antes de começar a procurar pela irmã, Peter catou partes do carro que tinham se desprendido e as colocou novamente no lugar, levantou a capota que estava afundada com um pedaço de pau. Enquanto isso, Terese apareceu mancando e com o joelho sangrando. Tinha sido arremessada dentro do cafezal.

Os dois irmãos combinaram que quando chegassem em casa, Peter iria cumprimentar a todos e Terese iria cuidar do ferimento, sem chamar a atenção de ninguém. E assim fizeram. Peter sentou à mesa com os convidados para tomar café. Mas os monges já estavam prontos para partir, e quando foram pôr as bagagens no pé-de-bode... Cadê o automóvel? Peter, então, admitiu que foi dar uma voltinha, que o carro parou no caminho e não quis andar mais. Só que, exatamente nesse momento, Terese surgiu na sala ensangüentada e Peter teve de contar toda a verdade. Charlotte tentou jogar a culpa em Terese. Foi ela quem distraiu o menino e provocou o acidente, tenho certeza disso!, insistiu a mãe. Essa menina é boba! Dom Aidano e o acompanhante dele tiveram de ficar mais um dia na Fazenda Cristo Redentor até que o conserto do carro fosse concluído. Otto Prustel pagou a conta mas, além de confiscar tudo que Peter tinha de valor, ainda o fez passar praticamente todos os dias das férias escolares trabalhando no cafezal.

Numa das tardes que conseguiu escapar do castigo imposto pelo pai, foi visitar a tia. Oscar não estava em casa. Impressionada com a beleza do sobrinho, Astrid começou um implacável jogo de sedução. Pediu para Peter deitar no chão e ficar olhando para cima. Quero que você veja como são lindas as cores do lado do avesso da saia do meu vestido. Fique assim que eu vou ficar em pé, com o seu rosto entre as minhas pernas, e vou balançar a saia de um lado para outro. Está vendo, Peter? As cores não são lindas? Mas Peter já não prestava mais atenção no arco-íris do tecido, e sim no corpo da tia que estava sem calcinha.

Assim que terminou a brincadeira, sentou ao lado do sobrinho e começou a passar a mão nas pernas dele. Você ainda não conhece uma mulher na intimidade, não é? Não tenha medo que eu vou lhe ensinar tudo, disse a tia ao puxar o garoto de 15 anos para o quarto. Naquele dia, Astrid e Peter começaram um romance que teve vida longa. Com medo de ser surpreendido pelo tio quando estivesse na cama com a tia, Peter passou a ir aos encontros armado com um revólver que pegava escondido do pai. Sem que Astrid soubesse, ele tirava a arma discretamente da cintura e a colocava embaixo do travesseiro. Mas nunca foi preciso usá-la.

Astrid pediu para Peter não comentar nada com ninguém, mas se esqueceu de lembrá-lo para omitir o fato inclusive na hora do confessionário. Acostumado desde menino a contar tudo que acontecia com ele para dom Bentus, Peter revelou ao padre que tinha feito sexo com a tia Astrid. Sobre isso, eu não posso lhe dar a absolvição agora, disse o padre. Amanhã continuaremos essa nossa conversa.

Dom Bentus queria um tempo maior para pensar sobre o que falar e fazer diante do que ele considerou um pecado muito grave. No segundo encontro com Peter, foi muito contundente e disse que Otto precisava saber o que tinha acontecido. Você tem de me autorizar a quebrar o sigilo do confessionário e avisar o seu pai, insistiu dom Bentus. E depois de um longo sermão, conseguiu convencer Peter a permitir que ele contasse tudo para Otto e Charlotte. Peter ficou surpreso com o pedido de autorização porque, autorizado ou não, dom Bentus já estava acostumado a contar tudo o que ele e os irmãos falavam durante a confissão para os pais.

Depois que soube o que tinha acontecido, Otto chamou o filho para uma conversa e lhe passou um sermão mais longo que o de dom Bentus. Charlotte ficou inconformada com o que a irmã tinha feito e achou que era vingança. Ela nunca gostou de mim, sempre teve inveja de mim, disse a mãe de Peter para dom Bentus. Ela fez isso para atingir a mim, ao Otto e ao senhor, dom Bentus. Tenha certeza disso. Essa minha irmã é uma vagabunda! A cada dia eu tenho mais vergonha de ter o mesmo sangue que ela! Aproveitar-se da inocência de uma criança. O meu Peter ainda é um menino! Ela não podia ter feito uma coisa dessas, não podia! Aonde ela quer chegar com esse ódio que sente por mim, aonde? Se ela tivesse aqui na minha frente agora eu juro que arrancaria a cabeça dela e jogaria aos porcos.

Dom Bentus procurou acalmar Charlotte. Tentou controlar o ataque de raiva que lhe tomava a alma com o que ele chamava de conselhos do Espírito Santo. Disse que ia procurar Astrid e que teria uma conversa muito séria com ela. Então, aproveite e leve um recado para aquela vadia, pediu Charlotte. Diga a ela que nunca mais ponha os pés aqui na minha fazenda. Nunca mais. A partir de hoje, minha ex-irmã está proibida de entrar nessas terras. Proibida! Proclamou a mãe do mais jovem amante de Astrid.

Mas, ao contrário do que dom Bentus pensava, a ira de Charlotte contra Astrid não parou por aí. Naquele mesmo dia, ela teria chamado Severin para uma conversa sigilosa e pedido para que ele acabasse com a vida da própria irmã. Use a pistola que Otto lhe deu de presente e mate aquela mulher o mais rápido possível. Eu não posso matar a nossa irmã, Charlotte. Você enlouqueceu? Astrid tem o nosso sangue. É sua irmã também, apesar de tudo. Isso não é coisa que você peça para mim, protestou Severin. Você e o dom Bentus são os homens em quem mais confio nesta fazenda. Por razões óbvias, dom Bentus não mataria jamais. Mas você não é religioso, pode muito bem puxar o gatilho, insistiu Charlotte. Astrid jogou o nome da nossa família na lama, ela tem de pagar por isso. E pagar muito caro. O que ela fez com meu filho é imperdoável! Ela é o diabo em pessoa. Primeiro foi para cama com o próprio irmão. Você sabe muito bem das histórias dela com o Andree. Agora inicia sexualmente o sobrinho, o meu filho! Incesto é um dos piores pecados que alguém pode cometer nesse mundo. Se continuar viva, sabe-se lá o que mais essa herege vai fazer para acabar com o nosso nome. O santo nome que nosso pai nos deixou. Eu condeno Astrid à morte, e você vai ser o carrasco daquela sem-vergonha, proclamou a matriarca. Então... Vai ou não vai obedecer a minha ordem, Severin? Responda! E seu eu for preso?, quis saber o irmão. Leve Astrid para um passeio no meio da mata onde ninguém possa ouvir os tiros. Vão pensar que ela foi assassinada por um dos amantes. São tantos, que a polícia nem vai procurar. Do jeito que os soldados estão com raiva de todos nós alemães, vão dar graças a Deus em ver uma alemã morta! Confie em mim. Ninguém vai descobrir nem desconfiar de você. Quem vai pensar que o irmão mataria a própria irmã? Cumpra minha ordem, Severin, que você não vai se arrepender, concluiu Charlotte.

Na Fazenda Canaã, a poucos metros dali, os ânimos também estavam exaltados. Olívia List Obermann contou a Bernardo que iria passar mais uns dias em São Paulo quando já estava com as malas prontas e ouviu o que não queria. Os dois discutiram muito e Olívia, por pouco, não revelou que estava apaixonada por Ernesto di Fiori. Deu a desculpa de que as dores na coluna estavam recomeçando e que precisava voltar ao médico, que não queria correr qualquer risco no meio daquela selva. Disse ao marido que não se preocupasse. Que ficaria hospedada na casa dos Hahn e que lhe escreveria caso decidisse prolongar a temporada que passaria por lá. Quem sabe depois você mesmo não vai me buscar, sugeriu. Assim sai um pouco do meio desse mato, larga um pouco dessa vida sem graça que levamos aqui, disse Olívia.

Os planos da esposa de Bernardo eram outros. Na verdade, queria apresentá-lo a Ernesto e contar toda a verdade. E sentiu que o momento para fazer isso tinha chegado. Estava mesmo disposta a pôr fim ao casamento e se mudar de vez para São Paulo para viver ao lado do homem que já considerava o maior amor da sua vida. Por várias vezes, Ernesto a tinha convidado para viver ao lado dele, e da última vez Olívia aceitou. Bernardo nem quis levá-la até a estação. Foi até a floresta, desenterrou um florete que ganhou do pai para fazer aulas de esgrima quando ainda era estudante e começou a dar golpes numa velha peroba.

Mais uma vez a pequena Bárbara ficou sob os cuidados do pai e das vizinhas Elisabeth Kroch e Nora Naumann. Antes de embarcar, Olívia passou na delegacia para tirar um novo salvo-conduto. Fez tudo muito rápido, tamanha era a pressa de regressar aos braços do amado. Enquanto esperava a hora do embarque, despertou a admiração de todos os homens que ali estavam. Permita-me o comentário senhora, disse bem baixinho, em alemão, um velho viajante austríaco. A senhora é a mulher mais linda que já vi em toda minha vida. De que tela de cinema saíste, se por essas bandas não existem cinematógrafos? Ora, senhor, sou uma bruxa, brincou Olívia.

Bruxas surgem do nada. Quem sabe não sou uma ratazana disfarçada? Tome cuidado comigo! E também com a polícia. Pare de falar em alemão, que os soldados levam o senhor para a cadeia!

Nos primeiros minutos da viagem, ao deixar Rolândia para trás, pensou em Bárbara. A imagem da filha correndo pelo pasto da fazenda, andando a cavalo, tomando banho no rio Bandeirantes, colhendo flores do campo para lhe dar de presente, chupando abacaxi; via a menina sorrindo para ela em todos os quadros que passam rapidamente pela janela do vagão. A terra vermelha começou a cobrir-lhe o rosto, e pela primeira vez Olívia não se sentiu incomodada. Quero mesmo virar a obra-prima do meu escultor amado. Que eu seja terra, barro, argila, então, para que ele possa fazer de mim o que bem quiser com suas talentosas mãos, pensava. Olívia começou a ver as esculturas de Ernesto aparecerem entre as árvores da floresta. Árvores que pareciam correr em direção ao passado que ela queria esquecer. Adormeceu e sonhou que Bárbara e Bernardo também eram esculturas feitas por Ernesto e estavam expostas na sala da casa onde ela iria morar com o artista. O seu passado, agora, é um erro em bronze, meu amor, disse Ernesto. Não tem jeito de apagar.

Ainda no sonho, Olívia via Ernesto usando o anel de opala que Bernardo tinha jogado na fossa e o pediu de volta. Antes de devolvê-lo à amante, o escultor levantou a mão onde estava a jóia para o alto e disse que não se incomodava se ela fosse porta-voz da sorte ou do azar, da alegria ou da tristeza, do amor ou do ódio, da luz ou das trevas, da vida ou da morte. O que me importa, afirmou, é que este é o seu anel de opala rosa. O talismã da mulher mais linda que eu já amei. Ao receber a jóia do amado, Olívia a colocou no dedo da mão esquerda como sempre usou e abraçou o escultor. Só você mesmo conseguiria recuperar esse anel que é tão importante para mim. Os dois se beijaram e fizeram amor sob o olhar imóvel das esculturas de Bernardo e Bárbara.

O seu chapéu caiu, senhorita, disse o adolescente que vendia balas e doces no trem. Senhorita, senhorita, o seu chapéu caiu! Olívia acordou e percebeu que sonhava, que o anel de opala continuava perdido. Respirou aliviada. Mas ao olhar a paisagem, lamentou que São Paulo ainda estivesse tão distante dela.

47

Poucos dias antes da comemoração do ano-novo judaico, que naquele 1944 se deu em 18 de setembro, os policiais surpreenderam parte dos imigrantes e dos refugiados com mais uma fiscalização no comércio, nas residências e nas propriedades rurais. Faziam perguntas e queriam a resposta em bom português para testar se eles se desfaziam mesmo da língua do país inimigo. Todos os papéis, documentos, revistas, livros, álbuns de fotografias que encontraram escritos em alemão foram queimados ali mesmo na frente dos donos. Ameaçaram inclusive punir quem não mudasse os nomes das propriedades rurais que remetessem a lugares estrangeiros, por mais que fossem inofensivos e inspirados na Bíblia. Diziam estar à procura dos branquelos que ousavam desobedecer às ordens de Getúlio Vargas e que também caçavam os autores das propagandas nazistas que estavam sendo espalhadas pela cidade. Mas, pelo menos desta vez, ainda não encontraram nada que apontasse quem eram os tais homens ou mulheres de Hitler. Apesar do susto causado pelos visitantes, Ester, Lola e Ruth não desistiram de organizar a cerimônia que reuniria os vizinhos para a comemoração do novo ano judeu. Na véspera da festa, Ruth quis fazer companhia à amiga porque Alexander não estava em casa. Como sempre fazia, tinha se aventurado a cavalo pelo Paraná adentro para orientar uma família de conhecidos alemães a desbravar uma fazenda. Só para voltar para casa, foram dois dias trotando sobre a terra vermelha.

Ele chegou naquela mesma noite, pouco depois que Ruth se despediu e voltou para casa. Sujo, cansado e com muita fome, pouco deu atenção à bronca que a esposa lhe passou. Você precisa se arriscar menos, olha só como estão as suas pernas! Cheias de feridas, inflamadas, sangrando! Você não tem mais idade para se aventurar assim, Alexander!, dizia Ester passando iodo nos ferimentos do marido. Que bichos te morderam desta vez, meu Deus, quanta ferida! Ester também contou que a polícia tinha aparecido na fazenda, mas que não descobriram o esconderijo deles. Também falou da mãe que tinha voltado a ter crises contínuas de choro e de Sophia. Que a filha andava muito triste ultimamente porque não estava feliz com o casamento. Estou preocupada com Sophia, admitiu Ester. Ela já está casada há quase dois anos, mas não parece nada satisfeita.

Com uma festa agendada no final, o dia seguinte passou rápido. Mas com receio de que toda Rolândia soubesse e a polícia não gostasse, os Cremer, os Allmann e os Katz convidaram pouca gente. Só os amigos mais chegados foram comemorar no Sítio Israel o início do ano judeu. Como sempre fazia no início dos seus sermões, Rudolf voltou a dizer que quando todos eles estavam reunidos ali, a floresta tropical se transformava numa sagrada e imponente sinagoga. E o ritual seguiu tranqüilo, falado um pouco em alemão, em hebraico e em português. Ruth esperou o marido terminar e lembrou aos amigos para não ficarem tristes com a ausência dos paramentos e acessórios que poderiam enfeitar o culto semita. Deus entende o nosso receio, disse. E lembrem-se dos nossos sete vaga-lumes. Nós temos uma *menorah* que voa!

Alguns cristãos católicos e luteranos também estavam presentes. E aquela nossa antiga e polêmica conversa, quando vamos continuar, doutor Allmann?, perguntou dom Bentus. Tenha paciência, meu caro monge. Antes de serem expostas as idéias, primeiro precisam de decantamento, como as uvas e depois como os vinhos, respondeu o advogado. Quanto mais tempo na adega, melhor. Não pense que fujo do nosso embate bíblico, longe disso. Só quero que as respostas que tenho a lhe dar amadureçam. Pois o senhor tem o tempo que quiser, nobre rabino. Vire a ampulheta quantas vezes quiser, disse o padre. Quem me dera ser de fato um rabino, dom Bentus. Não sou digno desse título, afirmou Rudolf batendo com a mão nas costas do sacerdote cristão.

A conversa entre dom Bentus e Rudolf Allmann foi interrompida pelos gritos de Fritz Katz. Com um revólver engatilhado na mão direita o judeu pedia para que todos se abaixassem porque ele iria disparar contra os soldados da Gestapo que cercavam a fazenda. Andem, deitem no chão, eu vou atirar! Tenho mais armas no esconderijo lá em casa, podem pegar. Vamos, me ajudem a enfrentar esses malditos!, gritava o marido de Lola.

Dom Bentus cochichou no ouvido de Alexander Cremer para fazerem o mesmo jogo daquela noite na casa dos Schneider. E rapidamente todos os convidados fingiram acreditar no que Fritz estava falando. Depois que fizemos essa experiência com ele, as crises diminuíram, já fazia um bom tempo que ele não tinha mais essa sensação de estar sendo caçado e perseguido, disse Lola a dom Bentus. E depois desta noite, as crises hão de ficar ainda mais raras, afirmou o padre. Agora vamos entrar no mundo do doutor Katz! O primeiro cuidado que dom Bentus tomou foi de tirar a arma das mãos de Fritz. Pediu para ele emprestá-la um pouco ao professor Amos Ballack. O senhor Ballack vai enfrentar os nazistas no meio da floresta, Fritz! Temos poucas armas, empreste a sua um pouco para ele, disse o sacerdote. Amos Ballack e Thomas Schneider, então, se enfiaram na mata. Alexander e dom Bentus ordenaram que todos entrassem na casa para ficarem mais protegidos. Cinco minutos depois, os dois amigos que tinham sumido na escuridão voltaram. Fingiram ser homens do *führer*. Gritaram ofensas anti-semitas. Ameaçaram pôr fogo na casa. Exageraram o máximo que podiam para fazer Fritz Katz realmente acreditar que era perseguido.

Só não contavam com a chegada da viatura da polícia que patrulhava a estrada naquela noite. Escutem esses gritos, disse um policial. Estão falando em alemão, falando o nome de Hitler! Vamos, vamos até lá! Os soldados chegaram bem devagar e viram os judeus gritarem em alemão contra os moradores da casa. Parem, é a polícia!, gritou o chefe da equipe ao se aproximar de Amos e Thomas. Os senhores estão presos, proclamou. Finalmente prendemos os nazistas de Rolândia. Os vândalos que espalham pânico na colônia! Amos e Thomas, que já conseguiam se fazer entender em português, tentaram explicar o que acontecia. Nós ser judeus, não ser nazistas! Mas a polícia não quis dar atenção. Os senhores estão presos! Vou algemar os dois!

Ao ouvir a confusão, todos que estavam dentro da casa saíram para tentar ajudar os amigos a escaparem da prisão. Ester e dom Bentus explicaram que tudo não passava de um teatro, uma encenação para tentar curar a doença mental de Fritz Katz, que tivessem compaixão daquele ato de solidariedade e amor que estavam fazendo para ajudar um amigo. Mas os policiais não deram ouvidos. Algemaram os dois e os levaram para a cadeia. Ouvi muito bem esse alemão batata gritar *Heil* Hitler, com esse revólver apontado para a casa dos Cremer, disse um dos soldados. Deveriam ser fuzilados, isso sim, comentou o outro policial. Agora vocês vão confessar ou não que são os autores das propagandas nazistas que aparecem na colônia. Vamos, confessem seus branquelos, ratos brancos do demônio! Confessem, gritou o soldado dentro da viatura dando coronhadas na cabeça de Thomas Schneider com o revólver que tinha apreendido dele.

Foram jogados na cela suja e malcheirosa com outros dois imigrantes alemães e dois japoneses. Se quiserem comer, a ceia está servida, disse o carcereiro. Tem merda de japonês e merda de alemão. Aquele troço ali foi de um italiano que enfrentou a polícia semana passada. Comam à vontade! Os três amigos passaram o resto da noite em pé e acordados. No dia seguinte, a pedido de Alexander Cremer, Rudolf Allmann e dom Bentus, que logo cedo estavam na Casa Guilherme, doutor Weber conseguiu convencer o delegado de que tudo não tinha passado de um mal-entendido e Thomas Schneider e Amos Ballack reconquistaram a liberdade antes de o sol se pôr.

Em outubro daquele ano, a polícia política voltou a patrulhar as fazendas dos refugiados judeus. Tinha ordens para descobrir quem era o dono da caixa postal número 26 e os nomes dos donos da Fazenda Torah. Quem eram os Kroch, se tinham rádio de qualquer espécie e quais as pessoas que iam à casa deles com pretexto de ouvir o noticiário internacional; também queriam saber qual era a ligação que os Kroch tinham com os Cremer e os Allmann, e se na Fazenda Torah havia algum parente de Ernest Moritz Manesse, judeu e professor de filosofia na Universidade da Carolina do Sul, nos Estados Unidos. Naquela tarde os investigadores conseguiram respostas para todas essas perguntas. Descobriram, então, que a caixa postal 26 pertencia à família Cremer, que os Allmann e os Cremer eram os donos da Fazenda Torah e que esses eram apenas amigos e vizinhos de Justin Kroch. Que assim como os List Obermann, os Schneider, os Naumann e os Volk, Alexander Cremer e Rudolf Allmann também costumavam ouvir as notícias da guerra que chegavam pelo rádio na fazenda dos Kroch. E, finalmente, que o tal professor de filosofia que vivia nos Estados Unidos era o único irmão da senhora Cremer. As informações foram rapidamente enviadas, em correspondência reservada, ao Dr. Walfrido Pilotto, chefe da Delegacia de Ordem Política e Social do Paraná, em Curitiba.

48

Sem notícias de Olívia há mais de quatro meses, Bernardo pensava em ir a São Paulo saber o que tinha acontecido quando, finalmente, recebeu uma longa carta que esclarecia tudo. Nela, Olívia revelava ao marido que tinha conhecido o grande amor da vida dela e que não voltaria mais para casa. Dizia também que Bernardo deveria procurar uma outra esposa, mais adequada à vida de sítio, e que também se comprometesse com a criação e educação da pequena Bárbara, já que ela não queria causar mais tristeza ainda tirando-lhe a única filha. Já moro com meu namorado, o famoso escultor italiano Ernesto di Fiori, escreveu. Com ele sou mais feliz porque vivo perto da vida que realmente sonhei para mim. Tenho ido a exposições, ao teatro, ao cinema, freqüentado festas com pessoas cultas e inteligentes. Tornei-me amiga dos artistas mais importantes e talentosos desse país. Ernesto é muito generoso. Tem ajudado muito artistas que estão começando, como Alfredo Volpi. Guarde bem esse nome. Semana passada estivemos com ele em Itanhaém, no litoral, para vê-lo pintar marinhas encantadoras. Também gostamos muito de velejar numa represa de águas cristalinas aqui mesmo na capital. Ah, Bernardo, espero que me entenda e me perdoe. Os dias que passo aqui são cheios de oxigênio, e os que passava aí na fazenda eram completamente asfixiantes. Espero que nos tornemos amigos, pois sinto por você uma eterna e intensa amizade. Beijos para Bárbara. Com saudade, Olívia.

Bernardo leu a carta sentado no banco de madeira que ficava bem em frente ao escritório da Companhia de Terras Norte do Paraná. Praticamente, quase todos os dias ele passava no escritório para saber se tinha chegado alguma carta de Olívia. Depois de ler, amassou o papel, enfiou no bolso e voltou para a fazenda provocando e forçando o cavalo a correr o máximo que pudesse. Ficou perdido, sem saber como reagir. Como faria para cuidar da fazenda e de Bárbara ao mesmo tempo? A menina já estava sendo cuidada por Elisabeth Kroch há mais de quatro meses. E agora? Continuaria abusando ou não da boa vontade dos vizinhos? Contaria a verdade a eles e aos outros amigos? Como explicaria à filha sobre a ausência da mãe?

Nem conseguiu jantar naquela noite. Completamente sem sono, achou melhor escrever uma carta pedindo que Olívia reconsiderasse o que tinha escrito, a decisão que tinha tomado, que pensasse mais na filha, ainda criança e necessitada da atenção, do carinho, da educação e do amor que só a mãe legítima poderia lhe dar. Encerrou com um romântico e desesperado "ainda te amo, muito". Mas Olívia não se deixou tocar pelas palavras de Bernardo. Enviou-lhe um telegrama marcando um encontro em São Paulo para conversarem sobre a separação. Desta vez, Bernardo deixou Bárbara com os Cremer e partiu.

Hospedou-se na casa dos Hahn, endereço das longas conversas que teve com Olívia. Encontrou a esposa bem mais bonita, com uma aparência bem melhor e sem as dores que sentia nas pernas e na coluna. Tentou, insistiu, humilhou-se aos pés dela na tentativa de convencê-la a mudar de idéia. Mas Olívia estava segura da decisão que tinha tomado, e até convidou o marido para conhecer o novo namorado. Muito constrangido, Bernardo aceitou o convite e foi com ela até o elegante apartamento de Ernesto de Fiori. Achou o artista, que era uns dez anos mais velho que ele, um homem de ótima aparência, muito bem vestido e esportivo. Ernesto tinha um luxuoso carro esporte, um Jaguar. Quando Bernardo chegou, ficou muito sem graça e formal. Olívia, mais relaxada e sentindo-se já a dona da casa, serviu uma dose de uísque.

Bernardo não conseguiu disfarçar a depressão e a tristeza. Olhava aquele luxo todo e pensava como o ambiente do senhor Di Fiori era diferente do rancho de madeira que tinha na fazenda. Como sou pobretão, um pequeno sitiante caipira, tão jovem e imaturo, dizia para si mesmo. Como posso querer me comparar ou competir com esse artista famoso, conhecido no Brasil e na Europa! Nem bem acabou de beber a primeira dose, despediu-se do casal, pegou um táxi e voltou para a casa dos Hahn, que já estavam bastante preocupados. Naquela mesma noite embarcou para

Rolândia. Não contou nada aos vizinhos. Continuou mantendo a farsa de que Olívia permanecia em São Paulo por causa do tratamento de saúde.

Desde que Olívia tinha partido e já um pouco antes disso, devido à frieza e à distância que ela colocou entre eles, em razão da paixão que já sentia por Ernesto di Fiori, Bernardo vinha procurando atenção e prazer nos braços de outras mulheres. Astrid Dahl foi uma das que mais lhe deram colo. Incomodado com a solidão, passava o maior tempo que podia fora de casa. Mas não foram só os List Obermann que viveram crises matrimoniais na colônia. Thomas e Frida Schneider também tiraram algumas férias matrimoniais. Naquele novembro de 1944, a escandalosa ariana quis passar uns dias sozinha em São Paulo.

Foi nessa época que doutor Scheneider, finalmente, conseguiu fazer decolar o romance entre ele e Hidda Brink. Não foram poucas as vezes que ele foi buscá-la na vila com seu Ford 29 para conversar, ler e namorar, tardes inteiras, na Fazenda do Faraó. Num dos passeios que fizeram juntos pela região, Thomas a levou para o alto de uma planície de onde era possível ver parte da linha férrea serpentear entre as montanhas e depois seguir em linha reta como se fosse entrar no céu. Fazia um dia de sol e nem de longe eles pareciam lembrar que já não eram mais adolescentes. Estamos todos vivos hoje por causa dessa ferrovia, disse o jurista judeu. Veja, Hidda, a maria-fumaça... Essa parece ser a nova que chegou há pouco tempo. Foi com o meu dinheiro, do seu marido e de grande parte dos nossos vizinhos judeus que a Paraná Plantation comprou essa máquina, os trilhos por onde ela passa agora e se prolonga Paraná afora. É o trem da nossa salvação, como já disse tantas vezes o doutor Allmann. Se não fosse essa estrada de ferro talvez não conseguíssemos tirar nosso dinheiro da Alemanha e nem pudéssemos estar aqui hoje, falando de amor, a Ferrovia São Paulo-Paraná é a estrada do amor e da esperança, proclamou Thomas Schneider.

As notícias que chegavam da guerra em janeiro de 1945 já diziam que Hitler estava bem perto de ser derrotado e plantavam otimismo na colônia. Deus não há de permitir que as garras desse assassino cheguem até nós, disse Elisabeth Kroch para o casal Katz que estava na Fazenda Sarah ouvindo o noticiário da BBC. Não agüento mais passar sobre a cova dos meus livros, saber que estão enterrados, que apodrecem embaixo dessa lama vermelha, e não poder fazer nada, lamentou Fritz. Melhor enterrados e vivos, do que na estante correndo o risco de serem mortos na fogueira, disse Justin Kroch. Eu, se fosse você, não arriscaria tirá-los do esconderijo.

Não sei se os livros gostam de ficar tanto tempo enterrados não, meu amigo, respondeu Fritz. Uma noite dessas tive um pesadelo horrível com eles. Sonhei que os personagens e os autores dos romances que eu e Lola mais gostamos saíam da terra para pedir que os tirássemos de lá. Foi uma cena triste e de terror ao mesmo tempo. Saíam do buraco como se fossem mesmo cadáveres levantando do túmulo. Goethe, Cervantes, Shakespeare, Dom Quixote, Werther, Charlotte, Macbeth e Julieta deixavam o esconderijo cobertos de lama e arrombavam a porta de casa. Entravam no meu quarto e ameaçavam levar eu e Lola para o subterrâneo caso não os trouxéssemos novamente para as prateleiras da nossa biblioteca. Lembro dessa noite, completou Lola. Você acordou assustado. Até achei que iria ter outra crise. Mas graças a Deus era só um pesadelo!

Na Fazenda Torah, a poucos quilômetros dali, Ruth Allmann ensinava a Laila novas técnicas de pintura em aquarela. Para combinar os dias e os horários das aulas, a menina deixava bilhetes, que ela mesma escrevia em português, na caixa do correio da Casa Guilherme. "Quando posso visitá-la, tia Ruth? Eu e o Coisa em Si estamos com muita saudade da senhora e do tio Rudolf!" E a resposta era deixada por Ruth no mesmo lugar poucos dias depois: "Venha quando quiser, minha querida. Você e o Coisa em Si são muito bem-vindos na Fazenda Torah. Também estamos com saudade. Vou esperá-la com docinhos e uma nova caixa de lápis de cor". Recém-alfabetizada, Laila pedia ao pai que lesse em voz alta os bilhetes da tia Ruth e depois guardava todos numa caixinha de madeira como se fossem passagens para o céu.

Vendo as duas se entendendo tão bem, ninguém ousaria dizer que não eram tia e sobrinha ou avó e neta. Estavam próximas ao jardim, rodeadas de borboletas e beija-flores. E quem não perdia um minuto sequer daquele espetáculo era o Coisa em Si.

Deus tem pai e mãe, tia Allmann?, perguntou Laila. Claro que tem, respondeu a professora de religião judaica. Mas que pergunta difícil, Laila! Você está aprendendo a filosofar com o Coisa em Si, é? Muito bem!, exclamou a tia toda orgulhosa. E como os pais de Deus se chamavam?, insistiu Laila. Não me lembro de ler os nomes dos pais de Deus no Pentateuco, disse Ruth Allmann, pensativa... Nossa, disse a menina, será que Deus se esqueceu de falar dos próprios pais? Mas por que você lembrou desse assunto agora, por que quer saber quem foram os pais de Deus?, perguntou a professora. Para saber se ele também foi um bom filho, respondeu Laila. Com certeza deve ter sido, meu bem. Deus é exemplo para nós em tudo. Quando eu tiver filhos, não vou deixar de contar a eles os nomes dos meus pais. Deus deveria ter contado para nós quem foram os pais dele, a senhora não acha? Eu gostaria de ter um vovô Deus para conversar também, antes de dormir. Entendo o que você sente, querida... Mas, veja bem, respondeu Ruth, hoje eu já nem me lembro mais de pensar nos meus bisavós, e olha que eu os conheci bastante. Nos meus avós também, raramente penso. O tempo é implacável, minha filha. Leva com ele as nossas lembranças... Os anos passam e as famílias se diluem como a areia no deserto... Por que com a família de Deus também não pode ser assim? Ele deve ter se distraído... Ou talvez deveria estar mais preocupado em nos deixar os ensinamentos dele e acabou se esquecendo de falar dos próprios pais... Deve ter sido isso, explicou a professora. Meu pai me disse que um homem sem família não é abençoado, disse Laila. Eu gostaria muito de saber como era a família de Deus. O pai dele... A mãe... Será que ele teve irmãos, primos, tios? Onde será que viviam?, perguntou a menina. Eles vivem num lugar parecido como esse que nós vivemos hoje, respondeu Ruth. O paraíso é assim, com muito verde, rios, árvores, passarinhos. Nós vivemos num lugar muito parecido com o mundo onde Deus deve ter nascido, vivido e ainda vive com o pai e a mãe dele. Mas, tia Allmann, insistiu Laila, se Deus não fala da sua própria família, por que a família é importante? Quem foi a mãe de Deus?

Minha querida, entenda de uma vez por todas. A família de Deus é toda a humanidade. Nós somos parte da família dele. Quando Deus não nos falou dos próprios pais, quis nos ensinar que mais importante que nossos pais e irmãos biológicos, são os povos que habitam cada pedaço dessa terra. Todos deveríamos formar uma grande família. Mesmo que muitos insistam em tratar seus irmãos como inimigos, como fizeram conosco na Alemanha e no sul da Espanha, já há bem mais tempo... O mundo ainda está longe de ser uma família exemplar, mas nem por isso devemos parar de acreditar em dias melhores, não é mesmo? Agora faça essas perguntas difíceis ao Coisa em Si. O seu cãozinho filósofo é bem mais sábio que a sua velha tia, disse Ruth.

Assim que terminou a explicação, a botânica retomou a aula de pintura. Deixe a mão mais leve Laila, isso, assim, disse segurando nos dedinhos da dona do curioso Coisa em Si. Por que não olha para a floresta?, sugeriu a professora. As árvores e plantas adoram ser admiradas por nós humanos. Quem sabe você não vê os pais de Deus lá dentro, não é? Laila?

Enquanto Laila pintava e conversava com o Coisa em Si, Ruth continuou pensando na origem da humanidade. Será que Deus ainda é uma criança solitária... Daquelas que ao se sentirem muito sozinhas inventam amigos invisíveis? Será que ele imaginou a terra e a humanidade para ter com quem brincar... Será que somos todos amigos invisíveis do menino Deus? Será que quando Deus crescer ele vai nos esquecer num canto da sua memória e nunca mais lembrar dos seres humanos? Será que é exatamente isso que acontece hoje em dia? Será que o menino Deus cresceu e não quer mais brincar com a humanidade? Essas crianças me fazem pensar em cada coisa, disse a professora para si mesma, sentada num velho tronco de peroba-rosa, pontuado por cogumelos marrons que, por terem formas de babados, davam à madeira podre contornos de uma fantasia de palhaço.

49

Os amigos e vizinhos do judeu polonês Justin Kroch nunca gostaram tanto de acompanhar as notícias da guerra como naqueles dias. Em 07 de fevereiro, Roosevelt, Churchill e Stalin se reuniram em Yalta, na Ucrânia, para traçar uma estratégia comum no ataque à Alemanha. Poucos dias depois, o noticiário da BBC anunciou que aviões da Força Aérea Brasileira tinham arrasado a resistência alemã em Mazzancana. Logo depois Monte Castelo foi conquistado pela FEB. Com exceção da notícia da morte do presidente americano Franklin Roosevelt, aplaudiam quase todas as informações que chegavam pela rádio inglesa. Naquele mês de abril, os aplausos foram mais calorosos quando ficaram sabendo que Mussolini e Claretta Petacci tinham sido metralhados em Vila Belmonte, que as tropas russas tinham atingido Berlim, que 17 mil soldados alemães, inclusive dois generais, tinham se rendido à Força Expedicionária Brasileira e, principalmente, que Hitler se suicidara.

Que o inferno faça bom proveito da alma desse monstro, disse Ester Cremer. Acho que nem Satanás vai lhe dar abrigo, respondeu Nora Naumann. Deixem a alma de Hitler penar o castigo que Deus lhe reservar e vamos festejar, meus amigos. A guerra acabou, gritou doutor Volk levantando um brinde com um copo de chá, limão e vinho tinto. A guerra acabou, repetiram em coro, trocando abraços e beijos. Calma, senhores, disse Samuel Naumann, ainda falta o Japão. Os japoneses ainda não se renderam, não. E pelo que falam agora na rádio, ouçam! Parecem bem decididos a continuar o combate.

O que será de todos nós agora?, quis saber Alexander Cremer. Somos considerados inimigos do Brasil, e se perdemos a guerra, provavelmente vão nos culpar ainda mais pelos brasileiros que morreram nas batalhas. Tenho medo de que tomem as nossas terras, disse Rudolf Allmann. Temos de ficar muito atentos nos próximos dias, ter cuidado, não sair de casa. O ódio contra os alemães deve estar nas ruas, em toda parte, disse Lola. Pois eu não tenho vergonha de ser ariana, afirmou Frida Schneider. E digo para quem quiser ouvir que tinha um irmão na Gestapo. Desde quando era menina aprendi a dizer que sou alemã, com muito orgulho, e com a boca cheia. Não é agora, depois de velha, que vou mudar o meu jeito de pensar. Se você fizer isso no centro de Rolândia é bem capaz de ser linchada, Frida. Não brinque com o sentimento das mães brasileiras que perderam os filhos na guerra, não seja louca!, disse Ruth. Pois então, que os caboclos não me ofendam com calúnias e palavras de baixo calão, respondeu Frida. Já basta o que tive de ouvir quando cheguei de São Paulo dois meses atrás, lá na estação. Não falo bem português ainda, mas entendi todos os palavrões com que as crianças e os adultos me xingaram. Foi um horror, me senti uma assassina, uma criminosa!

Eu entendo que é difícil não reagir a uma ofensa, uma injustiça, disse Rudolf Allmann. Mas não se deixe levar pela ansiedade, pelo impulso. Pode ser muito arriscado, senhora Schneider. O medo de ter o pouco de dinheiro que restava confiscado pelo governo brasileiro também foi assunto naquela noite. Mas para o grupo que perdeu dezenas de amigos e parentes nas câmaras de gás, só o fato de Hitler estar morto já merecia horas e mais horas de comemoração. Nora e Elisabeth, então, convidaram a todos para irem até a sala e tocaram piano a quatro mãos até o dia amanhecer. Arrastaram os móveis e dançaram todos os ritmos que as pianistas executaram. Nora também interpretou canções de Schubert, algumas árias de óperas famosas e canções hebraicas. Bernardo List Obermann não teve forças para voltar para casa quando a festa acabou. Dormiu na Fazenda Sarah e só na hora do almoço, ainda com muita ressaca, conseguiu ter disposição para subir no cavalo e chegar à Fazenda Canaã.

Ao abrir a porta da sala pensou que sonhava. Esfregou as mãos nos olhos, forçou a vista, encarou o quanto pôde para ter certeza de que aquela pessoa que estava ali sentada no sofá era mesmo Olívia. Aproximou-se da esposa, tocou no braço dela. É você mesma, eu não estou sonhando?, disse com os olhos alagados. Abraça-me, Bernardo, abraça-me forte, pediu Olívia. Os dois, então, choraram abraçados. Por que voltou?, quis saber o marido. Ernesto se foi. Abandonou-me para sempre. Ernesto está morto, Bernardo. Morreu no último dia 24, de cirrose hepática. Foi de uma hora para outra. Fiquei com ele no hospital. Mas quando Ernesto teve certeza de que não iria sobreviver pediu para que eu voltasse para você. Ele quis morrer nos braços da antiga namorada, Gerda Brentani. Foi muito duro para mim, deixá-lo ainda com vida, no quarto do hospital à espera da morte e ao lado daquela mulher... Mas ele quis assim, contou Olívia chorando. Mesmo sem poder vê-lo, fiquei em São Paulo até ele morrer. Ernesto quis assim...

Esta casa continua sendo sua, Olívia. Eu também. Bárbara vai ficar muito feliz quando souber que você voltou. Pergunta todos os dias de você, disse Bernardo. Lamento muito o que aconteceu com o senhor Di Fiori. Ele parecia tão bem de saúde quando o conheci no ano passado. Nós não vivemos nem um ano juntos, queixou-se Olívia. A vida foi muito cruel comigo, aliás, sempre foi muito má comigo desde quando chegamos ao Brasil. Ele preparava uma exposição, fazia planos para expor no exterior, sonhávamos em passar uma longa temporada na Itália e na Alemanha depois que a guerra terminasse. Mas, de repente, tudo acabou, como se acabam os sonhos lindos ou pesadelos quando a gente acorda. A sensação que eu tenho é que acabei de acordar. E por mais que tenha tido um final triste, tenho certeza de que o que eu sonhei não foi um pesadelo, mas sim o sonho mais lindo de toda minha vida, revelou Olívia.

Sente-se, descanse um pouco que eu vou lhe buscar um copo de água, disse Bernardo. Quando o marido entrava na cozinha, Olívia pediu-lhe que reconsiderasse o que pensava sobre o anel de opala. Viu, se fosse tão culpado assim pelas desgraças que ocorreram na minha vida, o anel que você tanto calunia e condena estaria comigo na hora da morte do Ernesto. E, muito pelo contrário, ele estava bem longe de mim. Bem aí fora, na fossa em que você o lançou sem que eu permitisse. Esse anel faz parte do passado, não vamos falar mais dele, sugeriu Bernardo. Assim também como não devemos mais lembrar do que aconteceu no ano passado e neste ano, da nossa separação... Não contei para nenhum vizinho que tínhamos nos separado. Eles ainda acham que você estava em São Paulo para cuidar da saúde. Vamos passar uma borracha, eu aceito você de volta como se nada de ruim tivesse acontecido entre nós.

Como se continuássemos fiéis um ao outro, nos amando como nos velhos e bons tempos. Veja, a nossa casa... Sem você ficou mais feia, não tinha mais graça. A empregada não limpa mais direito, não me obedece; os móveis, olha, passe a mão, estão grossos de poeira. Nunca mais tive vontade de colher orquídeas na floresta, os vasos já não seriam mais capazes de reconhecer uma flor; desde que você se foi, elas nunca mais entraram aqui. Você não imagina a falta que você me fez, Olívia. Eu perdi a fome, emagreci, perdi o sono. Se não fosse pela nossa Bárbara, acho que tinha me matado. Claro, conheci outras mulheres, muitas tentaram tomar o seu lugar. Mas eu não quis nenhuma delas. Acho que mesmo sem entender eu pressentia que você voltaria para mim.

Depois que terminou de falar, Bernardo convidou Olívia para irem juntos buscar Bárbara na casa dos Cremer. Disse à esposa que antes de ficar na casa de Ester, a filha tinha passado um bom período com os Kroch e com os Naumann. O trabalho no cafezal me tomou muito tempo, não quis deixar Bárbara sozinha com a empregada em casa, explicou. A nossa sorte é que temos vizinhos maravilhosos, que amam a nossa Bárbara como se, de fato, também fossem pais dela.

O reencontro de Olívia com a filha emocionou a todos que estavam presentes, naquela hora, na Fazenda Torah. Você não imagina como essa menina te ama, minha querida, disse Ester. Acho que se fosse ela a adulta, e você a criança, jamais teria coragem de deixá-la sozinha por tanto tempo. As palavras de Ester atingiram em cheio o objetivo traçado. O casal List Obermann agradeceu muitas vezes o carinho que os Cremer e os Allmann dedicaram à Bárbara e voltaram tentando responder a todas as perguntas da filha no caminho até a Fazenda Canaã. Dormiram juntos naquela noite, mas fizeram amor pela última vez. Olívia aceitou viver com Bernardo para ficar perto de Bárbara e passou a dormir em outro quarto. Continuo apaixonada por Ernesto, disse. Ele morreu, mas eu ainda o amo muito. Bernardo aceitou a esposa mesmo assim.

Em Rolândia, a polícia e os imigrantes contavam os prejuízos. As horas que sucederam aquele fim parcial da guerra foram violentas para as pessoas consideradas súditas do Eixo. Com raiva da Alemanha, os brasileiros invadiram lares, quebraram portas, janelas, vidros, saquearam casas e lojas que pertenciam aos alemães. Bateram e apedrejaram quem ousasse sair às ruas. As residências dos alemães que vieram do sul do Brasil foram as mais atacadas. Muitos chefes de famílias ficaram feridos de tanto apanhar dos baderneiros. Até os meninos armavam batalhas de estilingues nas ruas. De dentro da Casa Guilherme, doutor Weber e Joachim Froom espiavam a bagunça por uma fresta da janela. Mantenha as travas bem fixadas, dizia doutor Weber a Conradin. Temos a proteção do delegado, mas nunca se sabe se esses baderneiros não resolvem quebrar a nossa loja também. Isso parece uma versão tupiniquim da Noite de Cristal, disse o ex-banqueiro judeu. A única diferença é que aqui basta ser alemão para merecer a fúria dos vândalos!

Vejam, disse Conradin. Olhem como o povo corre atrás daquele cavalo que leva a Astrid Dahl e o filho do senhor Krudenguer de Santa Catarina. Os dois estão sendo chicoteados. Vejam. Se a senhora Dahl cair do cavalo, vai levar a maior surra que já levou em toda vida dela, comentou Joachim Froom. Vamos socorrê-la, sugeriu doutor Weber. O senhor está louco, meu tio. Se sair, invadem a nossa loja e saqueiam tudo, alertou Conradin. Essa Astrid não tem mesmo vergonha na cara. Já não basta o tombo do cavalo que levou semana passada na Fazenda Bimini. O filho mais velho dela me contou que Astrid chegou até a ficar desmaiada por um bom tempo. Fiquem tranqüilos, que Astrid sabe como lidar com essa gente. Ela vai escapar do chicote!

Mas o que se viu foi bem diferente. Vá para minha casa, sugeriu Astrid ao condutor do cavalo. Anda, corra! Eles vão nos matar se você não fizer esse cavalo correr, gritava desesperada a dona do único bistrô de Rolândia. Assim que chegaram à residência de Astrid, os dois saltaram rapidamente. Mas antes de entrarem e fechar a porta foram atingidos por várias chicotadas nos braços. Vem aqui fora apanhar, alemã vagabunda, gritava o coro de perseguidores. Sai aqui fora se for mulher, gritava uma brasileira que tivera o marido seduzido pelos encantos de Astrid. Quero ver se agora você tem coragem de se jogar em cima do meu marido, sua sem-vergonha. Mulher da vida!

Podem gritar o quanto quiserem porque eu não compreendo nada mesmo, disse Astrid ao amigo. Os dois começaram a rir sem parar. Oscar apareceu na sala com os filhos e quis saber o que estava acontecendo. Eu passeava a cavalo com o meu amigo aqui e, de repente, essa caboclada apareceu e ameaçou nos atacar com chicote. Começaram a correr atrás da gente até aqui. E ainda nos acertaram, disse o moço. Estamos com os braços marcados, olha só! Acho melhor arrastarmos alguns móveis para apoiar a porta, disse o marido de Astrid. Vocês viram a desgraça que essa gente já fez ontem à noite, não viram? Vamos, me ajudem a puxar o sofá e o armário atrás da porta.

Depois de arrastarem a mobília ficaram em silêncio para ouvir o que se falava lá fora. Tínhamos é de pôr fogo nesse ninho nojento desses alemães. O que vocês acham, perguntou um dos homens do grupo de baderneiros. Não vai dar tempo, disse uma das mulheres. Vamos correr que o delegado vem aí!

Na manhã do dia seguinte, Astrid recebeu a visita de Severin. Ela estava sozinha em casa. O irmão chegou bêbado, com a pistola escondida embaixo da camisa, disposto a cumprir o que tinha prometido a Charlotte. Astrid quis saber o motivo da bebedeira. Hoje é seu dia de folga?, perguntou. Com os olhos vermelhos e lacrimejados, Severin tirou lentamente a arma da cintura e apontou para Astrid. O meu trabalho hoje seria acabar com a sua vida, respondeu Severin. Ordem da Charlotte. Nossa irmã todo-poderosa já sabe do seu caso com o Peter e está furiosa. Um longo silêncio tomou conta da sala. A pistola tremia entre os dedos da mão direita de Severin. Mas eu jamais teria coragem de cometer tal crime... Jamais... Vim aqui só para lhe contar a quantas anda o ódio que Charlotte sente por você e para lhe pedir que tome muito cuidado com ela. Astrid começou a chorar. Tem certeza de que você não quer mesmo cumprir a ordem da sua patroa?, perguntou Astrid. Vamos, Severin, dispare essa pistola contra o meu peito, vamos! Mate sua irmã que tanto te ama, mata Severin, acaba com a minha vida!

Severin deixou a pistola sobre a mesa e deu um apertado e emocionado abraço em Astrid. Os dois irmãos choraram juntos. Depois, Severin pegou a arma e voltou para casa preocupado com o que poderia acontecer com ele quando Charlotte soubesse que sua ordem não fora cumprida. Mas a dona da Fazenda Cristo Redentor não ficou surpresa com a notícia. Já esperava que isso fosse mesmo acontecer, Severin. Você tem o coração muito mole, não puxou a mim. Coração de barata é esse que bate no seu peito. Frouxo! Mole! Que irmão você me saiu! Agora anda, vá cuidar dos porcos que lá, no chiqueiro, é o seu lugar! Anda! Não quero ouvir mais uma palavra sua, proclamou Charlotte enraivecida.

Na tarde do dia seguinte, Astrid pegou o revólver do marido e, a galope, invadiu a Fazenda Cristo Redentor. Amarrou Apolo numa árvore ao lado da casa do bosque e foi tirar satisfação com a irmã. Desde que fora proibida de pisar naquelas terras, nunca mais tinha entrado na propriedade dos Prustel. Sei que você está aí, disse ao dar socos na porta. Vamos, Charlotte, saia desse seu bordel disfarçado de ateliê e venha encarar a irmã que você mandou matar! Venha! Saia, se for mulher, gritou Astrid.

Charlotte demorou, mas saiu e ficou paralisada ao ver a arma apontada para si. Astrid, então, fez um longo discurso e ameaçou disparar o revólver várias vezes. Dom Bentus ouviu a gritaria e correu para impedir a tragédia. Nossa, que ato heróico!, debochou Astrid. O eterno apaixonado veio salvar o seu amor proibido! Que cena mais romântica! Pois pode ficar em paz, dom Bentus... Fique tranqüilo... Eu posso ter todos os defeitos, mas bandida, criminosa, assassina, eu nunca fui e jamais serei! Nunca seria capaz de matar ou mandar matar uma mosca, muito menos uma irmã! Ao contrário dessa aí, não é? Essa versão piorada de Caim. O senhor sabia que ela mandou o Severin acabar com a minha vida? Sim, sua amada fez isso. Cuidado que um dia ela pode mandar acabar com a sua vida também, dom Bentus!

Depois de falar tudo que pensava de Charlotte e de explicar que só queria dar um susto nela, Astrid guardou o revólver no bolso da cela do cavalo e, sem olhar para trás, partiu em disparada em direção a Rolândia.

50

Finalmente a natureza presenteou Rolândia com a primeira grande colheita de café. Famílias como os Luft Hagen e os Volk, que investiram no ouro verde brasileiro logo que chegaram à colônia, foram as que mais produziram e, conseqüentemente, ganharam mais dinheiro com a safra. A alegria dos cafeicultores era tanta, que alguns deles só faltavam dormir no cafezal ou no terreiro, encantados com a beleza dos grãos que saíam das lavouras. Ludwig Luft Hagen levou o pai, a madrasta, a esposa e os filhos para ver o trabalho dos caboclos, donos dos braços fortes que sacudiam as grandes peneiras e permitiam ao café deixar a roça dançando no ar. O próprio Ludwig mostrou que também era bom colhedor. Arrancou os grãos dos galhos pesados, recolheu as unidades que caíram ao chão e, com o apoio da peneira, lançou esses mesmos grãos várias vezes para o alto para que pudessem se livrar da sujeira e dos torrões de terra vermelha.

Daqui, disse Ludwig, o café é levado ao terreiro, e antes de começar o processo de secagem, ainda passa pelo catador magnético que o doutor Volk inventou. Por enquanto a máquina ainda é manual, mas ele me disse que está criando o modelo elétrico. Não quer aprender a sacudir o café na peneira, minha querida madrasta?, perguntou Ludwig a Petra Luft Hagen. Desses frutos só me interessam a bebida e o dinheiro em que hão de se transformar nos próximos meses. Não vejo a hora de Edward vender todo o nosso café e comprar nossas passagens de volta à Alemanha. Só voltaremos depois que o Japão se render, afirmou Edward. Não podemos correr nenhum risco. Pelo menos agora, dinheiro não vai ser mais problema, não é mesmo, meu pai, disse Ludwig. Podemos ir e vir da Alemanha quantas vezes quisermos.

Eu já me contentaria em ir a São Paulo fazer uma boa compra de roupas, meu marido. Eu e as crianças estamos precisando, disse Golda Luft Hagen. Você viu o vestido com que Olívia List Obermann veio nos visitar ontem? E o chapéu? Ela me contou que nessa última temporada que passou em São Paulo visitou ateliês de alta costura, boutiques sofisticadas que vendem modelos importados diretamente de Paris. Você não viria comigo, Petra?, perguntou Golda. Podemos formar um grupo de mulheres recém-enriquecidas pelo café. Eu, você, Frida Schneider, Carmen Volk, Olívia List Obermann, Ruth Allmann, Ester Cremer, *mademoiselle* de Mont-Bleu... O que você acha? Prefiro ir às compras na Baviera, respondeu Petra. Mas caso os japoneses insistam em continuar guerreando, não vou ter outra opção, não é mesmo? Aceitarei, assim, o seu convite.

As duas senhoras Luft Hagen se afastaram dos maridos e das crianças e, inadequadamente vestidas para a ocasião, protegidas por chapéus sofisticados, fizeram um rápido passeio pelo cafezal despertando a curiosidade dos trabalhadores rurais. Petra aproveitou que a mulher do enteado tinha citado o nome de *mademoiselle* de Mont-Bleu para falar do conde Rainer Von Eulenburg, cunhado da tal condessa. A própria *mademoiselle* me contou que o conde vai embora definitivamente de Rolândia ainda este mês, disse Petra. Vai se mudar para o sul do Brasil. Coitado. Dizem que foi roubado até o último vintém pelo administrador da fazenda dele. Chantagem, minha querida. O conde perdeu tudo o que tinha por causa de chantagem. Não soube preservar o próprio segredo e acabou nas mãos desse pilantra. E não é alemão não. Esse pilantra é brasileiro mesmo. Nascido aqui no Paraná. É verdade que esse tal administrador surpreendeu mesmo o conde na cama com um caboclo?, perguntou Golda. Dizem que sim, minha querida. Não sei como o conde permitiu que isso acontecesse. Acho que deve ter sido a bebida, só pode ser, respondeu Petra. E o pior, me disse a condessa, é que o irmão do conde não pode fazer nada. O administrador ameaçou espalhar tudo o que sabe para a colônia inteira, caso se sentisse pressionado ou correndo algum risco. Mas de qualquer jeito nós já ficamos sabendo dessa história, comentou Golda. E creio que muito mais gente deve saber também, não acha, Petra? E o que o vento e a poeira vermelha não espalham nessa terra? Arrastam tudo com eles, as notícias e os segredos também, proclamou a segunda esposa de ex-ministro alemão.

Hóspedes da família Cremer e recém-chegados a Rolândia, Mathias e Greta Garisch ficaram impressionados com as notícias sobre os ataques contra os imigrantes alemães promovidos na colônia pelos brasileiros. A convite do primo Alexander, Mathias veio conhecer e estudar a possibilidade de se mudar para a Rolândia. O casal judeu que morava em Niterói, no Rio de Janeiro, trouxe o único filho, Jerry, de 3 anos, e pouca bagagem. Com essa onda de violência contra nós imigrantes injustamente considerados súditos do Eixo, disse Mathias, achamos melhor trazer poucas roupas e sapatos. Se roubarem a gente, o prejuízo não é tão grande, não é mesmo?

Ester e Alexander apresentaram os hóspedes ao restante da família e aos vizinhos Rudolf e Ruth Allmann e Fritz e Lola Katz, que também vieram participar do jantar de boas-vindas. Meu primo Mathias é um ilustre pianista, fanático por jazz, filho do meu tio Jacob Garisch, que foi um comerciante bem situado e rico em Berlim, dono de uma grande rede de atacados com muitas lojas em várias cidades da Alemanha, explicou o anfitrião. Vendia principalmente máquinas de costura, de escrever e bicicletas. Sempre pagou os impostos em dia ao governo alemão e acabou se suicidando após ter sido chantageado por um policial nazista.

Mas agora conte você a sua história, Mathias, sugeriu Alexander, emocionado por ter lembrado da morte do tio que gostava tanto. Bem, continuou Mathias, minha mãe morreu vítima de um ataque cardíaco quando eu ainda era menino. Meu pai não se casou mais e fui criado por uma governanta. Conheci Greta quando tinha 25 anos. Ela trabalhava como babá na casa de um sócio do meu pai. Casamo-nos e um ano depois tivemos o nosso filho Jerry. Nessa época conseguimos fazer bonitas viagens de carro, apesar da situação complicada para os judeus. Atravessamos a Alemanha duas ou três vezes. Mas havia pressão sempre e um clima de instabilidade. Nós entrávamos em restaurantes proibidos para os judeus, sempre com medo de sermos reconhecidos. Mas eu precisava fazer isso, porque tinha negócios e não podia ficar trancado em casa. Na inesquecível e terrível Noite de Cristal os nazistas bateram à nossa porta. Por sorte, conhecia um deles. Chamava-se Lira. Ele ordenou para que ninguém batesse em mim nem quebrasse nada. O pai desse oficial Lira tinha sido empregado do meu pai, que sempre o tratou muito bem, graças a Deus!

Estava cinco graus abaixo de zero, explicou Mathias. O meu conhecido nazista pediu para eu pegar meus objetos pessoais e tirar o carro da garagem. Antes tomei uma dose de conhaque. Perguntei se era o único a ser preso naquela noite e um deles olhou bem para a fotografia de uma sinagoga que tínhamos na sala e perguntou o que era aquilo. Eu respondi que era uma sinagoga. Ah, agora o senhor vai ver como está tudo diferente, debochou o soldado de Hitler. Greta e Jerry ficaram chorando em casa. Sentei no banco de trás e os dois SS foram na frente. Estavam bêbados como gambás. Quando saí à rua vi que todas as sinagogas e lojas de judeus haviam sido destruídas. Fui levado à prisão. Fiquei sete horas sem café, sem nada, junto com um judeu ortodoxo, muito rico, dono de uma grande empresa. Ele era *cacher*, não comia nada. Da janela da prisão eu conseguia ver Greta e Jerry do lado de fora. Depois de quatro semanas e meia de terror, chegou um SS de rolls royce, bem vestido e nos disse: os judeus que deixarem todos os bens na Alemanha, podem sair. Tentem conseguir uma passagem, um ticket de viagem!

Vendi tudo em quatro semanas. Inclusive muitos edifícios. Meu pai já havia se suicidado. Greta conseguiu comprar passagens para Shangai porque era o único lugar que nos aceitavam sem vistos e uma das principais rotas de fuga do nosso povo. Nessa época, os passageiros já traziam nos passaportes aquele carimbo maldito do J vermelho, para denunciar aqueles que eram judeus. Embarcamos no dia 24 de janeiro de 1939. Mas antes de partirmos nos fizeram ficar nus para ver se não levávamos jóias escondidas no corpo. Também antes da partida eu tive de pagar uma multa de 36 mil *reich* marcos. Ah, a passagem tinha de ser de ida e volta. Mais uma forma de roubar dinheiro da gente. Pudemos sair com apenas cinco marcos.

Viajamos numa suíte luxuosíssima, disse Greta. Mathias pagou caro, mas valeu a pena. Só um dia eu passei muito mal. O dia em que Jerry sumiu. Angustiada, eu logo imaginei que ele pudesse ter caído no mar. Procuramos esse menino por todos os oito andares do navio. Finalmente descobrimos que ele estava com a ascensorista com quem havia feito amizade. Daquele dia em diante, sabíamos sempre onde procurá-lo. Chegamos em Shangai depois de quatro semanas. Era fevereiro, frio. Não gosto nem de lembrar...

Em Shangai o dia era cinza, chuvoso. Mas as noites eram animadas, uma vida noturna fantástica, jazz, música, alegria, comentou Mathias. Lembro-me até hoje de que ouvimos num elegante bar chinês a música *Red Roses for a Blue Lady*, lembra-se, Greta? Aquela noite estava mesmo iluminada, respondeu a esposa. A vida em Shangai era impressionante. Parecia um formigueiro. Havia chineses, japoneses, russos brancos que haviam fugido dos comunistas e judeus, muitos judeus da Europa; judeus alemães, judeus austríacos, húngaros, judeus italianos. Milhares de judeus. Ficamos em Shangai até os nossos vistos para o Brasil ficarem prontos. Eles chegaram via consulado da Áustria para o cônsul de Shangai. Meus pais e minha irmã que já viviam no Rio de Janeiro nos enviaram os vistos, explicou Greta.

Para chegar à Cidade Maravilhosa, tivemos de fazer uma verdadeira maratona, continuou Greta. Passamos por Hong Kong, Colombo, África do Sul e finalmente o Brasil. Saímos no dia 24 de janeiro de 1939 e chegamos ao Rio no dia 6 de maio de 1939. Foi muito bom reencontrar meus pais, minhas três irmãs e meu cunhado. Antes de terminar, gostaria de dizer a vocês que meu pai era dono de uma loja de chapéus em Konigsberg e um filatelista muito talentoso. Tinha uma coleção de selos valiosíssima em casa que acabou sendo roubada pelos nazistas. Fugiu com minha mãe e minhas irmãs para o Brasil logo depois da Noite de Cristal. Meu cunhado é diretor de um banco judeu-iugoslavo e já vivia aqui no Brasil há muitos anos. Bem, para encerrar a nossa história, continuou Mathias, ao chegarmos ao Rio de Janeiro, passamos um tempo na casa dos meus sogros, depois numa pensão em Copacabana e hoje vivemos em Niterói, onde eu trabalho numa fábrica de fitas para bandagens.

Todos aplaudiram o casal. Que história bonita!, comentou Ruth. Quero que me contem mais sobre as noites de Shangai, pediu Lola. Sempre tive vontade de conhecer o Oriente! Fique tranqüila, minha querida, que você vai ter muito tempo para ouvir as histórias de Mathias e Greta Garisch, disse Ester. Acho que logo, logo, eles vão estar morando aqui bem pertinho de todos nós, não é primo, Mathias? Se as pessoas que vocês me apresentarem amanhã forem tão interessantes como o casal Allmann e o casal Fritz, não tenha dúvida de que nos mudamos na semana que vem, afirmou o pianista. Não tenha tanta certeza, comentou Greta. Ainda não sei se me acostumo a morar na selva. Sair do Rio de Janeiro para viver no meio desse mato... Pois no meio dessa selva é possível ser feliz, sim, disse Lola. Por que não vamos à casa de Ruth para que o senhor Garisch possa nos presentear com um *show* de jazz. É uma excelente idéia, disse Ruth. Vamos terminar essa noite lá em casa, em volta do meu piano.

E foi assim que aconteceu. Mathias tocou jazz e blues até o meio da madrugada. Só a canção *Red Roses for a Blue Lady* ele executou e cantou três vezes. Pouco antes de dormir, comentou com a esposa que pensava seriamente em se mudar para Rolândia. E já no mês seguinte alugou uma casa na colônia e trouxe a mudança. Antes de abrir a loja que vendia instrumentos musicais, Mathias trabalhou um ano como vendedor de café para produtores da região.

51

As milhares de mortes causadas pelas bombas atômicas que arrasaram as cidades de Hiroshima e Nagasaki conseguiram fazer o Japão se render e estimularam muito a imaginação e os encontros dos imigrantes alemães durante todo aquele segundo semestre de 1945. Foram, inclusive, assunto na tradicional festa religiosa de dezembro em que algumas famílias judias e cristãs celebravam juntas o Natal e o *Chanucá*. Desta vez a comemoração foi na fazenda de Samuel e Nora Naumann. Imaginem a dor e o sofrimento dos civis!, comentou Ruth. Acho que nem tiveram tempo de sofrer, tudo deve ter acontecido muito rápido, disse Thomas Schneider. Claro que sofreram, doutor Thomas!, protestou Ester. Imagine o sol com todo aquele fogo, aquele verdadeiro inferno, em chamas, despencando sobre a sua cabeça. Deve ter sido algo parecido com isso o que aconteceu àquelas crianças. A senhora está sendo muito trágica, senhora Cremer. Se não fossem as bombas atômicas, o Japão seria capaz inclusive de bombardear o Brasil, estaria promovendo a guerra até hoje, comentou o marido de Frida. Não adianta, doutor Schneider, o senhor não vai me convencer, insistiu Ester. Continuo achando que as bombas atômicas foram um exagero, um horror, um crime absurdo! Aliás, qualquer guerra é insana e um desrespeito enorme ao amor que Deus espera de todos nós.

Aproveitaram a presença de Agathe Flemig para perguntar se ela soube através do primo Rudolf Ladenburg como se deram as pesquisas nucleares realizadas em Princeton. Qual tinha sido realmente a participação de Einstein? Meu primo sempre foi muito reservado sobre esses assuntos militares, explicou Agathe. O que eu sei é que o trabalho teórico desenvolvido por Einstein sugeriu a possibilidade da criação da bomba atômica, sim, explicou Agathe. Meu primo participou desse processo. Mas, apesar disso, Einstein sempre foi contra o desenvolvimento dessa bomba como arma de destruição em massa.

Então, por que inventou? Olha no que deu, protestou Nora. A senhora seria capaz de usar os seus conhecimentos científicos para fazer mal à humanidade, senhora Flemig?, perguntou Ester. Não teria vontade nem capacidade, respondeu Agathe. Além do mais, falta-me tempo para pensar em outros assuntos senão nos serviços da fazenda e também nas aulas que dou aos caboclinhos filhos dos meus empregados. Pensar em educação. enquanto outros pensam em guerra, tem feito muito bem à minha relação com Deus. Já que, assim como a energia elétrica, as escolas também ainda estão bem longe de chegar à zona rural.

Agathe contou a todos como ensinava física e ciência aos alunos e que estava feliz porque também aprendia muito com eles. Mas os professores alemães ainda estão proibidos de dar aula. A senhora não tem medo de ser presa?, perguntou Otto Prustel. Mantive a minha escolinha durante toda a guerra, respondeu Agathe. Quando a polícia aparecia, um empregado da fazenda sempre corria na frente e nos avisava. Aí tínhamos tempo de esconder livros e cadernos e fingir que estávamos apenas brincando de alguma coisa, relatou a física.

No fim da conversa, Agathe voltou a falar de Einstein. E por favor, insistiu, não queiram mal ao Einstein. Ele nunca desejou que jogassem as bombas atômicas sobre o Japão. Foi completamente contra, garantiu a prima do físico que trabalhava com Einstein em Princeton.

Venham assistir ao auto de Natal, anunciou dom Bentus. Daqui a cinco minutos começaremos a apresentação! Desta vez o texto da peça tinha sido escrito por Dorian Taylor. Com a ajuda de Nora Naumann ele tinha criado uma opereta em que Adão e Eva contavam a história do nascimento de Jesus. Christine Prustel fez Eva e Martin Naumann interpretou Adão. Nora acompanhou ao piano todo o espetáculo, que também teve a participação dos outros oito filhos do casal Prustel. A apresentação foi na Ópera dos Grilos. Seu texto estava primoroso, meu amor, cochichou Charlotte Prustel no ouvido de Dorian. Depois da demonstração da fé cristã, o grupo de Ruth e Ester apresentou canções judaicas. Mais uma vez, dom Bentus e Rudolf Allmann, cada um representando a sua religião, se revezaram nos sermões.

Em razão da farta e lucrativa colheita de café realizada naquele ano, não faltaram bons presentes e um cardápio sofisticado à festa. Uma grande e enfeitada árvore de Natal foi posta entre duas *menorahs* compradas por Ruth durante a viagem que tinha feito com o marido a São Paulo no mês anterior. O Velho e o Novo formavam um único Testamento. As *menorahs* combinaram com a árvore de Natal, não combinaram Ester?, perguntou Nora. Ficou muito bonito, respondeu a mulher de Alexander Cremer. As *menorahs* combinaram não só com a árvore, mas também com o presépio que os meus filhos fizeram com as frutas colhidas na fazenda, completou Charlotte Prustel.

Antes de a ceia ser servida e dos amigos e vizinhos trocarem presentes, comentaram sobre o sucesso das doações de roupas e alimentos que todos eles tinham feito à Cruz Vermelha para ajudar os sobreviventes da guerra. As caixas saíram de Rolândia lotadas. Demos um grande exemplo de solidariedade e de perdão. Por mais que eu não esqueça que a Alemanha tenha me cuspido fora, torço para que ela se reconstrua logo, disse Ester. Depois que a refeição foi servida e os presentes foram abertos, Nora voltou ao tablado e interpretou árias das óperas que mais gostava. Bem mais que para os convidados, aquele momento sempre era mágico para a saudosa soprano. Enquanto cantava via a sua rústica casa de espetáculos se transformar num luxuoso e imponente teatro. Ela é divina!, disse Mathias Garisch a Greta. Não lhe falei que faríamos bem em nos mudar para Rolândia? Há um oásis de cultura nesse deserto verde, afirmou o pianista emocionado com a voz e o talento de Nora. Mas só as amigas mais íntimas da cantora sabiam o que se passava na imaginação dela quando se apresentava ali. Pelo sorriso estampado no rosto, cochichou Lola no ouvido de Ruth, é sinal de que o fantasma do grande amor da vida de Nora, o tal pianista que morreu na Primeira Guerra Mundial, já deve ter chegado. Deixa a nossa amiga ser feliz do jeito dela, respondeu Ruth.

E realmente Lola Katz tinha razão. Nora não cantava para os convidados, e sim para o homem que mais amara na vida. Klaus Timberguer estava ali, bem vestido como sempre, sentado ao piano, encantado com o concerto da amada.

No dia seguinte, todos comentaram o sucesso da festa. Nada como poder falar alemão em voz alta, sem medo de ser presa, disse Frida para Thomas Schneider. Nada melhor do que poder ler meus livros em alemão sem ter medo de nada, respondeu o marido. Você reparou na felicidade do doutor Volk em poder manusear a luneta dele despreocupadamente, sem receio de que a polícia pudesse chegar e confundir com uma metralhadora o equipamento que ele usa para admirar as estrelas, perguntou Frida. Reparei sim, respondeu Thomas. Ainda bem que estava uma noite bonita e o céu bastante estrelado. Todos fizeram fila para ver o céu pela luneta! E doutor Volk sempre felicíssimo por poder espiar a intimidade da Lua pelo buraco da fechadura, disse Frida.

A mulher de Thomas Schneider também aproveitou aquela hora do almoço para comunicar ao marido que pretendia embarcar num longo cruzeiro. Preciso de umas férias de Rolândia, afirmou a ariana. Você vai deixar, não vai, meu amor? A colheita do café rendeu tanto, não é? Dinheiro não é mais problema. Em seis meses eu estou de volta para os seus braços, pode acreditar. A sua Frida amada não vai fugir de você.

Thomas Schneider concordou rapidamente com a esposa e disse que ela poderia partir quando quisesse. Há muito tempo esperava por uma oportunidade desta para ficar mais perto de Hidda Brink. Frida partiu duas semanas depois e confidenciou à empregada que tinha verdadeira loucura pelos marinheiros, principalmente pelos comandantes dos navios. Não resisto àquelas fardas belíssimas, são muito masculinas as roupas dos homens do mar!

Nesse período da ausência de Frida, o romance entre Thomas Schneider e Hidda Brink ficou ainda mais intenso. Mas por enquanto nem ele e nem ela falavam em se separar dos respectivos cônjuges para começar um novo casamento. Preferiram continuar se encontrando escondidos, mantendo o relacionamento em segredo. Mas deixavam algumas pistas. Foram juntos, por exemplo, conhecer Richard, o segundo filho de Olívia e Bernardo List Obermann. O menino nasceu no dia 24 de abril de 1946, fruto da última noite de amor dos pais. Para os vizinhos os List Obermann continuavam bem casados. Mas na intimidade não havia mais nada entre eles, a não ser amizade. Situação que muitas vezes irritava Bernardo.

Para se vingar da esposa ele começou a trazer as amantes para dormir dentro de casa. Foi nessa época que Olívia ficou mais amiga de Astrid Dahl. Contou a ela tudo o que tinha vivido em São Paulo, sobre o amor que ainda sentia por Ernesto di Fiori. Em troca da confiança que Olívia lhe depositou, Astrid também lhe contou o segredo que lhe era nessa época mais valioso: o romance que vivia com o sobrinho Peter Prustel, filho de Charlotte. Estamos completamente apaixonados um pelo outro, revelou.

Olívia quis saber como Astrid conseguia ser amante de outros homens estando apaixonada por Peter. São coisas diferentes, explicou. O que vivi com seu marido esta noite não tem nada a ver com amor, paixão, nada disso. Eu e Bernardo sentimos amizade e uma forte atração sexual um pelo outro. Gostamos de fazer sexo, nada mais. Não sentimos ciúmes, nem temos qualquer compromisso. Só aceitei vir dormir com ele dentro da sua casa, porque Bernardo me garantiu que vocês estavam separados, disse Astrid.

Não se preocupe, Astrid. A vida sexual do Bernardo não me interessa mais, respondeu Olívia. Só não fui embora desta fazenda por causa dos meus filhos. É por eles que continuo a viver aqui. As duas amigas, então, mudaram de assunto e continuaram a conversa sentadas à mesa do café da manhã, enquanto Bernardo e as crianças dormiam. Astrid contou sobre os amores que já tinha vivido. O romance com dom Bentus, os beijos que trocou com Otto Prustel e despertou a ira de Charlotte ainda quando vivia na Alemanha; os casos com Thomas Schneider, Ludwig Luft Hagen, com Tião do Pasto, o taxista, e o envolvimento com Berthold Horn que lhe rendeu um filho fora do casamento. Sem falar nos caboclos lindos que encontrei perdidos nessa selva, que são amantes inesquecíveis! Pelo que você vê, minha querida, meu coração não pode reclamar de monotonia, não é mesmo? Agora não vejo a hora de o meu sobrinho entrar em férias escolares e correr para os meus braços. Sim, porque eu ir ao encontro dele na Fazenda Cristo Redentor é impossível. A bruxa da Charlotte me proibiu de entrar lá! Sabia que até mandar o Severin me matar ela mandou? Charlotte pediu para Severin disparar uma pistola contra o meu peito depois que soube que eu e o Peter estávamos tendo um caso. Ainda bem que meu irmão gosta muito de mim e não cumpriu a ordem daquele monstro. Senão, agora, eu teria de me contentar em namorar só os defuntos que estão embaixo dessa terra!

Olívia não conseguia disfarçar o sorriso que lhe desenhava o rosto por achar engraçada a naturalidade com que Astrid lhe confidenciava assuntos tão íntimos. Veja você, continuou a amante de Bernardo, minha irmã fala mal de mim, me condena, não fala mais comigo, mas também se joga nos braços da infidelidade. Depois de dom Bentus, se envolveu com o professor de inglês, aquele escocês cabelo cor de fogo que dizem ter dupla personalidade. Vive fechada com o amante na casa do bosque, um cômodo que ela quis construir para receber os casos extraconjugais. Você acha que a Charlotte tem moral para me condenar e me expulsar da família, Olívia? Sabe, Astrid, respondeu Olívia, depois de ter passado longas temporadas em São Paulo, posso lhe garantir que nada disso me supreende ou me choca mais. Ernesto e eu freqüentávamos a alta sociedade paulistana. Ouvi e vi cada coisa nessas festas! Quanto a Charlotte, é fácil entender a raiva que sente. Você seduziu o filho dela antes de ele ser maior de idade. É natural que uma mãe fique enlouquecida com isso.

Seduzi porque Charlotte tem mania de conduzir tudo ao jeito dela, de mandar na vida de todo mundo, de determinar os passos que cada pessoa da família vai dar no dia seguinte, respondeu Astrid. Tem uma imperatriz na barriga que não a deixa baixar aquele nariz empinado de jeito nenhum. Fiz porque ela já me humilhou demais desde quando eu ainda era mocinha e fui trabalhar na casa dela em Berlim. Só porque o imperador Guilherme II respondeu uma carta que ela escreveu para ele na juventude, ela pensa que é mais importante que os outros? Essa minha irmã é dissimulada e perigosa, Olívia. Ela nunca teve coração, desabafou Astrid, logo depois de fazer careta para engolir um gole de café quente. Lembrou-se de Jeremias e de Wladimir. Tenho de voltar logo para casa, explicou, meus dois filhos queridos estão com os respectivos pintos operados! Por mais que nunca faça uso deles, tenho de cuidar dos pintos dos meus pequeninos, não é mesmo! Você sabe, Oscar é judeu e fez questão de levar os dois para serem circuncidados semana passada por um médico inglês no hospital de Londrina. Agora estão lá em casa, os pobrezinhos, com os pintos inchados, do tamanho de uma tromba de elefante! Tudo para satisfazer os caprichos do Oscar que não abre mão da tradição judaica. Quanta bobagem! Agora, tenho de ir meu bem. Obrigada pela companhia e transmita o meu beijo ao Bernardo.

Astrid cobriu a cabeça com um chapéu e deixou a fazenda dos List Obermann sacolejando sobre os músculos do veloz garanhão Apolo. Olívia voltou para o quarto, pegou o caderno de poemas e releu em silêncio os tristes versos que escrevera em fevereiro daquele ano:

"Ai, como estou cansada...

Nos braços do meu amado,
como a última canção em seus lábios,
um pequeno barco branco
em suas águas...

Nos braços do meu amado,
uma iluminada folha em seus galhos,
quero morrer...
uma morte voluntária,
consciente..."

52

Não demorou muito para a animação dos Garisch ficar famosa em Rolândia. O casal passou a ser convidado para todas as festas, quando não promovia os encontros na própria casa. Colchões eram espalhados pelo chão. Bebida à vontade. Música também. Alguns casais trocavam de parceiros na hora de ir para cama. Viravam a noite na maior animação. Como, por exemplo, no dia em que resolveram comemorar a aprovação da lei que autorizou o muncípio a voltar ao nome original. Caviúna era muito feio, comentavam. Salve nosso grande guerreiro Roland! Viva Rolândia! Gritavam, ao levantar um barulhento brinde. Thomas e Frida Schneider, Astrid e Oscar Dahl, Joachim e Traud Froom, Edgard e Hidda Brink, Lola e Fritz Katz, Bernardo List Obermann, Ludwig e Golda Luft Hagen, Johanno e Constanze Danke ficaram os amigos mais próximos dos Garisch. Este último casal tinha se mudado há pouco tempo para a cidade. Johanno era professor de latim e grego, e antes de vir definitivamente para Rolândia tinha sido funcionário da família Almeida Prado em São Paulo. Constanze trabalhava como enfermeira num hospital quando se casou com Johanno na capital paulista. Foram morar primeiro em Blumenau, tiveram dois filhos e acabaram se mudando para Rolândia porque os pais de Johanno já viviam na colônia desde 1937. Além disso, o único irmão de Johanno que morava com os pais, um ex-seminarista, tinha acabado de morrer de acidente de moto.

Foi um desastre horrível, comentou Constanze com os amigos. Ezzo morreu muito jovem. Podia ter tido outra chance. Sem falar que ele era lindo, bonitão, lamentou Astrid. Ficava um charme sobre a motocicleta. Um galã de Hollywood. Tantos homens feios que podiam morrer primeiro que ele. Que desperdício! Concordo com você, minha amiga, disse Traud Froom. Ezzo era um dos homens mais charmosos dessa selva! Não sei não, se não foi algum brasileiro, algum caboclo invejoso que provocou o acidente. Eles ainda não perdoaram a gente pela guerra. Porque o seu primo não veio?, perguntou Joachim Froom a Mathias. Alexander e Ester estão muito preocupados com o casamento de Sophia e Romeo, respondeu o anfitrião. Disseram que não viriam porque não estão em clima de festa.

Na Fazenta Torah a noite foi de muita tristeza. Romeo comunicou aos sogros que ele e Sophia haviam decidido se separar. Não somos felizes juntos, explicou o genro de Ester e Alexander. Vou passar uma temporada nos Estados Unidos. Assim Sophia tem um tempo para recomeçar a vida longe de mim e desse passado que desejamos apagar. Gostaria que o senhor e a senhora Cremer, a vó Adine, a Carina e o Arthur me entendessem e não ficassem decepcionados comigo porque tenho muita estima por toda a família, disse Romeo. Neste momento, Sophia estava trancada no quarto e não participou da conversa. As malas com as roupas e objetos pessoais de Sophia estão na varanda, avisou o ex-genro. Amanhã mesmo parto para São Paulo e depois para Nova York. Arrumei um estágio numa fazenda-modelo americana e pretendo trazer novas técnicas para que possamos fazer essa terra vermelha ficar ainda mais fértil.

Muito constrangido, Romeo despediu-se da família de Sophia e voltou para a Fazenda Gedeão. A mãe de Ester pediu para ficar um pouco sozinha com a neta e foi para o quarto onde ela estava fechada. A sabedoria de Adine Walk tocou e consolou o coração de Sophia. E a ex-esposa de Romeo adormeceu nos braços carinhosos e protetores da avó judia. Na família Cremer esse assunto foi praticamente proibido nos dias, meses e anos que se seguiram.

Alguns meses depois Sophia também foi estudar nos Estados Unidos. Naquela época a América, bem mais que a Europa, era o destino de muitos jovens da colônia. Em 1946, Artur Cremer foi aprender novas técnicas agrícolas em fazendas da Flórida e da Carolina do Norte. Martin Naumann também foi estudar e trabalhar nos Estados Unidos depois de passar uma temporada em São Paulo. O filho da soprano decidiu ir embora de Rolândia, entre outras razões, porque queria esquecer Christine

Prustel. Toda colônia já sabia que ela iria se casar com um tal de senhor Hoffman, um milionário alemão diretor e herdeiro de um grande laboratório farmacêutico suíço. Otto Prustel o conhecera por intermédio de dom Bentus numa viagem que fez ao Rio de Janeiro depois do fim da guerra e o convidou para visitar a Fazenda Cristo Redentor.

Charlotte já tinha adiantado à filha que o senhor Hoffman era um ótimo partido e que estava à procura de uma esposa. Mas quando viu o pretendente, Christine não ficou nada empolgada. Ele era dezessete anos mais velho que ela. Foi preciso que dom Bentus insistisse. Senhor Hoffman é um homem honesto, trabalhador, quer casar, ter filhos e está interessado em você. Aqui em Rolândia não vai encontrar melhor marido, disse o padre. Você já tem quase 21 anos. Já passou da hora de ser mãe e de ter sua própria família.

Christine ouvia as palavras de dom Bentus com muita tristeza porque desejava que ele falasse justamente o contrário. Que pedisse que ficasse solteira para lhe fazer companhia em Rolândia ou em qualquer lugar. Por mais que nunca tivesse assumido claramente e declarado ao padre o que sentia por ele, Christine ainda alimentava o sonho de um dia vê-lo nos seus braços. Mas o discurso tão inflamado do religioso para convencê-la a se casar com o rico alemão não lhe deixou dúvidas de que deveria desistir para sempre do seu platônico primeiro amor. Depois da longa conversa com dom Bentus, mesmo sem conhecer e gostar do futuro marido, foi comunicar aos pais que aceitava o pedido do senhor Hoffman. Otto e Charlotte comemoraram e chamaram o bem-sucedido executivo alemão para marcar a data do casamento. Esse acontecimento veio alegrar a família, que estava enlutada desde que soube que duas irmãs de Charlotte tinham morrido na guerra, vítimas dos bombardeios que os ingleses e americanos fizeram sobre Berlim.

Esses livros nunca mais foram os mesmos depois que passaram aqueles meses todos embaixo da terra, lamentou Thomas Schneider a Hidda Brink. Por mais que limpe, deixe no sol, não há meios de arrancar a cor que a terra e a umidade imprimiram neles. Vejam como ficaram encardidos e malcheirosos. Melhor assim do que se tivessem ido parar nas mãos dos policiais e virado cinzas, disse Hidda. Você tem razão, meu amor, concordou o jurista. Antes livros encardidos e perto de mim, do que livros limpos e na fogueira. Naquela semana, Frida tinha ido viajar para o Rio de Janeiro. Por essa razão Hidda estava tão à vontade na casa do amante. Nesta época ela tinha sido mãe novamente. Desta vez de um menino: Gustav.

Thomas contou que todos os imigrantes e refugiados que tinham enterrado parte das suas bibliotecas enfrentavam o mesmo problema. Muitos livros foram perdidos, estragados por causa da água da chuva que penetrou nas caixas de madeira usadas para guardar os acervos literários no subterrâneo da floresta.

Veja essa edição de sonetos de Schiller como ficou. Por pouco a terra não a devorou, disse Thomas. Sentado no sofá que ficava bem em frente a uma imponente estante, o casal admirava e examinava os livros. Thomas relembrou a trabalhosa operação que teve de pôr em prática tanto para esconder como para retirar a volumosa biblioteca do subsolo. Já lhe contei, mas gosto tanto de lembrar daquele momento que vou reportá-lo novamente, você se incomoda? Recordo-me que estava muito aflito e receoso de que os soldados brasileiros apreendessem os meus livros. Decidi, então, fazer como Bernardo List Obermann já tinha feito. Escolhi um lugar na mata fechada e nas horas de folga dos serviços da fazenda, eu mesmo fui lá sozinho, derrubei as árvores, arranquei os arbustos e comecei a escavar. Foram dias e mais dias arrancando terra como um tatu. Enquanto isso, Frida guardava os livros dentro das caixas de madeira que encomendamos na serraria. Calculei que o buraco tivesse mais ou menos dois, três metros de profundidade. Chamei Bernardo e Justin Kroch para me ajudar e enterramos tudo. Já para a retirada, os caboclos mesmo me apoiaram, uma vez que a guerra tinha acabado e não precisava mais esconder de ninguém que tinha livros escritos em alemão no subsolo da fazenda. Foi muito poético o que senti nos dois momentos, contou Thomas, que sempre refletia alguns segundos depois que dizia uma frase para só depois continuar o discurso.

Quando vi os meus bens mais preciosos sendo protegidos pela terra vermelha agradeci muito a Deus. De certo modo, da mesma forma como essa terra abrigou e deu proteção aos meus livros, também fez o mesmo com as vidas de todos nós judeus ou meio-judeus que fugimos da Alemanha e viemos para cá. Estar sobre ela não é menos ou mais importante do que estar embaixo ou dentro dela, sendo mais preciso. Claro que eu e os vizinhos que enterramos nossos livros brincamos com a possibilidade de eles serem devorados pelas minhocas, pelos vermes... Mas estávamos, na verdade, muito gratos por receber tamanha proteção do solo brasileiro. Na hora da retirada, apesar da tristeza em ver que alguns exemplares estavam completamente sem vida, incapazes de serem relidos, fui tocado por uma forte energia de felicidade que não parava de sair do esconderijo recém-destampado. Era como se eu colhesse liberdade em forma de livros trufados. Letras cogumelizadas. Iguarias tão valiosas para o paladar dos meus olhos.

A abençoada e generosa terra vermelha com o corpo cirurgicamente aberto pelos golpes das enxadas e das pás de ferro, continuou Thomas, permitiu que tirássemos de dentro dela a nossa liberdade tão seguramente bem guardada em sua misteriosa profundeza. Por isso, quando reclamo da cor dos meus livros, não leve a sério, nem se compadeça de mim. Falo da boca para fora. Se os livros estão assim, marcados e avermelhados, é porque a terra fez bom proveito deles. Deve ter lido um por um, página por página. Afinal, tempo para leitura não faltou a esse solo enquanto esteve com as bibliotecas dentro dele. Agora, deixemos os livros descansar e venha namorar comigo, venha, disse o dono da Fazenda do Faraó.

A tarde ainda estava longe de terminar e os dois foram para o quarto. Hidda sugeriu que antes de fazerem amor lessem mais um trecho de *As Afinidades Eletivas*, um dos romances que eles estavam relendo juntos. Hidda, então, abriu o livro no capítulo marcado e leu em voz alta. "Muitas vezes, na vida comum ocorre o que na epopéia costumamos enaltecer como destreza do poeta: justamente quando as personagens principais afastam-se e se ocultam, entregando-se à inércia, é que uma segunda, uma terceira figura, quase despercebida até então, toma o lugar e, com sua capacidade de ação, parece-nos digna da mesma atenção, interesse e até dos mesmos louvores e apreços." Assim que terminou de ler esse parágrafo ganhou um beijo de Thomas, colocou o livro no chão ao lado da cama e deixou-se conduzir pelos abraços apaixonados do amante.

O que não podia imaginar é que o marido a tinha seguido e logo mais ia conseguir confirmar as suspeitas que tinha dela. Edgard Brink entrou lentamente na casa sem que os empregados percebessem, passou pela sala, pelo corredor e seguiu o rastro da voz de Hidda que tinha retomado a leitura do romance de Goethe. A porta entreaberta facilitou o flagrante. Mas Edgard não reagiu. Silencioso, fez todo caminho de volta até chegar à sombra de uma velha peroba que podia ser vista através da janela do quarto onde Hidda e Thomas namoravam. Decepcionado com a traição da esposa, Edgard procurou uma corda, amarrou no galho da peroba e se enforcou. Poucos minutos depois Thomas foi o primeiro a visualizar a trágica cena. Mas manteve a calma e esperou que Hidda terminasse de ler outro trecho do livro: "Que pensar nessa situação desesperadora, dos incansáveis esforços demonstrados, todo esse tempo, pela esposa, pelo médico e pelos amigos de Edgard? Por fim, encontraram-no morto. Mittler foi o primeiro a fazer essa triste descoberta. Chamou o médico, que, com seu habitual sangue-frio, observou as circunstâncias exatas nas quais havia encontrado o morto. Charlotte acorreu precipitadamente; surgiu nela a suspeita de suicídio; acusou a si e aos outros de imperdoável descuido".

Thomas não agüentou esperar mais e com os olhos assustados interrompeu a leitura. Veja, meu amor, lá fora, na árvore! Veja como a vida é invejosa e existe só para imitar a arte. Hidda gritou o nome do marido várias vezes e depois correu até ele. Thomas chegou em seguida e, com a ajuda de um empregado, tirou o corpo de Edgard da forca. Infelizmente seu marido está morto, Hidda. Não podemos fazer mais nada, mais nada, lamentou o literato jurista.

Fixado por um prego no tronco da peroba estava um bilhete escrito por Edgard pouco antes de se matar: "Só a morte pode me fazer esquecer a punhalada final, a cena traiçoeira que acabei de assistir".

53

O suicídio de Edgard Brink foi notícia durante semanas em Rolândia. Astrid Dahl não perdia a chance de comentar com as amigas que dias antes da tragédia tinha sonhado com Edgard e que ele lhe aparecia com a boca cheia de areia. Eu sei que não foi apenas um sonho, disse a irmã de Charlotte, porque sempre que sonho com alguém com a boca cheia de areia fico apavorada. É a morte chegando... Foi assim também com minha irmã que morreu na guerra, com uma amiga de Berlim, com a Martha Flemig e tantos outros.

Quando voltou do Rio de Janeiro, Frida soube o que tinha acontecido, fez o marido admitir que antes de se matar o defunto tinha visto ele e a amante na cama e depois fez questão de confirmar ao povo da comunidade as suspeitas sobre a causa que teria levado Edgard a pôr fim à própria vida. Ele flagrou a Hidda deitada com o meu marido e não suportou, dizia a ariana. Não agüentou nem ao menos voltar para casa, o pobre coitado. Enforcou-se a poucos metros dos amantes para castigar Hidda pela traição. Tenho certeza de que a intenção foi essa, disse Frida. Quero ver se agora ela vai ter coragem de passar pela árvore da vergonha para se encontrar, às escondidas, com o meu marido!

Frida fazia escândalo, mostrava-se ofendida com o comportamento de Hidda, mas na verdade pouco se abalava com tudo o que tinha acontecido. Às amigas mais íntimas e a Lourdes, a empregada doméstica, contava que até achava bom o fato de Thomas ter amantes. Assim posso fazer os meus cruzeiros solteiríssima; me deixar sucumbir aos galanteios dos comandantes dos navios, dizia. Já conheci muitos marinheiros de alta patente. Todos irresistíveis. Se um dia você conhecer um comandante de um desses vapores luxuosos nunca mais vai querer homem nenhum, Lourdes. Homem nenhum!

Depois da morte do marido, Hidda se afastou de Thomas por um bom tempo. E ele se consolou nos braços da literatura e na casa dos vizinhos. Com o seu inseparável cachimbo no bolso, tirava dois dias da semana para fazer visitas e saber das novidades, dos projetos profissionais e das viagens que muitos faziam ou programavam fazer à Europa para rever amigos e parentes que conseguiram sobreviver à perseguição nazista. A sua casa está muito bem decorada, senhora Prustel. É uma das mais belas de toda a região, disse Thomas a Charlotte. Esta minha humilde casa ainda está longe de chegar aos pés dos aposentos da criadagem do castelo do rei Ludwig, na Baviera, senhor Schneider. Portanto, precisamos deixá-la muito mais digna da nossa presença, respondeu a esposa de Otto Prustel.

Naquele dia, Thomas Schneider almoçou na Fazenda Cristo Redentor e colaborou com o cardápio, acrescentando-lhe saborosas conversas sobre as obras e o processo criativo dos principais autores alemães. Depois do café, prolongou a conversa sobre literatura com dom Bentus. E a sua amizade com Georges Bernanos, como vai?, perguntou. Ele continua morando em Barbacena? Dom Bentus contou que Bernanos tinha voltado a viver na França logo depois do fim da guerra. E respondeu à curiosidade do jurista dando mais detalhes de como tinha conhecido e se tornado amigo do escritor francês. Antes de encontrá-lo pessoalmente, disse, eu já havia lido o seu livro mais revolucionário, *O Sol de Satã*, que o fez ficar conhecido como o Dostoiéviski francês. Conhecia também seu estudo aflitivo sobre Joana, herege e santa, e o *Diário de um pastor no campo*, este, por sinal, muito profundo. Ele escrevia semanalmente para um dos maiores jornais do Rio de Janeiro; comentava sobre os acontecimentos mundiais de uma forma esclarecedora e direta; e foi assim que descobri que Bernanos vivia no Brasil já há alguns anos, explicou o padre.

Dom Bentus disse que Bernanos vivia no campo com sua família numerosa e cercado de amigos. Mas que era difícil se aproximar da casa dele porque o escritor tinha um temperamento difícil, era bravo como um leão. Assim, por exemplo, contou-me uma inglesa que, armada de todo o orgulho de seu país, o procurou para pedir que amenizasse as críticas em relação à política de guerra dos aliados. Simplesmente ela foi indeferida, respeitando as regras mais necessárias da boa educação. Sei também que o caçula de Bernanos desempenhava um papel especial na manutenção da paz familiar. Quando certa vez chegaram a Barbacena dois grandes autores brasileiros que queriam fazer uma visita ao colega francês, viram o pequeno de apenas cinco anos correndo em direção à casa e falando: "Papai, lá vêm os idiotas!".

A possibilidade de conhecê-lo apresentou-se quase sem a minha procura. Em 1943 passei uma curta temporada no mosteiro do Rio de Janeiro e acabei convidado para fazer uma palestra numa cidade de Minas Gerais, bem próxima de Barbacena, que fica mais ou menos a oito horas de trem do Rio de Janeiro. Ali na região, Bernanos já não era um desconhecido. O jornal da igreja tivera a incrível ousadia de publicar capítulo por capítulo do seu *Diário de um pastor no campo* e alguns artigos escritos pelo autor considerado anticlerical. Autor, veja o senhor, que ousou advertir os cristãos de cair na tentação da solução rápida e enganosa de um fascismo católico.

Pois então, continuou dom Bentus, deram-me o conselho de convidar Georges Bernanos para minha palestra. Pressenti que seria melhor eu visitá-lo na sua própria casa e uma troca de telegramas confirmou que seria bem-vindo; e com um conhecido meu que o visitava de vez em quando, fui até ele. A uns quatro quilômetros da cidade ficava uma aldeia chamada Cruz das Almas. Num morro ao lado estava a casa, ligada por muros a diversas construções, como numa fazenda francesa. Não havia ninguém, até aparecer uma figura impressionante montada num belo cavalo: Georges Bernanos estava sobre o nobre animal do haras do ministro do exterior Oswaldo Aranha. Parecia realmente um cavaleiro das antigas cruzadas, sem temor e sem mácula, com desespero cheio de esperança.

Levou-nos para casa, muito hospitaleiro. Sua mulher, de aparência nobre e imponente, era de descendência direta de Joana D'Arc. Sabe que acabei celebrando a primeira comunhão do seu caçula lá em Barbacena? Lembro-me também que logo depois da nossa visita ele veio ao Rio de Janeiro. Encontramo-nos na ilha de Paquetá. Foi lá que ele leu para mim o começo de uma obra maior que planejava escrever sobre Martinho Lutero. Fiquei impressionado com a delicadeza e o calor com que descrevia o Reformador. Desde então, temos nos falado por cartas. Otto e Charlotte me autorizaram várias vezes a convidá-lo para passar uns dias aqui na fazenda antes que ele partisse de vez para a Europa, mas Bernanos sempre arrumava boas desculpas para não viajar a Rolândia.

Seria uma honra para todos nós se ele tivesse nos presenteado com uma visita, comentou Thomas. Poderíamos fazer uma leitura coletiva de trechos das obras dele em francês. Muitos dos nossos vizinhos falam a língua francesa, não faríamos feio de modo algum. Seria mesmo muito enriquecedor para todos nós, disse dom Bentus. Mas, infelizmente, Bernanos já está bem longe de Rolândia. Ouça que lindas são essas palavras que ele escreveu no álbum de uma pessoa da intimidade dele: "Quando você reler essas linhas, daqui a muitos anos, dê uma lembrança e uma prece ao velho escritor que acredita, cada vez mais, na impotência dos poderosos, na ignorância dos doutores, na parvoíce dos Maquiavéis e na incurável frivolidade das pessoas sérias. Tudo o que há de belo na história do mundo resultou, sem que ninguém o soubesse, do misterioso acordo entre a humilde e ardente paciência do homem e a doce piedade de Deus."

Na Fazenda Torah o nome de um outro artista famoso também começava a fazer parte da rotina dos Cremer. Desde que começou a prestar serviços de orientação agropecuária a um grupo de fazendeiros no Espírito Santo, Alexander Cremer fez várias viagens a esse Estado. Ester acompanhou o marido em algumas delas. E foram nessas temporadas passadas em terras capixabas que o casal Cremer se tornou amigo de Teóphilo Leão, um dos fazendeiros que contrataram Alexander. Ele era casado com Olga Portinari Leão, irmã do pintor Candido Portinari. A amizade que nos liga a Olga nos propiciou o prazer de conhecer Portinari pessoalmente quando ele dava as primeiras pinceladas no painel *Tiradentes*, que mais tarde iria ser levado para decorar o colégio da cidade de Cataguases, projetado por Oscar Niemeyer, em Minas Gerais, disse Ester aos vizinhos. Portinari trabalhava num galpão nos fundos da casa na rua Cosme Velho, no Rio de Janeiro. Lembro-me muito bem de vê-lo pintar muito concentrado, assessorado pela esposa e pela mãe que o ajudavam a segurar os pincéis. Pouco depois Olga nos transmitiu o convite que ele nos tinha feito para visitá-lo novamente na sua residência. Levei de presente para o gênio o pão com frutas e castanhas que sempre faço no fim do ano e ele adorou. Contamos a ele tudo o que passamos, a fuga da Alemanha, a vida difícil que enfrentamos em Rolândia, o nosso temor de que a perseguição aos judeus chegasse até aqui, o medo de Hitler sair vitorioso... Mas também falamos sobre a beleza da mata, das festas, dos nossos encontros religiosos, falamos de vocês todos, nossos queridos amigos e vizinhos, contou Ester.

Acho que de tanto falarmos na guerra e em Deus, continuou Ester, Portinari comentou sobre a série bíblica que tinha pintado para as rádios Tupi de São Paulo e do Rio de Janeiro a pedido de Assis Chateaubriand. Ele nos disse que ao pintar os oito painéis foi fortemente influenciado pelo impacto da Segunda Guerra Mundial e também pela visão picassiana de *Guernica*. Aí ficamos todos ali, atentos, ouvindo as histórias dele. Por perceber todo o nosso entusiasmo naquela noite, Portinari foi trazendo, incansavelmente, um quadro após o outro para que pudéssemos conhecer um pouco mais da sua obra. Mas o mais gentil da parte dele vou dizer agora. Por intermédio do cunhado, nos mandou perguntar no dia seguinte qual dos quadros tínhamos gostado mais. Eu respondi que o que havia achado mais bonito era uma marinha que ele havia pintado, vista de uma janela no Leme. Sabem o que aconteceu no outro dia? Ele mandou esse mesmo quadro para o hotel onde eu e Alexander estávamos hospedados. Estava emoldurado como todos os seus quadros, com uma moldura branca. E é esta a surpresa que prometi mostrar a todos vocês esta noite. Venham aqui na sala, por favor, pediu Ester.

O primeiro quadro que os Cremer ganharam de presente de Portinari estava fixado na parede. Veja que linda marinha, Ruth! Você que vivia dizendo que para a Fazenda Torah virar o paraíso só precisava ter um pedacinho do mar, agora não tem mais do que reclamar, não é mesmo? Portinari nos mandou um pedaço do Atlântico! O mar sempre é bem-vindo porque é uma rota de fuga, disse Rudolf Allmann. Mas espero que não precisemos mais dele para esse fim, comentou Justin Kroch. Todos elogiaram muito a obra do pintor brasileiro. Nessa época a fama de Portinari já corria o mundo. Agora não sou eu a dona do quadro mais valioso da comunidade, comentou Nora Naumman. O seu Portinari há de valer bem mais do que a minha aquarela do Pierre Renoir. Mas não se sinta menos importante por isso, minha querida. Lembre-se de que de todos aqui presentes, a sua voz é a mais bela, afirmou Lola.

Depois da marinha os Cremer ganharam outras três obras de Portinari: Menino com Carneiro, Favela e um retrato do chefe da família especialmente pintado para ele.

Por mais que fosse convidado, Portinari nunca visitou Rolândia nem a Fazenda Torah. Mas Olga, sua irmã, esteve várias vezes hospedada com a família na casa dos amigos judeus. O menino João Candido, filho do amigo famoso, também acompanhou a tia numa dessas visitas. Nas primeiras férias que passou na casa dos Cremer, Olga soube que Ester gostava de escrever crônicas e poesias. Pediu, então, para que ela lesse alguns desses textos. Ester tentou mudar de assunto, mas, gentilmente, cedeu à insistência da visita e foi buscar um velho caderno que estava no quarto. Vou ler uma passagem que escrevi em 1941, explicou. Dia 22 de novembro de 1941. "O tempo passa, e por isso tenho tanto medo. Em todo o mundo só há notícias de assassinatos e mortes e horror, e nem por isso o céu vem abaixo. Será sacrilégio eu me expressar assim? Sim, o céu não desaba. Mas sobre os pobres e os indefesos ele desaba, e quem provoca isso não é nenhum Deus, mas são esses monstros. Criaturas para as quais ainda não existe uma ordem. Eles têm formato de homem, mas tudo que os tornaria humanos está destruído dentro deles. Estão possuídos pelo demônio e devem agir sob um constrangimento que não é deste mundo, e que lhes garante o êxito em seus empreendimentos horripilantes. Mas, Deus não atende e dá as costas. Ah, fosse possível evocá-lo, clamam os gritos de desespero dos infelizes. Haverá recompensa pelo sofrimento? Os homens nada sabem; gemem, choram, tremem em seu desmedido terror."

Olga aplaudiu a amiga e pediu para que lesse mais. Agora vou ler outro texto que escrevi em 1942, quando, desesperada, cheguei inclusive a duvidar da existência de Deus, decepcionada e indignada que estava com tudo que acontecia com o povo judeu na Alemanha, disse Ester. "É possível orar Senhor, cuida da saúde do meu filho, Senhor proteja a todos nós? Será que todos os infelizes dessa geração não estão orando fervorosamente e no mais profundo desespero? Será que nossas orações ainda são ouvidas? O que estava escrito no *Aufbau* – a revista judia para emigrantes de Nova York? Desta vez, não há nada muito excitante. Não. Só que as pessoas foram conduzidas para cemitérios que estavam minados e foram explodidas. As que restaram foram fuziladas. Mata-se, mata-se, mata-se. Crianças, homens e mulheres. Há mulheres que matam seus filhos e depois se suicidam. Conta-se que velhos se atiram das janelas, pessoas passam frio e fome, doentes miseráveis, decadentes, e qualquer auxílio é castigado com a pena de morte. Tudo maldosamente criado por mentes humanas, executado por mãos humanas e visto por olhos humanos. E nenhum grito que tenha percorrido o mundo conseguiu fazer implodir o céu para que a terra se abrisse e engolisse todo esse terror. Nós aqui conversamos em nossas mesas de café bem postas, entre outras coisas, falamos sobre os doentes de tifo que são eliminados. Provavelmente as irmãs de minha mãe estão entre eles. E assim a bola de neve cresce e destrói o que há em seu caminho. O que terá de acontecer para parar essa bola de neve? Será que Deus a quer? Que Deus minúsculo é esse que as pessoas evocam em suas monótonas ladainhas noturnas? Será que eles pensam que Ele tem tempo? O mundo está em transição, a hora é da pior crueldade."

Hoje, o Deus de Abraão está intacto dentro do meu coração. O Senhor reconstruiu em mim toda a base da minha fé e eu nunca mais duvidei do seu poder, explicou Ester ao fechar e apertar o caderno contra o peito. Jesus seja louvado, disse Olga ao fazer o sinal-da-cruz.

54

Em nome do Pai, do Filho e do Espírito Santo, amém, dizia Jeremias antes de dormir. Mas, muitas vezes, o menino de 10 anos custava a pegar no sono. Não conseguia tolerar o fato de ver a mãe trancada no quarto com outros homens quando seu pai não estava em casa. Desde que começaram a entender o que Astrid fazia com os amantes enquanto Oscar trabalhava como corretor de café, Jeremias e Wladimir passaram a se vingar dos indesejáveis visitantes como podiam. O cão da família passou a ser chamado de Stumph, nome do dono da casa funerária. Quando saíam da casa dos Dahl, os amantes de Astrid que tinham automóveis, quase sempre encontravam os pneus vazios e furados ou ainda a lataria e os bancos salpicados de cocô de galinha. Wladimir e Jeremias ficavam muito irritados e envergonhados com o que ouviam falar da própria mãe nas ruas de Rolândia.

Numa tarde, Astrid e o senhor Camil, um judeu dono da Casa Caviúna que vendia material de construção, convidaram a dupla de vingadores para passear de automóvel até as margens do ribeirão Bandeirantes. Estacionaram o carro próximo a uma ponte, pediram para os dois meninos esperarem por ali e entraram na mata. Sem que fossem notados, Wladimir e Jeremias seguiram a mãe e o amante e viram os dois pelados, abraçados e encostados numa árvore. Voltaram em silêncio até o carro, engataram a marcha à ré, viraram a direção e só ficaram esperando a volta das vítimas. Quando o casal chegou e entrou no carro, os meninos pediram para subir depois, porque queriam ajudar o senhor Camil a fazer a manobra sobre a ponte. Assim que o condutor virou a chave e acelerou, o automóvel foi para trás e despencou sobre o riacho que naquele trecho era raso e cheio de pedregulhos. Além de sofrerem ferimentos leves, Astrid e senhor Camil tomaram um banho de água gelada, para deleite dos meninos, que não conseguiam parar de rir ao ver o estado que tinham ficado a mãe, o amante e o veículo.

Outra tarde, Jeremias não agüentou e invadiu o quarto da mãe. Por que quando o pai não está em casa a senhora se tranca com outros homens aqui no quarto?, quis saber o filho. Astrid enrolou-se no lençol, pediu para Ludwig Luft Hagen continuar na cama e puxou o menino pelo braço até a sala. Você agora vai aprender a respeitar a sua mãe, disse ao pegar um pedaço de papel e um lápis. Escreveu uma carta. Pôs dentro de um envelope e ordenou que Jeremias levasse a correspondência naquela mesma hora até o sítio do conde Gilbert Von Eulenburg, que era padrinho dele. Ande, vá correndo. Não me desobedeça, ordenou a mãe.

Jeremias andou mais de uma hora e não teve curiosidade de ler o que estava escrito na carta. No caminho lembrou de todas as vezes que viu a mãe abraçada com outros homens dentro ou fora de casa. Inclusive da primeira vez que viu Astrid traindo Oscar com o próprio tio Andree. A cena incestuosa era um fantasma sempre presente quando Jeremias pensava na mãe. Assim que chegou ao destino, entregou a carta ao padrinho e repetiu as palavras que Astrid tinha recomendado: Minha mãe pediu para o senhor ler a carta e depois falar comigo. Gilbert Von Eulenburg abriu o envelope, leu, pensou e despejou sobre o afilhado um inflamado sermão. Nunca mais entre no quarto da sua mãe sem bater na porta, Jeremias, concluiu o conde Von Eulenburg. Agora pode voltar para sua casa.

O filho de Astrid obedeceu o padrinho e no meio do caminho foi surpreendido por tio Severin, que lhe deu uma carona de charrete.

Os Prustel estavam decididos a voltar a morar na Europa. Quando Otto regressou da sua primeira viagem ao velho continente, depois da guerra, trouxe com ele a escritura de um imóvel que a família chamou de castelinho de Vipiteno, a cidade onde iriam morar nos próximos dez anos, no norte da Itália. A casa lembrava mesmo um castelo e ficava praticamente isolada no alto de uma montanha. Logo que chegou de viagem, Otto soube que Charlotte, além de ter demitido Charles Piry, o administrador da fazenda, o tinha denunciado à polícia por tentativa de estupro. Mas, o desgraçado fugiu, contou Charlotte ao marido. Deixou a pobre da mãe e sumiu. A polícia diz que tem caçado o sem-vergonha, mas não encontrou nenhuma pista até agora.

Charlotte disse que o senhor Piry agarrou Terese e Raquel durante um passeio que elas faziam numa trilha na floresta. As meninas já tinham me contado que ele sempre dizia coisas sem sentido para elas, olhava muito para o corpo delas, seguia as duas pela fazenda, oferecia carona no cavalo, contou Charlotte. Mas até então, não achei que fosse um estuprador perigoso. Felizmente não chegou a fazer mal às nossas filhas, porque elas gritaram, o enfrentaram e conseguiram escapar com a ajuda da própria senhora Piry que apareceu e socorreu Raquel e Terese das mãos do marido.

Por esses e outros motivos não vejo a hora de ir embora dessa terra o mais rápido possível, disse Charlotte. Não nasci para viver entre essa caboclada! Por mais respeito que tenha à Nossa Senhora Aparecida, o meu mundo nunca foi este aqui embaixo da linha do equador. O meu lugar é na Europa. Não só o meu, como o seu e de todos os nossos filhos, proclamou a matriarca, depois de levar à boca um cálice do licor de anis preferido com um grão de café torrado dentro.

Conversavam após o jantar que, naquela noite, também contou com a presença de dom Bentus, Dorian Taylor, do senhor e da senhora Zank e do padre Joseph Herions. Os dois sacerdotes fizeram uma rápida oração em latim antes e depois da refeição. Eles participaram do encontro de boas-vindas a Otto Prustel, ansiosos para ter notícias fresquinhas da Europa; queriam saber como Roma e outras cidades tinham ficado depois da guerra. Foi nesta noite que o casal Prustel oficializou a decisão de ir embora do Brasil. Vamos manter a fazenda aqui normalmente, uma vez por ano devo visitá-la para ver como estão os negócios, o café, disse Otto. Mas a partir do mês que vem o nosso novo endereço será em Vipiteno. Vamos sentir saudade, disse padre Herions. Vizinhos como o senhor e a senhora Prustel eu não vou encontrar mais por aqui. Pelo menos o senhor não vai ter mais com quem brigar por causa do seu touro Hércules, lembrou Otto. Coitado do Hércules, respondeu o capelão, já está um velhote e desde que sua vaca Isolda faleceu ele não se interessa mais por fêmea alguma.

Dom Bentus também avisou a todos que com a mudança dos Prustel para Vipiteno ele se mudaria para o mosteiro do Rio de Janeiro. Tenho muito que fazer por lá, disse o monge. Quero levar as palavras de Jesus para muitos lugares ainda. Pode ser que ainda more no Chile e na Guiana Francesa. Os meus superiores decidirão. Nós também vamos embora de Rolândia, disse o professor Zank. Eu e mamãe vamos voltar a viver em São Paulo. Vamos sentir muito a falta de todos vocês, das crianças, da fazenda, disse a senhora Zank chorando. Eu já tinha me acostumado tanto com a vida aqui, com os nossos vizinhos...

Simpática como a senhora é, não vai demorar para fazer novos amigos em São Paulo, senhora Zank, disse Otto. E você, Dorian, vai fazer o que da sua vida? Volta para o Rio de Janeiro?, perguntou o marido de Charlotte. Eu vou com vocês para Vipiteno, respondeu o professor de inglês. Vou continuar a dar aulas para os seus filhos e para Charlotte também. Otto ficou surpreso com a resposta de Dorian, mas não demonstrou qualquer reação diante daquela resposta. Houve um silêncio à mesa. Dom Bentus percebeu a constrangedora situação e convidou os que não eram da família para deixarem a casa. Vamos deixar os filhos matarem a saudade do pai, não é mesmo? A família precisa conversar a sós um pouco também, afirmou o padre.

Quando todos se foram e o casal ficou apenas com os filhos na sala, Otto desabafou. Eu não quero que o dissimulado e petulante do Dorian Taylor vá conosco para Vipiteno. Quantas vezes preciso dizer que não gosto desse moço. Você não deveria tê-lo convidado sem a minha autorização, Charlotte. Já chega o fato de você ter me desobedecido e o mantido esse tempo todo aqui na fazenda. Essa sua amizade especial e íntima com esse rapaz já passou da hora de terminar!

Os filhos ouviram assustados a discussão dos pais e se surpreenderam com a postura enérgica de Otto diante da autoritária Charlotte. O papai está certo, eu também não gosto do Dorian, comentou Terese. Cale a boca, sua boba, respondeu Charlotte. Não se intrometa nesse assunto! Eu também não gosto do senhor Taylor, respondeu Raquel, seguida dos gêmos que também tinham a mesma opinião. Mateus e Peter também apoiaram Otto. Christine não participou porque já estava casada e morava em Roma com o marido.

Mas Charlotte não voltou atrás na decisão de levar Dorian à Itália. O que só fez o bate-boca ficar ainda mais infernal. Você não pode contrariar a sua família, disse Otto. Não vê que todos os seus filhos não gostam e não aprovam a presença desse seu amiguinho inseparável entre nós? Você não tem vergonha de preferir a presença dele à companhia dos seus filhos? Se não tem respeito por mim, pelo menos respeite os nossos filhos! Tenha mais vergonha nessa cara!

Charlotte respondeu ao discurso inflamado do marido com violência. Agrediu-o com um tapa no rosto. Nunca mais fale assim comigo, disse. Dorian Taylor vai morar conosco na Itália durante o tempo que eu quiser. E não quero mais discutir sobre esse assunto. Podem ir todos para a cama, ordenou aos filhos. E você, Otto, durma na sala!

Nos primeiros meses de 1950, antes de partirem com Dorian Taylor para Vipiteno, os Prustel participaram da tradicional festa de *Pêssach* e de Páscoa promovida pelos refugiados judeus e cristãos na Fazenda Torah. A cerimônia religiosa também não deixou de ser uma despedida, já que, nos próximos dias, a família Prustel e dom Bentus se mudariam de Rolândia. Ruth e Ester fizeram questão de convidar além do monge beneditino, o padre Joseph Herions, os vizinhos católicos, o pastor Zischler, alguns amigos luteranos e o Pai Bastião, o curandeiro que atraía centenas de devotos para sua choupana na Fazenda Babilônia. Todos os líderes espirituais presentes falaram um pouco sobre os sentimentos que deveriam estar nos corações naquele dia e deixaram uma mensagem de Páscoa.

Num altar improvisado na varanda da casa dos Allmann ficaram lado a lado uma imagem de Nossa Senhora Aparecida, uma *menorah*, uma Bíblia luterana e uma imagem de um preto velho trazida por Pai Bastião, que era a própria cópia do benzedor afro-descendente em carne e osso, com seus cabelos brancos, olhar caído, sossegado, de voz mansa, com seu velho cachimbo.

Os Allmann e os Cremer decidiram convidá-lo, pela primeira vez, para participar da festa de *Pêssach* porque quiseram agradecer e fazer uma homenagem a todos os caboclos empregados das fazendas pelo trabalho realizado nas lavouras de café. O preto véio vai tá sempre protegendo ôceis, povo do pé vermeio que trabáia nessa terra bençuada por Deus, disse Pai Bastião ao terminar de benzer a todos. Que o amor de Deus se renove em vossos corações, disse o pastor luterano. Que Jesus Cristo e o Espírito Santo façam renascer em todos nós a fé e a esperança por um mundo mais digno e justo, pediu dom Bentus. Como disse Abraão pouco antes de morrer, lembrou Rudolf Allmann, "que Deus lhes dê o orvalho dos céus e a riqueza da terra. Os grãos e os vinhos em abundância".

O advogado judeu também pediu a todos que rezassem para que o recém-criado Estado de Israel tivesse vida longa e muita paz. Vamos orar pela paz em Jerusalém, pediu Rudolf Allman. Como profetizou Jesus, completou dom Bentus, a figueira começa a brotar e o deserto está florescendo! Vamos rezar por esses dois anos de vida do Estado de Israel!

Assim que a cerimônia multirreligiosa terminou, o *Sêder* de *Pêssach* foi servido e todos puderam ficar mais à vontade para conversar. Romeo Dallmathan apareceu sem avisar e surpreendeu a todos ao apresentar a nova esposa, Hilde, que ele conheceu e trouxe de Nova York. Judia alemã, ela também tinha sobrevivido ao nazismo e ficou todo esse tempo refugiada nos Estados Unidos. Nesse ano, a ex-esposa dele, Sophia Cremer, ainda continuava estudando na América. Meus pais foram mortos em Auschwitz, contou Hilde para o grupo de mulheres que ouvia, atento, a história da mais nova integrante da comunidade. Bem antes morrer, eles mandaram eu e minha irmã para Inglaterra. Graças a Deus, famílias inglesas se prontificaram a receber em suas casas crianças e adolescentes judeus. E eu fui morar com uma dessas generosas famílias. Minha irmã faleceu de câncer com 28 anos e eu fiquei sozinha em Londres. Com muito trabalho consegui terminar o curso de Óptica. Finalmente, em 1947, parentes que viviam em Nova York me convidaram para me mudar para lá. Quando conheci Romeo trabalhava como assistente de um médico oculista, concluiu Hilde.

Depois, a esposa de Romeo foi até a *mezuzah* que estava pendurada na varanda da casa dos Allmann. Vendo a sua *mezuzah* assim tão exposta fico mais tranqüila, comentou. Trouxe uma que ganhei de um rabino muito meu amigo em Nova York e estava com medo de pregá-la na parede. Não precisa ter mais temor algum, meu bem, respondeu Ruth. Pode fixar sua *mezuzah* tranqüilamente. Já vivemos dias de paz por aqui. Ninguém há de te perseguir ou te ofender mais pelo simples fato de ter nascido judia. Pode ficar em paz, minha querida. E conte conosco com o que precisar, disse a anfitriã abraçando Hilde.

Thomas e Frida Schneider contaram aos amigos que estavam de malas prontas para voltar à Alemanha. Mas vamos só a passeio, reforçou a ariana. Logo estaremos de volta para alegrar a vida de vocês! Que coragem a sua, senhor Schneider, comentou Ester. Voltar àquela terra assassina. Como judeu que é deveria se negar a pôr os pés novamente lá. Eu jamais volto a pisar naquele solo maldito!, afirmou a mulher de Alexander Cremer. Não fale assim da minha Alemanha, protestou Frida. Não confunda Alemanha com Hitler, Ester. Vou chorar muito quando chegar em Berlim e ver as marcas dos bombardeios, as cicatrizes da guerra que devem estar ainda expostas por lá, disse a ariana com voz de choro.

Apesar de não ser judeu, também penso como a senhora Cremer, disse Otto Prustel. Pelo menos por enquanto não quero voltar à Alemanha. Um país que me expulsou e me perseguiu só por causa do meu posicionamento político e porque estendi a mão às famílias judias, não merece que eu volte a chamá-lo de pátria. Por isso eu e minha família vamos viver na Itália agora. E como vai ficar a Fazenda Cristo Redentor? Quem vai cuidar dela, quis saber Bernardo List Obermann. Meu filho Peter vai ficar no Brasil para tomar conta da fazenda, respondeu Otto. Vejam aquela moça bonita que está ao lado dele! É Rebeca, a nova namorada de Peter. Ela é belga e trabalha como secretária executiva do escritório da Organização Internacional para Refugiados no Rio de Janeiro. Pensam em se casar no ano que vem, comentou o ex-deputado católico alemão.

Foi a primeira vez que Rebeca esteve em Rolândia. Viera conhecer os futuros sogros antes que eles se mudassem para Vipiteno. Peter a conheceu quando trabalhou com ela no mesmo escritório da Organização Internacional para Refugiados. A paixão por Rebeca era tanta que o jovem Prustel se esqueceu completamente do caso que teve com a tia Astrid e parou de procurá-la para encontros mais íntimos.

Otto pediu para Rebeca contar aos vizinhos um pouco sobre o trabalho que realizava no Rio de Janeiro. Enquanto isso, Peter ouviu as reclamações de Dorian Taylor sobre o tratamento áspero que recebia, nos últimos anos, do patriarca dos Prustel. O professor de inglês também quis saber da vida amorosa do amigo. Comentou sobre a beleza e a inteligência de Rebeca e perguntou se ele já tinha feito aquela visitinha especial à titia. Parei com isso faz tempo, respondeu Peter. Agora só tenho olhos para Rebeca.

De repente, todos começaram a ouvir a voz de Nora Naumann vindo do curral. É uma ária de *Madame Butterfly*, comentou Olívia List Obermann para Elisabeth Kroch. Vamos até lá. E todos se aproximaram até ver a soprano sentada num banquinho, empenhada em tentar fazer a vaca leiteira dos Allmann voltar a produzir. Nora olhava para a cara e para as tetas do animal e esforçava-se o que podia. Quis aproveitar a oportunidade e pedi a Nora para fazer um teste, explicou Ruth. Há dias que a nossa vaquinha não tem dado mais leite. Não sei se está velha demais ou se anda doente. Como lá na Fazenda Gênesis Nora tira leite cantando ópera e nunca teve problema, pensei que aqui também essa tática musical pudesse dar certo.

Vai ter de chamar um veterinário, Ruth. Vocês viram que cantei de Mozart a Puccini e não consegui tirar uma gota de leite dessa vaca preguiçosa, lamentou Nora. Acho que ela gosta de tango. Deve ser das minhas, essa mimosa, comentou Frida. Todos riram e voltaram para a casa dos Allmann. Nora contou às amigas que tinha sido avó pela segunda vez. Que Johanna tinha dado à luz a outra menina. Eu e Samuel vamos visitá-la na semana que vem, avisou a cantora.

Johanna estava casada há quatro anos com um francês dono de um pequeno laboratório fabricante de perfumes no Rio de Janeiro. Depois de passar uma temporada trabalhando em São Paulo como babá e logo após como secretária do Dr. Jairo Ramos, professor da Faculdade Paulista de Medicina, decidiu se mudar para, então, a capital brasileira, porque se sentia perseguida por um médico casado que insistia em tê-la como amante. Ao chegar ao Rio, procurou emprego nos anúncios dos jornais e foi bater justamente na porta do laboratório do futuro marido.

Outro assunto bastante comentado naquela tarde foi a carreira de desdobrador de apostas que Iuri Kroch começava a trilhar no Jóquei Clube de São Paulo. Ele sempre foi apaixonado por turfe desde menino, disse Elisabeth às amigas. O Justin gostaria que assim como o Bóris, Iuri também ficasse aqui na fazenda para ajudá-lo a tocar os negócios. Mas Iuri não nasceu para isso. Desde pequeno lembro-me dele grudado no rádio ouvindo as corridas de cavalos. Meu filho, venha aqui contar as histórias do jóquei para nossas vizinhas, pediu a mãe orgulhosa. Mas só conte as histórias do turfe, deixe as suas aventuras com as bailarinas dos *taxis-dancing* de fora, por favor! Iuri, então, divertiu a todas com os relatos dos bastidores dos badalados encontros da sociedade paulistana na disputa por um grande prêmio.

O suicídio de Conradin foi outro tema muito falado naquela Páscoa. O sobrinho do doutor Weber sempre me pareceu muito alegre, cheio de vida, falante, comentou Agathe Flemig. Mas na vida nem sempre tudo é o que parece, minha amiga, comentou Traud Fromm. Nem tudo é tão exato como a física, não é mesmo? O meu amigo Conradin escondia dentro dele uma tristeza profunda, um oceano amargurado que lhe consumia a alma, explicou a sócia da Casa Guilherme. Que morte triste teve o pobrezinho, lamentou Ruth. Pulou dentro de um poço. E se uma caboclinha não tivesse visto, ninguém descobriria o trágico final de Conradin, comentou Bernardo List Obermann.

Olívia aproximou-se de Charlotte e perguntou se ela tinha voltado a conversar com Astrid Dahl. Não passo nem perto dela, respondeu a esposa de Otto. Como você pode notar, ela nem se atreve a se aproximar. Astrid já deixou de ser minha irmã há muitos anos. Nada que aconteça com essa mulher me interessa mais, disse Charlotte. Soube que o filho bastardo que ela teve com o Berthold Horn foi morar com parentes dele em Santa Catarina, disse Petra Luft Hagen. E não sei não, querida Olívia, acho que esse último filho que ela teve, no ano passado, é do seu marido, do Bernardo! É verdade, continuou Traud, pelo menos é o que se comenta em toda Rolândia!

Com o filho no colo, Astrid dizia a Mathias e Greta Garisch que sonhava em conhecer o carnaval do Rio de Janeiro. Que ficava fascinada com as fotografias que via nas revistas. Procurou ficar o tempo todo perto do casal mais animado da festa para não se deixar tomar pelo sentimento de ciúmes. Era a primeira vez que via Peter com a namorada. O que a deixou incomodada por mais que tentasse disfarçar. Esses ataques de tosse não me deixam nunca, desabafou. E tomou um cálice de vinho para aliviar a irritação da garganta.

Elwin e Caroline Hahn, primos de Olívia e Bernardo List Obermann, se aproximaram do grupo para se despedir. O casal e os três filhos estavam de mudança para a cidade paulista de Itapeva. Vou administrar uma grande fazenda por lá, disse Elwin. Vamos sentir falta de todos os nossos vizinhos e amigos, mas precisamos pensar no futuro dos nossos filhos. Lá em Itapeva, Elwin vai ter um salário bem melhor, comentou Caroline. Daqui alguns anos também penso em me mudar com meus filhos para São Paulo, disse Olívia, interrompendo a conversa. Só quero esperar o Richard ficar um pouco mais crescidinho.

Na varanda, Alexander Cremer apresentava a noiva de Artur a Bernardo. Veja se meu filho estudou alguma coisa nos Estados Unidos, meu amigo. Passou quase quatro anos trabalhando e estudando por lá e ao invés de me trazer um diploma, trouxe uma esposa. Mas a americana é muito bonita, comentou Bernardo. Você deveria era ficar orgulhoso da nora que ganhou! Realmente a Karin é linda e muito educada. Eu e Ester estamos muito felizes com a entrada dela para nossa família. Em homenagem a Karin já convidamos até um rabino americano, radicado em São Paulo, para celebrar o casamento aqui na fazenda, disse Alexander. Fazemos questão que Artur se case dentro das tradições judaicas. O rabino muito gentilmente aceitou nosso convite e a festa vai ser no mês que vem. Você e Olívia já estão convidados. O anfitrião também contou que Carina, a filha caçula, iria morar na casa de amigos em São Paulo, para continuar os estudos. Só os velhos vão ficar em casa, lamentou. Mas fazer o que, não é mesmo! Bernardo concordou e mudou de assunto.

Contou ao vizinho que Oswald Nixdorf, agora, vivia em São José dos Campos. Ouvi dizer que ele gostou muito do Vale do Paraíba e não pretende sair de lá tão cedo. Principalmente por causa dos filhos, que adoraram morar perto do mar. Que sejam felizes e continuem longe de Rolândia, disse o agrônomo judeu. Saibam que o Nixdorf não se esqueceu daqui não, lembrou Ludwig Luft Hagen. Ele escreveu ao meu pai para pedir apoio político. Agora quer convencer as autoridades de Bremen a nos presentear com uma réplica da estátua de Roland, igualzinha à que existe lá, que por sinal não foi atingida pelos bombardeios durante a guerra porque os moradores a cobriram com sacos de areia, sabiam? Pois é, mas voltando ao Nixdorf... Ele já adiantou na carta que se a tal estátua chegar mesmo, ele quer que ela fique no centro de Rolândia e com o rosto virado para as terras dele, concluiu Ludwig. Isso é uma afronta! Esse Nixdorf é mesmo muito egocêntrico, protestou Bernardo List Obermann. Os olhos da estátua de Roland têm de ficar virados para o nordeste, para a Alemanha! Pois eu acho que não, proclamou Alexander Cremer. Como prova de que os alemães estão arrependidos do que fizeram contra milhões de judeus, Roland deve ficar virado para as nossas fazendas ou então para Israel, proclamou Alexander Cremer.

A discussão sobre qual deveria ser o destino do olhar da estátua prolongou-se até quando os adolescentes e crianças começaram a procurar os ovos cozidos de galinha que tinham sido pintados e escondidos na mata pelos cristãos. Rudolf Allmann, então, chamou dom Bentus para uma outra conversa. Antes que o senhor vá embora da nossa colônia, preciso responder uma pergunta que o senhor me fez há alguns anos, lembra-se? Claro que me lembro, respondeu o padre. O senhor quis saber se o judaísmo acredita que a mensagem de Deus deva estar presa a um caráter étnico e não universal, deva estar limitada a uma linhagem biológica, não foi isso?, perguntou Rudolf. Foi sim, disse dom Bentus. O senhor tem uma boa memória. Primeiro, gostaria de dizer ao senhor que a mensagem de Deus não deve ficar limitada a nada, explicou o advogado judeu. Ela está aí para todos que quiserem ouvi-la. O judaísmo não é uma raça, mas uma religião. Prova disso é a disposição que existe nas diferentes comunidades judaicas de receber conversos que abraçaram, com sinceridade, nossa religião. Somos um povo que tem uma religião. Mas não é só isso. O judaísmo é um modo de viver e de encarar a vida. Substitui o pessimismo pela esperança e o desespero existencial pela crença na Providência Divina. Mas não basta acreditar que Deus criou o mundo. O judaísmo insiste que, para isso fazer sentido, nós devemos aceitar que Ele o fez sozinho. Acreditar em muitos deuses é tão sem sentido quanto não acreditar em nenhum.

Por isso, continuou Rudolf Allmann, nós aceitamos Jesus como um grande mestre da moralidade, um artista nas parábolas, alguém que atingiu as alturas dos céus, mas não como um ser que veio dos céus; um homem que viveu divinamente, mas não reverenciado como um deus que viveu de forma humana, o senhor me entende?

Respeito muito os conceitos judaicos, senhor Allmann, apesar de não concordar com eles quando tratam de Jesus Cristo. Mas fiquei muito feliz em saber qual é a sua definição de judaísmo. Obrigado por não ter esquecido de me dar a resposta, agradeceu dom Bentus. Amanhã parto para o Rio de Janeiro e vou levar só boas recordações dos amigos que fiz aqui. Nós também vamos sempre lembrar do senhor e das suas palavras de otimismo com ternura, disse Rudolf. Parto preocupado com o futuro desse Deus que nós admiramos e amamos tanto, disse dom Bentus. Como o senhor acha que ele vai ser visto pelas próximas gerações? O senhor já parou para pensar no futuro das religiões, senhor Allmann? Será que apesar das diferenças, elas vão conseguir conviver com essa mesma harmonia e respeito que nós vivemos aqui? Neste instante, dois caboclinhos se aproximaram e entregaram um ovo colorido para o sacerdote e outro para o advogado. Não é de galinha, nem de pata e nem de gansa, disse o menino maior. Pai Bastião disse que podia sê de outro passarinho tamém. Este é ovo de seriema e o outro de garça-branca. Pegamo no mato antes do saci-pererê ir lá, roubá e bebê. Mas os dois tá cozido e pintado. Feliz Páscoa! Dom Bentus e Rudolf Allmann agradeceram as duas crianças, compararam os ovos que tinham acabado de ganhar, sorriram um para o outro, guardaram os ovos nos bolsos e se despediram com um caloroso abraço.

No dia seguinte bem cedo dom Bentus, Dorian Taylor e a família Prustel, com suas respectivas bagagens, embarcaram no trem e começaram a viagem com destino à Itália e ao Rio de Janeiro. No mesmo vagão seguiam Thomas e Frida Schneider e Frank e Agathe Flemig. Ao contrário do padre, dos Prustel e do professor de inglês, os dois casais não estavam de mudança. Só iam passear na Europa. Quero tentar concluir o que a guerra não me permitiu acabar quando morava em Roma, disse Charlotte a Frida. Tive de interromper a minha amizade com o Papa Pio 12 quando ela florescia, lamentou a esposa de Otto. Tinha marcado um chá com monsenhor Kaas e alguns amigos exatamente naquela semana que precisamos partir às pressas. Monsenhor Kaas garantiu que vai me apresentar à irmã Pascoalina, a mulher que sabe tudo sobre o pontificado e a vida íntima de Pio 12. Não vejo a hora de voltar a freqüentar o Vaticano! Eu, já quero saber se meu irmão está vivo, se minha cunhada conseguiu dar à luz ao meu sobrinho ou sobrinha, se eles sobreviveram, disse Thomas Schneider. Quero muito poder brincar com o meu sobrinho que deve ter nascido num campo de concentração ou numa prisão; tentar reencontrar e ler os livros que tinha acabado de comprar e não consegui trazer para o Brasil. Eu vou procurar as amigas de quem não tive tempo de me despedir, disse Frida. Tomara que todas estejam vivas! Eu quero voltar à Universidade de Munique, tentar rever meus professores, meus colegas de faculdade que não conseguiram fugir para os Estados Unidos... Tínhamos tantos planos... Na empresa onde trabalhava também... quantas idéias tive de abortar por causa da perseguição que sofremos, lamentou Agathe Flemig. E claro, quero também saber notícias dos meus parentes. Na semana que fugi, era o aniversário de minha melhor amiga Greta e não consegui ir, não pude lhe dar um abraço, nem o presente que tinha comprado... Tomara que Greta esteja viva para que eu possa parabenizá-la por aquela data e lhe entregar o presente que trago comigo até hoje, uma linda caneta banhada a ouro, disse a física. O que me arrependo de não ter feito antes de fugir para o Brasil, foi não ter agradecido como deveria tudo que doutor Gunter fez para salvar a minha visão. Ele foi o melhor médico que conheci na vida. Um senhor judeu muito atencioso, preocupado. Até deixou escapar lágrimas dos olhos quando me deu a notícia de que eu perderia o meu olho direito. Torço que tenha sobrevivido ao massacre feito pelos nazistas para que eu possa lhe dar um novo abraço de gratidão, disse Frank Flemig.

Enquanto a velha maria-fumaça deixava a estação de Rolândia, Ester, Ruth e Lola chegavam à Fazenda Gênesis para mais uma aula de canto. Nora as recebeu com um pedaço de pano sobre os ombros. Acabei de fazer a limpeza, disse a soprano. Não venço tirar essa terra vermelha dos móveis! Trouxemos uns *matsót* que sobraram da festa de ontem para você, disse Ester. Que bom, para mim todo dia é dia de *Pêssach*, respondeu Nora.

Bom, desta vez eu vou ser a primeira, afirmou Ruth. Mas quero que minha aula seja lá no estábulo, onde você canta para a vaca Berenice. Quero aprender a sua poderosa técnica que é capaz de fazer o milagre de aumentar a produção leiteira da Berenice, disse a aluna. Mas, minha querida, a sua mimosa, pelo jeito, não gosta de ópera. Ontem já cantei para ela e não deu certo, respondeu a professora. Ruth insistiu. Disse que ontem havia muita gente na fazenda, muito barulho, e que gostaria de tentar novamente. Quem sabe se você me ensinar, com a minha voz ela se sinta mais estimulada. Nora concordou. As quatro mulheres entraram no curral com passos lentos e preocupadas em se desviar dos cremosos excrementos bovinos. Lola e Ester não quiseram perder aquela aula tão especial. A soprano, então, ensinou Ruth a cantar sentada no banquinho e com as mãos ocupadas na ordenha. Relaxe a garganta e deixe a voz sair de um jeito bem gostoso, para que você não se sinta incomodada, dizia a cantora. E para demonstrar a forma correta de cantar sentada, Nora interpretou, à capela, toda a ária *Um Bel di Vedremo*, do segundo ato de *Madame Butterlfly*, a ópera predileta da vaca Berenice.

E como já era de costume quase todas as manhãs, a soprano lembrou do pianista Klaus Timberguer e deixou a voz se espalhar pela floresta... Sobre as copas das figueiras, das perobas, das caviúnas, dos ipês, das araucárias... Ocupou os campos, os cafezais, a superfície do ribeirão... Misturadas ao vento e aos rodamoinhos que tiravam a terra vermelha para uma contradança, as notas musicais foram levadas longe e ninguém saberia dizer se, pelo menos, durante um fugaz pedacinho de hora, conseguiram embalar as lembranças e as memórias daqueles que regressavam no trem salvador em busca do tempo roubado.

Presente dos amigos da cidade de Bremen, a réplica da Estátua de Roland chegou a Rolândia em 1957,com dois metros a menos que a original. Foi instalada na praça Castelo Branco e, no início, ficou voltada para às terras da maioria dos refugiados judeus.

Mais recentemente, com a reforma da praça, as autoridades municipais mudaram a posição da estátua e Roland, agora, está olhando para o centro de Rolândia em direção à Igreja Matriz.

BIBLIOGRAFIA

BLECH, Rabino Benjamin. O mais completo guia sobre Judaísmo. Editora Sêfer, 2004.

BIAL, SUSANNE. Muito além de imigrante. Editora Novamente, 2004.

CALDENHOF, Ricardo Loeb. Memórias. (ainda não publicadas).

CARNEIRO, Maria Luiza Tucci. O anti-semitismo na Era Vargas. Editora Perspectiva, 2001.

CARNEIRO, Maria Luiza Tucci. O veneno da serpente. Editora Perspectiva, 2003.

CARNEIRO, Maria Luiza Tucci. Brasil: um refúgio nos trópicos – a trajetória dos refugiados do nazi-facismo. Editora Estação Liberdade, 1996.

CORNWELL, John. O Papa de Hitler: A História Secreta de Pio XII. Editora Imago.

FISCHER, Gudrun. Abrigo no Brasil. Editora Brasiliense, 2005.

GILBERT, Martin. A noite de Cristal. Editora Ediouro, 2006.

GOETHE, J. Wolfgang. As Afinidades Eletivas. Editora Nova Alexandria, 1992.

GOETHE, J. Wolfgang. Memórias: Poesia e Verdade. Editora Universidade de Brasília, 1985.

HINRICHSEN, Gerhard. Memórias. (ainda não publicadas).

ISAY, Rudolf. Sobre a minha vida, edição alemã, 1960.

JOHNSON, Paul. História dos Judeus. Editora Imago, 1995.

KAUFMANN, Hans. Memórias (ainda não publicadas).

KESTLER, Izabela Maria Furtado. Exílio e Literatura. Editora Edusp, 2003.

KOSMINSKY, Ethel Volfzon. Rolândia, a terra prometida. Centro de Estudos Judaicos/ USP, 1985.

MAIER, Max Herman. Um advogado de Frankfurt torna-se plantador de café na selva brasileira (edição alemã), 1975.

MAIER, Mathilde. Os jardins da minha vida. Massao Ohno Editor, 1981.

MILGRAM, Avraham. Os Judeus do Vaticano. Editora Imago, 1994.

MORAIS, Fernando. Olga. Editora Alfa-Omega, 1985.

NIXDORF, Oswald. Diários. (ainda não publicados).

OBERDIEK, Hermann. Fugindo da morte. Editora UEL, 1997.

PINKUSS, Fritz. Estudar, Ensinar, Ajudar. Cultura Editora, 1989.

SARRAZIN, Hubert. Bernanos no Brasil. Editora Vozes, 1968.

SCHAUFF, Karin. Um saco de abacaxis. (edição alemã), 1974.

SCHAUFF, Karin. Jardim Brasileiro, edição alemã, 1970.

SCHWENGBER, Cláudia Portellinha. Aspectos Históricos de Rolândia. Wa Ricieri - Gráfica, 2003.

VELTMAN, Henrique. A História dos Judeus em São Paulo. Editora Expressão e Cultura, 1996.

VILLANUEVA, Orion. Rolândia, Terra de pioneiros. Gráfica Ipê, 1974.

AGRADECIMENTOS:

Em primeiro lugar, agradeço a todos os refugiados, imigrantes e descendentes que me abasteceram de documentos ricos em informações para a reconstituição dessa travessia. Significativa importância enquanto fontes históricas tiveram as fotografias, correspondências e até mesmo os relatos mais íntimos e segredos de família. Agradeço também ao Arquivo Público do Paraná. À Prefeitura e ao Museu Municipal de Rolândia; Ao Museu Histórico de Londrina; À Congregação Israelita Paulista; Ao Centro de Estudos Judaicos/USP; Ao Centro da Cultura Judaica – São Paulo; Ao Instituto Martius-Staden; Ao memorial do imigrante – São Paulo; A Adrian Von Treuenfels – Cônsul Honorário da República Federal da Alemanha em Rolândia, Paraná; Luis Felipe Pondé; Rafael Rodrigues Silva; Gabriel Pinezi; Célio Costa.

E agradeço, especialmente:
João Cândido Portinari;
Pedro Paulo de Sena Madureira;
Maria Luiza Tucci Carneiro;
Eric Ferreira Alves;
Ray Gude Mertin (*in memorian*);
Henry Sobel;
Arlete Siaretta;
Emanuel Von Lauenstein Massarani;
Zuleika de Mello Duarte;
José Soares Nascimento;
Valéria Motta.